G. Berg

W0398646

BASTEI LÜBBE

Von Margaret Kirk erschien bei BASTEI-LÜBBE:

11411 ... UND BLEIBE EIN FREMDER

Margaret Kirk

Wo das Feuer brennt

Aus dem Englischen
von Wolfgang Crass

BASTEI
LÜBBE

BASTEI-LÜBBE-TASCHENBUCH
Band 11787

1. Auflage 1992
2. Auflage 1993

Titel der Originalausgabe: Gypsy
Originalverlag: Atheneum, New York
© 1987 by Margaret Prasniewski
© 1989 für die deutsche Ausgabe by
Gustav Lübbe Verlag GmbH, Bergisch Gladbach
Printed in Germany
Einbandgestaltung (unter Verwendung eines Motivs
aus dem Gemälde »Lower Norwood under Snow«
von Camille Pissaro): Roland Winkler
Satz: Pustet, Regensburg
Druck und Bindung: Ebner Ulm

ISBN 3-404-11787-5

Der Preis dieses Bandes versteht sich einschließlich
der gesetzlichen Mehrwertsteuer

Prolog

Man schrieb das Jahr 1945, der lange Krieg war vorüber. Siegesfeuer brannten an der englischen Küste, Flammen und Funken trugen die Botschaft gen Himmel. Endlich Friede.

Im Innenland aber loderten nicht alle Feuer zum Dank.

Eines, sorgfältig in einer Lichtung aufgeschichtet, glomm zur Klage, in Scham, in tiefer Trauer, schwarzer Rauch stieg auf.

Im Dämmerlicht von Deacon's Wood saßen die Männer der *Kumpania* still und tief in Gedanken.

Ihr Konflikt hatte mit Soldaten, Panzern oder besetzten Gebieten nichts zu tun. Es ging um den Stolz eines Volkes, um Gesetze und Gebräuche, deren Wurzeln tief in die Vergangenheit reichten.

Am Lagerfeuer saßen Gruppen von Ältesten, sie tranken Gläser mit schwerem Rotwein und sprachen leise. Zigaretten glimmten, die letzten Sonnenstrahlen ließen den Wein tiefrot aufglühen, die Blicke der Männer im Schein des Feuers aber waren düster.

Kris, das Schwurgericht tagte. Das Urteil, einmal gefällt, war endgültig, ein Einspruch nicht möglich.

Sie hielten Gericht in einem Hain aus uralten Ulmen, die erst spät Knospen treiben, und ihre Äste, noch kahl, reckten sich dem nun dunkler werdenden Himmel entgegen. In der Mitte des Hains strahlte hell ein altmodischer Zirkuswagen in roter und gelber Farbe; seine Fenster waren mit gestärkten Vorhängen geschmückt. Sechs Wohnwagen standen herum, als wollten sie ihn bewachen; manche von ihnen glänzten neu, und andere waren mit den Jahren verbeult und zerkratzt. In jedem Fenster, außer einem, erwarteten Gesichter das Urteil der *Krisatora*.

Schließlich stieß ihr Anführer einen leisen Pfiff aus, Türen gingen auf, durch sie fiel Licht nach draußen. Einen Augenblick lang war der Blick in das Innere des Zirkuswagens freigegeben und zeigte eine puppenstubenhafte Einrichtung, Regale mit glänzendem Porzellan, üppige Samtbehänge, Lampen mit einem behaglichen Licht und die Silhouette einer alten Frau, die ein Bündel in ihren Armen wiegte.

Wieder pfiff der Anführer und rief leise einen Namen zu den Bäumen hin.

Der Schatten eines jungen Mannes löste sich von dem Stamm einer Ulme und stolperte ins Licht.

Von den Ältesten kam wie aus einem Mund ein bedauernder Seufzer. Er war schon wieder betrunken, Angst, Gin und Reue, ein kräftiges Gemisch ergab das. Trotz der Wärme des Abends und der Hitze des Feuers spürten alle die Kälte eines unausweichlichen Urteils, lange schon gefällt vor der Geburt eines jeden von ihnen. Die *Kumpania* war das Leben eines Mannes, war seine Welt, seine einzige Identität (ohne sie war er nichts als Rauch).

Sie richteten ihre Blicke aufs Feuer, um dem mürrisch verstockten jungen Mann nicht ins Gesicht sehen zu müssen.

Der Sprecher schnippte eine aufgerauchte Zigarette ins Feuer, goß mit der traditionellen Geste Wein in den Staub und sprach das Urteil der *Kris*.

»Wir haben dich versteckt, solange wir es wagten. Es ist entschieden. Du hast Dinge getan, die sich nicht rückgängig machen lassen. Du hast die Roma entehrt und die Macht der *Gajo*-Gesetze über die Familie gebracht. Wir können dies nicht hinnehmen.«

Der Anführer erhob sich und beschrieb mit seinen Armen einen weiten Bogen, der den versammelten Stamm zugleich zu erfassen und zu beschützen schien. Er sah dem jungen Mann direkt in die Augen. Stille kehrte ein, unterbrochen erst durch ein Stück Holz, das sich im Feuer bewegte und Funken hochfliegen ließ, die in der Luft erstarben. Als der Anführer weitersprach, war seine Stimme in hypnotische Monotonie verfallen. Seine Worte, nicht mehr seine eigenen, waren die von Generationen seines fahrenden Volkes.

»Du bist aus der *Kumpania* verbannt. Du wirst alle Orte meiden, wo das Feuer brennt und an denen die Roma sich sammeln. Von diesem Tage an gehörst du nicht mehr zu dem Volk. Du bist kein Roma mehr. Dies haben wir beschlossen.«

Der junge Mann schwankte, und in seinem mageren Gesicht bekämpften sich Angst und Trotz. Der Trotz gewann. Er zog höhnisch seine Lippe hoch, während er mit seinen schwarzen Augen von einem Gesicht zum nächsten sah. Er spuckte ins Feuer, ein Zischen erklang.

»Wär's das? Ist das alles?«

Der Sprecher seufzte und schüttelte den Kopf. »Wie könnte es möglich sein? Du hast in betrunkener Raserei die Mutter deiner Kinder getötet. Sie war deine Frau, meine Tochter. Meine einzige Tochter.« Zum erstenmal ließen Vorwurf und persönliche Trauer seine Stimme kräftiger werden. Der harte, energische Ausdruck seines Mundes wurde weicher, und nun sah er alt aus, als sei er der langen, schmerzlichen Prüfung müde. »Die Kinder bleiben Roma. Sie müssen ihren Weg finden.«

Wie auf ein Zeichen kam die alte Frau die Treppe des Zirkuswagens herunter. Das Kind, das jetzt in seinen Decken wimmerte, hielt sie fest an ihre Brust gedrückt. Sie wich dem Blick ihres Schwiegersohns aus und sah ihren Mann an. »Rose ist noch zu klein, um wegzugehen. Sie braucht eine Mutter. Eine von unseren Frauen hat Milch und wird sie säugen.«

Der Anführer nickte und winkte in das Halbdunkel. Zwei kleine Jungen wurden in den Schein des Feuers geführt. Der größere, ein vielleicht siebenjähriges Kind, schob seinen Bruder mit dem Ellbogen beiseite und trat vor.

Das erste Lächeln, das die *Kumpania* seit vielen Tagen gesehen hatte, huschte über die Lippen des alten Mannes. »Du weißt, was geschehen ist und was jetzt weiter geschehen muß, Dui. Du kannst bei uns bleiben – oder du kannst mit deinem Vater gehen.«

Der Junge zögerte nicht. Er rannte zu seinem Großvater und nahm seine Hand. Seinem Vater warf er einen Blick tiefster Verachtung zu. »Die *Kumpania*«, sagte er. »Ich will bei der *Kumpania* bleiben.«

Der Anführer nickte und nahm das Kind in seine Arme. »Dui bleibt also.« Er wandte sich dem kleineren Jungen zu, der jetzt allein im Lichtkreis stand.

»Und du, Micah, was wählst du?«

*

Micah war noch keine fünf Jahre alt. Wie konnte er wählen, der kleine Kerl mit den dunklen Augen seines Vaters und den sanft geschwungenen Lippen seiner Mutter, die sie nach einer Nacht von Schlägen, Gebrüll, Schluchzen und Schreien weggebracht hatten. Als er sie wiedersah, lag sie in einem Kasten mit großen Messinggriffen an den Seiten. Seitdem hatte er sie nie wiedergesehen, und er begriff jetzt, daß er sie auch in Zukunft nicht mehr sehen würde.

Die Menge drängte sich näher an ihn; sie wartete darauf, daß er sprach.

Er kannte jedes ihrer Gesichter, er mochte viele von ihnen, und einige wenige liebte er.

Da waren seine Großeltern, Kopf und Herz des Stammes. Wie konnte es eine Welt geben ohne ihre Stimmen, ohne ihren Zirkuswagen vor ihm auf der Straße, ohne die Sonnenblume auf seiner Tür? Großvater war es, der ihm gezeigt hatte, wie man mit den Pferden umging, der ihm gesagt hatte, wo man sie anfassen und was man zu ihnen sagen mußte, damit sie kamen, wenn man sie rief. Jetzt waren Großvaters Augen geschlossen, und seine Lippen bewegten sich. Vielleicht betete er.

Neben ihm stand Großmama, die gerade einer jüngeren Frau Rose reichte. Sie gab Micah manchmal Pfefferminzbonbons und dann mußte er ihr versprechen, daß Dui nichts davon erfuhr. Wenn sich an Wintertagen der Schlamm an den Rädern festsetzte und man nicht weiterfahren konnte, war es Großmama, die ihn durch die Tür mit der Sonnenblume winkte, ihn seine Füße an der Matte vor der Tür abstreifen und ihn dann ein Ledersäckchen aus seinem Versteck unter den Bodenbrettern holen ließ. Sie goß die Münzen, den Schmuck, die Steine, den ganzen Reichtum der Familie, auf ein Tuch aus blauem Samt und ließ ihn zusehen, wie Ketten und blitzende Colliers durch ihre knotigen, braunen Finger rieselten. Sie forderte ihn auf, mitzuzählen, wenn sie die Münzen zählte und zu ordentlichen, goldenen Türmchen auf dem Tuch aufstapelte. Einmal suchte sie ganz unten aus der Kiste ein Stück zerknitterten Papiers hervor, faltete es langsam auf und berührte seine Wange mit einem dunklen, glatten Etwas. Dann drehte sie es zum Licht, so daß er Feuer darin brennen sah. »Ein Rubin«, sagte sie und polierte den Stein an ihrem Rock, bevor sie ihn wieder in das Papier einwickelte.

Sie sah ihn an, seine Großmama. Sie schien nichts davon zu merken, daß Tränen durch die Falten ihres Gesichtes liefen.

Rose weinte wieder. Gestern hatte sie nach Micahs Finger gegriffen und daran zu saugen versucht. Manchmal wedelte sie mit den Armen herum, manchmal schlief sie, aber meistens weinte sie – Großmama sagte, das käme davon, daß sie zu früh geboren und deshalb schwach sei. Er war nicht ganz sicher, woher er es wußte, aber Rose war daran schuld, daß Papa sich betrunken und in seiner Wut Mama geschlagen hatte.

Nein, Rose mochte er nicht.

Dort stand Farah, seine Cousine. Sie war erst so alt wie Micah, aber sie konnte jetzt schon mit ihrem Charme jedem *Gajo* einen Shilling oder ein Huhn oder was ihr auch immer in den Sinn kam abgaunern. Sah man ihr ins Gesicht, war es, als schaute man in Großmamas Rubin. Farah schmollte oder weinte nicht, um ihren Willen durchzusetzen – sie lächelte, oder sie biß, aber auf jeden Fall bekam sie das, was sie wollte. Großmama sagte, sie wäre zu frech, aber das war ihm gleich. Er mochte Farah, und sie mochte ihn. Wenn er groß war, wollte er sie heiraten; Papa sagte, das könnte er, wenn sie bei ihrem Leisten blieb und nicht zu hoch hinaus wollte – und wenn er ihr Brautgeld bezahlen könnte.

Sein Bruder Dui klammerte sich jetzt an Großpapas Hand fest und sah weder Papa noch Micah an. In den Sommernächten schliefen sie draußen unter einer großen Feder-*Dunha* – aber Dui wollte sie für sich allein, und oft wachte Micah vor Kälte auf, weil er keine Decke mehr hatte. Drohte er, es Papa zu erzählen, bekam er Prügel von Dui – aber Micah erzählte es trotzdem, und dann bekam Dui die Prügel. Geschieht ihm recht. Und Papa? So lange er sich erinnern konnte, hatte Micah seinen Vater nie allein gesehen, aber nun stand er ganz allein da, und nichts an ihm rührte sich außer seinen Augen. Die sahen Micah an, als wollten sie ihn um einen Gefallen bitten. Doch nein, das konnte nicht sein, Papa bat niemals jemanden um einen Gefallen, wer es auch sein mochte. »Nur Frauen bitten, Micah.« Papa hatte ihm einmal ein Shetlandpony zum Reiten mitgebracht. »Nur für heute, mein Kleiner. Behalten darfst du es nicht, es ist geliehen.« Dann zwinkerte er Micah zu, hob ihn auf den Rücken des Ponys, lachte laut, wie er das oft tat, und klatschte dem Pferd aufs Hinterteil. Eigentlich lachte Papa immer, nur in letzter Zeit nicht und auch nicht, wenn er betrunken war. Micah klammerte sich an seinen Papa, wenn er die Feldwege entlanggaloppierte und die Stellen am Flußufer fand, wo die größten Forellen waren. Dann kitzelte er sie, bis sie sich auf den Rücken drehten und man sie einfach so mit der bloßen Hand aus dem Wasser holen konnte. Papa war geschickt und schlau, das sagten sie alle. Die Leute mochten ihn und hörten ihn gern lachen. Meistens wünschte sich Micah nichts mehr, als mit seinem Vater zusammenzusein.

Und jetzt ging Papa auch weg. Wie Mama – nur nicht ganz

so. Dui hatte es gestern abend gesagt, immer wieder hatte er es gesagt, auch nachdem sich Micah mit beiden Händen die Ohren zugehalten hatte … »Wart's nur ab, die Roma werden ihn wegschicken. Jetzt werden sie ihn nicht mehr in der *Kumpania* behalten.«

Micah spürte, daß sein Kinn zu zittern begann, und biß die Zähne zusammen. Das war auch etwas, was Männer nicht taten. Sie baten nicht, und sie flennten nicht. Das wußte er von Papa.

Und jetzt sprach Papa. Ganz allein mit ihm.

»Was meinst du, Kleiner? Willst du hier bei denen bleiben«, hier streifte ein abschätziger Blick die Ältesten, »oder willst du mit mir kommen?«

Sein Vater richtete seine glänzenden schwarzen Augen auf ihn. Micah brauchte nicht mehr zu überlegen.

Er nickte und versuchte zu übersehen, wie die Augen seines Vaters kurz triumphierend aufblitzten und wie Großpapa und Dui näher zusammenrückten. Er versuchte, den Laut, der aus Großmamas Kehle kam, nicht zu hören, nicht zu sehen, wie Farah nach Luft schnappte und durch die Tür ihres Wohnwagens verschwand.

Die Ältesten senkten ihre Köpfe. Die Sache war abgeschlossen.

Der junge Mann schritt – jetzt ganz ohne Stolpern – zum Feuer und nahm seinen Sohn auf den Arm. Die alte Frau wischte sich mit ihrer Schürze die Augen ab, ging hastig die Stufen zu ihrem Wagen hinauf und kam mit einer Tüte brauner Eier zurück.

»Für Micah, er hat nichts mehr gegessen seit …«

Wieder spuckte der Mann aus; seine Faust flog, Eigelb explodierte und bespritzte die Sonnenblume auf der Tür. Er drehte sich um, fuhr seinem Sohn durch das schwarze Haar und ging mit stolzen Schritten zu einem verbeulten Wohnanhänger, der in der hintersten Ecke des Hains abgestellt war.

Gänge knirschten, und dann holperte der Wohnwagen vom

Lager weg. Der Qualm aus dem Auspuff des Zugautos wehte zu den Ältesten hinüber und vermischte sich mit dem Rauch des Feuers der *Kumpania* und dem plötzlich einsetzenden Geheul der Frauen.

1

Zur Sperrstunde warfen sie ihn aus dem Gasthaus im Dorf und legten Riegel vor. Auf unsicheren Beinen torkelte er fluchend in die Dunkelheit und spürte die kalten Pflastersteine. Er blinzelte auf seine Füße herab, sah seine nackten Zehen, die durch die Löcher in seinen Socken hervorschauten, und wunderte sich, wo er seine Schuhe gelassen hatte. Wann hatte er sie bloß ausgezogen? Er blieb verwirrt unter einer Straßenlaterne stehen und sah auf seine Hand herab, denn er spürte sie nicht mehr. Das Licht der Laterne fiel auf sein schwarzes Haar, das er zu lang trug, zu lockig, zu ... fremd; es beleuchtete kurz seine weißen Zähne in dem hageren, dunkelhäutigen Gesicht und das verdreckte rote Tuch um seinen Hals.

Er klammerte sich an Gartenmauern und -zäunen fest und hastete weiter.

»Bis zu meinem Wagen schaffe ich es schon. Micah wird sich um mich kümmern, der versorgt seinen Papa ...«, murmelte er vor sich hin. »Heute abend werde ich ihn nicht schlagen, ganz bestimmt nicht«, versprach er einer Eiche, an der er vorbeikam.

Mit der Sicherheit seines Instinkts fand er einen fremden Hinterhof, in dem noch Wäsche auf der Leine hing. Er nahm ein Paar Socken und ein Jungenhemd, das Micah in zwei Jahren bestimmt gut passen würde. »Siehst du, mein Kleiner, dein Papa denkt an seinen Jungen.« Seine Stimme wurde kehliger. »Mein armer kleiner Junge«, wimmerte er, und Tränen liefen ihm durch die Stoppeln auf seinen Wangen.

Er stieß gegen einen Zaun und hielt sich daran fest, um zu verschnaufen. Da war wieder dieses taube Gefühl in seinem Arm ... In der letzten Zeit hatte er das oft gehabt, und Alkohol wirkte dagegen nicht mehr so wie früher. Eigentlich wirkte er gegen nichts mehr so richtig. Es hatte eine Zeit gegeben, da konnte er es nach einem Pint Gin mit der ganzen Welt aufnehmen, konnte sie niederschlagen und darauf herumtrampeln, bis sie ihn in Frieden ließ und er ruhig schlafen konnte. Jetzt war nur noch Micah da ... »Es tut deinem Papa so leid, Kleiner, aber das hat er dir schon so oft gesagt, nicht? Morgen fahren wir weiter ... vielleicht hinauf nach Appleby zum Pferdemarkt, was hältst du davon? Den Markt magst du doch, mein Alter, oder?«

Micah antwortete ihm nicht, natürlich nicht, er lag schließlich in seinem Bett und schlief ... und wehe wenn nicht!

Er schüttelte den Kopf, um etwas Klarheit zu bekommen, und torkelte weiter zu dem Platz, an dem er den Wohnwagen heute morgen hinter einem Gestrüpp aus Schwarzdorn und Erlen versteckt hatte. Seine Füße schleiften über die Wiese und ließen einen Geruch von zertretenem Gras aufsteigen. Er dachte an die Roma und Appleby, was ihm köstliche Qualen bereitete, welche die beengende Hitze in seiner Brust zurückdrängte. Der Pferdemarkt ... oh, sie hatten ihn gewarnt, die *Kris*, jene strengen Zigeunerältesten, die in ihrer Weisheit unbeugsam wie eine Behörde waren, wenn ihre Gesetze gebrochen werden.

Du wirst alle Orte meiden, wo das Feuer brennt und an denen die Roma sich sammeln. Von diesem Tag an gehörst du nicht mehr zu dem Volk. Du bist kein Roma mehr. Dies haben wir beschlossen.

Sie hatten es beschlossen! Arrogante Schweine. Das war *ihm* doch gleich. Er würde zu dem Markt gehen, und Micah mit ihm. Es wäre nicht das erste Mal. Wem schadete das schon, solange sie sich mit ihrem Wohnwagen von der *Kumpania* fernhielten? Wen störte es, wenn sie sich unauffällig verhielten und nur zuschauten? Was konnte sie ihm schon tun, die *Kris*? Ihre Autorität stützte sich auf Traditionen und nicht auf die Drohung mit Gefängnis; umbringen würden sie ihn nicht – und nicht einer von ihnen würde ihn bei der Polizei anschwärzen. Das war nicht ihre Art. Warum also nicht einfach frech in ihr Lager gehen? Er aber war den gleichen Traditionen verhaftet; er wußte warum, und er hatte es schon immer gewußt. Die

Kris hatte gesprochen, und die *Kris* war Gesetz, das einzige Gesetz, das zählte. Eine Auflehnung dagegen wäre undenkbar gewesen und hätte Flüche nach sich gezogen, die einen Mann mit seiner gesamten Nachkommenschaft in Verdammnis stürzten, Kinder und Kindeskinder in einen endlosen, schwarzen Fluß. Dieses Wissen war tief in jeder Zelle seines Körpers verwurzelt und vergiftete seine Existenz. Er hatte für die Menschen in den Wagen seine Ehre verloren und war bei ihren Feuern nicht mehr willkommen ... und so *warm* brannten sie, die Feuer in Appleby.

Er ging mit seinen Gedanken weit in die Vergangenheit zurück, bis er wieder den Fluß Eden mit seinem klaren Wasser vor sich sah, wie er emsig in der Sommersonne sprudelte. Es war die Zeit des Pferdemarkts, am Ufer standen die Wagen der Roma; die Frauen schwatzten miteinander, spülten im Wasser Geschirr ab und ließen ihre langen Röcke fliegen; die Kinder plantschten braungebrannt wie kleine Wilde im flachen Wasser, und die Männer, hager und schnell wie Peitschenschnüre, führten an tieferen Stellen ihre Pferde in die Schwemme. Sie bürsteten und liebkosten sie, flüsterten ihnen geheimnisvolle Worte in die Ohren und führten sie mit wehenden Mähnen und Schweifen den Gallows Hill hinunter, um den reichen Einkäufern den Mund nach den Tieren wäßrig zu machen. Nachts erklangen die Gitarren an den Feuern der *Kumpania*, Zigaretten leuchteten wie Glühwürmchen in der Dunkelheit auf, und die Männer der Roma lachten in stolzer Verachtung, denn sie wußten, daß heute nacht jeder *Gajo* seine Tür doppelt verschlossen und Scheune und Stall verriegelt und barrikadiert hatte – die Zigeuner waren in der Stadt.

Er vergaß einen Augenblick, daß er kein Roma mehr war, und lachte in sich hinein, doch als er durch die Tür des Wohnwagens stolperte, spürte er wieder den Schmerz in seiner Brust, wie den Griff einer eisernen Kralle. Es war schlimm heute, so schlimm wie noch nie. Er hielt den Atem an und wartete, bis der Schmerz verflogen war. Großer Gott, er würde doch wohl nicht draufgehen, oder? Das durfte nicht sein. Sie mußten weiter, immer weiter, er und der Junge. Das lag seinem Volk im Blut, lag ihnen beiden im Blut.

Er tastete sich durch den dunklen Wohnwagen bis zu dem Bett vor, ließ seine Hand über das Kissen gleiten und berührte sanft das Gesicht seines Sohnes. Wie immer hatte er die Augen geschlossen und tat so, als schliefe er – aber Papa konnte er nicht täuschen. Ein Nerv im Augenwinkel des Kindes zuckte unter seinen Fingern.

»Steh auf«, versuchte Papa zu sagen, »ich weiß, daß du wach bist.«

Micah sollte sein aufgerolltes Bett suchen und es ihm draußen auslegen – zum Teufel noch mal, der Kleine wußte doch, daß er in einem geschlossenen Raum nicht schlafen konnte, er *wußte* es ganz genau! »Na komm, Micah, hör jetzt auf damit!« Heute nacht aber wollten ihm die Worte nicht kommen. Ganz anders, als er das wollte, drängten sie aus ihm heraus, in der Sprache der Roma, als wollten sie ihn verspotten.

Sein alter Feind, die Wut, ergriff wieder Besitz von ihm. Er faßte nach seinem Gürtel. Dafür hatte Micah Prügel verdient. Da aber packte ihn wieder der Schmerz und drückte ihm die Brust zusammen. Deshalb legte er sich einfach hin, um zu schlafen.

*

Micah war zehn Jahre alt, als es passierte, vielleicht aber auch erst neun. Er hatte nie eine Schule besucht, und niemand hatte ihm je einen Geburtstagskuchen mit Kerzen darauf gebacken. Woher sollte er es also genau wissen?

Der zerfranste Saum des Vorhangs wehte in einer leichten Morgenbrise, als er aufwachte. Die Erfahrung hatte ihn Vorsicht gelehrt, und so lauschte er zunächst, ohne sich zu rühren. Draußen stritten sich Krähen auf einem Acker, ein Schwarzdornast kratzte am Dach, und in einiger Entfernung tuckerte ein Traktor über das Feld.

Von Papa war kein Laut zu hören, nicht einmal das leiseste Schnarchen. Micah machte lieber keinen Versuch, ihn zu wekken. Es war schon schlimm genug, wenn er stöhnend von selbst aufwachte und seinen Kopf mit beiden Händen festhielt. Man ließ ihn am besten ganz in Ruhe, wenn er getrunken hatte.

Micah kroch aus dem Bett und schlich um das Bündel von Decken, die er gestern nacht über Papa gelegt hatte, nachdem Ruhe eingekehrt war. Er tastete sich bis zu der Ecke vor, die als Küche diente, und wäre beinahe über Papas Gürtel gestolpert. Er lag neben dem regungslosen Bündel, aber Micah erinnerte sich an das Klicken der Gürtelschnalle, das er in der Dunkelheit gehört hatte, und wußte, daß nicht viel gefehlt hätte, und er hätte sie wieder zu spüren bekommen.

Ein wenig Brot war noch übrig, und unten in der Dose fand er ein paar Bohnen. Zuerst schlang er das Essen hinunter, setzte dann Wasser für den Kaffee auf, so wie Papa ihm das gezeigt hatte. Bevor er ging, deckte er Papas Füße, die unter der Decke hervorlugten, zu und stellte noch den Kaffee auf die Wärmeplatte, falls Papa aufwachte, bevor er zurückkam. Es war jedesmal das gleiche. Wenn er getrunken hatte, schlief er immer lang und tief. Wenn er aufwachte, flossen die Tränen wieder, und er tätschelte ihm den Kopf und sagte: »Es tut mir ja so leid, mein Kleiner, wie kann ich das nur wiedergutmachen?« Und dann die Schwüre: »Gott soll mich strafen, wenn ich jemals wieder die Hand gegen dich erhebe.« Jedes Wort war bitter ernst gemeint, das wußte Micah genau.

Draußen auf der Wiese zuckten noch zwei Kaninchen in Papas Fallen. Das dünnere davon hob er für das Mittagessen auf, und den kräftigen, fleischigeren Rammler verkaufte er in dem Laden im Dorf für drei Shilling. Bei dieser Gelegenheit steckte er sich noch eine Dose Frühstücksfleisch ein. Ein erfolgreicher Gang. Papa würde sich freuen. Bestimmt würde er ihm auf die Schulter klopfen und sagen, wie schlau und geschickt er sei, und was für ein Glück es für einen Mann bedeutete, so einen Sohn zu haben.

Er kam erst am späten Vormittag zurück. Die Sonne stand hoch am blauen Himmel. Ein weißes Wölkchen, hübsch wie eine Bildpostkarte, zog langsam darüber und spiegelte sich in dem Teich hinter dem Wohnwagen. Libellen schwirrten über das Wasser, und die fadendünnen Beine eines Wasserläufers ließen das Spiegelbild erzittern. Micah setzte sich ans Ufer, sah ins Wasser und klimperte mit den Münzen in seiner Tasche. Es gab keinen Grund zur Eile. Papa konnte noch Stunden schlafen. Hoffentlich.

Früher einmal war es anders gewesen, da hatte er noch nicht regelmäßig getrunken. Damals hatten sie noch zusammen Abenteuer erlebt, er und Papa. Sicher, die hatten sie auch jetzt noch manchmal. Sie holperten dann mit ihrem klapprigen Lieferwagen und einem windschiefen Anhänger die Landstraßen entlang. »Eine Zigarrenkiste, die ein Blechhuhn zieht«, sagte Papa immer, weil die Seitenpaneele des Lieferwagens aus Sperrholz waren. »Trotzdem, das ist Freiheit, mein Kleiner, Freiheit!« Dann grinste er Micah zu, und wenn die echten Hühner gackernd vor dem Wagen auseinanderstoben, lachte er laut. Manchmal, wenn niemand zu sehen war, hielt Papa dann auch an und sprang aus dem Führerhaus. Sein Arm zuckte kurz, sein Messer blitzte auf, und das Mittagessen war gesichert. »Schneller, als du ›Messer‹ sagen kannst, Micah, so macht man das.«

Das waren die Gelegenheiten, bei denen Micah von seinem Papa lernte. »Den *Gaje* sagen wir gar nichts, weil sie uns dann auch nicht die Schuld für irgend etwas geben können, verstehst du? Den Bullen ganz besonders – denen darfst du niemals die Wahrheit sagen. Das ist so bei den Familien. Du weißt gar nichts. Du weißt nicht, wo wir waren, wohin wir fahren, wo wir wohnen, wo dein Vater ist, nicht einmal deinen Namen weißt du, kapiert?« Und Micah begriff. Es war eine einfache Lektion, die dazu noch oft wiederholt wurde. Eigentlich wußte er auch gar nichts, das er hätte erzählen können. Er hatte keine Adresse, keine Papiere und außer Micah keinen Namen. Offiziell existierten er und sein Vater gar nicht. Wurde Papa von der Polizei, von Bauern oder anderen Leuten, die sich dafür interessierten, nach seinem vollen Namen gefragt – und das geschah oft –, so sagte er Johnson oder Smith oder Barnes oder Wilkins, wie es ihm gerade einfiel. Einmal hatte er zu seiner eigenen Belustigung und zu Micahs Befremdung bei einer jungen Pfarrersfrau seinen Namen mit John Romeo angegeben. Nachdem er ein neues Blumengitter für die Rosenstöcke vor dem Pfarrhaus zusammengenagelt hatte (für einen guten Preis, mein Kleiner, wir arbeiten nicht umsonst), gab er Micah Schokoladenbonbons und eine Flasche Limonade, dann sollte er sich auf die Treppe setzen, während Papa mit der Pfarrfrau hineinging, um sich von ihr auszahlen zu lassen und noch eine Tasse Tee zu trinken. Micah hatte Anweisung, die Ankunft des Hausherrn mit einem Pfiff zu melden, und dann mußte er lange warten. Das kannte er jedoch schon, denn so war das bei solchen Gelegenheiten immer. Damals hatte sich Papa auch noch jeden Tag rasiert und eine andere Haltung gehabt; schon seinem Gang sah man seinen Stolz an, und in seinen dunklen Augen tanzten kleine Teufelchen. Lügen flossen ihm wie Quecksilber aus dem Mund, blendende, verführerische Geschichten, die sie sich dann später, als sie zum Wohnwagen zurückkehrten, lachend und immer und immer wieder erzählten.

Damals war er der König der Welt gewesen und Micah sein Kronprinz.

So war es jetzt kaum noch.

Micah seufzte, holte das dünne Kaninchen und sammelte die Fallen ein. Wenn sie das nächste Dorf noch vor Anbruch der Dunkelheit erreichen wollten, mußten sie sich auf den Weg machen. Er schlenderte durch rauhes Gras und Sträucher. In einem Stück wilden Klees fand er eine dicke Wollsocke, und ein Stück weiter hing die zweite an einem Baumstumpf. Wieder ein Stück weiter fand er ein Hemd, das er gleich anzog. Es freute ihn, daß Papa an ihn gedacht hatte – obwohl es eine sehr dunkle Nacht gewesen war und Papa noch betrunkener als gewöhnlich gewesen sein mußte, denn das Hemd war schwarz, und Papa liebte kräftige Farben, je greller, desto besser.

Die Sonne stand hoch am Himmel, als er das Kaninchen im Schatten ablegte und die Wohnwagentür aufstieß. Papa war noch immer in seine Decken eingewickelt, aber das überraschte Micah nicht. Einmal hatte er zwei ganze Tage lang geschlafen, und als er dann mürrisch aufwachte und nach etwas zu Trinken bettelte, brachte er weder Entschuldigungen noch Gründe vor.

Trotz des offenen Fensters schien die Luft heute morgen muffiger als sonst. Schwer hing der Geruch von Schweiß und altem Urin in dem kleinen Raum.

Noch immer kratzten die Äste am Dach. Draußen bewirtschaftete der Bauer weit weg seinen Acker. Auf der Wiese wetteiferten Meisen und Spatzen mit den Krähen. Irgendwo in der Nähe summte eine Schmeißfliege.

Das eine leise und rhythmische Geräusch aber, das hätte dasein sollen, fehlte.

»Papa!« schrie Micah auf. »Papa, wach auf!«

Aber noch bevor er die Fliege zum Schweigen gebracht und die Decke zur Seite gerissen hatte, wußte er, daß Papa nichts gehört hatte. Ohne zu überlegen fuhr Micah seinem Papa mit einer Hand über die stoppelige Wange. Sie war kalt und schimmerte unter der braunen Haut wachsweiß. Die Augen aber, viel zu weit offen und milchig weiß, ließen ihn aus dem Wohnwagen laufen, in wilder Panik den Weg hinunter, an einzelnen Schuppen vorbei, nur weg, weg von diesen starren Augen ...

Als die Kraft seiner Lungen und seiner Beine erschöpft war, ließ er sich hinter einer Hecke zu Boden sinken. Der Drang, sich zu verstecken, war ihm tief in Fleisch und Blut übergegangen.

Er drückte sein hageres braunes Gesicht gegen den Boden, atmete tief und schloß die Augen. Es gab Millionen von Dingen, die er nie gesehen hatte: einen Klassensaal in einer Schule, eine Arztpraxis von innen, eine Fabrik oder einen Friseursalon, aber den Tod kannte er, den hatte er schon tausendfach gesehen. Er kannte ihn von Kaninchen, die sie gefangen oder geschossen hatten, von Hühnern, die noch immer umherrannten, obwohl ihr Hals schon lange umgedreht war, oder von den Forellen, die sie in dunklen Nächten aus dem Eden gekitzelt hatten. Der Tod sah immer gleich aus. Es waren die Augen. Die Augen seines Vaters.

Er begann in das Gras zu weinen, aber da hörte er Papa sagen: *Hör auf zu flennen, oder ich gebe dir Grund zum Flennen. Was bist du überhaupt, ein Roma oder ein Gajo?* Solange Micah sich erinnern konnte, hatte es Ohrfeigen gesetzt, wenn er geweint hatte. *Hör mit dem Krach auf, oder ich bringe dich zum Schweigen,* so hatte es dann geheißen, und auch jetzt erwartete Micah eigentlich, daß ihn aus den Büschen eine Faust treffen würde. Als sie jedoch nicht kam, war das hundertmal schlimmer als die schlimmste Tracht Prügel, an die er sich erinnern konnte. Hätte sich nicht eine andere, eine wirkliche Stimme, an ihn gerichtet, er hätte vielleicht den ganzen Tag geweint.

»Was hast du denn, Kleiner? So schlimm kann es doch gar nicht sein.«

Es war eine fein gekleidete Dame, die zwei kleine weiße Hunde an einer Leine führte. Wie immer, wenn Micah in Panik war, dachte er an Papas Lehren.

»Ich habe das Geld für den Bus verloren, und ich weiß nicht, wie ich jetzt heimkommen soll.«

»Oh, so ein Pech – warum rennst du nicht rüber zur Polizeistation, der nette Polizist wird dir helfen.«

»Das geht nicht«, sagte er hastig. »Ich verpasse sonst den Bus. Der kann jeden Augenblick kommen.«

»Na ja …« Sie runzelte die Stirn und sah die Straße hinauf. Da schnappte einer ihrer Hunde dem anderen nach dem Ohr, beide kläfften wild los, und sie drückte Micah zögernd ein Sixpence-Stück in die Hand und ließ sich wegzerren.

Er steckte die Münze ein und überlegte, was zu tun war.

Hier konnte er nicht bleiben, das wußte er. Wenn es der Frau aufging, daß hier gar keine Bushaltestelle war, würde sie zurückkommen und vielleicht die Polizei mitbringen.

Die Polizei.

Allein der Gedanke ließ ihn in wilder Flucht eine Eisenbahn-böschung hinunter- und auf der anderen Seite wieder hinaufrennen. Sein Weg führte ihn direkt zum Wohnwagen. Hinein aber konnte er nicht. Er brachte es nicht fertig, die Treppe hinaufzusteigen, noch einmal in diese Augen zu sehen; schon jetzt brannten sie ihm langsam zwei Löcher in die Seele, und es schien ihm, als sollten sie dort immer glühen. Warum hatte Papa ihm nicht erzählt, daß so etwas passieren kann, warum hatte er ihm nicht gesagt, was dann zu tun sei ...

Weil ihm nichts anderes einfiel, ging er zurück zu dem Teich, setzte sich hin und lehnte sich an eine Weide. Kalt spürte er den Stamm durch das schwarze Hemd. Das Geld für das Kaninchen hielt er mit seiner feuchten Hand umklammert. Es fühlte sich heiß an.

Drei Shilling. Dazu die Sixpence von der Frau.

Die verschiedensten Möglichkeiten gingen ihm durch den Kopf, aber Papa war nicht da, der ihm hätte zeigen können, wo Norden war, und so führten sie nirgendwohin. Wenn er doch nur eine Mutter hätte ... Dabei hatte er eine, das wußte er. Früher, als er klein gewesen war und sie noch mit den Roma umhergefahren waren. Damals hatte er auch einen Bruder und eine kleine Schwester und einen Großvater und eine Großmutter gehabt, und außerdem Farah. Dann aber war Mama gestorben. Eines Nachts hatte ihm Papa erzählt, wie das gekommen war, aber daran wollte er jetzt nicht denken. Manchmal konnte er die Gedanken daran nicht abschütteln, und dann bekam er Alpträume und wachte mit einem Schrei in der Kehle auf. Nach Mamas Tod waren sie allein. Keine Mutter, keine *Kumpania*, und jetzt auch kein Papa mehr.

Er konnte nicht schreiben, nicht lesen, aber zählen, das konnte er sehr gut; es war ihm klar, daß die drei Shillinge und

Sixpence nicht einmal bis zur nächsten Woche reichen würden. Er wußte, daß er zu jung war, um arbeiten zu können. Allein Arbeit zu suchen würde die Aufmerksamkeit der Leute auf ihn lenken; dies galt es um jeden Preis zu vermeiden.

Halte dich gedeckt, Kleiner, mach dich dem Hintergrund gleich. Das ist unsere Art.

Letzte Woche hatten sie südlich von Derby Bohnen gepflückt, es müßte also Geld in dem Marmeladenglas unter dem Ablauf sein – aber selbst für eine Million Pfund wäre er nicht noch einmal in den Anhänger gegangen.

Nicht eine Sekunde kam es ihm in den Sinn, jemandem zu erzählen, daß sein Vater da drinnen unter einem Haufen schmutziger Decken lag. Wenn er das täte, würden sie ihn nur in ein ›Heim‹ stecken – und das war nur ein anderes Wort für Waisenhaus. Das hatte ihm Papa gesagt. Schlimmer noch, sie würden ihn in die Schule schicken, zu einem *Gajo* machen. Von dieser schrecklichen Möglichkeit hatte Papa so oft gesprochen, daß die Schule für Micah ein drohendes Ungeheuer war, das nur darauf wartete, ihn zu verschlingen, so wie sein Vater den Rauch seiner Zigaretten in sich verschlang.

Schule, das ist nichts für uns, mein Sohn. Schule, das ist etwas für Sklaven …

Und was mache ich jetzt, Papa?

Weil ihm darauf keine Antwort einfiel, pinkelte er in den Teich und war überrascht, daß sich der Strahl der Tropfen in pures Gold verwandelte. Die Sonne ging unter. In einer Stunde würde es Nacht sein, und er wußte nicht wohin.

Als er der Sonne schließlich den Rücken kehrte und sich auf den Weg machte, trug er ein Kaninchen, eine Dose Frühstücksfleisch und tiefen Groll gegen seinen Vater bei sich, der ihm hundert Lebensregeln mitgegeben hatte, aber keine Straßenkarte für die Zukunft.

2

Als das Dorf hinter ihm lag, wurde ihm leichter. Keine Straßen mehr, keine Häuser und vor allem keine Menschen, vor denen er sich verstecken mußte. Hier gab es nur noch Felder, die Wege dazwischen, und über all das senkte sich mit Rosa-, Flieder- und Grautönen am Himmel die Abenddämmerung. In der Nähe gingen braune und weiße Kühe mit gesenkten Köpfen heim zu irgendeiner Farm, die er nicht sehen konnte.

Micah fuhr sich mit der Hand über die Augen und ging trotz der schmerzhaften Leere in seinem Magen beharrlich weiter nach Norden. Seit heute morgen – war es wirklich erst heute morgen gewesen? – hatte er nur ein Stück Brot und ein paar Bohnen gegessen, aber es schien ihm lebenswichtig, erst weit, weit weg von dem Wohnwagen Pause zu machen. Man würde Papa bald finden. Sie würden den Wagen durchsuchen. Sie würden sich fragen, wem die Jungenkleider, das Säckchen Murmeln und die Plastikautos gehörten, die er zu Papas Freude bei Woolworth in der Spielzeugabteilung mitgenommen hatte. *Mein Gott, du hast eine leichte Hand für so einen kleinen Kerl, das muß ich sagen.*

Es wurde dunkel, und Micah stand auf einem Weg, der zu einem kleinen Farmhaus führte. Das Licht in den Fenstern lockte ihn. Die Szene drinnen war ihm vertraut. Der Vater saß an einem Schreibtisch; die Mutter und ein paar Kinder saßen um den Herd, sahen fern und aßen aus einer buntbemalten Dose Bonbons. Bevor er groß genug gewesen war, allein hineinzuschauen, hatte ihn sein Vater an solchen Fenstern hochgehoben, um ihm die *Gaje* zu zeigen.

Sieh sie dir an, die Gaje! Halb tot sind sie und wissen es nicht einmal. Gefangene sind sie alle, in ihren sinnlosen Berufen und ihren erbärmlichen Häusern.

Micah hätte es zwar nie gewagt, es seinem Vater einzugestehen, aber in kalten Nächten hatte er sich schon oft gewünscht, genauso in einem dieser erbärmlichen Häuser zu wohnen und im Kreise einer solchen Familie vor dem Fernseher zu sitzen und Bonbons zu essen. Einmal hatten sie in ihrem Wohnwagen einen Fernsehapparat. Papa hatte ihn von einem abgestellten Lastwagen geholt, während er den Fahrer mit einer Mütze voll Eiern von Freilandhühnern ablenkte, »ganz frisch vom Bauern, ehrlich Mister«. Das stimmte sogar. Wie Papa sagte, es ging nicht frischer, sonst wären sie noch in den Hühnern gewesen – es war noch keine Stunde her, seit er sie selbst aus dem Gelege geholt hatte. Der Fernseher wurde im Wohnwagen aufgestellt, und sie hockten Abend für Abend gebannt vor dem flackernden Bildschirm und betrachteten die neue Welt, die sich ihnen öffnete. Gepflegte Leute in schönen Zimmern, immer blitzsauber, Zeichentrickfilme, Dramen, unverständlich wie eine Fremdsprache, eine Kinderfilmreihe mit einem mutigen Riesenhund, der immer im letzten Augenblick alles rettete, Quiz-Sendungen. Eine unendliche Vielfalt, die Micah besonders dann genießen konnte, wenn Papa in der Kneipe war und er den Wagen für sich allein hatte. Wie alles andere in Micahs Leben war jedoch auch dieses Vergnügen nur von kurzer Dauer. Eines Mitternachts trat Papa ihn im Zorn ein, und aus war der Traum.

Micah beobachtete weiter vom Fenster aus die Familie, und während das kleinste Kind sich noch ein Bonbon aus der Schachtel holte, es langsam auswickelte, in seinen Fingern drehte und dann genüßlich daran leckte, lief ihm draußen das Wasser im Mund zusammen. Der Geruch des Kaninchens auf seiner Schulter kam ihm wieder zu Bewußtsein. Es mußte gebraten werden; das Frühstücksfleisch würde bis morgen halten.

Auf der Rückseite des Hauses leuchtete noch ein Licht, und die Küchentür war nicht verschlossen. *Diese Trottel schließen ihre Türen immer erst ab, wenn sie ins Bett gehen, Micah.*

Er hatte Glück. Die Küche war leer, und im Nebenzimmer raschelte laut das Bonbonpapier, während der Fernseher von

Hungersnot in Indien, einem entgleisten Zug in Camden, dem Tod eines Filmstars in Kalifornien, einem Schiff in Seenot vor der Küste Cornwalls berichtete. All das hatte für ihn keine Bedeutung. Wichtig waren die Streichhölzer auf dem Herd und das gebündelte Feuerholz im Kohlenkasten.

Hinter der Scheune fand er eine von Bäumen geschützte Senke, und es dauerte keine Stunde mehr, bis das Kaninchen abgezogen, gebraten und aufgegessen war. In dem dunklen Stall fand er einen Eimer und eine freundliche Kuh. Nachdem er sich den Bauch mit Kaninchenfleisch und frischer, schäumender Milch vollgeschlagen hatte, kuschelte er sich an die breite, warme Seite der Kuh und machte die Augen zu. Er bemühte sich, seine Gedanken auf den nächsten Tag zu richten und nicht den Ereignissen des heutigen Tages nachzuhängen. *Was vorbei ist, ist vorbei, Kleiner. Darüber braucht man nicht mehr nachzugrübeln.* Das sagte sich so leicht. Nicht einmal Papa hielt sich an seine eigene Regel; seine Zeit mit der *Kumpania* war lange vorbei, aber trotzdem brütete er unablässig darüber ... Micah spürte, daß Papas altes Leben bei den Roma, von denen er immer wieder voller Verachtung sprach – *Wer braucht die schon, frage ich dich* –, irgendwie mit seinen Ginflaschen und seinem endlosen Gemurmel in der Nacht in Verbindung stand. Es gab ein unzerreißbares Band, das sie verknüpfte, aber was für ein Band, wurde ihm nie ganz klar.

Außerdem war es jetzt sowieso gleich. Papa war nicht mehr da. Er war allein. Und er mußte schon weg sein, bevor der Bauer kam.

Papas Stimme meldete sich im Verlauf der nächsten Wochen noch oft und warnte ihn vor Gefahr, lenkte seine Schritte auf seinem einsamen Weg, erinnerte ihn an die kleinen Schwindelmanöver und Diebeszüge und forderte ihn auf, sich selbst neue zu überlegen. Micah kam gut durch. Er war nun einen Monat unterwegs, aber seine Dose Frühstücksfleisch war noch ungeöffnet, und das Geld, das seiner Einschätzung nach keine Woche reichen konnte, war immer noch da. Es war lächerlich einfach, Lebensmittelläden auszunehmen, niemand achtete auf einen kleinen Jungen, der sich für einen Penny Süßigkeiten kaufte, denn wer dachte schon, daß er mit einer Dose Lachs in der einen Tasche und einer Schachtel Käse in der anderen aus dem Laden kam? Noch waren die Tage warm, und in der Nacht zeigten ihm die Sterne den Weg durch die Stille. Die Erdbeer- und Kirschenernte war längst vorbei, aber schon warteten in den Obstplantagen Birnen und Äpfel darauf, gepflückt zu werden. Auf den Feldern wuchsen die Tomaten, Karotten und Salat gab es reichlich. Jede Farm hielt ihre Hühner, und für den, der sich auskannte, war es leicht, sich mit frischen Eiern einzudecken. Für Milch und Hühner galt das gleiche, obwohl man sich mit den Hühnern vorsehen mußte: Drehte man ihnen den Hals zu langsam um, machten sie Lärm.

Und Lärm war gefährlich.

Hunde ebenfalls. Papa hatten sie das Leben vergällt, und Micah jagten sie Todesangst ein. *Du mußt dich ihnen stellen, bevor sie bellen, mein Kleiner, zieh ihnen schnell eins über, damit sie gleich kapieren, wer der Herr im Haus ist. Wenn sie dich erwischen, tritt sie in die Eier, aber sieh um Gottes willen zu, daß du auch triffst.* Also blieb Micah vorsichtig. Er hatte immer einen Hühnerflügel oder einen -schenkel in der Tasche, den er dem Hund anbot, wenn sich in seinem Nacken auch nur ein Härchen aufrichtete.

Ein sanftes, freundliches Wort, kurz die Brust und das Maul gestreichelt, und ein Feind wurde zu einem Verbündeten, dessen feines Gehör Micah viel früher als sein eigenes warnte, wenn der Bauer näher kam.

Der Schmerz über Papas Tod ließ nach, und Micah begann, seine Freiheit zu genießen. Es gab reichlich zu essen, niemand verprügelte oder kränkte ihn, und allmählich machte sich die Überzeugung bei ihm breit, er könnte ewig so weiterziehen.

Dann aber wurden die Tage kürzer, das Blau des Himmels wurde blasser, und die Wolken schlossen sich zu einer immer dichteren Decke zusammen. Der Wind, der über die abgeernteten Felder pfiff, roch nach Regen. Das Grün der Bäume wurde dunkler, das Gras auf den Weiden spärlicher, und aus den Wäldern und Kartoffelfeldern stiegen die Stare auf und sammelten sich zu ihrem Zug nach Süden.

Er sah diese Veränderungen und wußte um ihre Bedeutung, aber er wollte sich dem nicht stellen und drängte sein Wissen zurück.

Er war noch nicht soweit.

Mitte September aber verließ ihn sein Glück. Sein Unglück kam knurrend mit heißem Atem und hochgezogenen Lefzen über ihn. Es war kein Dobermann oder Schäferhund – vor denen hatte er Angst, und deshalb hütete er sich vor ihnen. Nicht einmal der Labrador war es, der in der vorausgegangenen Nacht den Stall bewachte und immer sofort sein Nackenhaar aufstellte, wenn Micah ihm nicht die breite schwarze Brust streichelte.

Micah war nicht einmal auf Privatbesitz, als es passierte.

Es war am Frühabend; die Nebenstraße fast menschenleer, und in den umstehenden einzelnen Häusern wurden schon die Vorhänge vorgezogen, hier und da gingen die Lichter an.

Ausgerechnet Lassie erwischte ihn.

Das Collieweibchen saß stocksteif wie eine Herzogin auf dem Rücksitz. Es knurrte nicht, als Micah näher kam, aber das hatte er auch nicht erwartet. Die Hündin hatte ein gepflegtes goldbraunes Fell, das in der Abendsonne leuchtete; ihr Gesicht war ebenso freundlich und verständnisvoll wie das der echten Lassie, die er im Fernsehen immer voller Sehnsucht betrachtet hatte. Eine Brise fuhr ihr leicht über das Fell wie ein Windstoß durch ein Kornfeld. Micah hielt den Atem an und kam langsam näher; die Brieftasche auf der Ablage am Armaturenbrett, die ihn ursprünglich angelockt hatte, war vergessen, und nur noch ihr schöner Kopf fesselte ihn.

Sie zeigte ihm ihr elegantes Profil.

»Ja, du bist mir aber eine Schönheit«, flüsterte er, ohne sich zu bewegen. »So ein schönes Mädchen habe ich schon lange nicht mehr gesehen ...«

Er hob langsam seine Hand und streckte sie durch das offene Wagenfenster hinein, aber immer so, daß sie sie sehen konnte. *Du darfst ein Tier nie überraschen, Micah. Dann beißt es nämlich.*

Sie hatte also keinen Grund, nicht im geringsten.

Und sie kündigte es nicht an. Ihr Maul zuckte nicht. Ihre Nackenhaare stellten sich nicht auf. Nicht die Spur eines Knurrens.

In der einen Sekunde war sie eine Statue, und in der nächsten ein gelber Schatten, der durch das Fenster auf ihn schoß und ihm gegen die Brust prallte. Geld fiel ihm aus der Tasche und klimperte auf Beton. Er stolperte nach hinten, stürzte und spürte, wie sein Kopf auf die Straße schlug. Er riß die Arme vor das Gesicht, rollte sich zur Seite und landete im Straßengraben.

Dann hatte sie ihn auch schon gepackt, zog die Lefzen zurück und biß mit ihren langen Zähnen immer wieder zu ... Er hatte die Arme hochgezogen, so erwischte sie sein Gesicht nicht. Er versuchte, sie in die Seiten zu boxen, die Enge des Grabens hinderte ihn. Es verschwamm ihm alles vor den Augen, ihn verließen die Kräfte. Die Hündin gab keinen Laut von sich.

Irgendwo weit weg knallte eine Tür. Jemand pfiff.

Sie stockte, hob ihren Kopf und lauschte.

Schließlich sprang sie auf, schüttelte sich kurz und trabte weg.

Er blieb in dem Straßengraben liegen ... eine Nacht ... einen Tag ... er wußte es nicht. Ein kleines Fellbüschel wehte ihm unter die Nase; es roch nach Blumen – er kannte den Geruch von Shampoos in den Läden. Sie war keine normale Hündin, sondern gehörte zur Welt der Reichen, wie er sie im Fernsehen kennengelernt hatte. Weil er ein Roma war, hatte sie ihn töten wollen.

Sie sind alle gleich, die feinen Leute. Schöne Häuser, dicke

Bankkonten. Sie glauben, deshalb sind sie besser als wir, verstehst du? Deshalb behandeln sie uns wie Dreck, und so war das schon immer. Wir sind aber frei, und das können sie nicht ertragen. Das frißt ihnen an der Seele, das frißt sie auf ...

Ich will aber gar nicht frei sein, hörte er sich wimmern. Ich will ein Haus und ein Bett, ein Essen auf dem Tisch und Bonbons in der Büchse ...Ich will, daß mir mein Arm nicht mehr weh tut, und mein Kopf auch nicht, ich will ...

Es dauerte nicht lange, und er begann, sich nach seinem Vater zu sehnen. Er rief nach ihm, niemand kam. Nach einer Weile überlegte er, daß es besser sei, sich zu bewegen. Er versuchte es. Der Mond verlosch.

Irgendwann in der Nacht weckte Micah der Regen. Er schleppte sich aus dem Straßengraben und unter seinem Gesicht spürte er Gras, zwischen seinen Fingern etwas Dickflüssiges, Klebriges. Das Gras war stoppelig und stach ihm schmerzhaft in die Hand. Nur in die eine. Die andere wollte sein Gewicht nicht tragen, und so schleppte er sich auf den Ellbogen weiter, bis er den Wall erreichte.

Hier war er sicher und konnte ruhig schlafen.

Die nächsten Tage vergingen, er wußte nicht wie. Er spürte Regen in seinem Gesicht, dann wieder Sonne, eine Beule an seinem Hinterkopf und einen Nachtfalter, der ihm über die Hand kroch ... Dann nagten Zähne an ihm, und er dachte schon, Lassie sei wieder da. Er hob den Kopf und sah Barthaare direkt vor seinem Gesicht, wo gerade noch der Nachtfalter gewesen war, die Barthaare einer Ratte ... Er hörte sich selbst aufschreien, und die Ratte lief davon. Von da an versuchte er, wach zu bleiben. Im einen Augenblick war ihm glühend heiß, im nächsten klapperte er mit den Zähnen. Seine Hand war groß, angeschwollen und brennend heiß; die Haut war straff gespannt, wie ein Trommelfell, aber die Trommel wurde von innen geschlagen, und seine Hand pochte und pochte ... Sein Mund war ausgetrocknet, aber Papa lachte ihn aus. *Ein gutes Wasser hat England, Kleiner, verdursten tut hier niemand ...*

Das fiel ihm jetzt wieder ein, und er leckte das Gras ab. Dann weinte er hinein. Papa, seinen Papa wollte er ... Papa versorgte ihn doch immer, wenn er krank war. Er ging dann nicht in das Gasthaus, und er prügelte ihn auch nicht. Nein, er gab ihm Milch zu trinken, und er fütterte ihn mit heißer Suppe aus einer Dose. Sein Haar streichelte er ihm dann, sein Papa ... Zuerst dachte er, es donnere nur in seinem Kopf, dann kam Platzregen und er war schnell bis auf die Haut durchnäßt. Er fühlte sich aber auch erfrischt und munter. Seine Hand schmerzte. Sie sah schlimm aus, unnatürlich rosarot und geschwollen. Die Wunde reichte über seine ganze Hand. Sie war geschlossen, die Wundränder dunkel verfärbt, und von innen pochte der Schmerz.

Lassie. Das Dreckvieh, das wunderschöne, verdammte Dreckvieh.

Los, auf, Bewegung ... Er mußte etwas zu essen besorgen ... Kein Geld mehr in der Tasche ... vielleicht lag es ja noch auf der Straße dort unten ... Er stolperte zu der Straße zurück, aber sein Geld konnte er nicht finden. Panik stieg in ihm auf, er suchte mit seiner gesunden Hand im Straßengraben herum. Ein Lastwagen näherte sich mit quietschenden Bremsen und blieb neben ihm stehen.

»Was zum Teufel suchst du denn da unten, Kleiner?« Der Fahrer streckte seinen Kopf heraus und blinzelte in den Regen.

Micah hörte wieder seinen Vater. *Laß dir nie anmerken, daß du Angst hast, Kleiner.*

»Ich suche mein Geld, Mann.«

Der Fahrer lachte. »Von mir kriegst du auf jeden Fall keines, du frecher kleiner Kerl. Willst du mitfahren?«

Die Beifahrertür schwang auf. Er ging in die Falle, das wußte er, aber von den Schmerzen in seiner Hand war er genauso gefangen – und inzwischen war es nicht nur seine Hand; das Klopfen hatte sich nun auf seinen gesamten Arm ausgebreitet.

Außerdem aß der Fahrer gerade ein Schinkensandwich.

Er stieg ein, und die Wärme und der köstliche Duft des Schinkens beglückten ihn mehr als ihn der Arm schmerzte.

Der Fahrer schaltete hoch. »Wie weit willst du denn mitfahren?«

»Nur ein Stückchen weiter ... bis zu den nächsten Häusern.«

»Aha.« Er schob das Päckchen mit Sandwiches über die Sitzbank zu ihm herüber. »Möchtest du eines?«

Eilig griff er danach.

Der Fahrer zog eine Zigarette aus der Packung auf der Ablage, zündete sie an und warf Micah einen schnellen Blick von der Seite zu. »Willst du heim, Kleiner?«

»Ja.«

Er schaltete die Scheinwerfer ein. »Wohnst du weit von hier?«

»Nein.« So gutes Brot hatte er noch nie gegessen, und dazu noch der Schinken ... Er kaute vor sich hin, ließ sich von der Wärme und dem monotonen Geräusch der Scheibenwischer einlullen. Auf die nächste Frage war er nicht vorbereitet.

»Du bist wohl von zu Hause weggelaufen, was?«

Das letzte Stück Sandwich blieb ihm im Halse stecken. »Natürlich nicht – ich wohne bei meiner Tante.« Diese Idee machte ihm Mut, und er schmückte sie weiter aus. »Sie wartet schon mit dem Essen auf mich. Es gibt Stew mit Klößen – und dazu Schokoladenkuchen.«

Wieder ein kurzer Seitenblick durch den Zigarettenrauch. »Dann willst du jetzt wohl kein Sandwich mehr, oder?«

Noch bevor sein Mund »nein« sagen konnte, griff seine Hand schon zu. Die schlimme Hand. Er achtete nicht auf sie. Das Sandwich lag zu dicht vor ihm.

Der Fahrer bemerkte sie sofort: »Mit der Hand solltest du besser zu einem Arzt gehen. Sie ist entzündet.«

»Ach wo!« sagte er. »Die sieht immer so aus.«

Da verstummte der Fahrer und konzentrierte sich auf die Straße. Das erste Haus, das sie erreichten, war kein Privathaus, sondern ein Tabakladen. Der Fahrer hielt an und machte seine Tür auf. »Warte einen Augenblick, Kleiner. Ich muß nur Zigaretten holen.«

Auf der Ablage lag seine Packung. Sie war noch fast voll. Aufpassen. Micah konnte riechen, was jetzt auf ihn zukam. Polizei. Schule. Ein Heim für kleine Jungen, die keines hatten. Er sah, daß der Fahrer sich Kleingeld aus der Tasche holte und in die Telefonzelle an der Ecke ging.

Als er seinen Kopf über die Sprechmuschel beugte, sprang Micah aus der Beifahrertür des Lasters, rannte durch den Regen los und sah sich nicht um, bis er die Straßenlaternen und die hell beleuchteten Schaufenster hinter sich gelassen hatte.

Er war erschöpft und naß bis auf die Haut. Der Wind, der über das Hochmoor pfiff, fand jede Öffnung und jede dünne Stelle in seinem schwarzen Hemd. Er zitterte vor Kälte. Er hatte keinen Plan, kein Geld und keine Stelle, an der er sich zum Schlafen legen konnte.

Und er wußte nicht, wo er war. Es sah aus, als sei er in den Außenbezirken einer Stadt. *Hüte dich vor den Städten, Kleiner, denn da sind die Bullen. Städte bringen für unsereinen nur Probleme.* Für unsereinen. Unser Volk. »Ich gehöre nicht zu unserem Volk«, sagte er laut.

Zu welchem denn sonst? fragte Papa ...

An einem Abend wie diesem waren die Straßen leer. Nur der Regen fiel durch die Lichtkegel der Straßenlaternen, tropfte in die Pfützen. Micah lief durch eine Art Geschäftsstraße mit kleinen Läden, Reihenhäusern, dunklen Einfahrten.

ELDON'S LEBENSMITTEL
Frisches Obst und Gemüse – freitags Fisch

FELIX ABRAMSKY – ELEKTROGERÄTE
Kleingeräte Reparaturarbeiten

ANNA ABRAMSKY TANZSTUDIO
Ballett und Steptanz (keine Akrobatik)

Nur das Studio war erleuchtet. Als er sich unter den schützenden Dachvorsprung schlich, klangen von drinnen dünne Stimmen und Musik durch die Fenster. Jemand spielte Klavier, die Melodie wurde von einer energischen Frauenstimme übertönt. Spitzenvorhänge zierten die Fenster. Dutzende kleiner Mädchen standen mit dem Rücken zu ihm zur Mitte des Raums gewandt.

Die Musik hörte auf, nicht aber die Stimme.

»Ich sagte die Fünfte, oder? Ihr könnt Madame doch hören, oder?«

Ein Dutzend hübscher Köpfchen nickte.

»Dann zeigt mir auch die Fünfte! Die Fünfte, Fünfte, Fünfte!«

Die Dame mit der energischen Stimme kam in die Mitte des Raums, klopfte mit den Knöcheln auf den Tisch und sagte noch einmal: »Die Fünfte, Fünfte, Fünfte!«

So sah er Madame zum erstenmal. Anna Abramsky.

Sie war groß. Zum Unterrichten trug sie einen Gymnastikanzug und Strumpfhosen, Ballettschuhe, Beinwärmer und darüber eine unförmige schwarze Bluse, aus deren Ärmel klapperdürre Handgelenke wie ausgebleichte Zweige heraushingen. Ihr helles, dünnes Haar war zu einem Knoten gebunden. In einer Hand hielt sie einen Rohrstock, mit dem sie hier einen falsch gestellten Knöchel, da eine heruntergezogene Schulter und dort ein herunterhängendes Kinn antippte.

Micah sah zu, wie sie auf das Klavier hinter sich klopfte. »Fangt an. *Grands battements à la barre. À la barre,* Marcia! – was willst du denn auf dem Boden?«

Die Frau kam mit so entschlossenen Schritten auf das Fenster zu, daß Micah sicher war, sie hätte ihn gesehen. Aber sie wollte nur zu der unglücklichen Marcia, die sich gerade wieder erhob.

Sein Blick wanderte zu dem Mann am Klavier und seinem Spazierstock, der an der Klavierabdeckung hing und sich im Takt mit der Musik schwang wie ein Metronom. Auch das silberblonde Haar, wie ein Heiligenschein um seinen Kopf, wippte im Takt. Micah hatte gelernt, auf bestimmte Dinge zu achten, so sah er vor allem den Stock. Das konnte bedeuten, daß der Mann nicht allzu schnell auf den Beinen war. Da drinnen war ganz bestimmt irgendwo Geld, vielleicht etwas zu essen oder ein Eckchen, in dem er warten konnte, bis es nicht mehr regnete. Er fragte sich, wann die Tänzerinnen wohl heimgingen – sie konnten unmöglich alle hier wohnen. Er überlegte, ob sie vielleicht Handtaschen mit Geldbeuteln hatten, die er sich blitzschnell in die Tasche schieben könnte.

Wieder ein Schlag auf das Klavier, und wieder stockte die Musik. Die beiden Lehrer steckten die Köpfe zusammen und berieten sich wie zwei geschwätzige Vögel. Die Lehrerin sprach mit knappen, emphatischen Bewegungen, nickte kurz mit dem Kopf oder schüttelte ihn, und der Klavierspieler antwortete mit geduldigem Lächeln und ruhigen Handbewegungen.

Sie wandten sich wieder ihren Schülerinnen zu und sprachen zugleich:

»Von vorne, meine Damen, bitte. Los!«

Der Klavierspieler sah kurz auf, beugte sich dann über die Tasten.

Ein Oberlicht leuchtete auf ihn herab, und der silberblonde Haarkranz schien Micah einen Augenblick lang einem Heiligenschein zu gleichen.

3

Er mußte es riskieren. Eine überdachte Außentreppe führte an der Seite des Studios nach oben. Darüber lag sicher eine Wohnung, es waren Blumen und eine Lampe mit rosafarbigem Schirm im Fenster; diese Wohnung war einen Versuch wert.

Micah wartete im Eingang, schwitzte und zitterte, lauschte dem Klavier und der Frauenstimme und wünschte seinen Arm ans Ende der Welt. Privathäuser, sogar auf dem Land, waren riskant ... und in Städten kannte er sich nicht aus. Papa hätte gewußt, was jetzt zu tun sei. Ob vielleicht noch jemand dort oben war? Was sollte er machen, wenn sie ihn erwischten und der Polizei übergaben? Er dachte an die Stimme der Frau, am liebsten hätte er es aufgegeben und woanders versucht, aber da fuhr ein Streifenpolizist mit einem schwarzen Regenüberwurf vorbei. Im Schein der Straßenlaterne glänzte er wie ein Panzer.

Die Hintertür des Studios war offen, die kleine Eingangshalle leer. Der Geruch einer Suppe, die auf einem Herd kocht, wehte von irgendwo her. Ein kräftiger Duft nach Rindfleisch und Knoblauch, der ihn schwach werden und seinen Magen sich zu einem kleinen, harten Knoten zusammenziehen ließ. Wie viele Tage hatte er nichts gegessen? Er wußte nicht, wie lange er in dem Straßengraben und unter Hecken gelegen hatte, lange war es sicher gewesen. Sein erstes Ziel war die Wohnung, hier könnte er vielleicht Geld oder einen unbenutzten Lagerraum finden, in den er sich verkriechen konnte, bis seine Hand einigermaßen verheilt war.

Er schlich die Treppe vorsichtig hinauf. Der verglaste Absatz am Ende der Treppe war mit Spitzengardinen verhängt, und auf einem Trockengestell hingen Unterwäsche und viele Paare der gestrickten Schläuche, wie sie die Frau an ihren Beinen trug. Sie rochen wie nasse Schafe, Wolle also. Schade, daß sie naß waren, denn er hätte sie gut unter seinen Hosen gebrauchen können.

Zuerst kam ein Wohnzimmer, ein überfülltes, großmütterlich anmutendes Zimmer, das ihn mit seiner Wärme umschloß. Riesige alte Sofas, Lehnstühle mit Samtbezügen und dicken Kissen, schwere Vorhänge und weiße Spitzendecken auf Kopfstützen und Armlehnen erstickten mit ihren düsteren Rot- und Indigotönen den Besucher. Alte Sepia-Drucke von Tänzern und Tänzerinnen hingen an den Wänden, und auf der Anrichte und dem Kaminsims standen kleine Figurinen, ebenfalls Tänzerinnen.

So etwas hatte er noch nie gesehen. Die Hitze war unvorstellbar. Sie kam von überall – in dem Kamin glühte in halber Höhe ein Becken mit Kohlen, und auf der anderen Seite warf ein Gasfeuer blaue Muster an die rissige Decke.

Die Versuchung, sich in der atemberaubenden Hitze und seinem eigenen Tiergeruch zu suhlen und sich in den warmen Plüsch zu senken, war groß.

Laß dich von der Bequemlichkeit nicht verführen, Kleiner. Das ist die Falle, die sie uns stellen ...

Jawohl, Papa.

Sein erster Blick galt der Anrichte, weil Frauen dort immer ihre Geldbörse hinlegen. Es war keine da.

Er drückte langsam die Schlafzimmertür auf, bereit sofort auszureißen, falls ihn jemand aus der Stille ansprechen sollte. Noch mehr Teppiche, noch mehr Plüsch, und noch mehr Bilder von Tänzern und Tänzerinnen, alle signiert.

Das Bett stand mitten in dem Zimmer und sah mit seiner Decke aus Weißstickerei aus wie ein riesiges Marshmallow. Er drückte darauf, und seine Hand versank immer tiefer und tiefer. Ein Federbett also. Er biß sich auf die Lippe und drehte sich zum Toilettentisch. Haarnetze, Haarnadeln und seltsam halbrunde Kämme mit Perlmuttbesatz lagen darauf. Aber kein Geld. Er suchte nun hastiger, sicher, daß die Musik jeden Augenblick aufhören und das Paar ins Bett gehen würde.

Als hätten seine Gedanken den Befehl gegeben, hörte die Musik auf, aber nur kurz. Dann setzte sie lauter als je zuvor wieder ein und füllte das Schlafzimmer. Ihm blieben noch ein, zwei Minuten, dann wäre das Lied zu Ende.

In den Nachttischen und dem Kleiderschrank fand Micah nichts. Oben auf dem Wäscheschrank stand eine Blechschachtel. In seiner Verzweiflung versuchte er sein Glück auch dort. Vergilbte Theaterkarten, eine Feder, ein Kork, ein ungewöhnlich geädertes Stück Bernstein. Eine alte Brosche ... die Musik hatte noch nicht aufgehört.

Von Schmuck laß die Finger weg, Kleiner. Den kann die Polizei erkennen, oder sie kann ihm nachspüren.

Wut überkam ihn. Papa hatte gut reden. Ihm tat der Arm nicht weh, er hatte keinen Hunger, er hatte sich nicht verirrt, und er war nicht zehn Jahre alt, vor allem also war er nicht hier!

Er schluchzte kurz auf, und in diesem Augenblick packte ihn eine Hand an der Schulter. Eine feste Hand, eine Männerhand.

Es war die des Klavierspielers, und sein Griff war hart.

»Was machst du hier? Sag es Felix. Bitte.«

Die Brosche fiel in den Kasten zurück wie eine fette Brieftaube, die in ihren Schlag zurückkehrt. »Ich suche einen Knopf«, sagte er. Wie immer ging ihm die Ausrede leicht von der Zunge. »Ich habe ihn von meiner Hose verloren, da schau her.« Los, zeig ihm den Hosenschlitz ohne Knöpfe, zeig ihm die Sicherheitsnadeln.

Felix Abramsky spürte, wie sich die Schulter des Jungen vorschob, als wollte er sich losreißen, und so packte er fester zu. Das Kind sah zu ihm auf. Sofort trat ein hinterlistiger Ausdruck in sein Gesicht. Ein schmales Gesicht, völlig verdreckt, mit hohen Backenknochen und einem schmalen, harten Mund. Die Augen waren schwarz und glänzten unnatürlich hell; Augen voller Geheimnisse.

»Ich habe an die Tür geklopft«, kam es wie geschmiert aus ihm heraus. »Aber das habt ihr bei dem Krach wohl nicht gehört.« Dieser Krach hörte in dem Augenblick auf. »Na ja, ich muß auf jeden Fall weg, oder ich komme zu spät ...«

Felix' Lippen zuckten. »Hattest du vielleicht vor, mit dem bißchen Glitzerkram von Annas Großmutter aus Kiew wegzulaufen?«

Der Junge schluckte. Sein Hals war nicht nur schmutzig, sondern auch unfaßlich dünn. Eine Hand ließ er immer in seiner Tasche. Vielleicht hatte er schon etwas gestohlen ...

»Na? Hast du etwas genommen?«

»Nein!«

»Es würde dir nichts einbringen. Unsere Sachen haben nur für uns selber Wert.«

Inzwischen hatte der Junge sein Selbstvertrauen wiedergefunden. Die knochige Schulter in Felix' Hand spannte sich wieder, und erst jetzt fiel ihm auf, wie heiß sie war.

Er packte wieder fester zu.

Im Studio einen Stock tiefer sagten die Mädchen ihrer Lehrerin gute Nacht, und ihre klaren, hellen Stimmen klangen wie der Gesang von Vögeln die Treppe herauf. Der Gegensatz zwischen diesen sauberen, gut versorgten Kindern und dem hier ... Felix seufzte. Was sollte er bloß mit ihm anfangen?

Anna rauschte wie gewöhnlich nach ihren Kursen mit einem Schwall ungehaltenem Russisch herein, um sich von dem unablässigen Ballett-Französisch zu erholen. Sie stellte den Suppentopf hin, rieb sich den Hals mit einem Handtuch ab und schimpfte dabei ununterbrochen auf den Anfängerkurs vom Dienstag und auf die Mütter ihrer Schülerinnen. Marcia sei ein Nilpferd und Betsy eine Gans – und jetzt wolle Betsys Mutter sie doch tatsächlich in ihren Spitzenschuhen sehen.

»Anna ...«

»... eine Anfängerin *en pointe*, auch das noch! Kein halbes Jahr bekommt sie Unterricht, und schon meint die Mama, sie hätte eine Margot Fonteyn zur Tochter ...«

»Anna ...«

Sie stockte. Ein schneller Blick erfaßte die offene Blechschachtel und den Jungen.

»Aha. In England sind sie also auch.«

»Wer?«

»Die Zigeuner – sind sie denn überall? Da, schau ihn dir doch an! Er kann kaum laufen, aber stehlen, das kann er schon.«

»Aber er hat doch gar nichts genommen ...«

»Das sagt er.«

»Anna, er ist doch noch ein Kind.«

»Ein Dieb.«

»Er ist naß bis auf die Haut.«

»Er ist völlig verdreckt, er stinkt, und bestimmt hat er

Läuse. Weiß Gott, was er alles in der Tasche hat – ruf die Polizei.«

»Anna! *Wir* die Polizei rufen, ausgerechnet wir?«

Sie wich seinem Blick aus. Seit dem Krieg hatten sie drei verschiedene Länder als Flüchtlinge kennengelernt; sie wußten beide, wie es war, wenn man keinen Zufluchtsort hatte.

»Vielleicht hat er Angehörige ...« Noch während er das sagte, schüttelte sie den Kopf.

Felix auch. Welche Angehörigen würden schon dieses abgerissene Kind für sich beanspruchen wollen? Er ergriff den Jungen beim Kinn und sah ihm ins Gesicht, in das jetzt Verwirrung trat. Vielleicht weil er kein Russisch verstand. Fast automatisch entschuldigte sich Felix. »Verzeih, daß wir in unserer Sprache sprechen ... Wo wohnt deine Familie?«

Das Kindergesicht wurde zuerst mißtrauisch, dann trotzig. »Warum?« wollte der Junge wissen.

Felix konnte förmlich sehen, wie es hinter der schmutzigen Stirn arbeitete. »Deine Familie«, fragte er noch einmal. »Wo wohnt sie?«

Die angestrengte Überlegung war abgeschlossen. Triumph flackerte in den dunklen Augen auf. Ein herzzerreißend süßes, engelhaftes Lächeln brach durch den Schmutz.

»In Indien«, sagte der Junge mit bestimmter Stimme. »Wenn ihr mich nicht fort laßt, komme ich zu spät, und dann gibt es eine Tracht Prügel.«

Was dann ganz klar Felix Abramskys Schuld wäre. Er seufzte auf. Mit geradezu künstlerischem Geschick hatte der Junge in eine einfache Lüge den Haken des Vorwurfs eingebettet und das Ganze so meisterhaft vorgebracht, daß ein schlechtes Gewissen die unweigerliche Folge sein mußte ... Merkwürdige Talente legte er da an den Tag, dieser kleine Zigeuner – wenn er tatsächlich einer war. Felix hielt es für unwahrscheinlich. Zigeuner hielten zusammen, zumindest so viel wußte er über sie.

»Indien! Da siehst du es selber!« Wieder prasselte Annas

Russisch über sie her. »Das ist kein ordentlicher Junge, Felix. Er stiehlt, er lügt und stinkt – du rufst jetzt entweder die Polizei, oder du wirfst ihn hinaus. Wir sind hier in England; das ist ein zivilisiertes Land, und die Leute wissen hier, wie sie in einem solchen Fall vorgehen müssen. Sie finden seine Angehörigen ganz schnell – und wenn er keine mehr hat, kümmert sich die Regierung um ihn …«

Er seufzte noch einmal. Anna sah wieder einmal alles schwarz-weiß. »Mein Engel, er ist doch noch ein Baby.«

Nun war sie es, die ihn mit vorwurfsvollen Blicken musterte. Baby, dieses Wort weckte traurige Erinnerungen, und deshalb fiel es in diesem Haushalt nur selten, und wenn, dann nur in Liebe. Baby, das war ein kräftiger kleiner Junge mit vollen, roten Lippen und feinen blonden Locken, der mit Annas Mutter in der Pariser Wohnung war, als die Bombe einschlug. Baby, das war Sascha. Das andere, das kleine Mädchen … das war eine ganz andere Geschichte. Von ihm wurde nie gesprochen. Weder von Anna noch von ihm, wenn er keinen Streit haben wollte.

»Na schön, dann eben dieses Kind«, sagte er mit fester Stimme. »Es ist hier, und wir müssen damit fertig werden.«

»Dann laß uns damit fertig werden. Schau in seine Tasche – sieh doch nur, wie krampfhaft er die Hand darin verbirgt!«

Sie machte einen schnellen Schritt und riß die Hand aus ihrem Versteck.

Der Junge wurde blaß, sank in sich zusammen.

In einem Augenblick eine gehetzte, übernervöse, fiebrige Kreatur, und im nächsten lag er als knochenloses nasses Lumpenbündel am Boden.

Annas gerötetes Gesicht wurde aschgrau. »O Felix, o mein Gott!«

Das konnte man sagen. Der Arm des Jungen war vom Ellbogen bis zu den Fingerspitzen entzündet und angeschwollen wie ein prall gefüllter Wasserschlauch.

Als Felix ihn behutsam auf ein Sofa legte, erschrak er wieder. Der Junge wog so gut wie nichts. »Ich glaube, er ist kurz vor dem Verhungern«, sagte er. Anna flößte ihm vorsichtig etwas Brandy ein und legte ihm ihre lange, schmale Hand auf die Stirn.

»Er ist glühendheiß … das ist doch einfach nicht möglich«, murmelte sie. »In diesem Land ist so etwas nicht möglich. Die Behörden …«

Das Bündel aus Lumpen rührte sich, hustete und versuchte, sich aufzurichten. »Ich muß weg, ich komme zu spät, versteht ihr denn nicht …«

»Vor allem mußt du zu einem Arzt«, sagte Anna und griff nach dem Telefon.

Der Junge, der ohne einen Laut ohnmächtig geworden war, als Anna ihn bei der verletzten Hand gepackt hatte, schrie nun auf. *»Nein! Nicht anrufen, nicht anrufen!«* und versuchte krampfhaft, sich von dem Sofa herunterzuwinden.

»Anna, warte noch! Gib ihm doch erst einmal eine heiße Suppe, oder was meinst du?« Er richtete sich an den Jungen. »Hör zu, das ist eine ernsthafte Verletzung, und draußen regnet es in Strömen. Wie wär's denn, wenn der Arzt hierher kommt? Dagegen hast du doch bestimmt nichts, oder? Komm, sag es Felix.«

Zum erstenmal traten Tränen in die dunklen Augen. »Sie halten alle zusammen, sagt mein Papa, alle! Ärzte, Polizei, Lehrer … Sie bringen mich weg und sperren mich ein …«

»Aber wir müssen doch etwas für deinen Arm tun!«

»Sie werden mich nie fangen. Ich renne weg, ich …«

Felix kauerte sich neben den Knaben, sah den störrischen Ausdruck um seinen Mund und glaubte ihm aufs Wort. »Dein … dein Papa? Wo ist er?«

Nun flossen unverwechselbar die Tränen. Sie quollen unter den langen Wimpern hervor und rannen an den verdreckten Wangen herunter.

»Deine Mutter?«

Er schüttelte den Kopf.

»Du hast also niemanden, gar niemanden?«

*

Nach zahlreichen eindringlichen Fragen gelang es ihnen, Bruchstücke der Geschichte aus ihm herauszuholen – ausgeschmückt mit Erfindungen, die ihm gerade einfielen, dessen war sich Felix sicher.

Er hieß Micah. Micah, und weiter? Nur Micah. Sein Vater war tot, ach, schon seit Jahren, an die Mutter erinnerte er sich nicht. Sein Onkel wohnte in einem großen Haus und hatte ein Auto, einen Stall mit ganz vielen Kühen und einen Hund, der Lassie hieß. Wo wohnte er denn, dieser Onkel? Eine kurze Überlegung, und der schnelle Verstand, eben noch bei Indien, spuckte nun ebenso schnell und ohne Zögern Kalifornien aus. Warum wohnte Micah denn nicht bei seinem Onkel? Weil der einen Gürtel hatte, versteht ihr, und wenn er betrunken war, schlug er Micah damit, aber ganz schlimm. Wo wohnte Micah also? Wo schlief er? Wovon ernährte er sich? Micah zuckte die Achseln. Zum Schlafen fand man immer einen Platz, und Essen gab es überall ... Wo war es aber, dieses Essen? Micah fand es, antwortete er darauf, er fand es eben. Er kam schon durch, er konnte für sich sorgen, ehrlich.

Felix erhob sich und rieb sich die Hüfte. »Ich glaube, du ißt jetzt erst einmal eine Suppe, Mischa.« Er registrierte es selbst nur am Rande, daß er den Namen kaum merklich weicher gemacht hatte, aber er dachte nicht weiter darüber nach – es war eine Angewohnheit von ihm, aus Namen Kosenamen zu machen, eine Angewohnheit, die Anna ihm ständig auszutreiben versuchte, weil er damit die Leute angeblich dazu verleitete, ihn auszunutzen. »Ich werde jetzt ein bißchen Russisch mit Anna sprechen, weil sie sich im Englischen – na ja – eingeschränkt fühlt. Du siehst uns aber, und das Telefon dort siehst du auch, und du kannst dich selbst davon überzeugen, daß wir niemanden anrufen, ja? Du kannst dich also entspannen.«

*

Sie standen beim Herd und sahen zu, wie der Junge Suppe aß.

»Du hast recht, er war am Verhungern«, sagte sie. »Er hat außerdem hohes Fieber, Felix. Er muß sich einfach von einem Arzt anschauen lassen ...«

»Der Arzt müßte es melden – so ein kleiner Junge mit einer so schweren Verletzung, ohne irgendwelche Angehörige ... Sie werden ihn unweigerlich zuerst in ein Krankenhaus und dann in ein Waisenhaus stecken. Er wird wieder weglaufen – wahrscheinlich bevor er wieder gesund ist.«

*

Schließlich fanden sie eine Kompromißlösung. Wenn der Junge einverstanden war – und in seinem Zustand konnte er sich wohl kaum groß wehren –, würden sie dem Arzt erzählen, er sei ihr Neffe, der bei ihnen zu Besuch sei. Er sei krank gewesen, dieser Neffe, und er sei zur Erholung bei ihnen.

»Aber Felix, das wäre eine Schande für uns! Was soll denn der Arzt von unserer Familie denken, verdreckt, wie der Junge ist?«

»Wir baden ihn zuerst, und dann lassen wir ihn noch einen oder zwei Tage hier, bis sein Arm geheilt ist – dann sehen wir weiter ...«

»Vielleicht regnet es ja morgen nicht mehr, und er läuft von uns auch weg.« »Bade du ihn, Felix«, sagte Anna, »und nimm die Wurzelbürste dazu, ja? Und reichlich Karbolseife für das Haar, und die Ohren machst du ihm ordentlich mit einem Waschlappen sauber, hörst du? Genau! Wo soll er schlafen, dieser Straßenjunge? In unserem Wohnzimmer auf jeden Fall nicht, nein, das kommt nicht in Frage ...«

»In der Kammer unter der Treppe. Sie ist groß genug, und er hat es warm dort.«

Ihre Nasenflügel zuckten. »Mein Gott, Felix, wie er stinkt! Wenn er weg ist, muß ich die Leintücher mit Lysol waschen, und die Matratze auch ...«

»Anna, mein Engel, legen wir uns einen Hund zu, oder

geben wir einem kleinen Jungen einen Platz, an dem er schlafen kann?«

»Also gut, bis er gesund ist«, gab sie widerwillig nach. »Ich rufe den Arzt an, und du sprichst mit dem Jungen und läßt ihm sein Bad ein. Und paß auf, daß du ihm nicht weh tust.«

*

Der Mann erklärte ihm alles mit sanfter Stimme, sprach bittend auf ihn ein, und obwohl Micah versuchte, ihn dabei nicht aus den Augen zu verlieren, verschwamm das silberweiße Haar in dem Schein der rosafarbenen Lampe immer wieder vor ihm.

»Der Arzt wird dich wieder gesund machen, Mischa. Er wird dich nicht wegbringen, das versprechen wir dir, verstehst du? Wenn du nicht bald behandelt wirst und Arznei bekommst, setzt Wundbrand ein, und daran kann man sterben ... überleg doch nur, Junge, überleg doch nur.«

Micah versuchte es, aber irgendwie entglitten die Gedanken ihm immer wieder. Was sollte das heißen, er könnte sterben? Man starb, wenn man alt war ... Papa war dreißig gewesen, hatte er gesagt ... Auf der anderen Seite starben die kleinen Kaninchen, die noch zu jung waren, um auf dem Markt etwas einzubringen, auch manchmal in den Fallen.

»Zuerst helfe ich dir beim Baden, damit wir keine Schande über Anna bringen. Sie ist nämlich eine sehr stolze Frau.«

Baden ... er hatte noch nie gebadet, nicht in einer richtigen Badewanne, nur manchmal im Sommer im Fluß – oder vielleicht doch, vor langer, langer Zeit, als sie noch mit der *Kumpania* zusammengelebt hatten ... Er erinnerte sich dunkel, daß Mama ihm den Hals eingeseift hatte, oder vielleicht war es auch Großmama gewesen.

Der Mann redete wieder und redete und redete ...

»Aber einen kleinen Gefallen mußt du mir tun ... Wenn der Doktor kommt, läßt du Felix reden, ja? Sag nichts von Indien oder Kalifornien.«

Warum nicht? Das waren Länder, die es wirklich gab; irgendwo hatte er die Namen in den Nachrichten gehört ... irgendwo, wo es Bonbons gab.

»Weil man dorthin nicht zu Fuß kommt, nicht einmal mit einem Bus, auch wenn du gesund wärst. Schau her.«

Er zeigte ihm eine Blechkugel, die blau bemalt war, aber auch bunte Flecken hatte. Als er ihn mit einem Finger anstieß, drehte er sich in seinem Gestell und machte Micah schwindliger als je zuvor.

»Das ist die Welt. Setz deinen Finger hierher, das ist England, hier ist Amerika, und dort ist Indien. Die blaue Fläche dazwischen ist Wasser, nur Wasser. Erzähle also bitte keine Lügenmärchen mehr, bitte. Sie wird ärgerlich, wenn du lügst, meine Anna.«

So ließ sich Micah zum Bad führen, schwach in zögernder Hoffnung, dieser Felix würde es wirklich nicht zulassen, daß der Doktor ihn wegbrachte. Felix konnte daher kein *Gajo* sein, ausgeschlossen, er redete ja auch ganz anders. Ein Roma war er aber auch nicht. Dunkel fiel ihm noch eine andere Bezeichnung ein, *Rai* – ein Freund der Roma. Die Stimme der Frau aber, die er in dem anderen Zimmer hörte, war scharf wie ein Messer, und ihr Blick hatte ihn durchbohrt wie ein Dolch.

Anna. Wie im Traum wiederholte Micah ihren Namen; Dampf stieg um ihn auf, und er sah in das aufgewirbelte Seifenwasser, das viel wärmer war als das Wasser des Flusses, auch im wärmsten Sommer ...

Das Wasser nahm ihm das letzte Restchen Kraft, das ihm noch geblieben war, und er schaffte es nicht einmal mehr, sich anzuziehen. Die saubere Kleidung war viel zu groß und hatte auch nicht den richtigen Schnitt für seine Figur, aber sie war sehr warm, als hätte sie in einem Backofen gelegen. Er roch nun nach Kampfer und Karbol und hatte den gleichen Blumengeruch, den er bei Lassie kennengelernt hatte.

Dann kam ein Mann. Micah mochte ihn nicht. Er trug einen grauen Anzug und beklagte sich über den Regen, und als er den Arm sah, schnalzte er mit der Zunge und sagte etwas von

Entzündung und Vernachlässigung, und daß er schneiden müßte. Eine winzige Schere blitzte in seiner Hand, ein Tuch wurde Micah auf das Gesicht gelegt. Scheußlich riecht das, dachte er noch, und dann wußte er nichts mehr. Er spürte nur noch den Stich einer Nadel in seinem Hinterteil, und dann hörte er sich wie aus weiter Ferne aufschreien.

Als er die Augen wieder öffnete, war der Mann in dem grauen Anzug nicht mehr da, nur noch der Mann und die Frau. Die Frau beugte sich über ihn, und der Mann saß ihm gegenüber in einem Sessel und lächelte seltsam, als könne er sich nicht entscheiden, ob er lachen oder weinen sollte.

Sie gaben ihm süße heiße Milch, die Frau packte ihn in Decken ein, berührte ihn leicht an der Wange, wie Papa das früher auch getan hatte. Er hörte, wie sie wegging und dabei vor sich hin redete. Der Mann – Felix, so hieß er doch? – sprach mit ihm und nannte ihn wieder bei diesem seltsamen Namen. Mischa.

»Schlaf jetzt, Mischa, und morgen geht es dir schon besser. Du bist hier sicher, niemand wird kommen.«

Der Regen gurgelte in den Dachrinnen, draußen auf der Straße rauschten die Autos vorbei, und in den alten Mauern raschelten die Mäuse. Sie hatten ihm über den Verband an seinem Arm ein Flanellnachthemd angezogen. Er hatte noch Schmerzen, aber das Gefühl, sein Arm müßte jeden Augenblick aufplatzen, war verschwunden. Hier brauchte er nicht mehr ständig auf Feinde zu lauern. Er fühlte sich geborgen. Sie hatten ihm Pillen gegeben, und jetzt schwebte er sanft wie auf Wolken und schlief mit dem Gedanken ein, daß in seinem ganzen Leben noch nie jemand Mischa zu ihm gesagt hatte, daß er noch nie so sauber in einem so warmen Zimmer gelegen hatte. Bevor er einschlief, sah er Papa, der ihn mißbilligend ansah, und dann vor sich die Gesichter von Farah und Großmama, aber sie waren nur undeutlich und verschwommen.

Felix Abramsky konnte nicht einschlafen, aber es war nicht nur die Sorge um den Jungen, die ihn wachhielt. Anna, in ihrem weißen Nachthemd groß und dürr wie ein Schloßgespenst, lag neben ihm in dem großen Bett.

Er machte sich Sorgen um sie. Heute abend hatte sie die kleinen, liebevollen Gesten der Zuneigung unterlassen, die für sie so lebenswichtig waren. Sie hatte ihm das Einreibemittel für seine Hüfte nicht angewärmt, sie hatte die Bettdecke auf seiner Seite nicht zurückgeschlagen, und er, nicht wie sonst sie, hatte die beiden Gläser ins Schlafzimmer gebracht, Tee eingeschenkt und bei ihr den kleinen Schuß Rum zugegeben, mit dem sie die vom Tanzen steif gewordenen Gelenke lockerte, um besser einschlafen zu können.

Eine spitze Zunge war ihr Schutz; hinter ihren scharfen Worten und irrationalen Wutanfällen verbarg sich ein Tumult, der sich mit Worten nicht ausdrücken ließ – aber er hatte die Art gesehen, mit der sie für den fremden Jungen die Kleider angewärmt, die Milch heißgemacht und seine nun saubere braune Wange mit ihren Fingerspitzen berührt hatte.

Sie arbeitete zwar den ganzen Tag mit Kindern zusammen, aber nicht ein einziges Mal hatte er erlebt, daß sie einem ihrer kleinen Schüler die Schuhe gebunden oder eines der kleinen Mädchen gelobt hätte, die mit großem Ernst ihre Glissaden übten. Anna hielt Distanz zu anderen Menschen und schreckte davor zurück, sie zu berühren – oder ein Kind auch nur beim Vornamen zu nennen, es sei denn, um es zu schimpfen. Der Verlust Saschas hatte sie zu tief getroffen, um noch Zuneigung zu anderen Kindern fassen zu können. Und die Geburt ihrer Tochter, der irgendein Deutscher den Namen Gabriella gegeben hatte, versuchte sie zu vergessen, so als ob es nie geschehen sei. Über Gabriella sprach Anna nie, es sei denn im Zorn. Sie weigerte sich strikt, die monatlichen Berichte zu beantworten, welche die Großmutter des Kindes regelmäßig aus Deutschland schickte.

»Warum soll es mich interessieren, wann das Kind seine erste Kommunion hat?« fragte sie dann. »Oder seine erste Schwimmstunde? Hat mein Sascha vielleicht leben dürfen, um solche Dinge auch zu tun? Nein! Ich will nichts davon hören, Felix, nicht das geringste! Nazi-Bankert! Hat dieses Gesindel noch immer nicht genug Schaden angerichtet?« Einmal, ein einziges Mal hatte er sie dabei ertappt, wie sie den monatlichen Brief hastig überflogen hatte, und er hatte das nackte Entsetzen gesehen, das dabei in ihren Augen stand. Es versetzte ihn in eine Zeit zurück, die sie beide nicht noch einmal erleben wollten.

Von da an schaffte er die Briefe zur Seite und behielt die Nachrichten über Gabriella für sich.

Annas Mutterinstinkt war ganz auf ihn, Felix, gerichtet. Er nahm diese Zuwendung an, weil er Anna so liebte, so lästig es ihm auch manchmal war. Im Verlauf eines Jahrzehnts hatten sie es geschafft, ein äußerst empfindliches Gleichgewicht herzustellen, ein Zeitraum, der ihm manchmal wie ein Jahrhundert vorkam.

Vielleicht würde sich dieses Gleichgewicht nun wieder verlagern, aber in welche Richtung?

4

Frau von Reikers Hand griff kühl und fest nach der Schulter des kleinen Mädchens, das unbemerkt durch die Balkontür davonzuschleichen suchte, zum Garten und zu den dahinterliegenden Weinbergen.

Das Kind hörte das Rascheln gestärkter Baumwollstoffe. Dieses Geräusch wurde übertönt von dem schweren Atem der Großmutter, dem Knarren ihres Korsetts und dem Klappern ihrer Schlüssel. Außerdem tickte die mit Schnitzereien verzierte Uhr, als messe sie den Takt ihrer Tage.

»Ist dein Unterricht vorüber, Gabriella?«

»Ja, Großmutter.«

»Keine Fehler?«

»Nur wenige.« Das Kind stand fest auf dem Parkettboden.

»Miss Nolan sagt, daß mein Englisch immer besser wird – und sie sollte es wissen.« Ein mißbilligender Ausdruck trat in das strenge, faltige Gesicht der Großmutter. »Du kannst der Gouvernante sagen, daß ich sie nach dem Essen in der Bibliothek sprechen möchte.«

Aha, in der Bibliothek. Also wieder ein ›ernstes Gespräch‹, und dann vielleicht schon bald wieder eine neue Gouvernante. »Wenn ich in eine normale Schule gehen würde ...« Wie gerne wäre sie da, wo es andere Kinder gab, Schaukeln, vielleicht sogar eine Wippe ...

»Das kommt gar nicht in Frage – außerdem bereitest du mir Kopfschmerzen.«

Ihre Großmutter drehte sich um und stieg die lange Treppe hinauf. Auf der vierten Stufe blieb sie stehen und drückte sich ein Taschentuch an die Stirn.

»Du warst doch nach dem Mittagessen in der Küche, oder?«

»Ich hatte Hunger.«

»Aber du hast dich geweigert, Lottes ausgezeichneten Sauerbraten zu essen.«

»Ich mag keinen Sauerbraten.«

Ein tiefer Seufzer kam aus der Höhe. »Ich hatte dir doch gesagt, du sollst die Hintertreppe meiden – das Personal klatscht. Jetzt muß ich wieder mit Lotte sprechen. Ich möchte dich bitten, in Zukunft zu läuten ... Ach, mein Kopf ist zum Zerspringen! Du bist ein schwieriges Kind, Gabriella. Wenn doch nur dein Vater – *so* ein braver Junge war er! Daß du mir immer soviel Mühe machen mußt!«

Ellie zupfte an der blauen Schürze, die ihr Kleid schützte, sagte aber nichts. Es wurde ihr immer deutlicher vor Augen geführt, wie schwer Großmutters Leben durch sie war. Dauernd litt sie ihretwegen an Kopfschmerzen.

Arme Miss Nolan. Arme Lotte mit ihren geschwollenen Knöcheln und ihrem ungezogenen, rotznäsigen Sohn. Aber Lotte würde nicht weggeschickt werden. Dafür war sie schon zu lange hier, und außerdem war sie eine zu gute Köchin;

Großmutter hatte einen empfindlichen, wenn auch manchmal etwas lauten Magen.

Die alte Dame rauschte nun die breite Treppe hinauf und hinterließ eine Wolke von Hamamelis und dem speziellen Kölnisch Wasser, von dem Drogisten im Dorf eigens gemischt und sorgfältig im Weinkeller gekühlt, bevor es auf die Leinentaschentücher von Frau von Reiker gespritzt wurde. Auf dem ersten Absatz blieb sie wieder stehen und schärfte Ellie noch einmal ein, ihre Nachricht an die Gouvernante auf jeden Fall auszurichten, dann zog sie sich in ihr abgedunkeltes Zimmer zurück und schloß leise die Tür hinter sich.

Ellie sah zu den sommerlich gelben Weinbergen, die bis zu dem schilfbestandenen Ufer der Mosel reichten, ihr Wunsch, die Füße in ihr kühles Wasser zu hängen, war verflogen, denn auch das würde nur wieder Großmutters Mißbilligung nach sich ziehen. Nur zwei Arten von kindlichem Zeitvertreib fanden ihre Zustimmung: Ellie durfte die Bibliothek benutzen oder sich auf die lange Eichenbank in der großen Halle setzen, um Papas Porträt anzuschauen, das über der Treppe hing und auf sie herablächelte.

»Er war ein tapferer Mann«, sagte Großmutter oft über ihren Sohn. Was konnte er anderes sein in seiner feschen Leutnantsuniform, dem stahlblauen Glanz in seinen Augen, dem kühnen Lächeln auf seinen Lippen und dem blitzenden Eisernen Kreuz auf seiner Brust? »Denk nur, Gabriella, der Maler mußte später extra noch einmal von Berlin hierherreisen, um das Eiserne Kreuz hineinzumalen.« Hier bekam Großmutter immer rote Flecken auf die Wangen und sie rieb sich die Augen – »nach der russischen Front, natürlich«. Ellie mußte sich dann nie endende Geschichten von dem Studenten und Sportler Hans von Reiker anhören. »Ein kluger Junge, und stark! Solche Schultern hatte er! Er wäre nach dem Krieg in die olympische Rudermannschaft gekommen, wenn er nicht ...«

Bei solchen Gelegenheiten spürte Ellie, wie sich behutsam Fühler nach ihr ausstreckten, seit ewigen Zeiten nicht mehr gebraucht und deshalb steif – aber diese Fühler drangen nie ganz bis zu ihr vor und zogen sich besonders schnell zurück, wenn sich Ellie nach ihrer Mutter erkundigte, mochten ihre Fragen auch noch so vorsichtig sein. »Eine Tänzerin«, erfuhr sie dann. »Nichts als eine Tänzerin.«

Montags, wenn ihre Großmutter zum Einkaufen in die Stadt gefahren wurde, spielte Ellie auf dem alten Grammophon auf dem Dachboden Platten ab und stellte sich dabei ihre Eltern vor, wie sie in einem romantischen dunstverhangenen Ballsaal mit von rosa Samt bezogenen Kanapees und rosengeschmückten Säulen Walzer tanzten. Da sie kein Bild von ihrer Mutter besaß, malte sie sie in ihrer Phantasie mit porzellanweißer Haut und einem eleganten Hals aus, und oft lächelte sie zu ihrem Papa hinauf. Ellie kleidete ihre Mutter in blasse Chiffonkleider oder in fließende Seidenstoffe. Papa natürlich immer in Uniform, er war ja tapfer.

Dann aber kam eines Tages Großmutter früher als sonst mit Kopfschmerzen aus Trier zurück. Ellie war noch tief in die Musik und ihren Träumen versunken und hatte daher weder den Wagen noch die schweren Schritte auf der Treppe gehört – aber der schmerzerfüllte Ausdruck in dem Gesicht der alten Dame konnte ihr nicht entgehen. Ellie schaltete das Grammophon aus und harrte der Strafe geradezu. Im Haus war nur religiöse Musik gestattet und auch das nur selten. Großmutter sagte keinen Ton – aber als sich Ellie das nächste Mal auf den Dachboden schlich, waren die Platten verschwunden.

Die neue Gouvernante, Miss Nolan, gefiel Ellie. Sie brachte eine umfangreiche Plattensammlung mit und ermutigte das Mädchen, sie so oft zu hören, wie sie nur wollte. Es waren nicht etwa nur Walzer. Da gab es zum Beispiel einen Takt, den Miss Nolan Boogie-Woogie nannte, aber der gefiel Ellie nicht; es war einfach unmöglich, die Porzellanpuppe und den Zinnsoldaten zu diesem treibenden, lauten Rhythmus tanzen zu lassen. Es gab jedoch außerdem noch Foxtrott und Quickstep und den schmachtenden Tango, mit denen es ganz gut ging, wenn sie sich das Haar ihrer Mutter kürzer dachte und ihr engere Röcke aus Satin anzog und dem geistigen Bild, das sie sich von ihrem Vater gemacht hatte, noch einen dünnen schwarzen Schnurrbart hinzufügte. Dazu gehörte natürlich auch eine völlig neue Inneneinrichtung, andere Paare auf den Kanapees, und die Girlanden, die sich an den Säulen emporrankten, bestanden nun aus Orchideen.

Doch, durch Miss Nolans Platten erhielten die Montagnachmittage einen völlig neuen Reiz.

Jetzt aber wollte Großmutter mit Miss Nolan sprechen.

Nach dem Essen. In der Bibliothek.

Die vorausgegangene Gouvernante hatte bei ihrer hastigen Abreise im Bad eine Dose Hautcreme vergessen, und die davor eine mottenzerfressene Stola. Vielleicht würde Miss Nolan ja ihre Platten zurücklassen …

5

Nach Ankunft des Jungen trommelte tagelang Regen auf das Dach der Abramskys. Am Anfang kam der Arzt morgens und abends, dann nur noch einmal am Tag. Felix nahm Micah noch einige Male mit ins Krankenhaus zur Untersuchung, bis der Verband zum letzten Mal abgenommen wurde, um den Rest der Arbeit, die bisher Penicillin und Pflege getan hatten, der frischen Luft zu überlassen. Übrig blieb eine kräftige blaue Narbe, die vom Handgelenk bis zu den Fingerknöcheln reichte. Anna sah sie sich jeden Tag am Fenster an und verkündete Felix, sie würde auch wieder verblassen, aber das brauche seine Zeit.

Es regnete unaufhörlich. Der Rasen stand unter Wasser, und die Vogelbecken flossen über. Keine Katze in der Ryder Street setzte auch nur einen Fuß vor die Tür. Am Studioeingang standen Reihen von Gummistiefeln, von den Regenschirmen lief das Wasser herunter und stand in Pfützen auf dem

Linoleum, das Klavier hatte seine Last, sich gegen Madames Stimme und die ständig gurgelnden Regenrinnen durchzusetzen. Bei so einem Wetter konnte man einen unterernährten Jungen wie den kleinen Micah doch wirklich nicht in diesen scheußlichen englischen Herbst hinausjagen, oder?

»Wir sollten vielleicht doch nicht ...«, sagte Anna.

»Undenkbar«, sagte Felix.

Micah sagte so wenig wie möglich. Er wurde langsam kräftiger, aber zugleich war er verwirrt und begriff nicht, was um ihn vorging. Diese Leute gaben ihm regelmäßiges Essen und Unterkunft. Warum? Sie verlangten von ihm, er solle sich warm halten und nicht schmutzig machen. Warum? Sie weckten ihn jeden Morgen um die gleiche Zeit und schickten ihn abends nach dem Essen ins Bett, ob er nun schlafen wollte oder nicht. Warum? Bei Papa hatte er gegessen, wenn etwas zu essen da war, und geschlafen hatte er nur, wenn er müde war.

Die Gaje haben komische Sitten, Kleiner.

Sie standen um sieben Uhr auf. Anna zog sich ihren verschossenen Morgenmantel über, klopfte die Federbetten aus und zog die Überdecke aus Weißstickerei glatt. Nachdem sie jedes Feder- und Sofakissen in die gewünschte Form geprügelt hatte, setzte sie sich mit stocksteifem Rücken hin, setzte ihre Füße in die Erste Position und mahlte die Ration Kaffee für den Tag. In den Duft des Kaffees mischte sich der Geruch von Orangen, sie hörte die Morgennachrichten und ging noch einmal den Stundenplan für den Tag durch. Jede ihrer Bewegungen zeigte die ausgebildete Tänzerin, eine knappe Drehung ihres Handgelenks, wenn sie die Orangen für das Frühstück aufschnitt, eine graziöse Neigung des Kopfes, wenn sie Felix aufforderte, die Tassen vorzuwärmen, oder Micah erinnerte: »Mach deine Toilette, *bevor* du runterkommst, Junge.«

Felix, dem seine Hüfte morgens am meisten zu schaffen machte, sprach nur flüsternd, machte mit langsamen Bewegungen oben das Feuer an und blies vorsichtig in die Glut, bis er mit ihr zufrieden war, und humpelte dann in den Keller, um die altmodische Dampfheizung für das Studio aufzufüllen. Pünktlich um acht Uhr setzten sie sich an den Tisch, aßen Obst und Frühstückshörnchen und tranken dazu dampfenden Kaffee.

Micah aß zwar, was Anna ihm vorsetzte, aber vorsichtig und mit einigem Mißtrauen. Ihm war das alles zu geordnet, zu sorgfältig vorbereitet, zu ungewohnt. Keine Ravioli, keine Baked Beans, direkt aus der Dose gelöffelt, keine Pasteten direkt aus dem Laden oder Kartoffelchips. Keine Hungerperioden, keine unerwarteten Schlemmereien.

Das Frühstück, immer gleich: Kaffee mit Hörnchen und Honig. Dazu Obst. Zum Mittagessen konnte es eine kleine Scheibe Lachs mit Gurken geben oder ein Kalbskotelett mit Salat, oder auch Spinat mit Spiegeleiern. Dazu Obst. Auch das Abendessen war nicht eben reichlich; Suppe und ein Stück Hühnerfleisch, oder ein Pfannkuchen mit einer Füllung aus Krabben, vielleicht eine Quiche, und immer Gemüse. Dazu Obst. »Schling nicht so, Junge. Und iß deinen Apfel! Willst du vielleicht Pickel bekommen, wenn du groß wirst, wie all die Nichtsnutze?« Das war ihre Bezeichnung für die Jugendlichen, die die Straßen durchstreiften: mit engen Hosen, Haare voller Pomade wie Elvis Presley.

So entdeckte Micah an Annas Tisch, daß Essen ein gemächliches Vergnügen sein konnte, ein größeres (zugleich aber auch kleineres) als eine gestohlene Büchse, die hastig aufgemacht und deren Inhalt heruntergeschlungen wird, nur um den Hunger zu stillen. Es konnte zu einem Ritual werden, mit Blumen auf dem Tisch und einem blauen gestrickten Wärmer auf der Teekanne; eine kleine Zeremonie, die mit einem russischen Gebet begann und mit einer kleinen Danksagung endete.

Felix sagte dann immer: »Danke, Anna, das war ausgezeichnet« und nickte ernst seiner Frau zu.

Micah spürte zwar, daß man etwas von ihm erwartete, war sich aber nicht sicher, was das sein könnte. Nachdem aber eine peinliche Stille auf die nächste folgte und Felix ihm immer wieder aufmunternd zulächelte, rang sich Micah schließlich ein gebrummeltes Danke ab.

Einen oder zwei Tage später war ein deutliches »Danke« daraus geworden.

Wieder ein paar Tage später sagte er: »Danke, Mrs. Abramsky.«

Das Paar strahlte. »Du darfst Anna zu mir sagen«, sagte Anna.

»Aber nicht im Studio«, schränkte Felix ein. »Da heißt es immer Madame. Wegen des Respekts, verstehst du?«

Micah verstand kein Wort, nickte aber trotzdem.

»Aber zu mir kannst du immer Felix sagen – in meinem Laden habe ich Kunden, aber das sind Erwachsene. Anna hat Schüler. Siehst du den Unterschied?«

Wieder nickte Micah und suchte zu begreifen, was mit dem Respekt gemeint war, den Anna von den verwöhnten kleinen Mädchen, die jeden Tag bei ihr zum Unterricht erschienen, verlangte. Ebenso schwer fiel es ihm, zu verstehen, was genau Felix mit seiner Kundschaft gemeint hatte. Er fragte sich, wie Felix mit seinem ungeordneten Reparaturbetrieb überhaupt an Käufer herankam. Da standen elektrische Waschkessel, Bügeleisen, Radios und ein oder zwei Fernsehgeräte, deren Einzelteile auf einer Werkbank ausgebreitet waren; die wenigen neuen Geräte, die Felix auf Lager hatte, wurden jeden Morgen und jeden Abend abgestaubt und zurechtgerückt, aber wenn sich wirklich einmal ein Kunde für eines von ihnen interessierte, murmelte Felix nur verlegen etwas in sich hinein und gab hastig den Ratschlag, es doch lieber noch einmal mit einer Reparatur des alten Geräts zu versuchen, weil es doch billiger sei, als ein neues zu kaufen.

»Die Leute können sich das nicht leisten, weißt du – reich mir doch mal den Schraubenzieher rüber, Mischa – das ist hier keine reiche Gegend.«

Dann und wann rieb er sich die Hüfte. Bei Regen hatte er

unter seiner alten Kriegsverletzung zu leiden. Er hatte jetzt noch einen Schrapnellsplitter im Hüftgelenk sitzen, und er hatte jede Hoffnung auf eine Karriere als Tänzer begraben. »Nicht, daß ich besonders gut gewesen wäre. Mir hat wohl Annas Flair gefehlt, und auf lange Sicht war es für mich bestimmt besser, daß ich in dem Laden meines Vaters gelernt habe, meinst du nicht auch? Ein Handwerk ist doch eine solide Sache.«

Wenn an den Decken nasse Flecken erschienen, denen schließlich Tropfen auf die Polstermöbel folgten, wurde Micah mit Pfannen, Eimern und einmal sogar mit einem alten Nachttopf mit aufgemalten tiefroten Pflaumen auf den Dachboden geschickt. Micah waren solche Notreparaturen nicht fremd, denn der Wohnwagen war beinahe überall undicht gewesen. Er suchte so lange im Keller herum, bis er eine Plane gefunden hatte, die dick genug war, um den Regen abzuhalten, bis der Dachdecker kam, und dann kletterte er selbst auf das steile Dach hinauf und befestigte sie. Das Tropfen hörte tatsächlich auf. Felix schimpfte mit ihm, wegen der Gefahr. In Wirklichkeit aber war er Mischa für seine Hilfe sehr dankbar.

An den langen Abenden saß Mischa über die Zeitung gebeugt und versuchte, einzelne Wörter zu entziffern. Es wäre doch jammerschade, wenn er weggehen würde, bevor er nicht wenigstens *etwas* gelernt hatte, dachte Felix. Und überhaupt, wo hätte er eigentlich hingehen sollen?

So verging eine Woche nach der anderen, und immer gab es irgendeinen Grund, daß der Junge noch eine Weile dablieb. Schniefte er beim Frühstück, so mußte er unbedingt drinnen bleiben, wo es warm war, um die Erkältung noch auszukurieren, und hingen die Wolken tief über den Schornsteinen, so war das ein untrügliches Anzeichen dafür, daß ein ungewöhnlich harter Winter bevorstand.

»Wer weiß bei diesem Klima schon, was man zu erwarten hat?« klagte Anna. »In Paris wußten wir das immer ...« Sie sprach oft von Paris, und manchmal auch von Rußland, wo weder sie noch Felix je gewesen waren. Ihre Väter waren zwar in Leningrad geboren, aber Anna und Felix waren in den Kreisen der weißrussischen Emigranten in Paris aufgewachsen. Trotzdem war Russisch für sie die erste Sprache, Französisch die zweite, und Englisch nach einer langen Pause die dritte.

»In Paris konnte man sich auf den Wetterbericht verlassen«, beschwerte Anna sich. »Aber hier ist das wohl ein großes Geheimnis, und sie wollen nicht, daß wir es wissen.«

Als früher Schnee (nicht vorhergesagt, wie man sich denken konnte) die Schieferdächer in der Ryder Street bedeckte, fuhr Felix mit Micah in die Stadt und kaufte ihm einen Wintermantel und dicke Flanellhemden. Er half ihm sogar, in der Kammer unter der Treppe einen Verschlag zu bauen, den sie stolz Kleiderschrank nannten.

In dem Augenblick wußte Micah, daß er sicher war. Zumindest für den Winter.

Er war sicher und glücklich, und er war auch dankbar – wenn nur die nächtlichen Zwiegespräche mit Papa, manchmal mit Großmama oder Dui und Farah nicht gewesen wären. Er sehnte sich nach ihnen, wenn er sich auch damit abgefunden hatte, daß die Abramskys *Gaje* waren. Sie waren zwar anders als die englischen *Gaje* mit ihren kühlen Stimmen, ihrem milchigen Tee, ihrem Toast und ihrer höflichen Überheblichkeit, aber *Gaje* waren sie trotzdem. Deshalb mußte er für die Bequemlichkeit, die er genoß, mit Hunderten von kleinen Nadelstichen bezahlen, die ihm sein Schuldbewußtsein beibrachte.

Großmama: *Oh, Micah, das ist einfach nicht natürlich, sich den ganzen Tag die Füße in solche Schuhe hineinzuzwängen ...*

Dui: *Du meinst wohl, jetzt hast du ein weiches Bett, was, kleiner Bruder – aber wart's nur ab ...*

Farah: *Sie würden dir Geld geben, wenn du sie darum bitten würdest, Micah ...*

Papa: *Bequemlichkeit! Siehst du, wie schnell du dich einlullen läßt, Kleiner? Paß nur auf, es dauert gar nicht mehr lange, dann hast du einen Lehrer, der dir sagt, wann du reden darfst und wann du die Klappe halten mußt, wann du pinkeln darfst, und wann du es zurückhalten mußt ... Ein bequemer Tag nach dem anderen; vor dir liegt nichts als immer wieder das gleiche.*

Darin täuschte sich Papa allerdings. Die Tage mochten vielleicht alle gleich sein, aber bequem waren sie wirklich nicht. Er bekam das Leben bei den Abramskys nicht umsonst, man erwartete vielmehr von ihm, daß er seinen Anteil beitrug. Er putzte Fenster, schleppte Kohlen aus dem Keller hoch, schälte Kartoffeln und fegte Puder vom Boden des Studios auf. Er ging sogar auf den Markt, nachdem ihm Felix mit einigen strengen Worten beigebracht hatte, daß er für die mitgebrachten Waren immer eine Quittung vorzeigen mußte. Wenn er mit einem listigen Grinsen etwas aus der Tasche zog, es vorzeigte und dafür auch noch Lob erwartete, konnte er lange warten.

»Wir sind nicht reich, Mischa, aber so arm, daß wir stehlen müssen, sind wir nicht. Du gehst jetzt zurück und bezahlst die Butter, ja? Wir können sie nämlich sonst nicht essen. Na schön, der Kaufmann hat nicht gesehen, daß du sie genommen hast, aber es wird sich auf seinen Gewinn auswirken, und zum Schluß ist ein bißchen weniger für seine Kinder da.«

Das war nun ein Argument, das Micah überhaupt nicht einleuchtete. Die Kinder des Kaufmanns konnte er nämlich nicht leiden. Sie kannten bloß zwei Dinge: in die Schule gehen und spielen. Er ging nicht in die Schule, und gespielt hatte er seit den Tagen der *Kumpania* nicht mehr. Er wußte inzwischen nicht einmal mehr, wie er das anfangen sollte. Eigentlich mochte er keines von den Kindern in der Straße. Nach den ersten Wochen, in denen er ihre Murmeln und Drachen schneller einkassiert hatte, als sie sie verstecken konnten, gab er es mit den Kindern völlig auf. Es waren einfach Babys, und es war nicht die Mühe wert, ihnen etwas abzuschwindeln, weil es zu leicht war.

Felix aber mochte er, obwohl der Ausdruck in seinem Gesicht, als er Micah aufforderte, die Butter zurückzubringen, und auch sonst sehr streng war. Er rief damit dem Jungen wieder einmal ins Gedächtnis zurück, daß er Felix war und nicht sein Papa. Die Abramskys hatten andere Wertmaßstäbe, weil sie eben *Gaje* waren, und wenn er in ihrer Welt bleiben wollte, zumindest bis das Wetter besser wurde, mußte er sich ihr anpassen oder zumindest so tun als ob, so unverständlich sie manchmal auch sein mochte.

Er wollte bleiben, denn wo hätte er sonst hingehen können? Also tat er sein Bestes.

Die einzige Ausnahme vielleicht waren Annas Tanzkurse.

Für die Abramskys gehörte das Tanztraining ebenso zum Tag wie Essen, Schlafen oder Zähneputzen. Selbst Felix, der seine Karriere beendet hatte, arbeitete täglich an der Übungsstange, auch wenn ihm das Schmerzen bereitete. Anna trainierte doppelt so lange. Von Micah wurde das gleiche erwartet.

»Das Zeug ziehe ich nicht an«, sagte er schroff, als sie ihm Strumpfhosen und ein altes Paar Ballettschuhe von Felix angeboten hatten. »Wofür haltet ihr mich eigentlich, für einen Schwulen?«

»Haltung«, beharrte Felix mit sanfter Stimme. »Ein gerader Rücken ist für niemanden eine Schande. Siehst du die Fotos hier? Von Anna und ihren alten Freunden? Ist es nicht eine Freude, sie anzuschauen?« Er zeigte auf die verblaßten Sepia-Drucke an den Wänden, auf denen kostümierte Männer und Frauen ihre Gliedmaßen in alle möglichen Richtungen schleuderten, aber immer mit Eleganz und Stil.

»War Anna eine von denen?« fragte Micah. »Aber die sind doch noch jung und schick ... sie sehen ...« Felix kam es so vor, als suche der Junge nach einem neuen, passenden Wort. Körperlos? Zauberhaft? Das konnte niemand sagen.

Felix aber sah Micahs Staunen und seinen schnellen, prüfenden Blick auf Anna. Sie wärmte sich gerade in einem unförmigen alten Pullover und einem geflickten Gymnastikanzug auf; ein fadenscheiniges Schweißtuch hing ihr um die Schultern, und ihr Haar hatte sie zu einem Knoten zurückgekämmt, aus dem einige Strähnen heraushingen. Die Adern an ihrem

Hals traten wie dünne Taue hervor, und man sah ihnen die unglaubliche Anstrengung an, die ihre Arbeit und ihr Kummer sie kosteten.

Eine Sekunde lang sah Felix Anna mit den Augen des Jungen.

Wohin war sie nun verschwunden, all ihre Lebhaftigkeit und Fröhlichkeit? Keine Spur mehr davon war übrig; alles war ihrer Trauer zum Opfer gefallen. Die Jahre hatten ihrem Profil, ihren Wangen und ihrem Kinn jeden Ansatz von Weichheit und Sanftheit genommen, hatten ihr Haar ausgedünnt und gebleicht ...

Er schloß die Augen und sah ein Bild vor sich, das so deutlich war, als hätte er es gestern noch gesehen. Anna war in ihrem Studio in Paris, wie sie vor all den Jahren gewesen war: mit vor Glück gerötetem Gesicht nach ihrem ersten Erfolg, denn sie hatte im Pariser *Soir* für ihren Auftritt als Odile am Vorabend eine überschwengliche Kritik bekommen. Sie war im letzten Augenblick für die ursprüngliche Besetzung eingesprungen und hatte Triumphe gefeiert. Bei Felix saß der kleine Sascha, trommelte mit seinen kleinen Fäusten im Takt zur Musik und sah mit strahlend blauen Augen seiner Mutter beim Tanzen zu.

Anna. Damals hatte sie ein nymphenhaftes Wesen besessen, hatte oft gelächelt und sich gern anderen Menschen gegenüber geöffnet. Damals hatten ihre Schritte noch Festigkeit besessen, und trotz des gerade ausgebrochenen Krieges, der ihre Karriere bedrohte, leuchtete in ihren Augen noch Hoffnung. Drei Jahre waren sie damals verheiratet gewesen. Es war Frühling. Die Pariser Sonne schien durch das Fenster auf ihr Gesicht, beschien ihren Körper und verwandelte ihre Füße in den Satinschuhen zu kleinen Vögeln, die in der Sonne spielten und blitzend durch die Luft sprangen. Ihr Haar war kupferfarben, und die Schweißtröpfchen auf ihrer Stirn verwandelten sich zu goldenen Perlen. In dem Spiegel an der Wand tanzten vier Annas, alle in Gold und Glück getaucht. Auch die schwersten

Trainingsstunden brachte sie mit Leichtigkeit und Eleganz hinter sich. Und so war es auch heute.

Der Orchesterleiter, Weißrusse wie sie, war gerade mit Beluga-Kaviar und einer Flasche echten Krim-Wodka hergekommen, um den Tag zu feiern. Es war die Rede davon, irgendwann nach der Tournee ein Fest für sie zu geben. Sie sah nur noch ihre strahlende Zukunft vor sich und hatte sich bei dem Dirigenten mit einem tiefen Hofknicks bedankt; der Bogen ihres Halses sah wunderbar aus, wie eine Mischung von Stolz und Bescheidenheit ...

Dann erfaßte ihr Blick im Spiegel auch Felix und Sascha, schloß sie in ihre Freude ein und wärmte sie. So viel Wärme war damals in ihr gewesen.

Felix seufzte. Einen Monat später, oder vielleicht ein Jahr, hatte eine Bombe Saschas Engelsgesicht zerfetzt.

Später, aber nicht viel später, hatte der stolze junge Hans von Reiker, der mit den siegreichen Truppen nach Paris einmarschiert war, in Anna dasselbe gesehen wie Felix vor ihm und hatte sich unsterblich in sie verliebt.

Anna aber, die ihre Trauer und ihren Ekel weder kontrollieren noch verbergen konnte, tat alles, um sich an den Nazis zu rächen, die ihr Kind getötet hatten. Sie wählte sich dazu den jungen Offizier aus, beleidigte ihn, schleuderte ihm ihre Verachtung ins Gesicht, zerfetzte seinen Stolz mit Worten, die an Explosivität der Bombe, die ihren Sascha getötet hatte, in nichts nachstanden. Sie bespuckte seine Uniform, beschmutzte sein Patriziergesicht mit ihrem Speichel, und der junge Leutnant konnte es nicht fassen.

Hans von Reiker nahm sie aus Lust, vor Scham und Enttäuschung, und als Folge dieses Gewaltakts wurde Anna schwanger.

Irgend jemand hatte dem Kind, das Anna nicht lieben konnte, den Namen Gabriella gegeben. Sie wollte es nicht einmal versuchen, denn sie konnte das Mädchen durch den Schleier der Trauer, der sie blendete, nicht einmal wahrnehmen. Sie verbot sich jedes Gefühl und war im Lauf der Jahre innerlich immer härter geworden.

*

Mischa griff mit seinen schnellen Fingern nach Isolierband und Kupferkabel.

»Zuerst wirst du tanzen«, sagte Felix sanft, »*dann* darfst du mir im Laden helfen.« Wieder drängte er dem Kind die Schuhe und die Strumpfhose auf.

Mischas sanfte schwarze Augen wurden hart. Er zog seine schmalen Schultern hoch. »Das ist was für Schwule, für Weichlinge. Das mache ich nicht.«

»Ich glaube doch«, gab Felix mit der gleichen sanften Stimme zurück. »Du wirst tanzen, Mischa. Jeden Tag wirst du für Anna ein bißchen tanzen, ja?«

Also tanzte er jeden Tag ein bißchen. Zuerst wollten seine Knöchel nicht mitmachen, dann seine Knie, und dann seine Hüften. »Das tut weh«, beschwerte er sich, aber Anna zog ihm ihren Rohrstock scharf über das Hinterteil und wies ihn an: »Drück die Hüften durch, Junge, zieh die Schultern zurück und hebe deinen Kopf. Nein-nein-nein-nein! Warum betrachtest du deine Füße? Meinst du, die rennen dir weg? Schau lieber in den Spiegel! Da, sieh dir deine Wirbelsäule an, wie du größer, aufrechter wirst ...«

Sie hatte recht. Papa hätte ihn nicht wiedererkannt. Er war sauber, sein Haar glänzte, seine Augen funkelten und blitzten. Von der regelmäßigen Pflege blitzten ihn seine Zähne aus dem Spiegel an – aber der Spiegel war nur ein unpersönliches kaltes Echo von Papa, der ihm, wenn er zufrieden mit ihm gewesen war, auf die Schulter geklopft und gesagt hatte: »Hey, Kleiner, du bist ein richtig hübscher Junge!«

»Mir tun die Beine weh!« sagte er zu Anna.

»Aber selbstverständlich! Sie werden dir morgen auch weh tun, und nächste Woche immer noch. Klassischer Tanz ist unnatürlich, aber schön ist er auch, oder? Wenn Felix mit seiner schlimmen Hüfte es schafft, warum nicht du, ein gesunder Junge? Wenn es leicht wäre, könnte es *jeder* – und was hätte es dann noch für einen Sinn?«

Sie ließ ihn unter ihren Augen an der Stange arbeiten, so daß ihr kein Haltungsfehler entgehen konnte.

Erst wenn die Muskeln zuckten und zitterten wie Geigensaiten und der Schweiß in dicken Tropfen auf den Boden herabfiel, gab sie ihm die Anweisung, die letzten Übungen durchzuführen – immer mit einem Gefühl von Triumph in der Stimme.

»Es ist doch nicht nur für Weichlinge, oder?« fragte sie. »Sag es mir, Junge! Ist es für Weichlinge? Oder nicht?«

Vielleicht hatte sie recht, aber deshalb gefiel es ihm trotzdem noch nicht.

Als sie ihm verkündete, daß er sie möglicherweise doch nicht beschämen würde und sie ihn deshalb in ihren Anfängerkurs für Jungen aufnehmen könnte, drei vielversprechende Schüler, die alle älter und größer als Micah waren.

Die konnte er auch nicht leiden. Diese Jungen spielten zwar nicht, aber sie machten auch sonst nichts als tanzen. Es gab für sie kein anderes Gesprächsthema: Wer in der letzten Saison im Wells welchen Part getanzt hatte, wer die schönsten *cabrioles* hatte und die besten Sprünge und *tours en l'air* beherrschte. Micah brannte vor Ungeduld, die Sache hinter sich zu bringen, damit er endlich zurück in den Laden zu Felix konnte, der Mischa zu ihm sagte und ihm Elektrogeräte zeigte, mit denen man etwas anfangen konnte. Die Gespräche über den Tanz langweilten ihn tödlich, aber er nahm sie durch jede verschwitzte, weit geöffnete Pore und mit jeder überbeanspruchten Sehne auf, wie den Geruch nach Obst und Möbelpolitur in der Wohnung im ersten Stock oder den sauberen Geruch nach Rasiercreme von Felix, wenn sie zusammen an dem langen Ladentisch im Geschäft standen.

Aus Wochen wurden Monate, und langsam verlor er seine Angst vor Anna. Manchmal mochte er sie sogar, aber er konnte nicht verstehen, warum sie nie Micah oder Mischa zu ihm sagte, sondern immer nur Junge.

Und warum sie ihn seit jenem ersten Tag, als er krank auf ihrem Sofa gelegen hatte, niemals wieder berührte, obwohl er jetzt immer sauber war, denn sie zwang ihn, sich morgens und abends zu waschen. Daran konnte es also nicht liegen.

Felix dagegen berührte ihn. »Vorsicht, Mischa«, sagte er manchmal im Laden und legte Micah freundschaftlich eine Hand auf die Schulter. »Wenn du diesen Draht mit dem dort verbindest, jagst du uns alle in die Luft.«

»Und mit welchem Draht soll ich ihn verbinden?«

Geduldig erklärte es Felix ihm.

Als einmal im Laden nicht viel Betrieb war, zeigte Felix Micah eine Rechnung, drückte ihm einen Bleistift in die Hand und ließ ihn abschreiben, was darauf stand: Eisenwaren, Lieferung, Draht, Gerät, abzüglich 10% Rabatt, Schraube, Stecker, Fahrer, Wagen. Von dort war es nur noch ein kleiner Schritt bis Lastwagenfahrer, Schraubenzieher oder Radiogerät. Fehler wurden verbessert, aber nie verspottet. Micah wurde gelobt. Felix sagte ihm nicht, daß die Kinder aus der Straße, die Micah so verachtete, alle diese Worte schon gekannt hatten, bevor sie in die Schule gekommen waren, weil sie sie seit ihrer frühesten Kindheit immer und immer wieder von ihren Eltern gehört hatten. Felix las ihm aber Romane für Erwachsene vor, jeden Abend ein Kapitel, als sei das ein ganz normaler Bestandteil des Familienlebens. Dadurch lernte Micah eine Menge neuer Worte, und dann schrieb er sie in das blaue Übungsheft, das Felix ihm zu Weihnachten geschenkt hatte. Er hatte so etwas vorher noch nie gehabt; er bewahrte es nachts unter seinem Kopfkissen auf, und manchmal überlegte er, ob sie es ihm wohl lassen würden, wenn er wieder wegging. *Wenn er wieder wegging.* Auch darüber grübelte er nach, sogar sehr oft. Eine heimliche Angst meldete sich. Papa hatte recht gehabt. An Bequemlichkeit gewöhnte man sich schnell. Der Wind wurde nun wieder wärmer, der Regen fiel nur noch in vereinzelten Schauern, und in die Fenster der Straße wurden die ersten Blumentöpfe mit roten Tulpen gestellt.

An einem herrlichen Maimorgen stieß Anna alle Fenster der Wohnung weit auf, um den Winter herauszulassen, aber als sie Micahs Blick bemerkte, machte sie sie schnell wieder zu und sagte, es wäre vielleicht doch noch nicht warm genug. In ein oder zwei Tagen könnte es gehen, aber heute noch nicht.

Micah durchzuckte Angst, und er ging ihnen aus dem Weg, bis Felix ihn im Besenschrank aufstöberte.

»Anna hat dich heute in der Stunde vermißt, Mischa, und in den Laden bist du auch nicht gekommen. Gefällt es dir hier im Dunkeln?«

Er zuckte die Achseln und setzte sein verschlossenstes Gesicht auf. »Es ist schon gut.«

»Magst du denn keinen Sonnenschein?«

»Er ist auch okay.«

»Bist du böse mit uns?«

»Nein.«

»Unglücklich?«

»Nein.«

»Also dann.« Felix setzte sich neben ihn auf den Boden. »Ich habe mit Anna gesprochen, und wir dachten, daß du uns jetzt vielleicht wieder verlassen willst, weil das Wetter besser ist ...«

Das war es also. »Ja, schon, aber ...« Er drückte sich mit dem Rücken an die Schrankwand, fühlte den Schutz der vier Wände, die ihn umgaben, und draußen im Gang waren noch einmal vier Wände, und darum waren noch einmal die vier Wände der Wohnung. Aus dem Studio unten klang Annas Stimme hoch. Sie übte mit ihrem Fortgeschrittenen-Kurs für Mädchen einen *pas de quatre* für die Vorführung in der nächsten Woche. Drunten stand auch sein Bett, das alle vier Wochen frische Bezüge bekam; darin konnte er sauber und sicher liegen und brauchte nicht wach zu bleiben, um nach Hunden oder Bauern oder Polizisten zu lauschen, und er brauchte sich auch keine Gedanken zu machen, wo er am nächsten Tag etwas zu essen bekam. Der Mann neben ihm betrank sich nicht, und er verprügelte ihn auch nicht.

»Ich glaube, du warst glücklich hier, oder?« Felix' Stimme klang etwas unsicher, als würde auch er den Atem anhalten.

»Es ist schon gut«, sagte er und wandte sich ab.

Schau sie dir nur an, Micah, Gefangene in ihrem sinnlosen, kleinkarierten Leben und ihren erbärmlichen, kleinen Häusern – aber ihre Leben waren *nicht* sinnlos, und die Wohnung war nicht erbärmlich, und er wollte gefangen sein, wollte es ...

»Bitte schau mich an.«

Seine Stimme zwang ihn, den Kopf herumzudrehen und Felix anzuschauen.

Felix streckte eine Hand aus, und seine Finger sahen gegen Micahs braune Hand weiß, fast zerbrechlich aus. »Du hast uns viel Freude gebracht«, sagte er einfach. »Bevor du zu uns gekommen bist, haben wir nur in der Vergangenheit gelebt, Anna und ich. Wir wären sehr glücklich, wenn du so lange bei uns bleiben würdest, wie du willst.«

Siehst du die Falle, Kleiner? Erinnerst du dich noch an die Kaninchen auf der Heide? Sie haben die Fallen auch nie gesehen, aber dann haben wir sie aufgegessen, weißt du noch?

Unten ermahnte Anna mit scharfer Stimme die Mädchen. »Nein-nein-nein-nein! Hoch das Kinn, zeigt euch! Was wollt ihr? Aussehen wie Nichtsnutze?«

»Und, Mischa? Wirst du bleiben?« fragte Felix leise.

*

Die vier Mädchen aus dem Fortgeschrittenen-Kurs erwiesen Madame mit ihren flüssigen Bewegungen die *révérence,* als Felix leise ins Studio kam und Annas Blick auffing. Die beiden nickten sich kurz zu, und zu dem Erstaunen der Mädchen drehte sich Anna, nachdem sie die *révérence* erwidert hatte, noch einmal zu ihnen um, legte ihren Stock beiseite und lächelte ihnen zu.

»Die Damen haben heute ihre Sache gut gemacht. Ich glaube nicht, daß die Vorführung Schande über mein Studio bringen wird.«

Zu Felix sagte sie auf russisch: »Es ist also gut, der Junge bleibt. Jetzt wirst du nicht wieder die Kohlen herauftragen und das Feuer anmachen müssen.«

Felix seufzte. »Ach, Anna ...«

»Und jetzt machen wir die Fenster auf und lassen den Winter heraus. Hast du den Jungen daran erinnert, daß er heute noch nicht an der Stange war?«

»Nein ...«

»Natürlich nicht – du läßt ihn weich werden. Ihr beide könnt Gott danken, daß ihr Anna habt.«

»Ja, mein Engel – und wenn du daran denkst, könntest du vielleicht etwas anderes als Junge zu ihm sagen?«

Inzwischen war sie jedoch schon mit anderen Dingen beschäftigt. »Für den *Pas de deux*-Kurs muß das Kolophonium nachgefüllt werden. Man könnte meinen, es wäre Mehl, so werfen sie damit herum.«

An der Tür lächelte Felix ihr noch einmal zu. »Ich jedenfalls sage Mischa zu ihm.«

»Das tust du doch schon immer«, gab Anna zurück.

Er summte vor sich hin, als er die Treppe hinaufging. Anna. Wie glücklich sie ihn machte! Nun würde Mischa bleiben, ein Klumpen Ton, den es zu formen galt. Jetzt schon begann der Junge zu sprechen, wie Anna und er auf Manieren zu achten und sich zu waschen, ohne daß Anna ihn daran zu erinnern brauchte. Für die Leute in der Ryder Street war Mischa dasselbe wie die Abramskys, nämlich ein Ausländer. Aber was für eine exotische Mischung selbst für einen Ausländer dieser Mischa doch war!

6

In ihrer Langeweile und Sensationslust hatte Ellie als erstes an eine Zeitungsüberschrift gedacht: *Empörte Bevölkerung steinigt Außenseiterin,* aber es war nur Lottes pickliger Sohn, der mit Steinen nach ihr warf. Er tat ihr zwar an den Beinen weh, aber ihren Stolz verletzte er damit nicht.

Bis jetzt war der Sommer genauso öde und langweilig verlaufen wie die elf davor. Plötzlich jedoch geschah etwas, das ihr entschieden mehr Schmerzen bereitete als die paar Steine.

Es geschah durch ein einziges brutales Wort, die Antwort auf viele Fragen, die sie sich seit langem stellte.

Warum durfte sie nicht wie alle anderen Kinder das Gymnasium besuchen, das sicher viel billiger wäre als Privatunterricht? Woher nahm ihre Großmutter das Geld? Und warum hatte man ihr verboten, sich mit der Tochter des Pfarrers anzufreunden? Als sie die Großmutter nach dem Grund fragte, hatte diese nur geantwortet: »Ach, mein armes Kind, wie leid du mir tust ...«

Sie war nun alt genug, um sich an der Verwaltung des Weinbergs und des Haushalts zu beteiligen, aber warum durfte sie nie ins Dorf gehen ohne Begleitung ihrer Gouvernante?

Als geborene von Reiker gehörte sie ganz offensichtlich zu den prominenteren Familien am Ort; warum wurden sie und Großmutter nie eingeladen? Und warum hatte die direkte Miss Nolan einmal ohne einen bestimmten Grund gesagt: »Wenn die Stolzen stürzen, fallen sie hart«?

Und warum behandelten die Dorfbewohner Großmutter wie eine *grande dame,* zeigten ihr gegenüber auch nur die allernötigste Höflichkeit, stießen sich mit wissendem Lächeln in die Rippen oder zeigten ein seltsames Mitleid?

Warum wurde Ellie bei den monatlichen Besuchen zu den Gesprächen über Angelegenheiten des Weinbergs hinzugezogen, aber im weiteren Verlauf der Unterhaltung unter einem fadenscheinigen Vorwand hinausgeschickt?

Warum gab es im ganzen Haus keine Bilder ihrer Mutter?

Lottes halbwüchsiger Sohn Ernst beantwortete ihr diese und andere Fragen an dem Nachmittag, an dem er Steine nach ihr warf.

Sie hatte Ernst noch nie gemocht. Er hatte dicke Lippen, einen unsteten Blick und betrachtete die Welt mit aggressiver Stumpfsinnigkeit; er interessierte sich anscheinend ausschließlich für Motorräder, Comics und Mädchen. Ellie ging ihm aus dem Weg, soweit ihr das möglich war.

Es war Mittagszeit, und Ellie hielt es in der drückenden Hitze des Hauses nicht mehr aus. Sie ging hinaus, um den Feldarbeitern zuzusehen oder vielleicht den einen oder anderen Weinstock hochzubinden.

In der Reihe neben ihr raschelte es plötzlich; die Reben teilten sich, und Ernst kam heraus.

»Sollen wir ein bißchen Doktor spielen?« fragte er und musterte sie lauernd.

»Du bist ein Ekel«, sagte sie bestimmt. »Verschwinde.«

»Die Mädchen aus dem Dorf sind sich nicht zu fein, mit mir zu sprechen.«

»Ich gehöre nicht zu ihnen.«

Manchmal hörte man aus ihrem Tonfall deutlich ihre Großmutter heraus, und diesmal verspürte sie eine gewisse Dankbarkeit. Leute wie Ernst konnte man nicht anders behandeln. Sie schlenderte weiter, wählte aber mit Bedacht den Weg, der sie zu ihrem Vorarbeiter Heinz führen würde.

Ernst folgte ihr auf den Fersen.

»Für unsereinen bist du dir wohl zu gut, was?«

Sie ging weiter.

»Du hältst dich wohl für die große Dame, was?«

Und weiter.

»Nichts als Bier in einer Champagnerflasche.«

Ellie ging unbeirrt weiter – aber nun paßte sie genau auf. Was Ernst da sagte, war offensichtlich nicht auf seinem eigenen Mist gewachsen. Er plapperte Dinge nach, die er im Dorf gehört hatte.

»Das sagen sie über dich – und das ist noch lange nicht alles.«

Sie wußte, daß sie ihn besser ignoriert hätte. *Beachte niemals Dienstbotenklatsch, Gabriella.*

»Wenn sie sind wie du, ist es mir gleich, was sie über mich sagen.« Es war ihr jedoch keineswegs gleich, o nein, und obwohl sie ruhig und stolz weiterging, zitterte sie innerlich und wartete.

»Meine Eltern sind verheiratet«, sagte er, und sie fühlte seinen heißen Atem an ihrem Hals. »Deine aber nicht!«

Ellie wurde blaß, blieb stehen, und noch während sie Ernst eine heftige Ohrfeige versetzte, begann sie zu zittern. Er machte einen Satz zurück und begann, mit seinen schmutzigen Händen hektisch im Dreck herumzusuchen.

Der erste Stein traf sie hart und schmerzhaft an der Schulter.

Ernst war in Wut geraten, und nun brüllte er.

»Du bist doch nur ein Bankert in feinen Kleidern!«

Steine prallten ihr gegen den Hals, ein Bein, ihr Gesicht – und mit jedem Stein wiederholte er das Wort.

Bankert.

Nun mischte sich der Vorarbeiter ein und brüllte auch, aber er meinte damit Ernst, der ihr noch ein letztes »Bankert!« entgegenschleuderte, bevor er einen wuchtigen Tritt in das Hinterteil bekam.

»Ihr seid doch nicht verletzt, Fräulein?« fragte Heinz, der sich besorgt neben sie gekniet hatte.

»Selbstverständlich nicht«, sagte sie kühl, in ihrem Kopf nur dieses eine Wort.

»Vielleicht solltet Ihr ins Haus zurückgehen?«

Sie drehte sich um, nahm aber die langen Reihen von Weinstöcken und Gesichter der Arbeiter nur noch undeutlich wahr. Sie wußte, was dieses Wort bedeutete, sie hatte es mit der gleichen Wißbegier wie »Geschlechtsverkehr« und »Genitalien, männliche« im Lexikon nachgeschlagen. Vor Jahren einmal hatte sie das weiße Hinterteil eines Feldarbeiters über einer Frau gesehen, die von den Leuten die schnelle Amalie genannt wurde und die vier Kinder hatte und keinen Mann. Als sie ihrer Großmutter von ihrem Erlebnis erzählte, erzürnte diese. Nach einigem Zögern sagte sie: »Wo hast du sie gesehen? Im Freien? Am hellichten Tag? Diese Bauern sind manchmal wie die Tiere.« Bei Ellie blieb der vage Eindruck zurück, daß bessere Leute – wie die von Reikers – ähnliche Dinge taten, aber nur hinter verschlossenen Türen und im Dunkeln und nie ohne die besondere Genehmigung der Kirche.

Später begriff sie, daß die Lebensweise ihrer Großmutter längst überholt war und nicht in die moderne Welt paßte. Sie lebte von ererbtem Reichtum und im festen Glauben an ihre privilegierte Position, ein Fossil, das zum Aussterben verurteilt war. In den Städten gab es solche Leute sicher kaum noch. Dort waren alle gleich – und auf der anderen Seite des Atlantiks gab es ein riesiges blühendes Land, in dem das gesamte Zusammenleben auf dem Prinzip der Gleichheit aufgebaut war. Sie aber war unter Großmutters Ägide aufgewachsen – und das *Wort*, das Ernst ihr nachgerufen hatte, hatte das gesamte mühsam aufgebaute Gebäude, zu dessen Schutz eine Gouvernante nach der anderen angestellt worden war, einstürzen lassen.

Was war denn wahr, und was war falsch?

Papa war auf jeden Fall an der Ostfront gefallen, soviel stand fest. Vergilbte Zeitungsausschnitte und Großmutters grenzenlose Verehrung für ihren Sohn Hans waren echt. Es war anzunehmen, daß Mama im Krieg umgekommen war. Wo aber waren die Hochzeitsfotos? Großmutter, die doch sonst solchen Wert auf Tradition legte, hätte sie doch bestimmt aufgehoben.

Ellie beschloß, Lotte zu fragen. Lotte wußte es sicher, sie wußte alles.

»Weißt du, was Ernst zu mir gesagt hat?« fragte sie. Die

Köchin kam ihr vor wie eine massige Bastion, die sie irgendwie erstürmen mußte, aber die schrubbte im Augenblick einen bereits makellos sauberen Küchentisch ab, als hinge ihr Leben davon ab.

»Ich weiß. Heinz war gerade hier.«

»Und?«

Lotte hielt beharrlich ihren Blick gesenkt und wischte mit ihren kräftigen Armen. »Mein Ernst mit seinem großen Maul! Hundertmal habe ich es ihm gesagt ...«

»Aber, ist es denn wahr?«

Endlich richtete sich Lotte auf und wrang mit starken Händen den Wischlappen aus. »Ich weiß nur, was die alte Dame mir erzählt hat, und sie hat mir nur gesagt, was ich wissen mußte. Ich habe dich gesäugt.«

Lotte, diese dicke, freundliche – und im Augenblick verängstigte – Frau hatte sie *gesäugt*? »Wo war denn meine Mutter?«

Lotte faltete das Wischtuch sorgfältig Kante auf Kante. Dann ließ sie sich mit einem Seufzer auf dem Küchenstuhl nieder.

»Ich und mein Junge, wir sind jetzt erledigt. Sie wirft uns ganz sicher hinaus. Sie haben alle gehört, was Ernst dir nachgerufen hat, und sie wird es auch hören, die alte Hexe ... Fünfzehn Jahre habe ich für sie gearbeitet, fünfzehn Jahre lang.«

»Aber was war mit meiner Mutter? Warum hat sie mich nicht selbst gestillt?«

Lottes Gesicht nahm einen Ausdruck der Verachtung an. »Sie hatte keine Zeit dafür. Abends ist sie mit dem Taxi die Einfahrt hochgerauscht, und ich dachte schon, Hans kommt auf Urlaub heim. Doch nein, eine junge Frau sprang heraus – verrückt hat sie ausgesehen, wie von den Hunden gehetzt. Ich hatte kaum die Tür aufgemacht, da drückte sie mir schon ein Kind in die Hände. Dich. Du warst noch keine zwei Tage alt und hattest keine Kleider, nur die, die du am Leib trugst. Das Kettchen von der Hebamme hing noch an deinem kleinen Handgelenk. Du warst ein wunderschönes Kind, wunderschön ... Wenn du wenigstens häßlich gewesen wärest, oder irgendwie mißgebildet, hätte ich es ja vielleicht noch verstehen können, oder nein, doch nicht ... Selbst dann, welche Mutter würde ...«

»Aber was hat Großmutter dazu gesagt?«

»Sie war oben in ihrem Zimmer und saß einfach nur so da. Ich habe dich hinaufgetragen und dich ihr gezeigt. ›Da, schauen Sie, was die junge Frau eben hergebracht hat‹, sagte ich zu ihr. ›Sehen Sie es sich an.‹ Sie nickte nur, als hätte sie dich bereits erwartet. ›Ja‹, sagte sie, ›das ist die Tochter von Hans.‹ Ich war wie vom Donner gerührt. ›Ich wußte gar nicht, daß er verheiratet ist‹, sagte ich. ›Trotzdem ist es seine Tochter. Sie bleibt hier bei uns. Im großen Schrank in der untersten Schublade findest du Babysachen. Gib ihr etwas zu trinken, ja?‹ Einfach so. ›Gib ihr etwas zu trinken, ja?‹ Ich hatte meinen kleinen Ernst, der hat auch noch an der Brust getrunken.«

Nun begann Lotte zu weinen und sich ihr rundes, rotes Gesicht mit dem Tischtuch abzuwischen. »Es war eine gute Stelle; es wird einem nicht oft erlaubt, ein kleines Kind mit ins Haus zu bringen ...«

»Dieses Kettchen von der Hebamme.« Ellie kam es vor, als spräche eine andere Person. »Was stand darauf?«

Wieder stiegen Lotte die Tränen in die Augen. »Ich kann doch nicht lesen!« heulte sie auf. »Ich kann überhaupt nicht viel außer kochen.«

Ellie wußte, daß sie Lotte jetzt eigentlich trösten sollte, aber sie hätte nicht gewußt wie. Außerdem war sie selbst verzweifelt und traurig. War denn alles, was sie von ihrer Mutter geträumt hatte, nicht wahr? Die sanfte Musik und die Girlanden aus Orchideen, die schöne Tänzerin, war sie so grausam gewesen?

In dem Moment betrat die Großmutter, die von ihren Einkäufen zurückkehrte, das Haus.

»Nimm mir meine Einkäufe ab, Gabriella«, sagte sie.

Heinz folgte ihr, ein Ausdruck der Neugier im Gesicht.

»Wie kannst du es wagen, die vordere Tür zu benutzen? Geh augenblicklich um das Haus herum zur ...«

Nun aber bemerkte Großmutter seinen Gesichtsausdruck. »Was ist passiert?«

»Ich möchte Sie nicht stören, Frau von Reiker, aber könnte ich ein Wort mit Ihnen reden?«

Als sie aus der Bibliothek kamen, hielt Großmutter ihr Taschentuch an die Schläfe gepreßt, und sie bedeutete Ellie, ihr nach oben zu folgen, die schweren Vorhänge im Schlafzimmer vorzuziehen, das Kölnisch Wasser zu bringen, die Tür zu schließen und ihr auf das Bett zu helfen.

Draußen kratzten sommerlich trockene Zweige der Ulmen an den Scheiben.

»Weißt du, was es bedeutet, dieses Wort, das Ernst dir nachgerufen hat?«

»Ja.«

»Dann weißt du alles. Es wäre mir lieber gewesen, wenn du es nicht erfahren hättest ... Ich habe mein Bestes getan, um dich vor dem Klatsch der Leute zu schützen ...«

»Ja, Großmutter.« Ellie schluckte schwer und versuchte krampfhaft, die Löcher, die Ernst mit seinem Wort in ihr sorgsam gesponnenes Weltbild gerissen hatte, zu schließen, versuchte, sich aus den Romanen, die sie gelesen, aus ihren eigenen Träumen und aus den Liedern, die sie auf Miss Nolans Schallplatten gehört hatte, neue Bilder zu erstellen. Vielleicht war sie ein Kind der Liebe, das Produkt einer zärtlichen Leidenschaft – eine junge, unerfahrene Frau, eine Jungfrau sicher, lernt einen forschen jungen Offizier kennen, um sie herum tobt der Weltkrieg, für eine Hochzeit ist die Zeit zu knapp, dann kommt er an die Ostfront ...

»Warum haben sie nicht geheiratet?«

»Weil sie schon verheiratet war.«

Verheiratet? Mit einem anderen Mann als Papa? »Aber geliebt haben sie sich doch, mein Vater und meine Mutter? Sag ja, bitte, sag ja.«

Großmutter schloß die Augen, und die Falten um ihren Mund wurden tiefer. Ihre weißen, gepflegten Hände ballten sich auf der Decke zu Fäusten. »Sie wollte ihn nicht haben, sie wollte meinen Sohn nicht haben. Deshalb ist er an die Front gegangen, und ... dich wollte sie auch nicht, und deshalb hat sie dich wie ein lästiges Paket hier abgegeben ...«

Das waren neue, schreckliche Eröffnungen, die sich nicht in irgendein Szenario fügen wollten, an das sie hätte glauben wollen. »Aber irgend etwas hat sie doch sicher gesagt, sie muß doch einen Grund gehabt haben!«

Großmutters Augen öffneten sich weit und richteten sich direkt auf Ellie, und für einen kurzen Augenblick sah das Kind brennenden Haß darin auflodern. »Ich sagte dir doch ... Sie war Tänzerin, Schaustellerin. Solche Frauen sagen doch, was sie wollen, jede Entschuldigung ist ihnen recht ...«

Großmutter lachte kurz auf. Sie griff mit ihrer papiertrokkenen Hand nach Ellies Hand und drückte sie.

»Lebt sie denn noch, meine Mutter?«

»Sie lebt in England, und es geht ihr gut. Meine Anwälte haben mir erzählt, daß sie Tanzunterricht gibt.«

»Weiß sie, wo ich bin?«

Großmutters Augen wurden feucht. »Ja, sie weiß es. Jetzt laß mich allein, Gabriella, der Kopf will mir zerspringen ...«

Als Ellie den schweren Türknauf drehte, brachte sie die Stimme der alten Dame noch einmal zum Stocken. »*Dein Vater war ein guter Mensch.*«

Dann aber konnte sie nicht weitersprechen, und zum erstenmal spürte Ellie, welche Schande ihre Geburt in den Augen dieser Frau über die Familie von Reiker gebracht hatte. Sie hätte das Kind nicht in ein Waisenhaus oder ein Heim oder in ein so weit entferntes Dorf bringen können. Aber um ihres Sohnes willen hatte sie sich geopfert und fortan als soziale Außenseiterin gelebt.

Ellie hatte ihre Großmutter nie geliebt, nur selten gern gehabt und manchmal sogar gehaßt, aber nun ging sie zu dem Bett, nahm die alte Frau in die Arme, die wie erstarrt dort saß. »Wenn du doch nur nicht solches Kopfweh hättest«, sagte sie liebevoll.

Auf der anderen Seite des Ganges schlief Großmutter. Ellie konnte keine Ruhe finden. Sie war zornig auf diese Tänzerin, die sie abgelehnt hatte wie eine Rolle, die ihr nicht zusagte.

Es war schon Mitternacht, aber noch immer wehte keine kühle Brise vom Fluß her. Ellie hatte sich schon immer wie eine Gefangene gefühlt, aber nun erkannte sie, daß ihre Wärterin ebenso eingeschlossen war wie sie. Großmutter hatte sich die Isolation ihretwillen auferlegt, nicht ihr selbst wegen, denn sie wollte sie damit nur zu einer echten von Reiker machen und ihr Stolz anerziehen. Ellie besaß jedoch bereits Stolz genug, hatte ihn schon immer in sich getragen – und Ernst hatte ihn mit seinem Spott endlich freigesetzt.

Ihr ganzes Leben lang hatte sie gehorcht und sich dem Kodex der von Reikers untergeordnet. Von jetzt an würde sie ihren eigenen Kodex verfassen. Sie hatte es nicht nötig, so zu sein wie die ›Schnelle Amalie‹, die gar keinen Ehrenkodex hatte – oder wie ihre Mutter in jenem fernen Land, der er offensichtlich auch fehlte.

Sie verließ das Haus und, angelockt von der kühlen Mosel, schlich sich leise in ihrem weißen Leinennachthemd hinaus. Unter einer alten Weide fand sie den tiefsten Schatten, in dem sie nicht einmal vom Mond gesehen wurde. Sie ließ das Nachthemd von ihrem Körper herabgleiten. Zum erstenmal in ihrem Leben war sie nackt und allein *im Freien.*

Das Wasser begrüßte sie, kühlte sie ab, stieg ihr um die Knie und die Hüften, und schließlich zu ihren Brüsten, die gerade zu knospen begannen. Sie schnappte nach Luft, tauchte ganz unter und schwamm in die Mitte des Flusses, in dem sich der Mond silbern spiegelte. Sie ließ sich auf dem Rücken treiben und sah, wie das Mondlicht ihr Haar umspielte, auf ihre schlanken Beine und ihre schon fraulich runden Schultern schien, ihre helle Haut und die schmalen Hände liebkoste und alles abkühlte, nur nicht die Flamme heißer Wut, die in ihr brannte, und bestimmt bis zu ihrem Tod niemals verlöschen würde.

Wieder in ihrem Zimmer, holte sie das Tagebuch mit dem kleinen goldenen Schloß hervor, das sie zum letzten Weihnachtsfest von ihrer Großmutter bekommen hatte. Früher einmal, so hatte sie damals erfahren, besaßen alle jungen Damen aus gutem Haus so ein Tagebuch, dem sie ihre geheimsten Gedanken anvertrauen konnten. Ellie hatte es damals voller Verachtung in ihrer Schreibtischschublade verstaut und bei sich gedacht, das brauche sie nicht, weil doch *alle* Gedanken geheim waren. Nun aber war sie mit einemmal nicht mehr aus gutem Haus, und dem Bankert kam ein Gedanke, den eine anständige junge Dame niemals schriftlich festgehalten hätte:

Heute nacht bin ich nackt in der Mosel geschwommen. Es hat mir gefallen.

7

Wieder war ein Jahr vergangen, und immer noch war Micah bei den Abramskys. Davon, daß er fortgehen sollte, war keine Rede mehr. Was jedoch sollte er tun, wenn er erwachsen würde? Diese Frage beschäftigte ihn, doch sie belustigte ihn auch. War er nicht schon immer erwachsen gewesen? Und längst war seine Welt von den Sorgen der Abramskys erfüllt, die er zu den eigenen gemacht hatte.

In seinem Elektroladen brachte ihm Felix bei, wie dieses und jenes zu reparieren sei, aber vor allem lernte er, zu verkaufen. Die Erinnerung war ihm dabei eine große Hilfe. Als er noch mit Papa zusammengewesen war, war es das Hauptziel seines Lebens gewesen, die *Gaje* zu beschwindeln, und so war es für ihn ein leichtes, den Kunden Geräte zu verkaufen, von denen sie bisher nicht gewußt hatten, daß sie sie brauchten. Es dauerte nicht lange, bis das erste bescheidene Inventar des Ladens verkauft war. Das Lager wurde monatlich neu aufgefüllt, eine Aufgabe, die fast natürlich Mischa zufiel, nachdem er gelernt hatte, schnell zu lesen, ohne dabei die Lippen zu bewegen oder die Zeile mit einem Finger zu verfolgen. Kunden und Lieferanten nannten ihn Michael. Sie sagten, er hätte so eine Art an sich, und wenn diese Art leicht nach Schmeichelei schmeckte – nun ja, wer hätte wohl dagegen etwas einzuwenden?

Nicht einmal Hamish Froggatt, der angeblich ein Genie gewesen war, bevor ihn der Alkohol erwischt hatte, und der Felix motorgetriebene Neuentwicklungen verkaufte, wenn er nüchtern genug war, um seinen gelben Lieferwagen zu fahren. Diese Geräte entwickelte er selbst und stellte sie in der alten Fabrik seines Vaters mit Hilfe von zwei Angestellten her. Als die Geschäfte immer schlechter gingen, mußte er erst den einen entlassen, bald darauf den zweiten, und so arbeitete er nun allein. Manchmal funktionierten seine Apparate sogar. Hamish hatte rotes Haar, kräftig rote Backen und eine Schnapsnase.

Mischa hätte es Felix und Anna gegenüber nie zugegeben, aber er haßte und verachtete den heruntergekommenen Schotten. Er verabscheute seinen ewigen Gestank nach Whisky, seine Aggressivität, wenn er betrunken war, und seine Reue hinterher.

»Es tut mir leid, wenn ich gestern deine Gefühle verletzt habe, Michael. Du weißt ja, wie das ist – ein Tropfen zuviel, und es setzt bei mir aus. Du hältst doch den Mund, nicht? Es wäre mir wirklich nicht recht, wenn Felix etwas davon erfahren würde. Er ist ein guter Kunde von mir, doch, das ist er.«

Mischa hätte seine Tirade zu Ende führen können, und er hätte nur mit seinem Akzent verraten, daß er südlich von Edinburgh zu Hause war. *Ich weiß auch nicht, was mich dazu bringt, alter Junge, aber ich werde es nie wieder tun. Es tut deinem Papa wirklich leid, ganz ehrlich.* Die Tränen liefen Hamishs rotgeäderten Wangen ebenso langsam und kläglich hinunter wie damals seinem Papa.

Aber einen Gürtel hatte Hamish Froggatt nicht, und in anderer Beziehung konnte er durchaus von Nutzen sein. Mischa schenkte ihm daher immer sein süßestes, schmeichelhaftestes Lächeln, und dann stimmte er ihm wie beiläufig zu, daß es wirklich nicht gut wäre, wenn Felix erfahren würde, daß Hamish ihn einen dreckigen Russen genannt hatte und ihn, Mischa, einen Mausefallenverkäufer.

Sein Lächeln war nur geringfügig weniger süß, als er ihm eine Rechnung (wegen Felix kaum frisiert) für zurückgegebene schadhafte Geräte überreichte.

Hamish betrachtete sie mit zusammengekniffenen Augen, seufzte eine Whiskywolke über den Ladentisch und schrieb mit einer unsteten, krakeligen Schrift einen Scheck über den Rückerstattungsbetrag aus. Wenn der gelbe Lieferwagen um die Ecke der Ryder Street rumpelte, sah ihm Mischa mit der gleichen Mischung von Triumph und Verachtung nach, die er früher verspürt hatte, wenn er zusammen mit Papa irgend jemanden mit einem primitiven Betrugsmanöver übertölpelt hatte.

Er sagte kein Wort über die Schimpfworte, mit denen Hamish sie belegte. Es war reine Gutmütigkeit von Felix, daß er sich nach wie vor von dem Schotten beliefern ließ; vielleicht wäre ihm ein Vorwand willkommen gewesen, die Geschäftsbeziehungen zu ihm endgültig abzubrechen.

»Wenn der Mann nicht so ein trauriger Fall wäre ... so töricht ist er, und seine Geräte sind so nutzlos ...« Felix seufzte. »Sag mir doch bitte, was die Leute mit einem elektrischen Cocktailmixer anfangen sollen, oder mit einem Teekessel, der Melodien pfeift?«

»Die Leute kaufen sie«, widersprach ihm Mischa. »Die Kunden wollen etwas, das die Nachbarn nicht haben – auch wenn es nicht immer funktioniert.«

Wieder schüttelte Felix bedrückt seinen Kopf. »Der arme Hamish! All die Ausbildung! Er war solch ein vielversprechender junger Mann, was für eine Zukunft hätte der haben können! Er hat nicht immer nur Küchengeräte entwickelt, weißt du.«

»Er ist ein Versager.«

»Wir dürfen nicht über ihn richten, Mischa. Wenn sich seine Frau nicht von ihm hätte scheiden lassen …«

Dann hätte er sie vielleicht umgebracht.

Der Gedanke zuckte Mischa spontan durch den Kopf. Er wußte nicht recht, wie er darauf gekommen war, und schob ihn energisch beiseite.

»Hamish ist ein Versager und ein Idiot«, sagte er noch einmal. »Alles läßt er verkommen, seine Fabrik, dieses Haus …«

Er erinnerte sich noch genau daran, wie er *Greenlings* zum erstenmal gesehen hatte. Eine gute Kundin, die besonders erbittert darüber gewesen war, daß ihr neuer Mixer nicht funktionierte, hatte sofortigen Ersatz gefordert. Felix hatte Mischa losgeschickt, das Ersatzgerät zu holen. Es war an einem Samstag gewesen.

»Wenn Hamish nicht in der Fabrik ist, geh zu seinem Haus. Du nimmst den Elfer-Bus und sagst dem Fahrer, er soll dich bei *Greenlings* absetzen. Jeder weiß, wo das ist.«

Hamishs Fabrik sah aus, als hätte sie seit einer Woche kein Mensch mehr betreten. Die Fenster waren mit Brettern vernagelt, Zettel mit der Aufschrift *dringend* waren an die Tür geheftet, und der Briefkasten quoll von der Post von einigen Tagen über.

Also gut, nahm er eben den Bus. Mischa machte das nichts aus. Er war noch nicht lange bei den Abramskys und hegte noch die Illusion, um die abendliche Tanzlektion zu kommen, wenn es zu spät würde.

Der Bus fuhr aus der Stadt heraus und erreichte eine Hügelkette, die sich wie eine weiche, grüne, sonnenbeschienene Decke vor ihm ausbreitete, so weit sein Auge reichte. Der Bus setzte ihn bei einem imposanten Eisentor ab, das aber halb offenstand und schräg an durchgerosteten Angeln hing. Auf einem schief hängenden, ebenfalls rostigen Schild stand geschrieben: PRIVATBESITZ – ZUTRITT VERBOTEN. Mischa zögerte. Er konnte damals noch nicht allzu gut lesen, aber das waren Worte, die er schon sein ganzes Leben gehört hatte: Ihre Form erkannte er immer, ob sie nun in Holz geschnitzt oder mit der Hand auf Pappe geschrieben waren.

Privatbesitz. Mit diesem Wort verband er ein finsteres Gesicht von Papa, und sein zorniges Gemurmel, wenn sie wieder einmal von Bauern, Polizisten, Feldschützen oder irgendwelchen aufgeblasenen Wichtigtuern weggeschickt wurden ...

»Haut ab hier, Zigeunerpack! Macht, daß ihr hier wegkommt! Ihr wißt doch, daß ihr privaten Grund und Boden nicht betreten dürft.«

Sie waren immer folgsam weggegangen; Papa hatte sogar meistens gelächelt und hatte vor dem Bauern den Hut gezogen, aber hinterher hatte er verächtlich zu Micah gesagt:

Privatbesitz! Das ist alles, woran ein Gajo je denkt, Kleiner. An sein Haus und sein Land und sein Geld.

Privatbesitz, das war also die Welt der *Gaje*, dazu war ihm schon der Zutritt verwehrt, bevor er überhaupt wußte, was das war, und vielleicht war das der Grund, warum er gerne selbst etwas davon haben wollte. Damals hatte er sich nach einer ganzen Menge Dinge gesehnt: nach warmen Dekken, regelmäßigen Mahlzeiten, Bonbons in einer Dose, und in seinen kühnsten Träumen sogar nach einem Fahrrad. Durch die Hilfe der Abramskys hatte er dies alles. Nur noch keinen Privatbesitz. Es war für ihn ein Schock gewesen, zu entdecken, daß auch sie keinen hatten, sondern für den Laden und das Studio jeden Monat Miete bezahlen mußten.

»Gehört das denn nicht euch?« hatte er gefragt.

»Aber Mischa, wie sollen wir uns das leisten können?« Felix hatte seine Arme ausgebreitet, als wären die kleine Wohnung und das Studio ein riesiges Anwesen, das niemals nur einen Besitzer haben könnte.

Aber ein Hamish Froggatt, ein Trunkenbold und Versager, durfte vor diese endlos lange Einfahrt, das herrliche von Mauern umgebene Grundstück, all die Ulmen, Buchen, Kastanien und Lärchen, die in schattigen Hainen zusammenstanden, ein Schild mit der Aufschrift ›Privatbesitz‹ hängen.

Er war volle fünf Minuten der sanft geschwungenen Einfahrt gefolgt, bis ein Haus vor ihm auftauchte, das, in sanften Farben von der Nachmittagssonne beschienen, herrschaftlich vor ihm stand.

Glyzinien und Geißblatt wuchsen üppig auf einem weißgestrichenen Pavillon rechts von ihm; dahinter ließen Trauerweiden ihre Äste wie einen kühlen grünen Vorhang in einen Gartenteich hängen. Die Einfahrt mündete in einen Kreis aus dem gleichen grauen Stein wie das Haus auf dem prachtvollen Grundstück, das elegant diejenigen begrüßte, die hierher gehörten.

Greenlings. Hamish Froggatts Privatbesitz.

Und Felix und Anna Abramsky, die einem kranken und hungernden fremden Jungen die Kleider von ihrem Leib und das Fleisch von ihrem Tisch geschenkt hatten, sie lebten in einer kleinen Wohnung, die ihm bis dahin wie ein Paradies an Wärme und Überfluß vorgekommen war. Er dachte an Felix, wie er von seiner Werkbank zum Ladentisch humpelte und jedem Kunden mit ein bißchen Geld in der Tasche zur Verfügung zu stehen hatte, an Anna, die müde und naßgeschwitzt aus einer Horde gelangweilter kleiner Nichtsnutze Wesen voller Anmut und Schönheit machte. Tag um Tag ging das so, und es war kein Ende abzusehen, bis sie beide zu alt waren, um zu bedienen, zu drängen und zu fordern.

Als er so an die beiden dachte, kam er sich nicht mehr klein vor. Er dachte eher daran, wie ungerecht es doch auf der Welt zuging. Fast freute es ihn, als ihm eine nähere Untersuchung des Hauses Anzeichen von Verfall zeigte, die ihm auf den ersten Blick entgangen waren. Die verbleiten Fenster waren blind, in den Fugen der grauen Steine der Einfahrt wuchsen Wolfsmilch und Löwenzahn, und die weiße Farbe des Pavillons blätterte unter dem Angriff von Witterung und Kletterpflanzen ab.

Hamish Froggatt besaß all das, aber er ließ es verkommen. Mehr denn je verachtete Mischa ihn.

Er fläzte sich unrasiert, ungewaschen und heruntergekommen wie sein Anwesen auf einer Bank im Gemüsegarten. Um ihn herum lagen leere Flaschen und die Essensreste. Er schien einigermaßen nüchtern, rieb sich die Augen und sah zur Sonne hinauf.

»Was willst du?«

»Felix schickt mich mit einer Nachricht.«

Hamish stöhnte auf, las sie aber. »Man kann nicht einmal mehr ordentlich einen draufmachen ... Sei ein guter Junge und mach mir eine Tasse Tee, damit ich wach werde, ja? Die Frau ist wieder mal nicht da – unzuverlässiges Gesindel, die Frauen. Nie sind sie da, wenn man sie braucht ...«

Mischa war schon unterwegs zu der Küche, als ihm einfiel, wie er Papa morgens seine Tasse Kaffee hatte kochen müssen, damit er wieder nüchtern wurde, wie er nachmittags seinen Tee gebraucht hatte – und Gott gnade ihm, wenn er vergessen hatte, die Himbeermarmelade hineinzurühren, wie Papa es gern hatte. Er blieb stehen und drehte sich zu Hamish Froggatt um. »Ich habe keine Zeit«, sagte er. »Felix wartet auf mich.«

»Du verlogener kleiner Kerl!«

»Reparieren Sie nur das Gerät, und Sie sind mich wieder los.«

Der Schotte murmelte zwar Verwünschungen in sich hinein, erhob sich aber mühsam und ging ins Haus, um einen Schraubenzieher zu holen. Mischa ging hinter ihm her und fand in allen Zimmern die gleiche Unordnung vor. Schwere Brokatvorhänge waren mit Kordelstücken zurückgebunden, überall stand schmutziges Geschirr herum, die eleganten Möbel waren ungepflegt und mit Unrat vollgestellt. Von den Kronleuchtern an der Decke hingen Spinnweben bis zu den Walnuß-Verkleidungen.

Hamish Froggatt suchte in Schreibtischschubladen und Küchenschränken herum. »Du findest es hier wohl unordentlich, was? Nichts findet man, ich bekomme ja nicht einmal eine Putzfrau, die hier ein bißchen saubermacht ... aber wenn einem nach dreißig Ehejahren die Frau wegläuft, was soll man da machen, sag mir das?«

Er hätte selbst einen Besen in die Hand nehmen können oder ein Staubtuch, oder das Geschirr hätte er spülen können ...

Als Mischa wegging, blieb er in der Einfahrt stehen und betrachtete sich Hamish Froggatts Privatbesitz noch einmal lange und eindringlich.

Die Sonne war beinahe untergegangen. In der Mitte des runden Wendeplatzes breitete eine riesige alte Eiche ihre spätsommerlich dunkelgrünen Zweige aus. Unkraut und Grasbüschel standen gelb in ihrem Schatten. Nachdenklich beugte sich Mischa herab und riß ein Löwenzahnbüschel aus.

Er trug seinen scharfen Geruch noch an der Hand, als er sie in Annas leerem Studio um die Stange legte.

»Los, zügig, Junge, wir machen schnell die Übungen an der Stange, bevor wir in die Mitte gehen, ja? Danach essen wir.«

»Ja, Madame.«

»Also gut dann. *Pliés*, wenn ich bitten darf. Los.«

*

Er sah Hamish Froggatts Haus seitdem oft wieder, und jedesmal war der Niedergang weiter fortgeschritten. In seiner Vorstellung hatte er es ein dutzendmal renoviert. Die Fensterscheiben von *Greenlings* glänzten, die Kronleuchter strahlten, die Möbel blinkten unter vielen Lagen von Wachs, und der Rasen reichte kurzgeschnitten, üppig grün und dicht bis zu dem schmiedeeisernen Tor, das inzwischen neu gestrichen war, an festen Angeln hing und immer verschlossen gehalten wurde. Das Schild mit der Aufschrift: PRIVATBESITZ – ZUTRITT VERBOTEN war neu und frisch gestrichen.

Der Junge ist wie ein Schwamm, dachte Felix, während er die Bücher für die Stadtbibliothek aufstapelte und sie mit der Liste verglich, die ihm Mischa in seiner energischen Handschrift geschrieben hatte.

In den vier Jahren, seit der Junge zu ihnen gekommen war, hatte er solche Ausflüge oft gemacht, und abends, nachdem sie den Laden und das Studio geschlossen hatten, mußte Mischa viele Fragen beantworten.

Der Junge lernte schnell, beunruhigend schnell sogar, aber Felix hatte den Eindruck, daß er nicht von Wissensdurst dazu getrieben wurde. Er zeigte vielmehr eine Aggressivität und Eindringlichkeit dabei, als sei er fest entschlossen, eine Lücke möglichst schnell zu schließen. Er schlang Wissen und Allgemeinbildung in großen, wahllos aufgeschnappten Brocken hinunter, verdaute sie und machte sich über die nächsten her.

Mit Elefanten hatte es angefangen. In jenem ersten Sommer hatten ihn Felix und Anna mit in den Zoo genommen.

»Was zum Teufel ist das?« fragte Mischa entgeistert, als der faltige graue Fleischberg seinen Rüssel hob und Zorn und Langeweile in den Nachmittag hinaustrompetete.

»Ein Elefant – aber ich dachte, das wüßtest du längst«, sagte Felix nicht ohne einen Anflug von spitzfindigem Vorwurf, während er sich von einem Eisverkäufer drei Eistüten geben ließ. »Er kommt aus Indien – du erinnerst dich doch sicher noch an Indien, oder?«

Anna lachte, aber der Junge wie üblich nicht. Felix hatte ihn noch nie lachen hören.

Wenn sie dachten, sie könnten ihn mit der Erwähnung seiner alten Lüge über Indien in Verlegenheit bringen, hatten sie sich getäuscht. Die dunkle Röte, die in seine Wangen getreten war, rührte allein von seiner Aufregung her. Er hatte ihnen damals oft und mit Charme Lügen erzählt. Sein seltenes Lächeln war nie so sanft, so herzzerreißend engelsgleich, wie wenn er den leichtgläubigen Kindern in der Ryder Street seine Märchen auftischte.

»Ich wette, der hat nie vor gar nix Angst, der Elefant da.«

»Vor gar nichts, er hat vor gar nichts Angst«, verbesserte ihn Felix. »Das nie brauchst du dann nicht mehr.« Seine Erläuterung, eine doppelte Verneinung sei überflüssig, ja falsch, wurde genauso schnell und problemlos aufgenommen wie das Vanilleeis.

Eine Woche später verkündete er nach einem Ausflug in die Kinderbücherei (wo ihn eine Frau, die nach Mottenkugeln roch, bei der Hand nahm und seine Aufmerksamkeit auf Bücher lenkte, die ihm *beinahe*, aber nie ganz unverständlich waren) und langen mühsamen Forschungsarbeiten:

»In Afrika gibt es sie auch. Da haben sie aber größere Ohren.«

Nach den Tieren kamen die Autos an die Reihe, aber seine Begeisterung war nicht kindlicher Art, denn flotte Karosserien und Höchstgeschwindigkeiten konnten ihn nicht beeindrukken. Seine Aufmerksamkeit galt vielmehr der Größe, Stabilität und Langlebigkeit.

»Hier steht, eine Frau hätte vierzig Jahre lang den gleichen Rolls-Royce gefahren. Warum besorgst du dir nicht so einen statt deines klapprigen Kleinwagens?«

»Solche Wagen können sich nur ganz reiche Leute leisten«, erklärte ihm Felix.

»Du könntest auch reich werden.«

Felix lachte. »Nur sehr wenige Elektriker sind reich, Mischa, und Tänzerinnen nie.«

»Der Laden könnte dich reich machen, wenn du es nur wolltest.«

»Das glaube ich nicht.«

»Du könntest mehr verkaufen. Die Leute wollen immer neue Sachen; das merkt man schon an der Art, wie sie sie ansehen.«

»Das ist hier keine reiche Gegend, und die Leute können es sich nicht leisten ...«

Inzwischen glaubte Felix, daß Mischa damals wahrscheinlich recht gehabt hatte. Er hatte in so vielen Dingen, die den Laden betrafen, recht behalten. Er war jetzt vierzehn, und die Kundschaft (besonders die weibliche) ließ sich offensichtlich lieber von dem Jungen bedienen als von Felix. Sie sagten Michael zu ihm und unterhielten sich mit ihm über alle möglichen Themen, von Lautsprechern und Plattenspielern bis zu den vielfältigen Problemen, die sie mit ihren heranwachsenden Söhnen hatten. Es schien dabei keine Rolle zu spielen, daß Mischa jünger als ihre Söhne war.

»Ich wünschte, mein Harry (oder mein Jim oder mein Brian) wäre wie du. Er hängt nur immer faul im Haus herum, aber du ...«

Mischa war niemals schwierig oder faul gewesen. Nie hatte er sich unsicher gezeigt, und seine Stimme hatte sich nicht mit einem Mal krächzend überschlagen, bevor sie die neue Lage gefunden hatte. Sie war vielmehr allmählich und wie von selbst tiefer geworden. Er rasierte sich inzwischen zweimal täglich; wenn er es vergaß, galt dem dunklen Schatten auf seinen Wangen der Neid aller Teenager in der Nachbarschaft. Wen konnte es verwundern, daß sie ihn nicht leiden konnten; sie hatten vor, sich auf jede erdenkliche Weise gegen die Gesellschaft aufzulehnen, während Mischa seine gesamte Energie darauf verwendete, sich ihr einzugliedern. Er arbeitete tatsächlich hart; manchmal fragte sich Felix, wie sie es vor seiner Ankunft überhaupt geschafft hatten. Er half den ganzen Tag im Laden, und abends unterrichtete er Annas Anfängerkurse, und auch dort wurde er verehrt – von den Müttern ebenso wie von den Schülern, und das sogar an den Wochenenden, wenn es Zeit war, die Gebühren zu bezahlen. Bei Anna gaben sie sich widerwillig, aber bei ihm bezahlten sie gern.

»Wir sollten die Gebühren erhöhen«, sagte er ihr.

»Niemals! Jetzt schon können sie sich meine besten Schüler kaum leisten.«

»Sie könnten doch die Anfänger unterrichten; dann finanzieren sie sich selbst, und uns würden sie entlasten. Wir könnten dann den ganzen Tag Kurse anbieten – Schüler wären genug da.«

»Sicher, Tolpatsche, aber ihr Geld will ich nicht haben. Anna Abramsky ist eine Künstlerin! Es ist nicht möglich, Gänse in Schwäne zu verwandeln.«

Mischa zuckte die Achseln, was bei ihm eine elegante Geste war. »Wenn sie es versuchen wollen, warum sollten wir dann nicht ihr Geld nehmen? Irgend jemand wird es sowieso bekommen.«

»Ach, du ... du Zigeuner!« fuhr Anna ihn wutentbrannt an.

Soviel hatte er inzwischen zugegeben, wenn er auch nicht »Zigeuner«, sondern »Roma« sagte. Er sagte auch nicht: »Ich bin ein Roma«, sondern: »Wir waren früher einmal Roma, bevor wir die *Kumpania* verlassen haben.« Trotzdem zuckte er jedesmal zurück, wenn Anna »Zigeuner« sagte, denn auf diesem Gebiet war der sonst so offenherzige Junge verschlossen.

Anna nannte ihn nach wie vor Junge. Im Lauf der Jahre hatte er ihnen bruchstückhaft vom Tod seines Vaters und von seinen Wanderungen erzählt, von den Kaninchenfallen, von der Arbeit auf den Obstplantagen, und wie sie sonst ihr Geld verdient hatten; selbst von dem Leben in der *Kumpania* berichtete er ein wenig.

Aber er redete nie darüber, warum sie ihre Familie verlassen hatten, und Namen aus seinem früheren Leben erfuhren sie von ihm nie.

Bedrängten sie ihn, so trat der alte Ausdruck von List wieder in sein Gesicht, und Felix wußte genau, es würde nicht mehr lange dauern, bis er sie erneut anlügen würde.

»Wir müssen es wissen«, sagte Anna oft. »Wir müßten ihn zwingen, es uns zu sagen.«

»Dann bekommen wir doch nur Lügen zu hören, und das würde ihm auf lange Sicht nur selbst schaden. Laß ihn in Ruhe, mein Engel. Er hat Stolz, er hat seinen Ehrgeiz ... und er ist glücklich bei uns. Außerdem ist er ehrlich, solange wir ihn nicht zum Lügen zwingen, und ich glaube, er ist auch loyal. Er braucht uns.«

Und du, Anna, du brauchst Mischa – aber das durfte er nie aussprechen, denn auch sie hatte ihren Stolz, vielleicht sogar zu viel davon; man brauchte sich nur ihre Reaktion auf die monatlichen Berichte über Gabriella anzusehen, die inzwischen vom Anwalt der Familie kamen, denn Frau von Reiker sei, wie es hieß, erkrankt.

In der Übersetzung von Felix hieß das: »Sie ist krank, die alte Frau ist krank, Anna ...«

»Die doch nicht! Solche Weiber leben ewig! Du weißt doch noch, wie sie war. Wie aus Stein.«

O ja. Sie waren sich nur einmal begegnet, aber wie konnte er das jemals vergessen? Hans war damals schon an der Ostfront gewesen; Anna war hager geworden, die Augen lagen ihr so tief in den Höhlen, daß sie fast schwarz erschienen, und sie preßte ihre dürren Arme gegen ihren Leib, um das Ding in ihrem Bauch zusammenzudrücken, seine Existenz gänzlich zu verneinen. Ihnen gegenüber hatte das Ehepaar von Reiker an dem Tisch eines Restaurants gesessen. Von dem Mann, der zusammengekauert auf seinem Stuhl hockte, war kein Wort zu hören gewesen. Neben ihm saß seine Frau stocksteif aufgerichtet. Von ihr ging ein durchdringender Geruch nach Kölnisch Wasser aus. Sie war es, die den Vorschlag vorbrachte. Anna solle sich von Felix scheiden lassen und Hans per Fernheirat zum Mann nehmen. (Das ließe sich arrangieren. Sie seien nämlich nicht ganz ohne Einfluß.) So könnte das Kind, das ihr Sohn aus unbegreiflichen Gründen haben wollte, doch noch legitim geboren werden. Sie seien bereit, Annas gegenwärtigen Mann finanziell zu entschädigen, wenn das nötig sein sollte. Damit schloß sie Felix mit einer beiläufigen Handbewegung von jeglicher weiterer Beteiligung an dem Drama aus – und machte sich die sowieso schon unversöhnlich gestimmte Anna zur lebenslangen Feindin. In ihrem sonst totenblassen Gesicht erschienen zum erstenmal seit zwei Monaten zwei rote Flekken. Ihre Finger schlossen sich wie im Krampf um ein Tafelmesser, bevor Felix sie hastig hinausführte.

Nun seufzte er. So viele Jahre waren vergangen, und noch immer verzieh sie nichts, nicht das geringste.

*

Der Junge war ungefähr vierzehn Jahre alt, als seine Beziehung zu Anna in eine neue, unerwartete Phase eintrat. Mischa war oben und stellte die Stundenpläne für die neuen Kurse zusammen, zu denen sich Anna endlich hatte überreden lassen. Es klopfte energisch an die Eingangstür, und Annas Stimme klang schrill und eindringlich nach oben.

»Geh weg, verschwinde, sage ich! Wir kaufen nichts, hörst du? Wir kaufen nichts, nein! Geh, sage ich – los verschwinde!«

Eine heisere junge Stimme betete bereits flüssig den eingeübten Sermon herunter, als Mischa die Treppe hinuntersah. Anna hielt die Tür fest und versuchte, sie zuzuwerfen, aber dazu war es schon zu spät. Ein Fuß stand bereits darin, und eine kleine braune Hand wedelte mit einem Strauß grellfarbiger Papierblumen.

»Blumen für die schöne Dame, ganz billig, sehr schön, sie werden Euch Glück bringen, Geld ins Haus.«

»Was soll ich mit dem Dreck aus Papier? Mach, daß du fortkommst!«

»Soll ich Ihnen in der Hand lesen, schöne Dame? Ihnen steht das Glück im Gesicht – Sie haben schon schwere Zeiten erlebt, ja, das sehe ich, und viel Kummer, aber jetzt kommt etwas Erfreuliches auf Sie zu, meine Dame, das sehe ich, schöne Zeiten, schlagen Sie niemals Ihre Tür zu, wenn schöne Zeiten auf das Haus zukommen.«

Das Mädchen war jetzt richtig in Fahrt gekommen. Ihre Worte flossen wie Honig, Schmeicheleien, geheimnisvolle Andeutungen, warme, verlockende Aussagen über die Zukunft, und dahinter ganz leicht, kaum merklich, die Andeutung einer Drohung, aber Mischa hörte es nicht. Nach dem Fuß und den Papierblumen hatte sich ein Kopf in den Türspalt geschoben, ein kleiner, zierlicher Kopf auf einem geschwungenen, langen braunen Hals. Eine Wolke von nachtschwarzem Haar umringte ein schmales Gesicht mit hohen Backenknochen, freche, dunkle Augen, denen nichts entging und die in Anna Abramskys Gesicht lasen wie auf einer Karte.

Mischa fühlte, wie ihm das Blut aus dem Gesicht wich und die Kraft seine Beine verließ. Er mußte sich auf die oberste Stufe setzen und an dem Geländer festklammern.

Farah.

Als er sie zum erstenmal gesehen hatte, war er fast fünf Jahre alt gewesen und sie ungefähr einen Monat jünger. Sie mußte jetzt also vierzehn sein, und noch immer hatte sie das gleiche wilde Gesicht, und in ihren Augen brannte noch das gleiche Feuer.

Wie in Großmamas Rubin.

Sie blendete ihn, so daß er die Beinwärmer nicht mehr wahrnahm, die auf dem Trockner hingen, nicht die Notenblätter für die Musik, die Felix heute abend spielen sollte, gar nichts mehr, nur noch die kleine Gestalt, die da unten mit ihren Papierblumen wedelte.

*

Barfüßig saßen die beiden Kinder vor Großmamas bemaltem Zirkuswagen; hinter ihnen die aufgemalte Sonnenblume, vor ihnen das rauchende Lagerfeuer, an dem Farahs Mutter ein Hühnchen mit Paprika würzte und es mit Knoblauch und Tomaten in einem Topf rührte. Irgendwo in der Nähe rauchte Großmama ihre Tonpfeife, und Großpapa machte ein Pferd für den morgigen Markt fertig. Im Hintergrund glänzte ein Flüßchen in der Abenddämmerung. Der Eden. Es mußte also in Appleby gewesen sein. Die Kinder zeichneten mit Stöcken Bilder in den Schlamm. Das Mädchen hatte den spitzesten Stock, und deshalb wurden ihre Bilder am besten. Der kleine Junge sagte:

»Ich habe es Papa erzählt. ›Papa‹, habe ich gesagt, ›ich mag Farah, und Farah mag mich. Wenn wir groß sind, werden wir heiraten, ja?‹ Das habe ich gesagt.«

Sie kratzte noch einen Ast an den Baum in ihrem Bild, und zeichnete einen Vogel darauf. »Und was hat *er* gesagt?«

»Daß wir für solche Pläne noch ein bißchen zu jung sind.«

»Aber was hat er *noch* gesagt?« wollte das kleine Mädchen wissen und malte dem Vogel ein großes, rundes Auge hinein.

»Er hat gesagt, ihm wäre es recht, wenn wir dein Brautgeld zahlen können, wenn es soweit ist.«

Farah wedelte mit ihrem Stock in der Luft herum, klopfte sich den Staub von ihrem Rock und lächelte; ihre Milchzähne blitzten weiß. »Es ist also abgemacht, ja, Micah? Wir werden einen Wohnwagen bekommen wie Onkel August, einen blauen Teppich auf dem Boden, Samtvorhänge und Porzellantassen, und wir werden jeden Abend Kakao trinken, und deine Großmutter wird mir ihren Rubin als Hochzeitsgeschenk geben ...«

»Großmama sagt, du wärst zu frech ...«

»... und du wirst mir eine goldene Halskette kaufen, vielleicht sogar zwei, und Ohrringe, wie meine Tante Kodi sie hat.«

*

Ihre Ohrringe hatte Farah inzwischen. Sie schaukelten, als Farah nach Annas Hand griff, aber die Tänzerin war zu schnell und zu stark, und ihre durchtrainierten Muskeln waren zu viel für das Mädchen.

»Verschwinde jetzt augenblicklich, oder ich rufe die Polizei, hast du verstanden?«

Die Zähne blitzten, und Farah hatte sich aus der Tür zurückgezogen; sie sah Anna spöttisch an, dann rannte sie mit fliegenden roten Röcken, einem perlenden Lachen und mit blitzenden Goldohrringen davon.

Irgendeine starke Macht erweckte in Mischa den Wunsch,

aufzustehen, die Treppe hinunterzugehen und seiner Cousine Farah zu der Familie zu folgen – aber wenn Farah inzwischen ihre Ohrringe hatte, hatte sie vielleicht auch einen Mann. Die Roma verheirateten ihre Töchter jung (wo hatte er das gehört? von Papa?). Nein, Farah konnte unmöglich verheiratet sein – und selbst wenn, was kümmerte ihn das? Er war fertig mit den Roma und mit allem, was mit den Roma irgendwie zu tun hatte.

Salz brannte in seinen Augen, und er stolperte zum Fenster, um auf die Ryder Street hinunterzuschauen.

Die Frauen der *Kumpania* kämmten die Häuser in der Nachbarschaft durch und drängten sich mit Körben von Wäscheklammern und Papierblumen, mit Andeutungen und Komplimenten und kaum merklichen, lächelnd vorgebrachten Drohungen in die Häuser hinein, schwärmten vor dem Lebensmittel- und dem Fischladen aus, duckten sich in Seitensträßchen und schwätzten dem Metzger einen Beutel mit diesem oder jenem ab. Eine ältere gedrungene Frau, die seine Tante Olla gewesen sein könnte, sprach mit dem Besitzer des Eisenwarenladens und fuchtelte mit beiden Händen in der Luft herum; eine andere, die aussah wie eine von Farahs Cousinen, machte an der Bushaltestelle glänzende Geschäfte mit ihren Wäscheklammern. Ein ungefähr zehnjähriges Mädchen hätte seine Schwester Rose sein können, aber da es nicht weinte, konnte er es nicht sagen. Ob die hinkende Frau die alte Delendi mit ihrer Halbschwester Hela war? Ein Gesicht fehlte in dem Durcheinander da unten. Auch von Dui war nichts zu sehen, und von den anderen Männern auch nicht, aber das hatte er auch nicht erwartet. Handlesen, den *Gaje* Schund verkaufen – das gehörte sich nicht für die Männer der Roma.

Er stand noch lange am Fenster und betrachtete sich eines der kühnen Gesichter nach dem anderen genau, bis sie von einem Streifenwagen verscheucht wurden. Wie frech Farah gelächelt hatte, als sie mit fliegenden roten Röcken um die Ecke verschwunden war.

Aber von jenem anderen Gesicht war kein Zeichen zu entdecken gewesen: Großmama.

Sie hatte ihm mit ihren aufgetürmten Goldmünzen das Zählen beigebracht, ihm Bonbons gegeben, die saftigsten Stücke des Hühnchens. Sie hatte dem kleinen Micah braune Eier mitgeben wollen – und hatte geweint, als Vater sie auf die Treppenstufen ihres Wagens und gegen die Sonnenblume auf der Tür geworfen hatte.

Vielleicht war sie zu alt, um mit den anderen loszuziehen?

Vielleicht war sie ja schon tot, seine Großmama?

Trauer überkam ihn, grenzenlose Verwirrung, wie er sie seit dem Tod seines Vaters nicht mehr verspürt hatte. Papa ... Aber er war es doch gewesen, der ihn von den warmen Lagerfeuern der *Kumpania* fortgeholt und sie zu einem Leben in Armut und Kälte verurteilt hatte, weil er vor langer Zeit Mama etwas Schreckliches angetan hatte.

Und du, Micah, was wählst du? fragte Großpapa.

Ein Laut kam aus seiner Kehle, der so fremd war, daß er ihn zunächst nicht erkannte.

Anna Abramsky aber, die hinter ihm stand, erkannte ihn.

Sie sah, wie sich der dunkle Schopf senkte, erkannte das plötzliche Zucken der Muskeln auf seinem Rücken und an seinen Schultern, wußte, warum sein kräftiger Hals mit einem Mal so verwundbar schien. Wie dünn er einmal gewesen war, dieser Hals, wie verdreckt und verfilzt sein Haar.

Aber trotz allem, was geschehen war, er war noch immer ein Zigeuner. In so vielfacher Beziehung war dieser Junge ihr ähnlich; er konnte sich bemühen, wie er wollte, er konnte sich ducken, ausweichen, ausbrechen, aber ein Teil von ihm würde sich nie ändern, würde für immer Zigeuner bleiben. Wie sie ihn so betrachtete, wie sie die so schwer erworbenen Muskeln um Beherrschung kämpfen und verlieren sah, streckte sie ihre Arme nach ihm aus und umfing ihn.

»Nein, Mischa, o nein ...«

Mischa.

Felix stand hinter ihnen in der Tür und sah alles. Er sah diese unbeugsame Frau und den verschlossenen Jungen zusammen weinen, und er wußte, daß endlich der Bann zwischen ihnen gebrochen war.

Anna hatte den Jungen bei seinem Namen genannt.

Und sie hatte ihn berührt.

8

Zwischen Miss Nolan und Miss Warren hatte sie noch zwei andere Gouvernanten. Die erste hatte gute Referenzen, entwickelte aber eine merkwürdige Leidenschaft für das Dienstmädchen und blieb daher nur zwei Monate. Die zweite, ein piepsiges Frauchen mit staubfarbigem Haar, preßte Wildpflanzen und zeichnete ihre Umrisse auf naturfarbiges Leinen, die dann später (wie sie Ellie dünn flüsternd anvertraute) mit Fäden in blassem Grün und Grau gestickt werden sollten. Sie nahm ihr bescheidenes Gehalt mit zitternden, ängstlichen Fingern entgegen. Sicher hätte sie nicht einmal einer Maus beibringen können, Käse zu stehlen.

Die letzte und beste, Mary Beth Warren, war eine herzhafte Person, eine Amerikanerin, und es machte Spaß, mit ihr zusammenzusein; sie war nur hier, um Unterricht zu geben und dabei zugleich ihr eigenes Deutsch zu verbessern. Sie war kein Dienstmädchen; zusätzliche Aufgaben – wie die wöchentliche Einkaufsfahrt in die Stadt – erledigte sie freiwillig. Ihre Ankunft fiel mit einer deutlichen Verschlechterung von Großmutters Gesundheitszustand zusammen, deren Selbstkontrolle mit jedem Tag geringer wurde. Sie blieb inzwischen hauptsächlich in ihrem Zimmer und pflegte ihren schmerzenden Kopf; selbst das speziell für sie angefertigte Kölnisch Wasser wirkte inzwischen nicht mehr. »Das hat es noch nie, da bin ich sicher«, sagte Miss Warren dazu knapp. »Sie braucht einen Neurologen, nicht Duftwässerchen.«

Ärzte aber verachtete Großmutter, sogar ihren Hausarzt, und erst nach hartnäckiger Überredung, an der sich auch Miss Warren mit Nachdruck beteiligte, erklärte sie sich bereit, sich im Krankenhaus in Bonn gründlich untersuchen zu lassen – was sowohl der Gouvernante als auch ihrem Schützling eine unerwartete Woche Freiheit einbrachte.

Am ersten Tag gingen die beiden einkaufen, schlenderten durch alte Gassen und stöberten in der größten Buchhandlung herum, die Ellie je gesehen hatte. Auf dem Heimweg schleppten sie riesige Stapel von Büchern mit, wie sie in der Bibliothek zu Hause nie gestattet worden wären. Ellie ließ sich von ihnen in die kalten Gipfel des Himalaja und in die feucht-heißen Dschungel Äquatorial-Afrikas entführen. In einem Buch über den Grand Canyon betrachtete sie Bilder, die aus einer anderen Welt zu stammen schienen. Außerdem (weil Miss Warren einige ihrer Bücherkäufe gutmütig übersah) verliebte sie sich kurz, aber heftig in Rhett Butler.

Dadurch kam sie ins Träumen, und sie betrachtete sich länger und mit brennenderem Interesse als je zuvor im Spiegel. Sie war größer als Großmutter, sogar größer als Miss Warren, und auch ihre Beine waren länger. Auch ihr Haar, das allmählich etwas dunkler wurde und nun die Farbe von goldgelbem Honig im Sonnenlicht hatte, war inzwischen gewachsen; auf Rat von Miss Warren hin trug sie es im Nacken hochgebunden.

»Natürlich bist du für diese Frisur noch zu jung, aber du siehst damit sehr würdig aus, und außerdem zeigt sie deinen Hals. Eigentlich solltest du mit deinen vierzehn Jahren einen Pferdeschwanz tragen, aber da würde deine Großmutter ja die Krätze kriegen ...« Sie lächelten beide bei der Vorstellung, daß Frau von Reiker eine so vulgäre Krankheit wie die Krätze bekommen könnte. »Außerdem werden wir von jetzt an jeden Tag etwas unternehmen, so lange sie noch weg ist, Ellie. Mit einer Gemäldegalerie fangen wir an, dann gehen wir in ein französisches Restaurant essen, und nachmittags gehen wir ins Kino. Einfach unvorstellbar, daß du noch nie einen Film gesehen hast! Bei dem Leben, das du hier führst, könnte man meinen, wir lebten noch zu Kaisers Zeiten! Es ist mir schleierhaft, wie ich das monatelang ausgehalten habe.«

Ellie begann zu verstehen, warum Miss Warren es ausgehalten hatte, als sie in die Gemäldegalerie kamen. Dort erwartete sie nämlich ein junger Bankier und gab Miss Warren auf eine – wie Großmutter gesagt hätte – äußerst vertrauliche Weise die Hand. Der Bankier hatte schütteres, helles Haar und eine noch hellere Haut, volle, rote Lippen und feuchte, wasserblaue Augen, in die schaute Miss Warren fast ständig, während sie in der Galerie waren. Auch später im Restaurant änderte sich daran nichts; sie beachtete ihren Wein kaum und stocherte in ihrer ausgezeichneten *Sole Sylvestre* herum, obwohl sie zu Hause etwas so Leichtes nie vorgesetzt bekommen würde, weil die Köchin sich auf schwere Mahlzeiten beschränkte, dabei aber Geschmack und Würze zu kurz kommen ließ. Als es Zeit war zu gehen, wurde Miss Warren rot und zog Ellie mit etwas fahrigen Bewegungen beiseite.

»Hör mal, im Odeon spielt ein ganz toller Film, sehr romantisch. Er würde dir sicher gefallen – wir haben ihn bereits an unserem letzten freien Tag gesehen. Was hältst du davon, wenn du ihn dir ansiehst, und wir holen dich nachher vom Kino ab?«

Ein Kinobesuch war eine völlig neue Erfahrung und hätte Ellie eigentlich voll beschäftigen müssen, aber während der Wochenschau und einem kurzen Zeichentrickfilm über einen Kanarienvogel wollte ihr der sanfte Glanz in Miss Warrens Augen, als der Bankier während des Essens seine rosafarbige Hand auf ihr Knie legte, nicht aus dem Kopf gehen. Die beiden dachten wohl, sie habe nichts davon bemerkt? Was sie wohl jetzt gerade taten, der Bankier und ihre hübsche Gouvernante? Noch während sie sich diese Frage stellte, lieferte ihr ein süßer Schmerz in ihrem eigenen Körper die Antwort: Sie wußte ganz genau, was sie taten. Vor ihren Augen entstand ein Bild, das die beiden zusammen im Bett zeigte, ein Bild, das sie erst erregte, dann aber sofort abstieß. Die Lippen des Bankiers waren so wulstig und feucht ... und Miss Warren war so sauber ...

Der Hauptfilm – über einen Stierkämpfer – begann, und sie vergaß über dem Bild des Hauptdarstellers auf der Leinwand alles andere. Hocherhobenen Hauptes, in unwiderstehlicher Pose tänzelte er über den glatten Sand und sah mit seinen schwarzen Augen stolz und arrogant in die Kamera, in das Herz von Gabriella von Reiker. Er hatte einen schmalen, fein geschwungenen Mund, seine schwarzen Locken wehten gleich Federn in der leichten Brise, die durch die Arena ging; seine braunen Hände hielten das Cape mit geübter Eleganz. Sein prächtiger Stierkämpferanzug glänzte in der Sonne und schmiegte sich eng an seine breiten Schultern, seinen flachen Bauch und an die muskulösen, runden Hinterbacken.

Sie dachte an all die Männer, die sie kannte: der Hausarzt, der Vorarbeiter mit seinem hinterlistigen Sohn, der Milchmann, der Briefträger, und seit heute der schleimige Bankier. Keiner von ihnen hielt den Vergleich mit diesem aus. Der Stierkämpfer war das herrlichste, was sie je gesehen hatte. Die anderen Schauspieler nahm Ellie kaum wahr. Sie hatte nur Augen für diesen aufregenden Mann in seinem engen, prachtvollen Anzug.

Der Schmerz, den sie beim Gedanken an Miss Warren und ihren Bankier verspürt hatte, überflutete erneut ihren Körper. Seine Hände würden an Miss Warrens Waden hochgleiten, über ihre Hüften bis zu ihren frechen amerikanischen Brüsten. Nur waren es inzwischen nicht mehr die Hände des Bankiers, die sie sah, sondern es waren sensible braune, bestimmt sehr zärtliche Hände – und die Waden und die Hüften gehörten jetzt Ellie, und auch die knospenden Brüste waren ihre, und der Mund, der sehnsüchtig auf einen Kuß wartete, der niemals kam ... Es überlief sie kalt in dem dunklen Kinosaal.

Sie erwarteten sie draußen auf der Straße. Miss Warren sah weich und etwas zerzaust aus, der Bankier dagegen machte einen selbstsicheren, munteren Eindruck und lächelte. Dann ließ Miss Warren sie kurz allein, um sich am Stand an der Ecke eine Zeitschrift zu kaufen, und der Bankier näherte sich Ellie, legte ihr eine feuchte Hand um die Taille, ließ seinen Blick über ihren Körper wandern und sah ihr dann tief in die Augen – genau wie zuvor bei Miss Warren.

»Weißt du, daß du ein sehr schönes Mädchen bist?« flüsterte er ihr zu und behielt dabei aus den Augenwinkeln Miss Warren im Auge. »Ich glaube, du wirst einmal eine sehr, sehr schöne Frau werden. Du hast jetzt schon den Körper einer Tänzerin, mein kleines Fräulein, sehr schlank, sehr …«

»Nehmen Sie Ihre Hände weg!«

»Aber warum denn? Mary Beth hat nichts dagegen …«

»Mit Miss Warren hat das nichts zu tun …« Dann aber kam Miss Warren selbst zurück, und es blieb keine Zeit mehr, ihm zu sagen, daß sie auf keinen Fall wie eine Tänzerin aussehen wollte, und wenn die Zeit käme, daß sie ein Mann berühren sollte, würden seine Hände braun und sensibel sein, sein Mund schmal und geschwungen und seine Augen dunkel und durchbohrend.

*

Am nächsten Tag bekamen sie unangemeldeten Besuch von Großmutters Anwalt, was noch nie vorgekommen war.

»Ich dachte, das wüßten Sie«, sagte Ellie. »Sie ist bis Samstag im Krankenhaus.«

»Ja«, sagte er, »und genau deshalb bin ich jetzt hier. Könnten wir uns vielleicht in der Bibliothek unterhalten?«

Es war also ernst.

»Es wäre mir recht, wenn Miss Warren auch …«, begann sie. Sein Gesichtsausdruck und seine dicke Aktentasche beunruhigten sie.

Er zögerte kurz. »Nein, das ist eine private Angelegenheit.«

Als sie in dem bedrückenden, mit Eichenholz getäfelten Zimmer Platz genommen hatten, fing er sofort an. »Das Krankenhaus hat sich mit mir in Verbindung gesetzt. Nein, nein, deiner Großmutter geht es nicht schlechter«, versicherte er ihr hastig. »Es sieht aber so aus, als würde sie nicht mehr allzulange ... nun, ganz bei sich sein.«

»Ich verstehe Sie nicht.«

Der Anwalt runzelte die Stirn. »Nein. Also, wie soll ich es sagen ... Wie du weißt, wird es immer Geschäftliches zu regeln geben. Die Verwaltung des Weinguts, das Personal ... Ich will es dir ganz offen sagen, Gabriella, Tatsache ist, deine Großmutter wird in Zukunft manchmal nicht in der Lage sein ...« Er hob eine Hand. »Mit deiner Hilfe schafft sie es zur Zeit noch, aber irgendwann ... Wir möchten dich bitten, die Augen offen zu halten, die Rechnungen zu überprüfen, die sie bezahlt, die Beträge ... Sie könnte bald in eine bedrohlichere Lage geraten, und Gläubiger können sehr skrupellos sein.« Er lächelte schmerzlich. »Es ist uns klar, daß sie zum gegenwärtigen Zeitpunkt nicht oder nur sehr widerwillig bereit sein wird, das zuzulassen. Du bist noch sehr jung, und meine Mandantin ist ... aber es wird die Zeit kommen, da wird ihr Erinnerungsvermögen nachlassen ...«

»Ich verstehe«, sagte Ellie, die überhaupt nichts verstand. Großmutter hatte doch nur manchmal Migräne – aber das war schon immer so gewesen ...

»Es geht nur um den täglichen Geschäftsbetrieb. Wenn du helfen könntest, ihn zu überwachen ... und sie dabei ebenfalls im Auge zu behalten, das ist alles. Du kannst jederzeit bei mir in der Kanzlei anrufen, falls es Probleme geben sollte, aber es wäre besser, wenn du es vermeiden könntest. Es würde so nicht nötig werden, einen Vormund einzusetzen.«

»Sie würde mich niemals ...«

Der Anwalt musterte seine Fingerspitzen. »Glaube mir, es wird nicht mehr lange dauern, bis sie über deine Hilfe froh sein wird. Es ist durchaus möglich, daß sie in absehbarer Zeit gar nicht mehr begreift, daß irgend etwas getan werden muß.«

»Aber was fehlt ihr denn?«

Er runzelte die Stirn. »Das kann ich dir nicht sagen. Das

Familienvermögen wird privat verwaltet, und du bist keine legitime … du gehörst nicht zum Familienvorstand …« Er machte eine kurze Pause. »Das bringt mich auf ein anderes Thema. Wie du ohne Zweifel weißt«, fuhr er in etwas freundlicherem Tonfall fort, »hat Frau von Reiker immer einen gewissen … Kontakt zu deiner Mutter aufrechterhalten und ihr Berichte über dein Befinden und deine allgemeine Entwicklung geschickt.« Er schien gewisse Schwierigkeiten zu haben, ihr dabei ins Gesicht zu sehen. »In der letzten Zeit aber denkt meine Mandantin nicht immer daran, ihr zu schreiben, und nun liegt uns eine Anfrage aus England vor …«

»Von meiner Mutter?«

Der Anwalt hüstelte und betrachtete wieder seine Fingernägel. »Äh, nein, der Brief kam von ihrem Ehemann, Felix Abramsky.« Nun lächelte er. »Man könnte ihn wohl als deinen Stiefvater bezeichnen. Er macht sich viele Gedanken um dich. Ich habe die Aufgabe übernommen, sie auf dem neuesten Stand zu halten …«

»Meine Mutter hat wohl nicht nachgefragt, oder?«

»Äh … nein«, sagte der Anwalt kühl. Er bewahrte dabei ebenso sorgfältig wie Ellie eine neutrale Stimme. »Anna Abramsky leitet eine Ballettschule – ich nehme an, sie hat sehr viel zu tun.«

»Anna Abramsky? Heißt sie so?«

Das überraschte den Anwalt, und er musterte sie prüfend. »Wieviel weißt du wirklich von deiner Mutter, Gabriella?« Als sie ihm nicht antwortete, zögerte er und sagte: »Deiner Großmutter wäre das wahrscheinlich nicht recht, aber unter den gegenwärtigen Umständen glaube ich … Also, deine Mutter leitet wie gesagt eine Tanzschule, und ihr Mann hat ein Elektrogeschäft. Schlecht geht es ihnen nicht, aber sie sind nicht – wie man so sagt – vermögend. Sie haben keine Kinder … außer dir, natürlich.«

Und mich will sie nicht.

»Soviel ich weiß, wohnt ein junger Mann bei ihnen, der

ihnen hilft. Er ist ungefähr sechzehn. Ein Zigeuner, soviel ich gehört habe.«

Sie fröstelte. Über Zigeuner wußte sie nur das, was sie vom Grundstück aus gesehen hatte – umherziehende Gruppen, die manchmal wie die Heuschrecken über die Nachbargrundstücke herfielen. Bei ihnen natürlich nicht, denn Großmutter schloß immer alles gut ab, besonders dann, wenn Zigeuner durchzogen. Gesindel, so nannte sie sie, Diebesgesindel. Die Dienstboten und die Feldarbeiter schätzten sie genausowenig; Ellie hatte strenge Anweisung, in der Nähe des Hauses zu bleiben, wenn die Zigeuner in der Gegend waren, und hatte sie daher immer nur aus der Ferne gesehen – Pulks von Wohnwagen, Gruppen von bizarr aufgemachten Frauen mit zahlreichen Kindern, und Rauchfahnen, die eine Nacht lang von ihren Lagerfeuern zum Himmel aufstiegen, manchmal auch zwei, aber das nur selten, denn die Polizei war vor ihnen auf der Hut und schickte sie immer schnell weiter.

Anna Abramsky aber hatte einen von ihnen in ihr Haus aufgenommen. Das sagte viel über Anna Abramsky.

»Woher wissen Sie das?« fragte sie.

Der Anwalt lächelte dünn. »Wir halten unsere Informationen gern auf dem neuesten Stand.«

Es stimmte also. So eine vielbeschäftigte Frau, diese Mutter in England. Sie hatte keine Zeit, sich danach zu erkundigen, ob ihre Tochter lebte oder tot war, aber einen Zigeuner hinter ihren Tänzerinnen-Röcken zu verstecken, dazu hatte sie Zeit.

Er konnte sie haben, dieser Zigeuner.

»Gibt es sonst noch irgend etwas, das du wissen möchtest?« fragte der Anwalt.

»Nein.«

*

Großmutter kam empört und in gereizter Stimmung aus dem Krankenhaus zurück. Zum erstenmal in ihrem Leben hatte sie

Befehlen gehorchen müssen; diese Erfahrung hatte sie schwer angeschlagen und ungewöhnlich gesprächig gemacht.

»Schlafen Sie, wachen Sie auf, stehen Sie auf, essen Sie dies, trinken Sie das – und das von Krankenschwestern, kaum älter als du, Gabriella! Und erst die Ärzte! Keine Manieren, und diese Impertinenz! Sie haben *äußerst* unverschämte Fragen gestellt, und dann haben sie mich hier angestoßen und dort mit ihren albernen Hämmerchen herumgeklopft ... Es war ein Riesenfehler, dort hinzugehen. Das passiert mir nicht noch einmal. In Zukunft wird mich ausschließlich mein Hausarzt behandeln. Der kennt wenigstens seinen Platz!«

»Aber was haben sie dir gesagt? Können sie dir helfen?«

»Wie ich es mir dachte. Irgendwelche Mittel haben sie mir verschrieben.«

»Aber ich habe den Eindruck, als ob deine Schmerzen nicht mehr so schlimm sind, und du machst wirklich einen besseren Eindruck ...« Das stimmte tatsächlich; wovon hatte der Anwalt nur geredet?

Nachdem Ellie verschiedene Male nachgefragt hatte, gab Großmutter schließlich widerwillig zu, der Druck habe wirklich etwas nachgelassen, und das neue Mittel dämpfe die Schmerzen etwas. »Mir wird aber schwindlig davon, Gabriella. Ich traue mich kaum noch, eine Treppe hinaufzugehen.«

Als Miss Warren hinausging, zeigte sich Großmutter ansatzweise in ihrer alten Form. »Miss Warren hat mir erzählt, daß sie dich in die Stadt mitgenommen hat und mit dir im Kino war. Ohne meine Erlaubnis.«

»Aber du warst doch gar nicht da.«

»Trotzdem.« Sie schloß die Augen und drückte ihren Kopf in das Kissen; ihr Kopfweh hatte sich anscheinend wieder eingestellt. »Sie hat mich gefragt, ob sie in der Bibliothek ein Fernsehgerät aufstellen lassen darf. Ich habe es natürlich abgelehnt.«

»Aber jeder hat jetzt eins.«

»Ja, sogar im Krankenhaus. Schund, geschmackloser Schund.«

Ellie sagte nichts, sie hatte Angst, die – wie sie inzwischen wußte – empfindliche geistige Gesundheit ihrer Großmutter zu gefährden, aber der Schlag traf sie tief. Wenn Miss Warren ihren Fernseher nicht bekam, würde sie vielleicht gehen. Außerdem bestand die Möglichkeit, daß sie ihren Schauspieler wiedersehen würde, wenn ein Fernseher im Haus war, oder andere Leute, die vielleicht ebenso aufregend waren.

Großmutter hatte ihre Augen wieder geöffnet und betrachtete sie genau. »Du siehst anders aus, Kind. Älter.«

Sie wurde rot. Sah man sie ihrem Gesicht an, diese neuen Gefühle, die sich in ihrem Körper eingestellt hatten, eine Unruhe aus zweiter Hand, ausgelöst von Miss Warren und ihrem Bankier und von einem namenlosen Schauspieler mit einem stechenden Blick?

»Ich glaube, Miss Warren ist vielleicht nicht … nicht ganz unschuldig daran, Gabriella. Ich überlege mir, ob ich sie wegschicken soll.«

Nein, nur das nicht – »Großmutter, Miss Warren ist meine Freundin. Wenn du sie wegschickst, will ich auf jeden Fall in eine Schule gehen.«

Mary Beth Warren hatte ihr Leben verändert, hatte Lachen hineingebracht, hatte ihr vor Augen geführt, daß da draußen, hinter den Mauern des Grundstücks, eine ganze Welt wartete, eine Welt, die sich bewegte und veränderte, die voll von Menschen mit individuellen Gefühlen war, deren Tage nicht vom Wetter und von der Ernte in der nächsten Saison beherrscht waren, sondern die Reisen machten und Freunde hatten …

Um ihre Großmutter abzulenken, vielleicht sogar, um sie dafür zu bestrafen, daß sie auch nur daran *gedacht* hatte, Miss Warren zu entlassen, fragte Ellie sie mit scharfer Stimme: »Gibt es irgendwelche Bilder von meiner Mutter im Haus? Ich möchte wissen, wie sie aussieht.« Sie dachte daran, daß der Bankier gesagt hatte, sie sähe wie eine Tänzerin aus. Wenn sie *das* jedoch ihrer Großmutter berichtete, waren Miss Warrens Tage ganz sicher gezählt.

Sie wartete auf die Kühle, die sich immer dann einstellte, wenn ihre Mutter erwähnt wurde. Heute aber blieb sie aus. Die von den Medikamenten wäßrig gewordenen Augen der alten Frau wanderten von Ellie zu ihrem Spiegelbild und wieder zurück zu ihr.

»Ich habe kein Bild«, sagte sie langsam. »Ich wollte nie eins haben – und du, Gabriella, brauchst keins.«

*

»Ich bin so froh, daß du hier bist, Mary Beth«, sagte Ellie einige Monate später. »Es war mir vorher nie richtig klar, wie einsam ich war …«

»Es gibt Schlimmeres als Einsamkeit«, sagte Miss Warren mit einem merkwürdig trostlosen Blick in den Augen.

So schaute sie in der letzten Zeit oft, und Ellie fragte sich, ob sie vielleicht die Grenze ihrer Geduld erreicht hatte. Großmutter war in der letzten Zeit durch die vielen verschiedenen Medikamente, die an ihr ausprobiert wurden, ganz besonders unleidlich gewesen. Ständig mußte Miss Warren in die Stadt fahren und wieder etwas Neues holen.

»Ich weiß, sie ist eine schwierige Frau«, sagte Ellie. »Sie meint es aber nicht …«

»Es geht nicht um sie«, sagte Miss Warren. »Es ist …« Sie stockte. »Hör mal, Ellie, es muß dir klar sein, daß ich nicht immer hier sein werde. Irgendwann …«

Dieses »Irgendwann« kam sehr schnell. Miss Warren mußte wieder einmal wegen eines Rezeptes in die Stadt, das fragliche Medikament war nicht auf Lager. Um die Wartezeit zu überbrücken, machte sie einen Überraschungsbesuch bei dem Bankier zu Hause.

Als sie zurückkam, weinte sie und hatte das Medikament vergessen. Für sie gab es jetzt nur noch eines; sie knallte Schubladen und Schranktüren zu und schließlich auch den

Deckel ihres Schrankkoffers. »Männer!« schluchzte sie. »Dieser verdammte ...«

»O bitte, geh nicht ... Mary Beth, bitte ...«

Miss Warren warf ihr über ihren Schrankkoffer einen neidischen Blick zu. »Du kommst schon klar, Ellie«, sagte sie. »Du hast deine Gefühle fest in der Hand. Ich wünschte nur, mir ginge es genauso.«

9

Mischa war sieben Jahre bei den Abramskys, da machten sie die Sache offiziell und adoptierten ihn. Im Verlauf des folgenden Jahres zeigten auch die Schilder über dem Ladeneingang und am Studio die neue Entwicklung an: ABRAMSKY & SOHN. Und dies nicht nur für die Ryder Street. Die Kinder, die nach dem Zweiten Weltkrieg zur Welt gekommen waren, wurden älter, ihre Familien vergrößerten sich, und überall schossen neue Wohnblocks in die Höhe, um sie unterzubringen. Als auch neue Einkaufszentren gebaut wurden, war die neue Firma bereit.

Mischa vor allem machte sich stark dafür.

»Das ist doch nur vernünftig, Felix. Wir mieten die Läden als Vorführräume, lagern unsere Bestände in einem zentralen Lagerhaus und liefern direkt von dort aus.«

»Aber wir sind doch nur zu zweit! Wie sollen wir da vier Läden versorgen können?«

»Wir stellen Filialleiter ein und beteiligen sie am Gewinn. So macht man das!«

Felix hatte seine Zweifel. »Dann müßten wir Fremde einstellen ... Meinst du wirklich, das ist das richtige für uns?«

Mischa kritzelte nur weiter Zahlen auf einen Block, er sah nicht einmal auf.

»Die Zahlen stimmen. Die Läden in den Einkaufszentren werden zusammen mit einem Lagerraum im ersten Stock verpachtet. Wenn wir ein zentrales Lager haben, können wir diese Lagerräume im ersten Stock zu Studios umbauen – ach ja, noch etwas! In den Einkaufszentren gibt es Filmtheater. Wir machen ein paar Werbespots, die wir dort vorführen können – nichts Großartiges, nur für die Geräte, Stereo-Anlagen und Fernsehgeräte, die wir im Sortiment haben. Für die Studios muß die Werbung das Traditionelle hervorheben. Wir zeigen ein paar kleine Mädchen in weißen Ballettröckchen, und im Hintergrund spielt ›Schwanensee‹.«

»Du weißt doch genau, daß bei unseren Ballettkursen keine weißen Röckchen getragen werden ...« Er hätte genausogut zu einem Stuhl reden können.

»Die Leute kommen aus dem Kino, und was sehen sie als erstes? Einen Laden von Abramsky, den sie gerade eben auf der Leinwand gesehen haben. Sie schauen sich die Auslagen im Schaufenster an und vergleichen sie mit dem abgeschabten, alten Zeug, das sie zu Hause erwartet. Vielleicht haben sie ihre Kinder dabei, und jetzt sag selbst, was ist der geheime Wunschtraum eines jeden kleinen Mädchens? Eine Ballerina zu werden! Hab' ich recht?«

Anna, die am Küchentisch stand und Spinat hackte, sagte: »Und sag du mir, wie viele dafür den Körper mitbringen! Doch nicht eine von zehn. Und die Disziplin? Ha! Nicht eine unter tausend!«

»Aber das wissen die Leute doch nicht. Wenn ihnen der Unterricht sonst gar nichts einbringt – Haltung bekommen sie auf jeden Fall. Ich erinnere dich nur an deine eigenen Worte. Das kann gar nicht schiefgehen!«

Diese felsenfeste Zuversicht erfüllte Felix mit einer geheimen Unruhe. Der Junge sah erwachsen aus, mindestens fünfundzwanzig, obwohl er erst achtzehn war. Was würde aus seiner Zuversicht, wenn er mit seinen großartigen Plänen Schiffbruch erlitt? »Dieses Lagerhaus«, bemerkte er trocken, »da hast du dir doch bestimmt auch schon etwas überlegt?«

»Hamish Froggatts Fabrik. Er muß sie sowieso bald schließen. Er hat beim Finanzamt und auch sonst überall Schulden. Wir kaufen Froggatts Fabrik und seine Lagerbestände und seine Patente, und damit bekommt er den Rücken wieder frei. Für unsere Pläne ist die Lage der Fabrik ideal.« Er schob eine Karte über den Tisch. Hamish Froggatts Fabrik war rot eingekreist, von dort führten Linien zu vier sauber eingezeichneten Vierekken: zu den Läden.

Die älteren Abramskys sahen ihn erschreckt an. Was sie bisher für reine Spekulation gehalten hatten, verwandelte sich unter ihren Augen in einen detailliert ausgearbeiteten, konkreten Plan. »Und das Geld? Womit sollen wir ihn bezahlen?«

Mischa lächelte träge und gönnerhaft. »Dafür sind die Banken da. Ich habe schon mit dem Filialleiter gesprochen. Die Sache ließe sich machen.«

»Aber dann hätten wir doch ungeheure Schulden ...«, wehrte sich Felix noch.

»So viel auch wieder nicht. Wir würden einen Kredit aufnehmen, und die Anzahlung bekommen wir von Hamish selbst. Er hat Schulden bei uns.«

Er sagte das mit ruhiger Stimme, aber mit einem gefährlichen Unterton. Felix fröstelte in dem überhitzten Zimmer, und er war froh, Felix Abramsky zu sein und nicht Hamish Froggatt.

»Wie kann er Schulden bei uns haben? *Wir* kaufen doch von *ihm.*«

»Schund. Eine reine Gefälligkeit. Wußtet ihr, daß seine letzten drei Schecks für zurückgegebene Waren geplatzt sind? Er kann sich glücklich schätzen, daß wir ihn nicht anzeigen. Wollt ihr wissen, wie hoch die Gesamtsumme ist?«

Nicht zum erstenmal meldete sich bei Felix ein Anflug von Schuldbewußtsein. Zu viele Entscheidungen wurden Mischa überlassen, viel zu viele. Pachtverträge, Ankäufe, Verträge – aber im Gegensatz zu ihm hatte Mischa Spaß an geschäftlichen Dingen, und er erfaßte die Probleme leicht und instinktiv. Auch der hartnäckigste Kunde brauchte bloß einmal die blitzenden Knöpfe einer neuen Stereo-Anlage zu berühren, und sie war schon so gut wie verkauft. »Da, schau, Felix«, sagte er stolz, als er seinen ersten Raten-Kaufvertrag unter Dach und Fach gebracht hatte. »Sie hat unterschrieben, und jetzt kommt sie nicht mehr raus.« Vierzehn war er damals gewesen. Felix hatte schwach und vergeblich protestiert, die Frau könne sich doch kaum ihre Lebensmittel leisten, und es sei nicht richtig, die Armen dazu zu verleiten, Schulden zu machen. »Sie *will* das«, hatte der Junge widersprochen. »Alle wollen es. Wenn wir ihnen die Geräte nicht verkaufen, wird es jemand anderes tun.«

Mischa hatte recht gehabt. Schon damals wußte er zu überreden, zu verkaufen. Das saß tief in ihm ... Felix ging diese Fähigkeit ab. Kleinreparaturen beherrschte er. Und die Klavierbegleitung zu Annas Kursen beherrschte er auch. Aber von geschäftlicher Planung, zukünftigen Profiten verstand er nichts. Er hätte es auch gar nicht gewollt. Er hatte seine Anna, und jetzt diesen Jungen. Was konnte sich ein Mann mehr wünschen? Ihm reichte es, wenn seine Grundbedürfnisse gedeckt waren und wenn es auch noch für Anna ausreichte.

Mischa war das nicht genug. Seine neuen Eltern konnten sein Verlangen, sich mit Reichtümern zu umgeben, nicht verstehen. Woher kam diese Sehnsucht nur? Und warum war er so hinter diesem harmlosen alten Säufer Hamish Froggatt her?

»Ohne seine Fabrik hat Hamish gar nichts mehr«, erinnerte ihn Felix mit seiner sanften Stimme.

Anna, die den Schotten ebenso abgrundtief wie Mischa verachtete, rümpfte die Nase. »Seinen Whisky-Gestank wird er jedenfalls immer haben.«

Mitten in einer Reihe von Zahlen brach Mischa das Zählen ab und schaute geradeaus; seine braune Hand schloß sich fest um seinen Bleistift. »Er hat *Greenlings*.«

Wieder war dieser gefährliche Unterton in seiner Stimme, und seine schwarzen Augen glänzten kalt.

Und wieder fühlte Felix eine gewisse Unruhe. Der Junge

war wirklich merkwürdig. Jedes Jahr wuchs er ihnen mehr ans Herz, aber er war ein eigenartiger, komplexer Mensch. Diese Sache mit Hamish ... vielleicht war es besser, nicht daran zu denken oder darüber zu sprechen.

»Hattest du nicht ein Rendezvous?« fragte er, um seine wachsende Besorgnis zu unterdrücken.

»Nein.« Mischa wandte sich lächelnd ab.

Bisher war es außer seiner Cousine Farah keinem Mädchen gelungen, mehr als ein körperliches Interesse in ihm zu wekken, obwohl seine sexuellen Erfahrungen – die er wie seine Gedanken für sich behielt – schon viel früher und weitgehender begonnen hatten, als sich das die Abramskys je hätten vorstellen können. In all den Jahren, die Mischa in der Ryder Street wohnte, war das Thema nur einmal verlegen mit einer vieldeutigen Bemerkung angesprochen worden, als der Junge gerade sechzehn wurde.

»Du machst gerade eine schwierige Zeit durch, Mischa. Es stellen sich jetzt bei dir bestimmte ... Bedürfnisse ein ...« Felix wußte nicht recht, wie er weitermachen sollte, und kam ins Stocken. Schließlich strahlte er jedoch auf; er hatte einen Ausweg gefunden. »Auf die Dauer ist Freundschaft doch besser, mein Junge.«

Schon damals hatte Mischa ein Grinsen kaum unterdrücken können. Schon mit vierzehn hatte er erfahren, daß Felix in seiner Naivität selten etwas merkte. Inzwischen waren es junge Tänzerinnen mit durchtrainierten, schlanken Körpern – aber seine erste Frau war verheiratet gewesen, eine Kundin, die mehr als doppelt so alt wie Felix war und deren Mann oft verreiste. »Geschäftlich«, eröffnete sie ihm mit einem Schmollmund. Sie war einsam.

Er hatte seither oft daran gedacht, daß er ihr bis an sein Lebensende dankbar sein würde. Nicht wegen der sexuellen Erlebnisse und auch nicht, weil sie eine so ausgezeichnete Lehrmeisterin gewesen war, sondern wegen ihrer Ehrlichkeit.

Als er sie zum erstenmal wirklich angesehen hatte, hatte sie in einem seidenen Kimono und Satin-Pantöffelchen mit übereinandergeschlagenen Beinen auf ihrer Bettkante gesessen und dabei mit ihren ringgeschmückten Fingern langsam und verlockend ihre Knöchel gestreichelt. Sie war sorgfältig geschminkt und roch nach Reichtum, Trägheit und einem französischen Parfüm, das nach Blumen und einer schweren, sinnlichen Beimischung duftete. Ihr Haar hing wie ein glänzender, brauner Vorhang herab, und ihre braunen Augen blitzten, während sie ihn beobachtete. Er war mit einer neuen Stereo-Anlage beschäftigt, die er eine Woche zuvor in ihrem Schlafzimmer eingebaut hatte – aber damals hatte er nicht besonders auf sie geachtet, ihr Mann war dabeigewesen.

Nun war ihr Mann verreist, und sie hatte sich über ein Rauschen der Anlage beschwert.

»Na, dann wollen wir mal sehen«, sagte er und schaltete leise Musik an.

»Es kommt erst, wenn sie warm wird ...«, murmelte sie mit vollen, feuchten Lippen und dehnte das Wort »warm« dabei so in die Länge, daß es in dem üppig eingerichteten, sehr weiblichen Zimmer fast wie ein Stöhnen klang.

Um Zeit herauszuschinden, hantierte er an Knöpfen und Schaltern, denn er spürte, daß zwischen der Stereo-Anlage und dem Bett mehr als Mantovani in der Luft hing. Außerdem rührte sich unmißverständlich etwas unter der Flanellhose, die er von Anna und Felix zu Weihnachten bekommen hatte. »Ich finde, die Anlage klingt ausgezeichnet.«

»Das kommt nur daher, daß sie jetzt noch kalt ist ... Du mußt ein bißchen warten ...«

Bis sie warm wurde. In diesem Augenblick wußte er es ganz sicher.

»Wie alt bist du überhaupt?« fragte sie ihn.

»Zwanzig«, sagte er in bewußter Übertreibung.

»Du kleiner Schwindler«, murmelte sie erfreut.

Er hatte ihr sein charmantestes In-flagranti-erwischt-Lächeln geschenkt, bezaubernd und mit einer augenzwinkernden Entschuldigung. »Wie alt schätzen Sie mich denn?«

»Siebzehn.«

»Auf Anhieb richtig geschätzt«, log er.

»Für so was habe ich einen Blick«, sagte sie, fuhr sich mit spitzer Zunge über die Lippen und ließ ihren Blick über seinen Körper wandern. »Hast du es schon einmal gemacht?«

Er war versucht, wieder zu lügen, aber eine selbstsichere, spöttische Stimme aus der Vergangenheit hielt ihn gerade noch rechtzeitig davon ab. *Die Frauen glauben alles, was du ihnen erzählst, Micah – bis sie dich zum erstenmal bei einer Lüge erwischen. Wenn du dir also nicht sicher bist, geh kein Risiko ein.*

In diesem Augenblick wußte er gar nichts mehr sicher, nur was sich unter dem grauen Flanellstoff abspielte, jeder steinharte Muskel seines Körpers schien ihm das Blut an eine Stelle zu pumpen, und er dachte, daß gleich etwas explodieren müsse.

»Na? Raus mit der Sprache!« fragte sie beharrlich.

»Ich habe darüber gelesen.«

»Das kann ich mir denken«, flüsterte sie, und ihre Finger mit den blutroten Fingernägeln beschäftigten sich sachkundig mit den Knöpfen seines Hemdes und dem Reißverschluß seiner Hose. »Beim erstenmal geht es sehr schnell, aber Übung macht den Meister, und wir haben den ganzen Nachmittag Zeit.«

Es ging tatsächlich schnell; er hatte kaum angefangen, da war es auch schon vorbei, aber sie übten, bis es dunkler in dem Zimmer wurde. Sie war eine eifrige Lehrmeisterin – und ehrlich. Sie seufzte nicht tief auf und sprach von Liebe, und vor allem erwartete sie das auch nicht von ihm, was noch besser war.

Was sie aber immer und immer wieder sagte war: »Mein Gott, du lernst aber wirklich schnell.«

»Wie hast du in deinem Alter so einen Körper bekommen?« wollte sie schließlich auch noch wissen und fuhr ihm dabei über die Muskelstränge seines Oberschenkels.

»Vom Tanzen«, sagte er.

Sie biß ihm zärtlich in die Schulter. »Tanzen tust du also auch – und ich dachte immer, das tun nur Schwule.«

Nachdem er ihr zum wiederholten Mal bewiesen hatte, daß sie sich in diesem Punkt getäuscht hatte, wusch sie ihn, puderte ihn ein und machte ihm die Hose zu.

»Na?« sagte sie an der Tür. »Meinst du, das wird dir gefallen?«

»Das weiß ich jetzt schon sicher«, sagte er. Er fühlte sich wie in einem Traum und war nur ganz leicht gekränkt, als ihm ihr Gelächter die Einfahrt entlang folgte.

Als er im Studio ankam, erwartete ihn Anna schon ungeduldig. »Du hast dich verspätet!« sagte sie. »Wie willst du in Form bleiben, wenn du deine Übungen an der Stange vergißt?«

Es blieb ihm also nichts anderes übrig, als die Tortur der *pliés* und *grands jetés* und *port de bras* auf sich zu nehmen, bis seine Sehnen protestierten, die Schweißtropfen flogen und seine Kniegelenke knackten wie Feuerwerkskörper. Dazu kam nun noch der neue, wohlige Schmerz zwischen seinen Beinen.

Von da an verging in diesem Winter kaum eine Woche, ohne daß die Stereo-Anlage nicht wieder neue Defekte entwikkelte. Er war immer gern zu Diensten.

Vielleicht war es die gnadenlose Sonne eines Nachmittags im April, die ihm die Dreiecke an den Schenkeln der Frau, die Fettpölsterchen an ihren Hüften und die mangelnde Festigkeit ihrer großen Brüste zeigte, was ihm auffiel, als sie über ihm nach den Pralinen auf dem Nachttisch griff. Hastig wandte er seinen Blick ab und weigerte sich, den Vergleich zwischen ihr und den schlanken, grazilen Tänzerinnen im Studio zu Ende zu bringen. Er hatte gedacht, sie hätte seinen Blick nicht bemerkt, aber in der nächsten Woche erwartete sie ihn völlig bekleidet und mit einem seltsamen, leichten Lächeln auf den Lippen.

»Es ist Zeit, daß wir uns trennen, bevor wir uns beide zu langweilen anfangen, Michael. Es hat Spaß gemacht, nicht wahr?«

»Unheimlich, aber ...«

»Aber du brauchst jemanden aus deiner eigenen Altersgruppe, Süßer. Ich auch. Du erschöpfst mich.«

Sie zeigte sich auch zum Schluß noch großzügig, streckte die Hände aus und heftete ihm einen kleinen Pfeil aus Gold an den Aufschlag seiner Jacke.

»Wozu das?« fragte er und suchte unter ihrer Bluse halbherzig den Verschluß ihres BHs.

»Das soll dein Meisterdiplom sein«, sagte sie.

Er war vierzehn Jahre alt, und Dankbarkeit und Schuldgefühle waren in ihm so hoffnungslos vermischt, daß er selbst nicht hätte sagen können, wo das eine Gefühl anfing und das andere aufhörte. Vielleicht war dies nicht das erste Meisterdiplom, das sie ausgehändigt hatte, aber was machte das schon?

Das Paar zog kurz darauf weg, und Mischa, dessen neu geweckter Hunger gestillt werden mußte, wandte sich übergangslos den Tänzerinnen in Annas Fortgeschrittenen-Kursen zu. Anfangs waren sogar sie noch älter als er – aber bei ihnen gab es keine Fettpölsterchen oder Dreiecke. Statt dessen lauerten bei den erotischen Erlebnissen mit diesen eleganten und durchtrainierten Tänzerinnen neue Gefahren: Mit großen Augen wurden Einladungen ausgesprochen, die Eltern kennenzulernen, oft blieben die Mädchen rein zufällig vor den Schaufenstern der Juweliere stehen, und eindringliche Fragen über die Zukunft wurden gestellt. In einem mühsamen Lernprozeß hatte er es sich angeeignet, einen kleinen Wink rechtzeitig zu erkennen, den Angriff abzuwehren und ihm die Spitze abzubrechen, bevor er zur nächsten weiterzog.

Jedesmal aber, wenn er ein neues Mädchen zum Essen ausführte und dann ins Bett mitnahm, sah er das Bild seiner Cousine zweiten Grades vor sich, das seine Freude dämpfte und seine Wahl mit spöttischen Blicken begutachtete. So entgegenkommend waren sie, diese Tänzerinnen, so willig. Farah wäre nicht entgegenkommend gewesen. Sie hätte Forderungen gestellt: Verehrung, einen Ring, eine Halskette, ständige Zuwendung und mindestens ebensoviel Liebe, wie sie selbst gab. Dann hätte sie von ihm verlangt, daß er zu den Roma zurückkehrte. Manchmal, während er einen schlanken Schenkel liebkoste und mit halbem Ohr den Liebesschwüren zuhörte, sah er das Bild von Farah so deutlich vor sich, daß er meinte, sie säße noch auf der Treppe in dem Haus in der Ryder Street, und Farah redete unten mit ihren dunklen Zigeuneraugen und ihrer schnellen, geübten Zunge auf Anna ein und verspottete sie zugleich. Eine braune Hand (Farahs Hände waren in seiner Erinnerung immer klein, warm und braun) griff nach Annas schwieliger Handfläche. Welche *Gaja* hielt den Vergleich mit Farah aus, seiner Spielkameradin aus der Kindheit, die in seiner Erinnerung leuchtete wie ein Rubin, ein entferntes Feuer, an dem Micah sich nie würde wärmen können, das wußte er, denn mit jedem Jahr entfernte sich Michael Abramsky mehr und mehr von den Roma und ihrer Lebensart.

»Nein«, sagte er Felix wie aus weiter Entfernung. »Kein Rendezvous.«

Felix seufzte. Er mußte Geduld bewahren. Keine Erklärungen – das war Mischas Art. Er hatte Dutzende von Affären, aber sprechen wollte er über keine. Sein Interesse flammte kurz und intensiv auf, und dann war er schon wieder bei der nächsten; immer war er auf der Suche, aber er fand nie das, was er wollte. An Kandidatinnen bestand weiß Gott kein Mangel. Er sah nicht nur gut aus – wenn Haltung und ein ebenmäßiges Gesicht alles waren, war die Welt voll von gutaussehenden Männern. Der Zigeuner aber besaß jene Qualität, die eine Frau mehr reizt als gutes Aussehen. Es war die Indifferenz ihnen gegenüber. Sie zeigte sich in der katzenhaften Leichtigkeit, mit der er seine Schultern bewegte, in der blitzenden Arroganz seines Lächelns. Sicher, es verriet Leidenschaftlichkeit, die auch in seinen brennend schwarzen Augen stand, aber seine Leidenschaft galt der Erfahrung, nicht dem Objekt.

Die Mädchen, die ihn umschwärmten, waren Tänzerinnen. Das war nicht weiter überraschend, denn trotz all seiner Geschäftstüchtigkeit trat erst im Studio seine wahre Natur hervor. Wenn er tanzte, auch wenn es nur Übungen an der Stange waren, brach sein Zigeunerblut durch und enthüllte wild und exotisch die gepflegte Weltgewandtheit, die er sich so mühsam angeeignet hatte, als Firnis an der Oberfläche. Im Studio zeigte er sein Feuer und strahlte eine fast animalische Sinnlichkeit aus, der sich kein Mädchen entziehen konnte, und schon gar nicht diese Mädchen, alle körperbewußt wie Mischa. Er gab inzwischen kaum noch selbst Stunden (woher hätte er die Zeit dafür nehmen sollen?), aber seine Übungen an der Stange mit Anna machte er nach wie vor, und auch die Disziplin des Tänzers mit seiner spartanischen Diät und den regelmäßigen Übungsstunden behielt er bei.

Als einziges Laster gönnte er sich diese Mädchen, vermutete Felix, aber er sprach nicht darüber. An seiner Zurückhaltung hatte sich nichts geändert, und seine Gedanken waren so verborgen und geheim wie eh und je. Vielleicht war das für die Frauen die faszinierendste seiner Qualitäten. Bei Michael Abramsky konnte man nie sicher sein. Also verfolgten sie ihn, und so lange jemand sein Interesse wecken konnte, ließ er sich einfangen.

Felix, der nur Anna kannte und keine andere wollte, sah Mischas Erfolg bei Frauen. Irgend etwas aber fehlte, eine verborgene Eigenschaft, die sein Adoptivsohn nicht besaß. Felix suchte in seinen Gedanken, bis es ihm einfiel. Vertrauen. Das war es. Er vertraute niemandem außer Anna und Felix. Wer hätte von all seinen Bekannten – Kunden, Nachbarn, Freundinnen (Freunde hatte er keine, nur Bekannte) – ehrlich behaupten können, daß er Michael Abramsky *kenne*? Wer besaß sein Vertrauen?

Das bereitete Felix viel Kummer. Anna hatte zwar empört gesagt, der Junge sei noch lange nicht alt genug dafür, aber Felix hatte insgeheim eine frühe Ehe und damit vielleicht Enkel erhofft, die vielleicht die emotionale Leere in Anna ausfüllen und ihr das wiedergeben könnten, was sie mit Sascha gehabt hatte – und was sie mit der kleinen Gabriella hätte haben können. Die Bindung zwischen ihr und dem Jungen war stark und herzlich, aber sie hatte ihn nie als hilfloses Baby erlebt.

Er spürte den Blick des Jungen auf sich; er hatte seinen Bleistift hingelegt. »Du vergißt, daß heute Freitag ist«, sagte er und lächelte gönnerhaft. »Wie könnte ich heute ein Rendezvous haben? Freitagabend stellen wir keine Fallen.«

Wir stellen keine Fallen.

Das war seine einzige, ironisch-distanzierte Erinnerung an sein altes Leben mit Papa, mit der er inzwischen jede Routineaufgabe meinte: Buchführung, Inventur, Lieferungen, Bestellungen. Waren die Mädchen nur noch ein weiterer Posten auf dieser Liste, Kaninchen, die gefangen, verkonsumiert und vergessen wurden?

Aber es war tatsächlich Freitag. Also mußten sie alle »zivilisiert« sein, Anna bestand darauf; sie mußten ein Jackett und eine Krawatte tragen und sich »ordentlich gerade hinsetzen«. Fernsehen und Radio waren heute verpönt, die Vorhänge wurden vorgezogen, um den Lärm der Lastwagen, Busse und Kinder und alle anderen proletarischen Geräusche der Ryder Street auszuschließen. Der Abend gehörte ihnen allein; sie setzten sich an den Kamin, nippten hellen, trockenen Sherry und aßen winzige Plätzchen dazu.

Man hätte meinen können, sie seien eine Gruppe von Schöngeistern und Literaten, die beim Tee saßen. Anna trug zu dieser Gelegenheit immer das gleiche Kleid – ein langes Kleid von vornehmem Schnitt, das in lockeren Falten an ihrem hageren Körper herabhing. Es hatte eine schwermütige Pflaumenfarbe, als hätte ein Färber in einem Augenblick der Besinnung aus Blau und Kastanienbraun und Grau die Farbe seiner Melancholie zusammengemischt. An ihren Handgelenken klapperten Armreifen aus Elfenbein, und ihre langen Tänzerinnenfüße – schwielig, mißgestaltet und ihr unendlich peinlich – waren in spitze Schuhe aus der Vorkriegszeit gezwängt, die glücklicherweise inzwischen wieder in Mode gekommen waren.

Felix trug einen dreiteiligen Anzug mit breiten Aufschlägen und einem Seidentuch in der Brusttasche, dazu schwarze Schuhe, die knarrten, wenn er aufstand und Anna einen Tropfen Sherry einschenkte.

»Die Rumänen haben schon immer schöne Gläser gemacht«, sagte sie und drehte das Kristallglas mit dem langen Stiel im Licht der Lampe mit dem rosafarbigen Schirm.

Sie erzählte von der Vorkriegszeit in München, Paris oder Amsterdam und deutete mit theatralischen Bewegungen auf die Bilder alter Freunde und Freundinnen, die an der Wand im Wohnzimmer hingen und allmählich verblaßten.

»Diese Nicolai, was war sie für eine Petruschka! Dieses Pathos, verstehst du? Aber technisch war sie schlecht, mangelhafte Ausbildung, genau wie ihr Cousin Piotr. Olga dort war wie ein Vogel, wundervolle Arme, aber ein schwacher Innenrist. Ah, Mischa, wenn du Tamara dort erlebt hättest, diese Präsenz! Und ein untrüglicher Sinn für Bühnenwirksamkeit, und voll von ... wie soll ich sagen, Felix?«

Felix lächelte. »Von Seele, mein Engel.«

»Ja-jaja. Seele! Aber dann hat sie diesen Cellisten geheiratet und Babys bekommen. Sehr dick ist sie geworden, diese Tamara.«

Anna runzelte die Stirn, wenn die Sprache auf Tamara kam. Körperliche Schwächen und Defekte waren unvermeidlich, dick zu werden jedoch nicht.

Manchmal spielten sie Ballettmusik auf dem Grammophon, und manchmal las Anna mit getragener Stimme aus vergilbten russischen Romanen vor, die Felix leise für Mischa mitübersetzte. Sie unterhieten sich über Kunst und Theater, und Mischa gab man schon früh unmißverständlich zu verstehen, daß Freitagabend Themen aus dem geschäftlichen Bereich nicht erwünscht waren. Er erhielt hier einen Einblick in eine kultivierte Gesellschaft, die in der Erinnerung der Abramskys noch weiterlebte. Sie taten damit ihre Pflicht. Er fragte sich des öfteren, ob sie wohl bemerkten, daß diese Abende keinerlei Beziehung zu ihrem Alltag besaßen? Daß die kultivierten Gespräche meilenweit von der Ryder Street und dem alten Kater entfernt waren, der unten zwischen den Mülltonnen herumsuchte? Wenn es so war, ließen sie sich nichts davon anmerken, sondern boten weiter ihre winzigen Plätzchen an und gossen den rituellen Tropfen Sherry in ihre kostbaren rumänischen Gläser.

»Versuch ihn, Mischa! Es ist ein guter Jahrgang! Aber nicht hinunterstürzen wie die Nichtsnutze ihr Bier.«

Tag um Tag hämmerte sie es Mischa ein, bis es ihm unauslöschlich eingeprägt war; es konnte kein schlimmeres Schicksal geben, als zu einem Nichtsnutz zu werden. Immer sollte ihm gegenwärtig sein, daß er diesem Schicksal nur entgangen war, weil sein Vater versoffen gestorben war. Selbst jetzt, als es klar schien, daß er sein Brot nicht damit verdienen mußte, wurde der Tanz als das sicherste Bollwerk gegen die Nichtsnutzigkeit betrachtet, und zwar nicht allein von Anna. Felix konnte bei all seiner Sanftheit durchaus auch ein Snob sein: »Jeder sollte etwas sehr gut können, das der Pöbel nicht kann.«

»Ich kann Geschäfte machen«, sagte Mischa darauf.

»Geschäfte!« sagte Anna mit verächtlichem Schnauben – aber später, als sie mit Felix allein war, stimmte sie ihm zu, als er sagte: »Ein kluger Kopf ist er, unser Junge, Anna.«

»Ich wünschte mir nur ... ich wünschte mir nur, er hätte sich mit so viel Begeisterung auf das Ballett gestürzt. Er hat das Feuer dafür, das Temperament.«

»Aber das Verlangen danach fehlt ihm, weil es ihm nicht die Sicherheit bieten kann, die er braucht. Außerdem gibt es hier keine Tanztruppe. Er müßte von hier weggehen, wenn er auftreten wollte, nach London, vielleicht sogar noch weiter ...«

Ihr Seufzer hing zitternd zwischen ihnen in der Luft. »Dann ist es auch gut, wenn er sich um die Läden kümmert.«

»Anna ...« Felix zögerte, aber es ließ sich nicht ewig hinausschieben; einmal mußte es doch gesagt werden. »Die Briefe aus Deutschland ... von dem Anwalt.«

Sie preßte ihren Mund störrisch zusammen, wie sie das bei diesem Thema immer tat. »Natürlich von ihm! Wer soll uns aus Deutschland auch sonst schreiben? Erzählt er wieder Märchen, um unser Herz zum Bluten zu bringen?«

»Keine Märchen ... Anna, die alte Frau ist *krank.*«

Heute bestritt sie das nicht. Sie schwieg nur und ließ ihre Augenlider schwer herabsinken.

»Wir sollten darüber nachdenken«, drang Felix in sie. »Wir müssen eine Entscheidung treffen, was wir tun sollen, wenn sie ...«

Sie riß ihre Augen weit auf, blitzte ihn damit an. »Nicht hierher! Sie kommt nicht hierher! Darüber brauche ich nicht nachzudenken! Das ist völlig ausgeschlossen!«

Zu stark glänzten die blauen Augen, und als sie aufstand, um die Suppe für morgen anzusetzen, liefen sie ihr über, und sie würzte die Suppe mit einer ihrer seltenen Tränen.

*

Die Geschäfte gingen gut in diesem Jahr. Hamish Froggatt aber sank immer tiefer in den falschen bernsteingelben Trost seines Whiskys, und eines Tages brachte er seine Probleme in der Ryder Street vor. »Meine Gläubiger hetzen mich ...«

»Wenn Sie vielleicht ein bißchen weniger trinken würden, Hamish ... Dann könnten Sie auch wieder arbeiten wie früher ...«, schlug Felix ihm schüchtern vor. Er konnte es nicht mit ansehen, daß der Mann so vor die Hunde ging. Solch eine Verschwendung!

»Ich habe es Ihnen ja schon öfter gesagt«, meinte Michael dazu. Er musterte kurz die rotgeäderten Wangen, und dann legte er ihm ein kleines Bündel Schecks auf den Tisch, die alle Hamishs fahrige Handschrift und den Stempel KEINE AUSREICHENDE DECKUNG trugen. »Jederzeit, wenn Sie verkaufen wollen ...«

Und jetzt war Hamish bereit, ja ungeduldig, um endlich die Männer loszuwerden, die täglich an seine Tür pochten und lautstark auf ihren Forderungen bestanden.

»Ihre Lagerbestände und Ihre Patente können wir auch übernehmen, wenn Sie wollen.«

Auch dazu war Hamish mit seinen ausgefransten Manschetten und den Flecken auf der Krawatte mit den Farben seiner Schule bereit.

»Wozu wollen wir diesen Schund?« fragte Anna später, als sie es ihr erzählten. »Das ist doch alles wertlos. Wie er.«

Michael zuckte die Achseln. »Vielleicht werden wir selbst in die Produktion einsteigen ... Wenn nicht, bekommt Hamish so wenigstens ein bißchen Kapital in die Hand, damit er wieder Spielraum hat.«

»Damit er es versaufen kann, meinst du.«

»Wenn er so dumm ist ...« *Er* war nicht so dumm. Er setzte sich hin und sah sich an, was sie aufgekauft hatten – aber es fehlte ihm die technische Vorbildung, um verstehen zu können, worum es da ging. Er verabredete sich mit Hamish in einem Gasthaus und breitete die Blaupausen vor ihm aus. »Was hatten Sie hier vor, Hamish? Ich verstehe das nicht.«

»Natürlich nicht. Sie brauchen ein langes Universitätsstudium, allein um die Begriffe zu verstehen ... und Sie werden immer noch nicht weiter sein.«

»Ich habe keine Zeit für die Universität.«

Hamish lachte. »Nein. Sie sind ein sehr eiliger junger Mann, und jetzt haben Sie eine Katze im Sack gekauft. Diese Patente ... Jedes einzelne von ihnen steckt noch voller Mukken. Ein paar einzelne waren knapp davor ...« Er sah mit einem bedauernden Ausdruck in die Ferne. »Ich habe sie angemeldet, weil ich gedacht hatte, der junge Petie würde es hinbekommen ...«

»Preston? Der Junge, der früher einmal für Sie gearbeitet hat?«

»Ja – aber ich konnte ihm seinen Lohn nicht mehr bezahlen,

und er brauchte das Geld, um das Studium bezahlen zu können. Wahrscheinlich hat sich daran nichts geändert. *Das* ist ein Junge mit Köpfchen! Er ist schlauer, als Sie es je sein werden ...«

»Jedem das Seine.« Michael rollte seine Blaupausen zusammen, bestellte noch einen letzten Drink für Hamish und ging.

Er suchte Pete Preston auf, aber vorher unterhielt er sich mit seinen Lehrern. Ja, Pete war ein brillanter Elektronik-Student mit einem gewissen Renommee für unorthodoxe Lösungen. Er hatte sein Studium zwar noch nicht offiziell aufgegeben, aber er war finanziell am Ende. Michael stellte noch weitere Nachforschungen an, und dann stattete er dem Reihenhaus, in dem Peter zusammen mit seiner verwitweten Mutter wohnte, einen Besuch ab.

»Kennen Sie die?« Michael breitete seine Blaupausen auf dem Eichentisch aus.

»Voller Fehler«, sagte Pete. »Hamish hatte großartige Ideen, aber ...«

Na schön. Wie wäre es, wenn sich Pete den Berg von verstaubten Patentschriften anschauen würde, die Abramsky & Sohn angekauft hatten, um zu entscheiden, ob sich bei der einen oder anderen nicht doch noch die Auswertung lohnte?

»Sie sollten mir vielleicht lieber sagen, wonach ich suchen soll.«

»Nach einem Produkt, das in der Herstellung billig ist, das es bisher auf dem Markt nicht gibt und das sich noch weiter ausbauen läßt.«

»Und die Sonne und den Mond auf einem Silbertablett, was?«

Pete fehlte jedoch nur noch ein Jahr bis zu seinem Abschluß, und er hatte kein Geld, um seine Mutter zu unterstützen. So erklärte er sich bereit, sich die Patente »einmal anzusehen«. »Wahrscheinlich ist es reine Zeitverschwendung, aber nachdenken könnte man ja mal darüber.«

»Denken Sie darüber nach«, sagte Michael. »Lassen Sie sich ein Jahr Zeit dazu.«

Im Frühjahr tauchte Hamish Froggatt wieder in dem prall gefüllten Lagerhaus auf und schlurfte zu dem Schreibtisch, der einmal sein eigen gewesen war. Er war dünn geworden, ein gebrochener Mann, der einmal ein großer Mann mit aufrechtem Gang gewesen war.

Die Grundsteuer für *Greenlings* war fällig ... die Geier vom Finanzamt fraßen ihn auf ... er würde das Haus verlieren, wenn er sie sich nicht vom Hals schaffen konnte ... nur eine kleine Anleihe vielleicht? Michael wußte doch, wie es war, oder?

Michael wußte es ganz genau und zog sein Scheckbuch hervor. Felix schnalzte mißbilligend mit der Zunge und zog Mischa zur Seite.

»Das ist schlechte Politik ... schenk es ihm, wenn es sein muß, aber leihen darfst du ihm nichts ...«

»Wir werden schon etwas finden, damit er sich über Wasser halten kann.«

So wurde eine Lösung ausgearbeitet, mit der auch Felix zufrieden war. »Eine Anleihe mit Grundbesitz als Sicherheit, ja. Damit wird Hamishs Stolz nicht verletzt.«

»Stolz? Den hatte der Mann nie«, gab Anna darauf zurück.

Mischa war überzeugt davon, daß sie sich in diesem Punkt irrte. Der Mann, der *Greenlings* gebaut hatte, war früher einmal stolz gewesen, genau wie Pa.

Wir arbeiten nicht umsonst, Micah, und wir betteln nicht ... Nur unsere Frauen betteln, und auch sie nur von Trotteln, die es nicht besser verdienen. Nur die Frauen denken sich Lügenmärchen für die dummen Gaje aus, die meinen, die Zukunft stünde in ihrer Handfläche geschrieben. Wir aber, wir sind schlau, Kleiner, viel zu schlau, um solchen Mist zu glauben – wir biegen die Gaje so hin, wie wir sie haben wollen.

*

Es war einer jener unangenehmen Tage im November, als sich Felix morgens gezwungen sah, Michael um Hilfe zu bitten. Im letzten Jahr hatte er die Übungen an der Stange aufgegeben – die Belastung für die Hüfte sei zu groß, hatte der Arzt gesagt. Nun war davon die Rede, für solche Tage wie heute, wenn sich die alten Muskeln verkrampften und die sowieso schon beschädigten Gelenke noch weiter belasteten, eine Gehhilfe anzuschaffen. Felix wollte da nicht mitmachen. Heute eine Gehhilfe, sagte er, und wann kommt der Rollstuhl? Und außerdem, wie sollte er mit der Gehhilfe die Treppe hinunterkommen?

Heute war der dritte Tag des Monats. Er saß mit schmerzverzerrtem Gesicht auf der Bettkante. »Wenn ich mich erst einmal angezogen habe und das Blut in Bewegung gekommen ist, wird es schon gehen.«

Nachdem jedoch Michael die dünne Hüfte massiert, Felix auf die Füße gestellt, ihm seine Thermalwäsche angezogen und ihn dann losgelassen hatte, konnte er sich noch immer nicht auf den Beinen halten.

»Leg dich unter die Heizdecke und frühstücke im Bett.«

»Nein, keine Zeit – ich muß den Briefträger abfangen ...«

»Das hat doch Zeit.«

Felix schüttelte den Kopf und klammerte sich verzweifelt an seinem Adoptivsohn fest. »Du verstehst das nicht ... ich habe es dir nie erzählt ... aber wir haben heute den Dritten, und da wird der Brief von dem Anwalt kommen, Mischa ... Anna darf ihn nicht sehen ... Sie regt sich zu sehr darüber auf ...«

»Von welchem Anwalt? Wovon redest du?«

Felix schloß die Augen, und die Haut seiner Lider war violett und ließ die dünnen Äderchen durchscheinen; sein noch ungekämmtes, immer dünner werdendes Haar stand in weißblonden Büscheln von seinem Kopf ab. In dem fahlen winterlichen Licht sah er wie ein Heiliger aus, der Welt entrückt, aber an seinem harten Griff war nichts von einem Heiligen.

»Ich habe dir doch von unserem Sascha erzählt, wie wir ihn verloren haben ...«

»Ja, aber fang doch jetzt nicht davon ...«

»Aber du mußt das erfahren, Mischa. Wenn mir einmal etwas zustoßen sollte, mußt du es wissen. Irgend jemand außer mir muß um Annas Problem wissen, muß von dem anderen Kind wissen – von der kleinen Gabriella. Sie ist Annas Geheimnis, und eigentlich darf ich dir gar nichts davon erzählen, aber heute kommt der Brief aus Deutschland, und ich komme die Treppe nicht hinunter.« Er holte tief und zittrig Luft. »Vor langer Zeit war es. Oh, wie froh meine Anna war, all ihre Träume wurden wahr, und ein halbes Jahr später war alles zerschlagen, keine Träume und keine Hoffnungen mehr. Nichts war übriggeblieben – unser Sohn nicht, unser Heim, unsere Familien, meine Arbeit im Theater – alles vorbei, eine Zeitlang sogar Annas geistige Gesundheit. Eigentlich wollte sie nicht auf diese letzte Tournee gehen und Sascha zurücklassen, aber schließlich war es unser Leben, etwas anderes kannten wir nicht, verstehst du? Noch dazu sollte Anna die Hauptrolle tanzen.«

Seine Augen öffneten sich weit, aber sie sahen nicht ein Zimmer in einer Mietwohnung in der Ryder Street, sondern sie schauten in eine Vergangenheit, die Mischa nicht mit ihnen geteilt hatte.

»Sie war so aufgeregt, weil das eine ungeheure Chance für sie war ... Die Uraufführung war ein Triumph für sie, immer wieder wurde sie vor den Vorhang gerufen – und dann, Augenblicke später der Anruf aus Paris ... eine Bombe ... natürlich irrtümlich abgeworfen, aber unseren Sascha hat sie getroffen. Ach, meine arme Anna!« Beim Erzählen stieg der alte Zorn in seine Stimme, sie wurde kräftiger, als er von der Besatzungszeit erzählte, in der die Truppe engagiert wurde, um die Eroberer zu unterhalten. Er erzählte es so, wie er sich erinnerte, wie Anna sich daran erinnerte, und wie es von Reiker wohl erlebt haben mußte. Während seines Berichts war Mischa vergessen, und die Realität eines alten Alptraums erwachte wieder zum Leben.

So oft hatte Felix seine halsstarrige junge Frau angefleht: »Versuch es wenigstens, Anna. Laß dir nichts anmerken.«

»Dieses Pack!« Ein Wattebausch wischte den letzten Rest einer bizarren Augenbraue für *Feuervogel* weg. Ihre Beinwärmer hatte sie bereits in Seifenwasser eingeweicht, und nun schob sie ihren schmalen Fuß vor, um das allabendliche Ritual zu vollziehen, ihn zu pudern und Lammwoll-Bäusche zwischen die gegenüberliegenden Schwielen zu schieben. »Nach allem, was sie mir angetan haben, soll ich vorsichtig sein? Ich?«

Ach, seine tollkühne Anna mit ihrem Zorn, ihrem Stolz und ihrer unendlichen Trauer, seine Anna, die glomm, aufflammte und viel zu hell brannte! Wie oft hatte er ihr schon erzählt, daß das Leben noch viel schlimmer sein konnte. Was war denn, wenn man sie in ein Lager schickte? Nicht nur sie war stolz, nein, auch der Feind schätzte den Stolz über alles. »Sei doch nur ein bißchen vorsichtig ...«

»Wie kann ich meine Gefühle verbergen?« fragte sie empört.

»Du mußt es aber, mein Engel. Willst du sie in die Raserei treiben?«

»Was ist das denn anderes, was sie jetzt schon tun?«

Während sie im Schlaf sprach, lag Felix wach neben ihr und suchte nach einer Antwort, die es nicht geben konnte. Sie wollte sich nicht ändern, sie konnte es nicht. Sie trug jedes Gefühl wie eine Schale, wie ein Kostüm aus ihrem Requisitenkoffer. Sie konnte sich selbst ebensowenig verstecken, wie er die Last von seinen Schultern schütteln konnte.

Warum die Angst, ermahnte er sich selbst. Was können sie ihr jetzt noch antun?

Aber Angst war überall, im Theater mit seinen Marmorsäulen, vergoldeten Sitzen, seinen mit Teppichen ausgelegten Wandelhallen, seinen Samtvorhängen und den bunten Lampen in der Bar beim Bühneneingang. Hier war alles auf Unterhaltung ausgerichtet, und die Angst wurde mit einem Zuckerguß aus Musik und Tanz, gutem Wein und Kristallgläsern und mit all der luxuriösen Staffage des Paris der Vorkriegszeit übertüncht, um den Offizieren, die auf ihrem Fronturlaub herkamen, etwas zu bieten.

Allein das Bild des Führers in der Eingangshalle erinnerte an die Realität.

Die Tänzer und Tänzerinnen versteckten ihre Angst hinter einem erzwungenen Lächeln und einer aufgemalten Fröhlichkeit. Nur Anna Abramsky tanzte ohne Lächeln und ohne Angst. Ihr Kleid war rosa und ihr Haar golden, ihre Schritte waren knapper und schärfer abgezirkelt als die aller anderen, und ihre Beine wurden zu rosafarbigen Satinscheren, die das uniformierte Publikum in verachtenswerte Fetzen zerschnitten. Ihre harten, brennend blauen Augen zeigten trotz der Scheinwerfer ihre Verachtung nur zu deutlich, während sie mit ihren Armen eine fließende Zauberei in die Luft zeichnete.

Der Offizier, der mit der Leitung der Vorführungen betraut worden war, war jung, schmerzhaft romantisch und bestürzend naiv. Seine einzige Affäre (so nannte er das Erlebnis in seinen Gedanken, obwohl er damals erst sechzehn gewesen war) hatte er mit Mamas Dienstmädchen gehabt; sie hatte nach Karbolseife gerochen, und ihre aufgesprungene, rauhe Haut hatte Hans von Reikers jungfräuliche Haut aufgeschürft.

War es denn ein Wunder, daß ihn Anna, dieses rosa- und goldfarbige Wunder an Haltung, in ihren Bann zog? Wenn er sie sich in seinem Zimmer in der Kaserne oder in seinem Haus auf dem Land vorstellte, sah er sich mit ihr in ekstatischer, endloser Umarmung verschlungen. So deutlich schon war das Bild von ihr, daß er in ihren Blicken bereits Hingabe zu sehen glaubte, den Lilienduft ihres Haares an seiner Wange roch und sie bei seiner Berührung kaum merklich den Atem anhalten hörte. In seiner Phantasie versank er täglich in einer Wolke von hauchdünnem Chiffon und spürte ihre seidige Haut, ihr williges Fleisch.

Die neue Wirkung von Wodka ließ seine Phantasievorstellungen schärfer werden, und er trank immer mehr davon, während er ihr von den Kulissen aus zusah. War das der Grund, warum sein Herz raste und ihm der Puls in den Schläfen klopfte? Hatte es nichts zu tun mit dem sanften Glanz des Eherings an ihrem Finger, der ihn von der Bühne aus verhöhnte, oder mit dem treuen Ehemann, der sie jeden Abend unter der großen Uhr beim Theater abholte, um sie durch die vom Krieg öde gewordenen Straßen heimzubringen?

»Lassen Sie mich Ihr Freund sein«, bat er sie einmal und griff nach ihrer Hand, ohne sie zu finden. »Nur das will ich sein, Anna. Lassen Sie mich Sie anschauen und manchmal mit Ihnen sprechen.«

Laß mich dich berühren, verehren, anbeten, mit meinen Lippen küssen, mit meiner Seele, meinem Herzen. Ertrinken will ich in dir, sterben ...

»Lassen Sie mich doch mit Ihnen reden«, hatte von Reiker sie angefleht. Felix konnte sich seine Gefühle vorstellen – hatte er nicht einmal die gleichen Gefühle erlebt?

»Und was wollen Sie sagen?« Noch während Anna antwortete, hatte sie sich schon von ihm abgewandt, weil der Anblick seiner deutschen Uniform sie anwiderte.

»Anna, Anna, behandeln Sie mich nicht wie ein Ungeheuer, ein wildes Tier.«

Es war eine gewisse Ironie des Schicksals, daß er sich gerade jetzt, als er den Schutz der Familie verlassen hatte und verwundbar war wie nie zuvor in seinem Leben, den Witzen und dem Spott der Soldaten auslieferte, weil ihm der Einfluß der Eltern zugleich den Offiziersrang und den sicheren Posten erkauft hatte, zugleich aber auch seine Schande. Ein Theateragent in einer schicken Uniform – aber sie hielt ihn für eine Bestie. Sogar dafür liebte er sie. Oh, ihr geschwungener Mund, herrlich in seiner Arroganz – weich jedoch unter seinen Lippen in seinen mitternächtlichen Träumen und nachgiebig sich ihm öffnend.

»Ich bin keine Bestie«, beteuerte er ihr immer und immer wieder.

»Ein Mörder. Ihr ermordet kleine Kinder, alte Frauen.«

»Aber doch nicht ich, ich sage es Ihnen. Ich könnte niemals ...«

Sie wollte ihm nicht zuhören. Ihr Kind und ihre Mutter waren tot – und Hans trug diese Uniform. Für sie waren sie alle gleich.

Ein neues Musikstück setzte ein, und er hörte das leise Rascheln von Satinschuhen, als das Corps de Ballet sich zu einem pastellfarbenen Blumenkranz aufstellte, aus dem sie später wie eine Rose zu ihrem Solo herauswachsen würde. Er richtete sich steif auf und stürzte das Glas hinunter, das ihm der Barmixer unauffällig hingestellt hatte. Zum wievielten Mal schon? Waren es fünf Gläser gewesen oder sechs? Spielte das denn irgendeine Rolle, mit dieser Frau, biegsam wie ein Schilfrohr, keine zehn Fuß entfernt, so nahe, daß er den Windzug ihres Rockes spürte, ihren frischen Tänzerinnenschweiß roch, ihre Wärme und Leichtigkeit in sich aufsog, nahe daran, ihren elfenbeinweißen, geschwungenen Hals zu berühren, wenn sie federleicht wie ein Vogel durch die Luft flog. Nun erreichte die Musik ihr donnerndes Finale, und er fühlte sein Blut ebenso laut in den Adern pochen. Lauter, immer lauter klangen ihm die Timpari in den Ohren, donnernde Trommelschläge, immer schneller schlugen sie in seinem Herzen, als sie zum letztenmal ihren schnellen Knicks machte und das Signal für den Vorhang gab.

Der Barmixer lächelte ihm mit seinem Frettchengesicht wissend zu und nickte zur Bühne hinüber, auf der Anna Abramsky allein stand, sich ungeduldig verbeugte und es offensichtlich kaum erwarten konnte, bis der Vorhang endlich zum letztenmal gefallen war.

»Eine störrische Stute, die Kleine« – er zögerte – »Sir.«

Es kam bei allen, dieses kurze Zögern. Alle wußten sie es. Ein unverbrieftes Recht, das mit seiner Stellung verbunden war ... Privilegierte Tänzerinnen sollten sich nicht zu »störrisch« zeigen.

Alle wußten sie es, seine Mit-Offiziere, die Platzanweiser, die Bühnenarbeiter, die Kellner, daß ihm diese Tänzerin nicht einmal die Uhrzeit sagte.

Eine störrische Stute. Er brauchte sich nur das widerwärtige Grinsen des Barmixers anzuschauen, um zu wissen, was sie von ihm dachten.

»Sie meinen wohl Madame Abramsky«, sagte er reserviert. »Ich würde Ihnen doch empfehlen, etwas mehr Respekt zu zeigen.« Großer Gott, man hätte meinen können, es sei Mama, die da sprach. Bis morgen würde jeder Tellerwäscher von hier bis zur Kaserne seine Worte wiederholt haben, kichernd hinter vorgehaltener Hand. *Ich würde Ihnen empfehlen, etwas mehr Respekt zu zeigen ...* »Ich sagte, Respekt! Haben Sie gehört, was ich gesagt habe?«

»Ja.« Der Barmixer lächelte weiter und nickte. »Sir.«

Der Vorhang ging hoch, und wieder brandete Applaus auf. Das Publikum forderte eine Zugabe, aber Anna war bereits in ihrem hochmütigen Tänzerinnenschritt hinter den Kulissen verschwunden.

»Bitte, Anna«, flüsterte er, als sie mit hoch erhobenem Kopf an ihm vorbeirauschte, ohne ihn eines Blickes zu würdigen. »So verbeugen Sie sich doch! Bedanken Sie sich bei ihnen!«

Sie blieb kurz stehen. »Ich mich bedanken? Wofür denn?«

»Sie wissen doch ...« Seine Zunge wollte ihm nicht gehorchen, und er streckte eine Hand aus, um diese Porzellanfigur, der vom Tanzen noch der Schweiß wie Diamanten im Halsausschnitt glitzerte, festzuhalten und zum Zuhören zu zwingen. So kam es, daß er sie zum erstenmal berührte. Er legte seine Handfläche auf ihr Schulterblatt, und trotz der Wodka-Dämpfe, die ihn benebelten, wurde er von einer Sturmflut von Zärtlichkeit und Sehnsucht nach ihr überwältigt. Er spürte die samtene Wärme ihres Fleisches und fühlte darunter den zerbrechlichen Knochen, der unter seiner Hand zu zittern schien wie der Flügel eines gefangenen Vogels. Mehr noch, viel mehr, jetzt lächelte sie ihn breit an. Als sie ihm mit ihren blauen, kalt blitzenden Augen direkt ansah, war er wie im Himmel.

Ihr Lächeln veränderte sich kaum merklich. »So viele tapfere junge Soldaten! Wie soll ich mich bei ihnen allen bedanken?« Sie fragte das sanft und leise, und ihre Stimme klang süß wie die Vesperglocke. »Ich werde mich wohl mit Ihnen zufriedengeben müssen.«

Sie lehnte sich näher zu ihm hin und sah ihm tief in die Augen, ihre Augen wurden noch größer und glänzender. Er war wie gebannt und sah sonst nichts, er hörte nur ihren schnellen Atem, Chiffon wisperte leise, und dann fauchte sie wie eine in die Enge getriebene Katze und war verschwunden. Ihr Speichel lief ihm in einem langen Faden von der Wange herunter.

Die Tür ihrer Garderobe schlug zu. Ein Schlüssel wurde im Schloß herumgedreht.

Dann war alles still. Er hörte nur noch das Rauschen in seinen Ohren. Der Barmixer bot ihm mit einem leichten, verschwörerischen Lächeln ein Handtuch an.

Dann aber überfiel ihn eine rasende, blinde Wut. Er schob den Mann keuchend zur Seite und stolperte den endlos langen Gang entlang bis zu dem Zimmer, in dem sie ihren Liebeszauber zurechtspann …

*

Schweine! Ungeziefer!

Sie hatten sie berührt, hatten ihr mit ihren widerlichen Pfoten über die Schulter gefahren und ihre Haut befleckt. Sie war atemlos, als sei sie eine lange Strecke gerannt – aber gezeigt hatte sie es ihnen, sie hatte ihnen gezeigt, was sie von ihnen hielt. Sie hatte ihnen gezeigt, was sie waren, und sie selbst war frei, endlich frei.

Jetzt schon beruhigte sich der brodelnde Haß in ihrer Brust, wurde kälter, immer kälter, bis er schließlich ganz kalt war …

kalt wie Saschas runde Knie und seine wedelnden Babyfäuste, kalt wie die sanften Hände ihrer Mutter mit ihren Altersflekken ... nein, nein, nicht daran denken, lieber nicht ... geh lieber heim, heim zu Felix. Der wird mit ihr schimpfen, weil er Angst um sie hat, und dann wird er ihr das Gesicht streicheln. Zuerst einmal muß das Haar heruntergelassen und der Schweiß abgetrocknet werden, und dann weg mit den Schuhen, wirf sie an die Wand. Da, schau nur, wie das Satinband das Licht einfängt, wie es im Luftzug weht ... sieh nur, wie die Tür aus ihrem Rahmen bricht und wie die Horde da vor ihr steht, von Reiker und all die anderen, die ihn unsichtbar begleiten, Kreaturen ohne Gesicht, die morden und zerstören ...

Er bleibt jedoch nicht stehen, dieser hirnlose Riese, nein, er stürzt in das Zimmer, keucht ihr seinen Wodka-Dunst ins Gesicht, wirft sie auf den Boden, flüstert von Liebe, während seine Hände Haß schreien, und jetzt zerrt er an ihrem Kostüm herum, zerreißt es wie Geschenkpapier, hält sie mit beiden Armen umklammert, während sein Mund nach ihrer Brust sucht. Er drängt sich zwischen ihre Schenkel, sie spürt seine Zähne, ein Mann keucht, eine Frau schreit, und dann knallt ihr seine Faust in die Rippen. Dunkelheit senkt sich über sie, verschwindet wieder und kehrt zurück, und dann fühlt sie seinen Körper auf sich, seine sabbernden Lippen wandern zu ihrem Bauch, und dann weiter nach unten ... weiter ... weiter ... o nein, nein, nein, nein ...

Nun träumt sie; da ist ein Amboß und ein Hammer, und jetzt kommt ein brennender Schmerz und wildes Gebrüll. Auf einmal sind ihre Schenkel naß, jemand schluchzt, aber es ist nicht sie, Tränen fallen ihr brennend heiß auf den Hals, und aus der Dunkelheit kommt eine Stimme ...

»... so furchtbar leid, so furchtbar leid tut mir das, so furchtbar leid ...«

Noch immer spürt sie seine Hände, aber jetzt zittern sie, und sie schiebt sie von sich weg und erhebt sich zuerst auf die Knie und steht dann auf. Sie flieht den langen Gang entlang, drängt sich durch das neugierig gewordene Theaterpublikum und rennt in ihrem zerrissenen Kostüm auf die Straße hinaus – und da steht ihr Retter Felix unter der großen Uhr.

*

Nun folgte eine wochenlange Suche; jedem vagen Gerücht ging sie nach, obskure Ärzte wurden aufgesucht, falsche Ärzte, Quacksalber, Metzger, die in finsteren Seitensträßchen ihrem Geschäft nachgingen. Immer wieder kam die gleiche Reaktion. Sie schüttelten ihre Köpfe. Tut mir leid. Das kann ich nicht riskieren. Sie wissen ja, die Bestimmungen …

In seiner Verzweiflung wandte sich Felix an von Reiker. Bleib ruhig, ermahnte er sich selbst immer wieder. Der Mann kann dich in ein Lager stecken lassen, und wer wird sich dann um Anna kümmern? Dieser Offizier kommt doch aus einer prominenten Familie; die Leute haben Macht, Beziehungen …

Er begann ganz vorsichtig. »Sie weiß nicht, daß ich hier bin. Bitte verstehen Sie mich. Ich komme nicht aus Eifersucht. Wenn sie Sie gewollt hätte und Sie sie in Liebe genommen hätten, dann würde ich – würden wir – das akzeptieren. Sie haben sie aber blutend zurückgelassen, meine arme Anna, die schon alles verloren hatte und nun auch noch ihren Stolz verlieren mußte. Sie ist nämlich schwanger, und ich dachte, Sie könnten vielleicht …«

Er wußte selbst nicht, was er erwartete. Verhaftung? Eine Kugel? Vielleicht gar eine Entschuldigung – der Junge war ja angeblich ein Gentleman, obwohl ein Gentleman wohl kaum getan hätte, was er …

Er strahlte jedoch auf, der Junge, rieb sich die Augen und wurde rot vor Stolz. Er sah benommen aus, bescheiden, ernüchtert, und zugleich glücklich und unsagbar jung und töricht.

»Anna … sie bekommt ein Kind von mir, mein Kind …«

»Sie verstehen mich nicht«, sagte Felix sanft. »Sie braucht

Hilfe, und kein Arzt will sie anrühren. Sie haben doch Einfluß ...«

»Arzt? Geht es ihr denn nicht gut?« Er sprang auf und ging mit großen Schritten zwischen dem Schreibtisch und dem Fenster hin und her. »Unser Hausarzt wird sich um sie kümmern, bis ... Es darf ihr nichts zustoßen, ihr und dem Kind. Ich werde sofort meine Mutter anrufen ...«

Es darf ihr nichts zustoßen, ihr und dem Kind! Felix klammerte sich an der Schreibtischkante fest. »Sie will eine Abtreibung.«

In von Reikers Gesicht lösten sich Schrecken, Empörung und Unglauben ab, als hätte er ein verbotenes Wort gehört. »*Was* will sie?«

Felix seufzte. Für Tänzerinnen war die Abtreibung so bekannt, oft sogar so notwendig wie ein Besuch beim Orthopäden – aber einem von Reiker ...

»Will sie das wirklich?« fragte er entgeistert.

»Aber selbstverständlich ... sie ist doch meine Frau.«

Seine roten Lippen begannen zu zittern. Er war wieder das Kind, dem man streng mitteilt, es dürfte sich nicht die Mandel aus der Mitte des Kuchens holen. »Aber ich würde mich niemals damit einverstanden erklären – es ist doch mein Kind!« Plötzlich mißtrauisch geworden, stockte er. »Woher soll ich das wissen? Wie kann ich sicher sein?«

Wären die Umstände anders gewesen, hätte Felix über so viel Naivität fast lächeln können. »Wir sind Künstler. Eine schwangere Frau kann nicht tanzen, und deshalb werden bei uns Kinder genau geplant.« Immer galt es, ein Opfer gegen ein anderes abzuwägen. Er erinnerte sich noch an die endlosen Diskussionen, bevor Sascha geboren wurde, war Anna kurz vor ihrem ersten Solo-Part. Trotzdem hatten sie das Kind gewollt, oh, und wie sie es gewollt hatten! Wider besseres Wissen hielten sie sich verschlossen gegen alle Ratschläge der Ballett-Direktorin, des Regisseurs, der Garderobiere und selbst des Pianisten, der für die Kurse Klavier spielte ...

»Also dann!« Mit neu erwachter Zuversicht rieb sich von Reiker die Hände, schon ganz Familienvater mit ungewohnten Verpflichtungen, die er gern und voller Stolz auf sich nahm. »Dann werde ich unseren Anwalt aufsuchen – nein, Sie brauchen sich keine Sorgen zu machen. Für Sie wird gesorgt werden, und dann setze ich eine Annullierung durch ...«

Nun war die Reihe an Felix, benommen dreinzuschauen. Wo hatte er bloß gelebt, dieser Mann, der noch ein Kind war? Wie konnte er annehmen ...

»Ich glaube nicht«, sagte er sanft, »daß sie damit einverstanden sein wird.«

*

Monate vergingen. Sie quartierten sich in Wohnungen von Freunden ein, wo von Reiker sie nicht finden würde. Immer waren sie unterwegs ... Anna war hager geworden und hatte sich ganz in ihr Schweigen zurückgezogen; sie dachte nur an das Schreckliche, das in ihr wuchs und immer größer wurde.

Dann wurde sie eines Mitternachts eines winzig kleinen Mädchens entbunden, das Annas lange Glieder hatte, dazu ein Fellchen aus blondem Haar auf dem Kopf. Felix betete, daß das Wunder geschehen und die Mutter ihren Eispanzer durchbrechen könnte, um einen letzten Rest Liebe darunter zu finden.

»Schau dir ihren kleinen Mund an, Anna. Wie vollkommen ... schau doch nur einmal her.«

»Nazi-Bankert«, flüsterte sie und wandte sich ab.

Als sie eingeschlafen war, legte er ihr das Mädchen in den Arm und küßte sie; Annas Wange war kalt, die des Kindes warm und weich wie ein Blütenblatt.

Er ging hinaus, um Milch aufzutreiben. Und er betete.

Als er zurückkam, war die Wohnung leer, und als sie nach Einbruch der Dunkelheit zurückkam, war sie allein.

Sie stand schwankend in der Tür; ihre Augen waren tief in ihre Höhlen gesunken und ihre Lider schwer. Für Felix nahmen die Ängste, die ihn den ganzen Tag gequält hatten, plötzlich eine schreckliche Form an. So viele Flüsse gab es, Brücken, verschwiegene Seitengäßchen.

»Wo ...«

»Wo es hingehört, bei *ihnen.* Wo sie wohnen.«

Wie eine Schlafwandlerin ging sie zum Waschbecken und wusch sich die Hände, wusch sie sich immer weiter und hörte auch dann nicht damit auf, als Felix den Wasserhahn abdrehte.

»Oh, meine Anna!« flüsterte er. Er hob sie auf, setzte sie in den Schaukelstuhl und schaukelte sie sanft. »Was haben sie bloß aus meiner Anna gemacht?«

*

Sie warteten in Reims, wo Felix' Vater vor dem Krieg einen kleinen Laden für Elektrozubehör gekauft hatte, den Frieden ab. Hier kannte sie niemand. Felix versorgte Anna und arbeitete im Laden seines Vaters. Obwohl sie jedoch eisern täglich ihre Übungen an der Stange machten, rückte die Welt des Tanzes oder gar die Möglichkeit zum Erfolg in immer weitere Ferne. »Vielversprechende« Tänzerinnen waren jung und begeistert, Anna aber war in ihrer Verzweiflung nicht mehr zu begeistern. Bei einem Luftangriff bekam Felix einen Bombensplitter in die Hüfte, damit war sein Traum ganz zerschlagen.

Sobald der Krieg vorbei war, setzten sie nach England über, wo keine Erinnerungen auf sie warteten – ein Mann mit Silber im Haar und eine Frau, von der niemand hätte sagen können, wie alt sie war.

Als sie sich dem Hafen näherten, drängten sich die Passagiere an Deck und betrachteten in freudiger Erregung die Siegesfeuer, die überall an der Küste brannten.

»Schau doch nur, mein Engel«, sagte Felix, nahm sie an den Schultern und drehte sie um, so daß sie zum Land hinsah. »Wie sehr sie sich über ihre Feuer freuen! Es ist vorbei, es ist alles vorbei!«

Sie sah zum Land hinüber, und zum erstenmal seit Wochen, vielleicht seit Monaten kam etwas Bewegung in ihr wie aus

Stein gemeißeltes Gesicht, sie beugte ihren noch immer stolzen Hals und vergrub ihr Gesicht in den Falten seiner Tweedjacke. Ihre Schultern zuckten, aber Felix wußte nicht, ob sie weinte oder ob das bitteres Gelächter war.

Und er wußte es immer noch nicht, als er, so viele bittere Jahre später, die Geschichte diesem fremden, merkwürdigen jungen Mann erzählte, den sie liebgewonnen hatten, der zu ihrem Sohn und ihrem Trost geworden war und der ihn nun mit plötzlichem Zweifel in den Augen musterte. Mischa hatte zugehört, zunächst erstarrt vor Mitleid und dann vor Entsetzen. Wie konnte Felix, der freundliche … »Aber du, du hast es zugelassen, daß Anna ihr Kind weggegeben hat?«

Felix lächelte, aber eine leichte Bitterkeit war unverkennbar. »Mischa, wir haben im Leben nicht immer die Wahl, verstehst du?«

Und wenn wir sie haben, können wir noch immer falsch entscheiden. Mischa nickte. Er verstand ihn.

»Aber es ist schon besser geworden, weißt du.«

»Ja.«

Als Mischa die Tür schloß, sagte Felix leise noch etwas; vielleicht suchte er Verzeihung für sich und Anna, obwohl keine nötig war. »Ich glaube, meine Anna hätte das Mädchen geliebt, wenn sie es gekonnt hätte …«

*

So wandelte sich Michaels Verhältnis zu den Abramskys noch einmal. Er erkannte nun, warum Felix es zuließ, daß Anna ihn schamlos verwöhnte, ihm seine Decke brachte, Tee kochte und ihren Kurs unterbrach, um ihm Aspirin zu bringen, wenn er Klavier spielte. Es war nicht so sehr, daß er seine Schmerzen übertrieb (die an solchen Tagen offensichtlich furchtbar waren); er benutzte seine Schmerzen, weil er (wie Michael) zum Ersatz für die Menschen geworden war, die Anna verloren hatte, und für das kleine Mädchen, das sie aufgegeben hatte.

Von da an empfand er in den tanzenden Staubkörnern im

Studio, wenn das Klavier hämmerte und Anna ihn mit ihrer schneidenden Stimme aufforderte: *Hoch, Mischa! Mach deinen Rücken stolz, hoch den Kopf!*, ihr hageres Gesicht nie mehr als häßlich. Er sah eine schöne Frau, die vor ihrer Zeit alt geworden war.

10

Ellie war fünfzehn, als sie beim Direktor an die Tür klopfte. Sie hatte sich für die hiesige Schule entschlossen, weil sie staatlich war und somit nichts kostete.

Der Direktor zog seine Augenbrauen hoch und musterte sie erstaunt. »Als Schülerin? Aber du hattest doch immer die allerbesten Privatlehrer – noch zwei Jahre, und du weißt mehr als ich. Hier bei uns kannst du nichts dazulernen; du würdest nur einer anderen einen Platz wegnehmen. Wenn deine Großmutter wüßte ...«

»Selbstverständlich weiß sie.« Oh, wie sie Großmutters Stil beherrschte – und wie sie lügen konnte.

»Nun ... wir sind für alle da. Wir können dich nicht hindern.«

Es gab jedoch Mitschüler, die da anderer Meinung waren. Zu viel an ihr war anders. Die Lehrer behandelten sie wie wertvolles Porzellan; von Reiker – Vorsicht – zerbrechlich, was wiederum bei den anderen Schülern auf Mißfallen stieß. Ihr Aussehen, ihre Redeweise, ihr Akzent, alles ließ sie auffallen und isolierte sie. Der Direktor hatte recht gehabt.

»Sie versuchen nicht einmal, mich höflich zu behandeln!« beschwerte sie sich bei ihm.

»Warum auch? Der größte Teil ihrer Eltern sind – oder waren – bei den von Reikers beschäftigt. Inzwischen sind viele von ihnen entlassen. Du bist eben das Mädchen aus dem großen Haus, da sind die Schüler natürlich feindselig. Wie sollten sie dich auch anders sehen? Sogar meine eigene Großmutter war Wäscherin droben in dem Haus, verstehst du? Im Pensionat wärst du besser aufgehoben – obwohl ich nicht sicher bin, ob sie dir dort viel beibringen könnten.«

Das Pensionat für höhere Töchter legte vor allem Wert auf Haltung und gebildete Konversation. Auch dort wurde ihr nicht gerade ein roter Teppich ausgerollt. Dahinter stand vor allem das Problem ihres Sozialstatus und ihrer Position. Einige Eltern wußten nicht so recht, wie sie sich ihr gegenüber verhalten sollten, und vielleicht waren einige auch übervorsichtig – aber bei allem Wohlwollen sah sich die Leitung des Pensionats gezwungen ... Gabriella konnte ihre Lage doch sicher verstehen, oder?

»Ganz genau. Ihr soziales Gewissen ist bewundernswert selektiv. Es gestattet Ihnen, Geld von einer Frau zu nehmen, die ein hoffnungslos zurückgebliebenes Kind hat. Sie bringen Landpomeranzen bei, Goethe-Zitate herunterzubeten, obwohl sie kaum in der Lage sind, ›Hänsel und Gretel‹ zu verstehen ...«

»Bist du jetzt fertig?«

»Fast. Sie könnten Ihren Zöglingen vielleicht beibringen, sich täglich zu baden. Das ist einfacher als Goethe – und noch immer in Mode.«

Sie schrieb einen Brief an Miss Warren in Kalifornien und erhielt prompt eine Antwort:

... mein Gott, Du kannst aber wirklich schreiben, wenn Du in Rage bist. Deine Karikaturen sind auch sehr treffend – ich bin richtig stolz auf Dich. Vergiß dieses Pensionat. Wen interessiert heute noch Haltung? Du wärst viel besser beraten, wenn Du das einsetzen würdest, was Dir an Bildung und Begabung jetzt schon zur Verfügung steht – wie Du das schaffst, ist Deine Entscheidung! Es hat ohnehin keinen Zweck, jetzt irgend etwas Neues anzufangen. Ich konnte Deine Großmutter weiß Gott nie ausstehen, aber Dir geht es da wohl anders, und ich kann mir vorstellen, es wird nicht mehr allzulange dauern und

Du arbeitest rund um die Uhr als Krankenpflegerin. Besser wird es ihr nämlich nie mehr gehen, liebste Ellie. Selbst wenn Ihr Euch eine professionelle Krankenschwester leisten könntet, wird das nichts ändern, weil Deine Großmutter ihnen einfach nicht wichtig genug ist. Ich kenne mich da inzwischen aus. Ich bin zur Zeit bei meinem Vater zu Hause, sehe zu, wie er langsam stirbt, und hoffe dabei nur, daß ich ihm ein bißchen helfen kann. Im Grunde kann ich nicht mehr tun als ihm die Hand halten und ihn trösten. Vielleicht könntest Du Dich zu einem Besuch bei mir entschließen, wenn alles vorbei ist.

Beste Grüße

Mary Beth Warren

Miss Warren hatte mit ihrer Prognose recht. Großmutters Gesundheitszustand verschlechterte sich zusehends, jeden Monat, und es dauerte nicht mehr lange, bis Ellie alle Hände voll damit zu tun hatte, sie unter Kontrolle zu halten.

*

Die siebzehn Kerzen auf dem Geburtstagskuchen flackerten in der leichten Brise, die von der Mosel herwehte.

Das ältliche Dienstmädchen lief zwischen dem Eßtisch und der Tür zur Eingangshalle hin und her, warf immer wieder nervöse Blicke die Treppe hinauf und versicherte Ellie, die allein am Tisch saß, Frau von Reiker müsse jetzt jeden Augenblick herunterkommen, doch, wirklich, jeden Augenblick. Hatte sie ihr nicht eigenhändig ihre Medizin gegeben und auch darauf geachtet, daß die alte Dame sie nahm? Sie zog sich gerade an, und das konnte dauern, wie Ellie wohl wußte. Heute wollte sie ganz in Rosa erscheinen …

Ellie zerbröselte nachdenklich ein Stück Brot in ihren schmalen Fingern. »Es hat keine Eile«, murmelte sie. Bis auf den Kuchen, den sie sowieso nicht mochte, unterschieden sich Geburtstage nicht von irgendwelchen anderen Tagen. Ohne das Dienstmädchen oder die Köchin wäre er verstrichen, ohne daß sie etwas davon gemerkt hätte. Großmutter hatte auf jeden Fall nicht daran gedacht. Sie registrierte auch nicht mehr, wenn sich Heinz über Löcher im Zaun oder Mehltau auf den Weinstöcken beschwerte oder die Köchin über Mäuse in der Speisekammer. Es war nun Ellies Aufgabe, Pflanzenschutzmittel, neue Zaunpfähle oder in der Zoohandlung eine Katze für die Küche zu bestellen.

Großmutter merkte sich kaum noch etwas außer der Tageszeit; sie bekam alle vier Stunden ihre Medizin, und verzögerte sich das nur um wenige Sekunden, so schrillten überall im Haus die Glocken.

Hing aber das Porträt auch nur ein klein wenig schief, so merkte sie das auch. Ihre Gedanken galten nur noch ihrem toten Sohn. Die Fäden ihrer Erinnerung an ihn hatten sich hoffnungslos mit denen an seinen Vater und den Strängen ihrer Senilität und ihrer Schmerzen verwirrt; sie alle hatten sich zu einem bizarren neuen Muster verwoben, das ihr den Blick auf alles andere verstellte.

Die Kerzen waren halb heruntergebrannt, als das Dienstmädchen aufgeregt aufseufzte und Großmutter am oberen Ende der Treppe erschien. Vor dem Porträt ihres Sohnes drehte sie sich einmal um die eigene Achse und kicherte wie ein verliebtes Mädchen. Sie hatte sich tatsächlich ganz mit rosa Spitzen und Chiffonstoffen geschmückt, und ihr dünnes weißes Haar hing in grotesken Korkenzieherlocken um ihr graues Gesicht, das seine scharfen Konturen längst verloren hatte. Bis vor kurzer Zeit hatte sie Make-up völlig abgelehnt, aber inzwischen schmierte sie es sich in den kurzen Pausen zwischen ihren Schmerzanfällen hastig und ungeschickt ins Gesicht – albern rote Apfelbäckchen, breite, knallig rote Striche auf dünnen Lippen, auf dem Kinn und dem faltigen Hals eine dicke Schicht weißen Puders. Heute hatte sie ihre Schuhe und Strümpfe vergessen, und ab und zu lugten die braunen Beine ihres Korsageschlüpfers unter dem rosafarbigen Chiffon hervor.

Sie sah zu ihrem Sohn auf, der noch immer einundzwanzig Jahre alt war, noch immer streng und hübsch aussah und unverändert sein glänzendes Eisernes Kreuz, blank wie ein neues Markstück, auf seiner Brust trug.

»Na, Hans? Was meinst du? Bin ich noch dein hübsches Mädel? In Rosa hast du mich doch immer gemocht, nicht?«

Sie neigte ihren Kopf, als lausche sie auf seine Antwort, lachte kurz fröhlich auf, wirbelte noch einmal herum, und dann kam sie schwerfällig die Treppe herunter zum Geburtstagstisch ihrer Enkeltochter.

Sie sah mit leerem Blick über den Tisch. »Gabriella? Und was soll das jetzt wieder?«

Ihre Augen wurden von den Kerzen gefangen. Sie starrte wie gebannt auf die Flammen, die im Luftzug flackerten.

Ellie und das Dienstmädchen warteten ab. Zwischen der Medizin und den Schmerzen gab es eine knappe halbe Stunde, während der es möglich war, mit Großmutter eine einigermaßen normale Unterhaltung zu führen, aber diese Zeit war noch nicht gekommen.

»Wollen wir Kaffee trinken und Kuchen essen, Großmutter? Aniela hält dir den Stuhl ... wenn du dich jetzt hinsetzen möchtest, gieße ich dir ein ...«

Großmutter war jedoch bereits weitergegangen; ihre vom Korsett gestützte Würde wurde nur leicht beeinträchtigt, als sie über einen Schemel stolperte. Sie konnte sich gerade noch fangen und ging mit unsicheren Schritten weiter. Bei der Anrichte blieb sie kurz stehen, um ihr Spiegelbild in einem Silbertablett zu bewundern, und machte noch einmal beim Buffet halt, um ihre blassen, altersfleckigen Hände über das matt glänzende Mahagoni gleiten zu lassen. Dann stellte sie sich ans Fenster, aber nicht, um die langen Reihen von Weinstöcken draußen zu betrachten, sondern um den Vorhang prüfend zwischen papiertrockenen Fingern zu reiben. Fast beiläufig griff sie hinter sich, nahm eine Kerze von Ellies Kuchen herunter und steckte den Vorhang in Brand.

Sie trat einen Schritt zurück und sah interessiert zu, wie die Rauchschwaden im Wind zogen, und ließ dabei heißes Kerzenwachs auf den Parkettboden tropfen.

»Frau von Reiker, was machen Sie denn?!« Das Dienstmädchen rannte zu der alten Frau, schob sie mit sanfter Gewalt beiseite, zerrte den Vorhang herunter und schlug die Flammen mit bloßen Händen aus. Die letzten schwelenden Reste trat sie mit ihren kräftigen Füßen aus.

»Mein Gott, gnä' Frau, Sie machen aber auch Sachen!«

Ellie holte tief Luft, drückte ihre Großmutter auf ihren Stuhl, richtete zur Sicherheit noch einmal den Feuerlöscher auf die Vorhänge, schickte das Dienstmädchen in die Küche, um ihre verbrannten Hände in Eiswasser zu stecken. Dann blies sie ihre Geburtstagskerzen aus und rief den Arzt an.

»Aber Fräulein von Reiker, ich habe Ihnen doch letzte Woche ausdrücklich gesagt, die Medikamentierung kann nicht reduziert werden. Die Dosen sollten im Gegenteil erhöht werden.«

»Jetzt kommen Sie erst einmal her und versorgen das Dienstmädchen, und dann können wir über meine Großmutter reden.«

Die saß gerade stirnrunzelnd am Tisch und trommelte ungeduldig mit den Fingerspitzen auf die Damasttischdecke. Ihr Blick war kurzfristig klar geworden. »Gabriella, hast du denn gar keine Kontrolle über das Personal? Die Wand über dem Fenster ist völlig verdreckt, und außerdem hat hier ganz deutlich jemand geraucht. Was den Dienstmädchen so einfällt …«

»*Dem* Dienstmädchen, Großmutter. Wir haben jetzt nur noch eins, weißt du nicht mehr? Aniela – die sich gerade die Hände verbrannt hat.«

Großmutter ließ ihren Blick unruhig von ihren wachsverschmierten Händen zu Ellie und wieder zurück wandern. Für einen kurzen Augenblick trat in ihr Gesicht der schuldbewußte Ausdruck eines Kindes, das man bei einer Unartigkeit ertappt hat, aber dann setzten sich die alten Gewohnheiten wieder durch. »Diese Achtlosigkeit ...«

»Großmutter, der Doktor ist unterwegs – bitte sprich mit ihm wegen der Klinik«, sagte Ellie eindringlich. Die Perioden, in denen ihre Großmutter einen klaren Kopf hatte, wurden von Tag zu Tag kürzer, und es gab so viel zu besprechen – aber nie wurde eine Lösung gefunden. »Letzte Woche war es der Badezimmerspiegel. Du hättest dich gefährlich verletzen können.«

Davor war es ein Kunstsammler gewesen, der Papas Porträt kaufen wollte – aber je weniger von ihm und Großmutters Stickereischere gesprochen wurde, desto besser. Wenn der Vorarbeiter nicht dagewesen wäre oder der Kunstsammler nicht ein so gedrungener, kräftiger Mann, und wenn die alte Frau sicherer auf ihren Beinen gestanden wäre ...

Wenn der Arzt energisch werden würde, ließe sie sich vielleicht überreden – aber der war ein schwerfälliger Mann, der den von Reikers sein Leben lang gedient hatte; schon sein Vater und sein Großvater waren vor ihm Hausarzt bei den von Reikers, deren Porträts in der Ahnengalerie im ersten Stock hingen. Völlig undenkbar, daß er sich gegen eine von Reiker stellen würde.

»Bitte, Großmutter ...«

Frau von Reiker zögerte und raffte mit sichtlicher Anstrengung die letzten Überreste ihrer Würde zusammen, bevor sie antwortete:

»Ich habe seit meinem Hochzeitstag in diesem Haus gelebt. Hans ist in ihm geboren worden, und ich werde in ihm sterben. Zu diesen Zwischenfällen würde es gar nicht erst kommen, wenn du die Schwester besser unter Kontrolle hättest, statt zuzulassen, daß sie jedesmal, wenn ihr der Sinn danach ist, einen Ausflug in die Stadt macht ...«

»Sie hat vor einem Monat gekündigt – und außerdem brauchen auch Krankenschwestern freie Tage und müssen schlafen ...« Und die alte Frau, die vor ihr saß, konnte nicht eine Sekunde mehr allein gelassen werden.

»Dann stell eben eine andere Krankenschwester ein.«

Ellie seufzte. »Wovon denn?« Mit den Finanzen des Haushalts war es schlecht bestellt. Mit jeder Post fluteten Briefe von Gläubigern ins Haus, Mahnungen vom Krämer, vom Flaschenhändler ... Es hatte einmal eine Zeit gegeben (wie naiv sie damals gewesen war!), da hatte sie gedacht, die von Reikers seien reich und die Erträge des Weingutes reichten aus, das riesige Haus und den Garten zu tragen – und wie bitter hatte Großmutter, die damals noch relativ gesund gewesen war, darüber gelacht.

»Das Weingut? Ach was, das kostet uns mehr als alles andere – ich kann es nur mit meinem persönlichen Einkommen über Wasser halten. Das Barvermögen ist festgelegt, und du bekommst keinen Pfennig davon; dafür werden schon unsere lieben Verwandten aus Stuttgart sorgen. Sie bekommen alles. Ich weiß nicht, was du einmal anfangen sollst, wenn ich nicht mehr bin ... Das Haus gehört der Familie von Reiker allein – vielleicht schaffe ich es, wenigstens das für dich zu retten, meine Anwälte kümmern sich gerade darum – aber womit du es halten sollst ... Wenn mein armer Hans das gewußt hätte ... Wäre deine Mutter doch nur vernünftiger gewesen ... Ach, wärst du nur ehelich geboren, Gabriella ...«

Um wieviel mehr hätte sie mich dann lieben können, dachte Ellie jetzt und sah ihrer Großmutter in die kleinen, herrischen Augen.

»Die Lage ist einfach unmöglich«, sagte sie ruhig. »So geht es nicht weiter.« Sie hatte noch eine Karte, die sie ausspielen konnte, aber auch sie war eigentlich nur Bluff, keine Trumpfkarte, vielleicht sogar eine Grausamkeit von ihr. »Wenn du nicht in die Klinik gehen willst, sollte ich vielleicht weggehen ...«

Kurz flackerte der alte Zorn, die alte Klarheit in Großmutters Augen auf. »Deine Mutter wird dich nicht aufnehmen – das hat sie von Anfang an klar genug zum Ausdruck gebracht ...«

»Meine Mutter wäre die letzte Person, zu der ich gehen würde, das weißt du doch ...«

»Für ihr eigenes Fleisch und Blut hat sie nicht das Schwarze unter dem Nagel übrig, o nein, aber irgendeinen hergelaufenen Landstreicher nimmt sie auf und gibt ihm ein Zuhause.«

Ellie seufzte. Sie hatte an den alten Geschichten kein Interesse mehr. Der Gedanke an ihre Mutter schmerzte sie nicht mehr. Der tiefe Schmerz der Kindheit war geheilt und hatte sich zuerst in Unverständnis, dann in einen kühlen, distanzierten Haß verwandelt. Es war viele Jahre her, daß ihre Mutter in ihren romantischen Träumen endlos Walzer tanzte – mit einem tapferen, feschen Offizier, der der Vater der kleinen Ellie war und der Sohn dieser kalten, verbitterten Frau.

»Ich dachte, ich könnte vielleicht nach Bonn gehen und eine Stelle als Sekretärin annehmen ... in einem Verlag vielleicht. Wenn ich da erst einmal reinkomme, könnte ich später mein Glück mit Kinderbüchern versuchen, aber auf jeden Fall würde ich meinen Lebensunterhalt selbst verdienen ... Das wäre doch bestimmt eine Hilfe.«

Die eingefallenen, grell bemalten Lippen ihrer Großmutter verzogen sich zu einem schlauen, lauernden Grinsen, aber dann durchzuckte sie zum erstenmal der Schmerz. Da sie jedoch eine Frau von eiserner Willenskraft war, klammerte sie sich nur krampfhaft an der Tischkante fest.

»Wer soll sich dann um das Haus und die Feldarbeiter des Weinguts kümmern? Von denen tut doch keiner auch nur einen Schlag, solange man sie nicht im Auge behält. Und ich, wer soll sich um mich kümmern? Eine Stelle als Sekretärin, wenn ich so etwas schon höre! Dazu bist du viel zu gut erzogen! Mit deinen ausgezeichneten Manieren könntest du überall auf der Welt eine Stelle als Gouvernante finden, wenn ich einmal nicht mehr bin.«

Niemals. Was sie auch anfangen würde, ständig herumkommandieren lassen würde sie sich auf jeden Fall nicht! Ein gewisses Ausmaß an Freiheit hatte sie zwar, aber sie konnte nicht fortgehen. Sie war an das Haus gebunden, an den Wecker, der sie die ganze Nacht durch quälte, denn sie mußte ihre Großmutter überwachen. Einmal war sie so verzweifelt gewesen, daß sie es einfach nicht mehr ausgehalten hatte. Sie hatte Großmutter der Obhut des Dienstmädchens überlassen und war in die Stadt gefahren. Sie kam zurück mit einem Arm voller Bücher und einem vagen Schuldgefühl, das sich nur zu bald als völlig berechtigt erwies, denn bei ihrer Ankunft fand sie das Dienstmädchen in der Küche bei einer Flasche Wein, während die pflegebedürftige Großmutter oben in ihrem Schlafzimmer eingeschlossen war, wo man sie nicht sah und hörte. Frau von Reiker, jene penibelste aller Frauen, hatte ins Bett gemacht und weinte.

»Ich schäme mich so, Gabriella. Ich habe geklingelt und geklingelt, aber niemand hat mir die Tür aufgeschlossen – und dabei ist die Toilette keine drei Meter weit weg!«

Von da an verließ sich Ellie nur noch auf sich selbst – ihre Hilfe kam wenigstens freiwillig. Soviel war sie der alten Frau schuldig. Das Geld der von Reikers hatte es ihr bisher ermöglicht, ein Leben in Bequemlichkeit (wenn auch nicht in Glück) zu führen. Nun war die Zeit gekommen, um die Schuld mit endloser Pflege zurückzuzahlen. Nein, nicht endlos, das kam ihr manchmal nur so vor. Auch in diesem Punkt hatte Mary Beth recht. Solange sie gebraucht wurde, war auch die Verpflichtung da, bis zum Schluß die Hand zu halten, nur dazusein …

»Wie lange dauert es noch, bis ich meine Medizin bekomme?« wollte Großmutter nun wissen. »Es ist doch bestimmt schon soweit – und ich will ins Bett. Wo bleibt nur der Arzt?«

»Er kommt hoch, sobald er Anielas Hände versorgt hat.«

Wieder ein flüchtiger Ausdruck von Schuldbewußtsein, und dann zog sie scharf die Luft ein. Ellie las den Schmerz in ihren Augen. Die Fiktion einer Migräne, an die sie beide so gern und so lange geglaubt hatten, ließ sich nicht mehr aufrechterhalten. Es mußte ihr doch bewußt sein, daß das Ding, das gegen ihr Gehirn drückte, jeden Tag etwas größer und gefährlicher wurde.

Ihren Geburtstagskuchen hatte Ellie inzwischen vergessen. Sie half der alten Frau auf die Beine und führte sie zur Treppe mit dem riesigen Gemälde darüber.

Selbst jetzt, als der Schmerz in den tiefen Falten ihres Gesichts geschrieben stand, blieb Großmutter stehen und sah zum Gesicht ihres Sohnes hinauf. »Hans, wieviel einfacher wäre es gewesen, wenn du hier gewesen wärest ... Was wäre das für mich ein Trost gewesen ...« Sie drehte sich zu Ellie um und sagte in einem weinerlich-vorwurfsvollen Ton: »Wenn du zornig bist, siehst du ihr sehr ähnlich, weißt du.«

*

Der Arzt saß wie gewöhnlich bei einer Flasche ausgezeichnetem Mosel und rieb sich zufrieden die Hände.

»Nur leichte Verbrennungen, Ellie, mehr nicht. In ein, zwei Tagen ist alles wieder vergessen.«

Für Aniela mochte das ja zutreffen. »Und wie geht es meiner Großmutter?«

Er zuckte die Achseln. »Ich war gezwungen, die Dosis wieder zu erhöhen.«

»Sie gehört in eine Klinik«, sagte Ellie scharf. »Sie ist gefährlich.«

»Die gesellschaftliche Stellung Ihrer Großmutter läßt es nicht zu, sie ohne ihre Zustimmung einzuweisen.«

»Und die wird sie nie geben, das wissen Sie genau.«

»Vielleicht wird sie es eines Tages doch tun.« Er goß sich sein Glas wieder voll.

»Meinen Sie, daß sie weiß, wie es um sie steht?«

»Vielleicht, wer kann das sagen ... Sie sagte etwas davon, daß du weggehen willst. Das würdest du doch sicher niemals ...«

»Natürlich nicht, wie denn auch?« Wie dumm dieser Mann war – aber vielleicht waren das ja alle Männer.

»Gut.« Er nahm noch einen tiefen Schluck und griff wieder nach der Flasche. »Es war nicht leicht für sie, dich aufzunehmen, weißt du. Dieses Haus hat hier eine sehr wichtige Rolle gespielt, und sie war seine Herrin.«

»Ich bin ja auch dankbar dafür – aber Sie brauchen mich nicht daran zu erinnern.«

Er griff wieder nach der Flasche und hätte sie beinahe umgeworfen. »Hoppla! Entschuldigung! Was hast du vor, wenn sie einmal nicht mehr lebt? Hast du dir darüber irgendwann schon Gedanken gemacht?«

Ob sie sich darüber Gedanken gemacht hatte? Mein Gott! »Vielleicht versuche ich es mit einem Verlag, aber möglicherweise ist auch noch genug Geld für eine richtige Ausbildung da ... Ich weiß es nicht, aber hier werde ich jedenfalls nicht bleiben. Ich möchte weg von hier, sobald ich kann.«

Er nickte. »Irgendwohin in die Stadt. Kluge Entscheidung.«

Wo niemand dich kennt oder sich um dich kümmert. »Was meinen Sie, wieviel Zeit ihr noch bleibt?« fragte sie. Mein Gott, wie kalt das klang – aber sie mußte es wissen, um wenigstens eine Vorstellung zu bekommen.

Er hob das Glas gegen die Sonne und betrachtete die im Licht funkelnde, goldgelbe Flüssigkeit; nachdenklich nahm er den nächsten tiefen Schluck und sagte:

»Das läßt sich in solchen Fällen nie sagen. Der Prozeß kann ins Stocken kommen, aber das muß nicht sein ... Noch einen Monat, es könnte aber auch ein Jahr oder zwei werden ... Ein wunderbarer Wein ist das, Ellie, wirklich herrlich ...«

Sie verstand den Wink und gab ihm noch eine Flasche mit, bevor sie ihn zur Tür brachte. Dann ging sie die Treppe hinauf, setzte sich in ihrem Zimmer auf die Bettkante und preßte ihre Handflächen zusammen, aber nicht, um zu beten. Sie sehnte sich zwar sehr danach, von hier wegzukommen, konnte sich aber nicht dazu überwinden, darum zu beten.

Auch Tränen gestattete sie sich nicht – das hatte sie von Großmutter gelernt. Sie dachte jedoch nach, während sie der alten Frau nebenan zuhörte, wie sie in ihrem tiefen, betäubten Schlaf vor sich hinmurmelte, manchmal schnarchte und dann wieder von einem rosafarbenen Kleid und einem tapferen Jungen, von seinem Bild und seinem Eisernen Kreuz daherredete.

Sie fragte sich, wie schwer es wohl gewesen war, dieses Kreuz. Und warum hatte sie es nie wirklich gesehen, sondern immer nur sein gemaltes, immer blankes Bild?

11

Als Hamish Froggatt begann, sich über Ameisen zu beklagen, die aus seinem Frühstückshörnchen mit Butter herauskamen, wurden die Abramskys aktiv.

Felix setzte sich mit Hamishs Neffen in Edinburgh in Verbindung. Er schrieb ihm teilweise aus Sorge um den Schotten, teilweise aber auch aus einer inneren Unruhe um Michaels Beziehung zu ihm. Trotzdem war der Vorschlag, Hamish zu helfen, von Michael gekommen – was Anna ärgerte, Felix aber zu freuen schien.

»Das ist ein freundlicher Gedanke, Mischa«, sagte Felix erstaunt. »Ich dachte schon, du bist Hamish gegenüber vielleicht etwas ... hartherzig.«

»Wozu machen wir uns überhaupt die Mühe?« fragte Anna gereizt. »Reicht es denn nicht, wenn er mir das Haus mit seinem Whisky-Gestank verpestet? Und mit seinen Zigaretten? Daß er in meinem Studio herumtorkelt und meinen Tänzerinnen auf die Beine glotzt? Warum machst du dir Sorgen um diesen wertlosen Menschen?«

Felix machte sich tatsächlich Sorgen. Hamish hielt sich in der letzten Zeit immer häufiger im Lagerhaus oder in der Wohnung in der Ryder Street auf, und Michael war erfüllt von wachsender Unruhe. Weit besser als Felix oder Anna wußte er, was auf sie zukam, wußte, daß es nicht mehr lange dauern konnte, bis irgend jemand Hamish so vorfinden würde wie er damals seinen Papa: mit offenen Augen und umschwirrt von Fliegen, die ihm den Trauermarsch summten. In dem dunklen

Bereich zwischen Wachsein und Schlaf lauerte immer die Angst, sie überschattete seine Tage, verfolgte ihn nachts bis in seine Träume und drohte ihm, jederzeit wieder in eine Welt ohne Mauern, ohne Schutz und Familie zurückzufallen, eine Welt, die er eigentlich durch einen Schutzwall von Reichtum sicher abgeschirmt hatte. Ja, er wollte, daß Hamish wegging. Durch ihn fühlte er sich ständig gezwungen, in einen Abgrund zu schauen und an Papa zu denken.

Es wäre viel besser, wenn Hamish wegginge.

Der Neffe kam in der Ryder Street an, rieb sich geschäftig die Hände und wollte die Angelegenheit offensichtlich schnell hinter sich bringen. Sein Blick wanderte nie weit weg von seiner Aktentasche auf dem Tisch und seinem Mantel auf der Stuhllehne.

»Am besten wäre es, wenn er mit mir heimkommen würde, dort könnte ich ihn im Auge behalten.«

Er sprach mit Michael und Felix, nicht jedoch mit seinem Onkel, der sich in Annas Lieblings-Sessel rekelte und seinen einzigen lebenden Verwandten mit einem sardonischen Lächeln betrachtete. Von unten klangen in bizarrem Kontrast zu den Vorgängen in der Wohnung die zuckersüßen Töne von Annas Ballettmusik herauf, manchmal unterbrochen von Annas scharfer Stimme.

Der Neffe schien nichts davon zu hören. »Ich setze Hamish nur in meinem Haus ab, und innerhalb einer Woche bin ich wieder zurück«, sagte er energisch. »Ich werde dann seine Angelegenheiten in Ordnung bringen und das Anwesen für den Verkauf vorbereiten. Es hat keinen Sinn, sich weiter daran festzuklammern.«

»Hamish braucht Pflege«, sagte Felix mit milder Stimme, dem aber auch ein leichter Vorwurf anzuhören war. »Vielleicht in einem Pflegeheim? Man liest von solchen Häusern in der Zeitung ... er ist schon lange krank, Ihr Onkel.«

Michael beobachtete regungslos das Bild, von dem er sich die Freiheit erhoffte. Hamish Froggatt war nicht krank. Das

Delirium tremens war ein Symptom von Schwäche, nicht von Krankheit. Der Mann war einfach schwach, und nicht einmal Papas Entschuldigung konnte er vorbringen.

... und was war das für eine Entschuldigung, kleiner Micah? Vielleicht ein Ort namens Deacon's Wood? Eine Sache, an die du dich nur noch dunkel erinnerst, und die Kris hieß?

Du hast Schande über die Roma gebracht ... du wirst den Orten aus dem Weg gehen, an denen sich die Roma versammeln ... du bist kein Roma mehr. Und dann Papas Verbitterung in all den Jahren, die darauf folgten und die er trotz seiner Großspurigkeit nicht verbergen konnte. *Wer braucht sie schon, Kleiner? Sie und ihre Scheiß-Gesetze – ich kann allein für meinen Kleinen sorgen, gut sogar! Deinen Papa wirst du immer haben, Kleiner.* Klar, Papa. Hamish aber war erbärmlich – und das war Papa selbst in seinen schlimmsten Zeiten nie gewesen.

Oh, der stolze Gang, den Papa damals gehabt hatte – solange sie im Süden waren. Je weiter nördlich sie kamen, desto mürrischer und bedrückter wurde er, immer wich er in schmale Nebensträßchen aus, obwohl sie es auf der Hauptstraße in der Hälfte der Zeit geschafft hätten. Der Name kam ihm zwar nie über die Lippen, aber jeden Juni nahm er Micah mit zum Pferdemarkt in Appleby. Den Wohnwagen stellte er dann außerhalb der Stadt ab, nah genug, um den Eden über den Felsen sprudeln zu hören, und weit genug von den Roma und ihrem Lagerplatz entfernt. Er beobachtete sie aus der Deckung zwischen den Bäumen, und sein Gesichtsausdruck war schwer zu entziffern, wenn er etwas in sich hineinmurmelte. Der kleine Micah sah die Lagerfeuer, die sich in den Augen seines Vaters widerspiegelten, und zuerst konnte er nicht verstehen, was da vor sich ging, aber als er den immer gleichen Vorgang sich wiederholen sah, wartete er nur noch darauf, daß der Juni endlich vorbei war und die Birnenernte beginnen würde.

In Appleby blieben sie meistens zwei, drei Tage, bis Papa die Stirn runzelte, die Achseln zuckte und mit finsterem Gesicht wieder nach Süden aufbrach. In den Wochen, die darauf folgten, konnte Papa anscheinend nicht an einer einzigen Gaststätte vorbeifahren, er stand immer schwankend an der Theke, bis sie Schluß machten und ihn mit einer Flasche für die Nacht wegschickten. Er torkelte dann in weinerlicher Betrunkenheit zurück zum Wagen, fiel fluchend über die Treppe, trat die Tür ein und zog sich den Gürtel aus ... Micah sah den immer wiederkehrenden Ablauf, war aber noch zu jung, um ihn zu verstehen. So fragte er Papa einmal, warum sie überhaupt nach Appleby fuhren – aber Papa war an diesem Tag voll von Gin und verpaßte Micah eine Tracht Prügel, an die sollte der Junge sich noch lange erinnern. Diese Frage stellte er nie wieder.

Papa hatte sich nach den Roma gesehnt. Gott allein wußte warum, aber so sah eben Papas Entschuldigung aus. Hamish Froggatt hatte keine Entschuldigung. Er suhlte sich in seiner Schwäche und Faulheit, in seinem vollständigen Mangel an Ehrgeiz – und wer konnte mit so einem Mann schon Mitleid haben? Michael Abramsky sicher nicht.

*

Felix wohl.

Der Neffe versuchte hektisch und ungeduldig, Felix' Händedruck zum Abschied zu vermeiden. Felix seufzte tief; er fühlte, daß Hamishs verpfuschtes Leben seinem Ende entgegenging, zugleich aber ein leidvolles Kapitel in seinem eigenen Leben. Warum blieb Mischa bloß so still, so wachsam?

»Also, wir fahren jetzt«, sagte der Neffe. »Wir sehen uns dann nächste Woche. Ich werde wohl Maler und Gärtner anstellen müssen, bevor auch nur daran zu denken ist, das Haus zu verkaufen. Als hätte ich nicht schon so genug zu tun! Ich will Ihnen ganz ehrlich sagen, die ganze Reise war sehr lästig für mich.«

Hamish hätte ebensogut nicht da sein können.

Und nun meldete sich Michael, ohne Felix anzuschauen, mit jener vorsichtigen, festen Stimme, die er sich für Geschäfte vorbehielt. »Ich glaube, wir können Ihnen eine Reise ersparen«, sagte er ruhig, voller Autorität.

Der Neffe strahlte auf. »Ach, kennen Sie einen guten Mann, der das für mich abwickeln könnte? All die Arbeit – wenn Sie mir vielleicht dabei helfen könnten? *Greenlings* ist ...«

»Verpfändet.«

Das Wort fiel wie ein Kieselstein zwischen sie. Der Neffe blinzelte, wurde rot und trat einen Schritt zurück. »Verpfändet? Das kann doch nicht sein!« Nun richtete er sich zum erstenmal an seinen Onkel. »Onkel Hamish ist doch der alleinige Besitzer ...«

»Das war einmal«, sagte Michael leise, aber in bestimmtem Ton. »Hamish war einmal der Besitzer. Es ist ein sehr großes Haus – teuer im Unterhalt. Hamish hatte geschäftliche Rückschläge. Er hat Schulden gemacht.«

»Ach, Schulden ...« Der Neffe winkte ab. »Kleinere Anleihen, aber die zahle ich doch natürlich zurück. Wer hat denn die Schuldscheine?«

»Abramo, unsere Firma, hat die Schuldscheine – und das sind keine kleineren Anleihen. Die Verkaufssumme wird vielleicht nicht einmal ausreichen, um seine Schulden abzudecken. Tut mir leid.«

Diese Nachricht wurde schweigend zur Kenntnis genommen. Felix fröstelte. Michael war so selbstsicher, so glatt, wie immer, wenn es um *Greenlings* ging, hatte er jenes seidene Zischen in seiner Stimme. Es gab Zeiten, wie gerade jetzt, da hatte Felix Angst um ihn mit seinem grenzenlosen Ehrgeiz. Alles, was er anrührte, verwandelte sich in Gold, aber was, wenn es einmal anders kam?

Nun richtete sich der arme Hamish etwas auf, zündete sich eine Zigarette an (in Annas Sessel!) und grinste durch ihren Rauch seinem Neffen zu, einem Totenkopf nicht unähnlich.

»Du hättest eben eher kommen sollen. Du hast mich hier verfaulen lassen. Die Abs haben mir wenigstens ab und zu den

Puls gefühlt, um festzustellen, daß ich noch am Leben war. Unser Russkie hier« – er deutete auf Felix –, »der schlaue alte Kerl hat mir sogar die Flaschen weggeschlossen, wenn er die Möglichkeit dazu hatte. Wenn mir ab und zu der eine oder andere Shilling für die Steuern fehlte … na ja, dann hat mir eben unser dunkelhaariger Freund hier geholfen.«

»Aber du bist doch ein gebildeter Mann! Du hast studiert, und …«

»Das nützt dir alles einen Scheiß, wenn du Durst hast.« Er hustete und lachte zugleich über seinen erbärmlichen, kurzen Triumph. »Und was das Haus betrifft, das war mir schon seit Jahren ein Klotz am Bein. Von dem ist nichts mehr übrig, was den Verkauf lohnte.«

»Aber deine Arbeit … all die Patente …«

Hamish wedelte mit seiner Zigarette zu Michael hinüber. »Die habe ich alle unserem Wunderknaben hier verkauft, verstehst du? Alles ganz legal.«

*

»Ach, Mischa!« sagte Felix und fuhr mit seinen Händen nervös durch die Luft, als die beiden Froggatts nach Edinburgh aufgebrochen waren. »Was muß der Neffe bloß gedacht haben, ein Blutsverwandter …«

»Wo war er denn, der Blutsverwandte, als wir Hamish auf dem Dachboden einschließen mußten? Als er Nacht für Nacht fluchte und gegen die Tür trommelte, daß Anna keine Minute schlafen konnte? Als ihn die Polizei wegen Ruhestörung verhaftete, hat da vielleicht der Neffe die Strafe bezahlt?«

Er schloß die Augen, um die Erinnerung loszuwerden, und wieder schüttelte er sich leicht. So viele Jahre war es nun her, aber noch immer brachte er das Wort »Polizei« nicht über die Lippen, ohne innerlich zusammenzuzucken. Das war Papas Erbe.

Blutsverwandte. Gar nichts war man ihnen schuldig, solange sie nicht auch etwas dafür getan hatten. Richtige Verwandte hatten einen gern, wie Felix oder Anna.

»*Greenlings* muß renoviert werden, Felix. Der Neffe kann von Glück sagen, daß wir unsere Schulden nicht bar zurückhaben wollten.«

Felix schlenderte durch das vertraute Zimmer und strich über die Stellen, wo es im letzten Winter durchgeregnet hatte. Der Hausbesitzer hatte sie nach vielen Beschwerden abgedichtet, zu spät für Annas Sepia-Drucke, sie waren vom Schimmel grün geworden, und das herablaufende Wasser hatte gelbe Straßen in ihnen hinterlassen. Trotzdem war er unsicher und schreckte vor einem Schritt zurück, der sie weiterbringen würde als irgendein anderer zuvor.

»Das Haus ist doch so groß, Mischa. Bist du sicher, daß wir wirklich dort wohnen sollten?«

Mischa wurde von solchen Zweifeln nicht geplagt. In seiner Vorstellung war der Garten bereits wieder gepflegt, jedes Zimmer renoviert und mit schönen, soliden Möbeln ausgestattet. Sie hatten Zentralheizung, dann brauchte Felix nicht mehr Feuer zu machen und darauf achtzugeben. Das Dienstbotenzimmer am Rand der Eingangshalle bot Raum für einen kleinen Fahrstuhl; dann brauchte Felix auch keine Treppen mehr zu steigen. Eine Putzfrau würde er für Anna einstellen und eins der Zimmer zu einem persönlichen Studio für sie umbauen. Es gab nichts, das sie nicht konnten, gar nichts!

»Natürlich wollen wir dort leben, Felix. Es ist doch unser Eigentum. Wir haben es gekauft.«

Anna hatte unten gerade ihre Schülerinnen entlassen, als das Telefon klingelte. Sie antwortete mit müder Stimme.

»Und noch etwas«, sagte Michael. »Die Leute rufen Anna an, wenn ihnen gerade nach einer Übungsstunde ist, ob ihr das paßt oder nicht. Das muß aufhören. In *Greenlings* wird Anna keine Stunden geben.«

Felix lächelte. »Selbstverständlich hast du recht, Mischa.

Du hast doch immer recht. Wir haben mit dir wirklich großes Glück gehabt.«

*

Der Mann von der Baufirma zog verächtlich den Mundwinkel hoch beim Anblick des Tores, das schief in seinen rostigen Angeln hing, des vergilbten Grases und der zerfallenen Mauern. Er veranschlagte ein Jahr für den Umbau. War Michael sicher, daß er alles restauriert haben wollte? Außerdem mußte der ganze Dreck weggefahren werden, leere Flaschen und Milchtüten, rostige Ersatzteile und alte Kotflügel. Hatte die wirklich der alte Säufer Froggatt weggeworfen, oder waren das vielleicht auch die Nachbarn gewesen?

Michael wußte es nicht, es war ihm auch gleich. Er wollte das Zeug nur loswerden. Zu lange schon warteten sie auf dieses Haus, das er sich unter Millionen ausgesucht hatte und das seit jener ersten Fahrt mit dem Bus der Linie Elf sein Traum war.

»Wir gehen davon aus, im Frühjahr einziehen zu können«, sagte er zu dem Mann von der Baufirma.

»In drei Monaten? Sie erwarten ein Wunder, mein Bester.«

»Wir zahlen gut. Sehen Sie zu, daß es hinkommt.«

Sie konnten es sich leisten. Inzwischen war ein kleines Netz von Läden über das ganze Land verteilt. Elektronikartikeln gehörte die Zukunft, und Abramo schwamm auf dieser Modewelle. Nicht mehr lange, und sie konnten mit den ganz Großen auf dem Gebiet konkurrieren, wenn Pete – der als »vielversprechender Student« angefangen hatte und inzwischen Chef der Forschungs- und Entwicklungsabteilung war – erst einmal das Selbstvertrauen besaß, das seinem Können eigentlich angemessen war. In seinem Gang und seiner kaum unterdrückten Erregung kündigte sich dies langsam an.

Selbst mit den Studios, die ursprünglich nur den Platz über den Läden ausnützen sollten, machten sie jetzt Profit. Felix und Anna, die immer behauptet hatten, mit Tanzen könne man kein Geld machen, wurden damit Lügen gestraft. Kaum eine größere Stadt, in der nicht Kinder mit blanken Augen vor den Spiegeln standen und nach der Abramsky-Methode emsig übten, während ihre stolzen Mütter strickend oder stickend die Bänke füllten.

Ja, sie konnten sich diesen Besitz leisten, aus dem bald das *Greenlings* seiner Phantasie werden würde.

Als alles fertig war, machte Michael den Inspektionsgang allein. Felix' Lieferwagen war wie üblich defekt, und Anna weigerte sich wie immer rundheraus, sich in seinen schwarzen Mercedes zu setzen.

»In ein deutsches Auto? Nein, niemals!«

»Ein deutsches Auto, nicht ein Nazi-Auto«, erinnerte Felix sie sanft.

»Das ist das gleiche.«

»Das ist nicht das gleiche«, sagten Michael und Felix wie aus einem Munde und tauschten über ihren Kopf weg einen Blick. Sie aber ließ sich nicht abbringen, sah nicht auf und nähte mit heftigen Bewegungen weiter an ihren Tanzschuhen. Felix zuckte die Achseln. »Dann bleibe ich eben bei Anna und leiste ihr Gesellschaft.«

Michael nickte. Ihm war das recht, denn alles mußte perfekt sein, bevor sie es sich anschauen durften.

Das war es tatsächlich. Der Rasen war dicht und üppig grün, die Einfahrt hatte einen neuen Kiesbelag, die Blumen und Stauden blühten, der Fischteich war gereinigt und mit Wasserpflanzen und Fischen ausgestattet, sämtliche Mauern waren instand gesetzt, und ein massives Tor hing fest in neuen Angeln. Selbst das Schild war neu.

Die Bäume waren gediehen und hatten die geschwungene Einfahrt in einen kühlen, grünen Tunnel verwandelt, in dem sein Auto frische Kiesel und die müden Überbleibsel alter Ängste hinter sich schleuderte. Er stellte den Wagen direkt vor die große Doppeltür und ging allein auf das Haus zu. Zuerst sah er durch die neu verbleiten Fenster in elegante Zimmer mit hohen Decken und ließ seinen Blick wandern von Kronleuchtern, die das Sonnenlicht reflektierten, über schwere Wandleuchter zu blitzendem Glas, das in hohen Glasschränken präsentiert wurde.

Er ging hinein und sah sich Annas neue Küche an, die von Edelstahl, Kupfer und Emaille blitzte. Im Fahrstuhl stand schon jetzt ein Rollstuhl und wartete auf Felix Abramsky. Wohn- und Eßzimmer waren mit einem dicken Teppich in einem warmen Rotton ausgelegt, und vor den Fenstern hingen schwere Samtvorhänge.

Er ging die elegant geschwungene, breite Treppe hinauf und trat dort in ein Zimmer, das rundum mit Spiegeln ausgekleidet war; in der Mitte stand das Klavier, und an einer Seite war Annas Stange angebracht. Das Schlafzimmer bildete den einzigen Mißton. Anna hatte sich empört geweigert, neue Möbel anzuschaffen, und so waren ihr riesiges Federbett und die düsteren, pflaumenfarbigen Polstermöbel hergeschafft worden. Michael war das recht. Dringender als sie alle brauchte Anna vertraute Gegenstände um sich herum. Selbst ihre Sepia-Drucke all der Nicolais und Olgas und Tamaras und Pjotrs waren sorgfältig restauriert worden und paßten gut in das Gesamtbild. Michaels Bereich war im Vergleich dazu geradezu spartanisch eingerichtet: helles Holz, helle Teppichböden, einige moderne Drucke an den weißen Wänden und ein schmales Bett mit einem weißen Überwurf. Die beiden Wohnbereiche waren durch einen breiten Gang getrennt, in dem Stühle mit Brokatbezügen und kleine antike Tische standen.

Er trat wieder in die blasse Frühlingssonne hinaus, verschloß die Tür sorgfältig hinter sich – jetzt schon eine Zeremonie –, sah sich kurz um und stellte erleichtert fest, daß niemand ihn beobachtete, und dann legte er beide Arme an den Stamm der alten Eiche auf dem Wendeplatz, preßte seine Wange an die rauhe, kühle Rinde, und *Greenlings'* fette Erde nahm seine Siegestränen auf.

Zehn Jahre trennten ihn von dem verbeulten Wohnwagen mit Papas Schuldbewußtsein und seiner Reue, zehn Jahre trennten ihn von jenem entsetzlichen Augenblick, zehn Jahre von dem listigen, kleinen, heruntergekommenen Micah, der dem Michael Abramsky von heute mehr und mehr zum Fremden wurde.

Zehn Jahre mit Felix und Anna Abramsky.

Zehn Jahre Sicherheit.

Und jetzt das. Ein massives Haus, das nicht fortgeweht werden konnte, von hohen Mauern umgeben, und ein Eisentor, das er verschließen konnte.

Dazu das Schild: PRIVATBESITZ – ZUTRITT VERBOTEN.

Anna rannte tagelang durchs Haus: von der Küche in den Keller, zum Dachboden hinauf und wieder hinunter, ihr malvenfarbener Hausmantel wehte wie eine Siegesfahne hinter ihr her. »Ach Felix, dieses Haus ist ein Traum! Wie ein Märchen! Wer hätte je gedacht …« Eine kurze Unterbrechung für eine Pirouette vor den Spiegeln in ihrem Studio, ein paar Takte auf dem Klavier. »So viel Planung und Arbeit, und alles für uns …« Sie wischte schnell mit dem Staubtuch über die sowieso schon makellosen Sepia-Drucke an den Wänden des Schlafzimmers. »Es ist einfach eine Freude, in diesem Zimmer aufzuwachen und hinauszuschauen …« Sie zeigte auf die Blumenbeete mit ihren Tulpen und Narzissen und die Einfahrt mit ihren üppig rosa blühenden Rhododendronbüschen. »Ein Wunder, Felix!«

Felix legte seine Hände auf ihre knochigen Schultern und sah ihr in das freudestrahlende Gesicht. Wie viele Jahre hatte er sie nicht mehr so erlebt?

Viele, zu viele …

»Wirst du hier zufrieden sein, mein Engel?«

»Zufrieden? Das ist für mich ein neues Leben, Felix. Es ist nicht der Luxus, nein – obwohl es angenehm ist, schöne Dinge zu besitzen, reich zu sein, oder? – trotzdem geht es nicht darum. Ich fühle, hier kann ich – hier kann ich mich bewegen, frei sein.«

Hier konnte sie wieder werden, wie sie früher einmal gewesen war, vor Sascha und dem kleinen Mädchen. Jetzt schon war diese Freiheit in ihrem Gesicht und in ihren Übungen an der Stange. Sie machte sie wieder mit Freude, sie waren nicht mehr nur harte, anstrengende Arbeit, die kein Ende nehmen wollte. Hier gab es für sie keine bitteren Erinnerungen. Früher hatte er einmal gedacht, die gäbe es auch in der Ryder Street nicht, aber sie hatte sich die Erinnerungen aus Frankreich mitgebracht und im Lauf der Jahre wie graue Schleier um sich ausgebreitet. Hier aber war das »neue Leben«, das damit auch für ihn anfing. Ein neues Leben, das Mischa für sie gebaut hatte. Mit Liebe.

Anna war glücklich. Ging nicht ihr Liebling Felix stark und aufrecht mit seinem Stock durch das samtweiche Gras und betrachtete jede neue Pflanze? Nickte er nicht dem Gärtner zu, als würde er etwas von dem verstehen, was der ihm da von schwerem Boden und Moos und Kreuzungen erzählte? Hier dachte sie nicht einmal mehr an Gabriella – na ja, manchmal schon –, aber die war ja inzwischen fast achtzehn, eine Erwachsene, die die Verantwortung für sich selbst übernehmen konnte. Es würde nun nur noch ein Weilchen dauern, und sie brauchte gar nicht mehr an sie zu denken. Die Erinnerungen an Sascha hatten ihren schmerzhaften Biß verloren; ihre scharfen Kanten waren mit den Jahren und mit Felix' und Mischas zärtlicher Fürsorge weicher geworden.

Wie konnte sie ihn jemals seltsam gefunden haben, diesen dunkelhaarigen jungen Mann, der außer Felix und ihr selbst allen Menschen gegenüber seine Distanz bewahrte? Zur Zeit hatte er wieder einmal ein neues Mädchen gefunden – eine gute Tänzerin, nicht gut genug für ihn, aber wer war schon gut genug für ihn? –, und vielleicht verhielt er sich ihr gegenüber nicht so distanziert. Wäre es nicht vielleicht sogar möglich, daß er sie heiratete und kleine Kinder in diese Zimmer brachte? Wenn es mit diesem Mädchen nichts wurde, vielleicht mit einem anderen ... Aber das war zunächst einmal unwichtig. Er war glücklich. Man brauchte sich bloß anzusehen, wie leicht seine Schritte waren, wenn er jeden Morgen durch den Garten ging. Morgens machte er mit Anna seine Übungen an der Stange, bevor er Felix ins Büro fuhr, und jeden Abend verschloß er persönlich das Tor und die Türen und hängte die Schlüssel an den Hutständer. Dann setzte er sich mit ihnen zusammen und besprach mit ihnen seine weiteren Pläne für den Pavillon. Vielleicht könnte man da ein Schwimmbecken anlegen? Und wie wäre es mit einer Fahrt nach London, damit Anna sich das Royal Ballet ansehen konnte? Ah, er war schon ein Teufelskerl, dieser Mischa ...

Die neuen Nachbarn wohnten ein Stück weit die Straße hinunter, für Felix eine kleine Enttäuschung. Er hätte gern einen oder zwei Nachbarn gehabt, wie das in der Ryder Street gewesen war, deren Leben er mit dem Schlüssel seiner herzlichen Anteilnahme öffnen könnte. Anna und Michael dagegen gefiel diese Isolierung ausgezeichnet. Sie wußten beide, was Felix nicht so recht wahrhaben wollte: Man mochte sie nicht. Bei den Einheimischen waren sie nur unter dem Namen bekannt, den Hamish ihnen gegeben hatte. Die Abs. Fremde waren das, die Froggatt aus dem Geschäft gedrängt und sich jetzt auch noch das schönste Anwesen weit und breit erschlichen hatten. Das war das Schlimmste: sie waren erfolgreiche Fremde! Man brauchte sich ja bloß anzusehen, was sie aus *Greenlings* gemacht hatten! Damit wurden sie zu aggressiven Aufsteigern, Emporkömmlingen – Michael war das völlig unbegreiflich, wie konnte man Felix als aggressiven Aufsteiger betrachten! Anna hatte manchmal eine scharfe Zunge, zugegeben, und sie zeigte den hiesigen Kaufleuten ihre Verachtung zu deutlich. Michael selbst hatte für Freundschaften, die mit den Geschäften nichts zu tun hatten, weder die Zeit noch das Bedürfnis danach, aber Felix ... Felix störte das.

»Ich habe schon ein schlechtes Gewissen, wenn ich zur Tankstelle an der Ecke fahre, Mischa«, sagte er und musterte skeptisch den neuen Bentley (in dem auch Anna mitfuhr, weil er unbestreitbar *kein* deutsches Auto war). »Wenn wir den alten Lieferwagen behalten hätten, würden sie sich nicht so ...

so bedroht fühlen. In ihren Augen müssen wir doch wie Opportunisten dastehen, meinst du nicht auch?«

»Denkst du, sie würden uns eher mögen, wenn wir der Schandfleck der Gegend wären? Wenn *Greenlings* wie eine verfallene Ruine herumstehen würde? Sie sind einfach neidisch, sonst nichts! Sie hatten doch die gleiche Gelegenheit wie wir, oder? Wir haben sie eben ergriffen, das ist alles.«

Du hast sie ergriffen, Mischa, dachte Felix. Du greifst zu und machst etwas daraus, wenn andere zu ängstlich sind.

*

Eines späten Nachmittags fuhr Michael durch das Tor, als er einen Fremden bemerkte. Er stand unter einem taubengrauen Himmel, der schon ein Gewitter ankündigte; er hatte Michael den Rücken zugewandt und betrachtete die lange Einfahrt und das Haus an ihrem Ende.

Seiner Haltung nach war er ein junger Mann. Gedrungen, stand er leicht vornübergebeugt, und seine weiten Hosen wurden von einem für die Jahreszeit ungewöhnlich scharfen Wind gegen seine dürren Knie gedrückt, sein schmutziges blaues Hemd aufgebläht. An seinen Füßen trug er eingerissene Gummistiefel, mit alten Seilstücken verschnürt. Viel Haar hatte dieser Fremde, das wehte ihm dunkel und wild um den Kopf. Er stand mit einer Hand in der Tasche an das Tor gelehnt, mit der anderen schützte er eine Zigarette vor dem Wind.

Ein Landstreicher. Michael bremste scharf, daß der Kies stob, und stieg aus.

»Was wollen Sie?«

Der Mann richtete seine durchdringenden schwarzen Augen auf Michael und betrachtete ihn langsam und abschätzend. Michael wurden plötzlich die Knie weich, ein Prickeln im Genick weckte den plötzlichen Wunsch, zurück in den Wagen zu springen und den Mann niederzufahren.

Dabei war er eigentlich ganz höflich, der Fremde, und er sprach mit besänftigender, leiser Stimme. »Nur einen Lagerplatz für die Nacht.« Er wedelte mit seiner Zigarette zu der Straße hinüber, dort stand in ungefähr hundert Yards Entfernung ein Kleinlastwagen, hoch mit verschnürten Matratzen, Bettzeug, Töpfen und Pfannen beladen; auf seinem Kühler hockten zwei junge Männer, und aus dem Beifahrerfenster hatte eine Frau ihren Kopf herausgestreckt. »Er hat uns immer um diese Jahreszeit unter den Bäumen dort ein Zelt aufschlagen lassen. Der Typ mit dem roten Haar.«

»Der wohnt nicht mehr hier.«

»Wir werden keinen Schaden anrichten – was machen Ihnen schon ein paar Löcher von den Heringen im Rasen?« bettelte er. »Morgen früh sind wir wieder weg.«

Löcher im Rasen und dazu Haufen von Abfall, von ihrem Feuer einen verkohlten Kreis im Gras – Michael deutete auf das Schild, dessen rote Farbe in dem diffusen Licht vor dem Gewitter kräftig leuchtete.

»Können Sie nicht lesen?« fragte er. Er wußte nun genau, was es mit diesem Mann auf sich hatte und daß er nicht lesen konnte.

Wozu sollen wir schreiben und lesen können, Micah? Das ist nur gut für die Gaje, meinst du nicht auch?

Trotzdem verstand er ganz sicher, was das Schild zu bedeuten hatte. Er wußte es, mit dem Tag seiner Geburt wußte er es.

»Sie befinden sich hier auf einem Privatgrundstück. Bitte gehen Sie.«

Der Mann machte jedoch keinerlei Anstalten dazu, sondern lehnte sich nur bequemer an das Tor. »Ach, was macht das schon, eine Nacht oder zwei ...«

Michael spürte, wie sich die scharfen Kanten seiner Schlüssel in seine Handfläche eingruben. »Weg hier.«

Der Mann lächelte, und fast schien es, daß er ihn gleich auslachen würde. »Du willst uns wirklich fortjagen? Ein *Tacho Rat* wie du?«

Eine Sekunde lang sah Michael ihn nicht; das Grau des Himmels und das Grün der Bäume verschmolzen miteinander und wurden rot, rot wie die Worte, die der Mann ihm halb spöttisch, halb anklagend hingeschleudert hatte. *Tacho Rat.* Unser Blut. Um ihr Echo zum Schweigen zu bringen, glitten ihm Anna Abramskys Worte schnell von der Zunge und wurden dem verdreckten, höhnischen Gesicht des Zigeuners entgegengebrüllt:

»Ich sagte, Sie sollen verschwinden! Wir wollen euren Dreck nicht, eure Lügen, eure Diebstähle ...«

Der Gesichtsausdruck des Mannes änderte sich blitzschnell, und aus trägem Spott wurde verletzter Stolz. »*Tshorav?* Von dir? Von unseren Leuten nehmen wir nichts, das weißt du genau!«

Keine Diskussionen. Nur weg mit ihm. »Soll ich die Polizei rufen?«

Wieder veränderte sich das Gesicht, aber dieses Mal verschloß es sich. Der Mann zuckte die Achseln und ging mit leichten, seltsam eleganten Schritten zum Tor hinaus. Er machte nicht den Eindruck, als sei er irgendwie eingeschüchtert. Mitten auf der Straße blieb er stehen, drehte sich um und hob mit einer schnellen Geste des Abschieds die Hand an die Stirn.

»Kushti Bok!«

Michael hätte die Antwort auch dann nicht unterdrücken können, wenn sein Leben davon abgehangen hätte. *»Kushti Bok!«*

Er hörte den Laster anspringen und klappernd losfahren, und er sah ihm nach, bis er in der einsetzenden Abenddämmerung verschwunden war. Erst dann verschloß er das Tor; er warf einen Blick auf den immer tiefer hängenden Himmel hinauf, und dann musterte er nachdenklich das Schild, auf das er so stolz gewesen war, und den glänzenden schwarzen Lack seines Wagens, der für ihn ein weiteres Symbol der Sicherheit war. Auf der Kühlerhaube lag ein kleines Stück Asche von der Zigarette des Zigeuners. Normalerweise hätte er ein weiches Staubtuch geholt und sie weggewischt, aber heute zuckte er nur die

Achseln – eine Bewegung, die auch von dem Fremden hätte kommen können –, beugte sich herab und wollte sie mit der Hand wegwischen, aber in diesem Augenblick kam ein Windstoß vom Moor her und wehte sie ihm ins Gesicht.

Er stieg in das Auto und fuhr unnötig schnell über den Kiesweg auf das Haus zu, das heute abend etwas weniger massiv aufragte als gestern. Auch der Lichtschein aus seinen Fenstern leuchtete nicht mehr ganz so warm durch die Abenddämmerung.

Wir erkennen unsere Leute immer, Kleiner.

Ja, Papa.

12

Großmutter hatte das Unmögliche geschafft. Sie hatte den Hausarzt überlebt. In ihren wachen Momenten genoß sie diesen Triumph.

»Stell dir das vor, erst neunundfünfzig, und er wird ein Opfer seiner eigenen Zügellosigkeit! Diese Trinkerei, und dazu das fette Essen – ich habe ihm ja immer gesagt, das ist nicht gut für ihn.«

»Sein Nachfolger wird bald eintreffen«, sagte Ellie. »Er ist noch ganz jung, sagt Heinz, und sehr gut.«

»Jung oder alt, sie sind doch alle gleich! Alles wissen sie, aber in Wirklichkeit gar nichts ...«

Ihre Augen öffneten sich weit, immer ein untrügliches Signal, daß jetzt gleich durchdringende Schreie kommen würden. Geschickt – sie hatte inzwischen einige Übung – zwängte Ellie ihrer Großmutter einen Waschlappen zwischen die Zähne. Die Medikamente, die ihr solche Schwierigkeiten bereitet hatten, waren im letzten Jahr abgesetzt worden. Die Schmerzen von dem Tumor, früher eine unablässige Plage, stellten sich nun weniger oft, dafür um so heftiger ein. Wie ein Eispickel, hatte Großmutter einmal gesagt. Ein Medikament, stark genug, um sie abzutöten, hätte auch die Patientin getötet. Nun mußte sie sich mit stetigen kleinen Dosen eines Schmerzmittels zufriedengeben – und mit Ellies Hand, an der sie sich festklammerte, bis die Krise wieder vorbei war. Dazu nahm sie immer den Waschlappen in den Mund, damit sie sich nicht auf die Zunge beißen konnte. Der alte Hausarzt hatte sogar vorgeschlagen, sich als Vorsichtsmaßnahme die Zähne ziehen zu lassen, aber davon wollte Großmutter nichts wissen.

»Ich habe ausgezeichnete Zähne – und Sie vergessen, wie empfindlich mein Magen ist. Ich weigere mich, Kinderbrei zu essen. Ich mag wohl Kopfschmerzen haben, aber deshalb bin ich noch nicht senil.«

Ellie hoffte, daß der neue Mann neue Mittel verschreiben konnte. Längst hatte sie die Hoffnung aufgegeben, für Großmutters Pflege eine Krankenschwester zu finden, um sich selbst ein wenig Freiheit zu erkaufen. Keine bezahlte Krankenschwester würde es schaffen, dieser schwierigen Frau Liebe zu geben, die bekam sie nur von Ellie – dazu noch Bewunderung. Wer konnte die Willenskraft verleugnen, mit der sich die alten Hände minutenlang in ihren Fingern verkrampften, und wenn es wieder vorbei war, sagte sie mit einem leichten, triumphierenden Lächeln (bei dem sie die berühmten Zähne zeigte): »Und jetzt, Gabriella, ist es Zeit für unseren Tee. Wenn du bitte klingeln würdest.«

Der Arzt war aus einer anderen Generation. Er kam mit einem Motorroller, sein lockiges blondes Haar wehte im Wind, als er mit leichten Sätzen die Treppe heraufgerannt kam und Ellie begrüßte, die in der offenen Tür stand. Er hatte ein breites Gesicht mit zahlreichen Sommersprossen, und er lächelte.

»Peter Heinrich«, sagte er. »Und du mußt Ellie sein.«

Sie führte ihn die Treppe hinauf, wo er vor Papas Porträt stehenblieb. »Und das ist sicher der berühmte Hans ...«

»Woher wissen Sie ...«

»Ich habe mit meinem Vorgänger fast ein Jahr zusammengearbeitet, und es ist in diesem Jahr nicht ein Tag vergangen, an dem nicht irgendwie voller Ehrfurcht von den jetzigen und vergangenen von Reikers gesprochen wurde. Ich kenne die Geschichte dieser Familie besser als die meiner eigenen.«

Also kannte er zweifellos auch *ihre* Geschichte – aber als sie seinen fröhlichen Mund und seine massive, vertrauenerweckende Gestalt betrachtete, hatte sie zum erstenmal das Gefühl, daß das bei diesem Mann keine Rolle spielte.

Er blieb lange bei Großmutter, und als er wieder herauskam, hatte sein Lächeln einen Unterton von Ernst.

»Der Tumor wird sie nicht umbringen – er scheint sogar zurückzugehen –, aber die Schmerzen, die er ihr verursacht, fast sicher. Ich habe ihr Cortison gegeben – sie hätte es eigentlich schon längst bekommen müssen, um den Druck in ihrem Schädel herabzusetzen und die Schmerzen etwas zu lindern. Sie hat außerdem ein schwaches Herz. Ich glaube, du solltest dich besser auf das Schlimmste gefaßt machen – wenn du das nicht schon getan hast.«

»Ja.« Hatte sie nicht Jahre Zeit gehabt, um sich darauf vorzubereiten? Er sprach es aber direkt aus, was der andere Arzt nie getan hatte, und sie hatte das Gefühl, daß sie ihm vertrauen konnte. Sie griff nach dem Tablett, das bei Arztbesuchen immer vorher bereitgestellt wurde.

»Ein Glas Wein?«

Darauf lachte er; vielleicht war es in diesem wartenden Haus das erste Lachen seit Monaten. »Ich habe noch mehr Hausbesuche vor mir – wie sieht das denn aus, wenn der neue Arzt schon so früh am Tag nach Wein riecht?« Er zögerte ganz kurz. »Ich würde aber sagen, daß *du* eine Abwechslung nötig hättest. Was hältst du davon, wenn wir später in der Stadt etwas trinken? Kommst du denn auch mal weg von hier und der Klingel der alten Frau? Du bist viel zu jung und zu hübsch, um hier wie eine Prinzessin in einem Turm gefangengehalten zu werden.«

»Das würde ich gern tun«, sagte sie. Ihre erste Verabredung – sie war sich nicht sicher, wie oder ob sie annehmen sollte.

»Ich bin aber nicht sicher, ob ich Großmutter allein lassen kann.«

»Das neue Dienstmädchen kann sie im Auge behalten. Ich sehe noch einmal nach ihr, wenn ich dich abhole, und dann noch einmal, wenn ich dich wieder heimbringe. Das ist doch wohl ein Service, wie du ihn in der Stadt niemals bekommen würdest. Einverstanden?«

»Einverstanden«, sagte sie. »Es wird mir bestimmt gefallen.«

Es gefiel ihr tatsächlich, und zwar weit mehr, als sie erwartet hatte. Sie saß hinter ihm auf dem Sitz, und seine gutgelaunten Bemerkungen flogen zu ihr zurück und wurden zur Hälfte vom Fahrtwind weggeweht. Zunächst hielt sie sich noch mit etwas Zurückhaltung an seiner Hüfte fest, aber als sie auf die Landstraße kamen und er schneller wurde, hielt sie sich mit aller Kraft fest, sie fühlte sich von der Geschwindigkeit und seinem freundlichen dröhnenden Gelächter wie berauscht. Dieser junge Arzt schien zu einer ganz neuen Art zu gehören. Großmutters Bekannte waren alle alt und gesetzt, aber dieser Peter Heinrich wischte alle Formalitäten einfach beiseite, duzte sie von Anfang an, sagte ungeniert Ellie zu ihr statt Fräulein von Reiker und reagierte ohne die geringste Schüchternheit auf ihre körperliche Nähe auf dem Motorroller. Unterwegs machten sie bei einer kleinen Molkerei halt, tranken ein Glas Milch, und er pflückte eine Kornblume vom Straßenrand, die er ihr in ihre etwas zerzauste Frisur steckte.

»Das ist mein Fehler, Entschuldigung«, sagte er. »Ich hätte dir sagen sollen, daß du ein Tuch umbindest. Was für schönes Haar du hast! Aber warum trägst du es wie eine Dorfschullehrerin?« Wieder lachte er laut und gutmütig. »Es ist eine attraktive Frisur, aber du bist zu jung, um dich von einer alten Frau alt machen zu lassen – selbst wenn es deine Großmutter ist.«

»Eigentlich ist es eine Kompromißlösung ...« Sie ertappte sich auf einmal dabei, wie sie ihm von Miss Warren erzählte, die sie verehrt hatte, und von dem Bankier, der ihr so unangenehm aufgefallen war. Peter war ein angenehmer Gesprächspartner, und sie hätte ihm alles erzählen können – nur nichts von dem Stierkämpfer. Von dem erzählte sie niemandem etwas, und sie würde es auch in Zukunft niemals tun. Besonders nicht nach jenem Zwischenfall ...

Nachdem Miss Warren weggegangen war, war nur noch Ellie da, um die Einkäufe zu erledigen. Wochenlang kämmte sie die Film-Magazine durch, bis sie ihn schließlich auf einer Titelseite fand. Er schaute direkt in die Kamera, aber sein Körper war im Profil, so daß sich sein Anzug straff über seine festen Hinterbacken und seine schlanken, muskulösen Oberschenkel spannte. Noch am gleichen Abend schnitt sie das Bild aus, klebte es sorgfältig auf Pappe und stellte es auf ihren Toilettentisch. Unter seinem Blick zog sie sich langsam und verführerisch aus und bürstete ihr langes Haar gründlich, bevor sie das Licht ausmachte. Zum erstenmal in ihrem Leben kletterte sie nackt in ihr Bett, und nur das Licht des Kamins trennte ihre seidene Haut von dem durchbohrenden Blick seiner dunklen Augen.

»Jetzt«, flüsterte sie dem Bild zu, »sind wir allein ...«

Sie hörte die Tür nicht aufgehen.

Erst als das Licht angeschaltet wurde und Großmutters schwarzer Woll-Hausmantel – bodenlang und bis zum Hals zugeknöpft – sich zwischen das Bild des Schauspielers und ihr Bett geschoben hatte, deckte sich Ellie hastig zu. Nur zu deutlich war ihr bewußt, daß sich ihre Brustwarzen hart und heiß an das Laken drängten und als dunkle, hochgedrückte Kreise ihre Schuld zeigten. Seit sie drei oder vier geworden war und ohne Aufsicht baden konnte, hatte niemand Gabriella von Reiker nackt gesehen. Selbst an den heißesten Sommertagen, wenn die Mädchen aus dem Dorf kreischend in Badeanzügen oder frechen Bikinis in die Mosel sprangen, selbst dann durfte sie höchstens sehr schickliche Shorts tragen und eine Bluse, die direkt am Hals abschloß.

Und jetzt war sie nackt ertappt worden ...

Großmutters Gesicht war im Schatten, während sie sich langsam umsah und ihr die Bedeutung der Szene klarwurde.

»Kann ich dir etwas bringen, Großmutter? Etwas zu trinken? Eine Kleinigkeit zu essen?« Alles, wenn sie es bloß nicht merkte, sich erinnerte, wer Ellie war.

Der graue Kopf wanderte jedoch noch immer hin und her, und die Szene, die sie gerade vor sich gesehen hatte, war in ihrer Bedeutung noch nicht ganz erfaßt worden.

»Schämst du dich denn gar nicht, nackt im Bett zu liegen, Gabriella?«

Sie hatte es also gesehen – und verstanden.

»Mein Zimmer ... mir war ein bißchen warm.«

Großmutters Augen wurden plötzlich hart, und sie musterte sie mit einem durchbohrenden Blick. »Im Winter?« Sie klammerte sich kurz an dem Bettgestell aus Messing fest, und dann griff sie nach dem Bild auf dem Toilettentisch. »Und dieser ... dieser ... wer ist das? Ein Spanier? Ein Italiener?«

»Ich habe es ausgeschnitten ... aus einem Film-Magazin ...«

Großmutter zog verächtlich einen Mundwinkel hoch. »Und ihn nimmst du mit in dein Zimmer?«

»Es ist doch nur ein Bild!« gab Ellie heftig zurück. Schuldig im Sinne der Anklage.

»Ein billiger Komödiant. Ausgerechnet du solltest doch am besten wissen, was das für Leute sind ...«

»Aber Großmutter, es ist doch nur ein Foto ...«

»Aber du wünschst dir einen solchen Mann, o ja, du sehnst dich nach ihm!« Kleine alte Augen betrachteten das Laken und die verräterischen Brustwarzen darunter. »Heute ist es noch ein Bild ... und was ist es morgen? Das frage ich dich! Was ist es morgen?«

Das Bild auf der Pappe flog ins Feuer. Rauch stieg auf, und dann ein kurzes rotes Flackern. Schwarze Rauchflocken zerfielen im Kamin.

Dann brüllte Großmutter sie an, sie, die immer gepredigt hatte, man dürfe nie im Zorn die Stimme erheben.

»Großmutter, nicht!! Denke doch an deinen Kopf, bitte ...«

»Schlampe! Flittchen! Nichts als ein ordinäres ...«

»Sich an einem schwarzhaarigen Gigolo aufzugeilen – *du bist auch nicht besser als diese Hure – es liegt dir im Blut!«* Sie schlug die Hände vor das Gesicht und taumelte auf die Tür zu, hinter ihr fielen die Stühle um.

Großer Gott, sie würde die Treppe hinunterfallen – würde ihre Schuld niemals abgetragen sein, die Vorwürfe nie aufhören?

Sie dachte nicht mehr daran, daß sie nackt war, und sprang hastig aus dem Bett. »Vorsicht – laß dir doch helfen ...«

Großmutter aber drehte sich um und musterte sie mit einem eiskalten Blick; ihr Mund war zu einem schmalen, bösartigen Strich geworden, und aus den Mundwinkeln lief in zwei blanken Bächen der Speichel.

»*Bedecke dich!* Ich lasse mir vom Dienstmädchen helfen.«

Ellie zog sich ein Nachthemd an, das nicht weniger sittenstreng als das ihrer Großmutter war, kehrte die schwarzen Rußflocken vor dem Kamin weg und legte sich wieder in ihr Bett. Es dauerte sehr lange, bis sie einschlief.

Der Zwischenfall wurde nie wieder erwähnt, und Großmutters Gedanken waren inzwischen zu vernebelt, als daß sie sich daran hätte erinnern können. Ellie aber vergaß ihn nicht. Wie konnte sie die heiße Wut vergessen, die sich in ihr Schamgefühl gemischt hatte? Das Gefühl einer vollständigen Abhängigkeit, in der ihr kein Recht auf eine Privatsphäre zustand? Und wie albern kam sie sich vor, als sie einige Zeit später in einem anderen Magazin las, der Schauspieler sei fünfzig Jahre alt und habe sich gerade von seiner vierten Frau scheiden lassen, um einen Teenager zu heiraten.

Nein, sie konnte Peter Heinrich nichts von diesem Gefühl der Beschämung erzählen, das den ganzen langen Winter ihres sechzehnten Lebensjahres in ihr gebrannt hatte – aber indem sie sich an seinen breiten Rücken drängte, war sie ganz sicher, daß er diese törichte Leidenschaft einer Halbwüchsigen nicht verdammt hätte.

*

Während sich Großmutters Leben langsam seinem Ende näherte, öffnete sich das von Ellie plötzlich und überraschend. Ihre Freundschaft zu dem jungen Arzt wuchs und verwandelte sich allmählich in etwas anderes. Bis sie Peter kennengelernt hatte, war Ellie sehr distanziert mit Männern umgegangen. Höflich waren die meisten, und manche, wie der Anwalt zum Beispiel, hatten ihr gegenüber sogar Freundlichkeit gezeigt, aber keinem war es gelungen, etwas Leben in dieses düstere Haus zu bringen. Keiner von ihnen war überschäumend vor jugendlicher Energie zur Haustür hereingekommen, keiner hatte im Sommer den Tennisschläger zur Hand genommen und im Winter die Schlittschuhe, und vor allem hatte ihr keiner durch das Haar gestrichen oder ihr kameradschaftlich den Arm um die Schulter gelegt, wenn sie sich unterhielten. Natürlich hatte sie bisher auch niemand impulsiv in die Arme geschlossen, weil sich ein Patient unerwartet doch noch erholt hatte, weil ihr Haar gut roch, oder einfach weil April war. Ihre Großmutter (die inzwischen Gott sei Dank so gut wie nichts mehr mitbekam) hätte Peter Heinrichs Zuneigung als zu vertraulich oder – schlimmer noch – als Frechheit bezeichnet.

Ellie dagegen genoß seine Zuwendung. Sie hatte es gern, sich in seine kräftigen Arme zu lehnen, seinen beruhigend massiven Körper zu spüren und seine warmen, freundlichen Finger unter ihrem Kinn zu fühlen. Vor allem aber freute sie sich, nicht mehr allein zu sein. Eines Nachts hatte Ellies Großmutter um Mitternacht einen ihrer Anfälle. Er wurde hergerufen, und nachdem die Krise vorbei war, wickelte er die Enkelin in eine Decke und trug sie in ihr Zimmer.

»Jetzt brauchst du keine Angst mehr zu haben«, sagte er. »Sie schläft.«

»Aber diese furchtbaren Schreie, Peter ...«

»Ich weiß ...«

»Geh nicht weg«, bettelte sie. »Bleib hier, bis es vorbei ist.«

Sie klammerte sich an ihm fest, und er legte sie sanft auf ihr Bett, zog ihr den schweren Winter-Morgenmantel aus, küßte sie auf die Stirn und dann zum erstenmal auf die Lippen, die sie ihm öffnete und an seinen Mund preßte, weil sie ohne ihn ganz allein wäre, und dann würde die Kälte wiederkommen. Oh, wie beruhigend war sein warmer Körper, ein Bollwerk gegen die Nacht, gegen eine alte, sterbende Frau, gegen dieses trostlose Zimmer und eine noch trostlosere Zukunft. Als Fleisch jedoch Fleisch berührte, wurde ihr warm, ihr Blut pulsierte in den Adern, und sie blühte unter seiner Last auf wie eine Blume. Sie entdeckte, daß all das, was sie in den Büchern gelesen hatte, nicht stimmte und die Freude nicht einmal angedeutet hatte, die ein erfahrener und rücksichtsvoller junger Mann einer Frau bringen konnte, die für ihr Alter ein viel zu behütetes Leben geführt hatte. In einer einzigen Nacht beantwortete er ihr behutsam und zielstrebig zugleich alle ihre Fragen und lüftete jedes Geheimnis. Er kannte die Reaktionen ihres Körpers, und so nahm er ihr ihre Zweifel und Hemmungen ebenso zärtlich und mit leichter Hand, wie er ihr vorher den Morgenmantel und das Nachthemd ausgezogen hatte.

Es dämmerte, als er ging. Er hatte Ellie in eine völlig neue Welt geführt, eine Welt voll Wissen und ohne vage Vermutungen, voll Wärme und ohne die nicht enden wollende Kälte, die sie bisher gekannt hatte.

Anfangs betrachtete sie ihr neues Leben gar nicht als eine Romanze, wie sie ihr aus Büchern vertraut war. Der blonde Arzt war nicht der Mann, nach dem sich eine junge Frau heimlich sehnte, dem ihre Träume galten. Dazu war er zu direkt, zu herzlich, zu fröhlich, zu freundlich. Peter Heinrich war ein Mann, auf den man sich verlassen konnte, eine Stütze, und in diesem Winter brauchte sie eine Stütze nötiger als alles andere, brauchte seine starken Arme, die sie erwarteten, wenn sie stundenlang den langsamen Niedergang ihrer Großmutter verfolgen mußte. Immer dann, wenn sie sich mit der Krankenpflege überfordert fühlte, kam Peter mit Karten für ein Konzert oder eine Theateraufführung. Dann knöpfte er ihr den Mantel ganz fest zu, damit sie sich auf dem Motorroller nicht erkältete, und entführte sie für ein paar erholsame Stunden in eine andere Welt.

Einmal brachte er Karten für ein Ballett.

»Ach, Peter, ich weiß nicht ... Ballett mag ich nicht ...«

»Du hast doch noch nie eines gesehen!«

»Nein, aber trotzdem ...«

»Hol deinen Mantel!«

Der Vorhang hob sich, und ein Tänzerpaar war auf der Bühne. Die Frau schwebte schwerelos an den Pappmaché-Bäumen vorüber, und der Tänzer, groß und männlich, gab in seiner Husarenuniform ein prächtiges Bild ab. Ellie kam sich vor, als sei sie wieder fünf Jahre alt und träume auf der Eichenbank in der Eingangshalle vor dem Porträt ihres Vaters von ihrer hübschen Mutter, die in einem prächtigen Ballsaal mit dem forschen jungen Offizier elegant ihre Kreise drehte. Dann aber reichte ihr Peter sein Opernglas. Ellie richtete es auf die Frau und sah ein stark geschminktes Gesicht, vor Konzentration wie versteinert, sah die zum Zerreißen gespannten Sehnen an den Beinen und das künstliche Lächeln. Ihre knochigen Knöchel wurden von Bandagen gestützt, und auf ihren dünnen Armen waren blaue Flecken sichtbar, die ihr Partner ihr beim Hochheben zugefügt hatte. Der Anblick der blauen Flecken freute Ellie insgeheim – und beschämte sie zugleich. Sie war froh, daß es im Theater dunkel war, und schüttelte sich leicht.

»Frierst du?« fragte Peter sofort besorgt.

Sie wußte nicht, welche Gefühle sie bewegten, aber daß sie nicht hier sein wollte, das wußte sie. »Nein.«

»Gefällt es dir?« Seine große, schwere Hand knetete ihren Oberschenkel unter ihrem Rock.

»Lieber wäre ich allein mit dir«, flüsterte sie.

»In diesem Fall …«

Auf seinem schmalen Junggesellenbett ignorierte sie seine sanft streichelnden Hände und schob ihn hastig in sich hinein; sie brauchte jetzt unbedingt sein festes, pulsierendes Fleisch, das sie ausfüllen würde, um die bittere Sehnsucht nach ihrer Mutter, der Tänzerin, und ihrem düsteren Liebhaber mit seinem schwarzen Haar wieder in ihr Unterbewußtsein zu verbannen. Als es für sie beide vorbei war, reichte ihr das noch nicht, und sie zog ihn an ihre Brust, ließ sich von dem rhythmischen Druck seiner Lippen trösten und hielt ihn lange dort fest.

»Ellie, wenn … Wir brauchen doch nicht zu warten, bis deine Großmutter … Wir könnten heiraten. Dann hätten wir es immer so.«

»Später, Peter, vielleicht später«, vertröstete sie ihn und führte ihn wieder zu ihrer Brust.

*

Großmutter starb in ihrem eigenen Zimmer. Es war spät in einer Frühlingsnacht, durch das offene Fenster wehte schwer der Duft von Narzissen herein. Peter war da; er löste den Sauerstoffschlauch, drückte die alten Augen zu und zog Ellie auf seinen Schoß. Als das Tageslicht die Vorhänge heller färbte, legte er ihr die Lippen an die Wange.

»Das mag vielleicht nicht der günstigste Augenblick sein, aber … na ja, es gibt jetzt keinen Grund mehr, länger zu warten, und du willst bestimmt nicht allein hier leben.«

Sie rührte sich leicht auf seinem Schoß und wachte von ihrem Schlaf der Erleichterung auf. In diesem Haus bleiben? Warum sollte sie in einem Haus bleiben, in dem sie nur mit Miss Warren zwei glückliche Jahre erlebt hatte und dann erst wieder mit Peter? Der rücksichtsvolle, freundliche Peter – der mehr verdiente als nur Zuneigung und Dankbarkeit. Wollte sie ihn heiraten, die Arztfrau werden? Es war eine Versuchung zu flüchten vor Untätigkeit, davor, nichts zu bieten zu haben als geringe Kenntnisse in Literatur und Musik, im Führen eines großen Haushaltes – und der Geduld, eine alte Dame zu Grabe zu pflegen. Ihr hatte in gewisser Beziehung ihre Liebe gehört, und sie hatte Ellie auf ihre eigene, verquere, strenge Art wiedergeliebt. In gewisser Weise war Ellies Geduld auch eine Aufgabe gewesen, die jetzt erfüllt war. Diese Aufgabe wurde durch eine alternde Tänzerin, die sie nicht kannte, die keine Kritiken in den Zeitungen erhielt und der niemand applaudierte, sehr erschwert.

Peter zu heiraten bedeutete Sicherheit – aber dieses düstere Haus und sein Weingut hatten ihr schon achtzehn Jahre lang Sicherheit geboten. Das hatte ihr kein Glück gebracht. Peter war genau der Mann, als der er erschien: ein moderner Landarzt, der Freude an seinem Beruf hatte. Peter würde sich mit all seiner Freundlichkeit nicht mehr verändern, konnte nicht wachsen. Er stellte keine tiefsinnigen Überlegungen an, hatte nicht den brennenden Ehrgeiz, alle Krankheiten der Welt zu heilen, und zwar nicht, weil ihm das gleich gewesen wäre, sondern weil er wußte, daß es unmöglich war. Auf eine distanzierte Art und Weise bewunderte sie ihn mehr als irgendeinen anderen Mann, den sie kannte – aber wie viele Männer kannte sie schon? Peters Leben würde stehenbleiben, und ihres stand schon zu lange still. Jetzt wollte sie vor allem Bewegung, Veränderung.

»Es tut mir leid«, sagte sie. Sie war sich nun ganz sicher. »Ich bin nicht sicher, was ich will – aber auf jeden Fall will ich weg von hier. Ich glaube nicht, daß ich jetzt schon heiraten will – noch nicht.«

»Aber was willst du mit dem Haus machen?«

Sie seufzte. »Es gehört mir, dafür hat Großmutter gesorgt – aber ich kann es nicht halten. Das Weingut ist zu klein und wirft im Grunde nicht viel ab. Vielleicht verkaufe ich es, oder ich verpachte es und sehe, was sich beruflich für mich tut ...«

»Wenn du dich anders entschließen solltest ...«

»Ja. Und ich danke dir, Peter, weil du mich gefragt hast, weil du mich gern hast.«

In all den Augenblicken ihrer liebevollen Freundschaft war das Wort Liebe nicht einmal gefallen.

Großmutter, die letzte legitime von Reiker, wurde auf dem Dorffriedhof neben ihrem Mann beerdigt. Fast das ganze Dorf hatte sich in den traditionellen schwarzen Trauerkleidern eingefunden, und mit weißen Taschentüchern wurden Tränen abgetupft. Weinten sie um Großmutter? fragte sich Ellie. Oder um eine Ära, die zu Ende ging? Vielleicht weinten sie auch um eine sichere Stelle, die nun verloren war. Heinz, der Vorarbeiter, war Anfang Sechzig – wer ihn wohl jetzt noch einstellen würde? Er kannte sich nur mit Weinstöcken aus, und damit wäre nun bald Schluß. Wer das Gut kaufte, wollte bestimmt bauen.

Als sie die Worte sagten und den schweren Kasten in die Erde hinabließen, spürte auch Ellie Tränen in ihren Augen. Es waren jedoch keine Tränen der Trauer. Bedauern vielleicht, daß nun die Chance endgültig vertan war, ihre Beziehung herzlicher zu gestalten, mehr menschliche Wärme in das Haus zu bringen, aber das wäre wohl zu viel erwartet gewesen. Schließlich war sie unehelich – aber auch das war mit Großmutters Tod gleichgültig geworden.

Nur Papa mit seinem gemalten, ewig jungen Lächeln erwartete sie im Haus. Seine Mutter war tot, und bald würde auch das Haus, wie er es kannte, und das Weingut, durch das er als Junge gelaufen war, sterben.

»Ich bin alles, was von dir noch übrig ist«, flüsterte sie zu Hans von Reikers Porträt hoch. »Und ich habe dich nie kennengelernt.«

Der Anwalt kam am nächsten Morgen, um sein Beileid auszusprechen und um sie daran zu erinnern, daß sie vom Augenblick des Todes ihrer Großmutter an kein Einkommen mehr aus dem Fonds beziehen würde. Als hätte sie das nicht schon längst gewußt.

»Ich habe natürlich Ihre Mutter und ihren Mann von der veränderten Situation unterrichtet ...«

»Dazu hatten Sie kein Recht! Ich bin jetzt achtzehn ...«

»Ich hatte es ihnen versprochen, Gabriella. Meine Sekretärin hat es ihnen heute morgen telegraphisch mitgeteilt.«

13

Michael Abramsky saß mit seiner neuesten Freundin, einem rothaarigen Mädchen mit blassen, schmalen Händen und einer zarten Haut, in einem verschwiegenen Hotel beim Abendessen. Er lächelte voller Vorfreude, als er ihr den Wein einschenkte, er stellte sich den weiteren Verlauf des Abends in einem der Zimmer oben vor, wie die grünen Augen des Mädchens vor Verlangen feucht wurden und sie ihre Gliedmaßen mit seinen umschlang.

Sie hob ihr Glas *Blanc des Blancs*, musterte ihn mit einem sorgfältig eingeübten Schmollmund, nagte mit ihren zierlichen weißen Zähnen an einem Spargel und fuhr sich mit der Zungenspitze über ihre korallenrot bemalten Lippen. Sie überlegte sich, ob sie ein Engagement am *Royal* in London annehmen sollte. »Schade, daß ich dann nicht mehr in das Studio kommen könnte, weil ich ja dann nach London ziehen muß ... aber wenn die Vorführung zufriedenstellend ausfallen würde ...« Sie zuckte in einer geübten Bewegung die Achseln, und Michael dachte beiläufig, daß ihre Schultern ein bißchen mehr Fleisch durchaus vertragen könnten.

Nun folgte eine lange Pause, die offensichtlich für Michaels Stichwort vorgesehen war. Bitte mich, nicht wegzugehen, forderte sie ihn mit ihrem Blick auf. Sag mir, ich soll hierbleiben. Bei dir.

Er unterdrückte einen Anflug von Ärger. Sie hatte keinen Vorführungstermin und dachte gar nicht daran wegzugehen. Alle waren sie so erbärmliche Lügner, diese *Gaje*. Warum sie sich überhaupt die Mühe machten? Sie blamierten sich doch nur dabei.

Die Leute denken, es ist eine Sünde, wenn man lügt, Micah! Für uns gilt das nicht – es müßte schon ein Würstchen von einem Roma sein, der es nicht schafft, die Gaje hereinzulegen, wann immer er will.

Er selbst, Dui, Farah ganz besonders – sie alle hatten mit dem Sprechen das Lügen gelernt, sie beherrschten die Technik, schnell, flüssig und aggressiv zu sprechen, im nächsten Augenblick aber beschwichtigend und versöhnlich, um den Gesprächspartner durch diesen Wechsel zu verwirren – eine Fertigkeit, die man an den Feuern wohl zu schätzen wußte, ein Spiel, dessen Faszination nie nachließ.

Die Tänzerin war der Spannung nicht mehr gewachsen. »Du hast mich nicht angerufen«, sagte sie vorwurfsvoll.

»Nein.«

Sie warf ihr sorgfältig zerzaustes Haar zurück. »Ich wäre sowieso nicht zu Hause gewesen ... es gibt nämlich noch andere, die mich ausführen, weißt du.«

Er lächelte. »Du bist ja auch sehr hübsch.« Er fuhr ihr mit seinen braunen Fingern leicht an der Schwingung der Kinnlade entlang.

»Du arroganter Kerl! Du kannst von Glück reden, daß ich nicht aufgelegt habe. Eigentlich hätte ich es tun sollen.«

»Kann sein.« Nie machten sie es wirklich. Dies waren nur die Eröffnungszüge, ritualisiert wie die Balz der Pfauen, und der Ausgang war hier so unvermeidlich wie dort.

»Es ist nur, weil ...«

»Weil was?« Ihr blasser, sanft geschwungener Hals zitterte leicht unter seiner Hand.

»Ich hoffe eben immer – ich meine, ich verstehe nicht, warum wir uns nicht ...« Die Worte kamen atemlos in kleinen, stakkato-artigen Bruchstücken heraus, als sei sie ein Kind, das eine vorbereitete Ansprache schon zahllose Male eingeübt hat. »Ich meine, warum müssen wir eigentlich immer in ein Hotel gehen? Warum nicht in das Haus? Groß genug ist es ja weiß Gott – ich habe es mir angesehen, als ich vorbeigefahren bin –

ich meine, nur von der Straße aus durch die Bäume, aber es ist ja kaum zu übersehen, nicht? Ich meine, es ist ein riesiges Haus, das kannst du doch nicht abstreiten! Du hast sogar deine eigene Wohnung darin.«

Er zog eine Augenbraue hoch. »Und das hast du alles von der Straße aus gesehen?«

Eine sanfte Röte stieg in ihre Wangen. »Ich bin neulich Felix im Studio begegnet, und da hat er das zufällig erwähnt …«

Nicht ohne eine mehr oder minder verhüllte Aufforderung von ihr, dachte Michael.

»*Greenlings* ist unser Heim«, sagte er einfach.

»Und dahin nimmt man streunende Katzen wie mich nicht mit, nicht? So ist es doch, oder?« Sie nahm hastig einen großen Schluck Wein, und dabei fielen unbemerkt einige Tropfen herunter und hinterließen dunkle Flecken auf ihrer Chiffonbluse. »Aber daß ich hier mit dir nach oben gehe, das erwartest du, oder?«

Einen Augenblick lang tat sie ihm leid. Sie hatte sich diese kleine Szene genauso sorgfältig zurechtgelegt wie ihr Haar, hatte jedes Wort ebenso vorbereitet wie ihre Nägel, ihre parfümierte Haut, die sich so weich anfühlte, oder wie ihre sehnsuchtsvoll weit geöffneten Augen mit ihrem perfekten Make-up. Wenn sie doch nur der Versuchung widerstehen könnte, sich an diesem Spiel zu versuchen – aber das schaffte keine von ihnen. Alle hatten sie das gleiche Ziel vor Augen – den großen Diamanten, die feste Verpflichtung, bis daß der Tod oder ein besseres Angebot uns scheidet; sie sprachen von einer offenen Ehe, von Freiheit für beide ohne Sicherheit für irgendeinen, vielleicht dachten sie, das sei es, was er wollte. Nun, darin täuschten sie sich. Wenn er einmal heiratete, würde er sich nicht eines dieser Mädchen aussuchen. Er kannte zwei Ehen aus der Nähe. Die eine erlebte er nur noch in seinen Alpträumen, in denen ein jüngerer, besser aussehender Papa mit schiefsitzendem Halstuch und von Gin gerötetem Gesicht mit der Faust die Tür des Wohnwagens einschlug und eine Frau anbrüllte, die sich ängstlich vor ihm duckte.

Die andere, das war Felix und Anna, zwei Hälften einer Einheit, die unmöglich getrennt werden konnte. Felix und Anna. Das war eine wirkliche Ehe.

»Ich hatte bisher nicht den Eindruck, daß du darunter besonders leidest«, sagte er zu der Tänzerin und fuhr mit einem Daumen sanft über ihre Wange.

Sie seufzte. »Ach Michael ... laß uns jetzt gleich nach oben gehen«, flüsterte sie und sah ihn unter schweren Augenlidern an.

Oben hatte er gerade begonnen, mit seinem Mund ihre kleinen, weißen Brüste zu erforschen, als das Telefon klingelte. Pete rief ihn aus dem Labor an, er war ungewöhnlich aufgeregt und begeistert, was eigentlich gar nicht zu ihm paßte, und plapperte von Trioden, Kristallen, Halbleitern, Festkörper-Verstärkern – was alles inzwischen Felix' Zuständigkeitsbereich war, nicht seiner. Außerdem hatte er gerade zu tun.

»Ich rufe Sie zurück.«

»Sie verstehen mich nicht, Mann! Wir haben die Nuß geknackt, an der wir jetzt schon monatelang gearbeitet haben! Hamish, dieser alte Fuchs, war doch auf dem richtigen Weg – können Sie nicht gleich vorbeikommen?«

Er wog den Triumph in Petes Stimme gegen den schmelzenden Blick der Tänzerin, die Verlockung des geschäftlichen Erfolges gegen den erotischen Reiz durchtrainierter Muskeln ab. Er könnte es in Minuten bis zum Labor schaffen. »Geben Sie mir eine Stunde Zeit«, sagte er und legte auf.

Sie hatte bereits wieder ihren Schmollmund aufgesetzt. »Das Geschäft geht dir wirklich über alles.«

»Nicht ganz!« sagte er und wandte sein braunes Gesicht ihrem schönen Bauch zu.

*

Der sonst ordentlich aufgeräumte Schreibtisch des Ingenieurs war übersät von zusammengeknäulten Zetteln und aufgerollten Blaupausen; Pete Prestons sonst immer sorgfältig zurückgekämmtes Haar war zerwühlt und stand nach allen Richtungen ab. Er war ein hagerer Mann. Er mochte Bach, Beethoven und Butterplätzchen, auch seine verwitwete Mutter und die Abramskys fand er ganz ausgezeichnet, weil sie ihn in Ruhe seine Arbeit machen ließen, und weil sie anders als die anderen waren. Letztes Weihnachten hatte er nach ein paar Glas Champagner verkündet, Leute wie sie zu finden, das sei so, als würde man durch den Stadtpark gehen und plötzlich drei weiße Einhörner auf der Wiese weiden sehen. Zauberwörter wie Silikon-Chips, integrierte Schaltkreise, Speicherkapazität und wie sie noch alle hießen, waren eine Quelle ständiger Erfolge für ihn. Sie waren seiner Meinung nach leichter zu durchschauen als das naivste Mädchen ...

Der schüchterne Pete, der allerdings im Augenblick keine Spur von Schüchternheit zeigte, strahlte siegesgewiß und blinzelte hinter seiner Brille.

»Aus dem Schrott von Hamish. Ich dachte schon, jetzt sind wir ganz beim Bodensatz angelangt, aber dann haben wir doch noch ein paar Perlen gefunden. Seine Berechnungen haben nicht ganz gestimmt, aber überarbeitet und mit anderen kombiniert sind sie pures Dynamit! Nehmen Sie das hier, bringen Sie es mit dem hier in Verbindung« – er hielt ihm noch eine Blaupause hin – »und voilà, ein Haupttreffer! Es dauert nicht lange, bis wir damit addieren und subtrahieren, dividieren und multiplizieren können, und in zehn Jahren können Sie damit alles machen, was sie wollen, außer Geld drucken, aber das brauchen Sie dann nicht mehr. Dieses Ding wird alles verändern!«

Eine Rechenmaschine? Und dafür hatte er ihn aus seinem weichen Bett und von einem Mädchen weggeholt? »Wegen eines Taschenrechners haben Sie mich aus dem Hotel herbestellt? Was ist denn daran neu? Und warum haben Sie nicht Felix angerufen? Forschung und Entwicklung ist sein Aufgabenbereich.«

Pete schluckte. Michael erteilte seine Befehle höflich und mit leiser Stimme, aber es war allen klar, daß er Gehorsam erwartete! Ihn im Hotel anzurufen, das war ein unausgesprochenes, aber deshalb nicht weniger klares Tabu. »Es tut mir wirklich leid, Michael, aber ich habe ihn nirgendwo erreicht, und ich konnte einfach nicht warten. Hören Sie, unsere Forschungsabteilung muß wirklich alle Kräfte auf dieses Projekt konzentrieren, aber wenn ich mich nicht irre, könnten wir ein Gerät bauen, das so dünn und so groß ist wie dieses kleine Rechteck hier. Und das zu einem lächerlich niedrigen Preis. Das ist das Neue daran. Hamish war auf dem richtigen Weg, aber Transistoren waren zu seiner Zeit noch neu, und da hat er einfach die Verbindung nicht hergestellt.«

Michael stellte in Gedanken schon ganz andere Verbindungen her. *Abramo* verkaufte eine Vielzahl solcher Geräte, die aber alle größer und unhandlicher waren – und dazu in anderen Fabriken in Lizenz hergestellt wurden. Das verteuerte sie auch für *Abramo*. Wenn man dieses Projekt richtig anging, könnte ein Gerät herauskommen, das sich alle leisten könnten und das bald in jedermanns Tasche stecken würde. Im Augenblick wurden sie vielleicht nur in Büros gebraucht, aber später könnten sie in der Schule eingesetzt werden, im Haushalt, überall. Seine Gedanken rasten. Pete hatte recht, mit diesem Ding konnte man tatsächlich die Welt verändern. Im Augenblick war es nichts als ein handliches Gerät, ein neues Spielzeug, aber wie lange würde es dauern, bis ein richtiger kleiner Computer daraus werden würde, in Massen produziert, wie Stereo-Anlagen oder Fernsehgeräte in jedem Haushalt zu finden? Dazu hatte sich Hamish die Sache ordnungsgemäß patentieren lassen; das Patent war jetzt der alleinige Besitz von *Abramo*.

Damit konnte man die Kosten niedrig halten.

»Wie finden Sie das?« fragte Pete. Nachdem die Nachricht nun heraus war, war er wieder zu seinem gewöhnlichen, schüchternen Tonfall zurückgekehrt. »Gehen wir die Sache an?«

Michael überlegte. »Wenn die Sache richtig vermarktet wird ... mein Gott, wenn wir die Finanzierung hinbekommen, der Forschungs- und Entwicklungsabteilung mehr Geld bewilligen und wenn Sie mit Ihrer Prognose recht haben, können wir es noch dieses oder spätestens nächstes Jahr auf den Markt bringen. In den zehn Jahren, von denen Sie eben gesprochen haben, können wir unter den ganz Großen sein.« Von seiner Verärgerung war nun nichts mehr zu spüren; er lehnte sich vor und sprach mit leiser, eindringlicher Stimme über die Zukunft. Das Mädchen war vergessen.

Pete lehnte sich zurück, seine innere Anspannung verließ ihn allmählich. Es war immer eine riskante Sache, Michael zu stören, wenn er bei einem Mädchen war. Noch größer war für ihn jedoch das Risiko gewesen, nicht mitzubekommen, welches Potential in dieser Entwicklung steckte.

Das Gerät sollte *Abramo I* heißen, und Michael war schon dabei, die Grundzüge einer Werbekampagne auszuarbeiten, die er selbst übernehmen wollte. Pete sah ihn schon vor sich, wie er in einem eleganten Anzug und einem strahlend weißen Hemd überzeugend lächelte und das Projekt so attraktiv darstellte wie die Wachstumsraten der Elektronikindustrie. Pete fühlte zugleich Erleichterung und Neid. Er hätte alles in der Welt darum gegeben, um so zu sein wie Michael Abramsky.

*

Als Michael in die Einfahrt von *Greenlings* einbog, sah er die breiten Torflügel, das Grundstück und die sanften Wiesen kaum. Die Jahre, in denen er Pete immer wieder ermutigte, hatten sich also doch gelohnt. *Abramo I.* Damit stand ihnen die Welt offen. In zwei Jahren würden sie damit auf den Weltmarkt gehen, und dann würden die Großen merken, daß man mit *Abramo* zu rechnen hatte. Felix und Anna würden Augen machen.

Ein Blick genügte, und ihm war klar, warum Pete Felix nicht erreicht hatte, und daß dies nicht der richtige Zeitpunkt war, um von *Abramo I* zu sprechen. Die beiden saßen eng beieinander in einer Ecke des blauen Plüschsofas. Von Anna war fast nichts zu sehen, Felix hatte sie in die Arme geschlossen, und sie verschwand fast in den Falten seiner braunen Strickjacke. Er schaukelte sie hin und her und gab dabei Michael über ihren Kopf hinweg mit seinen Augen verzweifelt Zeichen.

»... ist doch deines, Anna«, sagte er gerade mit strenger Stimme.

»Niemals! Sascha ja, sogar Mischa ...«

»Da, schau, mein Engel, jetzt mußt du dich erst einmal beruhigen.« Felix hatte vom Russischen ins Englische übergeschwenkt. »Mischa ist da, und wir müssen uns vernünftig unterhalten.«

»Vernünftig? Vernünftig?« fragte Anna heftig, befreite sich aus Felix' Umarmung und warf empört die Arme in die Luft. »Wir haben hier unser neues Haus, ein neues Leben! Ist es vielleicht vernünftig, das alles umzuwerfen? Du bist zu weich, Felix, viel zu nachgiebig! Ich sage jetzt nichts mehr darüber, nicht ein Wort!« Sie stieß Felix' schützende Arme beiseite, und man konnte ihrem Gesicht den Widerstreit der Gefühle deutlich ansehen. Zorn hatte ihre Wangen gerötet, Angst ihre Muskeln verkrampft, Panik aber verlieh ihr einen glasigen Blick und zwang sie, in ihr Schlafzimmer zu stürmen. Die Tür fiel hinter ihr ins Schloß, außerdem schob sie den Riegel vor.

»Ach Mischa, was sollen wir bloß tun? Was sollen wir tun? Ich wußte es, ich wußte es schon die ganze Zeit, aber jetzt ...«

Auch Michael wußte es schon, bevor er das Telegramm gelesen hatte.

»Mischa, jetzt ist das Mädchen ganz allein. Sie hat keine Familie, sie hat außer uns niemanden auf der Welt ...«

»Sie ist alt genug, um allein über die Runden zu kommen«, sagte Michael kalt.

»Aber sie ist doch noch ein Kind ...!«

Mit achtzehn? Er hatte in diesem Alter schon zwei Menschenleben gehabt, hatte sich allein durch Englands Seitenstraßen geschlichen und Stehlen gelernt, um sich am Leben zu erhalten; hatte ein Mischmasch aus Englisch und Romani gelernt, wie sie ihre Sprache nannten; er hatte Felix' altväterliches Englisch gelernt, Annas Ballettstunden mitgemacht und das dazugehörige Französisch, sogar ein paar Brocken Russisch konnte er. Er hatte sich als Geschäftsmann durchgesetzt, hatte ein Haus gekauft und jedes Mädchen, das ihm gefiel, auch bekommen. Außerdem hatte er die Vergangenheit überwunden. Mein Gott, er war mit achtzehn schon fast Methusalem gewesen.

»Bei dir war das anders«, sagte Felix sanft. »Gabriella hat bisher ein behütetes Leben geführt. Ich glaube, wir müssen sie hierherholen, Mischa.«

»Aber dies ist unser Heim!« Wann hatte er das zum letztenmal gesagt? Noch keine Stunde war es her, daß eine zu ehrgeizige junge Tänzerin es von ihm gehört hatte. In dieses Haus, in dem Anna glücklich gewesen war, konnten sie unmöglich dieses Mädchen bringen, das Kind, das Anna nie geliebt hatte. »Das Mädchen würde Anna in den Wahnsinn treiben.«

»Sie brauchte ja nicht lange hierzubleiben«, bettelte Felix. »Sie wird bestimmt bald heiraten, und dann haben wir unsere Verpflichtung erfüllt.«

Irrtum. Einmal angenommene Verpflichtungen endeten nie – die ihre galt ausschließlich Anna –, aber sollte er das ausgerechnet Felix beibringen? Arme Anna, seine – nein, nicht seine Mutter, sie war mehr als das. Nach den unsicheren Jahren mit Papa waren es Annas Hände, die ihn in seinem Fieber mit kühlen Handtüchern, die nach Zitronen rochen, Kühlung gebracht, ihm mit unerwarteter Behutsamkeit das verschwitzte Kopfkissen umgedreht hatten. Warum sollte Anna sich in ihren mittleren Jahren den Schmerzen frisch aufgerissener Wunden aussetzen? Nein, dieses Mädchen durfte nicht herkommen. Anna hatte recht, als sie Felix vorwarf, er sei zu weich. So sehr er sie beide liebte – Felix vielleicht mehr, weil es einfacher war, ihn zu lieben –, so war es allein Anna, der seine Bewunderung galt: ihrem festen Rückgrat, ihrer eisernen Entschlossenheit, den einmal eingeschlagenen Kurs beizubehalten, was immer geschah. Es war nicht leicht, die Vergangenheit wegzuschließen und neu anzufangen – niemand wußte das besser als Micah-Mischa-Michael. Felix war niemals gezwungen gewesen, eine Wahl zu treffen, die es von da an immer und immer wieder neu zu überprüfen galt. Er hatte nicht immer von neuem überlegen müssen, ob die damals getroffene Entscheidung richtig gewesen war.

»Du irrst dich, Felix«, sagte er sanft, um ihn nicht zu verletzen.

Sie hörten wieder eine Tür schlagen, kurz darauf ertönten die ersten Takte Tschaikowski.

Anna trainierte.

Michael machte zwar noch seine morgendlichen Übungen, aber viele Monate war es her, daß er das letzte Mal zusammen mit ihr abends an der Stange gestanden hatte. Nun aber zog er sich hastig um und ging durch seinen Eingang in das Studio, weil der andere von innen verschlossen war.

Sie übte gerade ein *penché*, etwas unüberlegt nach so wenig Aufwärmübungen.

»Anna!« Nein, im Studio hieß es nicht Anna. »Madame!« Das war auch nicht richtig, heute nicht, und außerdem konnte sie ihn sowieso nicht hören. Er drehte den Verstärker leiser und löste ihre Hände von der Stange. »Hör zu, deine Muskeln sind nicht genügend gewärmt.«

Ihr Gesicht war zu Stein erstarrt; ihre Augen sprühten Funken. »Wer entscheidet, ob Madame warm ist?«

»Du natürlich, aber ...«

»Bist du hergekommen, um zu üben, oder nicht?«

»Ja, um zu üben.«

»Dann los!«

Nun folgte eine Stunde voller Anstrengung. Sie gingen das gesamte Programm der Kurse *plié* bis *tendu* und *rondes de jambes* durch, bis ihre Muskeln brannten und ihre Sehnen zitterten und die Erschöpfung Annas Zorn die Schärfe genommen hatte.

Michael machte seine *révérence*, die abschließende Verbeugung des Schülers vor dem Lehrer, und stattete damit den Dank ab, den die Tradition für empfangene Unterweisung verlangt. Heute verbeugte er sich besonders tief und sagte: »Ich finde, daß du recht hast, Anna.«

Ihre dünnen, zum Strich zusammengepreßten Lippen zitterten unmerklich, aber das hatte sie schnell wieder unter Kontrolle. Sie würde niemals vor seinen Augen zusammenbrechen, das wußte er. So warf sie ihm nur ein Handtuch hin, nahm selbst eines zur Hand und frottierte sich damit so heftig das Gesicht, daß man nicht mehr wußte, ob die leichte Rötung ihrer Wangen von der Reibung, ihrer Wut oder von unterdrückten Tränen herrührte.

»Dieser Felix«, sagte sie, »weich wie Butter in der Sonne ist er!«

»Er meint es doch gut ...«

Anna schnaufte verächtlich. »Geh duschen, bevor du dich erkältest.«

»Anna ...«

»Geh!«

Als sich die Tür hinter ihm geschlossen hatte, holte sie tief Luft und drückte die Hände gegen die Ohren, aber es nützte nichts. Die Stimme wollte nicht verstummen, Hans von Reikers betrunkene Stimme, wie er mit heißen Händen ihr Kostüm zerriß, sein triumphaler Aufschrei, als er in sie drang – aber wie sollte es auch anders sein? War er nicht der Eroberer? Nein, das Mädchen durfte auf keinen Fall hierherkommen, denn mit einer solchen Erinnerung im Haus würde sie niemals leben können, in diesem herrlichen Haus, das Michael für sie gebaut hatte. Nein-nein-nein, das war völlig undenkbar, sie wollte nicht an die Scham denken müssen, die sie empfunden hatte, als jenes fremde weinende Kind ihr seine muschelförmigen Fingernägel in die Brust gegraben und ihr beinahe den Verstand geraubt hatte.

Sie konnte solche Gedanken nicht mehr ertragen und wählte die Flucht – sollte sie die silbernen Kerzenleuchter von ihrer Großmutter putzen, die schon jahrelang in einer Schublade lagen? Oder sollte sie vielleicht lieber für den Borschtsch, den sie morgen machen wollte, die Roten Bete vorkochen? Nein, zu spät, die Küchenhilfe, die jeden Tag kam, hatte sie schon heute früh gekocht. Und wie wäre es mit der Planung des Tanzunterrichts für die nächsten Wochen? Nein, das war viel zu ruhig, wenn sie so still dasaß, könnten die Alpträume ebenso unverhofft zurückkehren.

Sie ließ ihren Blick suchend durch das Studio wandern, und endlich fand sie ein Staubwölkchen bei der Tür. Ja! So würde sie es machen! Sie würde staubsaugen und putzen, und sollte es die ganze Nacht dauern.

Als Felix vorsichtig an die Tür klopfte, rief sie ungeduldig: »Würdest du mich vielleicht in Ruhe lassen, bitte! Ist das denn zuviel verlangt?«

*

Beim Frühstück herrschte eine bedrückte Stille, die nur ab und zu durch gezwungene Scherze unterbrochen wurde, bis schließlich Michael eine Lösung des Problems vorschlug.

»Iß dein Obst, Mischa«, sagte Anna, obwohl er das längst getan hatte.

Felix faltete seine Serviette über seinem leeren Teller und sagte mit vorsichtiger Dankbarkeit: »Danke, Anna. Ausgezeichnet wie immer.«

Sie runzelte die Stirn. »Die Hörnchen waren nicht frisch – ich werde mich beim Bäcker beschweren.«

»Seiner kleinen Tochter geht es nicht gut, habe ich gehört«, sagte Felix mit einem Anflug von Vorwurf in seiner Stimme.

Michael ließ das Wort »Tochter« gerade lange genug in der Luft hängen. »Wegen dieses Telegramms«, schob er ungezwungen ein. »Wir könnten ihr über den Anwalt eine monatliche Zahlung zukommen lassen; dann könnte sie in Deutschland bleiben. Schließlich ist sie dort zu Hause.«

Anna sah nicht auf. Ihre schlanken Finger rissen Orangenschalen in immer kleinere Stücke.

Felix musterte seine Frau und wandte sich verzweifelt an Michael. »Diese halsstarrige Frau ist die ganze Nacht nicht ins Bett gekommen. Was sollen wir bloß mit ihr anfangen, Mischa?«

Ein Stück Orangenschale flog über den Tisch. »Wir machen es so, wie Mischa gesagt hat. Wir schicken ihr Geld!« Ihre Oberlippe zuckte. »Es wäre dumm, jetzt noch weiter davon zu reden – und außerdem müßtest du längst bei der Arbeit sein.«

Das Ehepaar sah sich lange an. Felix war der erste, der den Blick senkte. »Es ist möglich, daß sie ... daß sie in Deutschland glücklicher ist.«

Vollständig kapituliert hatte er jedoch noch nicht. Während der Fahrt zur Fabrik blieb er still, aber als Michael den Wagen auf dem Firmenparkplatz von *Abramo* parkte, berührte ihn Felix am Arm.

»Ich finde, wir sollten das nicht über einen Anwalt abwikkeln. Das wäre zu kalt und unpersönlich. Ich sollte selbst hinfahren ...«

Felix aber war, wie Anna richtig festgestellt hatte, weich wie ein Staubwedel; er würde es nie fertigbringen, dem Mädchen zu sagen, daß es nicht willkommen sei. Er würde mit ihr zurückkommen, und was dann geschähe, wäre nicht auszudenken.

So teilte er ihm mit, was er am Vortag von Pete Preston erfahren hatte. »Du wirst hier gebraucht, Felix. Die Produktion muß gesteigert werden.«

»Aber wir können Gabriella doch nicht den Anwälten überlassen!« protestierte er. »Solche Menschen haben kein Herz ... Es ist doch freundlicher, wenn sie es von der Familie erfährt ...«

Michael zögerte keine Sekunde. »Ich werde hinfahren.« Warum denn nicht? Schließlich gehörte er inzwischen zur Familie, viel mehr, als Gabriella von Reiker das jemals schaffen würde. »Ich werde vorher die Werbekampagne in Umrissen festlegen.«

»Nein, um das Mädchen kümmern wir uns zuerst«, sagte Felix. »Für eine Werbekampagne ist es noch viel zu früh. Außerdem werden wir dafür einige Zeit brauchen, Mischa. Das regeln wir später.«

»Nein, sofort. In diesem Industriezweig geht alles verdammt schnell. Wenn wir uns jetzt nicht dranhalten, schlägt uns irgend jemand um Nasenlänge. Wenn ich zurückkomme, geht es mit voller Kraft los.«

14

Nur Ellies Zimmer hatte man unverändert gelassen. Überall im Haus stand mit Staubtüchern abgedecktes Mobiliar und wartete auf den Auktionator. Großmutters Schreibtisch, an dem sie ihr Haus, das Weingut und ihr unerfülltes Leben verwaltet hatte, wurde aus der Bibliothek in den Dienstbotentrakt geschleppt; Schulbänke standen dicht gedrängt, dort ein hölzernes Schaukelpferd, auf dem alle Kinder der von Reikers geschaukelt hatten; in einer Ecke standen Körbe mit Geschirr neben sorgfältig verpackten Steuben- und Orrefors-Gläsern. Rote Schilder mit Zahlen waren an Handgriffen, Stuhlbeinen, Schüreisen und Schaltern befestigt. In der Entfernung war die monotone Stimme des Auktionators und das Klopfen seines Hammers zu hören.

Ellie war in ihrem Zimmer; sie zerriß gerade eines dieser roten Schilder in Stücke und versteckte eine Rolle aus Leinwand hinter dem Toilettentisch. Los Nummer 85, das hatte gerade noch gefehlt! Alles andere konnten sie gerne haben, nicht aber Papas Porträt!

»Es steht auf der Liste«, hatte Peter Heinrich sie erinnert.

»Das Bild ist wertvoll – Hella ist zur Zeit groß in Mode. Sie werden es haben wollen.«

»Sie bekommen es nicht.«

Versuchen würden sie es aber. Inzwischen waren sie bei Los 42, es würde also noch ein Weilchen dauern. Sie wünschte sich, alles wäre schon vorbei und das Haus mit seinem gesamten Inventar verkauft, damit sie ihre Kleider und das Porträt einpacken und wegfahren konnte ... um eine Begegnung zu vermeiden, um die sie nicht gebeten hatte und die sie nicht wollte. Daß Felix Abramsky die Nerven gehabt hatte, sein Beileid auszudrücken! ... *dem sich Anna natürlich anschließt.* Nicht deine Mutter, sondern Anna – aber die hatte sich nicht einmal die Mühe gemacht, ihre Unterschrift mit unter den Brief zu setzen. *Wir hoffen, daß Du uns erlauben wirst, Dir zu helfen; bald wird sich unser lieber Mischa bei Dir melden – zögere bitte nicht, ihm Deine Wünsche mitzuteilen.*

Meine Wünsche, werter Mr. Felix Beinahe-Stiefvater Abramsky, erschöpfen sich darin, daß ihr mich in Ruhe laßt. Ich möchte nicht einem Fremden zur Last fallen, von Almosen abhängig sein – was Großmutter sicher oft von mir gedacht hat, und was Felix Abramsky ohne Zweifel jetzt denkt. Und wer ist unser lieber Mischa? Dem Namen nach wahrscheinlich ein Russe, irgendein Anwalt oder Buchhalter, ein Lakai, der dafür bezahlt wird, die peinlichen Fehltritte einer Tänzerin zu vertuschen. Und was wird er bringen? Ein Angebot, daß sie mich wie eine arme Verwandte aufnehmen? Oder ist es nach all den Jahren plötzlich eine Botschaft der reuigen Mutterliebe? Bringt er vielleicht Blutgeld, damit ich mich aus Anna Abramskys Leben fernhalte?

Jemand hämmerte ungeduldig an die Tür. Peter konnte es nicht sein – er war unten und spielte den höflichen Gastgeber für die Dorfbewohner, die nun endlich die Möglichkeit hatten, die Schätze der von Reikers zu berühren und vielleicht sogar die eine oder andere Kleinigkeit zu ersteigern, die im Lauf der

Zeit zu einer Kostbarkeit werden würde. Wieder klopfte jemand an die Tür, und dann flog sie plötzlich auf.

Es war der Gerichtsvollzieher, der mit rotem verschwitztem Gesicht und einer Liste in seiner fleischigen Hand in der Tür stand. Er trug einen grünen Hut und machte sich nicht die Mühe, ihn abzusetzen.

*

»Los 85, Porträt von Hella. Es fehlt.«

»Ich habe es.« Sie nickte zu dem leeren Rahmen hinüber, der an eine Wand gelehnt stand.

Das hatte er offensichtlich erwartet. »Das gehört zur Erbmasse, Fräulein«, sagte er und machte ein finsteres Gesicht. »Wir müssen an Ihre Schulden denken.«

»Und ich an meinen Vater.«

»Dieses Kunstwerk stellt eine Investition dar ...«

»Hören Sie nicht? Ich habe nein gesagt!«

»Der Rahmen allein ...«

»Dann nehmen Sie den Rahmen und lassen Sie das Bild hier.«

»Hören Sie, ich bin sehr beschäftigt!«

Von unten rief jemand seinen Namen, und er hob streng seinen fetten Zeigefinger, bevor er kehrtmachte. »Ich komme wieder – und da ist ein Mann unten im Garten, der nach Ihnen gefragt hat.« Damit ging er hinunter.

Sie seufzte. Wahrscheinlich wieder irgendein Krämer aus dem Dorf, der eine Rechnung präsentieren wollte. Vor Großmutter hatten sie noch Angst gehabt, aber jetzt kamen sie täglich aus allen Ecken und Enden hervorgekrochen, weil sie Angst hatten, der Gerichtsvollzieher könnte vielleicht nichts für sie übriglassen. Ihre Angst war unbegründet. Es war genug da, um alle Schuld zu bezahlen, und es würde auch noch für ein kleines Haus in Bonn reichen, oder sonst irgendwo, wenn es nur nicht hier war. Sie mußte weg von hier, um der Engstirnigkeit der Leute zu entkommen.

Als sie halbwegs die Treppe hinuntergegangen war, sah sie den grünen Hut des Gerichtsvollziehers. Sie lief wieder zurück, um das Porträt ihres Vaters zu holen. Das sollte er nicht bekommen.

*

Michael Abramsky sah sich in dem verwilderten Garten um, und seine Verachtung wuchs mit jedem Blick. Was mußten sie für Narren gewesen sein, diese von Reikers, diesen herrlichen Besitz so verkommen zu lassen! Die Weinberge waren jetzt schon mit den Meßbändern der Grundvermesser überzogen, und bald würden sie mit unzähligen Billighäusern bebaut sein.

Daß sie sich all das hatten entgleiten lassen, soviel Sicherheit, so dicke Mauern, starke Schlösser an dem eisernen Tor!

Er berührte mit seinen warmen braunen Fingern das kalte Metall und überlegte ... kamen sie auch unter den Hammer, diese Torflügel? Nein, das kam nicht in Frage, Anna wollte in *Greenlings* ganz sicher nichts von den von Reikers haben, keine Erinnerung an die Vergangenheit, so versteckt sie auch sein mochte. Er erinnerte sich noch an ihr Gesicht gestern, als sie sich von ihm verabschiedet hatte. Sie hatte viel Wirbel um die Fahrkarten und das Gepäck gemacht und sich um tausend unwichtige Einzelheiten gekümmert, weil Felix nicht außer Hörweite verschwinden wollte.

»Iß etwas Zivilisiertes, Mischa, und bring deine Hemden zum Waschen heim. In den Wäschereien sitzen doch in der ganzen Welt nur Vandalen – wenn ich nur daran denke, was sie mit deinem hellen Seidenhemd in London angefangen haben ... hast du die Vitamintabletten? Du hast doch deinen Platz im Flugzeug gebucht? Sieh auf jeden Fall zu, daß du ein bißchen übst, damit du in Form bleibst! Versprichst du mir das? In Paris ist das kein Problem, in der Nähe der Opéra gibt es viele Studios. Vielleicht triffst du sogar noch einen von den alten Lehrern – ich habe gehört, daß Pjotr noch Unterricht gibt.« Einen Augenblick schaute sie wehmütig drein, ein Ausdruck, der ganz und gar nicht zu ihrem Gesicht passen wollte, aber dann faßte sie sich und lachte. »Nimm eine Stunde bei ihm, aber beachte ihn nicht – ein schlechter Tänzer muß auch ein schlechter Lehrer sein, nicht wahr?«

Felix seufzte. »Anna, mein Liebling, Mischa fliegt nach Deutschland, und Frankreich wird er nur überfliegen.«

Sie fuhr herum und richtete sich an Felix. »Für eine Stunde ist immer Zeit, wenn er das Flugzeug nicht verpaßt. Fährst du ihn jetzt zum Flughafen oder nicht? Wo sind denn deine Schuhe? Hast du etwa vor, Mischa in Strümpfen zu fahren und Schande über uns alle zu bringen? Geh, aber schnell!«

Damit war sie Felix endlich los. Sie berührte Mischas Hand und sah ihm fest in die Augen. »Es ist gut, daß du gehst und nicht Felix.«

»Mach dir keine Sorgen, Anna.«

»Die mache ich mir nicht. Du bist stark, Mischa, stark wie ich. Nur mein Felix ist so nachgiebig.«

Dieser kam schließlich in Schuhen die Treppe heruntergehinkt, und so legte sie Michael einen Arm um den Hals und küßte ihn auf die Wange. »Du wirst doch schnell zurückkommen, wenn alles fertig ist, oder?« flüsterte sie.

Ja, er würde alles zum Abschluß bringen. Nein, Anna wollte aus dem Haus der von Reikers nichts haben, nicht einmal diese Torflügel, welche die Aufschrift PRIVATBESITZ trugen.

Er hörte die Haustür aufgehen, und drinnen hörte er die Stimme des Auktionators. Einen Augenblick später sah er auf – und dann hörte er gar nichts mehr.

Eine junge Frau stand oben an der Treppe und musterte ihn. Sie trug ein Kostüm von der Farbe dunkler Rosen; ihre Augen und die Schwingung ihres Halses kamen ihm irgendwie bekannt vor, und doch waren sie anders. Sie hatte den gleichen Bau und auch die herrische Kopfhaltung – aber ihr Haar war ordentlich gepflegt, und die rosa-roten Flecken auf ihren Wangen waren unbeabsichtigt und schienen von irgendwelchem

Ärger herzurühren. Ihre Augen waren tiefblau wie die Annas. Selbst die Hände, schmal und spitz zulaufend, hatte sie unverwechselbar von ihrer Mutter geerbt – aber ihre waren jung und weich; sie hielten ein aufgerolltes Stück Leinwand umklammert. Einen Moment lang hatte er jedes Wort der sorgfältig zurechtgelegten Botschaft vergessen, und er hörte nur noch Felix Abramskys wehmütige Erinnerung:

Ah, damals hättest du meine Anna sehen sollen, Mischa. Sie war herrlich, nur Rosen und Silber ...

Gabriella blieb auf der Treppe stehen. Es war also doch nicht wieder ein Gläubiger aus dem Dorf, der eine Rechnung präsentieren wollte. Der Mann, der dort im Garten auf sie wartete, war ein Fremder. Er stand locker da, und wie er sie da aus dem Schatten des Goldregens beim Tor musterte, machte er einen ein wenig überheblichen Eindruck. Er trug einen leichten Sommeranzug. Sein Haar, das er länger trug als es Mode war, umgab seinen Kopf in dichten, schwarzen Locken. Nun betrachtete er das massive alte Tor, das niemand mehr verschlossen hatte, seit Jahren nicht mehr, seit Großmutter es verriegelt hatte vor den ...

Nun aber sah er überrascht zu ihr hoch, die magische Anziehungskraft seiner Augen zog sie buchstäblich die Treppe herunter.

Das eindringliche Gesicht des jungen Mannes zeigte überwältigend viel Charakter. In diesen Augen, die alles überprüften und denen nichts entging, glommen dunkle Feuer.

Ein Käufer? Wenn er das war, kannte er bereits den Preis für alles.

Er lächelte unerwartet herzlich, und seine Zähne blitzten kurz in einem dunkelhäutigen Gesicht auf. Sie vergaß Papas Porträt, das sie noch in ihren Händen hielt, sie vergaß ihre Wut auf den Gerichtsvollzieher, sie vergaß alles bis auf den Fremden. Sie wußte nun, wer er war, wer er sein mußte.

Das konnte nur Anna Abramskys Zigeuner sein.

Wo war die gesetzte Gestalt, die sie erwartet hatte? Die

dickliche Kreatur mit dem Doppelkinn, die sie aus Dutzenden von Alpträumen kannte. Wo waren seine Aktentasche und sein aufgerollter Regenschirm? Wo blieb der steinharte Blick, mit dem er ihr ein Schriftstück hinhielt, das sie unterzeichnen sollte, um Anna Abramsky endgültig von aller Schuld freizusprechen?

»Die Schlüssel sind nicht mehr da«, sagte sie mit fester Stimme. »Und das Tor gehört zu dem Besitz. Es ist nicht zu verkaufen.« Noch während sie sprach, war ihr klar, daß er nicht hergekommen war, um zu kaufen, dieser Mischa, der von Felix Abramsky mit so warmen Worten angekündigt worden war. *Unser lieber Mischa ...*

Er überraschte sie mit einer leichten, etwas altmodischen, aber trotzdem stolzen und selbstbewußten Verbeugung.

»Fräulein von Reiker?« fragte er ruhig. »Michael Abramsky. Ich glaube, Felix hat Ihnen geschrieben, daß ich komme, oder?« Sein Akzent war nicht englisch; mit dem ihrer englischen Gouvernanten oder dem in den englischsprachigen Filmen, in die Peter sie manchmal mitnahm, hatte er auf jeden Fall keine Ähnlichkeit. Man hätte fast glauben können, daß er irgendwo im Ausland Englisch gelernt hatte.

»Ja, Mr. Abramsky hat mir geschrieben.«

Er sprach wieder zu ihr, aber es fiel ihr schwer, sich auf seine Worte zu konzentrieren. Dieser weltmännische Fremde mit der düsteren Macht in seinen Augen und mit einer Stimme, die gerade so leise war, daß man selbst ganz still sein mußte, wenn man sie hören wollte, dieser Fremde hatte alle die Vorstellungen, die sie sich bisher von Zigeunern gemacht hatte, auf den Kopf gestellt.

»... und meine Eltern lassen ihr herzliches Beileid ausrichten. Ich bin gekommen, um mich zu vergewissern, daß es Ihnen gutgeht.«

Seine Eltern? Er hatte sich mit Michael Abramsky vorgestellt. Mischa. Michael. Das kam auf dasselbe hinaus. Also hatte Anna, die widerwillige Mutter, ihn adoptiert.

»Sie haben gedacht, Sie würden am ehesten in Deutschland glücklich, wo Sie zu Hause sind.«

Gabriella bemühte sich, ihm in die Augen zu schauen, mit unbewegter Stimme zu sprechen. »Ich war in diesem Haus daheim, Mr. Abramsky. Bald wird es jemand anderem gehören. Sie können ihnen aber ausrichten, daß meine ... daß ich nicht von der Wohlfahrt abhängig bin. Ich bin sicher, sie werden erleichtert sein, das zu hören.«

»Warum sagen Sie nicht Michael zu mir?«

Sie wandte sich ab – und fing den zornigen Blick des Gerichtsvollziehers auf. Er hatte seine fleischigen Hände fest um die eingerollte Leinwand gelegt. »Geben Sie das her, Fräulein! Los 85 kommt jetzt zur Versteigerung!«

»Nein!«

»Nach den Bedingungen des Vertrags ...«

»Den ich nicht unterzeichnet habe.«

Neben ihr bewegte sich ein Arm in einem grauen Ärmel. Schnelle braune Finger legten sich wie Stahlklammern um das Handgelenk des Gerichtsvollziehers, und Michael Abramskys Stimme unterbrach die beiden, leiser als je zuvor.

»Lassen Sie das los.«

Der Gerichtsvollzieher trat einen halben Schritt zurück, war aber noch nicht bereit, aufzugeben. »Das gehört zu ...«

Der Zigeuner beachtete ihn nicht, sondern sah Ellie fragend an. »Gehört das Ihnen? Ist das Ihr Besitz?«

Die besondere Betonung der letzten Worte, die unverkennbar gewesen war, ließ sie ihren Kopf hoch aufrichten, und sie spürte, daß nun auch der Gerichtsvollzieher ihm seine volle Aufmerksamkeit schenkte.

»Meiner Ansicht nach ja«, sagte sie fest.

Michael Abramsky schob sie zur Seite, aber sie hatte den Eindruck, daß er sich dabei gar nicht bewegte; er richtete sich nun an ihren Verfolger.

»Wenn es noch weitere Fragen gibt, wenden Sie sich an die zuständige Behörde. Wenn Sie sich nicht vorsehen, könnten

Sie ein wertvolles Kunstwerk beschädigen, und das könnte für Sie sehr teuer werden.«

Michael Abramsky baute sich drohend vor ihm auf, daraufhin öffnete der Gerichtsvollzieher seine Hände und ließ das Bild los.

»Ich tue doch nur meine Pflicht, mein Herr«, stammelte er.

»Dann tun Sie sie woanders. Die Dame empfindet Sie als Bedrohung, sehen Sie das denn nicht?«

Als Ellie die beiden Männer betrachtete, hatte sie allerdings den Eindruck, daß hier nur einer drohte, und das war nicht der Gerichtsvollzieher. Der Mann sah sich mit seinen wässrigen blauen Augen unsicher um und trat zurück. Dann blinzelte er und wich dem Blick des Zigeuners aus. In einer verspäteten Höflichkeitsgeste zog er seinen grünen Hut, und dann zog er verlegen von dannen und kratzte sich am Kopf.

»Er hat mich doch gar nicht bedroht«, sagte Ellie.

»Na und? Das Bild ist Ihnen doch wichtig, oder?«

»O ja! Solange ich mich erinnern kann, hat es ...«

Er zuckte die Achseln und lächelte ihr wieder kurz zu. »Sie haben es, also behalten Sie es. Besitz macht sowieso neun Zehntel eines Rechtsanspruchs aus. Das wußten Sie doch sicher?«

Von einem solchen Grundsatz hatte sie noch nie gehört, mußte aber unwillkürlich lachen, obwohl sie sich darüber ärgerte, daß Anna Abramsky einen Zigeuner geschickt hatte, um sie ... aber diese Unverfrorenheit! Es war tatsächlich zweifelhaft, wem das Bild nun wirklich gehörte; vor Gericht würde sie mit ihrem Anspruch nicht durchkommen. Besitz machte neun Zehntel eines Rechtsanspruchs aus! So ein Unsinn!

Peter lächelte ihr durch das Fenster der Bibliothek zu. Sie wußte genau, was er zu dem Streit um das Bild sagen würde. »Ein Porträt eines Mannes, den du nie kennengelernt hast? Vergiß es! Es ist einfach nicht der Mühe wert.«

Dieser Fremde aber war kein Peter Heinrich, er war anders als alle Männer, die sie bisher kennengelernt hatte. Sie hatte allerdings noch nie einen Zigeuner kennengelernt; sie wußte nicht einmal genau, ob sie schon einmal einen gesehen hatte. Sie erinnerte sich dunkel daran, wie Großmutter mit verächtlicher Stimme Anweisung gegeben hatte, das Tor zu verschließen, die Türen zu verriegeln und die Fensterläden vorzulegen.

Diese Leute sind der Abschaum. Lügner ... Diebe ... ein faules Pack, Gabriella ...

Nun kam eine von Großmutters alten Freundinnen auf unsicheren Beinen zu ihr, zupfte sie am Ellbogen und wollte wissen, wann denn nun eigentlich das venezianische Glas versteigert würde. »Du weißt doch, welche Probleme ich mit meinen Beinen habe, Kind. Diese Pokale waren mein Hochzeitsgeschenk an deine Großmutter, und die will ich schon seit Jahren wiederhaben. Meinst du vielleicht, sie hätte sie mir verkaufen wollen? Nein, das kommt nicht in Frage, hieß es immer. Heute früh haben sie mir gesagt, ich soll warten, bis Los 19 an der Reihe ist, und dann war es auf einmal Los 91. Natürlich hat keines von beiden gestimmt.«

»Ich sehe nach«, murmelte Ellie. Eigentlich ging sie nur widerwillig weg, andererseits begrüßte sie es, daß sie so die Möglichkeit bekam, über den jungen Mann nachzudenken und sich einen Reim auf ihn zu machen.

Im Augenblick verbeugte er sich wieder auf seine merkwürdig formelle Weise. »Sie haben viel zu tun. Wir werden uns später unterhalten, wenn Sie Zeit haben. Bis dahin werde ich das hier für Sie verwahren.«

Bevor sie ihn daran erinnern konnte, daß es keinerlei Anlaß für irgendwelche Unterhaltungen gab, hatte er die eingerollte Leinwand an sich genommen und sich unter die Menge gemischt. Während sie jedoch die alte Dame zu den Glaswaren führte, fiel ihr unwillkürlich auf, daß jeder seiner Muskeln gespannt und einsatzbereit war, seine wachsamen Augen verfolgten jede Bewegung um ihn herum und ordneten sie ein. Er verschmolz nicht einfach mit der Masse.

Sie konnte sich auch nicht vorstellen, daß er faul war.

Ein Dieb? Hoffentlich nicht, denn schließlich hatte er Papas Porträt in der Hand, aber seiner Kleidung und ungezwungenen Selbstsicherheit nach zu urteilen, hatte er Stehlen nicht nötig.

Ein Lügner jedoch war er ohne Zweifel, und ein sehr geschickter dazu. Es war ihm nicht schwergefallen, den Gerichtsvollzieher so durcheinanderzubringen, daß er dachte, sein Anspruch und nicht ihrer auf das Bild stehe auf wackligen Beinen. Sie mußte ein Lachen unterdrücken, während sich Großmutters Freundin zum wiederholten Mal über die Inkompetenz des Auktionators beschwerte. Ja, Michael Abramsky konnte wahrscheinlich die Wahrheit in jede von ihm gewünschte Form bringen, aber irgendwie störte sie das gar nicht. Sie erinnerte sich, daß er nicht mehr war als Annas Bote, der hergekommen war, um eine unangenehme Aufgabe zu erledigen. Aber das machte ihr nichts aus. Die altgewohnte Wut auf Anna wollte sich einfach nicht einstellen.

Und was war aus ihrem Stolz geworden? War er so zerbrechlich, daß ein brennender Blick von einem dunkelhäutigen Fremden jahrelange Erniedrigungen wegfegen konnte? Natürlich nicht – und doch spürte sie den ganzen endlos langen Nachmittag, wohin sie auch ging, ob sie sich mit den Nachbarn, den Feldarbeitern, dem Briefträger, dem Pfarrer oder einem ihrer Gläubiger unterhielt, den Blick seiner dunklen Augen, der sie berührte und wärmte.

*

Auch Peter Heinrich war der Fremde aufgefallen, und mit einer gewissen Unruhe sah er seinen Blick immer und immer wieder zu Ellie zurückkehren. Er neigte nicht zur Eifersucht, aber in diesem Fall konnte er sich gegen … nun ja, gegen ein ungutes Gefühl nicht wehren. Das machten diese dunklen Augen. Der Mann war irgendein Ausländer, vielleicht ein Zigeuner. So sah er jedenfalls aus; er erinnerte Peter an das halbwüchsige Mädchen, das er im letzten Sommer wegen eines gebrochenen Armes behandelt hatte. Sie hatte die gleiche Wachsamkeit in den

Augen gehabt. An diesem Eindruck hatte sich auch dann nichts geändert, als er festgestellt hatte, daß sie Analphabetin war. Vor allem aber war sie dünn gewesen ... obwohl er sich mit allen Kräften bemüht hatte, waren ihre Angehörigen nicht dazu zu überreden gewesen, sie auch nur für ein paar Monate in Pflege zu geben. Er seufzte. Es war wirklich zu schade, daß es nicht möglich war, jeden Menschen lesen und schreiben zu lehren und ihm ein paar ordentliche Mahlzeiten am Tag zukommen zu lassen. Arm sah der junge Mann dort allerdings wirklich nicht aus, er mußte also höflich zu ihm sein.

Er drängte sich durch die Menge, begrüßte Michael und dirigierte ihn geschickt zu dem Tisch mit dem kalten Buffet am Fenster. »Ellie hat heute alle Hände voll zu tun, die Ärmste«, sagte er und bot ihm einen Teller mit Butterbroten an, die sich in der Hitze bereits einzurollen begannen. »Nehmen Sie doch – wie war doch gleich Ihr Name? Ich bin hier der Landarzt, ein Freund der Familie und habe offiziell die Aufgabe, tröstend die Hand zu halten und mich hier allgemein nützlich zu machen – und Sie? Wie war doch gleich Ihr Name?«

»Abramsky – nein, danke, ich habe keinen Hunger.«

Peter spürte die abweisende Kälte, entschloß sich aber, sie zu ignorieren, und bot ihm noch einmal etwas zu essen und ein Glas Bier an. »Schwere Arbeit, solch eine Schatzsuche, da muß ein Mann etwas im Magen haben. Sie müssen doch sterben vor Hunger.«

»Nein, danke. Ich bin hier, um Fräulein von Reiker zu treffen.«

Michael lächelte ihm mit schmalen Lippen zu. Er wußte selbst, daß er absichtlich unhöflich und grob war, aber er hatte genau gemerkt, mit wieviel Wärme der Arzt von Ellie gesprochen hatte. Das brachte ihn jetzt schon in Rage, genau wie die Tweedjacke und das warme, freundlich herablassende Lächeln. Gütig war es, dieses Lächeln, besorgt. Ein Mann von der Art, die jeder gern hatte, und warum auch nicht? Schließlich stellte er für niemanden eine Bedrohung dar. Warum also fühlte sich

Michael plötzlich bedroht? Hatte er irgendein Wort gebraucht? Ja, so war es – zweifellos ohne Absicht, er hatte einen Stein gehoben, der besser liegengeblieben wäre, und es war etwas unter ihm hervorgekommen, das nie ans Tageslicht hätte gelangen dürfen. Nun tauchten auch andere Worte wieder auf, die in irgendeiner dunklen Ecke seines Bewußtseins geschlummert hatten. Michael hatte angenommen, er hätte sie mit der täglichen Routine, seiner eisernen Disziplin und dem Haß auf Exzesse jeglicher Art, den Anna ihm im Verlauf von zwölf Jahren eingebläut hatte, sicher eingemauert. Großer Gott, die Macht der Worte! Sie holten ihn ein, fingen ihn und erfüllten ihn selbst hier, in einem fremden Land an einem schönen Sommertag, mit Entsetzen, zogen ihn in die Vergangenheit zurück, zu weit, um allein damit fertig zu werden, viel zu weit …

Es war kurz vor Weihnachten, und sie waren unterwegs. In den höheren Bereichen überzog eine Decke aus Schnee und Nebel die kahlen Hügel; in den tiefer gelegenen Mooren senkte sich die Dunkelheit über die Täler, und Schnee hing in der Luft. Es war eine öde, gottverlassene Gegend, wie Papa sie am liebsten hatte. Weit und breit war kein lebendes Wesen zu sehen, nur Schafe mit schwarzen Gesichtern, die eng aneinandergedrängt an jedem sicheren Ort standen, den sie finden konnten, an windgeschützten Steilhängen, hinter Hecken und Büschen, in jedem Tal oder Erdloch. Hier oben war die Kälte fast greifbar, und das Eis umsäumte die Windschutzscheiben mit zierlichen Spitzen. Der Wind pfiff durch jede Spalte des heruntergekommenen Lasters, Micahs Hände waren taub, und in seinen Füßen hatte er kein Gefühl mehr.

Sie waren dürr geworden, sein Papa und er. In dem Anhänger hinter ihnen war weder etwas zu essen noch etwas, um ihn warmzumachen, das Marmeladenglas war leer, kein Penny mehr darin, und der alte Kleinlaster verbrauchte das wenige Benzin, das ihnen noch geblieben war, viel zu schnell – und vor allem hatte Papa seit einer Woche oder mehr seinen Durst nicht mehr löschen können. Irgendwo in dieser unwirtlichen nördlichen Landschaft mußten sie die Straße verlassen und einen Platz finden, wo sie bleiben konnten, und zwar bald.

Ein Dorf zog an ihnen vorbei, und Papa warf in den Rückspiegel noch lange sehnsüchtige Blicke auf das einladende Schild der Kneipe, fuhr aber weiter. Dann aber kam eine schmale Seitenstraße, Papa seufzte auf und trat auf die Bremse. Es war die Zufahrt zu Hobbs Farm, DURCHFAHRT VERBOTEN – aber das machte Papa weit weniger Sorgen als eine andere, weit kryptischere Mitteilung, die in die Torpfosten gekratzt war. Nur Papa konnte sie verstehen, und in seinem Gesicht stand zugleich Scham und Stolz, als er sie Micah erklärte:

»Ein *patteran*. Das ist ein Zeichen, das die Roma zurücklassen. Es bedeutet, daß die Leute hier nicht viel vom fahrenden Volk halten. Wahrscheinlich ist der Farmer schnell mit dem Gewehr bei der Hand; wir sind also am besten leise, ja?«

Das war mit dem alten Kleinlaster nicht einfach, aber der Schnee dämpfte seinen Lärm, als sie auf ausgefahrenen Feldwegen hoch genug in die Hügel hinauffuhren, daß sie von unten aus dem Tal nicht mehr zu sehen waren. Papa hielt unter einer abgestorbenen Eiche, dem einzigen Baum weit und breit, dann steckte er im Wohnwagen die Petroleumlampe an. In ihrem trüben Schein saßen Vater und Sohn am Tisch und starrten sich durch ihre Atemwolken in der Kälte an.

Micah, der um diese Zeit wohl sieben gewesen sein mochte, drückte sich die Hände auf den Magen. »Mein Bauch tut mir weh, Papa. Er tut mir so weh.«

»Auch nicht schlimmer als meiner. Leg dich ins Bett und vergiß es.«

Micah aber konnte es nicht vergessen, er brachte es nicht einmal fertig, vom Tisch aufzustehen, als könne er mit dem Sitzenbleiben das schmerzhafte Loch in seinem Bauch ausfüllen. Er war in eine fadenscheinige Decke eingewickelt, die nach Rost und dem Schweiß seines Vaters roch, und wärmte sich die Hände an der kümmerlichen Wärme der Lampe. Es kam ihm vor, als hätte er Stunden so gesessen, bis Papa sein ausgemergeltes Gesicht hob und aufmerkte. Er ordnete Geräusche. Äste kratzten am Dach, der Wind pfiff durch die Lücken in der dünnen Tür, die Lampe knisterte leise, und dazwischen knurrte immer wieder einmal einer der beiden Mägen.

»Pssst!«

Nun hörte Micah es auch, das klägliche Blöken eines Schafes in Not.

Der Mann und der Junge hatten beide nur einen Gedanken: Essen. Und noch einen: Vorsicht.

Die Augen seines Vaters blitzten berechnend. In den Torpfosten war eine Warnung geritzt. Er wußte genau, daß nur ein bißchen Pech genügte, und er hatte einen Farmer mit einem Schrotgewehr am Hals, der würde die Polizei holen, diese Wichtigtuer in blauer Uniform, die nur zu gern »Fall abgeschlossen« auf tausend Diebstahlsanzeigen stempeln würden.

Papa stand auf und reckte sich. Die flackernde Lampe warf einen länglichen, merkwürdig grazilen Schatten an die Wand. Dann dröhnte sein Lachen laut, tollkühn und verächtlich durch den Raum, und er griff nach seinem Messer und einem Stück Schnur.

»Der Farmer kann mich am Arsch lecken«, sagte er. »Geh und mach uns ein Lagerfeuer, Kleiner.«

Eine Streichholzschachtel rutschte über den Tisch, Papa machte die Tür auf und ging in die Dämmerung hinaus. Im eisigen Wind wirbelten Schneeflocken. Micah folgte ihm mit einer alten Zeitung, trockenem Anmachholz und einer Plane zum Schutz des Feuers nach.

Das Schaf ruderte bis zum Bauch in gefrorenem Schilfrohr herum und mühte sich verzweifelt, wieder festen Boden unter die Füße zu bekommen. Als es die zwei Menschen sah, blökte es lauter denn je.

Papa sah ihm in sein sanftes, dummes Gesicht und schüttelte den Kopf. »Du armer alter Kerl«, murmelte er und zerrte das Häufchen Elend aus nasser Wolle heraus.

Als Micah den Anflug von Mitleid in der Stimme seines Vaters hörte, stieg ihm wie Feuer die Säure aus dem Magen hoch. Die erste Mahlzeit seit Tagen – Papa würde ihm doch bestimmt jetzt nicht die Freiheit schenken, oder? »Nein, Papa, nein, nicht ...«, wimmerte er.

»Keine Sorge, mein Alter, das ist doch zu schwach, um wegzulaufen, siehst du das nicht? Wahrscheinlich ist es ein zäher alter Bock.«

Mit der linken Hand fuhr er tief in den dicken Winterpelz, und mit der rechten zog er blitzschnell sein Messer.

Micah schloß fest die Augen zu und wandte sich ab; er machte die schützende Plane an dem Baum fest, schichtete trockenes Holz über in Petroleum getränkten Lappen auf und sah zu, wie die roten Flammen zuerst über das Holz und dann an dem Boden der ausgebeulten Pfanne entlangzüngelten. Sein Bauch schmerzte, und sein Mund schwamm vor Speichel, aber das machte nichts, nun würde es nicht mehr lange dauern. Papa war mit dem Messer wunderbar schnell.

Innerhalb von Sekunden war es vorbei. Ein kurzes Brüllen war zu hören, dann blitzte Papas Messer auf, und dann erfolgte ein trostloser, hoffnungsloser, hilfloser Schrei – der frischgefallene Schnee verfärbte sich hellrot.

Papa arbeitete schnell. Innerhalb von Minuten war das Schaf gehäutet, ausgeputzt und zerlegt. Das Fell mit seinem Brandzeichen dampfte noch, als er es Micah zuwarf. »Verbrenn das – was sie nicht finden können, können sie auch nicht beweisen, oder?«

Oh, schlau war er wohl, Micahs Papa! Er pfiff zwischen den Zähnen, während die Lammkoteletts wie Späne flogen und die Bratenstücke (schnell zurechtgeschnitten und mit Bindfaden umwickelt) sich stapelten; sein dunkelhäutiges Gesicht leuchtete triumphierend, und seine Augen glänzten im Schein des Feuers wie schwarze Rubine.

»Das reicht für eine ganze Woche, und der Preis steht zur Zeit genau richtig. Was hättest du denn heute abend am liebsten? Eine Beinscheibe? Ein Stück Leber? Ein ordentliches Stück Lende? Frischeres Fleisch gibt es nicht mehr, Micah.«

Lammkoteletts ließen sich am schnellsten braten.

Und dabei arbeitete es im Magen, knurrte und gurgelte ... Mein Gott ...

Vater und Sohn warfen gemeinsam Koteletts in die Pfanne, tanzten wie zwei Derwische darum herum, stocherten mit Gabeln und braunen Fingern hinein, stießen Begeisterungsschreie aus, als ihnen das heiße Fett in die durchfrorenen Gesichter spritzte und der Rauch durch die toten Äste der Eiche zu dem dunklen, kristallklaren Himmel hinaufstieg.

Beim ersten Bissen dachte Micah, er müßte im Himmel sein. Warmer Fleischsaft lief ihm über das Kinn. Fett verbrannte ihm die Zunge. Aber was machte das schon? Er aß nur noch. Ein Kotelett, zwei, drei, immer mehr. Papa warf sie überschwenglich mit einer Prise Salz in die Pfanne und drängte ihm immer mehr auf. »Iß nur, Micah, wir teilen alles genau auf. Iß dich richtig satt, es ist noch genug da.«

Da Papa darauf bestand, daß Micah genausoviel wie er selbst aß, mußte der Junge weiteressen, obwohl er schon längst satt war. Er stopfte sich Fleisch in den Mund, so schnell er kauen konnte, bis sein Magen nicht mehr mitmachte.

»Nichts mehr, Papa. Ich bin satt, ganz ehrlich.«

Sein Vater machte ein finsteres Gesicht, rülpste und machte seinen Gürtel auf. »Dir kann man es einfach nicht recht machen! Dann setz dich hin und schau zu. Vielleicht bist du dann zufrieden.«

Micahs Magen krampfte sich zusammen, während er seinem Vater zusah, wie er das Fleisch hoch in den Baum hängte, wo Hunde oder Füchse nicht hinreichten, und wie von jedem Bündel eine blutige Pfütze in den Schnee tropfte. Er spürte genau, daß sein Vater auf Lob wartete, das seinen Stolz nähren würde, auf Ausrufe der Verblüffung, weil er so schlau war, aber Micah sah nur rote Flecken, die schnell wieder zufroren, und später rosarote, schmutzige Eiszapfen an den Zweigen. Sein

Magen verkrampfte sich immer wieder und protestierte gegen die Überlastung nach endlos langer Enthaltsamkeit. Er drehte den Kopf herum und würgte.

»Hey!« sagte Papa, und langsam schlich sich Ärger in seine Stimme ein. »Wieviele Kinder haben wohl so einen Christbaum? Kümmere ich mich um mein Kind oder nicht?«

Noch immer sagte Micah nichts. Er kannte keine Kinder, und einen Christbaum hatte er nie gehabt, aber gesehen hatte er sie schon oft in den Fenstern anderer Leute, und sie hatten nicht die geringste Ähnlichkeit mit dem hier. Christbäume waren grün, hatten Kerzen und glänzende Kugeln, Soldaten aus Schokolade und Schweinchen aus Marzipan, und darunter standen Schachteln, in schönes Papier eingewickelt.

»Gefällt er dir jetzt oder nicht?« Nun war ein Winseln in Papas Stimme getreten, das Micah eigentlich hätte erkennen sollen, denn er bekam es weiß Gott oft genug zu hören. »Na ja, schließlich ist Weihnachten, oder nicht?«

Micah aber tat der Magen weh, er torkelte in den Wohnwagen, ohne zu antworten. Er hätte sowieso nicht gewußt, was er sagen sollte. Was wußte er schon über Kalender? Ihr Kalender war das Wetter, und was spielte es schon für eine Rolle? Er wollte jetzt nur noch unter die Decke kriechen und die Knie hochziehen, um den drückenden Schmerz in seinem Magen zu erleichtern. Er zog sich die Decke über den Kopf und kauerte sich in Erwartung des nur zu vertrauten Pfiffs von Papas Gürtel in der Luft angstvoll zusammen.

Heute aber kam nur ein schwerer Seufzer, und dann schlug die Tür des Wohnwagens zu.

Micah wartete eine volle halbe Stunde ab, bis er sich traute, hinauszuschleichen, ein Loch in den Schnee zu scharren, um seinen übervollen Magen zu leeren.

Danach legte sich der Schmerz, und er schlief ein. Er registrierte nur am Rande, daß sein Papa sehr spät hereingetorkelt kam, sich noch eine Weile unruhig hin und her wälzte und dann zu schnarchen begann.

Wie immer wachte Micah zuerst auf, und durch das Fenster schien volles, grellweißes Licht. Irgendwann in der Nacht war noch eine Menge Schnee gefallen – was war, wenn sie eingeschneit waren? Einen Moment überlegte er, ob er Papa wecken sollte, aber es war noch zu früh, und sein Magen war ein leerer Kessel. Als sich der Hunger zum erstenmal meldete, fiel ihm das Fleisch im Baum wieder ein. Jetzt ekelte er sich nicht mehr davor. In seinen Gedanken roch er bereits das Frühstück, das Papa bald braten würde. Er hatte sich bestimmt irgendwo noch etwas zu essen besorgt und aus dem Dorf Brot, Kartoffeln und Schinken mitgebracht. Dazu würden sie die Leber essen und einen Kaffee trinken, wie sie ihn am liebsten mochten, stark und sahnig-süß, mit Milch aus der Büchse. Genau so. Vielleicht hatte Papa sogar daran gedacht, Erdbeermarmelade für das Brot mitzubringen, denn schließlich war ja Weihnachten ... Ja, ganz bestimmt.

Es war noch viel zu früh, aber er schob trotzdem den Vorhang ein Stückchen zur Seite, um hinauszuschauen, nur ganz kurz ...

Die Hügel waren zwar immer noch kahl, aber jetzt zeigten sie sich in einem blendend weißen Kleid aus neuem Schnee: Die Äste des Baums zeichneten sich knorrig und verwachsen gegen den klaren morgendlichen Himmel ab und reckten sich kahl und leer.

Leer. Er blinzelte, um einen klaren Kopf zu bekommen, und sah noch einmal hin.

Auf jedem der abgestorbenen Äste lag Schnee. Kein Fleisch. Nicht ein Stück. Es waren auch keine Spuren um den Baumstamm herum, sondern nur tiefer, unberührter Schnee.

Die Enttäuschung verwandelte seinen Hunger in Panik. Er durchsuchte leise den Anhänger, konnte aber in keiner Ecke Brot, Schinken, Marmelade oder Milch finden. Nur der Geruch war da, er kannte ihn allzugut und sagte ihm alles. Er brauchte nicht mehr weiter zu suchen; sein Vater hatte das Fleisch im Dorf verkauft, den Erlös in der Kneipe gelassen.

Papa schnarchte noch; eine Ginflasche hielt er im Arm, eine zweite lag zu seinen Füßen. In seinem Gesicht stand nur der Bartwuchs von drei Tagen und die Unschuld des Schlafenden. Micah wußte nicht, ob er seinem schlafenden Vater das Gesicht streicheln oder in dieses hineintreten sollte, bis er schreiend erwachte. Er hatte jedoch Angst, und so ließ er beides.

Draußen schwang er beide Arme um sich, um warm zu werden, und ging immer wieder im Kreis um den Wohnwagen, bis er einen schmalen Pfad in den Schnee getreten hatte. Bei jeder Runde starrte er auf die Decke, die gestern abend das Feuer geschützt hatte und auf der jetzt zwanzig Zentimeter Schnee lagen. Darunter lag die ausgebeulte Pfanne, die sie gestern nicht gespült hatten.

Micah kniete davor und leckte aus der eiskalten Pfanne das harte Fett und die letzten Krümel Fleisch, als ihn die Stimme des Farmers traf wie ein Vorschlaghammer.

»Was machst du da eigentlich?«

Micah erstarrte, und seine schwarzen Augen suchten sofort nach dem Gewehr. Da war es, ein silbergrauer Lauf und das polierte Holz des Schafts unter dem Arm des Farmers. Er war ein großgewachsener Mann mit wettergegerbtem Gesicht und roten Backen, er trug einen dicken roten Schal um den Hals. Neben ihm hockte ein Spaniel, der zitternd darauf wartete, endlich springen zu dürfen. Auf seiner anderen Seite hatte er ein kleines dickes Mädchen in pelzgefüttertem Mantel und Schneestiefeln, in einem Fäustling eine neue Puppe und in dem anderen einen kandierten Apfel. Es versuchte, daran zu lecken, aber ihr Vater hielt ihre Hand ein Stück von ihrem feuchten kleinen Mund entfernt.

»Na?« fragte der Farmer weiter. »Was macht ihr hier auf meinem Land?«

Das Fett aus der Pfanne lecken, das sieht doch jeder Trottel. »Wir haben uns verfahren«, sagte er hastig. »Ich und mein Vater, wir haben uns verfahren, verstehen Sie? Wegen diesem verdammten Wetter. Man konnte die Hand nicht mehr vor Augen sehen, und da haben wir eben hier gehalten …«

Die blauen Augen des Mannes wanderten von den dicken Backen seiner Tochter zu Micahs Gesicht – das nun bis zu den hervorstehenden Backenknochen mit Fett und Ruß beschmiert war, und von da zu einer Zickzack-Spur, die den Berg hinaufführte. Papa hatte es ihm leichtgemacht und seine verschlungenen Fußspuren so tief in den Schnee eingegraben, daß ein Blinder ihnen hätte folgen können, und genau das hatte der Farmer getan.

Micah seufzte schwer. Wenn sein Papa nüchtern war, war er listig wie ein Frettchen. Er hätte sich irgendwie hergeschlichen, und kein Mensch hätte etwas davon bemerkt. Gestern abend war er aber nicht nüchtern gewesen. Das Bild, das sich Micah bisher von seinem Vater gemacht hatte, änderte sich grundlegend. Im einen Augenblick war er noch ein Idol, das das ganze Universum verspottete, ein gelockter Gott, der eine Frau betören oder so schnell einen Schraubenschlüssel oder eine Kerze stehlen konnte, wie er einem Huhn den Hals umdrehte, der die Forellen unter einem Überhang am Ufer träumen hören konnte, der mit einem Pferd sprechen konnte und genau wußte, was das Pferd ihm antwortete. Im nächsten Augenblick war er ein Koloß mit tönernen Füßen, die nun zerbrochen waren und deren Staub Micah in seinem Mund schmeckte und in seinem leeren Magen und seiner Seele spürte. Sein schlauer Papa war ein Trottel, der seinen Rausch im Wohnwagen ausschlief, während sie der Farmer, dieser *Gajo* mit seinem Gewehr, in seiner Macht hatte. Jetzt würde er ihn aufwecken, ihn mit seinem Gewehr anstoßen und zur Polizei bringen … Und was sollte dann aus Micah werden? Aus dem kleinen Micah, dessen Kinn nun unter den harten blauen Augen des Farmers zu zittern begann.

»Armer kleiner Kerl«, sagte der Mann schließlich. »Du armer, unglücklicher kleiner Kerl.«

Er zog seine Tochter am Arm und rief den Hund hinter sich

den Berg hoch. Nachdem er ein Stück gegangen war, blieb er stehen und sah sich noch einmal nach Micah um. »Sag deinem Vater, er soll bis Mittag von meinem Land verschwunden sein, sonst rufe ich die Polizei, ja?«

»Ja, gut, in Ordnung«, sagte Micah. Er war erleichtert, aber auch schlau genug, das nicht zu zeigen. Er fühlte sich noch immer in der Defensive und sah noch einmal zu dem Farmer hinauf – und wandte sofort seinen Blick von ihm ab.

Was er in den Augen des Mannes gesehen hatte, beschämte Papa, beschämte ihn selbst, ließ ihren Stolz schrumpfen, bis weniger als nichts davon übrigblieb. Haß und Verachtung hatte er schon oft gesehen vermischt mit Angst vor den Roma und ihren Geheimnissen dabei. Diesen Ausdruck hatte er schon sein ganzes Leben in den Gesichtern der *Gaje* gesehen und erwartete ihn inzwischen geradezu; in gewisser Beziehung war er sogar stolz darauf.

Mitleid aber hatte er zuvor noch nie gesehen, wer hatte schon Mitleid mit den Roma? An diesem Tag lernte er diesen Ausdruck kennen, erlebte das Gefühl, das damit verbunden war, und dieses Erlebnis prägte sich ihm unauslöschlich ein.

»Du armer Kerl« – diese freundlichen Worte hatte Papa auch für das Schaf gefunden, bevor er ihm die Kehle durchgeschnitten hatte.

So holte ihn die Vergangenheit ein in einem fremden Land, an einem warmen Tag. Dagegen konnte er sich nicht wehren; nichts konnte das verhindern.

*

Was hatte er gesagt, dieser aufdringlich-freundliche, deutsche Arzt, der bei den von Reikers so sehr zu Hause zu sein schien? Er müsse doch sterben vor Hunger! Hunger! Was wußte er schon von Hunger, der mit vertrauenerweckendem Lächeln Kekse und Kuchenstücke herumreichte und Mischa keine Ruhe lassen wollte, bis auch er etwas gegessen hatte. »Da, die hier sind die Spezialität unseres Bäckers.« Er aß sogar selbst ein

Plätzchen; vielleicht wollte er Mischa dadurch überzeugen, daß man sie wirklich essen konnte, da, sehen Sie selbst, wirklich!

Nein, sonderlich beeindruckt war Mischa von Peter Heinrich nicht. Der wollte einfach nicht aufgeben: »Kann ich Sie denn mit gar nichts verlocken? Sie sind doch schon stundenlang hier, Mann! Sie müssen einfach Hunger haben!«

Das war sicher nur eine Redensart, aber Michael trat zurück und ein kurzer Anflug von Ärger spannte die Muskeln seiner Schultern und seines Nackens.

»Hunger ist allen gemein«, sagte er kalt. »Gier nicht.«

Ein Zigeuner kannte den Unterschied, ein Arzt vielleicht nicht.

Michael Abramsky ließ Peter mit einem verständnislosen Ausdruck in den Augen stehen und ging weiter; seine Schultern waren wieder so locker und entspannt wie vorher – aber er wußte, daß seine Reaktion zu heftig gewesen war, und er spürte Peters nachdenklichen Blick. Zum Teufel damit. Er verbannte Peter Heinrich aus seinen Gedanken und sah sich nach dem einzig lohnenswerten Ziel um.

Anna Abramskys Tochter. Als er sie endlich gefunden hatte, konnte er seinen Blick nicht von ihr losreißen. Der Rotton ihres Kostüms brachte einen Hauch von Eleganz in diese strengen Zimmer; er betrachtete den provokativen Winkel ihres Kinns, ihr Haar, glatt wie fließender Honig, ihre zierlichen Brüste, ihre geschmeidige Taille, die flüssige, durchgehende Linie von der Hüfte zum Oberschenkel, zur Wade und bis zum Knöchel, und dann dieses feine Gesicht. Sie glitt höflich lächelnd durch die Menge, nickte diesem Besucher zu, gab jenem die Hand, unterhielt sich mit dem Auktionator, sprach kurz mit einem Lieferanten oder mit einem der Honoratioren vom Dorf – trotz ihrer achtzehn Jahre und des Anlasses für dieses Ereignis war sie die perfekte Gastgeberin. Was hatte Felix doch damals über die junge Liebe gesagt? *Wenn du das richtige Mädchen findest, wirst du die Welt erobern wollen.* Zum erstenmal wußte Mischa, was er gemeint hatte.

Für dieses Mädchen könnte er die Sonne in Zaum legen und mit ihr in einem Streitwagen bis zum Ende der Erde fahren und noch weiter. Sie war für ihn rätselhaft, eine Kindfrau, Unschuld und Wissen in einer Person vereint, Naivität und Welterfahrung. Er dachte wieder daran, wie sie die eingerollte Leinwand festgehalten hatte, weil sie aus irgendeinem Grund sehr wichtig für sie war, während um sie herum ihre Vergangenheit vom Hammer des Auktionators in immer kleinere Stücke geschlagen wurde. Das mußte man sich ansehen, wie sie da eine Rechnung überflog und den Mann, der sie ihr überreicht hatte, mit einem Blick in seine Schranken verwies. Sie sagte etwas zu ihm, und er nahm einen Stift und strich mehrere Posten heraus, bevor er sie ihr mit servilem Nicken zurückgab. Hereinlegen ließ es sich nicht, dieses Mädchen. Jung, frisch, charmant, faszinierend – aber hereinlegen ließ es sich nicht. Ob sie diese Selbstsicherheit wohl der Erziehung ihrer Großmutter verdankte? Oder hatte sie sie von der Familie von Reiker geerbt? Nein, nicht, wenn sich ihr Vater von seiner Leidenschaft so hatte überwältigen lassen … aber auf der anderen Seite war er verliebt gewesen, und das war dieses Mädchen mit Sicherheit nicht; auf jeden Fall nicht in diesen ernsthaften jungen Arzt, der hier den Hausherrn spielte und versuchte, ein Mädchen zu beschützen, das durchaus für sich selbst sorgen konnte.

Mischa beobachtete sie weiter, wie sie einer der lokalen Matronen, anscheinend hier massenhaft versammelt, geschickt ihre Tasse aus der Hand nahm, sie zu einem Stuhl lenkte und mit ihrem charmanten, nichtssagenden Lächeln weiterging. Er schloß die Augen, und der Raum und die lauten Unterhaltungen der Bürger und ihrer Frauen verschwanden.

Vor seinen geschlossenen Augen sah er sein schönes *Greenlings*, wie es warm und beruhigend in der Abenddämmerung lag und aus seinen zahlreichen Fenstern goldenes Licht auf den gepflegten Rasen warf. Gabriella erschien in der Eingangshalle; das Licht vom Kronleuchter schien sanft auf ihr Haar, während sie Kunden von *Abramo* begrüßte, die zum Essen eingeladen waren. Sie trug ein weiches, fließendes Kleid; meergrün und wie eine griechische Toga, ein unverwechselbarer Stil, der sich nicht kaufen läßt. Man hat ihn entweder, oder man hat ihn nicht – und dieses Mädchen hatte ihn. Dutzende von Malen hatte er versucht, sich eine Reihe von Tänzerinnen in dieser Rolle vorzustellen, aber sie hatten nie ganz hineingepaßt: entweder hatten sie zu viel Make-up aufgelegt oder zu wenig, ihre Stimmen waren entweder zu schrill oder zu zaghaft, und unter Druck brach entweder ein Wortschwall aus ihnen heraus, oder sie erstarrten völlig. Aber was hatte er anderes erwartet? Sie arbeiteten alle auf einer Bühne, waren Schauspielerinnen, ausgebildet, eine Rolle zu spielen, und in einer Million Jahre würden sie es nicht lernen, sie auch zu leben.

Für *Greenlings* taugten sie einfach nicht.

Diese Gabriella von Reiker aber erfüllte alle Voraussetzungen, bis auf eine.

Sie war Annas Tochter und damit die lebende Erinnerung an das ermordete Kind einer Frau, und an zwei zerstörte Karrieren.

Greenlings war Annas Heim. War es möglich, daß diese beiden Frauen es sich teilten? Gabriella von Reiker kam wieder in seine Nähe. Wieder fühlte er sich unwiderstehlich angezogen von ihr. Glaubt man, so ist alles möglich. Das hatte Felix immer gesagt, und wann hatte er jemals unrecht gehabt? Warum also nicht auch jetzt?

15

Er hatte Gabriella für sich allein, bei sanfter Beleuchtung in einem Restaurant, das er selbst ausgesucht hatte, und der Abend lag noch vor ihm. Hinter der Vorfreude aber meldeten sich in jeder Gesprächspause immer wieder Zweifel, die bedrohlich wie Fledermäuse ihre düsteren Schwingen ausbreiteten, am Rande seines Bewußtseins nagten und immer wieder kleine Angriffe flogen, deren er sich nicht erwehren konnte.

Was glaubte er eigentlich, wer er war, hier an ihrem Horizont zu erscheinen und alles von ihr zu erwarten? Wie konnte er den Abramskys unter die Augen treten, und besonders Anna? Und das Mädchen selbst – vielleicht gab es bereits eine feste Bindung an den jungen Arzt?

Jahrelang hatte er seine Selbstsicherheit getragen wie eine Rüstung – warum hatte er jetzt ein Gefühl, als hätte er den Boden unter den Füßen verloren und sei nicht sicherer als damals im Fluß Eden, als er zum erstenmal geschwommen war. Dui war schon im tiefen gewesen, Micah und Farah, die noch klein waren, planschten im flachen Wasser. Farah neckte Micah, tat so, als schwimme sie, und reizte Micah, er solle weiter hineingehen, immer weiter, bis seine Füße keinen Grund mehr spürten und Papa ihn hustend und spukkend herausholen mußte. Er wickelte ihn in ein großes Männerhemd, das noch nach Schweiß und Rauch und Pferden und damit nach Sicherheit roch, und knöpfte es ihm lachend zu. *Das ist vielleicht ein kleiner Dummkopf, unser Micah, so weit hineinzugehen, daß er den Boden unter den Füßen verliert.*

Jetzt war er wieder in zu tiefem Wasser; dieses Mädchen war für ihn eine völlig neue Erfahrung, und er wußte nicht, wie er damit umgehen sollte. Sie war kultiviert und trotz des behüteten Lebens, das sie bis jetzt geführt hatte, sehr gebildet – aber ihr fehlte die glatte Welterfahrenheit und Routiniertheit, die er von seinen Tänzerinnen kannte. Mit ihr konnte er keine Spielchen spielen, keine Geplänkel mit Worten machen. Dieses Mädchen würde immer aufrichtig sein, und das würde es auch von anderen erwarten. Zum erstenmal ertappte er sich selbst bei dem Wunsch, ihr die Wahrheit zu sagen, seine eigene Wahrheit, ihr von seiner Vergangenheit zu erzählen, sich ihr ganz zu offenbaren. Als Gegenleistung wollte er von ihr das gleiche. Jetzt schon verspürte er den Wunsch, sie wiederzusehen und ihr ein neues Leben aufzubauen, das anders war als das Leben hier im Dorf.

Wenn du sie siehst, hast du den Wunsch, die Welt zu erobern, Mischa. Ja, Felix, das ist die Wahrheit.

Annas Geist aber drängte sich in seine Gedanken, wie gewöhnlich zu herrisch, um sich zum Schweigen bringen zu lassen. Anna wartete in *Greenlings* (sicher voller Ungeduld) darauf, zu hören, das alles vorbei war.

Mischa. Die Vergangenheit ist abgeschlossen. Ausgerechnet jetzt, wo wir dachten, alles würde neu beginnen. *Abramo.* Das Haus, das sie alle liebten. Bisher hatte sie für ihn immer die gleichen Dinge gewollt wie er selbst. Sollte sich das jetzt ändern, und würde Felix zwischen zwei Fronten stehen und beschwichtigend seine blassen Hände ringen?

Dann aber berührte Gabriella mit einem schlanken Finger den Stiel des Weinglases, und alle Gedanken an *Greenlings,* Anna und Felix wurden von dem sanften Duft des Mädchens, der ihn über den Tisch hinweg erreichte, weggeweht.

»Gefällt es Ihnen hier, Gabriella?« fragte er leise.

»Ellie, meine Freunde sagen Ellie zu mir«, sagte sie. Sie überlegte sich dabei, daß sie außer Peter Heinrich keine Freunde hatte, und dieser löste sich mit all seiner Zuneigung jetzt schon in dem warmen Licht des Restaurants und der Glut in den Augen des Zigeuners in Dunst auf.

Peter machte sich wegen des Porträts Gedanken und hatte Angst, es könnte für sie juristische Probleme geben. Er hatte ihr geraten, es zurückzugeben, aber wenn sie es unbedingt behalten mußte, sollte sie wenigstens selbst mit einem Anwalt sprechen. Er runzelte die Stirn, als sie ihm eröffnete, das sei alles nicht mehr in ihrer Hand, weil Michael Abramsky das Bild jetzt hätte, und außerdem wolle er sie nach Luxemburg zum Essen ausführen, ob das nicht wundervoll sei? »Über die Grenze, Peter, stell dir das vor! Ist das nicht aufregend?«

»Du hättest nur ein Wort zu sagen brauchen, und ich wäre jederzeit mit dir hingefahren.«

»Ich weiß, Peter, ich weiß es doch ...«

Michael Abramsky hatte es anscheinend noch vor ihr selbst gewußt. Sie und Peter waren eben doch provinziell, und Luxemburg war Ausland – natürlich fand sie das aufregend. Sie hatte Deutschland bisher noch nie verlassen, und für sie hatte die Aussicht auf diese Reise Symbolcharakter. Das Kapitel Weingut war endlich abgeschlossen. Die Versteigerung war zu Ende, und das Haus gab nur noch ein hohles Echo. Keine Großmutter mehr, kein Personal, keine Rechnungen und vor allem keine Sorgen mehr. Selbst die Bibliothek, Schauplatz so vieler ernster Gespräche, war nun nicht mehr als ein leerer Raum mit einer stockfleckigen Tapete.

Hier aber, unter den dunklen Augen des Fremden, fühlte sie sich wie neugeboren und kam sich in ihrem einzigen eleganten Kleid, einem schwarzen, engen Seidenkleid, das sie hastig für Großmutters Beerdigung gekauft hatte, verwöhnt und wunderschön vor. Heute war es mit einer Orchidee geschmückt, und als Michael Abramsky sie ihr gab, bemerkte er beiläufig: »Perlen würden Ihnen besser stehen.« Sein Gesicht hatte in dem harten Licht der leeren Eingangshalle kühl und merkwürdig berechnend ausgesehen, aber die Hand, die die ihre leicht berührt hatte, war warm gewesen. Außerdem hatte sie in ihrem Überschwang, einen Abend lang auszugehen und der Vergangenheit und all den Menschen, die sie damit verband, zu entkommen, seine Worte bald wieder vergessen.

Hinaus. In die Freiheit. Ein neuer Anfang für alles.

Der Zigeuner war es, der diesen Anfang ermöglichte. Mit Peter wären es Sauerbraten und Bier in irgendeinem Dorfgasthaus gewesen, später vielleicht noch eine Polka aus dem Radio, begleitet von seinem herzhaften Gelächter. Der gute Peter, und wie schuldig sie sich fühlte, weil sie sich ohne ihn so gut amüsierte.

Das Restaurant, das Michael Abramsky ausgesucht hatte, war ein umgebautes Jagdschlößchen, exklusiv und abgelegen, es duftete nach Schnittblumen, teuren Zigarren und exotischen

Vorspeisen. Hier gab es Trüffel, Pâtés von Wildhasen und Lerchen, Kaviar aus Murmansk und Teheran, der kunstvoll in geschickt ausgehöhlten Zitrusfrüchten serviert wurde, oder Schnecken mit einem Dutzend verschiedener würziger Soßen; Weine, die selbst in fachkundigen Kreisen einen ungeheuren Ruf hatten; sorgfältig aufgerollte Scheiben Schinken aus Paris, Mailand oder Warschau, dünn wie Blütenblätter; marinierte oder geräucherte Austern (oder vielleicht möchten Madame sie lieber *au naturel*?). Madame hatte keine Ahnung, aber sie war zutiefst beeindruckt.

Ellie war an kräftiges, nahrhaftes Essen gewöhnt, das lieblos von schwerfälligen Mädchen aus dem Dorf serviert wurde, die man ständig ermahnen mußte, daß der Kohl nicht unbedingt vor Fett triefen mußte, daß der Daumen nicht in die Suppe gehörte, oder daß die Suppenterrine nicht auf den Tisch geknallt werden sollte, so daß die Suppe auf das bestickte Gebrauchsleinen überschwappte – denn selbst als Großmutters Vermögen noch intakt war, wurden die Spitzendecken aus Brüssel und das feine irische Leinen zusammen mit dem Steuben- und Limoges-Glas auf dem Dachboden aufbewahrt. *Schöne Dinge sind zur Bewirtung kultivierter Menschen da, Gabriella, und wie du weißt, hat meine gesellschaftliche Stellung etwas ... gelitten.* Im Grunde hieß das nichts anderes, als daß sie nicht den Mut hatte, mit einer illegitimen Enkeltochter an die Öffentlichkeit zu treten. Das hatte zur Folge, daß sie keinerlei gesellschaftliche Kontakte mehr hatte – aber selbst wenn das nicht so gewesen wäre, hätte sie niemals Leute wie in diesem Restaurant getroffen, die sich in allen Sprachen unterhielten, die sie kannte, und dazu noch in einigen, die ihr völlig fremd waren. So, wie sie aussahen, hatten sie in ihrem ganzen Leben noch nie einen Metzgerladen oder eine Bäckerei betreten – sie waren nur in den Vorführräumen der Couturiers oder bei diskreten Schneidern zu Hause. Die Gäste hier zwirbelten zierliche Weinglasstiele zwischen ihren manikürten Fingern, und ein leichter Wink reichte, um sofort Ober herbeizurufen, Männer ohne Gesichter, die diskret etwas empfahlen und servierten und sich verbeugten, dabei aber niemals lästig wurden.

Irgendwo spielte jemand alte Operettenmelodien auf dem Klavier.

Für Ellie war der Abend ein Traum, den sie vor Jahren schon als kleines Mädchen vor dem Porträt ihres Vaters geträumt hatte. Dies hatte Michael übrigens wie durch Zauberei nach einer kurzen Rücksprache mit der Geschäftsleitung in der Stahlkammer des Restaurants untergebracht.

Vielleicht war Michael Abramsky wirklich ein Zauberer – zumindest aber war er sehr einfallsreich.

Er war erst kurze Zeit in der Gegend, und doch hatte er ein Restaurant gefunden, von dessen Existenz sie nicht einmal eine Ahnung gehabt hatte. Wie er das geschafft hatte, war ihr ebenso ein Rätsel wie die Herkunft des Autos, eines alten Daimlers, der sie mit seinen burgunderroten Ledersitzen mit Luxus umhüllte, als sie mit dem schweigenden Michael an ihrer Seite durch die Nacht fuhr.

Jetzt bestellte er den Salat, ohne sie zu Rate zu ziehen, und achtete darauf, daß der Kellner die Soße richtig mischte. Er sprach mit ihm fließend Französisch.

»Wo haben Sie Französisch gelernt?« fragte sie.

»Es ist die Sprache des Tanzes«, sagte er ruhig. »Ich habe sie von Anna und Felix gelernt.«

»Ich verstehe.« Da war er wieder in seiner Stimme, dieser weiche Tonfall, der sich immer einstellte, wenn er ihre Namen aussprach.

Er kümmerte sich nicht mehr um den Kellner und berührte mit seinen warmen braunen Fingern kurz ihr Handgelenk. Zum erstenmal huschte der Schatten eines Zweifels über sein Gesicht. »Sie verstehen gar nichts. Ich schulde ihnen alles. Es wäre für Sie sehr schwer zu verstehen, und dies ist nicht der richtige Zeitpunkt ... Der heutige Abend soll eine Freude für Sie sein, ein Erlebnis. Wir wollen nicht von der Zukunft sprechen ...«

»Aber deshalb sind Sie doch hergekommen, oder? Das ist der Grund, warum sie Sie hergeschickt haben, nicht wahr?«

»Nach Deutschland, ja, aber hierher« – er erfaßte mit einer Geste den Raum und ihren Tisch mit den Blumen darauf – »bin ich aus anderen Gründen gekommen. Vor allem wollte ich Sie hier sehen – und morgen ist es auch noch früh genug für geschäftliche Dinge – vielleicht auch erst übermorgen.«

Sie konnte ihm nicht folgen. Geschäftliche Dinge? War sie für ihn nicht mehr? Dann aber lächelte er ihr zu, und mit seinen weißen Zähnen und seiner dunklen Haut sah er selbst zwischen diesem internationalen Publikum wie ein Fremder aus. Wie schon vorher fühlte sie, wie sich ihre Bitterkeit in Neugier und dann in Faszination verwandelte. Ihr fröstelte, und plötzlich wünschte sie sich, er würde sie noch einmal berühren, und insgeheim fragte sie sich, was es wohl für ein Gefühl wäre, wenn sie dieses dünne Lächeln mit ihren eigenen Lippen fühlen würde ... Sie erinnerte sich selbst streng daran, daß er ein Zigeuner war. Schlimmer noch, er war Annas Zigeuner.

Nun hob er seine Gabel. »Bitte, versuchen Sie es. Unser Freund hier hat sich sehr angestrengt.«

Trotz des Interesses, das er an der Zubereitung gezeigt hatte, aß er von jedem Gang nur spärlich und ließ immer schon bald seinen Teller wegräumen, nachdem er dem Kellner sein Lob ausgesprochen hatte.

»Schmeckt es Ihnen nicht?« fragte sie. Sie war über diese Verschwendung entsetzt. In Großmutters Haushalt wurden selbst die Eierschalen zu Hühnerfutter zerstampft.

Wieder strahlte kurz sein Lächeln auf, und eine plötzliche Wärme trat in seine Stimme. »Es ist ganz ausgezeichnet, aber Feinschmecker sind oft dick – oder zumindest behauptet das Anna. Überschwang jeglicher Art lehnt sie ab.«

Eine egoistische, vergnügungssüchtige Frau konnte so etwas sagen? Diese Aussage hing einen Augenblick als Widerspruch zu ihrer jahrelangen Indoktrination in der Luft, aber dann ging es Ellie auf. Natürlich. Tänzerinnen, Darsteller jeder Art … ihre erste Pflicht galt natürlich ihrem allmächtigen Körper, für den sie alles opfern würden. Wirklich alles.

»Sie hat mir außerdem gesagt, ich soll mir eine Tanzschule suchen – darum muß ich mich morgen kümmern.«

»Weil sie es Ihnen befohlen hat?«

Er zuckte die Achseln. »Weil es notwendig ist. Das ist das Problem mit einer Tanzausbildung – wenn man erst einmal angefangen hat, kann man nicht mehr aufhören. Das Tanzen wird zu einer Notwendigkeit, wie schlafen und essen.«

»Haben Sie denn niemals versucht, Ihren … Ihren eigenen Weg zu gehen?«

»Aber das habe ich doch getan«, sagte er überrascht. »Anna wollte, daß ich eine Bühnenkarriere einschlage, aber davon wollte ich nichts wissen. Mir war das zu unsicher – ein unglücklicher Sturz, ein einziger Unfall, und die Karriere ist zu Ende. Was bleibt dann noch übrig?«

»Was machen Sie denn sonst?«

»Ich verkaufe. Elektronikartikel, verschiedene Geräte …«

Das wollte gar nicht zu diesem Gesicht voller Schatten und Geheimnisse passen, wie er, der Mann der blitzschnellen Stimmungsumschwünge, brav versuchte, einer Hausfrau einen Mixer zu verkaufen.

»Das hätte ich jetzt von Ihnen aber gar nicht erwartet.«

»So habe ich jedenfalls angefangen – aber dann haben wir vor einigen Jahren *Abramo* gegründet, und das hat eingeschlagen wie der Blitz.«

»Ist Felix also ein Geschäftsmann?«

»Das würde ich eigentlich nicht sagen«, gab er zurück, und wieder trat dieses liebevolle Lächeln in sein Gesicht. »Felix mißbilligt Profit. Glücklicherweise geht das mir nicht so.«

Und so erfuhr sie von dem Laden in der Ryder Street, und was daraus geworden war, von dem Tanzstudio und sogar von Hamish Froggatts kleinem Wunder, das nun bald als *Abramo I* der Welt vorgestellt werden würde.

Ganz zum Schluß erzählte er ihr von *Greenlings*, von den hohen Gartenmauern, den weitläufigen grünen Wiesen und von der langen Einfahrt, die sie von der Straße abschirmte. »Ich habe es jahrelang gewollt, dieses Haus, und ich hatte jedes seiner Zimmer schon in allen Einzelheiten durchgeplant, als wir noch nicht die geringste Chance hatten, es jemals zu bekommen, aber jetzt gehört es uns, und es ist wunderschön, noch viel besser, als ich es mir vorgestellt hatte.«

Als er ihr das erzählte, glänzte sein Gesicht vor Stolz, und seine Stimme war fast ehrfürchtig geworden. Sie stellte sich Anna Abramsky in diesem Haus vor und wollte schon scharf fragen, ob sie es auch liebte und ob das vielleicht für sie ein Familienersatz geworden sei – aber das brachte sie nicht fertig. Sie wollte diesen weltgewandten Mann ihr gegenüber nicht verletzen, der die Frau offensichtlich liebte. Worüber sollte sie dann sprechen? Weltgewandt war er nämlich wirklich, und er würde beim Essen eine kultivierte Unterhaltung erwarten – aber was sollte sie bloß zu ihm sagen, nachdem jedes Thema irgendwie zu seinem Leben bei den Abramskys führte? Sie versuchte es noch einmal und erkundigte sich in einer Entscheidung, die vielleicht unklug war, nach dem Geheimnis, das sie tatsächlich interessierte.

»Großmutter hat mir erzählt, Sie wären ein Zigeuner ... Ich habe persönlich noch nie einen kennengelernt, aber ich hätte nie gedacht ... ich meine, ... Sie machen einen so ...«

Ein kalter Windhauch schien ihn zu treffen; sein Gesichtsausdruck wurde abweisender, und seine geschwungenen Lippen dünner und rätselhafter als je zuvor.

»Meine Großeltern waren Roma.«

»Und ihre Eltern?«

»Meine Mutter, ja. Mein Vater auch, aber nur eine Zeitlang. Er hat die Roma verlassen, als ich noch sehr jung war. Ich bin mit ihm gegangen.« Die Kälte hatte sich vertieft, und an seinem sehnigen Hals klopfte deutlich eine blaue Ader. »Wir sind nie zu ihnen zurückgegangen.«

»Aber warum denn nicht?«

»Sie haben ihn verbannt. Das ist ihre Strafe.«

Verbannt. Ein Wort, das niemand mehr benutzte, und das sie auch seit Jahren nicht mehr gedruckt gesehen hatte.

»Wollten Sie denn zurück?«

Er schien durch sie hindurchzusehen, und es dauerte lange, bis er ihr antwortete. »Ich war wohl damals noch zu jung und wußte nicht, was es damit auf sich hatte, und mein Vater ...« Er spielte mit dem Hals der Weinflasche, und sein Gesicht nahm eine tiefe rötlichbraune Farbe an. »Ich glaube jetzt, daß er sehr gern zurückgegangen wäre.«

»Aber das ist ja eine archaische Strafe!«

»Die Roma sind ein archaisches Volk«, sagte er. »Sie wandern seit so langer Zeit in allen Ländern der Welt umher, daß sie ihre eigenen Gesetze entwickelt haben.«

»Aber was hatte er denn getan?« Sie wollte einfach keine Ruhe geben. »Warum ...«

»Weil ...« Er stockte, preßte seine Lippen zu, und sie erkannte, daß sie zu weit gegangen war. Er zögerte lange, und dann sagte er mit einer neutralen, tonlosen Stimme ohne eine Spur von Emotionen: »Papa hat getrunken. Außerdem hat er zu viel gelacht.«

Eine plötzliche Kälte ergriff sie. Sein Vater war also als Thema auch tabu. Die Zigeuner aber möglicherweise nicht, obwohl er das Wort zu vermeiden schien. »Sie waren einmal bei ihnen, bei den Roma; ich habe natürlich nie selbst welche kennengelernt, aber ich habe sie vorbeiziehen sehen. Wie sie reisen, das ist so romantisch und spontan. Einen Tag lagern sie im Dorf, und am übernächsten Tag sind sie schon wieder verschwunden, kein Mensch weiß, wohin ...« Warum redete sie so schnell? Er hielt sie jetzt bestimmt für zu jung, linkisch und unbeholfen, wahrscheinlich sogar für albern, aber sie sprach trotzdem hastig weiter. »Im Haus war für uns alles berechenbar, und ein Tag war wie der andere. Punkt acht Uhr gab es Frühstück, dann Unterricht für mich, die Buchführung für den

Weinberg, und nachmittags wurde genäht, oder wir sind einkaufen gegangen. Meine Großmutter sagte immer, wir führen ein ›geordnetes‹ Leben, aber wenn ich so an die Zigeuner denke … na ja!«

Er nahm sie beim Handgelenk und sprach langsam und eindringlich, als müßte jedes einzelne Wort auf seinen Gefühlsinhalt überprüft und auf seine Tiefe ausgelotet werden, oder als müsse er das, was er sagte, aus weiter Entfernung herholen.

»Nach allem, was ich noch weiß, war es gut bei den Roma. Ganz anders, als unser ›normaler‹ Alltag, aber trotzdem gut. Nicht romantisch, nicht im geringsten, aber sehr … sicher. Das braucht der Roma, seine Familie um sich herum, seine *gesamte* Familie mit Tanten, Onkeln, Brüdern, Halbbrüdern, Cousinen, Schwestern und Eltern. Er ist nie allein, aber das soll er auch gar nicht; er könnte so nicht leben. Das ist der Grund … als wir von ihnen weggegangen sind, hatten wir das nicht mehr, mein Vater und ich. Wir zogen ständig weiter, weil wir nicht haltmachen *konnten* … Für uns war nichts sicher, nur die Winter …«

Er riß sich mit einer sichtlichen Anstrengung von der Vergangenheit los und kehrte zu dem Tisch und Ellie zurück. Er lockerte seinen Griff um ihr Handgelenk, bis sein Daumen ihren Puls fand, der heftig pochte, wie sie genau wußte. »Ihr Leben kommt Ihnen vielleicht deshalb langweilig vor, weil Sie niemals etwas anderes erlebt haben als ein sicheres Zuhause und einen geregelten Haushalt.« Er lächelte. »Sie können sich nicht vorstellen, wie sehr ich mir das früher einmal gewünscht habe.«

»Und jetzt?«

»Jetzt habe ich es. Ich habe Felix und Anna.«

*

Später tanzten sie bei gedämpfter Beleuchtung unter Fresken mit vergoldeten Nymphen, und Michael wurde wieder daran erinnert, daß dieses Mädchen ganz anders war als all die anderen, mit denen er sich gewöhnlich verabredete. Er war professionell ausgebildete Tanzpartner gewöhnt, die zusammen mit ihm eine so gute Figur machten, daß die anderen Paare auf der Tanzfläche ihnen meistens zusahen und sie praktisch einen *pas de deux* tanzten. Ellie war schlank und geschmeidig, und sie hatte den besten Willen, sich führen zu lassen, aber man merkte es ihren Bewegungen an, daß sie ein Amateur war. Sie tanzte offensichtlich selten, und es war unwahrscheinlich, daß sie je eine Stunde genommen hatte.

Nach der ersten Überraschung aber fand er das sogar liebenswert. Sie wurden dadurch ein Paar wie die anderen, und sie bewegten sich im Takt mit der Musik, weil es ihnen Freude machte. Er begann, Dinge zu registrieren, die ihm bei seinen geübteren Partnerinnen nie zu Bewußtsein gekommen waren: ihre weiche, fast knochenlose Hand in seiner, ihr duftendes, seidiges Haar unter seinem Kinn, ihr federleichter Atem an seinem Hals, warm und süß und unschuldig. Ob sie noch Jungfrau war? Vielleicht ... auf der anderen Seite war da dieser Landarzt ... er hatte sich benommen, als gehörte sie ihm.

»Entschuldigung«, flüsterte sie, als sie bei einer Drehung leicht stolperte. »Ich komme nicht oft zum Tanzen – Miss Warren, eine meiner Gouvernanten, hat versucht, es mir beizubringen, aber nachdem sie weggegangen ist ...«

»*Eine* Ihrer Gouvernanten ... hatten Sie denn so viele?«

Sie nickte. »Großmutter war sehr – na, sagen wir mal anspruchsvoll. Manche sind nur ein paar Wochen geblieben ... Ich kann mich nicht einmal an ihre Namen erinnern.«

Ihr Leben war also doch nicht ganz so sicher gewesen, wie er angenommen hatte. »Haben Sie Ihre Großmutter gern gehabt?«

Er fühlte einen Seufzer, der tief in ihrer Brust anfing und als kurzer Hauch an seiner Wange endete. »Sie hat ihr Bestes getan, aber sie war eben nicht meine Mutter.«

Sie wagte sich da auf gefährlichen Boden vor. Sollte das vielleicht eine Herausforderung an ihn sein, sich über Anna zu äußern? Da war deutlich ein tief sitzender Groll irgendwo in ihr, aber es war noch viel zu früh, um tiefer zu bohren. Er würde dieses zitternde Mädchen nur in die Flucht jagen. Jetzt schon sah sie auf die Uhr und wurde stocksteif in seinen Armen.

»Vielleicht sollten wir gehen«, murmelte sie. Sie bereute es bereits, daß sie die Stimmung durch diese Anspielung auf Anna verdorben hatte, die dazu noch in einem so aggressiven Tonfall vorgebracht worden war. »Es war ein langer Abend.« Dabei hatte alles so gut angefangen.

Für sie war es ein zauberhafter Abend gewesen, der bei weitem nicht lange genug war, aber dieser Zigeuner war ihr zu nahe, beunruhigte sie zu sehr, tanzte zu gut und ließ bei ihr das Gefühl aufkommen, als sei sie ungeschickt, naiv, verletzlich und ängstlich – wobei sie nicht vor ihm Angst hatte, sondern vor sich selbst. »Außerdem müssen wir noch bei der Geschäftsleitung das Porträt abholen.«

»Das können Sie vergessen«, sagte er leichthin. »Es ist inzwischen schon hundert Meilen weit weg von hier.«

Jedes Wort kam geschliffen wie ein Kiesel heraus.

»Weg von hier?« Sie blieb wie angewurzelt mitten auf der Tanzfläche stehen. Oh, sie hätte es wissen müssen! Diebe, Lügner ...

Er lächelte wieder und hob ihr Kinn behutsam hoch, um ihr in die Augen zu sehen. »Nur die Ruhe«, sagte er sanft. »Ihr Eigentum ist in Sicherheit. Ich habe schon seit Jahren nichts mehr gestohlen.«

»Ich habe doch gar nicht gesagt, Sie ...«

»Aber gedacht haben Sie es.«

»Aber ... Ich meine, wie bekomme ich es zurück? Was ...« Bleib ruhig, mach hier keine Szene, nur nicht laut werden, morgen rufst du Peter an, er soll Großmutters Anwalt zuziehen ...

»*Abramo* hat ein Bankschließfach in der Schweiz. Ich habe den Geschäftsführer beauftragt, er soll es durch Boten hinbringen lassen. Möchten Sie das überprüfen?«

»Ja.«

Er winkte einen Kellner her, der den Geschäftsführer holen sollte, und der bestätigte, daß es noch keine Stunde her war, seit eine Leinwandrolle weggeschickt worden war.

Das dämpfte ihren Argwohn etwas, aber warum in die Schweiz? Warum hatte er das Bild nicht hiergelassen, wo sie es berühren konnte, wo sie sich von dem Anblick ihres Vaters und dem Stolz auf seine Tapferkeit beruhigen lassen konnte? Und wie würde er es zurückbekommen? »Das Bild ist mir sehr wichtig ...«

»Den Angehörigen Ihrer Großmutter aber auch, und jetzt können sie nicht darankommen. Ihr Notgroschen ist sicher, Ellie, vertrauen Sie mir.«

Na ja, vielleicht – außerdem wußte sie ja, wo sie ihn finden würde, wenn ... Trotzdem: »Notgroschen? Haben Sie das Porträt denn gesehen?«

»Das brauchte ich gar nicht. Es ist ein Hella, das genügt. Die von Reikers waren Ihr Fleisch und Blut, und sie haben Ihnen nichts hinterlassen.« Er schnalzte verächtlich mit den Fingern. »In zehn Jahren wird ein Hella ein Vermögen wert sein. Glauben Sie vielleicht, die Leute wüßten das nicht?«

Nun stieg wieder Zorn in ihr hoch. Er würde es nie verstehen, niemand würde es verstehen. »Dieses ›Vermögen‹, von dem Sie da sprechen, ist ein Bild meines Vaters und nicht irgendein Steuerschwindel oder ein anrüchiger Plan, reich zu werden und reich zu bleiben. Mein Vater, oder vielmehr alles, was ich von ihm je gesehen habe! Was ich von meiner Mutter hatte, dürften Sie wohl am besten wissen!«

Es war, als hätte sie ihm ins Gesicht geschlagen. Sein ausdrucksvolles Gesicht verwandelte sich in eine dunkelhäutige Maske mit dunklen Löchern als Augen, und auch die verschloß er nun, um die Lichter in dem Raum, die Tänzer um ihn herum und vor allem die vor Wut blitzenden blauen Augen des Mädchens aus seinem Bewußtsein auszuschließen.

Der Hella zeigte also Hans, den Mann, der Anna vergewaltigt hatte. Dafür hatte er sich so bemüht, eine eingerollte Leinwand über eine Grenze zu schaffen, dann über eine zweite, um sie sicher in dem Schließfach von *Abramo* unterzubringen.

Vor seinen geschlossenen Augen sah er Wirklichkeit und Phantasie, Freude für sich selbst und unerträgliche Schmerzen für Anna und Felix. Noch einmal stellte er sich das Mädchen in der Eingangshalle von *Greenlings* vor, dieses perfekte Mädchen, die perfekte Gastgeberin in einem langen grünen Kleid, das wie Brandung um ihren Körper floß. Die ankommenden Gäste waren von ihrer Haltung überrascht und von ihrer Jugend bezaubert. Nun aber sah er noch das Gesicht von Reikers, das von der Wand auf sie herablächelte.

Auf Gabriella. Und auf Felix und Anna Abramsky.

Er blieb still auf der Heimfahrt, und als Ellie ihn bei der Ankunft einlud, doch noch mit hereinzukommen, überraschte und enttäuschte er sie mit einer Ablehnung.

»Morgen«, sagte er vage. »Es gibt noch viel zu erledigen. Bis morgen bringe ich Ihnen eine Quittung für den Hella.«

»Also bis morgen«, sagte sie und versuchte, sich die Vorfreude nicht anmerken zu lassen. Sie wollte noch eine Chance bekommen, aber was sie damit anfangen wollte, wußte sie selbst noch nicht. Sie wußte nur, daß sie ihm vertrauen mußte, besonders, was das Porträt betraf. Sie schämte sich nun zutiefst über ihren Verdacht, den sie sich dazu noch hatte anmerken lassen. »Es tut mir leid, daß ich gedacht habe ... Sie wissen ja ...«

Er grinste kurz, und seine Zähne blitzten weiß in der dunklen Einfahrt. »Das ist ein weit verbreiteter Irrglaube.«

»Wenn man stehlen muß, um überleben zu können – wie furchtbar das gewesen sein muß!«

»Es war eine aufregende Herausforderung! Wir haben nur für das Stehlen gelebt! Ich werde das nie vergessen, niemals.« Beim erstenmal war er drei Jahre alt gewesen, als er eine Dose unter sein kleines Hemd gesteckt hatte. Er war zu Großmama gerannt, und sie hatte ihn gestreichelt und gelobt, und dann hatte sie die Hälfte der Paprikadose in das Gulasch geschüttet. Als später der Kaufmann gekommen war, hatte Großmama energisch bestritten, daß es bei ihnen im Lager irgendwelche kleinen Jungen gab, während er sich zitternd hinter ihren Rökken versteckt hatte. Später hatte er gelacht und das Lob genossen, das von allen Seiten gekommen war ...

»Das war besser, als einem Konkurrenten einen Auftrag zu stehlen.« Dann küßte er sie doch noch, aber nur auf die Wange. Er war schon verschwunden, bis ihr das richtig ins Bewußtsein eingedrungen war. »Bis morgen«, rief er ihr noch zu. »Mit der Quittung.«

Die Rücklichter des Daimlers verschwanden in der Einfahrt, und Ellie ging in das leere Haus mit seinen Echos, aber jetzt kamen die Echos von ihr selbst, denn sie summte leise vor sich hin, als sie die Treppe hinaufging. Als sie in den Spiegel ihres Toilettentischs sah, strahlte ihr Spiegelbild sie an.

Morgen.

16

Felix wußte nicht, ob er nun erleichtert sein oder Angst haben sollte. Er war verwirrt, das wußte er, aber das war er schon gewesen, seit dieses unverständliche Telegramm gekommen war – und seitdem hatte das Telefon auf dem kleinen Tisch in der Eingangshalle hartnäckig geschwiegen. Eigentlich hätte Anna schreien müssen, ausbrechen, explodieren, mit dem Staubsauger und dem Wischtuch durch das Haus toben, schrubben und bürsten und polieren – oder vielleicht hätte sie auch weinen sollen.

Statt dessen hatte sie sich zurückgezogen, sprach nur noch in gedämpfter Lautstärke, schwebte in ihrem malvenfarbigen Morgenmantel von einem Zimmer in das andere wie ein Schatten, machte sich kaum die Mühe, etwas zum Frühstück zu essen, zog sich selten vor Mittag an, und auch dann nahm sie sich nur kurz zusammen, machte ihm ein Brot oder setzte ihm einen Teller Suppe aus der Dose vor. Suppe aus der Dose! Anna setzte ihm Suppe aus der Dose vor! Sie selbst aß nichts und behauptete vage, sie hätte schon gegessen, und außerdem könnte sie es vertragen, eine oder zwei Unzen abzunehmen. Es war ihm allerdings rätselhaft, wo das sein sollte. Auch die Arbeit an der Stange vernachlässigte sie, was für sie eine unsagbare Nachlässigkeit und Faulheit war. Sicher, sie zog sich in ihr Studio zurück und spielte die vorgeschriebene Stunde lang ihre Musik, aber wenn sie herauskam, fehlte in ihrem Gesicht der glänzende Schweißfilm, und ihre Locken lagen genauso wie vorher.

Er versuchte, mit ihr zu sprechen, aber davon wollte sie nichts wissen. »Mischa hat das vergessen, mein Engel. Hat er dir denn jemals ohne Grund Sorgen gemacht?«

Sie zuckte die Achseln. »Wer macht sich denn Sorgen? Die jungen Leute denken doch immer nur an sich selbst. Er wird zurückkommen, wenn er soweit ist.« Ihr Gesicht aber war wie versteinert, und ihre Augen blickten wie tot.

»Ich hoffe nur, daß das bald sein wird – er wird nämlich dringend für sein neues Gerät in der Fabrik gebraucht. Als Geschäftsführer ist Preston keinen Schuß Pulver wert – er denkt nur an das Potential seiner neuen Entwicklung, aber wie wir das, was wir jetzt haben, verkaufen sollen, darauf verschwendet er keinen Gedanken.«

»Warum erzählst du mir das? Erzähle es Mischa – wenn es um Geschäftsdinge geht, wird er sicher ganz schnell wieder da sein. Außerdem ist es längst Zeit, daß du zur Arbeit gehst.«

Als er weg war, schloß sie sich in ihrem Studio ein und starrte lange und angestrengt in den Spiegel. Sie sah eine Frau von Mitte vierzig, die aussah wie sechzig – Ende sechzig sogar. Sie sah erschöpft aus, ausgelaugt, und sie hatte keine Farbe mehr. Alles an ihr war grau – ihre Seele, ihr Haar, ihre Haut –, aber unter dieser Haut pochte eine rote Wut in ihren Schläfen, raste durch die blauen Adern in ihren Armen und die stählernsehnigen Muskeln ihrer Beine, donnerte durch die Kammern ihres Herzens, bis sie nach Luft schnappen mußte. Sie legte sich flach auf den Boden des Studios, schloß die Augen und suchte nach Frieden, wie sie das in den letzten Tagen zu oft getan hatte, aber diesen Frieden fand sie weder in sich noch um sich.

Es wäre sinnlos gewesen, mit Felix darüber zu sprechen. Auch Felix war innerlich zerrissen, aber er war zu gut und würde nie ein Wort gegen die Feindin sagen, auch wenn diese Feindin ihrer aller Leben zerriß wie abgefahrene Fahrkarten. Das Mädchen war nun die Feindin geworden, die vor ihr Hans und die Großmutter gewesen war. Felix sah die gleichen Zeichen wie sie, aber wie immer hoffte er, daß man die Sache irgendwie arrangieren könnte.

Das aber war ein Irrtum. Mit Leuten wie den von Reikers konnte man nichts arrangieren, solchen Menschen konnte man sich nur beugen. Das würde ihr Mischa doch sicher nicht tun, nein, Mischa doch nicht! Niemals!

Mischa, ihr Mischa war stark wie sie, er besaß Willenskraft und Zielstrebigkeit. Trotzdem lag das Telegramm auf dem Schreibtisch und verkündete, daß alles möglich war.

RÜCKKEHR VERZÖGERT. GABRIELLA REIZEND.
BRIEF FOLGT.

Das war vor einer Woche gewesen, aber der Brief war bisher nicht gefolgt, auch kein Anruf, gar nichts. Er würde es nicht wagen, mit ihnen zu sprechen, nicht, nachdem er es versprochen hatte. Alles würde er erledigen, hatte er gesagt, und dann wäre es vorbei. Statt dessen fängt nun wieder etwas Entsetzliches an, das fühlte sie mit jeder Sehne in ihrem Körper, in ihren geplagten Knochen, in ihrem Kopf, an der Stille in diesem Haus, das sie so geliebt hatte. Felix hatte gut reden, wenn er sie ermahnte, sie sollte ruhig bleiben und abwarten, entspannen sollte sie sich. Wie konnte sie sich entspannen, solange diese Drohung über ihr in der Luft hing und immer näher kam? Immer wieder zählte sie die Schandtaten der von Reikers auf, die sich ihr tief ins Gedächtnis eingegraben hatten. Sascha hatten sie ihr genommen. Mama hatten sie ihr genommen. Felix hatten sie die Karriere vernichtet. Wegen ihrem Krieg war auch ihre eigene Karriere schon ruiniert, bevor – bevor er ihr Gewalt angetan hatte. Nun wollten sie auch noch Mischa, das wußte sie genau. Sie würden nicht ruhen, bis sie ihr alles genommen hatten.

Sie fröstelte und zog ihren Morgenmantel enger um sich. Früher einmal, vor langer Zeit, war ihr Leben voller Wärme und Liebe gewesen, aber jetzt war ihr wieder kalt, so kalt wie damals im Krieg, und auch später noch in der Ryder Street, bis Mischa gekommen war …

Auch jetzt brachten ihr die Federbetten und die Decken, die sie nachts über sich auftürmte, keine Wärme, sondern bedrückten sie nur, erstickten sie, und ihr war kalt, immer war ihr kalt. So war es ihr auch gegangen, als Sascha ermordet wurde. Sie hatte keine Wut gespürt, die sie aufrechterhalten hätte, sondern nur diese niederdrückende, erniedrigende Angst. Andere Verletzungen hatte sie durch ihren Zorn ertragen können, so tief sie auch gewesen sein mochten … aber dieses Mal wollte sich kein Zorn einstellen, der ihr die schmerzlichen Details etwas verwischt hätte, und sie sah alles gestochen scharf vor sich, die Ereignisse ihres Lebens, die langsam an ihr vorüberzogen.

Mama ging mit ihr die Rue Cujas entlang, um ihren Traum zu verfolgen, denn die kleine Anna sollte ihre erste Ballettstunde bekommen. Einige Jahre und viel Mühe und Arbeit später (obwohl es ihr nicht wie Arbeit vorgekommen war, weil sie noch den Traum hatte) kam die Vorführung, die über die Aufnahme in die berühmteste Tanzschule Frankreichs entscheiden sollte. Für später winkte dann die fast sichere Belohnung, die Aufnahme in die Truppe. Anna, so erfuhren Mutter und Tochter, hatte den richtigen Körper, das gesuchte Temperament, die geeigneten Füße und war daher ein Naturtalent. Wenn sie bereit war, viele Jahre Arbeit auf sich zu nehmen.

»Meinen Sie, sie könnte eine Primaballerina werden?« hauchte die Mama, die noch immer St. Petersburg nachtrauerte (und Papas glänzender Karriere beim Militär, aber die hatten ihm ja die Bolschewiken verdorben). Die arme Mama, die rot vor Stolz geworden war, strahlte und sagte zu ihrer Tochter: »Hörst du, eine Primaballerina, Anna. Jetzt bedanke dich schön bei den *Messieurs* und versprich ihnen, daß du sehr hart arbeiten wirst.« Die kleine Anna, ganze zwölf Jahre alt, stand mitten auf der Bühne und atmete tief den Geruch nach Staub, Talg, Massage-Öl, Schweiß, Kaffee und Ehrgeiz ein, der bald ihre Welt ganz erfüllen würde. Sie machte einen Knicks und verkündete: »Nicht nur Primaballerina (als gäbe es die wie Sand am Meer), ich werde *Ballerina Assoluta* werden.« Die Erwachsenen lächelten sich über ihren Kopf belustigt zu, und der Ballettmeister sagte: »Steck dir dein Ziel besser nicht zu hoch, Kind. Stolz ist ein großer Ansporn, aber er kann auch zu einem großen Sturz führen.«

Stürze hatte sie weiß Gott genug erlebt. In der Schule in der Rue Cujas war sie die beste gewesen; in der neuen Schule war sie die schlechteste. Sie hatte aber noch ihren Traum, und so arbeitete sie an sich, bis sie nicht mehr ganz so schlecht war, dann besser und schließlich gut, aber noch nicht die Beste. Dann wurde sie in das Corps befördert, bekam ein paar unbedeutende Auftritte und dann und wann sogar einmal ein Solo – aber dann lernte sie Felix kennen. Er schenkte ihr Liebe und Bewunderung und brachte ihr den zweiten Traum, die Ehe, und die wiederum bescherte ihr den allerbesten Traum. Der kleine Sascha kostete sie ein Jahr Training und schiefe Blicke von der Theaterleitung, aber er war mehr wert als alle anderen Träume zusammengenommen, ein Wunder in Rosa und Blond, ein Wunder, das gurgelte und mit seinen dicken Händchen nicht nur ihre Finger ergriff, sondern auch ihr Herz.

Dann kam der Krieg und brachte Chaos nach Europa und Unsicherheit in die Welt des Balletts – aber sie wäre schon mit zwei von ihren drei Träumen zufrieden gewesen. Plötzlich erhielt sie völlig unerwartet die große Chance, den großen Solopart. Mama behielt Sascha in Paris, und Felix reiste mit dem neuen Star nach Norden. *Und sie hatte Erfolg!* Fünfzehn Jahre Arbeit und Ströme von Schweiß wässerten die Blüte jener einen herrlichen Nacht – Stürme von Applaus badeten ihre jungen Gliedmaßen in Wärme und Liebe, und in den Kulissen stand Felix und lächelte stolz. Was machte es schon, daß ihre Zehen bluteten und ihr Innenrist brannte wie Feuer? Wenn sie jemals jedes Dezibel Beifall verdient hatte, dann in jener Nacht, in der sogar die anderen Tänzerinnen sich fast die Handflächen wundklatschten. Aus den Kulissen wurde ein Rosenstrauß nach dem anderen gebracht (von denen einige natürlich auch wie üblich vom Theater selbst kamen und Abend für Abend immer wieder überreicht wurden, bis sie welk waren – aber viele kamen auch vom Publikum, und von Felix); doch dieser Abend war ein voller Erfolg. So kam sie immer wieder lächelnd vor den Vorhang, bis das Publikum sich beruhigt hatte. Dann wollte sie zu Felix gehen, sofort ihre Mutter anrufen und ihren Sascha. Doch hielt sie irgendein namenloses Gesicht auf – der Schreiner? der Kulissenschieber? was machte das noch aus –, und dieses Gesicht war grau vor Schock und schluchzte hinter dem Vorhang laut auf. Sie selbst weinte nicht, auch dann nicht, als er ihr die Nachricht aus Paris mitteilte. Sie konnte nicht weinen, konnte es monatelang nicht; ihr Gesicht war eingefroren von dem entsetzlichen Bild, das sie ständig vor sich sah: Saschas rundliches Gesicht, von einer Bombe in Stücke gerissen. Es war ein Irrtum, versicherte man ihr später, aber das änderte nichts daran, daß ein kleiner Sarg in einem kleinen Loch in der kalten Friedhofserde ruhte.

Von da an war ihr von Reikers Gesicht, voller Ehrfurcht und Bewunderung, nur noch lästig, noch etwas, woran sie nicht denken wollte. Bis sie den Fehler machte. Es war wirklich nur ein unbedeutender, kleiner Fehler gewesen, einen Offizier zurückzuweisen – also gut, vielleicht hatte sie ihn auch noch angespuckt – sie glaubte, daß sie das getan hatte, denn sie hatte es Felix erzählt, und sie log Felix niemals an –, aber trotzdem war es doch ein kleiner Fehler gewesen. Für ihn sollte sie nun ihr ganzes Leben lang bezahlen?

Bis heute war dieses Mädchen, diese Nazibrut, nichts weiter gewesen als ein Fehltritt, das Überbleibsel eines schrecklichen Erlebnisses.

Jetzt aber war Mischa bei ihr, dieser Gabriella, ihr Mischa, der seit über einer Woche nicht angerufen oder geschrieben hatte. Felix sagte, er hätte das nur vergessen, er wollte es selbst glauben. Sie wollte es auch, aber sie konnte es nicht. Es fing wieder an, und wie alles andere in ihrem Leben, was schön für sie gewesen war, war nun auch Mischa bedroht.

Und was würde Felix bleiben, wenn er Mischa verlieren würde, diesen Trostpreis, an den niemand mehr geglaubt hatte, diesen verdreckten, diebischen kleinen Zigeuner, aus dem ein Sohn geworden war, auf den man stolz sein konnte? Sie fröstelte und fühlte sich elend in dem Studio, das Mischa für sie entworfen hatte. Mit Liebe.

Gott, wie war ihr kalt!

17

Am Morgen nach der Auktion war er wieder da. Sie war noch nicht angezogen, und an Frühstück hatte sie nicht einmal gedacht. Das war vielleicht auch gut so, denn die Speisekammer war wie alle anderen Zimmer im Haus – außer ihrem – leer bis auf die Spinnweben darin. Daran hätte sie denken sollen, wie noch an vieles andere, aber sie konnte nur noch an gestern denken und an Michael Abramsky. Sie freute sich auch auf den kommenden Tag, fragte sich aber zugleich, ob er wirklich wiederkommen würde. Sie hatte bis vier Uhr früh keine Ruhe gefunden, und als sie endlich einschlief, galten ihre letzten Gedanken seinem leichten Kuß auf ihre Wange, der Erinnerung an seine Nähe, der Berührung durch seinen feinen Anzugstoff an ihrem Arm beim Tanzen, dem sanften Wispern seines seidenen Hemds und der Wärme seiner braunen Finger an ihrem Puls.

Da sie ihn nicht so früh erwartet hatte, hatte sie noch ihren zwei Jahre alten, verwaschenen lavendelfarbigen Morgenmantel an, und sie hatte gerade ihr Haar gewaschen. Wenn sie es offen trug wie jetzt, reichte es ihr bis an die Hüfte, und es dauerte ewig, bis es wieder trocken wurde. Da es aber heute warm war, saß sie draußen und bürstete es; der Goldregen über ihr warf ihr dunkle Schattenflecken auf den Mantel, die im Kontrast zu den Stellen in der Sonne purpurrot aussahen. Sie hatte keinen Wagen in der Einfahrt gehört. Im einen Moment war sie noch allein, und im nächsten stand er am Tor und sah ihr zu, wie sie die Haare bürstete. Er lächelte leicht, und in der Hand hielt er ein offiziell aussehendes Schriftstück.

»Nur damit keine Mißverständnisse zwischen uns aufkommen«, sagte er. »Hier die Quittung für einen Hella, ausgestellt auf Gabriella von Reiker, Eigentümerin. Kann jederzeit durch den Überbringer ausgelöst werden, also durch Sie.«

Das Stück Papier trug noch die Wärme seiner Hände, und als sie es schnell in die Tasche schob, spürte sie das beruhigende Rascheln und fühlte sich davon deutlich erleichtert. Ihr Vater war für sie nicht verloren, und sie konnte jetzt Michael Abramsky vertrauen. »Es ist doch noch so früh – wie haben Sie sie jetzt schon bekommen?«

»Ich bin hingefahren.«

»In die Schweiz? Dann müssen Sie die ganze Nacht gefahren sein.«

»Warum nicht? Das Wetter war gut, und Sie wollten sie doch möglichst schnell haben. Mir war außerdem nicht nach schlafen zumute.«

Ihr auch nicht. »Sie haben jetzt bestimmt Hunger, und ich habe nichts ...«

»Ich kann warten.« Er berührte leicht ihr Haar und legte sich eine Strähne davon über die Hand, als wäre sie ein Stück

Stoff. »Die Farbe von Heidekraut-Honig«, sagte er und hob es hoch, so daß die Sonne durchschien. Der Schatten fiel auf sein Gesicht und änderte seinen Charakter. Im einen Augenblick war es noch kultiviert und selbst-sicher gewesen, und im nächsten war es exotisch, wild und etwas distanziert. »Wir haben ihn früher manchmal auf dem Hochmoor gefunden, und mein Vater sagte immer, es gibt keine würzigere Sorte. Es war allerdings höllisch schwer, daranzukommen; wir mußten zuerst die Bienen ausräuchern, und deshalb hat der Honig dann auch immer nach Holzrauch geschmeckt.«

»Sind Sie denn nicht gestochen worden?«

Wieder trat dieses strahlende Lächeln in sein Gesicht, das ihn völlig veränderte. »Wenn Papa es machte? Niemals – er war zu schnell. ›Micah‹, sagte er immer zu mir, ›wenn du dich zu etwas entschlossen hast, mach dich energisch dran.‹ Mein Vater war sehr schnell mit seinen Händen.«

Wenn sie wie deine waren, müssen sie schön gewesen sein, dachte Ellie. Sie sah fasziniert zu, wie die Sonne auf seinen gebräunten Händen spielte. Sie wünschte sich, daß er seine Arme um sie legte. »Ich ziehe mich nur an«, sagte sie hastig, »und dann besorgen wir uns im Dorf etwas zum Frühstücken, und …« Tja, was dann? Gehst du dann wieder weg, zurück zu diesem Haus, das du so liebst, zu diesen Leuten …

»Und dann sollte ich mir ein Zimmer suchen und außerdem ein Bett für die Nacht.«

»Hier in der Gegend gibt es keine Zimmer, nicht einmal ein Hotel, und das Haus ist leer, wie Sie wissen.« Wenn er doch nur nicht weggehen würde, noch nicht, bevor sie ihn besser kennengelernt hatte.

Er sah ihr fest ins Gesicht, ihr war, als würde sie in der schwarzen Tiefe seiner Augen versinken, dieser merkwürdigen Augen, die so hell zu leuchten schienen und doch nichts spiegelten, nicht einmal ihr Gesicht. Ellie sah nur eine dunkle Wärme. Es kam ihr ganz natürlich vor, als er sie schließlich in die Arme nahm und an seine Brust zog. Sie fühlte, wie ihr

Mund weicher wurde, und erwartete einen Kuß, aber es kam keiner. Er zögerte vielmehr und strich ihr mit dem Handrücken über die Wange.

»Ich möchte dich etwas fragen, Ellie, aber vielleicht willst du mir darauf nicht ...« Nein, nicht nach Anna, noch nicht! Sie wollte jetzt nicht an ihre Mutter denken, sondern nur an sie beide, wie sie so atemberaubend nahe hier standen. »Vielleicht wird dich das schockieren. Du hast hier ein sehr behütetes Leben geführt, glaube ich ...«

Behütet! Sie biß die Zähne zusammen, wollte sich aber trotzdem nicht von ihm lösen. »Ich hatte Bücher«, sagte sie gepreßt. »Außerdem habe ich Zeitungen gelesen. Bis zu der Versteigerung hatten wir Radio und sogar Fernsehen im Haus, weil sonst keine Krankenschwester zu Großmutter gekommen wäre. Sogar die Dienstmädchen, die tagsüber kamen, hätten sich geweigert. Ich bin doch kein naives Kind, bloß weil ich keine Reisen gemacht habe. Ich weiß viel über ...« Über die Pflege einer verbitterten, von Schmerzen geplagten alten Frau, über ein deprimierendes altes Haus, dessen zwölf nie benutzte Zimmer voll von altem Gerümpel standen, das aber trotzdem abgestaubt und gepflegt werden mußte. Sie wußte, wie es war, wenn man von einigen Menschen wie die Gutsherrin behandelt wird, von anderen aber wie ein schändliches Geheimnis. Sie wußte viel über Weinstöcke und Mißernten, über Rechnungen und Lohnlisten; sie wußte etwas über Zurückweisung und Verbitterung, aber auch über Bequemlichkeit und Billigung; sie wußte, was geschah, wenn Männer und Frauen zusammentrafen, und wie sie fühlten; sie wußte das von sich selbst und Peter, von Miss Warren und ihrem Bankier; von Anna Abramsky und ihrem tapferen Offizier und dem Kind, das sie geboren hatte und nicht wollte. O nein, naiv war sie nicht.

»Ich rede nicht von Zeitungen oder dem Fernsehen, Ellie. Ich will dir diese Frage stellen, weil ... Hör zu, ich habe die Hälfte meines Lebens mit Tänzern zu tun gehabt. Das ist eine Welt, in der man über manche Themen sehr freiherzig redet.«

Er stockte. »Du brauchst es mir nicht zu sagen, wenn du nicht willst, aber ...«

»Ja?« fragte sie angespannt.

»Hast du schon Männer gekannt?«

Zuerst kicherte sie, dann lachte sie laut. Sie war so sicher gewesen, daß er mit ihr über ihre Zukunft sprechen wollte, über Versorgung, um damit alles zu verderben.

»Ja, das habe ich.«

»Der Arzt?«

Sie nickte. Woher wußte er das?

»Gut«, sagte er sanft. »Du lügst nicht und machst keine Spielchen – das gefällt mir. Das bedeutet, daß keiner von uns dem anderen gegenüber am Anfang einen Vorteil hat.«

»Am Anfang?« Sie sah zu ihm auf, aber sie hatte die Frage nicht kokett gestellt. Sie wollte nur den Zeitpunkt erfahren.

»Als erstes werden wir einmal frühstücken. Dein Haar ist trocken, der Wagen steht draußen – also fahren wir los und suchen uns etwas.«

»Aber ich muß mich zuerst anziehen und mein Haar hochstecken.«

»Anziehen ja, aber könntest du heute dein Haar offen lassen?« Seine schmalen Hände spielten mit einer glänzenden Strähne.

»Dann weht es aber überall herum.«

»Im Auto nicht – und du würdest mir damit eine Freude machen.« Als sie sich zum Haus umwandte, sagte er leise: »Wenn du dir eine Tasche packst, können wir hinfahren, wohin wir wollen.«

»Zum Übernachten? Oh, ich habe hier zu tun ... Ich bin für das Haus verantwortlich, und ...«

Nein, das stimmte nicht, das war sie nicht mehr. Jedesmal, wenn sie daran erinnert wurde, kam das wieder als ein Schock für sie. Keine Großmutter, kein Dienstmädchen, keine Arbeiter im Weingut. Sie war jetzt für nichts mehr verantwortlich als für sich selbst. Sie war frei. »Ja, ja, das mache ich!«

Er sah ihr nach, wie sie die breite Eingangstreppe hinaufrannte und ihr herrliches Haar wie eine Fahne hinter sich herwehen ließ. Er machte keinen Ansatz, ihr zu folgen. Er fand das Haus bedrückend, und jedes blankpolierte Brett des Fußbodens verriet eine sorgfältige Pflege, aber von Freude war dort nichts zu spüren. Ein solches Haus war nichts für dieses Mädchen, das jetzt schon viel zu ernst für sein Alter war, und er hatte nicht den Wunsch, sie darin zu sehen. Er wollte ... er wollte sie an einem See sehen, vielleicht beim Comer See, wenn sie bis Italien kamen. Vielleicht sollten sie aber auch durch eine Boutique in Paris schlendern und ein Kleid aussuchen, elegante Schuhe und einen passenden Hut für ihr Haar. Er wollte ... aber im Grund wußte er ganz genau, wo er sie sehen wollte; warum scheute er davor zurück? Wie würde Anna reagieren? Wäre es überhaupt möglich? Er hatte schon bemerkt, daß das Mädchen zu zittern begann, wenn sich auch nur die Möglichkeit abzeichnete, daß die Sprache auf Anna kommen könnte, und er hatte ihr Gesicht gesehen, als sie gedacht hatte, sie hätte das Porträt ihres Vaters verloren. Sie bewunderte ihn offensichtlich und hielt sein Andenken hoch; wahrscheinlich wußte sie nichts über die näheren Umstände, die zu ihrer Geburt geführt hatten. Ellie war ebenso stolz wie Anna, und höchstwahrscheinlich war sie auch ebenso verbittert.

Er drehte dem Haus den Rücken zu und schlenderte auf die Mosel zu, als könne ihm ihr Wasser die Antwort geben. Er sah jedoch nichts als die kleinen Wellen, die dann und wann ein Fisch schlug, und er wurde daran erinnert, wie sein Vater düster in das olivgrüne Wasser des Eden gestarrt hatte.

Manche Leute gewöhnen sich an alles, was das Leben ihnen bringt, Micah. Die Gaje können das gut, fast wie das Schlachtvieh, aber die Roma, die sind anders, verstehst du ...

Nein, das stimmte nicht – *Gaje* wie Roma klammerten sich am Haß fester als an der Liebe. Selbst in seinen eigenen Gefühlen seinem Vater gegenüber waren Liebe und Verachtung so eng miteinander verwoben, daß sie sich nicht trennen ließen –

seine Gedanken hielten sich verzweifelt an diesen spärlichen Erinnerungen fest, und er belog sich selbst, wenn er sich einreden wollte, sie seien endgültig tot. Sie warteten jedoch nur lauernd unter der Oberfläche und kamen immer häufiger ans Licht, besonders, seit er dieses Mädchen kennengelernt hatte.

Warum? Er hatte bisher nur wenigen Menschen von seiner frühen Jugend erzählt, aber nicht, weil er sich schämte. Er betrachtete es im Gegenteil mit einem gewissen Stolz, daß er ›anders‹ war, fremd; und wenn er bei unbekannten Gesprächspartnern Respekt oder sogar eine gewisse Angst aufkommen sah, so festigte das sein Selbstbewußtsein. Warum also jetzt davon sprechen? Er wußte es doch ganz genau, oder nicht? Weil in seinen Gedanken ein Mädchen gewartet hatte, ein Mädchen, das all das war, was er sich vorgestellt hatte und das es nicht nötig hatte, alles mit Mitleid zu überschütten, um Wärme zu verstrahlen. Ellie war dieses Mädchen. Sie besaß eine innerliche Bildung und Kultur, und sie hatte es nicht nötig, sich das von der Gesellschaft noch bestätigen zu lassen. Ihre Vergangenheit lag nicht weniger im dunkeln als die seine, und er war all die Lügen und Ausflüchte gründlich leid. Er hatte das dringende Bedürfnis, Fensterläden aufzustoßen und Licht hereinzulassen, zu jemand ganz ehrlich sein zu können, und bei ihr kam das wie von selbst. Ihr Urteil würde seiner Person gelten, nicht seiner Beziehung zu seinem Vater oder den Roma oder Anna und Felix. Trotzdem war es merkwürdig, wie erleichternd es für ihn war, mit ihr über die Vergangenheit zu sprechen …

Konnte er jedoch ebenso frei über Hans und Anna sprechen? Das würde noch ein Weilchen dauern, dachte er – aber die Zeit war knapp.

Wieviel blieb ihm noch? Ein Tag, eine Woche, in der er den Weg glätten mußte. Es würde noch ein paar Tage dauern, und Anna würde zu toben und sich zu fürchten beginnen; Felix würde beunruhigt die Hände ringen und versuchen, seine Frau zu beruhigen und in der Fabrik alles am Laufen zu halten. Das

Telegramm, das er von der Schweizer Bank aus geschickt hatte, würde die Abramskys nicht eine Sekunde täuschen. Die Entwicklung von *Abramo I* mußte trotzdem weitergehen. Bald müßte das Gerät mit dem angemessenen Aufwand der Industrie vorgestellt werden – nein, mehr als angemessen mußte er sein. Ein neues Produkt, auch das beste, mußte enthüllt werden, der Welt mit Riesenlettern vorgestellt, von allen Dächern trompetet. Unterließ man das, so versank es spurlos in der Versenkung, und all seine Nachfolgegeräte mit ihm. Dann würde irgendeine andere Firma den Ball bekommen, das Tor schießen und das Spiel gewinnen, und das wäre das Ende aller seiner Expansionspläne. Er hätte damit sich selbst und die beiden Exzentriker in *Greenlings*, die auf ihn warteten und die er so liebgewonnen hatte, enttäuscht. Sie aber hatten ihn seit dem Tag, an dem er sich mit Löchern in den Schuhen, Angst im Herzen, Infektion im Blut und Läusen im Haar in das Haus in der Ryder Street geschlichen hatte, nicht ein einziges Mal enttäuscht.

Aus den Augenwinkeln sah er etwas elfenbeinfarbig aufblitzen. Es war Ellie in Sandalen und einem einfachen weißen Kleid, das an ihr aussah, als sei es das Pariser Modell und nicht seine Kopie. Ihr üppiges Haar von der Farbe von wildem Honig hatte sie mit einem bronzefarbigen Band gerafft; in ihren Augen blitzte die Sonne, und sie hielt einen kleinen Koffer in der Hand. »Fertig …?« sagte sie mit zitternder, aber doch sicherer Stimme.

*

Sie machten in Trier kurz halt und kauften sich Milch und einen Beutel Pfirsiche – *iß dein Obst, Mischa. Willst du ein Nichtsnutz werden?* – und fuhren über die Grenze nach Luxemburg, und von da aus weiter nach Frankreich. Meilen um Meilen sahen sie nichts als reiches Weinland und die kleinen Dörfchen von Elsaß-Lothringen und der Champagne, die alle warm und schläfrig im Schein der herrlichen Nachmittagssonne lagen. Ellie saß mit großen Augen neben ihm. Irgendwo führte eine schattige Allee an einem Schulhof voller schreiender Kinder auf Schaukeln und Rutschbahnen vorbei, und eine junge Lehrerin lachte mit einem kleinen Jungen, während sie zugleich einmal diese und einmal jene Schaukel sanft anstieß.

»Ich wäre so gern in eine Schule gegangen«, sagte sie. »Das einzige Mal, daß ich je auf einer Schaukel gesessen habe, war bei einem Spaziergang mit Miss Warren in einem Stadtpark. Sie hat mich sogar selbst geschaukelt, und als wir wieder heimgekommen sind, hat Großmutter getobt.«

Seine ruhige Bemerkung, sowohl die Schule als auch das Spielen seien doch sehr überschätzt und im Grunde nichts als Zeitverschwendung, wurde über den Wundern vergessen, die an ihnen vorbeirauschten – Meilen um Meilen von Weinstökken, und Michael sollte sich doch einmal ansehen, wie kräftig sie waren! Was man dafür allein an Landarbeitern brauchte – ach, bitte langsamer, da ist ein Schloß – und diese Flotte von Nonnen, die mit ihren Trachten und Hauben auf vollen Segeln vorbeirauschten ... und das Tal dort, so etwas ...

»Warst du denn noch nie hier?« fragte er überrascht.

»Ich war noch nie irgendwo, außer in Büchern, und das ist nicht das gleiche. Ich weiß wirklich nicht, wie du immer den richtigen Weg findest ...«

»Ich finde immer den richtigen Weg.«

»So? Ach ja, richtig, das hätte ich mir denken können ...«

Er lachte und warf einen Pfirsichkern aus dem Fenster. »Das liegt den Roma im Blut, Ellie, eine Art angeborener Kompaß«, sagte er im Scherz.

»Tatsächlich?« Sie sah in ihrer Aufregung aus wie fünfzehn und machte einen rührend unschuldigen Eindruck.

»Außerdem habe ich auf der Karte im Handschuhfach nachgesehen. Könntest du einmal schauen, wie weit es noch bis Reims ist?«

»Da soll doch eine berühmte Kathedrale stehen ...«

»Ich hatte eigentlich mehr an ein Tanzstudio und an ein

gutes Hotel gedacht, aber du kannst dir ja die Kathedrale ansehen, während ich übe.«

»Ich ...« Sie warf ihm durch einen Vorhang von seidenem Haar einen Seitenblick zu. Ob er wohl etwas dagegen hatte? »Wenn es dir nicht lästig ist, möchte ich lieber mitkommen und dir zusehen. Ich habe noch nie ein Tanzstudio gesehen.«

»Dann wirst du eine unangenehme Überraschung erleben. Es ist nichts Romantisches an Spiegeln und nackten Brettern, und Studios werden wegen der Muskeln immer gut geheizt. Tänzer schwitzen deshalb viel, grunzen vor sich hin und übertönen die Musik – und ihre Sprache ist nicht immer salonfähig.«

»Warum nicht?«

»Sie haben Schmerzen. Irgend etwas tut ihnen immer weh.«

Kurz fiel ihr wieder ihr Besuch im Ballett ein, der männliche athletische Tänzer und die dünne Tänzerin mit den blauen Flecken, und ihre eigene unverständliche Reaktion bei Peter. Trotzdem wollte sie mitkommen und Michael in seinem Rahmen erleben – oder zumindest einen davon. Es schien derer so viele zu geben. Zuerst einmal war da dieses Haus; die Welt der Elektronik konnte sie sich nicht vorstellen und versuchte es gar nicht erst. Das war sein Geschäft. Ganz tief in ihrem Kopf meldete sich eine leise Stimme und wollte ihr keine Ruhe lassen: du bist vielleicht auch ›Geschäft‹, und bald wird er die Bestechungssumme nennen, mit der Anna Abramsky ihr Schuldbewußtsein zum Schweigen bringen will – aber davon wollte sie heute nichts hören.

*

Sie fand das Studio in Reims ungeheuer romantisch, obwohl Michael da sicher ganz anderer Meinung gewesen wäre. Er fühlte sich hier offensichtlich wie zu Hause, stellte Erkundigungen an und hatte bald eine Tanzschule gefunden. Sie war überrascht, wie schnell er seinen Koffer aus dem Auto holen und drei Stockwerke hinauf in einen überfüllten Raum laufen konnte, der tatsächlich nach Creme, Puder, Kölnisch Wasser roch und in dem es heiß war.

Dann stand er in Strumpfhosen und mit einem weißen Unterhemd mit einem Dutzend anderer Tänzer an der Stange. Sie saß zwischen Müttern und Vätern sowie anderen Tänzern, die an ihren Tanzschuhen nähten und auf den nächsten Kurs warteten. Da waren Jungen und Mädchen, aber auch erwachsene Männer und Frauen, deren flüssigen Bewegungen man die Übung ansah. Während der Übungen an der Stange sahen die Tänzer alle gleich aus; alle Zehen zeigten in die gleiche Richtung, alle Beine waren in exakt dem gleichen Winkel gebeugt oder in die gleiche Höhe gehoben; die Hälse streckten sich in der gleichen königlichen Eleganz. Besonders die jüngeren Mädchen fielen Ellie auf. Manchmal war ein freier Arm wie eine Leier gebeugt, dann wieder zu Flügeln gehoben, daß man sicher wußte, sie wären damit zur Decke geschwebt, hätte die Stange sie nicht festgehalten. Manche von ihnen waren ungefähr im gleichen Alter wie Ellie, und sie spürte kurz eine heftige Aufwallung von Eifersucht. Solche Mädchen kannte Michael schon sein ganzes Leben. Wie kam sie, aus dem soliden Geschlecht der von Reikers, auf die Idee, er könnte sich für sie interessieren? Sicher, Großmutter hatte ihr einmal voller Verachtung vorgehalten, sie sähe genau aus wie »diese Tänzerin«, aber sie wußte trotzdem, daß sie sich mit diesen Mädchen nicht messen konnte. Sie waren Zauberwesen, die die Erdenschwere überwunden hatten und in einer Welt lebten, die nur noch aus Anmut und Schönheit und geschmeidiger Kraft bestand – aber dann gab der Ballettmeister einen Befehl, den sie nicht verstand, und brüllte: »Halt! Halt!«

Das Bild wechselte langsam, als sie darum kämpften, Position zu halten. Die Muskeln begannen zu zittern und zu zukken, als stünden sie unter Strom, die Augen blickten starr. Hier und dort stöhnte jemand, zuerst erschienen nur Spuren, dann Perlen und dann große Tropfen von Schweiß auf Stirnen und

Kinnen, die bald alle Gesichter bedeckten. Nach einigen Beuge- und Lockerungsübungen wurden sie in die Mitte befohlen, Musik setzte ein, und jetzt begannen sie wirklich zu tanzen.

Im Hintergrund hämmerte ein Klavier, und aus den präzisen Grundstellungen wurden Schritte und Sprünge. Mit jeder neuen Figur fiel es stärker ins Auge, wie sehr sich Michael von den anderen unterschied, der kahle Raum pulsierte plötzlich vor Bewegung und Leben.

Sie sah jetzt nur noch den Fremden, nicht den Geschäftsmann auf der Versteigerung oder den galanten Begleiter aus dem Restaurant. Er war der Zigeuner, der Micah, wie sein Vater ihn genannt hatte, und er blitzte und glänzte und verstrahlte die Aura eines vor Gesundheit strotzenden Tieres. Diesen Eindruck mußte er auch auf die anderen Tänzer gemacht haben, denn sie kamen aus dem Takt, beobachteten überrascht und mit plötzlichem Interesse den Besucher in ihrer Mitte und machten ihm Platz.

Dann kamen *tours en l'air*, Drehungen in der Luft. Welche Dynamik sie hatten!

Die Mädchen schienen wie Engel nach oben zu schweben.

Die Männer sprangen mit klassischer Grazie.

Dann aber war Michael an der Reihe, wie gebannt saß sie auf ihrer harten Holzbank und gab jeglichen Versuch auf, Interesse für die anderen Tänzer zu heucheln. Dem Ballettmeister und den anderen Zuschauern ging es nicht anders.

Der Zigeuner mit seiner schweißnassen, wie Bronze glänzenden Haut, seinen eng wie eine Mütze anliegenden schwarzen Locken, den wie Jadestückchen blitzenden Augen zog alle Blicke auf sich. Was bei den anderen Tänzern Sprünge, waren bei ihm übermütige Sätze, seine Augen blitzten, seine Arme waren ausgestreckt, sein Körper gestreckt, wie verlängert, und so schoß er wie ein Speer in die Luft. Auf dem Scheitelpunkt seines Sprunges schien er kurz anzuhalten, für einen einzigen, atemberaubenden Augenblick in der Luft zu schweben.

Nach dem Tanz fragte er sie: »Tut es dir leid, daß du die Kathedrale verpaßt hast?«

Sie schüttelte den Kopf. Sie hatte ihn tanzen sehen, und er verherrlichte die Schöpfung eindrucksvoller als jedes Bauwerk aus Stein. »Wie weit ist es bis zu dem Hotel«, fragte sie, um überhaupt etwas zu sagen. »Du bist die ganze Nacht gefahren, und du willst bestimmt jetzt schlafen.«

*

Er schlief nicht, oder zumindest noch nicht gleich. Wie immer hatte ihn das Training wieder munter gemacht, seinen Blick geklärt, sein Blut gereinigt. Gabriella saß vor dem Toilettentisch, bürstete ihr dunkelblondes Haar und schaute ihn im Spiegel an. Er stand reglos da, auch, als sie langsam, ruhig und bestimmt ihre Haarbürste hinlegte und mit ihren schmalen, blassen Fingern ihr Kleid bedächtig Knopf um Knopf öffnete. Sie hielt ihre Augen fest auf ihn gerichtet, ihre Pupillen hatten sich zu kleinen Punkten zusammengezogen. Seide raschelte, und ihr Kleid, ihr Slip glitten auf den Boden. Noch immer hatte sie ihren Blick nicht von ihm gelöst, bis sie in herrlicher, schlanker Schönheit zu ihm trat und ihre Arme um ihn legte.

»Bist du sicher?« fragte er leise, er brauchte eigentlich nicht zu fragen. Ihre Antwort lag schon in ihren halb geöffneten Lippen, ihrem festen Blick, ihrem Puls, der in sanftem Violett rasch an ihrem Hals schlug, ihren Fingern, die den Konturen seiner Backenknochen, seines Kinns und seiner Schulter folgten.

»Ja.«

Ihr Mund schmeckte nach Milch und Pfirsich, ihr Körper duftete nach jugendlicher Leidenschaft, die gerade erst geweckt, aber noch nie zu voller Blüte gebracht worden war und die Erfüllung noch nicht erlebt hatte. Anna Abramskys Tochter, wie schön sie war. Und nichts würde ihn davon abhalten können, sie mit nach Hause zu bringen.

*

Später sagte er zu ihr: »Du gehörst nach *Greenlings*, Ellie, nicht in irgendeine Wirtschaftsschule in Bonn.« Ihr Körper lag matt neben ihm ausgestreckt, eine Strähne ihres langen Haares lag über seinem Hals. Er malte ihr in leiser, monotoner Stimme ein Bild von dem Haus, von der Ulmengruppe, der großen Eiche vor dem Eingang, beschrieb ihr genau jedes einzelne Zimmer und erzählte ihr von den großen Glastüren, die auf einen sanft geschwungenen Rasen hinausführten. Seine Worte bauten ihr die dicken Steinmauern auf, zeigten ihr das schwere Tor und die Schlösser, das Schild vergaß er nicht ... »Dort gehörst du hin, wo ich jeden Tag bei dir sein kann. Ich sehe dich dort schon als meine Frau vor mir, die mit mir in meinem Haus wohnt.«

Sie hielt den Atem an und rührte sich nicht, er spürte, wie sie innerlich zusammenzuckte und sich ganz leicht von ihm zurückzog.

»Bei dir wohnen doch schon Leute, Michael. Kannst du mir sagen, wem das Haus gehört? Dir oder ihnen?«

»Es gehört uns allen«, sagte er. »Ich habe dir doch gesagt, daß wir eine Familie sind. Auch vor dem Gesetz.«

»Ich glaubte, daß du hergekommen bist, um ...«

»Ja, ich weiß, eigentlich soll ich deine Existenz regeln und dafür sorgen, daß es dir an nichts fehlt, daß du in einer anständigen Gegend wohnst (das hat Felix verlangt), aber alles hat sich jetzt geändert.«

Sie schüttelte den Kopf. »Michael, ich sehe doch, was dir dieses Haus bedeutet, aber geändert hat sich gar nichts. Sie würde mich niemals dort haben wollen.«

»Ich werde mit ihr sprechen und sie zur Vernunft bringen. Sie ist eine stolze Frau, aber sie ist auch gerecht. Sie wird einsehen müssen, daß es nicht richtig ist, dich für deinen Vater zu bestrafen.« Als ihr Vater erwähnt wurde, blitzten ihre blauen Augen zornig auf, und er sprach hastig weiter. »Sie liebt mich, Ellie. Ich werde sie umstimmen.« Dich auch, dachte er, dich werde ich auch umstimmen.

Sie holte tief Luft, aber ihre Stimme war fest. »Du verstehst mich nicht, Michael. *Ich* wollte auch nicht bei *ihr* wohnen. Warum denn auch? Seit achtzehn Jahren hat sie mich ignoriert, und dafür hasse ich sie. Sie hat mich weggeworfen wie eine schlechte Kritik in der Zeitung, nur weil ich ihr in ihrer Karriere im Wege war.«

Er nahm ihr festes Kinn, das ihn so sehr an Anna erinnerte, in beide Hände und zwang sie, ihm ins Gesicht zu schauen. »Sie haben dich belogen, Ellie.«

»Nein«, sagte sie mit sehr bestimmter Stimme. »Meine Großmutter hatte ihre Fehler, aber Unehrlichkeit gehörte nicht dazu. Anna Abramsky hat mich in diesem Haus abgegeben, als ich einen Tag alt war. Einen Tag alt!«

»Du hast nur die eine Seite gehört.«

»Die Köchin hat mich gestillt. Von ihr habe ich die Geschichte gehört, nicht von meiner Großmutter. Was ist das denn für eine Frau, die so etwas macht – ein neugeborenes Kind bei einer kranken, verbitterten alten Frau zurückzulassen, die mich aufgezogen hat, als wäre ich die Leiche im Familienschrank! Als ich noch klein war, träumte ich noch von der Ballerina, wie sie eines Tages, wunderschön und duftend, erscheinen und mich mit zu sich nach Hause nehmen würde. Solche Träume haben ein zähes Leben. Ich habe lange gebraucht ... all die Jahre hat sie gewußt, wo sie mich finden kann, aber nicht einen Brief hat sie geschrieben, keine Enschuldigung ... Jetzt sag du mir, Michael, was ist das bloß für eine Frau?«

Er zwang sie weiter, ihn anzuschauen, ihre Augen waren zu blau, zu glänzend, bald würden sie sich mit zornigen Tränen füllen, das wußte er und würde es nicht verhindern können. »Vielleicht eine Frau, die selbst einen kleinen Sohn hatte, der umgekommen ist? Und eine Mutter, die der gleichen Bombe zum Opfer gefallen ist, und einen Mann, den eine Verletzung die Karriere gekostet hat ...«

»Es war Krieg, und solche Dinge sind Familien auf beiden Seiten passiert.«

Er zögerte. »Vielleicht eine Frau«, sagte er sanft, »deren zweites Baby – du – das Produkt einer Vergewaltigung war?«

Es dauerte eine Sekunde, bis das in ihr Bewußtsein durchgedrungen war, aber dann raste sie los. Sie sprang aus dem Bett, zog sich eilig an.

»Mein Vater hätte niemals ...« Sie knöpfte sich das Kleid zu. »Er war ein tapferer Mann, und er hatte das Eiserne Kreuz ... Er war ein Ehrenmann, das hätte er nie ...«

»Wenn Anna sagt, es wäre so gewesen, war es auch so.«

»Anna-Anna-Anna, das ist alles, was du sagen kannst! Wie kannst du es wagen, meinen Vater so zu verurteilen? Du hast ihn ja nie kennengelernt!«

»Und du?« fragte er leise.

»Ich weiß, wo er aufgewachsen ist, und ich kenne sein Bild – soviel habe ich von ihr auf jeden Fall nicht erfahren!« Sie stand vor dem Spiegel und zerrte sich wütend einen Kamm durch ihr von der Liebe zerwühltes Haar. Ihre Stimme und ihr Blick waren inzwischen eiskalt geworden; sie riß ihren Koffer an sich und stürmte zur Tür.

Aber die ging nicht auf.

»Ich habe den Schlüssel, Ellie.«

Sie atmete einmal schwer. »Mach sofort auf, oder ich rufe ...«

»Erst, wenn du dich der Vernunft nicht mehr verschließt«, sagte er. Er war froh über die geübte Glätte seiner Stimme. »Hör zu, Ellie, das Wort ist so abgedroschen, daß ich es nicht gebrauchen will, aber ich habe dich mein ganzes Leben lang gesucht, ich wollte immer nur Stabilität, Dauerhaftigkeit, Respekt ...«

»Meinst du vielleicht, ich nicht?«

»Ich weiß es, und das ist ja auch der Grund, warum wir zusammengehören. Ich brauche eine Frau, eine Herrin für mein Haus – nein für meine Häuser – bei *Greenlings* allein wird es nicht bleiben. In einem oder zwei Jahren werden wir in San Francisco einen Stützpunkt brauchen, dann in Tokio. Wir werden also reisen und viel weg von England sein. Felix und Anna waren meine ...« Das Wort war ihm peinlich, aber es war das richtige Wort, das wahre Wort. »Sie waren meine Retter, Ellie. Ich kann sie doch jetzt nicht beiseite schieben. Das müßtest doch ausgerechnet du am besten ...«

»Ja.« Sie ließ ihren Kopf sinken und gab ihre stolze Haltung auf. »Ich weiß, und ich habe doch auch nach dir gesucht, aber das ist zu viel verlangt ...«

Nein, es war zu früh, das war alles. Sie würde es einsehen, er würde sie dazu bringen. Oder Anna würde es einsehen. Wenn die eine nachgab, würde es die andere auch tun. Eine aber mußte den ersten Schritt tun.

Als Kind hatte er oft und mit viel Einsatz gebettelt, aber nun bat er zum erstenmal in seinem Leben um etwas. »Nur ein paar Tage für uns selbst, Ellie. Bitte.«

*

Sie fuhren nach Paris, wo er ihr ein blaues Leinenkostüm von Chanel kaufte, und von da aus weiter nach Italien, nach Venedig, wo sie die Kanäle »nicht sehr sauber« fand – aber die Gondoliere gefielen ihr.

Von da aus ging es weiter zum Comer See, dessen azurblaues Wasser perfekt zu dem neuen Kostüm paßte. In Como aßen sie unter den wohlwollenden Blicken des Oberkellners den berühmten Schinken, und dann fuhren sie zurück nach Deutschland, nach Trier und zu Großmutters Haus, das sie nun bald an die neuen Besitzer abgeben würde. Dort kaufte ihr Michael den Ring.

»Warum müssen wir unbedingt bei ihnen wohnen?« fragte sie mit ihren Lippen an den Facetten des Steins. »Wir könnten auch woanders wohnen.«

Er versuchte es mit der ironischen Anspielung, mit der er bei ihr so oft Erfolg hatte. »Das macht man bei den Roma so; junge Paare wohnen immer bei den Eltern. Das wird allgemein erwartet.«

Dieses Mal aber hatte er kein Glück. »Es tut mir leid, ich weigere mich, mit dieser Frau zusammen in einem Haus zu wohnen.«

»Ellie, ich bin dort daheim, und ich will gar nichts anderes … Ich werde mit Anna reden.«

»Wirst du sie bitten, auszuziehen?«

»Ich sagte, ich werde mit ihr reden.«

Er wußte, daß es in diesem Fall nicht richtig gewesen wäre, anzurufen, aber er versuchte es trotzdem, als Ellie einmal nicht in Hörweite war. Er hatte Glück, weil sich gleich Anna selbst meldete.

Sie war viel zu ruhig, viel zu höflich. Ja, sicher verstand sie das. Er war schließlich ein junger Mann, und da war es Zeit, ans Heiraten zu denken, nicht? Um sie brauchte er sich keine Sorgen zu machen, sie würde mit Felix ausziehen, gar kein Problem. Die Wohnung in der Ryder Street war noch nicht wieder vermietet, sie würden dort wieder einziehen.

»Anna, du ziehst nirgendwo ein. Ich komme heim, und dann finden wir eine Lösung.«

Er mußte also packen und zurückfahren, seinen Frieden mit ihnen machen – nein, das war nicht richtig, nur mit Anna, denn Felix war die Friedlichkeit selbst. Außerdem mußte er sich um *Abramo* kümmern, das Fundament ihrer Zukunft. Es gab alles mögliche zu tun, er mußte alles miteinander in Einklang bringen.

Mit nichts hast du angefangen, nicht einmal einen Namen hast du gehabt; aus nichts hast du eine Firma aufgebaut, ein Haus erworben und den Grundstein für ein Wirtschaftsimperium gelegt, dann wirst du doch sicherlich noch zwei hartnäckige Frauen unter deinem Willen bändigen können, sagte er sich.

18

Dann kam der Ausbruch, den Felix erwartet hatte. Mischa brachte ihn mit – Gott sei Dank das Mädchen nicht, nur einen ungewohnten weichen Glanz in seinen Augen – aber dafür einen Ausdruck um den Mund, wie Felix ihn nur zu gut kannte. Er verkündete, daß Mischa irgendwelche Probleme, die hier aufgetaucht waren, auf seine eigene Art lösen würde.

Er fuhr vom Flughaften direkt ins Büro, erledigte die Arbeit, die in der letzten Woche aufgelaufen war, in zwei konzentrierten Stunden, genehmigte die Werbekampagne für *Abramo I*, lehnte einige Vorschläge mit einem klaren Nein und seiner markanten Unterschrift ab, ließ den Chefbuchhalter kommen, besprach sich kurz mit ihm, und dann wurde für Anrufe bei seiner Bank und beim Architekten seine Bürotür selbst für Felix geschlossen. Als das alles geschafft war, fuhren sie zusammen heim, um sich dem Gewitter mit Namen Anna zu stellen, das sie dort erwartete.

»Es wird sehr schwierig mit ihr werden, Mischa«, warnte ihn Felix.

»Ich weiß, ich habe schon mit ihr gesprochen – aber ich will es noch einmal versuchen.«

»Geh besser allein hinein; ich schließe währenddessen hier unten alles ab.«

Felix brauchte lange, bis er den Wagen exakt an der richtigen Stelle abgestellt hatte, und dann ging er mühsam mit seinem arthritischen Gang zum Tor und hörte niedergeschlagen zu, wie glatt sich der Schlüssel in dem großen Schloß drehte. Nachdem er zum drittenmal nachgeprüft hatte, daß das Tor ganz fest verschlossen war, ging er langsam wieder die Einfahrt hinauf. Er wollte gar nicht in das Haus gehen, wollte nicht hören, was sich dort abspielte, nicht einmal daran denken wollte er. Die letzte Woche war die Hölle gewesen, und er hatte es nicht eilig, dorthin zurückzugehen, wo Anna wie das personifizierte Elend die Zimmer durchstreifte. Es würde schwerer werden, als Mischa sich das vorstellte.

Noch bevor er die Türklinke berührte, hörte er ihre Stimme, durchdringend in ihrem Schmerz. Sie konzentrierte sich auf Nebensächlichkeiten, weil sie sich nicht dazu überwinden konnte, ein Herz zu öffnen, das zu lange verschlossen geblieben war.

»*Ein absolutes Nein! Auf gar keinen Fall!* Ich teile die Küche nicht, niemals!«

»Außer mit der Zugehfrau, die täglich kommt, und die eine Fremde ist.« Mischas Stimme war leise und kontrolliert. »Ellie will deine Küche nicht, Anna. Ich weiß nicht einmal, ob sie kochen kann. Das braucht sie auch gar nicht – und du auch nicht.«

»Trotzdem ist es meine Küche.«

»Und Ellie wird meine Frau, eine Tochter, auf die du stolz ...«

»Seine Tochter! Seine, nicht meine!«

Eine Faust schlug auf den Tisch – das war natürlich Anna, nicht Mischa –, und dann folgte eine Pause. Sicher saßen sich die beiden jetzt gegenüber und sahen einander zornig ins Gesicht; Anna hatte wahrscheinlich schützend die Arme vor der Brust verschränkt, während Mischa sie mit ausdruckslosen schwarzen Augen musterte und auf eine kleine Schwäche lauerte, die er für seine Zwecke nützen konnte.

Wie Feuer und Eis waren sie, diese beiden.

»Sie fiebert auch nicht gerade danach, mit dir ein Haus zu teilen, Anna.«

»Was soll dann das Gerede? Wir gehen, wie gesagt. Felix und ich. In zwei Wochen, vielleicht in einer. Ich fange gleich an, ich packe das Porzellan, das Leinzeug, alle meine Schuhe!«

»Versuch doch wenigstens, mir zuzuhören. Wir können noch einen Flügel anbauen, der dann im Winkel um den Eichbaum stehen würde. Der Architekt sagt, das ließe sich machen, und die Bank spielt auch mit. Es wird so noch immer *Greenlings* sein, aber aus zwei voneinander getrennten Häusern bestehen.«

»Ich sagte es doch schon! Sorg dich nicht länger, die Wohnung in der Ryder Street ist noch frei.«

»Ihr zieht nicht aus.« Sein Tonfall verriet die Endgültigkeit seiner Entscheidung.

»Morgen sind wir draußen, wenn du das willst.«

»Du weißt doch, daß ich das nicht will.«

»Nichts weiß ich, gar nichts!«

»Wenn doch wenigstens eine von euch beiden vernünftig sein könnte!«

»Vernünftig! Felix' Lieblingswort, und jetzt fängst du auch noch damit an!«

Felix wartete ab, bis drinnen die Türen zugeworfen wurden, bevor er den Türknauf drehte. Im Erdgeschoß war es wieder ruhig, die Zimmer waren leer.

Von Mischas Suite kamen die beruhigenden Klänge eines Debussy-Stücks; Felix stellte sich ihn vor, wie er angezogen auf dem harten Bett ausgestreckt lag, die braunen Arme hinter dem Rücken verschränkt und die Augen geschlossen; keinen Muskel würde er rühren, aber sein beweglicher Verstand war bestimmt ohne Pause damit beschäftigt, Lösungsmöglichkeiten zu erwägen und sie auf ihre Durchführbarkeit zu prüfen.

Aus dem Schlafzimmer hörte er, wie Kleiderschranktüren zugeworfen wurden.

In den letzten Tagen waren seine Gefühle ihr gegenüber auf eine harte Probe gestellt worden. Zum erstenmal in ihrer langen Ehe hatte er gedroht, sie allein zu lassen.

*

Mischa wußte nicht, wie er sich verhalten sollte, Debussys Musik brachte ihn nicht weiter. Ein Gefühl, von dem er sich nur selten überwältigen ließ, wollte ihm schier den Schädel zerspringen lassen. Wut war gefährlich, unproduktiv, eine

Verschwendung von Zeit und Energie, aber jetzt hatte sie ihn in ihrem Griff, er wurde sie einfach nicht los. Er hatte sich schon oft über Anna geärgert, wenn sie Stunde um Stunde einen Schritt oder eine Drehung immer wieder von vorne geübt hatte, bis er sie beherrschte, während er besser an seinem Schreibtisch gesessen hätte, um Geld zu verdienen; in seiner Jugend hatte er die eisernen Vorschriften gehaßt, die darüber entschieden, wie gegessen werden durfte und was verboten war, denn auch er hatte Lust auf die klebrigen Sahnetörtchen gehabt, die die anderen Kinder massenhaft in sich hineinschlangen, während er sich mit einem einzigen Apfel zufriedengeben mußte. An kalten Sonntagvormittagen, wenn die gesamte Ryder Street noch in den gemütlich warmen Federn lag und die Sonntagsblätter las, war allein die Familie Abramsky schon bei Morgendämmerung aufgestanden, hatte Orangen gepreßt und sich an die Übungsstangen gestellt. Später aber hatte er erkannt, wie richtig das gewesen war, und er hatte sie sogar dafür bewundert, denn dann sah er den Unterschied zwischen der Familie Abramsky und den anderen; ihre eisernen Regeln hatten ihm einen gesunden Körper gegeben.

Der Streit zwischen ihr und Ellie dagegen entbehrte letzten Endes jeglicher Logik, er war ein Produkt der Angst, aber wer wollte das schon zugeben?

Debussys Stück endete mit einem traurigen Akkord. Er ging auf leisen Sohlen in seinem Zimmer auf und ab, aber die schützenden Mauern von *Greenlings* brachten ihm heute keinen Trost. Als sich draußen die Juninacht herabsenkte, lag er noch immer still auf seinem Bett. Im Haus war es inzwischen ruhig geworden. Felix mußte Anna ihren Tee mit Rum gebracht haben. Friedensstifter, dachte er voller Verachtung; er zog sich eine leichte Jacke über und schlüpfte lautlos zur Hintertür hinaus, ging umher auf dem Gelände des Hauses, das er geplant und als Festung für sie alle gebaut hatte, auch für eine Frau und Kinder. Würde er es verlassen können, wenn es sein mußte? Für Ellie? Er wußte es nicht, wollte sich dem Gedanken erst gar nicht stellen. Tag und Nacht hatte er mit einem Plan, einem Traum gelebt, er konnte ihn jetzt nicht wie einen Pfirsichkern wegwerfen.

Unter seinen Füßen knirschte der Kies, der Schatten der Eiche war ebenso schwarz und undurchdringlich wie seine Stimmung. Wie vorher Felix ging er zum Tor, überprüfte zweimal das Schloß, und ging dann langsam die lange Einfahrt entlang, zurück zum Haus, vorbei an der Glyzinie, deren Blüte kurz vor ihrem Ende stand, und die den Boden mit einer schmierigen roten Schicht aus herabgefallenen Blütenblättern bedeckte: Ihr Duft verfolgte ihn den sanften, buchenbestandenen Hang hinauf zur Hinterfront des Hauses.

Er hatte das Haus fast erreicht, als er es zu fühlen begann. Irgend etwas wartete auf ihn. Es war nicht die Angst vor einer emotionsgeladenen Auseinandersetzung, vor endlosen Argumenten von Anna, den Bitten von Felix und einem unausweichlichen Ultimatum von Ellie. Nein, es war etwas anderes.

Hier war irgend etwas. Nahe bei dem neu eingesäten Beet an der Mauer.

Er blieb stehen, lauschte.

Unter den jungen Buchen war ein Schatten. Dunkler, dichter und massiver als das frische Laub. Dieser Schatten rührte sich, schob sich zwischen den Zweigen hervor und trat lässig und frei an eine Stelle, die hell vom Mondlicht beschienen war.

Es war ein junger Mann, der sich, seiner Haltung nach zu urteilen, seiner Sache sehr sicher war. Er hatte einen üppig herunterhängenden Schnurrbart, und irgend etwas an seinem Grinsen kam Michael bekannt vor. Um den Hals trug er ein rotes Tuch.

»Micah!«

»Dui!«

Michael erstarrte. Hier erwarteten sie ihn, in dem Bereich, zu dem das Schild den Zugang ausdrücklich verwehrte. Was wollten sie von ihm? Die schützende Tarnung, die er sich in einem Dutzend Jahren mühsam aufgebaut hatte, wurde mit einem einzigen Wort weggewischt, dadurch daß sein Bruder seinen Namen gesprochen hatte.

Mit einemmal erinnerte er sich wieder an ein buntes Gewirr von aufgeregten, trauernden oder fröhlichen Stimmen am Feuer, die späte Nachmittagssonne schien auf Großvaters Wagen mit der Sonnenblume auf der Tür, und seine Großmama knetete Teig für Sesamhonigplätzchen und sagte zu Micah und Dui, sie sollten noch warten, warten …

Und nun streckte sein Bruder Dui mit seinem unverwechselbaren Grinsen auf dem Gesicht begrüßend beide Arme aus, als wäre er der Hausherr und Michael der Eindringling.

Michael fand seine Stimme wieder. Sie war heiser.

»Wie bist du hereingekommen?« Noch während er diese Frage stellte, wußte er schon, wie albern sie war; sie kamen überall herein.

Dui zuckte die Achseln und begann, ihm in Romani zu antworten, aber Michael unterbrach ihn. »Bleib bei Englisch. Wie hast du mich gefunden?«

»Wie könnten wir dich aus den Augen verlieren, Micah? Wir haben deine Karriere verfolgt, wie wir das immer tun. Wir kümmern uns um die Familien, weißt du das nicht mehr? Es ist dir gut gegangen, kleiner Bruder, die Familien können stolz auf dich sein.« Er breitete beide Arme aus, um den gepflegten Rasen und die gestutzten Hecken zu erfassen. Dann tastete er sich auffällig die Taschen ab. »Also so was, jetzt habe ich doch wieder meine Zigaretten vergessen. Hast du mal eine für deinen großen Bruder?«

»Ich rauche nicht.«

Das Mondlicht blitzte auf den weißen Zähnen in dem breit grinsenden Mund. »Früher hast du einmal geraucht, weißt du noch? Wir haben eine aus Papas Schachtel geklaut und sie hinter den Wagen geraucht … du hast gekotzt.«

»Du auch.«

»Ja, also …« Er schob eine Hand in die Tasche und zog sie natürlich mit einer Zigarette wieder heraus. Er lachte noch immer, als das Streichholz aufflammte. »Das waren glückliche Zeiten damals, findest du nicht auch? Jetzt ist das natürlich alles anders geworden – aber du willst von unseren Problemen ja nichts wissen ...« Er nahm einen tiefen Zug von der Zigarette und beschrieb damit einen glühenden Bogen durch die Luft. »Wie ich schon sagte, wir können stolz auf dich sein. All die Läden, die Studios, dieses herrschaftliche Haus hier, wer hätte je gedacht, daß unser kleiner Micah ...«

»Was willst du von mir?«

Wieder hob er die Hände, diesmal aber aus verletztem Stolz. »Nach all den Jahren fragt mich mein Bruder, was ich will? Dich sehen, was sonst? Jetzt dachte ich doch wirklich, ich wäre hier willkommen, und daß du vielleicht hören willst, was sich in der *Kumpania* so getan hat ... Die sind zur Zeit alle zum Pferdemarkt in Appleby und verdienen ein Schweinegeld. Wirklich Pech, daß sich Papa so dünn gemacht hat, ich wette, all das fehlt dir sehr, was, Micah? Tja, es ist lange her ...«

»Ich habe es vergessen; ich lebe jetzt ein anderes Leben«, gab Micah kühl zurück, aber am liebsten hätte er ihn angebrüllt, daß ihm nichts fehlte, gar nichts, aber er wußte, daß das nicht wahr war. Nun sprach die Stimme einschmeichelnd und mit fast hypnotischer Kraft weiter.

»Großpapa ist letztes Jahr gestorben. Großmama kommt auch in die Jahre und hat überall Schmerzen, eben das Übliche. Delendis Jüngste hat letztes Jahr einen *Gajo* geheiratet, aber das ging nicht gut. Na ja, was wäre auch anderes zu erwarten, Roma zu Roma, *Gaje* zu *Gaje*, was? Bilbo ist wegen Wilderei im Gefängnis, aber im nächsten Monat kommt er wieder heraus ... Farah (auf die hattest du doch immer ein Auge geworfen, weißt du noch?) hat einen Kalderash aus den Staaten geheiratet; als wir das letzte Mal etwas von ihr gehört haben, war sie in Kalifornien. Es ist die Rede davon, daß wir uns mit ihnen zusammentun sollten, aber Großmama möchte nicht ...« Er schüttelte über die unbegreiflichen Launen der Alten den Kopf.

»... aber wenn sie einmal stirbt, werde ich Rom Baro ... Ja, dann habe ich das Sagen, und dann wird sich einiges ändern, das wirst du sehen. Dann halten wir uns nur noch an die Städte, weil da das große Geld ist; dann gibt es keine Landstraßen mehr für uns. Die Umstellung wird uns natürlich eine Stange Geld kosten, wir brauchen ja dann auch Wohnungen ... Zur Zeit haben wir zwei Dutzend Leute in der *Kumpania*, und dazu ist Nachwuchs unterwegs.« Er seufzte schwer unter der Bürde seiner zukünftigen Macht, schnippte seinen Zigarettenstummel zwischen die Bäume und sah sich nachdenklich auf dem Grundstück um. »Na ja, du weißt natürlich von all dem nichts, hab' ich recht?«

Michael entspannte sich, und der Tumult in ihm beruhigte sich etwas; es kam ihm alles wieder zurück, die erbärmlichen Positionskämpfe, die nun bald zwischen der Gruppe von Familien, die sie die *Kumpania* nannten, ausbrechen würden. Es hatte sich nichts geändert. Dui war noch immer der gleiche und zog ihn herein wie einen Fisch; er wechselte ständig von Freundlichkeit und Schmeichelei zu Vorwürfen und sprach immer wieder einmal die alten Schuldgefühle an, die seit langem unterdrückt, aber noch immer nicht bewältigt waren.

»Wir haben Großpapa ein altmodisches Begräbnis gegeben, die beste *Pomana*, die die Familien seit Jahren gesehen haben ... von Schottland sind die Leute gekommen, aus London, sogar aus Belgien und Frankreich. Wir haben ihm Brandy auf das Grab gegossen und haben seinen alten Gehrock verbrannt, und alles andere auch. Wie eine Rakete ist der Wagen hochgegangen ...«

»Ihr habt den Wagen verbrannt?« Er roch förmlich den beißenden Qualm der brennenden Sonnenblume und sah eine alte Frau vor sich, die im Rauch saß und sich wiegte ...

»So will es die alte Sitte. Wirklich Pech, daß du Papas Wagen nicht auch verbrannt hast. Eigentlich wäre das das mindeste gewesen, was du für ihn hättest tun können. So hat ihm die *Gajo*-Polizei alles durchschnüffelt. Es wäre einfach richtig gewesen – schließlich war Papa Roma, wie wir beide, du und ich.«

»Papa war kein Roma mehr, und er hat sich auch nicht dünn gemacht. Sie haben ihn hinausgeworfen, weißt du das nicht mehr? Und ich bin mit ihm gegangen; ich bin also auch kein Roma –« Er hörte seine eigenen Worte und stockte.

Dui ließ die Stille gerade lange genug anhalten.

»*Was bist du dann, Micah?*« fragte er mit unendlich weicher Stimme, die aber trotzdem einen ganz leicht bedrohlichen Unterton hatte.

Was war er? Papa hatte ihm diese Frage einmal gestellt, und nun kam sie als Papas Echo von Dui. Nein, laß dich nicht von ihm führen, gehe ihm nicht in diese Falle ... denk an die Kaninchen ...

»Ich bin Michael Abramsky.« Aufstrebender Geschäftsmann, Adoptivsohn von Felix und Anna, Verlobter von Ellie von Reiker. »Was willst du, Dui? Komm zur Sache. Ich habe nicht die ganze Nacht Zeit.«

Dui nickte verständnisvoll. »Viel zu tun mit all den Läden, was?« Dann schwenkte seine Stimmung nahtlos und mit geübter Leichtigkeit ins Bedrohliche, Vorwurfsvolle über. »Du hast dich ja gar nicht nach Rose erkundigt. Erinnerst du dich noch an deine kleine Schwester Rose?«

Ja, er erinnerte sich an Rose – zu früh geboren, weinte zu viel, machte Papa rasend, machte ihn – »Was ist mit ihr?«

»Sie ist krank, Micah. Tuberkulose, verstehst du? Na ja, bis jetzt habe ich für sie gesorgt, verstehst du – aber jetzt redet dieser *Gajo*-Doktor ständig über diese Klinik in der Schweiz, in die sie mindestens ein Jahr müßte. So sieht es aus, verstehst du?«

Michael verstand. Dui rieb in der uralten Geste Daumen und Zeigefinger zusammen, und Michael spürte, wie sich ein erstickendes, vertrautes Netz klebrig um ihn legte; der Vorwurf wurde zu einer flehentlichen Bitte.

»Deshalb dachten wir ... Verstehst du, weil du jetzt doch ...« Wieder ein Blick zu dem schönen Haus und dem gepflegten Rasen, der es umgab.

»Wo finde ich diese Ärzte?« fragte Michael.

»Einer ist gleich hier in Appleby. Bei dem war sie gestern ...«

»Dann suche ich den morgen auf und höre mir an, was er zu sagen hat. Außerdem werde ich mir Rose ansehen.«

Er erwartete, daß Dui darauf einen Rückzieher machen würde, aber er trat einen Schritt näher. »Großartig! Ich fahre mit dir in deinem großen schwarzen Wagen mit, und meinen Kleinlaster stelle ich in den verschlossenen Schuppen hinter deinem ...«

Großer Gott, gab es denn gar nichts, was sie nicht wußten? Er würde Dui auf jeden Fall keine Chance geben, sich hier irgendwie einzuschleichen oder auch nur einen Fuß in die Tür zu bekommen. »Wir haben keinen Platz. Ich treffe dich in Appleby – ich muß hier Bescheid sagen und mich wärmer anziehen ...«

»Du meinst, du willst nicht mit mir fahren, Micah?« fragte er gekränkt und niedergeschlagen.

»Nein.«

Dui aber war noch nicht ganz fertig. Er berührte Micahs Hemd. »Schön, sehr schön – ich wünschte nur, ich hätte auch so eines. Weißt du noch, als ich dir meines geliehen habe – damals, als sie noch alle aus dem gleichen Waschkorb gekommen sind?«

»Und wir haben beide kleinere Hemden getragen, stimmt's?«

Michael ging schnell zu Felix, um Bescheid zu sagen. Er fand, daß er angeschlagen aussah, aber für tröstende Worte war jetzt nicht die Zeit. In Appleby hatten sie ein Feuer angesteckt, das er löschen mußte, bevor seine Zukunft in ihm aufging. Er würde mit dem Arzt sprechen, sich Rose ansehen, und wenn es ihr wirklich so schlecht ging, wie Dui sagte, und sie tatsächlich Hilfe brauchte, dann würde er ihr sie gewähren, er hatte keine andere Wahl. Wie könnte er sonst weiter Erfolg haben, solange der Gedanke an sie wie ein Gespenst in seinem Schrank hockte?

Wenn ihr nichts weiter fehlte, könnte er nun endgültig mit der Vergangenheit abschließen, und vor allem könnte er ihnen das auch sagen.

»Ich muß weg, Felix. Es ist ein Notfall in der Familie aufgetreten ... es dürfte nicht lange dauern. Wenn ich zurückkomme, regeln wir die Sache mit Anna.«

Felix' Augen weiteten sich. »In der Familie? Ach, in der Zigeunerfamilie?! O Mischa, Mischa!«

»Ich weiß, ich weiß, aber ich werde euch alles später erklären.«

Hatte er alles? Jacke, Schlüssel, Scheckbuch, Kreditkarten? Er überlegte kurz, und dann machte er seine Brieftasche leer und nahm gerade genug mit, daß es für Essen und Benzin reichte. Kurz überfiel ihn ein Schuldgefühl, als er das Bargeld in seine Schreibtischschublade gleiten ließ – *wir stehlen nie von unseren Leuten* –, aber dann schob er diesen Gedanken achselzuckend beiseite. Vielleicht taten sie das wirklich nicht, aber Michael Abramsky gehörte nicht mehr zu »ihren Leuten«.

Dui hatte ihm bereits überdeutlich vor Augen geführt, was er war. Ein fettes Kaninchen, das es nun zu häuten galt.

19

Es war noch früh am Morgen, und die Straße lag leer vor ihm. Michael hielt seine Hände absichtlich locker am Steuerrad, behielt eine stetige Geschwindigkeit bei und ließ den Wagen mühelos die Meilen verschlingen. Es würde ihn im Augenblick nicht weiterbringen, wenn er vorausplanen würde, und er versuchte entschlossen, nicht zurückzublicken. Nach Leeds erstreckte sich vor ihm nichts als das offene Land, aber er konzentrierte sich auf die Straße und gestattete sich nur selten einen Blick auf die kleinen Seitensträßchen, die er früher einmal nur zu gut gekannt hatte. Die Namen der Dörfer hatte er vergessen. Er wußte nur, daß er sich auf der Great North Road befand, und das Gelände auf ihren beiden Seiten kannte er. Nichts hatte sich verändert; noch immer schlängelten sich niedrige Mauern über kahle Berge, Schafe weideten an ihren Ausläufern, und jeder Baum und Strauch zeigte die Richtung an, die die Winterstürme eingeschlagen hatten. Jetzt aber schrieb man Juni, und an dem wolkenlosen rosenfarbigen Himmel stieg die Morgendämmerung auf und legte Nebelschleier über jedes Tal. Das Land lag in unberührter Schönheit und Frische vor ihm, was doch sicher ein gutes Vorzeichen war. Er lachte und schaltete auf einer Steigung in den zweiten Gang hinunter. Von Vorzeichen war man nicht abhängig, die machte man sich selbst.

Einmal machte er halt, ging ein Stück, um sich die Beine zu vertreten, und dann setzte er sich auf eine Mauer und sah hinab auf das blaue Band, das sich weit unter ihm durch die grünen Felder zog.

Der Eden.

Sein Anblick erweckte in ihm nicht Angst oder schmerzliche Erinnerungen, wie er befürchtet hatte. Er verspürte vielmehr eine schmerzliche Sehnsucht nach Ellie und wünschte sich, sie wäre bei ihm und könnte das mit ihm sehen. Er könnte sie dann zu allen Bächen führen und ihr die versteckten Stellen zeigen, wo Forellen schwammen. Er sah wie ein König auf dieses Land herab und zweifelte keine Sekunde daran, daß er nun bald eine Frau haben würde. Die Zukunft würde genau so werden, wie er sie geplant hatte. Aus zwei Familien würde eine, in dem sicheren Schutz der Mauern von *Greenlings* vereint und von einem blühenden Geschäftsbetrieb verbunden. Es lag in seiner Hand, das zu verwirklichen.

Kurz vor Appleby hielt er noch einmal, um zu frühstücken. Er redete sich ein, daß er das nur aus Hunger tat und daß er gar nichts hinausschieben wollte. Schließlich näherte er sich doch dem Tal. Seine Hände verkrampften sich am Lenkrad, in seinem Hals saß ein bitterer Kloß, Angst und Vorfreude trieben ihn an. Als er am Marktplatz einen Parkplatz gefunden hatte, stellte er befriedigt fest, daß man ihn an seinem Erscheinungsbild genau als das erkennen konnte, was er war: ein Geschäftsmann, der mit etwas, das sich *Kumpania* nannte, absolut nichts zu tun hatte.

Obwohl es noch früh war, drängten sich bereits die Käufer zum Pferdemarkt in den Straßen von Appleby. Pulks von dunkelhaarigen Kindern belästigten die *Gaje* und versuchten, ihnen hölzerne Wäscheklammern und Papierblumen aufzuschwatzen. Sie zupften aufdringlich an Ärmeln und Röcken und beteten Hunderte von kleinen Lügen herunter. Ihre Mütter waren im Mekka der Roma-Frauen, dem Haushaltswarenladen, versammelt, der in der Marktwoche mit den Roma mehr Geschäft machte als mit den Touristen im gesamten restlichen Jahr. Jetzt konnte Michael über Papas bittere Bemerkung lächeln:

Gib einem Roma sein Pferd und ein Royal-Doulton-Service für seine Frau, und er wird glauben, er wäre gestorben und in den Himmel gekommen.

Die Männer aber waren nicht hier. Um diese Tageszeit waren sie unten am Fluß, wuschen ihre Pferde und rieben sie ab, bis sie glänzten. Sie hatten ihnen seit Wochen Salz zu fressen gegeben, damit die Tiere zulegten, und sie hatten ihnen beigebracht, den Kopf genau im richtigen Augenblick hochzuwerfen und den Hals dabei gerade richtig zu schwingen. Dui saß sicher bei den anderen Männern der Roma, die rauchten und lachend ihre kleinen Schwindelgeschäfte ausheckten.

Michael richtete seine Schritte jedoch bergauf zu dem Lagerplatz, wo die Frauen waren, und wo er auch Rose finden würde, wenn sie krank war. Auch Großmama würde dort sein. Der Kloß in seinem Hals hatte sich inzwischen auf seinen gesamten Brustkorb ausgebreitet. Von ihnen allen hatte er nur seine Großmama geliebt. Nicht seine Mama – an die war seine einzige Erinnerung ein Sarg mit Messinggriffen. Aber an die alte Frau mit den grauen Zöpfen erinnerte er sich noch genau, wie sie vor ihm Goldmünzen auf einem Stück blauen Samt aufgestapelt und mit einem Rubin seine Wange berührt hatte …

Sein erster Blick auf das Lager brachte eine Überraschung. Das Leben der Roma war also doch nicht zeitlos. Jetzt standen mehr als fünfhundert moderne Wohnanhänger auf dem Platz, hochglanzpolierte fahrbare Wohnhäuser, deren Fenster unter dem kobaltblauen Himmel blitzten. Wo Türen offenstanden, sah man eng gestellte, aber luxuriöse Einrichtungen, die vor Sauberkeit glänzten. Nur noch vereinzelt standen hier und da noch die legendären Holzwagen.

Als er zwischen den Wohnwagen durchging, begann ein Rudel Hunde ohrenbetäubend zu kläffen, was wiederum dunkle Gesichter an die sauberen Scheiben lockte, die ihn mißtrauisch musterten, dann aber vorbeiließen.

Wir kennen unsere Leute immer.

Er fragte nach Duis *Kumpania* und wurde an die Seite geschickt. (Es stand also nicht zum Besten mit ihr.) Tomo, angeblich ein Neffe, ein wuschelköpfiger Junge von vielleicht drei Jahren mit schnellen Augen und flinken Fingern, ließ ihn in Duis Wagen ein. Ja, Tante Rose sei hier; sein Papa hatte gesagt, Onkel Micah würde kommen, und er solle ihn hereinlassen und dafür sorgen, daß es ihm an nichts fehle. Die feuchten Augen des Jungen blitzten ihn an, er lächelte gewinnend und berührte federleicht Michaels seidenes Taschentuch.

Was konnte er da anderes tun, als es ihm anbieten? »Da, nimm«, sagte er. »In deinem Alter ist es gerade groß genug für ein *Diklo*.«

Das Lächeln, mit dem er dafür belohnt wurde – während der Kleine mit sicheren Bewegungen sein erstes Halstuch band und eitel einen Blick in den Spiegel warf –, war eine meisterhafte Mischung aus Unschuld und Habgier, Michael konnte sich vorstellen, wie Dui sie alle auf ihn vorbereitet hatte. Wenn er kommt, dein *reicher* Onkel Micah, sei nett zu ihm, ja?

Rose lag auf einer Liege in der Ecke. Die Vorhänge des Wohnwagens waren zum Schutz vor der Sonne zugezogen, und er hörte sie schon, bevor er sie sah – lange, rasselnde Atemzüge, ein trockenes Husten, dann Stille. Sie mußte jetzt um die fünfzehn sein, überlegte er. Für die Roma war das ein heiratsfähiges Alter, aber als er Rose so vor sich sah, erkannte er, daß ein Roma schon sehr verzweifelt sein mußte, bevor er für ein Mädchen wie sie das Brautgeld bot. Man hätte unmöglich sagen können, ob sie jemals hübsch gewesen war oder es je werden könnte. In der düsteren Beleuchtung im Wohnwagen waren ihre Gesichtszüge unscharf, verwischt wie eine Kohlezeichnung; als sie hustete und eine Hand an ihren Mund hob, sah er, daß aus der kleinen, dunklen Babyfaust die hagere Kralle der chronischen Invaliden geworden war. Dui hatte also nicht gelogen.

»Rose?«

Sie richtete ihre riesigen dunklen Augen auf ihn. »Bist du unser Micah?«

Er nickte und nahm die brennend heiße Kralle in seine Hand, wo sie sie gewichtslos wie ein Sperling liegenließ.

»Dui sagt, du wärst krank.«

»Ich gehe auf keinen Fall in eine Klinik. Immer wieder sage ich ihnen das, aber meinst du vielleicht, mir hört jemand zu? Nein, Rose hört kein Mensch zu!«

Tomo hinter ihr nahm eine Hand von seinem neuen Halstuch, deutete auf Rose und tippte sich vielsagend an die Schläfe.

»Möchtest du Tee?« fragte er bereitwillig. »Oder ein Bier?«

»Zeig mir Großmamas Wagen, ja?«

Sie stand hinter den anderen, und er erkannte sofort, warum. Ihr Wagen war zerkratzt und verbeult, und die Vorhänge in den Fenstern waren fadenscheinig – aber seine Tür stand offen, als würde er erwartet. Sie saß bewegungslos in den langen Röcken, wie sie die Zigeunerfrauen früher getragen hatten, am Tisch. Er zögerte, und sein Schatten fiel lang auf die Stufen am Eingang. Sie stand auf und drehte sich ihm zu. Sie hatte sich nicht verändert. Sicher, sie war faltiger, als er sie in Erinnerung hatte, kleiner, ihre Zöpfe heller grau, der Mund fester zusammengepreßt, aber ihre Augen waren die gleichen geblieben, argwöhnische schwarze Knöpfe, die vielleicht etwas von ihrem Glanz verloren hatten, aber nichts von ihrer Wärme.

Sie sagte lange nichts, sondern rieb den feinen Tweed seiner Jacke zwischen Daumen und Zeigefinger, um seine Qualität zu prüfen.

»Ein *Gajo*«, stöhnte sie schließlich. »Mein Enkel ist ein *Gajo*!«

Sie trat zurück, und wie früher folgte er ihr nicht. Niemand rückte Großmama zu dicht auf den Pelz. Aber *Gajo*! Eigentlich hätte er sich über die Bezeichnung freuen sollen – war es das nicht, was er sein wollte, wonach er immer gestrebt hatte? –, aber wenn sie von ihr kam, tat das weh. Er schaute sich um und sah saubere Regale, die zum größten Teil leer waren. Die Crown-Derby-Teller, die früher einmal stolz aufgestellt worden waren, fehlten. An ihre Stelle waren billige weiße (weiße!) Tassen und abgeschabtes Leinen getreten, das auf zu vielen Steinen in zu vielen Flüssen gewaschen worden war.

Sie stellte nun den Wasserkessel auf den Gasherd, grub tief in ihrem Wäschekorb und holte eine einzelne Tasse aus hauchdünnem Porzellan mit dem dazu passenden Unterteller heraus; außen war sie tiefrot, und innen rankten sich Rosen hoch.

»Weg«, sagte sie, als hätte sie seine Gedanken erraten. »Die guten Sachen sind alle weg. Es ist kaum noch etwas übrig. Dui ist ein Dummkopf, er redet viel und tut nichts«, sagte sie gleichmütig, wann hatte sie jemals Gefühle gezeigt? Nur an ein einziges Mal erinnerte er sich, und wie tief hatte er diesen klagenden Schrei begraben, als sein Vater ihre Tür mit der Sonnenblume mit Eiern bewarf und ihren Enkel mitnahm. »Ach, Dui! Habe ich ihm nicht gesagt ›Laß unseren Micah in Frieden‹? Habe ich es ihm nicht immer und immer wieder gesagt? Aber nein, er doch nicht ... Für Dui gibt es nur den einfachen Weg.« Während sie das sagte, wusch sie die Tassen aus, in einer besonderen Schüssel, die nur für Geschirr da war, niemals für Fleisch, nicht einmal für die Hände. Nein, manche Dinge hatten sich nicht verändert. »Jetzt hat er sich wieder etwas Neues in den Kopf gesetzt«, sagte sie. »Er will nach Kalifornien.« Nun rieb auch sie den Daumen gegen den Zeigefinger, aber bei ihr war das keine Geste der Geldgier. »Hat er dich um Geld angebettelt?«

»Nur für Rose, für die Klinik.«

Sie nickte, goß den Tee in goldgelbem Strahl auf die roten Rosen, gab Milch zu und stellte ihm die Tasse mit der vertrauten, schwungvollen Geste hin. »Rose wechselt schon seit Jahren von einer Klinik zur anderen. Hat er dir das auch gesagt? Eine Woche hält sie es aus und bleibt, vielleicht auch einmal zwei, und dann ist sie wieder bei den Familien, weil sie unsere Feuer vermißt.«

»Vielleicht wird sie diesmal ...«

Sie schloß die Augen, und ihm kam der Gedanke, daß sie wirklich nicht mehr die Alte war, wenn sie hier so einnickte – aber dann kehrte sie zu ihrem Thema zurück. »Dieser Dui verschwendet alles, was er in die Finger bekommt. Zu Lebzeiten deines Großvaters hatten wir noch Geld, waren sogar reich, aber das weißt du sicher noch ... Das war unser größter Fehler, es zuzulassen, daß dein Papa dich mitgenommen hat. Du würdest nach meinem Tod oberster Roma werden. Alle würden sie für dich stimmen, weil du kein Narr bist wie Dui mit seinen großen Plänen.« Sie lachte leise, und ihr Gesicht leuchtete in Vorfreude auf einen seit langem erwarteten Triumph kurz auf. »Aber alles wird er nicht bekommen ... Du warst immer mein Liebling, das weißt du ja, Micah. Hast du ein Mädchen?«

Also erzählte er ihr von Ellie und den Abramskys und von allem, was ihm zugestoßen war. »Sie wird aber trotzdem kommen, Großmama, es wird alles gut werden ...«

Sie wiegte sich sanft auf ihrem harten Stuhl und nickte weise. Sie sah sich in ihren Befürchtungen wieder einmal bestätigt. »Seltsame Menschen, diese *Gaje*, und so kalt, ein Kind aufzugeben. Das habe ich schon immer gesagt. Eine Vergewaltigung? Unseren Leuten haben sie Schlimmeres angetan, Micah. Weißt du noch, was nach dem Krieg alles herausgekommen ist? Im Radio haben sie es damals gemeldet. Nein, damals warst du noch zu jung. Eingesperrt haben sie uns und vergast in Lagern mit Stacheldraht und Wachtposten und Verbrennungsöfen, zu Tausenden, Micah! Die *Gaje* hier drüben haben so getan, als hätten sie nichts davon gewußt, aber *wir* wußten es, wir wußten es die ganze Zeit ...«

Ihre Augen sahen blicklos zurück in die Vergangenheit, und als sie sich wieder schlossen, ließ Michael sie am Tisch sitzen, wie er sie vorgefunden hatte, und ging hinaus.

Am Abend erschien sie wieder am Feuer der Familie, um Michael eine dicke, kräftige, scharf gewürzte Suppe vorzusetzen, die nach seiner Kindheit schmeckte, und er spürte, wie sich die Muskeln seines Gesichts entspannten und weicher wurden. An einige aus der Familie erinnerte er sich noch, an Delendi und den Zweig der alten Hela, aber Tante Olla war schon lange nicht mehr da, und Farah, so berichtete man ihm immer wieder, war in Kalifornien. Dieser Name, Kalifornien, schien für sie magische Qualitäten zu besitzen, was ohne Zweifel auf Dui zurückzuführen war, der rechts von ihm saß, ihm pausenlos Wein aufdrängte und einen Trinkspruch nach dem anderen ausbrachte. Es wäre schlimmer als schlechtes Benehmen gewesen, das Glas stehenzulassen, und so trank auch Michael immer mehr. Der Rauch stieg zum sternenklaren Himmel auf, irgendwo wieherten leise die Pferde, und in den Schatten strichen hager wie die Wölfe Hunde umher und lauerten mit hochgezogenen Lefzen und blitzenden Reißzähnen auf Brocken, die ihnen jemand zuwarf.

»Trink, Micah, trink! Wie lange ist es her, seit wir unseren kleinen Bruder zum letztenmal gesehen haben?« Hände berührten ihn, Stimmen legten sich einschmeichelnd wie Decken um ihn, holten ihn in die Vergangenheit zurück und verbannten *Greenlings* und die zwei starren Frauen immer mehr in eine andere Welt, eine andere Kultur, die mit jeder Stunde in weitere Ferne rückte.

Rose saß nicht mit am Feuer. Dui prahlte mit den Drohungen, die er ausgesprochen hatte, wenn sie es wagen würde, auch nur einen Fuß aus dem Bett zu setzen.

»Die Nachtluft ist nicht gut für sie.«

»Es ist nicht die Luft«, gab Großmama heftig zurück. »Es ist der Rauch.«

Dui breitete beschwichtigend seine Hände aus. »Was es auch ist, auf jeden Fall ist sie krank und muß in die Klinik.« Er warf dabei Michael einen schnellen Seitenblick zu. Da blieb Michael, über dem Duis Geruch nach Pferden und Schweiß hing wie eine Glocke, nichts anderes übrig, als seine Hilfe zuzusichern. Gern würde er helfen, und er hatte dabei das Gefühl, daß er so eine Schuld abtragen könnte, die er mit seiner Arbeit, seinem Fleiß, seinem Haus und seiner Sicherheit irgendwie angehäuft hatte. Welchen Hintergrund sein Angebot auch gehabt haben mochte, auf jeden Fall war es der Anlaß für viel Beifall, überschwengliche Danksagungen und wieder Wein, der ihm angeboten und von braunen Händen feierlich in den Staub gespritzt wurde. Weitschweifige Trinksprüche auf Roses Genesung wurden ausgebracht, und Michael hörte sich zu seiner eigenen Verblüffung in Romani antworten:

»*Bater.*« Mag es so sein. Es kam ihm vor, als sei er nie weggewesen und als Roma aufgewachsen. Ob das vom Wein, vom Rauch oder einfach nur von Nostalgie kam, wußte er nicht, aber er glitt leicht wie eine Hand in einen oft getragenen Handschuh zurück und erinnerte sich selbst daran, daß sein Leben mit Papa nicht wie das Leben bei den Roma gewesen war, daß …

Dui legte ihm einen Arm um die Schulter und richtete sich wieder an ihn. »Morgen wirst du mir zuschauen, wie ich einen Rotschimmel verkaufe, Micah. Als wir ihn bekommen haben, war nichts an ihm als Haut und Knochen, und Luft hatte er auch keine, aber warte nur, bis du ihn gesehen hast! Er wird uns einen schönen Batzen Geld einbringen …«

Michael ballte die Hände in seinen Taschen zu Fäusten. Er sah Großmama nicht an. »Morgen bin ich nicht mehr da. Ich fahre weg, nachdem ich mit Roses Arzt gesprochen habe.« Vielleicht war er bis dahin wieder nüchtern.

»Nein! O nein!« Dui saß erstaunt neben ihm, gekränkt, verletzt, blutend, sterbend. Außerdem war er beleidigt und rief alle Anwesenden zu Zeugen für diesen gemeinen Dolchstoß in den Rücken auf. »Ein bedeutender Mann wie du hat nicht einmal ein paar Tage für sein eigenes Volk Zeit?«

Die lauernden Gesichter um ihn herum zeigten die gleiche Kränkung wie Dui, und er spürte, wie sich schwerfällig knarrend die Backen einer uralten Falle schlossen.

Nun meldete sich Großmama zu Wort. »Heute nacht schläft er in meinem *vardo*. Morgen erledigen wir, was zu erledigen ist. Dann fährt er heim – wenn er das will.«

Als sie jedoch später am Abend in ihrem Wagen eine Decke über ihn legte, bekam er ihre Art von Druck zu spüren. Zunächst hatte sie eine leichtere Hand als Dui, summte ein Lied vor sich hin und stellte eine Kerze unter ein Bild von Großpapa mit einer jungen Frau, kochte ihm noch einen Tee und servierte ihn wieder in der Tasse mit den Rosen.

»Nein, danke, Großmama.«

»Trink – ich habe meinen Enkel nur einen Tag (Dui zählt für mich nicht), und da soll er einen klaren Kopf behalten. Für die Beschwerden, die du bekommen wirst, wenn du aufwachst, gibt es nichts besseres als Pfefferminztee.«

»Woher weißt du das?« Ihm war im Kopf schwindlig von Wein und Zweifeln, und er ließ ihn tief in die Kissen sinken.

»Meine Großmama war eine Kräuterfrau. Sie wußte alles, und sie hat mir ein bißchen von diesem oder jenem erzählt; daher weiß ich das. Jetzt gibt es nur noch Aspirin und dieses alberne Penicillin – nichts als Schimmel, wenn du mich fragst. Ich pflücke meine Kräuter noch immer selbst ...«

»Es wird nicht wirken.«

Einen Moment folgte Stille, und dann kam es:

Geschickt, schnell und mühelos wie eine Messerklinge durch Butter. »Bei deinem Papa hat es immer gewirkt.«

Es war das erste Mal gewesen, daß jemand von ihm gesprochen hatte, und ausgerechnet Großmama mußte es tun. Aber wer dachte sonst noch an ihn? Michaels Mutter war ihr einziges Kind gewesen, und sein Papa hatte sie getötet: Man konnte es ihr also wirklich nicht verübeln, wenn sie darüber brütete und ihre in das Gift des Schuldbewußtseins getauchten Pfeile nach ihm abschoß, während die Kerze ihre Tränen aus geschmolzenem Wachs vergoß.

»Ich bin nicht Papa, Großmama.«

Sie wendete sich ab, er war bereits halb eingeschlafen, als sie zu ihm zurückkam, sich sanft schaukelnd mit zusammengerollter Schürze über ihn stellte und zu ihm herablächelte.

»Diese Russin. Hast du dir schon einmal überlegt ... du könntest ihr vielleicht einen Gefallen tun, wenn du ein Weilchen wegbleibst. Es kann doch sein, daß ihr das gut tut, wenn sie einmal in Ruhe über alles nachdenken kann ...«

»Du vergißt mein Geschäft, und Ellie. Ich muß sie anrufen.«

»Anrufen kannst du sie von überall, aber was willst du ihr sagen?« Sie schloß die Augen. »Die Menschen planen und planen, aber manchmal, *chala*, lohnt es sich, einfach abzuwarten, was kommt. Ich, ich mache gar keine Pläne, aber die Dinge passieren trotzdem.«

Ihre Augenhöhlen verwandelten sich im Kerzenlicht in riesige schwarze Löcher, und er hatte das Gefühl, als würde er fallen, fallen ...

Sie beobachtete ihn lange, und als seine Atemzüge regelmäßig wurden, seufzte sie und blies die Kerze aus.

Was es auch war, das sie ihm zusammengebraut hatte, es wirkte wie ein Zaubermittel. Er wachte am nächsten Morgen erst spät auf, aber er war frisch und hatte einen klaren Kopf, als er mit Großmama zu der Arztpraxis fuhr. Sie hatten einen Termin, aber sie mußten trotzdem lange warten, bis Michael barsch fragte, ob hier Patienten willkommen seien oder nicht. Die Sprechstundenhilfe ließ ihren Blick von den grauen Zöpfen und den verstaubten Röcken der Frau zu Michaels maßgeschneidertem Jackett aus London zucken, und dann betrachtete sie den Wagen, der draußen vor dem Fenster stand. Danach dauerte es nur noch Sekunden, bis sie vor dem Schreibtisch des Arztes standen. Er zeigte ihnen höflich Röntgenaufnahmen von Roses Lunge und legte ihnen Bilder von malerischen Berghütten mit breiten Balkons, Schwimmbecken und jungen Patienten mit Tennisschlägern in der Hand vor – was Großmama zum Lachen brachte.

»Unsere Rose mit einem Schläger und einem Ball? Sie würde das Ding zerschlagen und ein Feuer daraus machen!« Da sie jedoch Romani gesprochen hatte, beachtete der Arzt ihre Äußerung nicht und warnte sie nur mit ernstem Gesicht vor monatelangen Zügen auf den Straßen und der Gefahr einer Lungenentzündung.

Michael glaubte dem Arzt. Er unterzeichnete Erklärungen, schrieb Schecks aus und versprach Großmama, er werde später noch einmal hereinschauen, um sich zu verabschieden, bevor er sie zu ihrem Wagen brachte. Dann fuhr er zum Fluß.

An diesem heißen Nachmittag war sein Lied besonders süß; das Wasser sprudelte schnell und klar über moosbedeckte Steine, umspülte Büsche und umgestürzte Stämme, an einem kleinen Wehr schien das Wasser kurz anzuhalten, bevor es sich hinunterstürzte. Möwen spielten darüber in der Luft, Schilfrohre wiegten sich an den Ufern, und das grüne Flußtal lag still vor ihm, weit entfernt von dem Treiben des Pferdemarktes.

Hier herrschte Frieden, und Michael dachte weder an Papa noch an die Roma, bis er mit einem Schuh an eine Forelle stieß. Zunächst dachte er, sie sei tot, beugte sich zu ihr herab und drehte sie mit einem Stock um. Die Kiemen bewegten sich nicht, das geöffnete Maul war still – aber in den Fischaugen, im Schatten glänzten sie wie Perlen, zuckte etwas. Der Fisch lebte also noch. Er atmete nicht, aber er lebte. Wie in ihm selbst der

Geist der Roma glomm. Im Herzen, im Gehirn, in den Genen, irgendwo war er noch und klammerte sich wie eine Muschel fest.

Der Fisch zu seinen Füßen zuckte noch einmal auf. Michael fuhr zusammen, hob ihn auf, schmetterte seinen Kopf an einen Stein, bevor er sich die Hände in dem klaren Wasser des Eden wusch.

*

Felix machte kein Licht, der Mond schien hell genug. Er sah auf Anna herab, die dürr in dem riesigen Bett lag. Sie hatte die Arme verschränkt, die Füße übereinandergelegt und wirkte in ihrem weißen Nachthemd, das im Mondlicht silbern glänzte, fast wie ein Speer, der gegen sich selbst gerichtet ist. Ach, diese törichte Frau!

»Was gibt es?« fragte sie halb benommen. »War das die Haustür?«

»Mischa geht weg. Sein Bruder war da – jemand in der Familie ist krank.«

Die Worte drangen ihr langsam und unklar ins Bewußtsein. »Bruder? Ach, Familie ... irgendwo steht das, ja, bei Tolstoi steht es ... glückliche Familien sind alle gleich, nur unglückliche Familien unterscheiden sich ...« Ihre Gedanken waren irgendwo in der russischen Literatur verloren, und sie brauchte lange, bis sie den Faden wiedergefunden hatte. »Krankheit in Mischas Familie? Wir sind Mischas Familie, und bei uns ist niemand krank ... Was redest du denn da für einen Unsinn?«

»Die Zigeuner. Er ist zu ihnen gegangen ...«

»Oh ...« Sie schien nach ihm greifen zu wollen, konnte ihre Hand aber nicht von der Decke heben. Er fragte sich bedrückt, wie lange es her war, seit sie etwas gegessen hatte. Stunden? Tage? Das hätte er bedenken sollen, als er ihr den Rum eingoß ... »Mischa ... wo geht er hin?«

»Nach Norden. Nach Westmoreland, sagte er.«

Sie nickte, ließ sich noch tiefer in das Bett sinken und schloß ihre schweren Lider. »Das ist ja nicht weit ... morgen ist er wieder da.«

Er wollte sich schon umdrehen, als ihn mächtiger Zorn ergriff. Er packte sie und rüttelte ihre hagere Gestalt.

»Anna-Anna-Anna!« brüllte er sie an. »Achtzehn Jahre ist es her! Du kannst es vielleicht aushalten, aber ich kann es nicht mehr! Es ist Zeit, nachzugeben! Hörst du, nachzugeben!« Der harte Zugriff seiner Hände und die Verzweiflung in seiner Stimme machten sie mit einem Schlag hellwach, und ihre Augen gingen auf. »Achtzehn Jahre! Achtzehn-achtzehn-achtzehn!«

Sie wurde stocksteif und rollte ihren Kopf von einer Seite zur anderen. »Achtzehn oder achtzig, für mich macht das keinen Unterschied. Noch in meinem Grab werde ich das Gesicht von Hans vor mir sehen, wie er sich auf mich stürzt.«

Felix war ganz im Griff dieser ungewohnten, berauschenden Wut. Er schaltete das Licht an, drückte ihr einen Handspiegel vor das Gesicht und rief: »Diese arme Anna! Niemand tut ihr soviel Gewalt an wie sie sich selbst! Schau es dir doch an, da, schau, mein wunderschönes Mädchen! Diese Wut, dieser Haß in deinem Gesicht, das ist doch grotesk! Häßlich bist du geworden, häßlich!«

Sie fuhr hoch und wandte sich von dem Spiegel ab. »Wenn ich häßlich bin, bin ich eben häßlich! Was macht das schon?«

»Deine Willenskraft und deine bewundernswerte Stärke ... wie stolz bist du darauf, nicht? Auch ich war stolz darauf. Was ist aber, wenn ich dir jetzt sage, daß das nichts anderes ist als Selbstmitleid, und daß du dir selbst etwas vormachst? Daß dich das eine Karriere gekostet hat, eine Heimat und den Seelenfrieden, deinen so gut wie meinen? Daß wir auch heute noch keine glückliche Familie sind und daß niemand von uns je wieder glücklich werden kann, wenn du ihn zwingst, dich zwischen dir und dem Mädchen zu entscheiden ...«

Seine Wut war damit schon verraucht, und er ließ Anna stehen, schwer atmend hielt sie sich am Bettpfosten fest. Seine

Schultern sanken herab, und er zog sich mit schwerfälligen Bewegungen wie ein alter Mann vor diesem rächenden Zorn und der Frau, die ihn entfacht hatte, zurück, aber nicht vor der Desillusionierung. Vor der konnte er nicht mehr fliehen.

»Anna, wenn er zu dem Entschluß kommt, daß unsere Welt zu unglücklich ist und er darin nicht leben kann, wenn dein Haß uns unseren Mischa kostet ...«

Sie richtete sich auf und zeigte ihm ihren langen, geraden Rücken. »Kosten? Wieso kosten? Er macht einen kurzen Besuch bei den Zigeunern, na schön – aber die bedeuten ihm doch jetzt nichts mehr ...«

»Wissen wir das? Hat er uns das je gesagt? Und wenn er nicht wiederkommt? Das, mein Engel, könnte ich dir nicht verzeihen.«

Er sah, wie ihr blasses Gesicht grau wurde, wie der Stolz kämpfte und verlor, wie er zu Schmerz zerschmolz, zu Angst, zu Panik und schließlich zur Gewißheit, bevor sie sich von ihm abwandte.

»Also gut, einverstanden.« Ihre Stimme war leise und heiser. »Schick das Telegramm ab, aber ...«

»Nein, kein Telegramm. Mit dem Telefon. Und du, Anna, du wirst sie anrufen und ihr sagen, wohin Mischa gegangen ist. Du wirst ihr sagen, daß sie hier willkommen ist, wenn nicht als deine Tochter, dann wenigstens als deine Schwiegertochter.«

*

Als Ellies Flugzeug in Heathrow landete, herrschte wildes Durcheinander. Links von ihr war eine diplomatische Delegation, rechts von ihr eine Gruppe von Missionaren, aber nirgendwo war das Durcheinander größer als in ihrem Innern. Vielleicht hätte sie nicht kommen sollen. Die Stimme der Frau hatte weiß Gott nicht einladend geklungen, aber wo war Michael, warum war er zu den Zigeu ... nein, zu den Roma gegangen, nachdem er ihr so viel erzählt hatte von Sicherheit, hohen Mauern und einem soliden Haus.

Dann kam ein Mann mit weißem Haar auf sie zu.

»Gabriella … Gabriella … natürlich erkenne ich dich …«

Wie im Traum folgte sie ihm, diesem Greis, der aussah wie ein Hirte, der unablässig vor sich hin murmelte, während er ihren kleinen Koffer und ihren Mantel aufnahm und sie durch ein Labyrinth von Gängen führte. »… deshalb weiß ich ganz genau, was du jetzt fühlst. Ja, du wehrst dich gegen sie«, sagte er, »mir selbst fällt es manchmal schwer, ihr zu verzeihen – aber auf der anderen Seite habe ich deinem Vater niemals ganz verzeihen können.« Während sie auf den Fahrstuhl warteten, suchte er in seinen Taschen herum, bis er endlich seine Brille gefunden hatte. Er putzte sie mit einem rotblau gemusterten Seidentuch, ohne dabei mit dem Reden aufzuhören. »Aber das alte, abgedroschene Sprichwort ist wohl doch richtig. Was wir nicht vergeben können, müssen wir zu vergessen versuchen.«

Als seine Brille endlich fest auf seiner Nase saß, beugte er sich zu ihr, sah ihr in die Augen, betrachtete ihr Haar, ihren Mund, und dann nahm er eine ihrer Hände und führte ihre Handflächen an seine Lippen. Er schloß die Augen, und als er sie wieder öffnete, standen Tränen darin.

»Sind … bist du krank?« fragte sie erschreckt.

»Nein, nein.« Er mußte seine Brille wieder abnehmen, um sich die Augen reiben zu können. »Es ist nur … dein Lächeln ist genauso wie ihres, so wie ich es von früher in Erinnerung habe.«

20

Sie nähte, führte sorgfältig einen Stich nach dem anderen aus und zog im Schein der Nachmittagssonne mechanisch Nadel und rosa Faden durch den Satin. Wenn sich Schulkinder Sorgen machen, kauen sie an ihrem Bleistift; bedrückte Ehefrauen schütteln Kissen auf; Tänzerinnen nähen Schuhe.

Gegen das Licht vom Fenster gewandt, konnte sie nicht

nach den Scheinwerfern von Mischas Wagen Ausschau halten. Zwei Tage schon kam er nicht ... ach, warum war er bloß zu ihnen zurückgekehrt, ihr Mischa? Was war, wenn sie ihm nicht Wasser und Seife gaben und keine richtigen Handtücher? Wo er wohl schlief? Vielleicht gar am Boden!

Wie war es bloß möglich, daß nach so kurzer Zeit ihre gesamte Welt auf dem Kopf stand?

Hätte man nur diese Sache mit dem Mädchen auf sich beruhen lassen, hätte sich das Problem früher oder später von selbst gelöst, aber nein, Felix muß sie ja unbedingt holen ... Sorgen, nichts als Sorgen – kein Wunder, daß sie hier Schuhe nähte. Auf jeden Fall besser, als am Fenster zu lauern – denn es konnte nicht mehr lange dauern, bis Felix mit seinem Auto die Einfahrt hochgefahren kam.

Mit dem Mädchen darin. Gezögert hatte sie wirklich nicht, diese Gabriella. Na schön, vielleicht eine Sekunde lang hatte ihr die Stille am Telefon in den Ohren gegellt, hatte wie mit den Schwingen eines Geiers über ihr gehangen, als sie in Deutschland angerufen hatte. Felix hatte ihr einfach keine Ruhe gelassen, hatte ihr den Hörer aus der Hand gerissen, gesprochen, ihr ihn wieder zurückgegeben und sie ermahnt: »Sprich freundlich mit Gabriella!« Dann hatte sich kühl und selbstsicher die körperlose Stimme eines Mädchens in perfektem Englisch gemeldet:

»Handelt es sich um einen Notfall, Mrs. Abramsky?«

Mrs. Abramsky. Na schön, was hatte sie denn erwartet? Mama vielleicht? Oder Anna? Mutter? Trotzdem überraschte sie die Anrede so, daß sie ins Plappern geriet: »Ich weiß nicht, Felix hat mich dazu gebracht, anzurufen, weil unser Mischa zu diesen Leuten gegangen ist, und jetzt kommt er nicht heim und ruft nicht an. Hat er bei dir angerufen?«

»Nein.«

Und wieder nahm ihr Felix den Hörer ab, um selbst zu sprechen und sie zu überreden.

Natürlich hatte sie sofort das nächste Flugzeug genommen,

hatte es nicht abwarten können. Sicher, Mischa war ein begehrenswerter Fang, und jede Frau, die ihre fünf Sinne beisammen hatte, würde – aber warum mußte er gerade sie, er hätte doch jede andere haben können ... nein, ausgerechnet sie mußte es sein, und jetzt nahm sie diese halbherzige Einladung zum Vorwand ... und Felix war so leicht zu beeindrucken! Wie ein Kind hatte er überschwenglich dahergeredet, als er sie von Heathrow aus angerufen hatte.

»Deine Tochter ist schön wie eine Blume, Anna. So viel Geschmack hat sie, so gute Manieren!« Schnickschnack! Anna biß den Faden ab. Das war noch nicht alles gewesen. Ob seine Anna, sein Engel wohl etwas besonders Gutes zum Essen machen könnte? Vielleicht könnte sie sogar ein Kleid anziehen, nicht ihren alten Morgenmantel?

Nun, da hatte sie ihm wirklich etwas anderes erzählt! Sie würde sich nicht mit falschen Federn schmücken, sie doch nicht! Es war schon schlimm genug, daß sie das Haus einer Fremden öffnen mußte, die ihr nichts als Kummer bereiten würde.

Als er aufgelegt hatte, hatte sie die Augen geschlossen. Was um Himmels willen sollte sie sagen, wenn die Tür dort aufging? Willkommen vielleicht?

*

Es dämmerte, und im Haus brannten schon die ersten Lichter, als Felix mit Gabriella ankam; ihre Hände lagen ein wenig verkrampft in ihrem Schoß. Er bog um die letzte Kurve und bremste im Tor auf Schrittempo ab. Wo war Anna? Hatte sie sich in ihrem Studio verbarrikadiert und baute mit verzweifelten Übungen ihren Stolz wieder auf? Oder war sie, weil sie dem Mädchen nicht unter die Augen treten wollte, etwa ganz weggegangen? Wohin sollte sie aber gehen? Vielleicht hatte sie sich wider aller Erwartungen ihr bestes Kleid angezogen und erwartete auf der Freitreppe die Ankunft ihrer Tochter?

Sie stand nicht auf der Treppe, und in der offenen Tür auch nicht.

Sie saß in einem Lehnstuhl am Fenster, aber sie saß nicht bequem, und ihr Gesicht hatte sie entschlossen abgewandt.

»Ich fahre das Auto weg und bringe deinen Koffer herein, aber warte bitte noch«, ermahnte Felix Ellie. »Ich bringe dich hinein.«

Ellie wartete nicht. Sie nickte dem freundlichen Mann zu, machte eine Tür auf, und dann noch eine, und dann sah sie endlich eine Frau im Schein einer Lampe und mit finsterem Gesicht etwas nähen – eine unscheinbare Frau, genau das Gegenteil von allem, was sie sich vorgestellt hatte.

Sie hatte eine alternde Schönheit erwartet, deren Gesichtszüge mit der Zeit grob geworden waren, Spuren von Verwöhntheit, gepflegte Nägel, eine kunstvolle Frisur, geschickt aufgetragenes Make-up und modische Kleidung – aber was sie vor sich sah, war ein kantiges Knochengestell in einem formlosen, verblaßten Überwurf, ungekämmtes graues Haar, das den Friseur dringend nötig gehabt hätte, blaue Augen, die ihr kurze, feindselige Blicke zuwarfen, einem prüfenden Blick ihrerseits aber nicht standhielten, und einen Mund, so schmal und eng zusammengekniffen wie die Schalen einer Muschel.

Aus diesem Mund würde sie wohl kein Wort der Begrüßung zu hören bekommen – aber es war ja sowieso sonnenklar gewesen, daß ihr die Einladung von ihrem Mann aufgezwungen worden war.

Als sie nun vor dieser unbeugsamen Frau stand, überfiel sie der Zorn, den sie achtzehn Jahre lang unterdrückt hatte. Am liebsten hätte sie die alte Frau angeschrien, sie geschüttelt, daß ihr der zerzauste graue Kopf flog, hätte ihr Nadel, Faden und Tanzschuh aus der schmalen, dünnen Hand geschlagen, aber dann nagelten sie diese blauen Augen auf dem Teppich fest, Augen, die den ihren viel zu sehr ähnelten, und auf einmal kam sich Ellie wie ein kleines Mädchen vor. Sie zwang sich dazu, gerade zu stehen.

»Ist Michael noch nicht zurück?« fragte sie schließlich, denn eine von ihnen mußte das Feuer eröffnen.

In den blauen Augen, der einzigen Farbe, die diese Frau zu besitzen schien, blitzten Funken auf. »Mischa. Sein Name ist Mischa.«

»Bei mir nennt er sich Michael.«

»Aber in der Familie ...«

Ellie fuhr sich mit der rechten Hand keineswegs zufällig leicht über den Diamanten an ihrem linken Ringfinger und fragte noch einmal: »Ist er noch nicht zurück?«

»Nein.«

»Und hat er auch nicht angerufen?«

»Nein.«

»Aber Sie wissen, wo er ist?«

Unter dem abgeschabten Überwurf zuckten Annas Schultern. »Im Norden.«

Felix kam herein und sah sich blinzelnd um, wie ein Zauberer, der sein Kunststück vorgeführt hat und jetzt nicht recht weiß, was er weiter tun soll. Beide Frauen lehnten den Drink, den er ihnen anbot, ab. »Ich glaube«, sagte er zögernd, »ich fahre morgen einmal zu Mischas Verwandten und sehe, ob ich mit ihm sprechen kann. Er sollte erfahren, daß Ellie hier ist.«

Nun erhob sich Anna, um mit ihm zu sprechen, und Ellie war von ihrer Größe überrascht. Ihre Mutter war größer als sie selbst.

»Wo ist dein Stolz, Felix? *Wir* sind seine Verwandten – und wir suchen nicht in irgendwelchen Zigeunerlagern nach unserem Sohn. Er wird zurückkommen, wenn er will, und wenn nicht ...« Sie spreizte ihre schmalen Hände. »Er hat die Wahl.« Sie raffte ihr Nähzeug zusammen und verließ das Zimmer.

»Verzeih bitte meiner Anna«, bat Felix. »Sie ist keine unfreundliche Frau, und sie hätte bestimmt ein Essen gemacht – aber sie macht sich solche Sorgen um Mischa.«

Ich vielleicht nicht? dachte Ellie. In diesem Moment ärgerte sie sich sogar über Felix, der sich umsonst soviel Mühe gab.

»Das Benehmen Ihrer Frau ist mir gleichgültig. Ich bin nicht ihr Gast. Ich bin nur hergekommen, um Michael zu treffen und herauszubekommen, wie es um uns steht.«

»Wo ... aber ich bin sicher ... also, wenn ihr heiratet ...«

»Falls wir heiraten. Wenn er nicht bald zurückkommt ...«

»Aber du liebst ihn doch, oder?«

»Ich kenne den Mann, den ich in Deutschland getroffen habe. Den Zigeuner kenne ich nicht, und einen Mischa ebensowenig.«

»Das ist doch nur unser Name für ihn, nichts sonst.«

»Ihre Frau scheint es aber für wichtig zu halten.«

»Meine Frau.« Er breitete die Arme aus, seufzte, führte Ellie zu einem Stuhl und streichelte ihr die Hand. »Setz dich erst einmal hin, Kind. Meine Frau ... die auch deine Mutter ist, doch, das dürfen wir nicht vergessen ... Früher war sie einmal eine sanfte Person, so sanft, wie du auch bist, glaube ich. Dann aber wurde sie immer verbitterter, meine Anna – das war nicht deine Schuld, Gabriella, nein, niemals –, aber wenn Mischa nicht zurückkommt, bricht ihre Welt erneut zusammen.« Er sagte das so, als sei es für jedermann offensichtlich. »Ich kenne aber Mischa. Er wird wiederkommen, und dann wird sie einen Sohn und eine Tochter haben. Sie wird dich liebgewinnen.«

Ellie spürte, wie sie in seiner sanften Freundlichkeit erstickte, und wehrte sich mit bewußter Anstrengung dagegen.

»Mr. Abramsky, ich habe nichts gegen Sie. Michael sagt, Sie wären ein Heiliger, und er hat sicher recht, aber Sie müssen mich verstehen. Diese Frau, die Sie meine Mutter nennen, hat mich niemals angesehen oder mir ihre Hand geboten. Wenn sie es getan hätte, hätte ich sie nicht genommen. Wir sind Fremde. Ich habe Michael bereits gesagt, daß ich mich weigere, mit ihr zusammenzuleben.«

»Aber Mischa denkt nach, Kind! Er ist ein kluger Kopf! Er hat bereits eine Lösung gefunden und mit dem Architekten gesprochen. Aus diesem Haus werden zwei, damit wir als zwei getrennte Familien hier wohnen können, bis ... nun, bis wir uns aneinander gewöhnt haben.«

Einem Impuls folgend nahm sie seine Hand. Sie war dünn, trocken und überraschend kalt. »Zwei Familien, Mr. Abra –«

»Felix, sag Felix zu mir, und du.«

»Also gut, Felix – aber du mußt das verstehen. Wir werden immer zwei Familien sein. Es tut mir leid. Jetzt möchte ich mich ein wenig hinlegen.«

»Ja, ja, ich bringe dich in dein Zimmer. Es ist ein ruhiges, warmes Zimmer, es wird dir gefallen. Ich habe die Heizdecke angeschaltet.«

»Vielen Dank – aber ich würde lieber in Michaels Zimmer schlafen.«

*

In Michaels Zimmer holte sie tief Luft und versuchte, in seiner spartanischen Einrichtung, die sich so sehr von dem Rest des Hauses unterschied, seine Persönlichkeit zu spüren – aber sie fand hier nichts von dem Mann, den sie kannte. Alles war kalt, neutral und bis auf eine dunkelgrüne Couch und zwei streng geometrische, moderne Bilder an der Wand fast farblos. Es gab hier keinerlei Fotos von Familienangehörigen (was sie nicht überraschte) oder Freunden (was sie wunderte). Eine Wand war Büchern über Elektronik, Lexika, Werken über Marketing-Strategien und Verkaufspsychologie vorbehalten; da standen Bücher über Börsen und Bankwesen, Steuerrecht, vereinzelte Geschichtsbücher und ein halbes Dutzend vielgelesener Klassiker. Nicht ein einziges galt nur der Freude am Lesen oder dem Zeitvertreib.

Auch in dem großen Kleiderschrank hatte sie das Gefühl, sie habe es mit einem Fremden zu tun. Sie fand nur konservative Geschäftsanzüge und gestärkte weiße Hemden, doch dann stieß sie auf ein Sportjackett, das ihr bekannt vorkam, eine Krawatte, die sie ihm in Venedig gekauft hatte, und schließlich den Pullover, den er auf dem Ausflug nach Reims getragen hatte und der noch leicht nach Talkumpuder roch. Eine Woge von Erleichterung überschwemmte sie, und einen Augenblick lang war sie wieder bei ihm, freute sich und lachte vor Freude darüber, daß sie sich geliebt hatten und es bald wieder tun würden, und daß die Sonne auf sie schien und sie das auch in Zukunft tun würde. Es gab ihn also wirklich, diesen Mann, der ihre Gedanken und ihre Sinne mit Beschlag belegt hatte, und wegen dem sie Peter und Bonn und all ihre Träume von einer unabhängigen Zukunft vergessen hatte.

Aber wo war er jetzt, und was hatte ihn dorthin getrieben? Krankheit bei seiner Verwandtschaft, den Zigeunern, hatte Felix gesagt – oder war es vielleicht die Panik, die ihn bei dem Gedanken gepackt hatte, daß er sich zwischen ihr und dieser unmöglichen Vogelscheuche unten entscheiden müßte?

Sie setzte sich auf die Kante des schmalen Betts und hielt dabei noch immer den weichen Wollpullover in ihren Händen. England war so klein. Es wäre leicht, sich ein Auto zu mieten, nach Norden zu fahren und ihn zu suchen; es konnte nicht allzu viele mögliche Versammlungsorte der Roma geben. Was war aber, wenn sie ihn gefunden hatte? Würde sie das weiterbringen, würde sie dann genauer wissen, wer er war? Wie war es möglich, daß dieser Mann, der sein Leben vor ihr ausgebreitet und ihr sein Vertrauen geschenkt hatte, so einfach verschwand?

Eine Woche waren sie zusammen gewesen, eine Woche nur – und trotz allem, sogar trotz Anna Abramsky hatte sie ihm gesagt, sie wollte seine Frau werden.

Großer Gott, diese Frau! Häßlich, herrschsüchtig, erbärmlich in ihrer machtlosen Wut, gefesselt in ihrem eigenen Stolz – ausgerechnet sie, die so wenig hatte, worauf sie stolz sein konnte. Wie albern kamen ihr jetzt all die Träume vor, die sie um ihre Mutter gesponnen hatte, all der Flitterkram, die Melodien, die Rosenblätter und die Schmetterlingsflügel, all das, mit dem sie sie ausgestattet hatte – und dabei war sie die ganze Zeit nichts gewesen als eine Hornisse, die darauf lauerte, mit ihrem Stachel zuzustechen.

Am nächsten Tag machte sie einen Spaziergang, um dem Haus, der in dumpfem Schweigen brütenden Anna und dem wachsamen Felix, der ständig in einer Ecke bereit stand, zu entkommen. Im Dorf erfuhr sie als anonyme Fremde, was sie in *Greenlings* selbst nie erfahren hätte: daß Mrs. Ab die Geißel der Geschäftsleute im Dorf sei, daß sie eine scharfe Zunge hätte, wenn sie auf Widerstand stieß, und daß sie keine Freundinnen hatte und wohl auch keine wollte. Der Alte sei ein freundlicher Mensch, von ihm höre man nie ein böses Wort. Das Sagen aber habe natürlich der Zigeuner. Der sei ein selbständiger junger Mann und ging seiner eigenen Wege, ohne sich um irgend jemanden zu kümmern. Bei der Renovierung von *Greenlings* habe er die ortsansässigen Handwerker und Geschäftsleute übergangen und seine Aufträge nach London vergeben – das habe viel böses Blut gemacht.

An einem Tag nahm Felix sie mit zu *Abramo*, und sie sah, wie sehr sie sich getäuscht hatte. Das war kein kleines Geschäft – die Lager waren voll, Männer in weißen Kitteln rannten geschäftig mit Auftragsbestätigungen in der Hand herum, und die *Abramo*-Laster wurden mit verpackten Waschmaschinen, Mixern, Toastern und Fernsehgeräten beladen.

»Und wenn sich alle Leute diese Dinge angeschafft haben?« fragte sie. »Was werdet ihr dann verkaufen?«

Felix lachte. »Mischa sagt, die Nachfrage läßt niemals nach. Die Leute werden immer noch mehr und noch bessere Geräte haben wollen.«

Er zeigte ihr das Labor und eröffnete ihr, hiermit werde Mischa ein Vermögen verdienen. »Er ist ehrgeizig, unser Mischa«, sagte Felix. »Ich glaube, er wird nicht ruhen, bis er mehr Geld hat, als er zählen kann – und er zählt schneller als irgend jemand, den ich kenne.«

»Das klingt ganz so, als würdest du ihn für perfekt halten«, sagte sie. »Irgendein Laster muß er doch auch haben.«

Felix seufzte. »Aber ich habe es dir doch gesagt! Er ist ehrgeizig. Zwischen Ehrgeiz und Habgier ist nur ein schmaler Grat, Gabriella.«

*

Michael blieb vier Tage fort.

Als er in der Abenddämmerung zurückkam, hing der Geruch der Feuer noch an ihm, und sein Blick war in die Ferne gerichtet, als wäre er viel, viel weiter gereist als nur nach Nordengland. Sein Gang hatte sich verändert, seine Schritte waren beschwingter. Der Wagen, sonst immer makellos gepflegt, war nun grau vor Staub, aber Mischa schien das nicht einmal zu bemerken. Als er aus der Garage kam, ließ er die Tür offenstehen.

Er trug dasselbe Hemd, in dem er verreist war. Inzwischen war es ungebügelt und ungestärkt, und gestern abend hatte Großmama es noch hastig gewaschen und auf einem Schwarzdornbusch getrocknet. An der Schulter war es eingerissen, und einige Knöpfe standen offen.

Felix, Ellie und Anna hatten den Wagen gehört und beobachteten von ihren verschiedenen Fenstern aus seine Ankunft in *Greenlings*. Sie sahen, wie er den Kopf schüttelte, als er den knorrigen Stamm der Eiche berührte, und sie sahen, wie kurz ein Lächeln aufblitzte, als er leichtfüßig die Treppe hinaufrannte und den Türknauf drehte.

Wäre Ellie nicht im Haus gewesen, so wäre Anna in die Eingangshalle gerannt, hätte ihn in die Arme genommen und Felix zugerufen, er solle herkommen, aber schnell! Ohne Anna und Felix wäre Ellie ihm entgegengelaufen. So aber warteten sie alle still in ihren Zimmern, damit sie ihn nicht teilen mußten.

Für die beiden Frauen sah er aus wie ein Fremder, und nur Felix gelang es, eine Verbindung zwischen dem erwachsenen Mann und dem zerlumpten kleinen Lügner herzustellen, den er vor so langer Zeit in sein Haus aufgenommen hatte. Felix konnte sich vorstellen, was aus dem kleinen Mischa geworden wäre, wenn er bei seinen Leuten aufgewachsen wäre – ein verschlossener, feindseliger Mensch.

Er seufzte und ging in das Studio, in dem Anna vorgab, Lockerungsübungen zu machen. Er flüsterte ihr zu: »Wir müssen ihn vorsichtig behandeln, mein Engel. Er muß Zeit haben, um mit Ellie allein zu sein, und wir müssen genau aufpassen, was er sagt, denn eines will ich dir sagen: wir können ihn noch immer verlieren. Wenn nicht an das Mädchen, dann vielleicht an *sie* – denn ich glaube, er war nicht unglücklich in ihrem Lager.« Er deutete vage nach Norden, bevor er sich an das Klavier setzte, um Anna bei ihren Übungen zu begleiten.

*

Michael war erleichtert, aber keineswegs überrascht, als er Ellie wie einen Schattenriß vor der weißen Wand in seinem Zimmer stehen sah. Hatte es ihm Großmama nicht vorausgesagt? »Wenn du nicht da bist, werden sie sich Gedanken machen. Manchmal ist es am besten, wenn man einfach weggeht, Micah. Man gibt den Leuten die Möglichkeit, einmal gründlich nachzudenken.« Ellies Gegenwart überraschte ihn also nicht, aber ihr Zorn, den sie gut versteckte, bis er sie küßte. Dann aber zitterten ihre Lippen, und er hörte ein scharfes Nein. Heftig stieß sie ihn von sich.

»Du wußtest doch, daß ich auf dich warte, oder? Daß Felix mich anrufen würde, und daß ich nicht wußte, was los ist?«

»Ich dachte mir, er würde vielleicht anrufen, aber es bestand keinerlei Grund zur Sorge.«

»Felix schien das aber anders zu sehen.«

»Felix kann manchmal ein listiger, alter Fuchs sein. Er sah das als eine Chance, dich in dieses Haus zu bringen – wo wir dich beide haben wollen.«

»Anna aber nicht.«

»Damit hast du doch wohl nicht gerechnet, oder?«

»Ich habe deinen Anruf erwartet. Die Zeit hättest du dir nehmen können.«

»Ja.«

»Es war dir wohl völlig gleich, daß ich jede Sekunde auf die Türglocke und das Telefon gelauert habe?«

Er seufzte. »Ellie, hör mir zu. Aus nächster Nähe können einen Anna und Felix überwältigen. Ich brauchte Zeit zum Nachdenken. Dann, bei den Roma ... zuerst habe ich mich dabei ertappt, daß es mir gefiel, und ich fragte mich, was mir entgangen ist, seit ich von ihnen weggegangen bin ... aber dann bist du mir wieder eingefallen und die Abramskys und dieses Haus. Ich konnte das doch nicht alles einfach im Stich lassen!«

Er drängte sie mit sanfter Gewalt neben sich auf das schmale Bett und zwang sie, ihm zuzuhören, er erzählte von den Roma, von Dingen, die er weder verstand noch billigte, von Dingen, die ihn irritierten und verwirrten, und von ihrem Mangel an Ehrgeiz, der gerade bis zur nächsten Woche, höchstens zum nächsten Monat reichte. Das Leben bei ihnen war eine unmerkliche Falle, in die man nur zu leicht hineingeraten konnte. Er erzählte ihr von Dui und seinem Sohn, von Rose und von Großmama, von dem Handel mit den Pferden und vom Markt. Während er berichtete, streichelte er ihr mit dem Daumen sanft das Kinn, und er fühlte, wie es sich entspannte und weicher wurde, bis er es zu sich neigen konnte, um ihr in die Augen zu sehen und sie schließlich zu küssen.

»Ich muß duschen«, sagte er leise.

»Ja.«

»Du könntest mir helfen.«

»Ja.«

Als sie danach nebeneinander auf dem Bett lagen, fragte er sie nach Anna und dem Empfang, den diese ihrer Tochter geboten hatte.

»Kalt.«

»Aber höflich?«

»Gerade noch.«

»Du hättest etwas sagen sollen.«

Sie sah ihm fest in die Augen, und er spürte, daß sie in diesem Augenblick ebenso über sie beide nachdachte wie über Anna Abramsky. »Mit Streit kommt man nicht weiter. Taten bringen einem das, was man haben will.«

»Und was willst du haben?«

»Dich. Ich möchte deine ganze Welt sein.«

»Das bist du doch schon.«

Unter ihnen wurde in der Küche eine Backofentür zugeworfen, eine russische Unterhaltung klang leise die Treppe hinauf.

Anna warf Karotten und Kohlrabi in die Rindfleischsuppe auf dem Herd. »Was machen sie bloß so lange in seinem Zimmer?« zischte sie Felix zu und stach mit der Gabel im Fleisch herum, schnupperte kritisch den duftenden Dampf, der aus dem Topf aufstieg.

»Na, was wohl, mein Engel?« fragte Felix spöttisch. »Die beiden sind verliebt. Geduld. Sie kommen bald herunter – ich bin sicher, unser gutes Essen hat ihm gefehlt. Wenn es soweit ist, werden wir ganz still und friedlich sein und sie in aller Ruhe essen lassen. Danach können wir uns vielleicht daran machen, uns wie zivilisierte Menschen über die Zukunft zu unterhalten, ja?«

Eine Stunde später saßen sie alle um den Tisch. Ellie war ruhig und glücklich, obwohl Anna sie streng beobachtete. Mischa probierte das Fleisch und legte dann seine Gabel hin.

»Ist es nicht gut?« fragte Anna. »Ich habe es wie immer gekocht.«

»Wie gewöhnlich ist es köstlich – nur vielleicht ein bißchen fade.«

Noch vor einer Woche hätte er darauf die heftige Antwort bekommen, nur Bauern würden alles mit Gewürzen überladen, aber heute nahm sie nur seinen Teller, rannte in die Küche, gab reichlich Paprika und Knoblauchpulver darauf und brachte ihn wieder herein. »Versuch es jetzt«, forderte sie ihn auf. »Vielleicht ist es so besser.«

Michael wandte sich ab, er konnte das Mitleid in seinem Gesicht nicht verbergen. Anna Abramsky, die vor nichts Angst hatte als vor der Vergangenheit, Herrscherin in diesem Hause, das sie als das ihre betrachtete, und über ihre Männer, hatte nun eine neue, völlig unbegründete Angst, daß Mischa zu den Roma zurückgehen könnte.

21

In den Wochen nach Michaels Rückkehr wimmelte es im Haus täglich von früh bis spät von Arbeitern. Motorsägen knarrten, Hämmer klopften, Betonmischer holperten, Maurer riefen sich Anweisungen zu und kochten sich riesige Kannen Tee. Der neue Flügel für Felix und Anna mußte ganz genau zum Haus passen, als sei er zur gleichen Zeit aus den gleichen Baumaterialien gebaut worden. Fixpunkt blieb die riesige alte Eiche; sie war vorher Wächterin vor dem Haus gewesen, nun bildete sie den inneren Eckstein in einem großen L. Büsche wurden zu Hunderten ausgegraben, mit Erde in Sackleinwand eingeschlagen, um manchmal nur ein paar Fuß nach rechts oder links versetzt zu werden und sich so der neuen Anlage anzupassen. Von der breiten Einfahrt in der Mitte sollte jeweils ein Fußweg zu jedem der Eingänge führen; eine Reihe Zypressen sollte die beiden Wege voneinander trennen. Später, wenn sie größer waren, würden sie eine Wand zwischen ihnen bilden.

Im Ort war man sich allgemein einig: der Zigeuner war verrückt geworden, und im stillen teilten wohl die meisten Handwerker diese Meinung. Der Umbau kostete weit mehr, als das Anwesen in absehbarer Zukunft bei einem Verkauf einbringen würde.

»Es wird nie zum Verkauf stehen«, sagte Michael dazu gleichmütig, aber nur er und Felix und der Filialleiter seiner Bank wußten, wie knapp es dieses Jahr werden würde, wie genau das Verkaufsvolumen und der Profit ausgerechnet waren, und wie eindringlich er Pete Preston ermahnte, die Entwicklung von *Abramo I* voranzutreiben, sein Erfolg war nun lebenswichtig geworden.

»Es wäre sicherer, ein alleinstehendes kleines Haus für Anna und mich zu suchen«, hatte Felix angeboten, aber Michael hörte in dem Donner der Hämmer die Bestätigung seines Traums, beide Familien unter einem Dach zu vereinen, bis sie zu einer zusammenwuchsen. Dachte er an die Zukunft, so sah er Ellie und sich mit ihren Kindern, die vielleicht nicht gerade Bonbons aus einer Büchse aßen, aber dann sicher die feinsten Früchte, die es gab; die Eltern dieser Kinder waren bei ihnen, und die liebevollen Großeltern waren in Rufweite.

Wir sind frei, Micah, nicht wie die Leute in der Kumpania, jetzt sind keine Schwiegereltern mehr da, die ihre Nase in alles hineinstecken. Das hatte Papa früher immer gesagt, als Micah noch klein war, in der Tür des Wohnwagens, wenn er ins Gasthaus wollte, nachdem er Micah ermahnt hatte, sich ins Bett zu legen und dort zu bleiben und vor allem nicht mit Streichhölzern zu spielen.

Fielen ihm solche Dinge ein, so dachte Michael manchmal: Baue ich mir vielleicht meine *Kumpania* auf, weil Papa mich von meiner eigenen weggeholt hat? Dann aber lachte er; nur ein Narr würde die Pracht von *Greenlings* mit einem Pulk von rastlosen Wohnwagen vergleichen.

*

Die Hochzeit sollte im September gefeiert werden, und das Fest sollte auf dem langgestreckten Hang stattfinden, der zu dem Buchenhain hinunterführte.

Nichts hätte die bizarre Mischung von Verwandten und Bekannten so deutlich zeigen können wie die Gästeliste; sie war zwar nicht umfangreich, umfaßte aber derart hoffnungslos unterschiedliche Gruppierungen, daß sogar Felix an der Aufgabe verzweifelte, es jedem recht zu machen. Die leitenden Angestellten von *Abramo* und ihre Frauen mußten eingeladen werden, aber das waren nicht viele, und sie würden ihr Gegengewicht in den Tänzern und Tänzerinnen finden, die die Studios leiteten. Pete Preston sollte Trauzeuge werden, und als Ellies einzige Brautjungfer sollte Mary Beth Warren eingeladen werden, die zur Zeit in London eine Stelle als Hauslehrerin hatte und wohl von allen Gästen die einzige war, die man wirklich als Freundin bezeichnen konnte. Einige Kaufleute aus der Ryder Street vervollständigten die *Gajo*-Partei – aber wirklich problematisch wurde es erst bei Michaels Zigeunerverwandtschaft, da tauchten mit jeder Tradition neue Probleme auf. Großmama wollte natürlich dabeisein; Rose flog aus der Schweiz herbei. Aber was sollte mit Dui geschehen?

»Es wird nur eine kleine Familienfeier«, sagte Michael bestimmt, als Dui sich bei ihm meldete, um die Bedingungen auszuhandeln. »Nur im engsten Familienkreis.«

Dui verstand gar nichts mehr, war niedergeschmettert, tödlich gekränkt. »Gehöre ich etwa nicht zum engsten Familienkreis? Meine Frau? Der kleine Tomo, der einzige Neffe, den du hast?«

Michael zögerte, und das war ein Fehler – denn sofort begann Dui, sich für ein großes Fest stark zu machen, zu dem die gesamte *Kumpania* eingeladen werden sollte.

»Du bist doch kein armer Mann, Micah! Wir sollten es machen wie in alten Zeiten. ›Laßt den Wein fließen wie Wasser, und den Whisky wie Wein‹, laßt die Familien feiern.«

»Nein!« Er versuchte sich Ellie vorzustellen, wie sie sich den alten Ritualen gegenüber sah; Anna als königliche Brautmutter (allein diese Vorstellung ließ seine Phantasie austrocknen), wie sie stolz das blutige Laken von dem ehelichen Lager schwenkte, um die Unschuld der geliebten Tochter zu beweisen, deren Jungfräulichkeit, nach viel Feilschen für einen adäquaten Preis verkauft, nun endgültig verloren war.

»Nein«, sagte er noch einmal. »Die Zeiten sind vorbei, das weißt du genau. Selbst wenn es nicht so wäre, sind Ellie und ich keine Roma.«

Dui beharrte nicht weiter darauf. Er hatte noch weitere Argumente vorzubringen, und er konnte nicht mehr als eines zur gleichen Zeit überzeugend darstellen. »Du hast doch soviel Platz; auf dem Feld dort drüben könnten wir mit Leichtigkeit zwanzig Wagen unterbringen.«

»Das ist ein Rasen.« Michael sah es schon, seine satte, makellose Grünfläche mit tiefen Spurrillen von den Wagen verunstaltet und mit den schwarzen Brandflecken der Feuer (nur eine Woche, das ginge doch, oder?) übersät. »Du kannst kommen, wenn du willst, Dui, aber komm allein, und nur für den Nachmittag. Einen Wagen wirst du nicht brauchen.«

»Mischa hat recht«, sagte Felix dazu. Er dachte an die Flaschen und Dosen auf seiner geliebten Wiese. Wie sollte er hinterher jemals dem Gärtner unter die Augen treten können?

Ellie sagte nichts dazu, aber als sie sich später in Michaels Suite zurückzog, mußte sie lachen. Die Abramskys – selbst Michael – hielten sich für so weltmännisch und konnten über Großmutters Dünkel nur lachen, aber wenn es um die Zigeuner ging, waren sie sich alle gleich. Sie mochte Dui nicht, und sie wollte die Sippe ebensowenig wie die anderen zur Hochzeit dabeihaben, aber wie gern hätte sie Annas Gesicht gesehen, wenn ihr die Zigeunerkinder Eiscreme an das irische Leinen schmierten, durch die Rosenbeete tobten oder wie braune Frösche in den Lilienteich hüpften.

Und was sollten sie machen, wenn es regnete und die Feier in das Haus verlegt werden mußte? Dieses Problem wurde jetzt schon von Anna voll panischer Angst geprüft.

»Was machen wir denn dann, Felix, sag mir das! Die Zigeuner im Haus? *Drinnen*?! Muß ich dann das Silber verstecken, die Gläser wegschließen und meinen Schmuck zur Bank bringen, oder was?«

»Dein Schmuck ist doch nur für dich selbst kostbar, Anna. Wie kannst du bloß denken, Mischas Großmutter würde uns bestehlen«, sagte Felix streng.

Trotzdem hatte auch er seine Zweifel, aber er dachte mehr

an einen Streit zwischen den Familien als an Diebstahl. Er sagte Anna nichts davon, um sie während der letzten Wochen der Bauarbeiten nicht zu beunruhigen. Inzwischen herrschte im Haus ein zerbrechlicher Friede, der aber nur eingehalten wurde, weil alle wußten, daß sie nun bald nicht mehr miteinander auszukommen brauchten. Wenn Anna das Haus mit Musik füllte und Mischa für die Übungen an der Stange erwartete, strich Ellie unruhig auf dem Grundstück umher. Wenn Ellie sich mit Mischa in seiner Wohnung über die Stoffe und Farben für die Polstermöbel unterhielt, brachte Anna die Alben mit ihren Erinnerungsstücken in Ordnung und klagte über die Vergänglichkeit der vergilbten Besprechungen und verblaßten Fotografien. Das füllte die Abende und die Wochenenden aus, aber wie die beiden Frauen sich während der Wochentage beschäftigten, wußte Michael nicht. Fragte er danach, so sagte Anna nur: »So eine Frage kann nur ein Mann stellen; eine Frau hat keine Zeit dazu.« Er wußte nur, daß er keine Ruhe hatte, bis er abends nach Hause kam und beide Versionen des Gesichts, das er liebte, zu sehen bekam.

Ellie hätte es ihm sagen können, wenn er sie gefragt hätte. Sie und Anna verbrachten ihre Tage damit, einander aus dem Weg zu gehen, was in dem gleichen Haus nicht ganz einfach war. War Michael zu Hause und in Sicht, umkreisten sich die beiden Frauen argwöhnisch und mißtrauisch wie zwei Falken, die ein umstrittenes Revier belauerten. War er nicht da, gab es auch nichts, was sie einander hätten streitig machen können; sie konnten sich dann nur still und offen verachten und kleine Sticheleien austauschen, mit denen sie sich im Grund nur selbst beschämten. Diese kleinen Spielchen waren jedoch zugleich für beide Sicherheitsventile, die sie auch durchaus als solche erkannten.

Zunächst hatte Ellie vorgehabt, bis zur Hochzeit nach Deutschland zurückzufahren, aber dann hatte Anna eine abschätzige Bemerkung über die Moralvorstellungen der jungen Damen von heute gemacht, was Ellie dazu veranlaßte, sofort bei der Lagerungsfirma anzurufen, bei der sie ihre Möbel und Habseligkeiten untergebracht hatte, um alles nach *Greenlings* schaffen zu lassen. Unter Annas mißbilligenden Blicken räumte sie Tücher und Unterwäsche neben Michaels Socken und Pullover in den Kleiderschrank und genoß ihren Triumph. Ellie war zwar nur eine bestenfalls mittelmäßige Köchin, aber Annas spitze Bemerkungen bei den Kaufleuten wurde sie immer mehr leid. »Der Braten darf kein Fett haben – das mag Mischa nicht, wie Sie wissen! Nur braune Eier für Mischa, Mr. Yates. Heute nur gelbe Äpfel, bitte. Mischa mag sie lieber.« So ging es ewig weiter, bis Ellie laut hätte aufschreien können – aber sie ließ es bleiben, weil Anna ja genau das wollte.

Sie verkündete eines Tages, daß sie heute kochen wollte. Sie bestellte einen ausgezeichneten Braten und verbrachte den halben Tag mit seiner Zubereitung. Anna warf nur einen kurzen Blick auf den Küchentisch, und dann blieb sie bis zum Essen in ihrem Studio. Als sie wieder herauskam, hatte sie ihr bestes Seidenkleid angezogen, ihr Haar frisiert und sogar etwas pflaumenfarbigen Lidschatten aufgelegt.

»Es ist eine große Gelegenheit«, eröffnete sie Michael, als er das bemerkte. »Gabriella hat für dich gekocht.« Damit faltete sie die Hände und wartete auf das Unausweichliche.

Der Lammbraten sah herrlich aus; Ellie war stolz auf seinen satten, braunen Glanz, die Papiermanschetten, die sie so sorgfältig ausgeschnitten hatte, die Soße in der Porzellanschüssel. Sie erwartete Lob, aber als sie Michael die Platte hinstellte, damit er den Braten schnitt, kehrte nur ein langes, peinliches Schweigen ein. Als unter dem Strich der Bratengabel der rosa Saft herausfloß, nahm seine braune Haut die grünliche Farbe eines vernachlässigten Gartenteichs an, und er hielt sich eine Serviette an den Mund und bat Felix, doch für ihn den Braten zu schneiden. Dann stand er auf und rannte nach oben.

Felix seufzte. »Der arme Mischa kann kein Lamm essen. Das konnte er noch nie; allein von dem Geruch wird ihm schon übel … aber das macht nichts, Ellie, deshalb werden wir es uns trotzdem schmecken lassen. Sieh doch nur, wie saftig das Fleisch ist – Anna, reich mit bitte deinen Teller.«

»Nein, danke. Wie Mischa mag auch ich kein Lamm.«

»Anna, es wird dir schmecken! Bitte, deinen Teller!«

Felix konnte ihr vorlegen, aber er konnte sie wohl kaum dazu zwingen, das Fleisch auch zu essen, und damit saßen nur Ellie und Felix vor dem riesigen Braten.

»Sie wußte das ganz genau«, tobte Ellie später. »Dieses giftige alte Weib ...«

Michael wickelte sich eine Strähne ihres Haares um einen Finger. »Sie hat es wohl vergessen. Jetzt ist es sowieso nicht mehr als eine alte Geschichte.«

Er erzählte ihr von dem Christbaum mit dem Schmuck aus Lammfleisch. Ellie hörte zu und merkte, wie in ihr das Mitleid mit dem kleinen Jungen von damals aufstieg, und sie vergab Anna, zweifellos war es das, was er damit bezweckte. Später aber fiel es ihr wieder ein, und sie erinnerte ihn daran.

»Ich *hasse* sie, Michael. Sie ist verbittert und egoistisch und gemein ... Oh, wie kannst du eine solche Frau nur lieben?«

»Weil sie für mich da war, als es sonst niemanden gab«, sagte er sanft. »Nur noch Felix – und für ihn war es leichter.«

Das war wieder eine verhüllte Anspielung auf Annas angeblich tragisches Schicksal, ein Thema, dem sie auswichen, weil es sie entzweite. Noch bevor Ellie Anna kennengelernt hatte, hatte sie es für ausgeschlossen gehalten, daß ihr Vater zu einer Vergewaltigung fähig gewesen wäre, nachdem sie aber Anna kennengelernt hatte, war sie sich sicher. Welcher Mann könnte wohl dieses kantige Knochengestell so sehr begehren, um sein Verlangen sogar mit Gewalt stillen zu wollen? Der gemalte Held ihrer Mädchenphantasien auf jeden Fall nicht.

Sie faßte aber den Entschluß, wenn sie verheiratet waren und ihren eigenen Flügel bewohnten, Papas Porträt in der Eingangshalle aufzuhängen. Anna Abramsky war nun lange genug verhätschelt worden.

*

Der September kam heiß und trocken. In der Luft hing der Geruch von Heu und sonnenverbrannten Blättern. Im tiefsten Schatten der großen Eiche wartete der Wagen, der sie in die Flitterwochen bringen sollte. Der Hochzeitsschmuck und die Blumen waren bereits entfernt, und im Kofferraum lag ihr Gepäck. Das Paar wollte nach Kioto fliegen, neben der Besichtigung alter Tempel und Spaziergängen entlang der Ginza wollten sie auch zwei Transistorenfabriken und eine Präzisionslötwerkstatt besuchen.

Wie zu erwarten, spalteten sich die Gäste in zwei Parteien. Auf der einen Seite der Wiese standen die Leute von *Abramo*, machten die typischen Witze über die Neuvermählten und lachten viel; wer einen Bauch hatte, zog ihn ein, wenn er einer der Tänzerinnen vorgestellt wurde. Die *Abramo*-Frauen lächelten höflich und korrekt und betrachteten sich die Männer genau, die Tänzerinnen, den Bräutigam, von dem sie schon so vieles (und nicht nur Gutes) gehört hatten – und natürlich das Kleid der Braut, in sanftem Meergrün und nicht in Weiß, wie jeder erwartet hatte. Alle – Ehemänner, Frauen und Tänzer – bemühten sich, nicht auf den Tisch und das bunte Sammelsurium von Gästen zu starren, aber manchmal war die Neugierde doch stärker. Dann kamen die Trinksprüche, und Reden wurden gehalten, sie konnten sich entspannen und in aller Ruhe diese fremden Vögel anglotzen, die ihnen noch monatelang als Gesprächsstoff dienen würden.

Mary Beth, die zwischen den beiden Familien Michaels saß, prägte sich die Szenerie für immer ein. Noch Jahre sah sie diese Gesichter vor sich, in denen sich Liebe wie Haß widerspiegelten. Überall waren glatte Masken, aber darunter verbargen sich Gefühle, die so stark waren, daß sie fast greifbar in der Luft zitterten. Sie kam direkt aus London, und davor aus Maine und anderen zivilisierten Orten, und sie hatte in ihrem Leben noch nie eine so bunte Vielfalt gesehen, wie sie hier an der Hochzeitstafel ihrer Schülerin und Freundin Gabriella Abramsky, geborene von Reiker zu erleben war.

Bis auf den Trauzeugen, blaß wie ein Nachtfalter und typisch angelsächsisch, waren alle anderen exotisch und bunt. Auf Anna und Felix hatten Ellies Briefe sie schon vorbereitet. Sie hatte sie fast richtig beschrieben – obwohl sie nach Mary Beths Ansicht Felix zu freundlich und Anna zu unfreundlich dargestellt hatte. Sicher, Felix war ein Engel, daran konnte kein Zweifel bestehen. Er strahlte Güte aus wie ein Leuchtfeuer, aber im Alter würde er quengelig und unleidlich wie eine alte Frau werden. Anna ... bei ihr hatte Ellie jegliche Objektivität verlassen. Wo sie Arroganz sah, erkannte Mary Beth Stärke und eine Willenskraft, die ihr eher schwacher Mann niemals aufbringen könnte; vielleicht glaubte er, die Zügel in der Hand zu haben, aber solche Frauen ließen sich nur dann die Zügel anlegen, wenn sie es wollten. Selbst die Abramskys, vital und knisternd vor innerer Spannung, wurden hier an die Wand gespielt, vorprogrammierte Akteure in Rollen, deren Choreographie sie selbst vor einem Vierteljahrhundert festgelegt hatten. Die anderen waren es, die Zigeuner, die alle Blicke auf sich zogen.

Sämtliche im Flüsterton geführten Telefonate zwischen *Greenlings* und London hätten Mary Beth nicht auf diese Zigeuner vorbereiten können.

Da war die alte Zigeunerin, mit ihren grauen Zöpfen und den langen Röcken, die mit ihren schnellen schwarzen Augen alles sah. Sie roch an jeder Schüssel, probierte aus einigen, runzelte bei jedem Bissen mißtrauisch die Stirn und stopfte sich zwischen den Gängen mit ihren knotigen braunen Fingern eine alte Tonpfeife; sie steckte sie an, zog heftig, ließ den Tabak aufglühen und blies Wolken von scharf riechendem Rauch über den Tisch. Die Trinksprüche und den Wein beachtete sie nicht, aber sie beobachtete den Bräutigam, als wolle sie ihn mit ihren Augen trinken.

Auch das dünne, mißmutige Mädchen neben ihr aß nichts. Sie war emsig wie ein Eichhörnchen damit beschäftigt, Schinkenscheiben und Lachsstücke in den tiefen Taschen ihres Kleides verschwinden zu lassen. Ellie war das zwar peinlich, aber als taktvolle Gastgeberin murmelte sie ihr zu: »Ich bin so froh, daß du das magst, Rose. Wir werden dir etwas davon mit nach Hause geben.« Roses Antwort darauf kam direkt aus der Gosse, ein Triumph aus Mißgunst und Selbstmitleid: »Rose geht nicht heim, weißt du das nicht? Ich bekomme nur Brot und Milch zum Mittagsschlaf in dieser idiotischen Klinik.« Danach warf sie mit ihren schwarzen Augen dem gedrungenen Mann neben ihr einen durchbohrenden, wütenden Blick zu.

Das war der Bruder des Bräutigams, Dui, den niemand mochte. Mary Beth machte darin keine Ausnahme. Sie war vorher dabei gewesen, wie er sich von dem Bräutigam eine Seidenkrawatte ausgeliehen hatte. Sie war jetzt schon mit Pâté beschmiert und mit Tomatenkernen vom Salat gesprenkelt. Ihr Träger war laut und offensichtlich betrunken, und jetzt legte er Ellie seine verschwitzten Hände auf das Handgelenk.

»Was ist das bloß für eine erbärmliche Hochzeit, oder? Überleg doch nur, Ellie – Ellie, so heißt du doch, oder? –, du hättest ein Fest von einer ganzen Woche haben können, mit Gesang und Musik, und du hättest getanzt, bis dir die Füße abfallen ... aber freigiebig ist er gerade nicht, unser Micah.«

Er stockte, als sich Michaels schlanke Hand um sein Handgelenk schloß. »Ich glaube, du hast jetzt genug getrunken.«

Dui lachte und griff nach der Weinkaraffe. »Ich kann meinen Wein vertragen, meinst du nicht auch, Großmama?«

»Ungefähr genausogut, wie du den Mund halten kannst.«

Der Blick, der zwischen Dui und seiner Großmutter getauscht wurde, hätte Milch sauer werden lassen. Die alte Frau richtete sich an Ellie. »Du kannst von Glück sagen. Micah weiß, wann er genug hat. Unser Dui hier ist wie sein Vater. Er weiß nicht, wieweit er hinüber ist, bis er so hinüber ist, daß er es nicht mehr merkt.«

Dui war aufgesprungen; er klammerte sich am Tisch fest und stammelte lauter Worte, die Ellie trotz all ihrer Bildung nicht verstand.

Die Lippen der Großmutter schlossen sich fest um den Pfeifenstiel. Sie rauchte einen tiefen Zug, dann ließ sie ihn von der Brise langsam davonwehen, so daß er wie ein Banner über Duis Kopf schwebte. Ihre Antwort, die dann endlich kam, war in der gleichen Sprache – wahrscheinlich Romani –, aber mit Würde gesprochen, fast wie ein Zauberspruch.

Mary Beth spürte, wie sich die Haare in ihrem Nacken ganz leicht aufstellten. Sollte sich daraus der »Zwischenfall« mit den Zigeunern entwickeln, den die Abramskys so sehr zu befürchten schienen?

Nun sagte auch Michael etwas. Er sprach leise, aber Englisch, damit ihn jeder verstehen konnte. »Papa gehört der Vergangenheit an. Laßt ihn auch da.« Er führte in einer hastigen Geste zwei Finger an die Lippen und machte ein Zeichen in der Luft, es ließ seine ganze Autorität spüren und brachte alle zum Schweigen.

Das lenkte Mary Beths Blick unausweichlich auf den letzten der Zigeuner, die stärkste Persönlichkeit am Tisch, der Star, das Rätsel. Michael Abramsky. Oder Mischa. Oder Micah. Je nachdem, wer sprach. Ein beunruhigender Mann, dachte sie. Eine eigenartige Stille umgab ihn, als würde die Septemberluft zum Halten kommen und sich beruhigen, bevor sie zu ihm kam. Sein Gesicht war voller Gegensätze. Der Mund war breit und leidenschaftlich, die Augen so dunkel, daß man eigentlich hätte annehmen sollen, sie seien sanft, aber sie blitzten hart und schauten durchdringend.

Seine zärtlichen Blicke für Anna und Felix verrieten, daß hier Liebe und Dankbarkeit miteinander vermischt waren.

Seinem Bruder Dui, der nicht die geringste Ähnlichkeit mit ihm hatte, brachte er offensichtlich nichts als Verachtung entgegen.

Seiner Schwester Rose gegenüber zeigte er das Mitleid, das man einem verwundeten Tier schenkt. Er sprach mit ihr, das wohl, aber er sah sie nur selten an.

Seine Haltung gegenüber der Großmutter zeigte Respekt und Achtung.

Für Ellie hatte er nur Stolz und Bewunderung und nicht die direkte, einfältige Anbetung, wie man sie von einem so jungen Mann erwartet hätte. Mary hatte keinerlei Zweifel daran, daß er Ellie liebte. Aber der Hunger in ihm war zu bohrend, als daß Ellie oder auch Geld allein ihn ganz hätten stillen können. Er brauchte mehr, aber was? Das herauszufinden, verlangte Geduld, unendliche Erfahrung.

Wie sah er sich selbst, dieser Mann, der am Schnittpunkt so verschiedener Kulturen stand?

»Früher war er Zigeuner«, hatte Ellie am Anfang gesagt, »aber jetzt ist er wie alle anderen.«

Mary Beth Warren schüttelte den Kopf. Wenn Ellie das wirklich glaubte, sollte Gott ihr helfen. Irgend jemand würde es wohl müssen.

*

So sicher, als hätte sie es ihm gesagt, wußte Michael, was Großmutter tun würde. Er wußte es mit dem Augenblick, als sie die Worte an Dui richtete. Dieser törichte Dui, sie mit seiner Trinkerei zu reizen, die Vergangenheit zum Leben zu erwecken und damit auch die Bitterkeit, die niemals ganz sterben würde.

Papa hatte Großmutters Tochter getötet und ihren Enkel gestohlen. In so kompromißlosem Licht sah sie ihr Leben.

»Du mußt vergeben und vergessen«, hatte Dui gesagt – und Großmama damit die Peitsche in die Hand gegeben, mit der sie ihn schlagen konnte.

Wenn die Steine auf dem Wasser schwimmen, dann vergebe ich.

Das hatte sie gesagt, und zugleich hatte sie ihre Entscheidung gefällt.

Sie drehte sich langsam um, stellte sich direkt hinter das Brautpaar und nahm ihre beiden Hände. Sie legte sie zusammen, hob sie an ihre Lippen und flüsterte etwas Unverständliches. Dann sagte sie laut:

»Heute habe ich das Haus meines Enkels gesehen. Für

Leute, die Häuser gern mögen, ist es vielleicht ein schönes Haus. Ihr alle habt Micah und seiner Frau viele Geschenke für dieses Haus gegeben. Auch ich habe ein Geschenk. Es ist klein, nicht in Geschenkpapier verpackt, und auch nicht für das Haus. Es kommt jedoch von Herzen, und deshalb glaube ich, werden sie es annehmen.«

Das war wahrscheinlich die längste Rede, die sie in ihrem ganzen Leben vor Fremden gehalten hatte, und von dem höflichen Beifall schien sie wie benommen. Dann kehrte wieder Stille ein, und jedermann wartete gespannt auf ein Geschenk, das jetzt ausgehändigt würde.

Aber das war schon geschehen. Es lag in Ellies Hand, ein Stückchen Papier, vielleicht ein altes Bonbonpapier. Entgegen all ihrer sonstigen Gewandtheit wußte Ellie jetzt nicht, welches Tabu sie verletzen könnte.

»Mach es auf«, sagte Michael, er wünschte, sie hätte es nicht tun müssen, könnte es zurückgeben, aber da es »von Herzen« kam, mußten sie es annehmen. »Mach es auf, Liebling. Es ist etwas für dich.«

Papier raschelte und fiel herab, und alle am Tisch schnappten hörbar nach Luft, als sie sahen, was in Ellies Handfläche lag. Dui, der plötzlich nüchtern wurde, fand als erster seine Stimme wieder.

»Der Rubin! All die Jahre hast du so getan, als hätten wir ihn verloren.«

Großmutter lächelte. »Jetzt ist er wieder da.«

Ellie schloß Großmama dankbar in die Arme, und Michael sah über ihre Köpfe zu Dui. »Dazu hast du kein Recht! Er gehört in die Familie!« rief er.

»Micah gehört zur Familie«, gab sie zurück.

Ellie preßte den Rubin fest in ihre Hand und flüsterte Michael zu: »Ich habe Angst, ihn zu verlieren – o Michael, wie lieb von ihr, wo sie doch so wenig hat.« Damit legte sie ihm den Stein in die Hand.

Er fühlte sich kalt an, und er war nicht in Liebe geschenkt

worden. Für Großmama stand er für die *Kumpania* von gestern. Dadurch, daß sie ihn Dui genommen hatte, hatte sie unliebsame zukünftige Entwicklungen eindämmen wollen. Sein Bruder und seine Schwester aber – ja, auch Rose – würden ihn nun bis an ihr Lebensende hassen.

*

Sie waren schon viele Stunden in der Luft. Michael schlief fest, auch Ellie schlummerte, aber er erwachte, denn etwas stieg tief aus seiner Erinnerung auf: der Rubin. Wenn er leuchtete, sah man ein Feuer in seinem Herzen. Eine entschlossene, heisere Kleinmädchenstimme fragte:

»Und, was hat dein Papa gesagt, Micah?« Farahs spitzer Stock malte einem Vogel, den sie in den Staub gemalt hatte, tief ein rundes Auge in den Kopf.

»Wenn wir das Brautgeld bezahlen können, dann ...«

Die Motoren änderten die Tonhöhe, und Ellie murmelte etwas neben ihm. Er streichelte ihr Haar, das in der Dämmerung über dem Pol wie gelber Honig aussah. Wie verwundbar sie im Schlaf ist, dachte er, wie kostbar. Und wie unangreifbar, wie glücklich würde er sie machen.

22

Es war im ersten Jahr ihrer Ehe, jener Zeit, in der Wunder geschehen, wenn der Weg in die Zukunft mit Rosen bestreut und mit Liebe geschmückt ist, wenn Außenseiter, mögen sie auch noch so nahestehen, schemenhafte Fremde sind, die das Wunder nicht einen Augenblick verstehen können, und wenn jeder Tag in den Augen des anderen anfängt und endet.

Sie trug einen hellgelben Morgenmantel und lächelte ihm aus ihrem spitzenumsäumten Kissen zu; in einem Blumenkasten am Fenster nickten Schlüsselblumen, und die Sonnenflekken glänzten auf dem polierten Eichenholz des Toilettentischs als erste Vorankündigung sommerlicher Wärme. Es war ein friedlicher Morgen, aber schon wiesen kleine, scheinbar nebensächliche Ereignisse des Tages in die Zukunft, blieben jedoch unbeachtet, weil keiner ihre Tragweite abzuschätzen vermochte.

Sie wachten noch immer morgens früh in der sicheren Abgeschiedenheit ihrer eigenen Hälfte von *Greenlings* auf und wollten beide nicht einen der kostbaren Augenblicke verschwenden, bevor Michael mit Anna an der Stange übte und dann mit Felix zu *Abramo* fuhr. Er hatte es sich in der letzten Zeit angewöhnt, den Kaffee selbst zu kochen und ihn Ellie mit der Zeitung ans Bett zu bringen. Oft waren eine Blume, eine kleine Mitteilung oder ein kleines Geschenk unter den Schlagzeilen des *Telegraph* versteckt.

Er setzte sich auf die Bettkante, bis sie es entdeckt hatte, und verschlang das Bild, das sie dabei abgab. Ihr Haar lag wie ein Gewirr aus dunklen Goldfäden auf dem Kissen, ihre Haut war vom Schlaf rosig, ihr Mund war von der Liebe der vergangenen Nacht noch weich geschwungen; ihre gesamte Persönlichkeit schien nun von einem sanften Glanz umgeben.

Vielleicht spürte sie seinen Blick und merkte, wie er auf der leichten Wölbung unter ihrem dünnen Morgenmantel verweilte, denn sie wurde rot und strich die Decke über sich glatt. Er lächelte liebevoll. Als würde es ihm etwas ausmachen. Er wäre glücklich, könnte es die ganze Welt erfahren. Das erste Kind von vielen, vielen ... soviel Leben würde er ihnen geben, seinen Kindern, mit soviel Wärme würde er sie einhüllen ... immer würde sie als Stütze da sein, die Familie, und die Speisekammer würde immer gefüllt bleiben. Dazu dieses Haus, massiv, ein sicherer Schutz vor Schnee und Regen, die Mauern einen Fuß dick, ohne Spalten, durch die der Wind hereinfahren konnte, Kaminfeuer in jedem Zimmer, feste Schlösser, damit die Welt nicht hereinkam, die Roma ... nein, das hatte er nicht gedacht, er wollte so tun, als sei ihm dieser Gedanke nie gekommen – Großmama meinte er damit nicht, die an Weihnachten dunkler und irgendwie kleiner gewirkt hatte.

Er ließ seine Schultern entspannt herabsinken und schlüpfte glatt und geübt in die welterfahrene Haut von Michael Abramsky, der für so vieles dankbar sein konnte.

»Wir müssen es ihnen bald sagen«, bedrängte er sie, seine Stimme brachte Stolz und Bitten zum Ausdruck. Er fieberte dem Augenblick entgegen, wenn er es Anna und Felix erzählen und ihre Gesichter sehen würde, um sie endlich auch in ihren leuchtenden Kreis einzubeziehen. Warum mußten sie die Sache bis zum letzten Augenblick unter sich geheimhalten? »Bald werden sie es sowieso sehen.«

»Ich weiß«, sagte sie träge und lächelte. »Aber dann wird es jeder wissen. Trotzdem hast du recht. Felix hat mich gestern wieder so seltsam angeschaut, als wir ins Dorf gegangen sind. Wir haben die Abkürzung über die Heide genommen, und es war richtig auffällig, wie er mir über den Zauntritt geholfen hat – und das mit seiner Hüfte, kannst du dir das vorstellen!« Sie zögerte und sagte schließlich: »Vielleicht wäre es Zeit für eine Einladung zum Essen ...«

Das frische Rosa ihrer Wangen wurde kräftiger, und er überlegte sich, ob sie vielleicht weicher wurde und es unter dem Eindruck **der** Schwangerschaft zulassen würde, daß ein Band zwischen den beiden Frauen entstand. Bisher war zwischen ihnen allerdings noch keinerlei Anzeichen von Tauwetter zu spüren. Sie gingen noch genauso kühl miteinander um wie am Tag seiner Rückkehr aus Appleby – kühler noch, denn jetzt wußten sie, wohin sie ihre Pfeile abzuschießen hatten, kannten die verwundbaren Stellen unter dem Panzer aus Seide, Puder und kühlem Lächeln. Er war schon zu der Überzeugung gekommen, daß es zwischen diesen beiden nie etwas anderes geben würde als bewaffneten Waffenstillstand. Manchmal wünschte er eine Explosion, damit endlich einmal frische Luft durch die Wunden zog – zugleich hatte er Angst davor, und täglich beglückwünschte er sich dafür, daß er das Haus aufgeteilt hatte. Hätte er es nicht getan, wären die Familien inzwischen entzweit, das Geschäft gespalten – und damit auch seine Loyalität.

Ob Ellie jemals nachgeben würde? »Bist du sicher, daß das nicht zuviel für dich ist?«

»Ein *Essen?*« Sie lachte, aber ihre Stimme hatte eine ungewohnte Schärfe, die er nicht verstand. »Michael, glaub bitte nicht, daß ich mich beschweren will. Ich liebe *Greenlings*, und es hat mir Spaß gemacht, es einzurichten, aber jetzt ist es fertig, oder? Wenn du hier bist, ist es vollkommen, aber du bist eben oft weg, in Genf oder San Francisco – und wenn ich nicht mit dir komme, habe ich hier nichts zu tun. Schon, ich koche ein bißchen, ich arbeite im Garten, ich gehe einkaufen, ich sage Mrs. Finn, welches Stockwerk sie saubermachen und welche Fenster sie putzen soll … aber das sind alles Dinge, die ich in Großmutters Haus auch schon gemacht habe!«

»Aber dies hier ist doch dein Haus –«

»Schau, ich will dir keine Vorwürfe machen.« Dennoch war er gekränkt, das sah sie. Er war so stolz darauf, ihr dieses Leben in Muße ermöglichen zu können – aber für sie war Muße Untätigkeit. Bald würde Langeweile daraus werden. *Abramo I* kam jetzt bald heraus; er arbeitete oft abends noch in der Fabrik, und die Tage streckten sich endlos lang und leer vor ihr her. Sie wußte, daß sie etwas ändern mußte, damit sie hier weiter glücklich sein konnte und dieses Haus wirklich ihr Heim blieb.

»In ein paar Monaten wirst du genug zu tun haben«, sagte er nun.

»Nein, eben nicht. Du hast doch gesagt, daß wir ein Kindermädchen …«

»Ich werde viel auf Reisen sein, um das Konzept zu verkaufen, und ich werde dich oft dabei brauchen.«

»Und ich werde da sein – aber deshalb möchte ich trotzdem etwas für mich zu tun haben. Die Jahre, die ich bei Großmutter gelebt habe, waren für mich ein Gefängnis, und ich konnte die ganze Zeit an nichts anderes denken als an meine Freiheit, wenn ich rauskommen würde, um zu arbeiten und etwas zu leisten – und jetzt bin ich draußen und was mache ich? Ich sitze wieder auf dem Land und versorge ein Haus!«

Er löste sich leicht von ihr. »Dafür, daß du mir angeblich keine Vorwürfe machen willst, hört sich das aber seltsam an. Was genau willst du? Irgendeine Boutique, wie Millionen andere gelangweilte Frauen in der ganzen Welt?«

»Michael, ich liebe dich. Ich will nicht mit dir streiten, ich langweile mich nicht, und eine Boutique will ich auch nicht.« Sie hatte selbst keine Ahnung gehabt, was sie wollte, bis sie es im letzten Monat mit Mary Beth durchgesprochen hatte. Seitdem hatte sie an nichts anderes mehr denken können.

»Sei nicht so bescheiden«, hatte ihre Freundin zu ihr gesagt. »Bei dir lief dieser abgehalfterte alte Weinberg doch wie ein Uhrwerk. Wenn die alte Dame etwas Kapital riskiert hätte, hättest du sogar Gewinn herausgewirtschaftet. Du hast die Begabung, Unebenheiten zu glätten und scharfe Kanten abzuschleifen. Du kannst mit Menschen umgehen und Ordnung schaffen. Du könntest mitten im Stampede von Calgary eine Gartenparty geben, ohne daß dein Porzellan den leisesten Sprung bekäme. Du bist ein ausgesprochenes Organisationstalent.« Ellie murmelte in sich hinein, daß das wohl kaum eine Begabung wäre, mit der man viel Staat machen könnte, aber darauf lachte Mary Beth nur. »Ehrlichkeit, Tüchtigkeit, das ergibt zusammen Wirtschaftlichkeit, und Wirtschaftlichkeit ergibt Profit – und das ist das schönste, aufregendste Wort, das ein Geschäftsmann kennt. Rede doch einmal mit einem – vielleicht mit Michael?«

So kam es, daß sie heute an ihm vorbei hinaus in den Garten schaute und die violetten Flecken der Krokusse auf dem sanft geschwungenen- Rasen sah, die Osterglocken, die ihre üppigen gelben Schilder nach Osten hielten, die Tulpen, die jetzt schon apfelgrüne Speerspitzen durch die gepflegte Erde von *Green-*

lings trieben – alles ganz genau so, wie sie es im Herbst geplant hatte.

Es war Zeit zu reden, mit einem Geschäftsmann, dem sie unter die Arme greifen könnte, mit einem, den sie liebte und der zu hart arbeitete. Er drehte sich jedoch in diesem Augenblick um, so daß er nur noch als dunkle Silhouette vor dem Fenster zu sehen war.

»Nicht in *Abramo*, dort will ich dich nicht.«

»Der Betrieb wächst zu schnell, er muß einfach durchorganisiert werden. Du hast an manchen Stellen Leute, die doppelte Arbeit machen, während sie an anderen ...«

»Das weiß ich. Felix ist dafür verantwortlich, und er ist zu gutmütig. Er stellt aus Mitleid Leute ein, und er kann sich nicht dazu überwinden, jemanden zu entlassen.« Er seufzte. »Wenn die Zeit reif dafür ist, stelle ich einen Verwaltungschef ein, aber das muß ich fertigbringen, ohne seine Gefühle zu verletzen.«

Sein Gesicht lag im Schatten – ihrer Meinung nach absichtlich. »Warum stellst du nicht mich ein? Jetzt gleich, als Teilzeitkraft.« Sie klang mutiger, als sie sich fühlte.

»Das würde ihn noch mehr kränken, als wenn ich einen Fremden einstellen würde.«

»Ich bin anderer Meinung. Er mag mich.«

»Er liebt dich – aber das ist nicht der Punkt.«

»Dann sag mir doch, was der Punkt ist.«

Nach einer langen Pause beugte er sich zu ihr herab, strich ihr über das Haar und ließ seine Lippen sanft über ihre Kehle gleiten. »*Abramo* gehört mir«, flüsterte er. »Felix ist dabei, weil die Untätigkeit ihn umbringen würde, und außerdem käme er sich sonst vor wie ein Almosenempfänger. *Abramo* gehört aber mir, genauso wie dieses Haus mir gehört – ich habe es für dich gebaut, und für unsere Kinder, und für deren Kinder. Ich habe es allein gebaut, für uns. Verstehst du?«

Ja, aber dieses Verständnis würde ihre Tage nicht ausfüllen und nicht die ewige Frage, ob sie etwas leisten könne, aus der Welt schaffen. »Welche Rolle hast du dann mir zugedacht?«

fragte sie leise. »Soll ich ein Schmuckstück sein, das dann und wann vorgezeigt wird? Eine Zuchtstute, wie Dui sie vielleicht –«

Das traf ihn, und er trat einen Schritt zurück. »Vergleiche mich niemals mit ihm. Wenn du unbedingt arbeiten mußt, nur zu – aber nicht bei *Abramo*, und die Kinder dürfen auch nicht darunter leiden.«

»Kind. Im Augenblick gibt es erst eines, und das ist noch nicht einmal geboren. Ich werde mich wirklich umsehen, und ich werde auch etwas finden.«

»Aber die Arbeit darf nicht schwer sein.«

»Dann brauchte ich gar nicht erst anzufangen.« Sie wunderte sich selbst, wie klar und zuversichtlich ihre Worte herauskamen. Sie hatte noch nie gearbeitet, sich nicht mal um eine Stelle beworben. Und plötzlich räusperte sich Michael und bot ihr eine Stelle an, die er aus dem Hut gezogen hatte, wie ein Zauberkünstler sein Kaninchen. Es war genau das, was ihr vorgeschwebt hatte. Sie staunte über ihn noch mehr als über sich selbst, und auf einmal zögerte sie.

Warum tat er das? Wollte er ihr einen Gefallen tun, weil sie schwanger war? Glaubte er, sie würde es bald wieder leid sein und aufgeben? Es war einfach zu leicht, was er ihr da anbot. Woran würde sie merken, ob sie Erfolg gehabt hatte? Falls ihr das überhaupt gelingen sollte.

»Ganz einfach«, sagte er. »Die Einkünfte der Studios haben so weit nachgelassen, daß jeglicher Profit ein Erfolg wäre. Felix ist es gleich, und Anna war mit dieser Regelung, nach der Schüler zu Lehrern aufrücken, nie zufrieden. Außerdem hat sie keine Ahnung, wie sie so etwas leiten soll. Sie gibt die besten Jobs ihren Supertänzern, aber oft würden gerade die durchschnittlichen Tänzer die besten Verwalter abgeben – sie müssen noch etwas beweisen.«

Genau wie ich, dachte sie – und vielleicht bewegten Michael die gleichen Gedanken. Wenn sie sich erst einmal bewiesen hatte, wäre sie wieder zufrieden.

Sie holte tief Luft. »Also die gesamte Verwaltung? Und, sagen wir fünfundzwanzig Prozent der Nettoeinkünfte?«

Er lachte. »Nein, wir sagen zehn. Zehn Prozent vom Gewinn.«

Er mußte ihr versprechen, daß das Geld auf ein neues Konto eingezahlt werden würde, eines, das ganz allein ihr gehörte (Sie: Ich habe noch nicht einen Lippenstift mit Geld gekauft, das ich selbst verdient habe. Er: Aber du hast doch ein eigenes Konto! Sie: Aber du füllst es mir auf!), und damit war ein Vertrag abgeschlossen, der gleich an Ort und Stelle auf eine sehr private und ganz und gar ungeschäftliche Art besiegelt wurde. Dann, als sich ihre Körper wieder voneinander lösten und er seine Wange an ihre zu ungewohnter Fülle aufgeblühte Brust legte, fiel es ihr ein.

»Was wird Anna dazu sagen? Die Studios sind doch ihre Aufgabe.«

»Heute abend verkünden wir ihr, daß sie bald ein Enkelkind bekommen wird – das wird sie so freuen, daß sie an ein paar alte verstaubte Studios gar nicht mehr denkt.«

Das wußte Ellie besser, aber sie zog es vor zu schweigen. Sie hatte einen Sieg errungen und konnte es sich nun leisten, großzügig zu sein. Michael ging es offensichtlich ähnlich.

»Wenn du jetzt lange genug die große Managerin gespielt hast, könntest du vielleicht einmal einen Blick unter die Morgenzeitung werfen.«

Eine grüne Schachtel, mit einer Goldschnur verpackt. Ihre Begeisterung verflog. Sie wußte, was darin sein mußte, aber sie wollte ihn nie tragen. Sie hatte recht. Großmamas Rubin war nun an einer zierlichen Goldklaue befestigt und hing an einer feingliedrigen Goldkette.

»Er ist schön, Michael. Danke ...«

Er lächelte und legte ihn in den in der Schlafzimmerwand angebrachten Safe.

»Es ist nicht dein Stil, aber ihrer. Wenn wir sie wiedersehen, wird sie von dir erwarten, daß du den Stein trägst.«

»Und sie wird von Dui erwarten, daß er mich dafür haßt.«

»Das wird er. Das ist doch gerade das Schöne.«

An diesem Abend trug sie ihn nicht, und insgeheim war Michael dankbar dafür. Der Rubin und die Fassung, die er dafür ausgesucht hatte, gehörten an einen braunen Hals. Zu glänzenden Ohrringen, zu einem Feuer, das sich in dem blutroten Herzen des Steins, in dem Gold der Ohrringe und dem warmen Glanz dunkler Augen widerspiegeln konnte. Großmama hatte es gut gemeint, aber für Ellie waren Perlen und gesteckte Ohrringe richtig. Wenn sie älter wäre, Diamanten. Rubine würden nie zu ihr passen.

*

Für Michaels Gefühl war die Stimmung beim Abendessen zwar nicht gerade herzlich, aber es war ein Anfang. Die älteren Abramskys kamen spät und über die Küche durch die Hintertür – aber Anna hatte sich eines ihrer Seidenkleider aus der Vorkriegszeit angezogen, ein taubengraues Denkmal einer vergangenen Epoche mit wattierten Schultern, einer schmalen Taille und einem weiten Rock, er verbarg ihre mageren Hüften und Oberschenkel, die sie so unablässig und gnadenlos in Bewegung hielt. Felix pflegte stolz zu verkünden, daß Anna noch heute jede Ballettfigur hinbekam, die im Buch stand.

Heute abend war er blendender Laune, plapperte pausenlos, sicher hätte er das mit dem Baby gewußt, aber natürlich, sicher doch, hatte er nicht mit Anna darüber gesprochen? Anna gestand gnädigst ein, daß sie sich freute – aber war das nicht tüchtig von Mischa, daß jetzt dieses perfekte Haus bereitstand, mit der sauberen Landluft und dem eingefriedeten Grundstück, einfach idyllisch für ein Kind ...

»Ich fand es als Kind auf dem Land ziemlich langweilig«, warf Ellie ein, »aber ich war natürlich auch in einer ganz anderen Lage.«

Michael griff hastig ein und schenkte Wein nach, aber Anna legte einen Finger über ihr Glas und murmelte, ihr Magen sei etwas übersäuert. Damit rauschte sie durch die Hintertür hinaus, um sich aus ihrer Wohnung ihr spezielles Soda zu holen. Als Michael sie darauf aufmerksam machen wollte, daß es hier auch Mineralwasser in Flaschen gab, legte sich Felix einen Finger an die Lippen.

»Sie will doch nur auf die Toilette.«

»Aber warum geht sie nicht auf unsere?«

»Wie? Durch die Eingangshalle gehen? An dem Bild von Hans vorbei?«

»Sie weiß doch gar nicht, daß es da hängt. Sie ist heute zum erstenmal seit der Hochzeit hier drüben.«

»Aber wenn ihr beide nicht da seid, stellt sie sich auf einen Blumenkübel und schaut zum Fenster herein. Sie ist wirklich ein garstiges Mädchen, meine Anna, nicht?«

Die beiden Männer lachten großzügig, aber Ellie beschloß, in Zukunft die Vorhänge fest zuzuziehen. Michael schilderte Felix seinen Plan, Ellie die geschäftliche Leitung der Studios zu übertragen. »Meinst du, Anna hat etwas dagegen?«

Felix dachte nach, und dann nickte er über einer Spargelspitze. »Sie beschwert sich über den Papierkram, und sie vernachlässigt ihn, weil er ihr verhaßt ist – aber sie wird sagen, es kränkt sie. Jedenfalls zunächst.«

Natürlich brachte sie ihre Einwände via Mischa vor. »Was? Erledige ich die Schreibarbeit nicht pünktlich? Hefte ich nicht die Lohnsteuerkarten in die Ordner, die Krankmeldungen, diese albernen Versicherungsscheine?«

»Nicht immer«, sagte er ernst. »Wir verstehen das doch. Für eine Frau deiner kreativen Begabung muß diese Routinearbeit unerträglich sein. Wir können von Glück sagen, daß Ellie mit solchen Dingen soviel Erfahrung hat – das verschafft dir mehr Freiraum, und du kannst ...«

»Aber sie weiß doch nichts! Gar nichts weiß sie vom Tanzen!«

»Aber sie kennt sich mit Verwaltung aus. Sie kann selbst von einem Studio zum anderen fahren – du hast dich doch immer beschwert, wie lästig dir das Zugfahren ist. Sie bekommt natürlich einen Prozentualanteil«, sagte Michael, als sei die Sache längst beschlossen. »Als Anreiz.«

Anna schniefte und steckte ihre lange Nase in ihr Weinglas, das sie noch vor fünf Minuten wegen ihres übersäuerten Magens nicht anrühren wollte. »Das ganze Jahr habe ich die Bücher geführt, ganz allein, kein Mensch hat mir dabei geholfen – ich brauchte nicht herumzufahren, und von dem Gewinn habe ich mir nicht einen Penny genommen!«

Niemand erinnerte sie daran, daß es keinen Gewinn gegeben hatte. Ihre Tochter hätte es vielleicht getan, aber man hörte Annas Tonfall so überdeutlich die besiegte Märtyrerin an, daß Ellie ihren Triumph auch so genoß – und außerdem hatte Michael seinen Schuh ganz leicht wie aus Zufall über ihren gesetzt.

*

Im weiteren Verlauf der Schwangerschaft lehnte sich Ellie mehr und mehr an Michael, und sie entwickelte eine nicht endenwollende Sehnsucht nach ihm, die auch die leidenschaftlichsten Stunden nicht stillen konnten. Er war immer noch ein Rätsel für sie, ein Mensch, der sich mit seinem Ich als Herr über alle anderen wußte und von seinen eigenen Fähigkeiten felsenfest überzeugt war. Nichtstuer verachtete er, und Intriganten wie Dui, denn er selbst nutzte jede Gelegenheit zu handeln.

»Warum nicht?« sagte er einmal, nachdem er mit einem Konkurrenten, der sich übernommen hatte und Hilfe brauchte, ein besonders halsabschneiderisches Geschäft abgeschlossen hatte, bevor er sie ihm gewährte. Für *Abramo* eine äußerst vorteilhafte Angelegenheit. »Die Fallgrube war für uns beide da. Ist es vielleicht meine Schuld, daß er hineingefallen ist?«

Mit Pfuschern und Träumern hatte er keine Geduld, aber bei Felix und Anna kannte sein Mitgefühl keine Grenzen, und niemals ließ er sie auch nur einen Augenblick ihre Schwächen spüren.

Ellie machte ihre Verwaltungsarbeit ausgezeichnet. Im Grunde war das Geschäft gesund, nur Annas Verachtung für Papierarbeit hatte es in die roten Zahlen rutschen lassen. Als Ellies Schwangerschaft ihrem Ende zuging, mußten auf Michaels Drängen die Studios etwas zurücktreten, aber mit Hilfe des mit Bedacht ausgewählten Personals ging die Gewinnkurve weiter stetig aufwärts.

Es konnte nicht anders kommen. In den schlimmsten Tagen des Winters hatte Felix mit seiner Hüfte immer mehr Last, manchmal war es sogar zuviel, Michael zu *Abramo* zu begleiten. An solchen Tagen wartete er in Ellies Küche, und ihr Nachmittagstee stand fertig da, wenn sie aus der Verwaltung der Studios heimkam.

»Dieser englische Winter ist zu kalt für dich«, sagte er dann und rieb ihre Hände zwischen seinen. Während sie ihren Tee trank, zeichnete er ihr phantasievolle Entwürfe von Sandkästen und Spielplätzen. »Ich finde, unter dem Apfelbaum wäre eine gute Stelle für eine Schaukel, und hier vielleicht eine Wippe. Wenn er dann hinfällt (oder vielleicht sie), dann fällt er auf das weiche Gras und nicht auf den harten Weg. Warum wir die Wege wohl so hart gemacht haben? Vielleicht sollten wir sie doch mit Gras bepflanzen, Babys fallen doch ständig hin – unser Sascha ist auch dauernd hingefallen, obwohl er so kräftig war. Jeden Abend mußte ihm Anna die aufgeschlagenen Knie baden, und währenddessen habe ich ihm für seine armen Füßchen ein Salzwasserbad gemacht. Ach, das reinste Krankenhaus war unser Schlafzimmer damals!«

Zwischen Anna und Ellie herrschte weiterhin kühle Stimmung, wenn die Männer dabei waren. Waren die beiden Frauen allein, so ignorierten sie sich einfach – obwohl Ellie jeden Morgen, wenn sie den gepflasterten Hof, den Schauplatz ihrer ersten offenen Auseinandersetzung, durchquerte, Annas durchbohrenden Blick spürte.

Im Mai blockierte ein verspäteter Schneefall die Garagentür. Ellie war sowieso spät dran und begann sie freizuschaufeln. Sie hatte kaum damit angefangen, als Anna im Nachthemd und in Hausschuhen aus dem Haus gerannt kam, daß ihr das dünne graue Haar hinterherflog, Ellie die Schaufel aus der Hand riß und den Schnee in großen Brocken zur Seite schaufelte. »Bist du denn völlig verrückt geworden?« schrie sie sie dabei an. »Was hast du eigentlich vor? Willst du Mischas Kind töten, du böse, selbstsüchtige Göre – das werde ich ihm erzählen, wenn er heimkommt! Vielleicht rufe ich ihn sogar schon im Büro an!«

»Du bist diejenige, die verrückt ist«, gab Ellie ruhig zurück. »In deinem Alter im Nachthemd ins Freie zu laufen!«

Als der Weg freigeschaufelt war, riß Ellie die Garagentür auf. Anna mußte mit der Schaufel in der Hand zur Seite springen und konnte Ellie nur noch mit offenem Mund nachstarren, als sie in den Wagen sprang, ihn anließ, einen Gang einlegte, aus der Garage herausschoß und um die Eiche herumschlitterte.

In der Einfahrt und während der Fahrt in die Stadt zitterte sie vor Wut auf ihre Mutter. Mit sich selbst war sie unzufrieden, weil sie so kindisch reagiert hatte, und irgendwie hatte sie das Gefühl, daß sie bei diesem Zusammenstoß nicht Siegerin geblieben war. Anna allerdings auch nicht.

Sie erzählte Michael nichts davon, und Anna offensichtlich auch nicht.

*

»Zwei?« sagte Michael. »Wir bekommen Zwillinge?« Er ließ sich mit einem Plumps auf das Bett fallen und sagte, er glaube es nicht, nein, er glaube es einfach nicht.

»Ziemlich dick bin ich ja, das mußt du zugeben ... und der Arzt hört doppelte Herztöne. Wenn es also nicht ein sehr ungewöhnliches Kind ist –«

»Doppelte Herztöne.« Schon stand Michael am Haustelefon und meldete ihnen mit drei Summtönen, daß es besonders eilig war. »Zwillinge!« brüllte er, als Felix sich meldete. »Es werden Zwillinge!« Dann fuhr er wieder zu Ellie herum. »Wann? Felix fragt wann?«

23

Die Zwillinge kamen einen Monat zu früh zur Welt. Die Wehen setzten normal ein, aber dann geriet die Geburt ins Stocken, und nach einer Weile stieß Ellie einen durchdringenden Schrei aus. Selbst Mrs. Finn, die selbst sechs Kinder geboren hatte, erkannte, daß etwas nicht stimmte.

Das Wetter – sie litten gerade unter einer drückend schwülen Hitzewelle – machte die Sache auch nicht besser; das Gewitter, das kurz danach losbrach, ließ die Hälfte der Telefonanschlüsse im Ort ausfallen, darunter auch den des alten Landarztes, aber der hätte in einem solchen Notfall sowieso nichts machen können. Die speziell für einen solchen Fall engagierte Krankenschwester, die vor, während und nach der Geburt zur Verfügung stehen sollte, sagte, sie sei krank, als sie angerufen wurde – nach Auskunft der Sozialstation litt sie an einer Virus-Infektion oder hatte Grippe oder Gürtelrose oder vielleicht war es auch Mandelentzündung ... Michael konnte kaum etwas verstehen, so sehr rauschte es ihm in den Ohren.

»Und wo ist der Ersatz? Was ist das überhaupt für eine Station?«

»Wir tun ja unser Bestes, aber schließlich haben wir nach Mitternacht, Sir.«

»Was soll ich denn mit meiner Frau machen?«

»Wenn Sie es vielleicht mit der Klinik in der Stadt versuchen würden ... sie hat einen sehr guten Ruf, ganz ausgezeichnet.«

Er konnte das übersüße, beruhigende Gemurmel der Dame nicht mehr ertragen und legte auf.

An ein Krankenhaus hatten sie überhaupt nicht gedacht. Mischas Kinder sollten in *Greenlings* geboren werden, hinter dem Tor und dem Verbotsschild und auf dem Grundstück, das ihm gehörte und später einmal ihnen gehören sollte. Jetzt aber lag Ellie totenblaß und mit glasigen Augen schweißüberströmt im Bett und bemühte sich krampfhaft, die Kontrolle über sich selbst nicht zu verlieren. Sie gab keinen Laut von sich, aber ihre Hände waren in das Laken verkrallt und ihre Augen fest geschlossen, um dieser Welt aus Schmerzen zu entgehen.

Hilfesuchend rief Mischa Felix, aber nach einer kurzen gestammelten Antwort, die völlig zusammenhanglos blieb, nahm ihm Anna, die wie eine Henne neben ihm stand, den Hörer aus der Hand. Seine Autoschlüssel nahm sie ihm ebenfalls ab, und dann rief sie einen Krankenwagen her und gab klare Anweisungen.

»Ich werde alle Lichter im Haus anschalten und das Tor aufmachen. Nein, ich kann nicht fahren, und die Männer sind hilflos, völlig hilflos. Sie kommen daher am besten schnell. Keine Fragen mehr jetzt. Ich lege auf.«

Dann aber warf sie schnell noch ein: »Ich zähle die Minuten. Ich warte.«

Alle warteten sie. Auf den Krankenwagen. Später, im Krankenhaus, warteten sie darauf, daß der Arzt aus dem Kreißsaal herauskam. Noch später mußten sie auf einen Spezialisten warten, der eiligst aus Manchester eingeflogen werden mußte. Er sollte bei Ellie nach der Geburt die Gebärmutter entfernen, und Michael, der unter unglaublichem Druck stand, mußte seine schriftliche Einverständniserklärung dazu geben.

»Aber dann kann sie doch keine Kinder mehr ...«

»Sie haben doch Glück, eine Frau und zwei gesunde Kinder – es hätte viel, viel schlimmer kommen können, nachdem das erste in Steißlage war ... man hätte natürlich etwas unternommen, wenn sie gleich von Anfang an hier gewesen wäre. Wenn man vielleicht früh genug einen Kaiserschnitt durchgeführt hätte ...«

Er hatte sich also zweifach schuldig gemacht, und dann mußte er wieder warten, sehen wie Ellie wieder ins Hier und

Jetzt zurückkehrte und die langen, honigfarbenen Wimpern flatterten und hochgingen und sie ihn mit ihren blauen Augen noch etwas glasig ansah.

»Hast du sie gesehen?«

»Nein ... Ach, Ellie, es tut mir so leid, ich hätte es früher merken sollen.«

»Der Arzt hätte es merken sollen.«

»Aber ich hätte dich verlieren können! Und nur, weil ich wollte, daß sie in *Greenlings* geboren werden ...«

Sie lächelte ihm durch den Dunst der Betäubungsmittel zu. »Ich wollte es doch auch.«

»Beinahe hätte ich dich umgebracht!«

Er wollte nicht daran denken, aber unaufhaltsam stieg die Erinnerung in ihm auf. ... *Ich wollte sie nicht schlagen, ehrlich nicht, ich hätte sie doch nie absichtlich getötet, ich wollte nur, daß sie Ruhe gibt, sie und ihr Kind, das ist alles. Diese Rose hat doch Tag und Nacht gebrüllt, und deine Mutter hat ständig genörgelt, sie wollte auch so einen neuen Kupferkessel wie deine Großmama ... Einmal kommt für jeden Mann der Punkt, da ist es zuviel. Ich habe ihr nur eine Ohrfeige gegeben, damit sie ruhig ist, Micah – ich meine, alles hat seine Grenzen, und ich konnte doch wirklich nicht wissen, daß sie gleich davon stirbt, oder? Ich kann schließlich nicht in die Zukunft sehen, oder?*

Dui aber hatte es vorausgesehen. Ein Dutzendmal hatte er zu Micah gesagt: »Eines Nachts bringt er sie um. Ich habe gehört, wie Großpapa Papa gewarnt hat, doch, ehrlich. ›Wenn ich noch jünger wäre, würde ich dir das ausprügeln. Irgendwann einmal wirst du zu weit gehen, und dann wirst du dich für mehr verantworten müssen als für ein blaues Auge.‹« Micah hatte vor den häufigen Krächen Angst. Sie waren laut und zerstörerisch (Mama lief danach tagelang wie zerschlagen herum), aber sie gehörten zu seinem Leben, unvorhersagbar, bald vorbei. Aber noch bevor es passierte, wußte er bei dem letzten Krach, daß er anders war. Papa hatte schon tagelang vorher ein finsteres Gesicht gemacht, Rose hatte ununterbrochen gejammert, Mama wollte einfach keine Ruhe geben mit ihrem Kupferkessel, besonders nachdem Papa ein dickes Bündel Scheine heimgebracht, Micah in die Luft geworfen und dabei Mama einen Blick prahlender Herausforderung zugeworfen hatte, und sie hatte natürlich sofort mit neuer Hoffnung in der Stimme von dem Kupferkessel angefangen. Daraufhin verschwand Papa, aber nach Mitternacht kam er wieder hereingetorkelt, warf die Tür hinter sich zu und weckte Rose auf, die gerade erst von Mama zur Ruhe gebracht war.

»Jetzt hör nur, was du angerichtet hast«, sagte sie und nahm das schreiende Bündel hoch. »Wahrscheinlich hast du es wieder ausgegeben, und ich denke mir …«

Sie kam nie dazu zu sagen, was sie sich dachte. Ihr blieb kaum Zeit, Rose in ihre Wiege zu legen, da krachte schon seine Faust auf sie, und sie schrie. Micah auch. Das Geräusch von Schlägen war ihm vertraut, aber nicht dieser dumpfe Laut von splitternden Knochen, den er sein ganzes Leben lang nicht vergessen würde. Die schwielige Faust eines Mannes, die gegen den zerbrechlichen Backenknochen einer Frau prallte. Dann noch einmal und noch einmal, Geschrei, wieder Schläge. In einem Dutzend Wagen gingen die Lichter an, Großpapa nahm Dui und Rose in die Arme, Großmama zog Micah an sich und schob hastig alle hinaus … *Woher sollte ich wissen, daß sie gleich stirbt, sag mir das?!*

Tja, woher. Seine eigene harmlose Großspurigkeit … nur ein Anflug von Snobismus, und fast hätte es Ellie das Leben gekostet.

Als er wieder sprach, waren seine Worte undeutlich, und seine Stimme blieb ihm von den unterdrückten Tränen im Hals stecken.

»Das mache ich wieder gut, Ellie, wir fahren weg und machen Urlaub, wenn es dir wieder besser geht.«

Sie lächelte ihm jedoch nur zu, nahm sein Gesicht zwischen ihre schmalen, kühlen Hände und zog es zu ihrem herab. »Jetzt geh und schau dir unsere Babys an.«

Babys. Er wußte nicht einmal, was sie waren, er hatte nicht daran gedacht, zu fragen.

»Von jeder Sorte eines«, verkündete die Krankenschwester stolz, als hätte sie sie selbst zur Welt gebracht. »Jennifer und Simon. Schöne Namen. Ihre Frau hat mir erzählt, Sie hätten sie selbst ausgesucht.«

»Ja ... ja.« Selbst das hatte er auch vergessen.

Er setzte sich vorsichtig auf ein Sofa, als sie sie ihm in die Arme legte, ein blaues und ein rosa Bündel, und wieder stiegen ihm die Tränen in die Augen. Er schickte die Schwester hinaus und weinte, er, der nicht mehr geweint hatte, seitdem er seine Arme um die große Eiche von *Greenlings* geschlungen und sie mit seinen Tränen begossen hatte. Woher kamen nur all die Tränen? Warum ausgerechnet jetzt? Warum schmerzte es ihn unter den Rippen, als könne sein Herz dies alles nicht mehr fassen, als wolle es zerspringen? Zum erstenmal in seinem Leben fühlte er, wie sich in ihm Liebe zu etwas regte, das seine Liebe nicht erwiderte, sie noch nicht erwidern konnte – aber das würde nicht lange dauern. Schon bald würde er zu ihrer Welt werden, er und Ellie und die Abramskys. Alles würde er ihnen geben, weil sie sein waren, rosa und weiß, mit noch etwas verschleierten Augen, die nichts aufnahmen ...

Oh, seine wunderschönen Kinder, an denen er Ellies honigfarbenes Haar und ihre feinen Gesichtszüge zu erkennen glaubte. Er spürte seine Freude wie Schmerzen, als er ihre muschelförmigen Fingernägel betrachtete, ihre Satinzehen, ihre Handflächen, die aussahen wie zerknitterte Seide, und die weiche, sanft pulsierende Stelle an ihrem Kopf, die so verwundbar war, daß er wieder ins Weinen kam, eine Träne an seiner Wange herunterlief und auf das durchsichtige Augenlid seines Sohnes tropfte – der daraufhin dem Vorbild seines Vaters folgte und ebenfalls zu weinen begann. Michael drückte behutsam seiner Tochter mit zitternden Lippen einen Kuß auf ihr zerbrechliches Handgelenk. Sie öffnete die Augen, ließ ihn kurz ihre blaue Farbe sehen, schloß sie wieder vor den unergründlichen Geheimnissen kleiner Kinder, drückte ihre Lippen zu einer Rosenknospe zusammen, seufzte und schlief wieder ein. Jennifer und Simon.

Er ließ das Auto für Felix und Anna am Krankenhaus stehen und ging in der Morgendämmerung allein nach Hause. Der Mond, schmal wie ein Krummsäbel, stand wie eine Kulisse am Himmel, die ersten malvenfarbigen und gelblichen Streifen zeichneten sich dort ab. *Greenlings* war bereits wach. Ein Gärtner warf verblühte Astern in einen Schubkarren, hinter dem Pavillon plätscherte melodisch der Brunnen, und an einem Fenster im ersten Stock schüttelte Mrs. Finn ein Staubtuch aus. Sie rief ihm ihre Glückwünsche herab und bot ihm Kaffee an. Er lächelte, schüttelte den Kopf und rannte pfeifend in Annas Studio.

Lange blieb er in Felix' und Annas Räumen. Er fuhr über die Lampe mit dem rosafarbenen Seidenschirm und strich langsam mit einem Finger über die vergilbten Gesichter all der Olgas und Tamaras und Nikolajs. Er dachte an den Tag zurück, an dem er sie als verlauster, fiebriger Junge zum erstenmal gesehen hatte, erinnerte sich wieder an das Bad, das sie ihm eingelassen hatten, an den Geruch der Seife und an den unfaßlichen Luxus sauberer Bettwäsche und einer warmen Decke.

Er sah den weiten Weg, den er seitdem zurückgelegt hatte, und dachte an alles, was noch vor ihm lag. Es gab für ihn keine Grenzen. Kurz sah er Duis Sohn Tomo vor sich, wie er in Appleby einem müden alten Klepper die nackten braunen Fersen in die Seite trieb und übermütig lachte. So etwas würden Jennifer und Simon niemals nötig haben, dem Himmel sei Dank. Für sie würde es nur das Beste geben.

Er sah auf den gepflegten Rasen und die schattigen Wege hinaus, und er sprudelte vor Dankbarkeit über wie ein Brunnen.

Ellie galt sie, diese Dankbarkeit, weil sie war, wie sie war, und weil sie ihm seine Kinder geschenkt hatte ... vor allem aber galt sie Anna und Felix, weil letzten Endes dies alles ihrer Freundlichkeit zu danken war.

*

Nun, da Ellie sich wieder erholte, vergingen die Tage wie im Flug. Sie sehnte sich danach, wieder heimzukommen, aber zunächst einmal war es schon genug, daß sie keine Schmerzen mehr hatte und dieses doppelte Wunder ihr gehörte, ihr zur Verfügung stand, wann immer sie es wünschte. Wie gern fütterte sie ihre Zwillinge und verfolgte jedes Blinzeln und jeden Atemzug, wenn sie sie in den Armen hielt. Sie konnte Michaels Trauer darüber, daß es nach diesen beiden keine weiteren Kinder mehr geben würde, nicht verstehen. Waren die denn nicht genug? Reichte es etwa nicht, ihr Gurgeln, ihre wackligen Köpfe, ihre kräftigen Beine, die sie ihr gegen die Handflächen drückten, ihr ungekünstelter Heißhunger, mit dem sich ihre Münder blind an Flaschen, Knöcheln oder der Ecke einer Decke festsaugten?

»Sie haben immer Hunger«, sagte sie staunend zu der Schwester.

»Das ist bei Zwillingen oft so. Sie müssen aufholen.«

Jennifer würde bestimmt nicht lange dazu brauchen. Sie machte sich daran und ließ sich von nichts ablenken, auch nicht, wenn Ellie ihr über den seidenweichen blonden Flaum strich. War sie satt, seufzte sie, rülpste sanft, und dann schloß sie ihren winzigen Mund. Die Schwestern liebten sie alle. »So ein braves Kind!« Wurde sie gebadet, so wedelte sie anschließend mit ihren Ärmchen in der Luft umher und strampelte mit ihren Beinchen, wie sich das gehörte; hatte sie ihre Gymnastik abgeschlossen und war wieder in Decken verpackt, schlief sie freundlichst wieder ein. Sie schien zu spüren, daß alles, was man mit ihr machte, zu ihrem Besten geschah.

Simon, der größere der beiden, war lange nicht so ausgeglichen. An manchen Tagen entwickelte er einen wahren Heißhunger und saugte sich an der Flasche oder an jedem beliebigen Daumen fest. War die Flasche leer, wedelte er wütend mit roten Fäusten in der Luft herum und brüllte markerschütternd, bis eine Schwester mit einer zweiten Flasche gerannt kam, die er dann ebenso schnell wie die erste leerte. Es konnte aber passieren, daß er sich gleich am nächsten Tag zu einem Hungerstreik entschloß. Unnachgiebig wie eine Bulldogge preßte er seinen kleinen Mund zu, und wenn ein Erwachsener ihn überlisten wollte, einen kleinen Finger hineindrückte und geschickt den Sauger nachschob, weigerte er sich zu saugen und ließ die Milch das Kinn herunterlaufen; man konnte wahnsinnig werden. Gaben die Schwestern es auf und legten ihn wieder in sein Bettchen, verfolgte er Krankenhauspersonal, seine Eltern oder Besucher mit seinem durchdringenden Geschrei. Die Oberschwester meinte, Simon Abramsky mache mehr Krach als alle anderen Babys der Station zusammen. Ellie wurde das natürlich sofort zugetragen; daraufhin ließ sie sich ihren Simon sofort bringen, nahm ihn in die Arme, schaukelte ihn sanft und summte ihm leise alte deutsche Wiegenlieder vor, von denen sie selbst weder gewußt hatte, daß sie sie kannte, noch, von wem sie sie gelernt haben könnte. Sicherlich nicht von Großmutter, die niemals ein Kind gewiegt hätte, nicht einmal ihr eigenes, und schon gar nicht die uneheliche Tochter einer Tänzerin. Sie konnte auf der anderen Seite unmöglich so ein liebenswertes Kind gewesen sein.

»Er wird leicht zu verwöhnen sein, dieser Simon«, vermuteten die Schwestern. »So ist das bei den schwierigen immer.«

Schwierig? Er war vollkommen! Alle beide Kinder waren es, nur halt jedes auf seine Weise. Nie hätte sie es fertiggebracht, sie leiden zu sehen, sie zu vernachlässigen oder gar im Stich zu lassen! Wie hatte Anna Abramsky nur so etwas tun können? Als Ellie Simon und Jennifer in ihren Armen hielt, war sie weiter denn je davon entfernt, zu verstehen, wie das geschehen konnte.

Bisher hatte Anna Ellie noch nicht besucht, aber nach Auskunft der Schwestern war sie schon mehrfach in der Kinderstation gewesen. Sie war immer um die Mittagszeit mit einem Taxi gekommen und hatte stundenlang vom Besucherfenster aus auf die Kinderbetten gestarrt. Manchmal hatte sie auch das Glas gestreichelt, als wäre es die Wange eines Kindes.

Michael und Felix kamen täglich, Pete Preston brachte Pralinen und eine Topfpflanze, Mrs. Finn schaute zweimal herein und überbrachte die letzten Neuigkeiten aus dem Dorf, und Mary Beth rief einige Male aus London an und unterhielt sich auf ihre übliche offene Art mit ihr.

»Zu der Taufe komme ich.«

»Das will ich hoffen – schließlich hast du versprochen, Patin zu stehen. Weißt du das nicht mehr?«

Mary Beth lachte. »Doch, doch, aber nach allem, was ich von Anna gesehen habe, werden meine Dienste wohl kaum in Anspruch genommen werden.«

»Die könnte doch nicht einmal einen Rettich bemuttern!« sagte Ellie.

»Bei Michael hat sie ihre Sache aber ganz gut gemacht, das mußt du zugeben.«

»Das war nur Felix! Sie setzt sie aus, wenn sie ihr lästig sind.«

Ellie seufzte. »Laß uns nicht darüber sprechen, Mary Beth.« Wie kindisch das klingen mußte ... sie mochte Mary Beth und fühlte sich ihr enger verbunden als irgendeiner Frau, die sie kannte. »Außerdem habe ich echte Neuigkeiten. Rate mal, wo Michael sein nächstes Büro eröffnet? In Los Angeles – und außerdem ist noch die Rede von New York, wenn der Einser einschlagen sollte.«

»Das klingt bei dir wie eine Zensur. Der Einser! Der Beste!«

Ellie lachte. »Wenn man Michael so reden hört, muß er einfach einschlagen – oder ich werde um diese Zeit im nächsten Jahr Papierblumen verkaufen.«

»Wirklich? Hat er das gesagt?«

»Na ja, im Spaß, du weißt doch, wie er ist – das einzige Geld, das er riskiert, gehört der Bank –, aber die Aufteilung des Hauses hat ein Vermögen gekostet, aber es war jeden Penny davon wert. Na ja, wie auch immer, wenn er diese Niederlassung in den Staaten bekommt, werden wir dort ein Haus brauchen, sagt er, und wenn du bis dahin wieder zu Hause bist ...«

Nun lachte Mary Beth. »Und wenn die Babys mit der Zeit eine Gouvernante brauchen ... hör zu, bauen wir keine Luftschlösser.«

Dazu hatte Ellie jedoch allen Grund. Seit Michael die Firma erweitert, sich mehr auf die Herstellung konzentriert und die Läden teilweise verpachtet hatte, standen die Interessenten Schlange; für jede neue Filiale, die er eröffnete, meldeten sich sofort ein halbes Dutzend Pächter. Er konnte kaum schnell genug neue Standorte finden.

Alles, was er brauchte, war Zeit und Kapital ... und hier riß die Werbung für *Abramo I* schwere Lücken. Die Studios warfen inzwischen so regelmäßig wie der Takt der Klaviere Gewinn ab. Selbst jetzt, in der heißesten Zeit des Jahres, wenn die Familien aus den Städten ans Meer flohen, selbst jetzt kamen die Kinder, die dürren und die rosig-fetten, mit runden Schultern oder vorstehenden Zähnen, sie kamen und standen vor den Studios Schlange, als sei das für sie das Mekka, denn die Abramsky-Methode brachte ihnen eine Qualität, die ihre Eltern ihnen nicht vermitteln konnten.

Eine Schwester kam hastig herein und schloß das Fenster – gleich würde es wieder ein Gewitter geben, sagte sie –, und Ellie ließ sich in dem von Wolken verdunkelten Zimmer zurücksinken und glitt wohlig in jenes angenehme Niemandsland vor dem Schlaf hinein; das Schweigen und dann die Schritte draußen auf dem Gang registrierte sie nicht. Auch als ein schmaler Schatten auf ihr Bett fiel, nahm sie an, daß es nur eine Schwester mit irgendeinem Medikament sei.

Es war Anna.

Sie stand hager und feierlich in ihrem Mantel aus marineblauer Seide, der zwar keinen eleganten Schnitt besaß, aber wie alle ihre Kleidungsstücke den Eindruck von verblaßter, verarmter Vornehmheit vermittelte, in der Tür. Ellie strich sich ihr Haar glatt und rückte den Spitzenkragen ihrer Bettjacke zurecht.

Die beiden Frauen sahen sich direkt in die Augen; ihre Begegnungen waren jedesmal Kämpfe, die zu verlieren sich keine von beiden leisten konnte. Nun nickten sie sich vorsichtig zu, und Anna kam in das Zimmer und ließ sich ganz vorne auf der Kante des Besucherstuhls nieder.

»Dies ist mein erster Besuch bei dir«, verkündete sie, als hätte das Ellie nicht bemerkt. »Es geht dir besser.«

Das war zwar keine Frage gewesen, aber Ellie nickte trotzdem. »Danke.« Sie wußte, daß sie sich eigentlich auch bei ihr dafür bedanken sollte, daß sie in der Krise die Sache in die Hand genommen hatte. Zwei Frauen, mochten sie auch noch so verfeindet sein, könnten immer mit einem gemeinsamen herablassenden Lächeln auf die Kopflosigkeit der Männer reagieren, wenn es zu einem Notfall kommt – aber bei Gesprächen zwischen ihr und Anna lauerten hinter jedem Wort Fallen, und es wurde sorgfältig ausgezählt, wie viele Punkte verloren und gewonnen wurden. Warum war sie hergekommen? Bestimmt hatte sie Felix hergeschickt. Ellie konnte sich das Gespräch vorstellen:

»Anna, mein Engel, wie kannst du nur so hart sein? Ellie ist es sehr schlecht gegangen, einmal kannst du sie doch wohl besuchen.«

»Und was soll ich sagen?«

»Ist das denn wichtig? Geh einfach hin und zeig ihr, daß du an sie denkst.«

Darauf hätte Anna sicher gelacht, hätte ihre Oberlippe hochgezogen und wäre sich mit ihren dürren Fingern durch ihr Haar gefahren. »Man kann mir viel Schlechtes nachsagen, aber daß ich eine Heuchlerin bin, sicher nicht.«

So war die Unterhaltung bestimmt verlaufen.

»Ich habe gehört, daß du die Kinder schon einige Male

besucht hast«, sagte Ellie leise, aber nicht vorwurfsvoll. Sie wußte von den Besuchen, mehr wollte sie nicht sagen.

»Natürlich.«

»Ja.«

»Die Füße sind schön gebogen, besonders bei dem Mädchen.«

»Das ist sehr wichtig«, sagte Ellie trocken.

»Wenn sie tanzen lernen will, ist der Rist tatsächlich sehr wichtig!«

»Nachdem die Kinder gerade zehn Tage alt sind, halte ich es wohl kaum für angebracht ...«

»Keines sieht Mischa ähnlich. Schade, aber der Junge kann einmal hübsch werden. Sehr hübsch.«

»Ich finde, das können sie beide. Sie sind es schon.«

»Sie sehen dir ähnlich.«

»Und dir.«

Sie begannen zu lachen, stockten aber sofort verlegen. Die Kluft zwischen ihnen war zu breit, um mit Gelächter überbrückt zu werden. Dann wichen Annas harte blaue Augen Ellies Blick aus und schauten irgendwo über das Bett. Sie fuhr sich mit der Zunge über die Lippen und spielte nervös mit den Barockperlen an ihrem Schal, der offensichtlich zu dem Mantel gehörte.

»Es gibt zwei Arten von Kindern«, sagte sie langsam und sehr deutlich, als hätte sie die Worte viele Male geprobt. »Manche werden in Liebe empfangen ...« Sie machte eine kurze Pause, als würde sie von etwas Seltenem und Kostbarem sprechen. »Selbst für mich hat es so ein Kind einmal gegeben ...«

Die strenge Frau sah geistesabwesend aus dem immer dunkler werdenden Fenster, reiste weit in die Vergangenheit. Unerwünscht weit zurück. Sollte es also jetzt kommen, mit zwanzig Jahren Verspätung? Das Geständnis der Tänzerin?

Ellie hielt den Atem an. Ihre Vergangenheit und ihre Zukunft warteten, ausbalanciert auf der Waage von Anna Abramskys Schuld. Nun würde die Entschuldigung kommen, nach der sich Ellie sehnte und die sie auch akzeptieren würde – und dann könnte das Leben endlich in einigermaßen normalen Bahnen verlaufen. Nahe würden sie sich wohl nie kommen, aber zumindest könnten sie dann höflich zueinander sein.

Die Worte ihrer Mutter wurden in das kahle Zimmer gezischt, fast hineingespuckt. Sie machten einen glaubhaften Eindruck. Ellie erkannte in dem Augenblick, in dem sie sie hörte, daß dies die einzigen spontanen Worte waren, die ihre Mutter von sich gegeben hatte, seit sie in das Zimmer gekommen war.

»Wie ich sagte, manche sind aus Liebe geboren. Andere – wie du – entspringen dem Haß. Es tut mir leid.«

Es tat ihr leid.

Nun stand sie auf, knöpfte einen abgewetzten Knopf zu, nahm ihre perlenbestickte Tasche und ging.

Annas Worte rührten Ellie. Das einfache »Es tut mir leid« war ehrlich gewesen und vielleicht widerwillig gekommen, aber es war unzweifelhaft das letzte Wort in dieser Sache und enthielt eine Bitte um Verzeihung, die Ellie ihr gewährte, so weit es ihr möglich war.

*

Die Zwillinge und Ellie kamen nach Hause, und das Leben nahm feste Formen an. Den größten Teil der Arbeit, die für die Studios anfiel, konnte sie zu Hause erledigen. Wenn sie weg mußte, was selten der Fall war, warf Mrs. Finn ein Auge auf die Babys.

Unter dem Vorwand, sie zu putzen, verbrachte Lily Finn den größten Teil ihrer Tage an den Fenstern von *Greenlings*, und so war sie zwangsläufig die erste, die die Prozession von Wohnwagen vor dem großen Tor von *Greenlings* sah. Sie gehörte zu Felix' Schützlingen – er selbst hätte sie nicht Versager genannt. Lily Finn war aus der Fabrik entlassen worden und hatte sich in den Haushalt von *Greenlings* hineingebettelt, »nur für eine Woche oder so, bis ich wieder eine Stelle habe«.

Daraus wurde jedoch nichts, und so teilte sie auf Felix' Anregung hin ihre Zeit zwischen den beiden Abramsky-Frauen auf. Die hätten sie zwar nur zu gern aus dem Haus gehabt, aber Felix stellte mit unschlagbarer Logik fest: »Das geht nicht. Wer würde der armen Frau denn sonst eine Stelle geben?« Tja, wer wohl? Sie redete unaufhörlich, neigte dazu, alles unnötig zu dramatisieren, war eine unheilbare Klatschbase, aber der schlimmste ihrer Fehler war zweifellos ihr Gesang. Ihr Sopran drang ständig bis in die letzten Winkel des Hauses. Sie sang vom hellen Mond, dem Ruf der Flöte, sie sang von Lerchen, die in die Luft aufstiegen, und von der roten Sonne, die unterging – und sie machte die beiden Frauen rasend.

An dem Abend, an dem die Wohnwagen kamen, hatte sie den jüngeren Abramskys schon ihr Essen serviert. Ellie wollte nach dem Kaffee einen Spaziergang machen. Michael schälte einen Apfel und rechnete mit finsterem Gesicht die Kosten zusammen, die zu den Bankschulden hinzukamen; Felix saß draußen in der Laube und paßte auf die Zwillinge auf, die vergnügt krähend und mit ihren Händen in der Luft herumwedelnd in ihren Wagen lagen.

Im ersten Stock sang Lilys schrilles Organ von Almen und Bergen. Sie putzte ein Giebelfenster, das einzige, von dem aus man das große Tor sehen konnte. Plötzlich versagte ihr mitten im Lied die Stimme.

Darauf folgte eine kurze Stille, und dann kam sie die Treppe heruntergepoltert und blieb atemlos in der Tür des Eßzimmers stehen.

»Sie sind da!« keuchte sie. »Vor dem Tor stehen Wohnwagen!«

Ellie fühlte sich unter Lilys Blick nicht wohl und seufzte, aber Michael war schon aufgesprungen. »Großer Gott! Wie viele?«

»Vier große Wohnwagen«, sagte Lily, über die Reaktion auf ihre Mitteilung erfreut. »Und dahinter stehen noch zwei Polizeiautos.«

24

Der Kies unter seinen Füßen knirschte, die letzten Rosen, die duftend am Weg standen, ließen von ihren roten Blütenblättern Tropfen auf den makellosen Rasen fallen. Es herrschte abendliche Stille, die Vögel machten es sich für die Nacht bequem, und es raschelte leise in den Zweigen. Der Teich glänzte in der Abendsonne wie poliertes Kupferblech. Seine glatte Fläche wurde nur von einer Wasserspinne unterbrochen, die sich auf eine leichtsinnige Mücke stürzte.

All diese Schönheit entging ihm, denn sein Zorn trieb ihn an all dem vorbei. Felix hatte Mühe, Schritt zu halten. Er hinkte und schob Simon in seinem Wagen vor sich her.

»Warum hast du ihn mitgenommen?« herrschte Michael ihn an. »Ich will keine Roma bei meinen Kindern, das habe ich dir doch gesagt!«

»Er ist so unruhig.« Inzwischen war der Kleine wieder still; die ungewöhnliche Geschwindigkeit des Wagens schien ihn zu interessieren, und er hatte sich aufgesetzt. Als Felix weitersprach, war seiner Stimme ein kaum merklicher Vorwurf anzuhören. »Hast du deinem Bruder gesagt, er dürfte nicht zu deinem Haus kommen, Mischa?«

»Ja.«

Auf gar keinen Fall mit Wohnwagen, aber jetzt war er sogar mit vieren gekommen, und wie viele Familien darin waren, das wußte Gott allein. Wollte Dui so den Fuß in die Tür bekommen? Es war schon spät im Jahr, und Michael empfand es beunruhigend, daß sie noch unterwegs waren. Eigentlich müßten sie jetzt ihr Lager aufgeschlagen haben, die Hunde müßten getränkt, die Feuer angesteckt sein, und die Frauen müßten am Herd stehen. Wenn sie Pferde hatten, gehörten sie auf die Weide, aber nicht bei ihm, bei Gott, nicht auf seinem Rasen!

»Mein Gott, Mischa, schau dir bloß diesen roten Himmel an. Bei uns zu Hause galt das als Zeichen für einen harten Winter.«

Michael machte größere Schritte. Typisch für Felix, daß er sich um den Winter Gedanken machte, wenn nicht einmal der Sommer vorüber war. Er hatte jetzt und hier schon genug Sorgen, auch ohne die Familien, die sich ihm wieder an den Hals hängten. Sie hätten sich den Zeitpunkt nicht besser aussuchen können. *Abramo I* sollte im nächsten Monat auf den Markt kommen, und er mußte jetzt seine gesamte Konzentration zusammenraffen, damit alles glatt über die Bühne ging. Er mußte sich um den Versand kümmern, damit der Verkauf endlich losging und Geld hereinkam. Die drückende Last der Investitionen sollte sich nun auszahlen.

Jetzt aber sah er die Straße und die vier Wohnwagen, die in Richtung Haus vor dem Tor standen. Hinter ihnen Polizeiwagen, die ihnen den Rückzug abschnitten, ihnen blieb also nur noch der Weg durch das Tor.

Durch sein Tor.

Nein, niemals.

Mehr als ein Dutzend Erwachsene. Duis Frau und drei weitere, alle schwanger. Alte und junge Männer mit Schnurrbärten und Halstüchern lagerten herum und ließen Zigaretten aus ihren träge lächelnden Mündern hängen. Dui selbst stand im Mittelpunkt der Aufmerksamkeit und genoß das in vollen Zügen; er hob seine Arme, um zu zeigen, daß er nichts zu verbergen hatte, und er lächelte dazu, um zu demonstrieren, daß er die Fragen nicht als Beleidigung empfand – obwohl sich das sehr schnell ändern könnte. Sie alle wirkten irgendwie hilflos, als seien sie vom Schicksal zufällig hierher verschlagen worden und wüßten nicht, was sie hier tun sollten.

Verdreckte dunkeläugige Kinder standen überall herum, tanzten auf den Dächern der Wohnwagen, schaukelten an Türgriffen, lachten, winkten, riefen sich Schimpfworte zu, beleidigten die Polizisten in Romani und genossen die dramatische Situation. Mein Gott, was waren sie doch für Kinder, auch die Männer und Frauen! Nein, nein, das wußte er besser. Das Bild der unbeschwerten Naturkinder wurde sorgfältig kultiviert.

Unter seinen Augen begann eine junge schwangere Frau, auf die eine Polizistin zukam, sich wild zu kratzen, an den Beinen, unter der Achselhöhle, überall, wo sie hinkam. Wie auf ein Stichwort hin zog sich die Polizistin zurück. Der Trick funktionierte also noch, wie er schon seit Tausenden von Jahren funktioniert hatte; würde jemals der Tag kommen, an dem sich die leichtgläubigen *Gaje* davon nicht mehr auf Distanz halten lassen würden?

»Mr. Abramsky!« Der ranghöchste Beamte hatte Michael gesehen und kam auf das Tor zu. »Wir haben hier ein kleines Problem. Die Leute scheinen zu denken, Sie könnten helfen …« Sein Blick wanderte von den zerlumpten Kindern, die nun in Trauben an den Röcken der Mütter hingen, zu dem kleinen Simon, der rosig und blond in seinem Wagen im sicheren Schutz seiner Privilegien auf der achtbaren Seite des Tores und des Schildes lag.

Als Michael mit dem Polizisten sprach, fiel ihm selbst zu spät auf, daß er mit seinen ersten Worten dem typischen *Gajo*-Klischee entsprach. »Was kann ich für Sie tun?«

Es ging offensichtlich um Dui, der im Verdacht stand, in der benachbarten Hühnerfarm gestohlen zu haben. »Wie Papa es uns gezeigt hat, Micah. Was schadet das schon?« sagte er schnell auf Romani.

Michael konnte ihn durch die Stäbe des Tors riechen, Schweiß und Pferde und glatte, kleine Lügen. *Papa aber konnte gut lügen,* nicht so wie er, Dui. »Wie viele?«

»Drei.«

»Drei Kisten«, sagte seine Frau stolz. »Neunzig Vögel.«

Dui zuckte die Achseln. »Na und? Ein Festessen für die *Kumpania,* eine große Farm, ein großer Fang, was ist dagegen zu sagen?«

Was ist dagegen zu sagen? Michaels Antwort kam direkt aus Papas Wagen, vielleicht sogar direkt aus Papas Mund. »Du hast dich erwischen lassen, du blöder Kerl, das ist dagegen zu sagen! Ich habe schon Vögel gestohlen, als ich noch keine fünf

Jahre alt war, und ich bin nie erwischt worden. Papa auch nicht. Was ist also dein Problem?« Er lehnte sich vor, und Dui wich vor ihm zurück. »Du kannst den Hals nicht voll bekommen! Du hast heute abend achtzehn oder zwanzig Mäuler zu stopfen, oder? Wozu nimmst du also neunzig Vögel? Sag mir das! Es ist Sommer. Du hast keine Tiefkühltruhe, du Vollidiot!« Herrgott noch mal, was sollten eigentlich diese Vorwürfe? Da kamen all die Ausdrücke aus ihm herausgesprudelt, die er an den Feuern gelernt hatte, noch bevor er laufen konnte. Damit mußte Schluß sein, Schluß, Schluß, er gehörte nicht zu diesen Leuten, war nicht mehr einer von ihnen ...

Er richtete sich an Felix. »Bring Simon ins Haus, ja?«

Dui sah seine Felle davonschwimmen und wählte diesen Augenblick für ein theatralisches Intermezzo. Er deutete zum Himmel, auf die blonde Putte im Wagen, auf seine eigene Familie, die eng zusammengedrängt an der Tür des Wohnwagens stand, auf den kleinen Tomo, der in unfaßbarer Unschuld neben ihm stand. Auf englisch rief er alle Anwesenden zu Zeugen dafür auf, daß die Polizei ihn daran hindern wollte, seinen geliebten Neffen zum erstenmal zu sehen, und dabei wäre er doch deshalb – nur deshalb! – hier in die Gegend gekommen! Um seine Verwandtschaft zu beweisen, fuhr er schnell wie eine Klapperschlange mit einer Hand durch die Gitterstäbe und streichelte Simon über den Kopf.

Als Michael die mit Hühnerblut verschmierten, rauhen braunen Finger auf dem silberblonden Haar seines Sohnes sah, stieg ihm vor Zorn das Blut in den Kopf. »Wenn du ihn noch einmal berührst«, sagte er, »bringe ich dich um.«

Die Drohung wurde so ruhig und flüssig ausgesprochen, daß der Polizist sie für ein Begrüßungswort hielt. »Wenn wir gewußt hätten, daß es Angehörige sind, hätten wir natürlich ...« Er zog sein Notizbuch heraus. »Trotzdem ist da noch ...«

Michael ließ sich den Namen des Bestohlenen sagen. »Ein Freund – ich werde das regeln.«

Nachdem diese Angelegenheit also erledigt war, hustete der Polizist diskret und sagte etwas von einem delikateren Problem, Landstreicherei, kein fester Wohnsitz, in jedem Bezirk nur eine Übernachtung und keine Benutzung der Hauptstraßen. »Das verstehen Sie doch, Sir?« Mit seinen Blicken sagte er, eigentlich müßtest du das verstehen, schließlich bist du doch auch Zigeuner. Die anderen Polizeibeamten nickten beipflichtend, und Michael kam es so vor, als sei jedes Nicken ein Angriff auf sein Selbstwertgefühl.

Einen Hauch von Ellies leichtem Eau de Cologne neben ihm und ihre Stimme fuhren kühl wie Limonen auf Eis zwischen die spannungsgeladene Gruppe. Als er ihre Worte hörte, wußte er nicht, ob er sie bewundern oder vor Ärger explodieren sollte.

»Die Bestimmungen, von denen Sie sprechen, haben in diesem Fall keine Gültigkeit. Diese Leute sind Verwandte, und sie sind als Gäste auf unserem Privatgrundstück. Unter unserer Obhut.« Die Betonung des letzten Satzes war unverkennbar.

Sie drehte sich um, als sei ihr gerade noch etwas eingefallen. »Es ist aber ein warmer Abend heute. Wenn Sie oder Ihre Beamten Limonade mögen, würde Ihnen unsere Köchin bestimmt gern ... Wenn Sie bitte zum hinteren Eingang kommen möchten.«

Der Polizeibeamte sah auf seine glänzenden Schuhe, auf das verschlossene Tor und dann auf Michael Abramskys Frau, der es gelungen war, mit ihrem freundlichen Angebot die Polizei des gesamten Countys von oben herab in die Schranken zu verweisen.

»Danke«, sagte er steif. »Vielleicht ein andermal ...«

Unter dem Vorwand, der Schlüssel zum Tor, den er in seiner Tasche hatte, aus dem Haus holen zu müssen, zog Michael Ellie weg und sagte nichts, nicht ein Wort, bis die Zigeuner, die wie aufgeregte Kinder, die in den Palast eingelassen werden möchten, an das Tor drängten, nichts mehr verstehen konnten.

»Gäste? In unserer Obhut? Bist du denn verrückt geworden?« fragte er.

»Die Polizei war ihnen gegenüber beleidigend und damit auch uns gegenüber.«

»Dui hat gestohlen.«

»Ach! Hast du jetzt auf einmal Moralvorstellungen entwikkelt, nachdem deine Zeit als Dieb vorbei ist?«

»Sehr witzig. Jetzt hast du sie hereingelassen. Du hast ihnen *Greenlings* geöffnet, und das werden sie jedesmal ausnützen, wenn sie hier in der Gegend sind.«

»Das ist doch übertrieben – und auf der Straße kannst du sie schließlich nicht lassen, oder? Die Polizei würde sie sofort festnehmen, das weißt du.«

Ganz richtig. Ganz sicher warteten bereits in beiden Richtungen Polizeiwagen auf der Straße. Wenn er die Zigeuner nicht einließ, würden sie es mit der Zeit leid werden, weiter zu warten, und wenn sie dann versuchen würden, wegzufahren, würde die Polizei sie anhalten. »Warum sollen wir denn die Verantwortung übernehmen?«

Sie seufzte. »Ich bin sicher, daß die Kinder seit heute früh nichts zu essen bekommen haben. Rose war dabei, und Duis Frau steht offensichtlich kurz vor der Niederkunft. Stell dir doch einmal vor, das wären Simon und Jennifer oder ich ...« Sie schnappte nach Luft, als sich seine Finger in das Fleisch ihres Oberarms eingruben.

»Das ist völlig ausgeschlossen, niemals! Dafür ist doch all das!« Er deutete auf das Haus. »Jetzt ist alles in Gefahr ...«

»Sie übernachten hier, stellen ihre Wagen unter die Buchen, und morgen früh sind sie wieder weg.«

»Wo sollen sie denn kochen? Über Feuern, die sie auf dem Rasen anstecken?«

»Wir haben zwei Küchen, und da wird sich doch sicher ...«

Mit einem Mal war er unendlich müde. »Nicht im Haus«, sagte er. »Das bringe ich nicht fertig.« Er sah ihr prüfend in die Augen, die genauso blau waren wie die der Zwillinge. »Ellie, ist dir überhaupt klar, was du angerichtet hast? Nein, wie denn auch, schließlich kennst du die Roma nicht.«

Sie hob seine Hände an ihre Wangen. »Ich kenne aber dich. Du bist doch sonst immer so kühl und beherrscht ... jetzt schau dich nur einmal an.«

All das. Ellie, die Kinder, wie hatte er dafür gearbeitet, um es zu verdienen, halten zu können, zu erweitern. Noch schwerer war es, der Vergangenheit zu entkommen, die ihn auf Schritt und Tritt verfolgte. »Nicht in mein Haus, Ellie. Nein.«

Dui kam trotzdem, wie zu erwarten war. Zuerst wollte er ein Aspirin für Tomo, der ein bißchen Kopfweh hatte; dann wollte er sich etwas Brandy für seine Frau ausborgen, denn sie hatte manchmal nachts mit ihrem Magen zu schaffen. Er klemmte sich die Flasche unter den Arm, und dann bediente er sich aus dem Kühlschrank und holte eine Flasche Bier heraus. Dabei glitt ihm ein silberner Flaschenöffner in die Tasche. Michael nahm ihn wieder an sich.

»Behalte gefälligst in meinem Haus deine Finger bei dir, ja!«

Dui grinste. »Reine Gewohnheit ...«

»Na schön, du hast deinen Brandy und ein Bier. Jetzt heraus damit. Weshalb bist du wirklich hier?«

Dui seufzte, kratzte sich am Bauch und ließ sich schwer auf den Küchentisch nieder. Er begann seine erbärmliche Litanei, und es dauerte keine zehn Minuten, bis Michael bis ins Kleinste über die jüngste Geschichte der *Kumpania* sowie über ihre Zukunftsaussichten informiert war.

»Da war nur der Regen schuld, verstehst du? Die Kirschenernte hatte nichts eingebracht, und die Erdbeerenpflückerei auch nicht. Mit den Bohnen hatte es zuerst ganz gut ausgesehen, aber dann ist mir irgendein Idiot in den Wohnwagen hineingefahren, und wie sollte ich dann aufs Feld kommen? Mentos Tochter ist in Schottland gestorben. Sie hat bis zu ihrer Hochzeit bei der *Kumpania* gelebt, und da war es doch nicht mehr als natürlich, daß wir alle hinfuhren, um ihr die letzte Ehre zu erweisen. Das hat uns wieder drei Wochen gekostet, und als wir zurückkamen, war es für die Aprikosen zu spät, aber für die Äpfel war es zu früh. Sicher, den Salat konnte man immer schneiden, aber das brachte doch nichts. Die Bauern sind so geizig, so konnten wir keinen Penny beiseite legen!«

Worauf wollte Dui denn sparen?

»Nun, das sagte ich doch die ganze Zeit! Kalifornien, dahin geht es jetzt. Sonne, Geld, und Unterstützung von der Wohlfahrt, was kann man sich mehr wünschen? Vier Familien wollen hinfahren, aber da mit den Kindern und den Alten bestimmt zwei Dutzend Leute zusammenkommen, müssen viele Fahrkarten bezahlt werden! Und dazu noch das Gepäck!«

Michael ließ nicht locker und fragte hartnäckig weiter, warum sich Dui denn Sorgen um die anderen machte. Seine eigene Familie war ja weiß Gott nicht groß, nur seine Frau, Tomo und das noch ungeborene Kind ... Dafür dürften die Einkünfte einer Ernte doch sicher reichen.

Darauf folgte ein benommenes Schweigen; Dui war ernsthaft entsetzt.

Die *Kumpania* im Stich lassen? Dazu noch er als Rom Baro? Er war doch ihr Anführer, für all die Leute wie ein Vater. Man konnte doch nicht die *Kumpania* zurücklassen, oder?

Papa hat sie zurückgelassen ... weil sie ihn dazu gezwungen haben ... und das hat ihn sein Leben gekostet.

»Die Zeiten ändern sich«, sagte Michael laut zu Papas zweitem Sohn.

Nun, da gab es noch mehr Gründe ... Duis Blick rutschte von Michael weg, als er fortfuhr.

»Um die Zeit der Apfelernte hat es wegen eines Pferdes leichte Schwierigkeiten gegeben, die noch nicht ganz aus der Welt geschafft sind. Wenn wir nach den Gerichtsferien noch im Land sind, muß die ganze Familie als Zeugen aussagen.«

Michael hatte ein ungutes Gefühl im Magen, dem er auf Grund von unangenehmen Erfahrungen in der Vergangenheit zu trauen gelernt hatte. »Möchtest du mir die ganze Geschichte erzählen? Die Wahrheit?«

Ein vielversprechendes Rennpferd hatte gekränkelt; sein

Besitzer gab es mit den Tierärzten von Newmarket auf und zog Dui zu, weil der einen gewissen Ruf als Heiler hatte, wenn konventionelle Methoden nicht greifen wollten. Dui erkannte sofort, daß die Sache hoffnungslos war, aber das sagte er nicht; er zog es vor, dem Besitzer sehr erfreuliche Honorare aus der Nase zu ziehen, zumal der allen Grund hatte, Duis Methoden für erfolgreich zu halten. Zeigte sich das Pferd beim Training nicht lebhafter? War es nicht schneller geworden? Und sein Aussehen, das hatte sich doch auch gebessert, oder nicht? Als es dann aber mitten in einem Galopprennen tot umfiel, erstattete der Besitzer Anzeige wegen vorsätzlicher Täuschung, Nötigung, veterinärmedizinischer Tätigkeit ohne Genehmigung und wegen der Verabreichung stimulierender Mittel.

»Und das Geld, das er dir bezahlt hatte ...«

Dui breitete seine dicken Finger aus, und Michael sah das glänzende Silber darin. Während er den Entschuldigungen zuhörte, kam ihm Rose wieder ins Gedächtnis, von der Ellie gesprochen hatte. Und wo war Großmama?

»Großmama ist in einem Lager in Burbage. Rose, na ja, also, die ist bei meiner Frau und Tomo im Wagen und hustet noch immer Blut. Tja, das sind eben Probleme ... Du bist noch jung, Micah, und davon weißt du noch nichts ...«

Jung? Ich bin zweiundzwanzig, und bald so alt wie Methusalem. »Ich habe doch Rose die Rechnung in der Klinik bis zum Jahresende bezahlt.«

»Aber sie hält es dort nicht aus, Micah. Was soll ich denn machen?« Wieder breitete er die Hände aus. Und dieser hilflose Trottel nannte sich Rom Baro!

»Ich bringe das morgen in Ordnung«, sagte er ruhig. »Und dann fahrt ihr alle wieder weg.«

*

Draußen herrschte reges Durcheinander. Die Familien waren zur Abwechslung einmal sicher hinter einem verschlossenen Tor, und sie genossen dazu den Schutz des Eigentümers; also taten sie sich nicht mehr den geringsten Zwang an. Die Radios spielten in voller Lautstärke; unter den Buchen flackerte ein Schwarzweiß-Fernseher zwischen den Blättern; der Duft von gebratenen Hühnern und Knoblauch stieg in die Nacht auf; Kinder kreischten, Frauen unterhielten sich, und Männer stritten sich um Nichtigkeiten. Mrs. Finn hatte sich entschlossen, dazubleiben, obwohl sie niemand darum gebeten hatte. Sie erklärte großzügig, sie wollte bis morgen früh bleiben und aushelfen, denn was sie hier alles zu hören und zu sehen bekam reichte Monate, den Dorfklatsch zu speisen.

Michael saß im Haus und dachte über die Situation nach. Familienkonferenzen hatten keine Tradition im Hause Abramsky. Die wichtigen Entscheidungen traf er, und keiner wurde zu Rate gezogen. Diesmal aber lag die Sache anders. Das jetzige Problem betraf die Familie eigentlich nicht – im Grunde nicht einmal ihn –, aber es könnte trotzdem einschneidende Konsequenzen für sie alle haben. Es mußte eine Lösung gefunden werden, und zwar schnell, gerade jetzt verließ ihn sein Urteil, war es ihm unmöglich, klar zu entscheiden, was zu tun sei. Etwas, das sie, die Familie und das Geschäft, noch tragen konnten. Deshalb die Konferenz.

Die Zwillinge schliefen. Michael und Ellie warteten im Salon auf die älteren Abramskys. Da Anna beschlossen hatte, sich anzukleiden, mußten sie lange warten, aber sie litten nicht unter Langeweile. Obwohl die grünen Samtvorhänge fest vorgezogen waren, wurden Ellie und Michael gnadenlos über sämtliche Aktivitäten der Zigeuner auf dem laufenden gehalten. Im Abstand von Sekunden streckte Lily Finn ihren Kopf herein und hatte mit vor Aufregung blitzenden Augen wieder etwas zu melden.

Jetzt steckten sie draußen Feuer an, war das richtig so? Sie hängten nasse Wäsche über die Rhododendronbüsche, ging das nicht zu weit? Sie warfen leere Büchsen und Milchflaschen in den Lilienteich, und außerdem aßen sie die Himbeersträucher leer! Ein kleiner Junge pinkelte hinter die Garage; als sie ihm zugerufen hatte, er sollte das lassen, sagte er ihr, sie solle verschwinden.

»Das hat er wirklich gesagt!« berichtete sie fassungslos. »Und der Kleine sieht aus, als wäre er keinen Tag älter als drei Jahre!«

»Wenn Sie im Haus bleiben«, schlug ihr Ellie vor, »bekommen Sie so etwas nicht zu hören.« Sie lachte, und Lily rannte trotz der unhöflichen Aufforderung wieder hinaus, um die Eindringlinge im Auge zu behalten.

»So witzig finde ich das gar nicht«, sagte Michael. »So etwas wird leicht nachgemacht. Möchtest du, daß Simon das sagt? Zu irgend jemandem?«

»Das ist doch etwas ganz anderes. Er wird doch eine gute Schule besuchen ...«

Die Tür flog auf, und Anna rauschte mit einer malvenfarbigen Seidenstola auf den Schultern, die aussah wie schlaffe, zerknitterte Flügel, in das Zimmer. Felix folgte ihr mit einer Flasche ihres besonderen Sherrys und den besten rumänischen Gläsern. Als wäre das eine Familienfeier, dachte Michael schmerzlich berührt.

Bei einer Verkaufsmesse hätte er es Präsentation genannt, aber hier nannte er es eine Krise, auch wenn er in gleicher Weise die wesentlichen Punkte mit den Fingern aufzählte. Die Zigeuner, die sich in *Greenlings* aufhielten, waren seine Blutsverwandtschaft; sie hatten Probleme mit der Justiz, und daran würde sich nie etwas ändern. Ideen hatten sie, das mußte man ihnen lassen; sie hatten nun ein Schlupfloch entdeckt, und dieser Besuch könnte beliebig oft wiederholt werden. Mit den vier Wohnwagen hatten sie nur einen kleinen Vorgeschmack geliefert. Ihm waren die Hände gebunden, wenn er sie nicht an die Polizei ausliefern wollte. *Greenlings* würde von jetzt an pausenlos belagert werden. Wichtiger noch waren ihm jedoch die Zwillinge. Er weigerte sich, sie der *Kumpania* auszusetzen.

»Dazu habe ich zu viel riskiert und bin zu weit gekommen«, sagte er einfach.

Er konnte nun die Sippe auf ewig wie ein Joch um den Hals tragen, oder er konnte ihnen das geben, was sie wollten, Fahrkarten nach Kalifornien.

»Das ist Blutgeld!« rief Anna. »Ruf die Polizei, und damit ist die Sache erledigt. Solche Leute sind keine Familienangehörigen, das ist nicht mehr als der Zufall der Geburt! Familie, das bedeutet, zusammen aufzuwachsen, füreinander zu sorgen.«

»Anna!« Felix warf einen schnellen Blick zu Ellie hinüber, der die Zornesröte ins Gesicht gestiegen war.

»Nein, Felix, Anna hat recht. Der ›Zufall der Geburt‹ bedeutet noch lange nicht Familie, oder?« sagte Ellie und kniff ihre Lippen zusammen wie ihre Mutter, Michael hatte diese Gebärde auch schon bei der kleinen Jennifer entdeckt.

Genug davon. »Ich schlage vor, sie zu schicken, wohin sie wollen.«

Felix meldete seine Zweifel an. »Aber was ist mit den Pässen, den Visa? Wie sollen diese Leute sie je bekommen?«

»Ausweispapiere sind kein Problem.« Der gesetzestreue Felix wäre entgeistert, hätte er je zu sehen bekommen, welche Anzahl und Vielfalt an Reisepässen die Zigeuner besaßen. Großmama allein bewahrte fünf in einer Bleicherde-Dose unter ihrem Bett auf. Es gab keine Grenze auf der Welt, die sie nicht innerhalb von achtundvierzig Stunden überqueren konnten, wenn es sein mußte.

Und wenn sie das Geld dazu hatten.

»Dann mußt du sie wegschicken«, sagte Felix und fuhr sich mit beiden Händen durch sein Haar. »Du brauchst dazu nicht unsere Erlaubnis.«

Michael seufzte, goß Sherry ein. Um den Umbau und dann *Abramo I* zu finanzieren, war, wie sie alle wußten, eine Hypothek auf *Greenlings* aufgenommen worden. Eine drückende zweite Hypothek. Es würde mindestens ein Jahr dauern, bis die Investition in den Rechner begann, sich zu amortisieren. Wenn es dazu überhaupt kam. Nichts war sicher, und nun dieses Problem mit den Zigeunern. »Wir können unmöglich noch mehr Geld aufnehmen, ohne dabei *Greenlings* aufs Spiel zu setzen«, sagte er unverblümt. »Und ich weigere mich, das zu tun.«

Ellie beobachtete ihn, wie er den Stiel des Glases mit seinen schlanken braunen Fingern fest umschlossen hielt und mit vor Sorgen und Unsicherheit glasig gewordenem Blick in die Ferne sah; sie wollte ihm sagen, daß das doch nicht so wichtig sei. Schließlich sei *Greenlings* doch nur ein Haus, und es gab andere, die genausogut waren, ebenso dicke Mauern hatten und ebenso hohe Zäune, aber sie wußte, daß das für ihn nicht galt. *Greenlings* war Sicherheit, ein Traum, der zur Besessenheit wurde; er hatte das Haus gewonnen, nachdem er darin gelebt und es geliebt hatte, sein Verlust würde ihn verbittern. Schon jetzt befand er sich im Belagerungszustand, und sein Mund war verkrampft, nicht fest. In seinen Augen stand Schuldbewußtsein, weil er ihnen das aufgebürdet hatte, Wut darüber, daß die Roma ihm noch immer sein Leben bestimmten und seine Zukunft bedrohten, und Zorn über seine eigene Machtlosigkeit, wenn es um ihre Forderungen ging.

»Da ist doch noch der Rubin«, meinte Ellie.

Er schüttelte den Kopf. »Der gehört der *Kumpania*. Großmama hat ihn uns gegeben, damit Dui ihn nicht verschleudern konnte, eine Art Vermächtnis. Solange sie lebt, müssen wir ihn behalten. Er würde sowieso nicht genug einbringen.«

Anna musterte ihren makellosen Rist. »Vielleicht könnten wir die Studios beleihen, oder die Tänzer könnten es für uns aufbringen.«

Niemand lachte über den Vorschlag.

Ach, Mutter, dachte Ellie, wie kann man nur so dumm sein. Zu glauben, daß unbekannte Tänzer, die dazu nicht mehr als Schüler sind, jemals so viel Geld aufbringen könnten!

Mutter ... Mutter ... Mutter.

Das Wort hallte immer wieder in ihrem Kopf herum.

So war es also doch geschehen. Aus Mitleid und Überraschung war aus dieser exzentrischen Frau in ihren Gedanken endlich doch ihre Mutter geworden. Eine törichte Mutter. Nicht grausam oder gemein oder egoistisch. Nur naiv und mitleiderregend. Tränen kamen ihr in die Augen, und als sie die Tür zum Gang öffnete, drückte ihr etwas die Brust zusammen.

Eines blieb ihr jetzt zu tun, was sie gleich am Anfang hätte tun sollen. Sie wußte nur, daß sich Anna Abramsky sehr darüber freuen würde; wie konnte sie es also auch nur in Erwägung ziehen? Nachdem sie jedoch nun diese kleine Schwäche bei ihr entdeckt hatte, brachte sie es fertig.

Sie kam, das Porträt unter dem Arm, wieder zurück. Sie stellte es gegen Michaels Stuhl. In dem dezent beleuchteten Zimmer lächelte es noch so gütig wie am Tag seiner Entstehung.

»Nimm das«, sagte sie in absichtlich leichtem Ton. »Mary Beth sagt, Hellas bringen auf den Auktionen Spitzenpreise.«

Michael gab einen seltsamen Ton von sich. »Meinst du das ernst? Du würdest es mich verkaufen lassen. Für *Greenlings?*«

»Nein, für dich.«

Er nahm ihre Hand an seinen Mund und drückte seine Lippen gegen ihre kühle Handfläche. »Ich liebe dich«, flüsterte er. Es war, als wären die anderen nicht da. »Verkaufen werde ich es nicht, sondern es als Kaution für ein kurzfristiges Darlehen benutzen. Das würde allerdings bedeuten, daß die Bank es eine Weile behält ...«

Anna und ihre Tochter sahen sich über Michaels Kopf direkt in die Augen. Ellie sah nur Erleichterung im Blick ihrer Mutter, daß sie von jetzt an nicht mehr in der Eingangshalle das Gesicht Hans von Reikers anschauen mußte, ganz kurz leuchtete eine Weichheit, die Dankbarkeit verdächtig ähnlich sah, auf, aber dann war es genauso schnell verschwunden, wie es gekommen war.

Anna jedoch, Anna mußte ihren Blick von dem Leuchten in Ellies Augen abwenden, als Michael sagte, daß er sie liebte – es war einfach zuviel. Es schien, als würde ihr im Spiegel die Vergangenheit vorgehalten, aber ach, hatte ihr Haar jemals so geglänzt? War ihre Haut jemals so glatt und frisch gewesen? Wie war das möglich? Dieses Mädchen war schön, obwohl sie es in Haß empfangen und die ganze Schwangerschaft hindurch, nur gehaßt hatte. Wie konnte es geschehen, daß sie selbst so alt und runzlig geworden war? Es war ungerecht, eine himmelschreiende Ungerechtigkeit. Wäre das Mädchen so häßlich und widerwärtig wie seine Empfängnis, dann hätte es Mischa nie begehrt und geliebt – denn tatsächlich, ihr Mischa liebte sie, diese Gabriella.

Früh am nächsten Morgen fuhr Ellie Rose, der das gar nicht paßte, zum Flughafen für eine weitere Reise nach Genf. Michael und Felix standen am Tor und sahen zu, wie die vier Wohnwagen auf die Straße hinausfuhren. Aus den Fenstern sahen strahlende Gesichter auf Micah, den Mann, der sie nach Amerika schicken würde, wie Dui ihnen gerade angekündigt hatte.

Felix sprach neben Michael dessen Gedanken von gestern laut aus. »Schau nur, Michael«, sagte er, während er ihnen zum Abschied zuwinkte. »Was sind das nur für glückliche, unschuldige Kinder.«

Warte nur ab, bis du die zerfetzte Matratze auf dem südlichen Rasen und den durchlöcherten blauen Regenmantel auf der höchsten Pappel gesehen hast, ganz zu schweigen von den Dutzenden von Hühnern, über denen bereits Wolken von Schmeißfliegen hängen. Trotzdem, sie fahren weg. Mit ein bißchen Glück werden sie *Greenlings* niemals wiedersehen.

Duis Wagen wendete plötzlich, die Hupe und das Lachen des Fahrers durchbrachen die morgendliche Stille, und er deutete auf etwas über Michaels Schulter.

Der fünfjährige Tomo hing grinsend wie ein Affe an dem Schild mit der Aufschrift PRIVATBESITZ über dem Eingang von *Greenlings* und schaukelte hin und her.

Michael packte die Wut.

»Kannst du denn nicht lesen, verdammt noch mal! Mach das niemals – ach, verschwinde von meinem Land, verschwinde!!«

Dui lachte weiter, fuhr dem Jungen mit einer Hand durch das

Haar, und dann sprangen beide in den Wohnwagen, der in einer Wolke von Auspuffqualm davonfuhr.

»Mischa, das Kind ist doch dein Neffe«, sagte Felix.

»Mir bedeutet er gar nichts. Keiner von ihnen bedeutet mir etwas. Außer Großmama.«

*

Bevor Dui die Nachricht verbreiten konnte, fuhr Michael nach Burbage. Die Zwillinge schliefen in ihren Autositzen. Großmamas Wagen stand einsam und leer. Um ihn herum war nichts als Hochmoor und Herbsthimmel, an dem eine dichte graue Wolkendecke vor dem Wind herraste.

Er fand sie auf ihren Knien an der Böschung, wo sie Bodenefeu suchte und die Blätter in einen Kräutersack stopfte. Ihre langen Röcke wehten im Wind, der in dieser öden Gegend bald bitter kalt würde.

»Micah!« Sie sah zu ihm auf; sie war schmaler, als er sie in Erinnerung hatte.

»Ich habe meine Babys mitgebracht, um sie dir zu zeigen.«

Sie nickte, und dann drückte sie mit ihren knotigen Fingern die Gliedmaßen der beiden, hob die Augenlider und legte ihre Hände um die kleinen Köpfe, als seien sie Kristallkugeln, die sie durch ihre Fingerspitzen lesen konnte. »Gesund«, verkündete sie. »Sie sehen nicht wie unsere Leute aus, aber man kann nie wissen, vielleicht werden sie einmal bessere Zigeuner als Duis Bande.«

»Das wünsche ich mir nicht.«

»Nur weil du bei deinem Papa warst. Wenn du bei den Familien geblieben wärst, hättest du ein glückliches Leben geführt.«

Er lächelte, verstaute die Zwillinge wieder in ihren Autositzen und ging zusammen mit ihr zu dem Wohnwagen. »Ich bin hergekommen, um es dir zu sagen, bevor du es von Dui erfährst. Vier von den Familien gehen nach Kalifornien.«

»Ja. Wo die Sonne scheint.« Sie sagte das mit größter Gelassenheit, so als führen sie nur ins Nachbardorf. Sie kochte Micah Tee und gab für sich selbst ein paar von den gerade gepflückten Blättern zu. »Die tun dem Magen gut.«

»Du bist doch nicht krank, Großmutter?«

Sie lächelte. »Nur alt! Manche erkennen den Unterschied nicht. Woher soll das Geld kommen? Das wird eine Stange Geld kosten, und Dui hat nichts gespart.«

»Ich leihe es ihnen. Wenn man Dui so hört, regnet es in Kalifornien Goldstücke. Er sagt, nächstes Jahr zahlt er mir alles zurück.«

Allein die Vorstellung brachte sie beide zum Lachen. »Da mußt du schon großes Glück haben. Aber hast du daran gedacht? Mit so hohen Schulden wird er bei dir nicht mehr anklopfen dürfen, du könntest ihm sonst die *Kris* auf den Hals hetzen.« Sie seufzte. »Wenn sie abreisen, wirst du vielleicht deine alte *Kumpania* nie wiedersehen.«

»Ja.« Eigentlich müßte ihn das freuen. Warum fühlte er sich dann wie ein Verräter?

»Ist es dir so viel wert, uns loszuwerden?«

Er sagte ihr die Wahrheit.

»Die anderen, ja.« Würde Dui sich um sie kümmern? fragte er sich.

»Ich wünschte, du würdest hierbleiben«, sagte er, war sich aber selbst nicht sicher, ob er das ehrlich meinte.

»Gut, weil ich nämlich tatsächlich bleibe. Ich war in Jugoslawien (daher kommt meine Ur-Ur-Urgroßmutter), dann in Spanien, in Frankreich, in Ungarn, und als kleines Mädchen sogar in Polen und der Tschechoslowakei. In meinem Alter will ich meine vertraute Landschaft, die gleichen Wege, auf denen ich und dein Großvater gefahren sind, Appleby im Juni, und Minze pflücken in den Brierly Woods ... da ist deine Mama geboren, weißt du ...« Sie seufzte und kehrte mit einem Ruck in die Gegenwart zurück. »Jetzt sag mir mal eines, Micah. Wenn die Sonne in Kalifornien jeden Tag scheint, wie werden sie das noch merken, wenn sie sich erst einmal daran gewöhnt haben?«

»Du wirst doch nicht allein auf der Straße sein? Es werden doch noch Familien hierbleiben, die dir Gesellschaft leisten können, oder?«

Sie lachte, und ihre Goldketten blitzten im Licht. »Nie im Leben! Sobald sie erfahren, daß du die Zeche zahlst, fahren sie *alle*. Das geht so schnell, du glaubst es nicht. Zwei Dutzend, hat Dui gesagt? Wahrscheinlich eher fünfzig!«

Die Wolken, die nach Westen zogen, sahen düsterer aus als bei seiner Ankunft. »Es sieht aus, als hätten wir ein hartes Jahr vor uns.«

25

Es waren drei harte Jahre, in denen sie die Zähne zusammenbeißen mußten und manchmal am Abgrund standen. Aber zugleich war es auch eine ungestüme Zeit, eine Zeit voller neuer Hoffnungen, neuer Energien und neuer Forderungen, eine turbulente Zeit, und zwar nicht allein für *Abramo*, sondern für die ganze Welt. Veränderungen brachten Aufregung. Neid brachte Anarchie.

Gefahren und Möglichkeiten lieferten sich ein Kopf-an-Kopf-Rennen, und das ganz besonders in den Vereinigten Staaten, zu denen sich Michael, der inzwischen Verkaufsbüros in San Francisco und Los Angeles eröffnet hatte, unwiderstehlich und zwangsläufig hingezogen fühlte. Hier wurden neue Industrien geboren, neue Horizonte öffneten sich. Der Himmel war nicht mehr die Obergrenze. Dahinter wartete der Weltraum. In einer Vorstadt in der Bay Area baute ein dreizehnjähriger Schüler mit naturwissenschaftlicher Begabung einen Parallel-Digital-Computer und setzte damit einen Prozeß in Gang, der alteingesessene Industriezweige erneuern und eine ganze Reihe neuer in die Welt setzen sollte.

Abramo war genau an der richtigen Stelle.

Manche etablierte Firmen wanden sich im Knebelgriff wirtschaftswissenschaftlicher Dogmen, wurden vom Ballast der Vergangenheit erdrückt oder fielen jener Trägheit zum Opfer, die oft einen alteingesessenen Vorstand erfaßt.

Abramo aber war von keiner Tradition behindert, hatte für die orthodoxen Geschäftsmethoden nur Verachtung übrig, kämpfte seinen eigenen Kampf und blühte auf. Hier gab es keine Toiletten für Führungskräfte, deren Schlüssel eifersüchtig gehütet wurden, keine Konferenzen an sonnigen Stränden, keine Firmenwagen, keine zweistündigen Martini-Mittagspausen und in den ersten Jahren nicht einmal den jährlichen Bonus. Jeder Überschuß wurde sofort weiter untergepflügt – aber die Arbeiter bekamen die Möglichkeit, Aktien der Firma zu kaufen, und diese Möglichkeit nutzten sie auch. Das Konto des leitenden Ingenieurs Pete Preston war nicht besser gepolstert als im ersten Jahr, aber der dünne Porridge und das halbflüssige Rührei seiner Mutter wurden zu Ambrosia, wenn er dazu die Börsenberichte las.

In *Greenlings* hatte sich kaum etwas verändert. In den Stallungen standen jetzt Ponys, und hinter der Garage war ein Treibhaus geplant. Die Familie gehörte zwar noch nicht zu den Reichen, aber wirtschaftlich bedroht war sie auch nicht mehr. Das Jahr nach dem Auszug der Zigeuner nach Kalifornien gehörte Gott sei Dank der Vergangenheit an. Großmama hatte recht behalten. Als sich herumsprach, daß Michael die Reise zahlen würde, entschloß sich plötzlich die gesamte Sippe mitzukommen, dazu noch einige Fremde, die noch schnell in die *Kumpania* einheirateten. Nur Großmama blieb zurück. Wie erwartet waren die Kosten ungeheuer hoch, aber für Michael war die Sache jedes Opfer wert. Jedesmal wenn er die leere Stelle über der Treppe sah, dachte er an das Opfer, das Ellie gebracht hatte – wenn auch das Porträt, das inzwischen längst wieder in ihrem Besitz war, noch immer hinten im Schrank stand. Als er sie fragte, ob sie vorhätte, es wieder aufzuhängen, betrachtete sie es nachdenklich und schüttelte den Kopf.

»Es paßt nicht zur Einrichtung«, log sie, machte mit fester Hand den Schrank zu und sprach nicht mehr davon.

Vielleicht waren ihre Gefühle nicht mehr ganz so stark wie früher? Machten sie die beiden kleinen Kinder, die Arbeit mit den Studios und dann und wann eine Reise nach London oder San Francisco so glücklich, daß der alte Haß verdrängt und die Vergangenheit vergessen war? Sie sprach nie darüber und ließ sich auch nichts anmerken. In der Beziehung zu Anna spürte er ein leichtes Tauwetter, aber von Wärme konnte nicht die Rede sein. Noch immer trennte die beiden Haushalte mehr als ein mit roten Backsteinen gepflasterter Weg und die harten Dornen einer Zypressenhecke.

Nur eins wußte er sicher: daß sie glücklich war und daß der Tag, an dem er sie auf der Treppe vor dem Haus ihrer Großmutter entdeckt hatte, der größte Glückstag seines Lebens gewesen war. Er hatte damals gedacht, sie verkörpere alles, was er suchte, aber das erwies sich als ein Irrtum, ein unglaublicher, herrlicher Irrtum. Damals hatte er nur die Andeutung dessen gesehen, was sie heute war. Die verblüffende Selbstsicherheit des damals achtzehnjährigen Mädchens hatte inzwischen bei der jungen Frau eine weit sicherere Grundlage. Der Unterschied zeigte sich auch an ihrem Körper und in ihrer Haltung. Noch immer waren ihre Bewegungen fließend, ohne Provokation – aber da gab es feine Unterschiede, die vielleicht nur ihm auffielen. Ihre früher kleinen, fast jungfräulichen Brüste hatten etwas an Fülle gewonnen und besaßen eine ihr eigene Form, feste, elfenbeinweiße Rundungen mit feinen blauen Äderchen, einer kühlen, seidigen Haut und kleinen, unschuldigen rosafarbenen Spitzen – die sich aber aggressiv und schokkierend aufrichteten, wenn sie erregt war.

So manche Nacht lagen die beiden gesättigt, befriedigt in stillem Glück in ihrem Bett, die Sinne voll bis zum Überfließen voneinander und fast schon schlafend – aber dann spürte er, wie sie sich ihm wieder zuwandte, seine Hände nahm, sie über ihre brennend heißen Brüste führte, bis die Warzen dunkel und hart wurden und die rotbraune Farbe des Verlangens annahmen.

Dann zog er sie an sich, wölbte ihren Leib in einem Bogen zu sich hoch, bis ihre Schenkel sich berührten, Hüfte an Hüfte lag und ihre Warzen die seinen mit ihrer Glut berührten und elektrisierten. In solchen Augenblicken dachte er voller Staunen, daß sie sein war, diese Frau, die ihn mit ihrem Körper so deutlich willkommen hieß, mit ihm unendliche, pulsierende Höhen erreichte und in atemloser, fast schmerzlicher Wonne dort mit ihm verweilte.

Trotzdem gab es bei Ellie einen inneren Kern von Zurückhaltung, zu dem er nicht vordringen konnte. Sie hatte die Gabe, die Welt völlig ausschließen zu können, wenn sie wollte, und er hatte immer wieder das Gefühl, daß sie ihn begehrte, aber nicht unbedingt brauchte. Ihre Privatsphäre war ihr sehr wichtig. Es wäre ihr niemals in den Sinn gekommen, den BH zu wechseln oder eine Strumpfhose anzuziehen, ohne vorher die Tür ihres Ankleideraums zu schließen, ihm einen Brief von Mary Beth zu zeigen, war der Inhalt auch noch so harmlos, oder Unterwäsche im Bad herumliegen zu lassen. Sie hinterließ jedes Zimmer so sauber und aufgeräumt, wie sie es vorgefunden hatte, und ihr Schamgefühl war beinahe übertrieben zu nennen. Michael war in seiner gesamten Jugend und Pubertät die zwanglose Atmosphäre der Tanzstudios gewöhnt, in denen Körperfunktionen ebenso Gesprächsthema waren wie das Wetter oder der neueste Film. Bei Ellie war das ganz anders. Schon Kopfweh war eine Privatsache, die man hinter verschlossenen Türen mit einem Aspirin behandelte. Einmal, während ihrer Schwangerschaft, sah er zufällig, wie sie die verschriebene Medizin gegen ihre morgendliche Übelkeit einnahm.

»Warum?« hatte er gefragt. »Ich weiß doch, daß dir nicht gut ist. Was soll das also ...«

»Warum sollte ich dich auch noch damit belästigen? Die

Dosierung kenne ich, warum sollte ich mir dann helfen lassen?«

Freuden teilte sie, aber Sorgen behielt sie strikt für sich – vielleicht, weil vor ihrer Ehe niemand dagewesen war, mit dem sie sie hätte teilen können. Ein Fremder hätte ihre Zurückhaltung möglicherweise für Kälte gehalten, aber das wußte Michael besser. Sie war ihr angeboren, Teil von ihr wie der honigfarbene Ton ihres Haares, wenn die Oktobersonne darauf schien, oder wie die unauffällige Effizienz, mit der sie ein Abendessen für zwanzig Gäste plante – eine Begabung, die mit dem wachsenden Erfolg der Firma immer wichtiger wurde.

Abramo I war zunächst nicht die erhoffte Bombe gewesen. Die Fachpresse reagierte mit Feindseligkeit und Spott – zum Teil aus Neid, zum Teil aus Borniertheit. Die Abramskys drängten sich ins Geschäft, waren Emporkömmlinge, Trittbrettfahrer, Ausländer, und was für eine Mischung noch dazu! Deutsche, Russen und Zigeuner, daraus konnte nur ein übles Süppchen werden! Es waren einige ganz erlesene Dinnerpartys in *Greenlings* nötig, zu denen die Gäste mit Nobellimousinen abgeholt und heimgefahren wurden, die Männer goldene Dunhill-Feuerzeuge und die Frauen Joy-Parfüm als Begrüßungsgeschenke erhielten, und dazu das freundlichste Lächeln von Gabriella Abramsky (aber die Frau ist ja eine Schönheit!) – bis die Fachblätter dem Produkt ihren Segen gaben, *Abramo* den Erfolg verziehen und Ellie wie von selbst Einzug in die Gesellschaftsnachrichten fand.

Für *Abramo* kam all das keinen Moment zu früh.

»Zu üppig, solche Partys zeugen von schlechtem Geschmack, das ist reine Protzerei!« beschwerte sich Felix nach wie vor. »Das hätte uns um Haus und Hof bringen können.«

»Wenn wir sie nicht gegeben hätten, wären wir jetzt bankrott.«

Als die letzte Limousine abgefahren war, bedankte sich Michael insgeheim bei seinen Göttern, daß er die Zigeuner und damit auch die Banken endlich nicht mehr am Hals hatte. Was, wenn sie plötzlich bei einer solchen Gelegenheit aufkreuzten?

Großmama lebte inzwischen allein, und er behielt sie sorgfältig im Auge, besuchte sie mit den Zwillingen und bot ihr Geld an, das sie nicht haben wollte. Sie weigerte sich, in das Haus zu kommen. Mauern und Zäune machten sie nervös, aber bei schönem Wetter ließ Michael Simon oft mit Großmutter draußen übernachten, für den kleinen Jungen das schönste auf der Welt.

Simon betete die alte Frau an. Das erste Wort, das er deutlich sagte, war Großmama, während er quietschend und gurgelnd nach dem Rauch griff, der von ihrer Pfeife aufstieg. Ein Jahr später wollte er ständig nur noch zu Großmama, wollte mit ihr das Hochmoor durchstreifen, auf ihren Schoß klettern und sich von ihr in den Schlaf wiegen lassen, bei ihr im Wohnwagen am Berg übernachten. Jedesmal wenn Michael ihn zerzaust und ungewaschen abholte und er fröhlich Worte vor sich hin plapperte, die Ellie nicht verstand, ließ er ihnen keine Ruhe, bis er wieder bei ihr war.

Ellie gefiel das nicht.

»Sie ist alt, Michael, und er ist ein kleiner Junge. Es ist einsam dort oben. Was ist, wenn etwas passiert?«

»Weniger als eine Stunde Fahrt weit entfernt? Was soll schon passieren?«

»Wenn sie fällt oder plötzlich krank wird …«

»Sie ist noch vom alten Schlag, noch Jahre hat sie vor sich. Und so klein ist er auch nicht mehr, dieses Jahr wird er vier, mein Gott!«

»Ein kleiner Junge. Du hast selbst gesagt, du wolltest nicht, daß sie als Zigeuner aufwachsen …«

»Hör mal, wir sind alles, was ihr noch geblieben ist, und sie ist seine Großmutter.«

»… und er lernt diese hinterhältigen kleinen Tricks von ihr.«

»Was für Tricks?«

»Ach, kindisches Zeug. Neulich habe ich in seinem Bad ein Glas ausgespült, und als ich mich umgedreht habe, hat er es absichtlich zerbrochen und gesagt, es wäre ihm aus der Hand gerutscht. Ich weiß, daß das nicht stimmt, Michael, ich weiß, daß er gelogen hat. Das Glas war nicht wertvoll, und das wußte er auch. Warum also lügen? Mir gefällt einfach nicht, was er da lernt.«

Er seufzte. »Das ist nur eine alte Sitte der Roma, die er von ihr aufgeschnappt haben muß. Sie waschen Geschirr nicht in dem gleichen Gefäß, in dem sie sich selbst waschen, das ist alles. Da gibt es kein Geheimnis, und es ist auch nichts Böses daran ...«

»Warum dann die Lüge?«

»Wahrscheinlich wußte er, daß du das nicht verstehen würdest, und das stimmt ja auch! Wenn er Großmama Freude macht, wem schadet das? Nächstes Jahr kommen sie in die Schule. Die Lügerei ist eine Phase, die ich auch durchgemacht habe ...«

»Aber du warst ein Zigeuner!«

»Alle Kinder lügen.«

»Mit Dui hättest du ihn nie losziehen lassen!«

»Natürlich nicht, Dui ist hinterlistig, und er ist nicht Großmama. Warum läßt du ihr nicht ihren Spaß mit ihm? Wie lange hat sie denn noch, Herrgott noch mal?«

»Noch vor einer Minute hieß es, sie würde ewig leben. Du redest gerade, wie es dir paßt.«

Er wußte, daß sie recht hatte, aber wenn es um Großmama ging, konnte er einfach nicht anders. Sie war der Faden, der ihn mit den Roma verband, ein Faden, der von Tag zu Tag dünner wurde, aber ein Teil von ihm spürte immer seinen Zug: er war der Fisch unter dem Überhang des Ufers, er hing am Haken und wollte nicht aufgeben, zu stark, sich herausziehen zu lassen, zu schwach, den Faden zu zerreißen. *Schwach – oder einfach schuldbewußt? Du hast sie beraubt, du hattest die Wahl, und du hast dich für Papa entschieden.* Nein. Er war ein kleiner Junge gewesen; gefangen vom Blick seines Vaters und dem Drama einer *Kris Romani* – konnte sie das als Sünde zählen? Was also war er Großmama schuldig, was?

Ach, er wußte es doch, auch wenn er es manchmal nicht wahrhaben wollte. Mit seiner Entscheidung für Papa hatte er sie um einen Rom Baro gebracht, weise genug, um in die Fußstapfen seines Großvaters zu treten, und energisch genug, um die *Kumpania* so zusammenzuhalten, wie sie früher einmal gewesen war: reich, stolz, in den Wagen respektiert.

Nun respektierte sie niemand mehr.

Dui konnte nicht schreiben, aber manchmal rief er an. Es war jedesmal sehr laut im Hintergrund, denn er war dann immer in einem Gasthaus oder bei einem Hahnenkampf in irgendeinem Hinterhof. Meist war er dann halb betrunken und prahlte mit einem Vogel, der ihn jetzt ganz bald zum Millionär machen würde. Er würde dann zu einem Besuch herüberkommen, Micah seine Schulden zurückzahlen, bei Großmutter hereinschauen und sie dann alle groß ausführen. Sicher, Dui, sicher. Einmal hatte er sogar von einem Haus aus angerufen; er brauchte Geld.

»Nur ein paar hundert Dollar, Micah, für dich ist das doch gar nichts, oder? Nur daß es reicht, um mich hier aus einer etwas schwierigen Lage zu befreien. Was, du glaubst mir nicht? Meinst du, ich lüge dich an? Ich bin doch dein Bruder! Warte doch, hier ist meine Sozialarbeiterin, sie wird dir bestätigen, daß ich die Wahrheit sage!«

Hier ist meine Sozialarbeiterin. (Hier ist mein Koch – wenn du für ein Bankett gekocht haben willst, bitte.) Ach, Dui!

Aber Dui war siebentausend Meilen weit entfernt, jetzt konnte er nicht mehr mit einem halben Dutzend Wohnwagen vor *Greenlings* auftauchen. Deshalb sagte Michael »nein, tut mir leid« und legte auf. Danach war einige Monate Ruhe, bis ein R-Gespräch kam, dessen Annahme Michael verweigerte.

Die Familien waren im Augenblick in der Gegend von Sacramento unterwegs. Einmal bekam Michael eine Adresse zugeschickt, die sorgfältig auf einen Briefbogen des Sozialamtes getippt war – ein mitfühlender Sozialarbeiter, ohne Zweifel –, aber bei all seinen Geschäftsreisen nach San Francisco war er nicht einmal versucht, die kurze Fahrt nach Osten zu machen, und er rief auch nicht an bei der Sozialarbeiterin, die sich als Vermittlerin angeboten hatte. Solch ein Kontakt hätte ihm in dem neuen Land alles verdorben, und dieses Risiko konnte er nicht eingehen.

Michael und die Vereinigten Staaten schienen wie füreinander geschaffen. Nach England, das etwas hinter der Zeit geblieben und stolz darauf war, sah er dieses Land wie ein Kind, das zum erstenmal im Zirkus ist.

Grell, frech, wagemutig, laut und überhaupt nicht schüchtern – so erschien ihm dieses Land. Eine Kurz-Rezession war gerade vorbei, die nächste noch nicht in Sicht, und die Verhältnisse hier waren der Traum eines aggressiven Jungunternehmers. Hatte ein Engländer die Möglichkeit, etwas zu kaufen, überlegte er, und dann überlegte er noch einmal, zählte sein Geld, und dann sprach er die ganze Sache erst einmal mit seiner Frau durch, dann würde er vielleicht kaufen wollen, aber vielleicht trotzdem mit leeren Händen heimgehen. Bei einem Amerikaner brauchte man kaum ein Verkaufsgespräch zu führen; ihm brannte das Geld Löcher in die Taschen, er konnte es kaum erwarten, es auszugeben und der Familie jedes erdenkliche moderne Gerät zu kaufen. Funktionierte das nicht mehr, kaufte er sofort ein neues.

Dann war da die Sache mit den Kreditkarten. Die Engländer betrachteten sie als eine Versuchung, der es um jeden Preis zu widerstehen galt, während die Amerikaner sie willkommen hießen wie einen seit langem verschollenen Freund. So begrüßte Michael Abramsky die Vereinigten Staaten. Hier beschimpfte ihn niemand als Zigeuner (zumindest soweit er wußte), und niemand sah ihn schief an. Hier gab es Menschen, die eine noch viel dunklere Haut hatten als er.

Auch Ellie gefiel das Land, aber nur vom Auto aus. Sicher, es war schön, aber auch ungeheuer groß und bedrohlich, und niemand konnte daran zweifeln, daß es das menschliche Geschlecht überleben würde.

»Das wird es auch.« Er lachte.

Anna und Felix weigerten sich hinzufahren. »Wahnsinn, in unserem Alter so weit zu reisen!« erklärte Anna. »Wer paßt denn hier auf alles auf, wenn wir verreist sind?« überlegte Felix.

Michael verkniff es sich, den Fabrikdirektor und Lily Finn zu erwähnen. »Wir könnten jemanden einstellen. Wir haben schon eine Frau, die sich für uns um das Apartment in San Francisco kümmert.«

»Noch ein Haus zu kaufen ... bist du denn sicher, daß das klug ist?«

»Es ist sogar unbedingt notwendig. Bald wird es doppelt so viel wert sein. Ich finde, wir sollten uns etwas ausbreiten. Wir könnten ein Stück Land kaufen, es ein paar Jahre lang halten ...«

Sein amerikanischer Buchhalter hatte ihm vom Orange County im Süden erzählt. »Zur Zeit steht dort Milchvieh, Michael, aber die Erschließung als Bauland hat schon angefangen ...« Schließlich kaufte er bescheidene dreißig Morgen Weideland und verpachtete es wieder an den Farmer zurück. Drei Jahre später führte die Schnellstraße nach San Diego vorbei, und auf einmal war Michael Besitzer von einhundertfünfzig erstklassigen Baugrundstücken, und in der Eingangshalle vor seinem Apartment in San Francisco schlugen die Vertreter der Baufirmen ihre Lager auf. Er schickte sie nach Hause. Er wollte es sich überlegen. Vielleicht in einem Jahr.

»Verkaufe jetzt!« bedrängte ihn Felix, als in *Greenlings* Telegramme mit immer attraktiveren Angeboten eintrafen.

»Nein.« Sie hatten tatsächlich nicht verkauft, aber wenn er in Kalifornien war, nahm er sich jedesmal die Zeit für den kurzen Flug nach Süden, um sich die immer rarer werdenden unbebauten Grundstücke mitten in einer perfekt geplanten Stadt mit Wohnhäusern, Banken, Theatern und Einkaufszentren zu betrachten. Jedesmal, wenn er sie gesehen hatte, grinste er während des langen Flugs über den Pol nach *Greenlings* in sich hinein.

*

Ellie war im Büro, Felix mit Simon im Zoo, Mischa in London.

Anna war mit Jennifer im Studio; sie war ganz in ihrem Element.

»Schöne Hände, Jennifer! Mach schöne Hände für Madame!« Die alte Frau zeigte es ihr vor dem Spiegel.

Ihre Enkelin, mit ihren vier Jahren schon im Gymnastikanzug und mit Beinwärmern, denn sie wollte wie Anna sein, hob gehorsam ihre Ärmchen über den Kopf.

»Wann bekomme ich Spitzenschuhe, Anna? Ob vielleicht der Weihnachtsmann ...«

Anna heuchelte abgrundtiefe Entrüstung, schlug beide Hände vor den Mund und riß ihre blauen Augen weit auf. »Spitzenschuhe? Ach, mein Püppchen, willst du denn diese Füßchen verderben, diese herrlichen Füßchen?« Anna fühlte eine Woge von Liebe zu diesem folgsamen, liebenswerten Kind über sich zusammenschlagen und überschüttete die winzigen Füße mit Küssen. »Schau doch nur, mein Liebling, wie perfekt sie sind, wie hoch der Rist.«

»Ja – aber trotzdem, Anna«, beharrte die Kleine. »Wenn ich herumwirbeln lerne, kann ich es Papa zeigen, wenn er heimkommt ...« Sie wirbelte herum, bis der Spiegel sich mit ihr drehte und sie auf ihren runden kleinen Popo fiel.

»Da, siehst du? Es heißt auch nicht ›herumwirbeln‹. Außerdem ist es für meine kleine Ballerina noch zu früh, das zu lernen.« Anna strahlte. Das würde ihre beste Schülerin werden! Sie versuchte es immer und immer wieder, und dann versuchte sie es noch einmal. Sie hatte es in den Knochen (die so kräftig waren, so gerade!) und wußte jetzt schon, daß wahre

Disziplin von innen kam und daß Perfektion nur durch Übung erreicht werden konnte. Wenn Ellie sie doch nur sehen könnte!

Sie hatte es ihr schon vor Jahren gezeigt, aber Mischas Frau war eine starrsinnige Frau. Voreingenommen, ja, das war sie. »Sieh nur«, hatte Anna gesagt, noch bevor Jennifer laufen konnte. »Siehst du das Rückgrat? Ist es nicht kerzengerade? Und der Hals, dieser lange Hals! Hier, der Rist, wie hoch der ist! Eine Ballerina würde ein Königreich dafür geben!«

»Ein seltsames Wertsystem«, murmelte Ellie.

»Ich sage doch nur«, bettelte Anna (o ja, sie, Anna, hatte gebettelt!), »daß sie vielleicht ... wenn alles gutgeht ... wenn ihre Knochen so gerade wachsen wie meine – und wie deine«, fügte sie großzügig hinzu, »dann könnte sie eine Zukunft haben, unsere Kleine.«

»Die hat sie schon. Später wird sie selbst entscheiden, wie die aussehen soll.«

»*Aber das ist falsch, falsch! Warum versteht das denn niemand?*« Sie rang nach Worten. Wenn sie an die Verschwendung dachte, perfekt gebaute Kinder – sie zwang sich, würdevoll zu sprechen, ruhig, um das Klopfen in ihrem Kopf, das ihr in der letzten Zeit immer mehr zur Last geworden war, von der Geschwindigkeit eines mit doppeltem Tempo laufenden Metronoms herunterzudrosseln. »Schau doch, wenn die Eltern abwarten, bis die Kinder sich entscheiden, ist es zu spät, viel zu spät!« Sie machte eine Pause, um Luft zu schöpfen, Arme und Hände dramatisierten ihre Bitte. »Tänzer, Geiger, Athleten, grrroße« (wie sie dieses R rollte!) »Komponisten, die gäbe es alle nicht, sie könnten nie zur höchsten Blüte reifen. Diese Künstler müssen früh beginnen, sehr, sehr früh ...«

»Aber doch bestimmt nicht, bevor sie trocken sind.« Ellie hatte ihr Kind aufgenommen und ins Kinderzimmer getragen, um dort seine Windeln zu wechseln. Anna erzählte Felix später davon und bezeichnete die Frau tobend als Barbarin. »Was hattest du denn sonst erwartet, mein Engel?« gab Felix mit zuckersüßer Stimme zurück. »Schließlich hast du sie von den von Reikers aufziehen lassen, und du hast ja selbst immer gesagt …«

Dieser Felix! Selbst er konnte Gift speien, wenn ihm danach war.

Nun sah sie auf die Uhr und seufzte. Fast war es soweit. Sie hatte der Kinderschwester gesagt, sie könnte eine Stunde freinehmen und ihre Füße hochlegen – sicher taten sie ihr weh. Sie wollte solange die kleine Jennifer beschäftigen. Sowohl Anna als auch die Kinderschwester kannten Ellies Anweisung genau: Jennifer durfte nur zum Zuschauen ins Studio und auch das nur, wenn sie wirklich wollte. (Ursprünglich war auch das verboten gewesen, bis Mischa ein Machtwort gesprochen hatte.) Also schaute Jennifer zu – und wenn sie dabei zufällig mit ihren Armen vor dem Spiegel herumwedelte und dabei mit der Musik im Takt blieb, wenn sie sich auf ihre perfekten kleinen Zehen stellte, war das denn ein Verbrechen?

*

Der neue Wagen kam auf seinem Weg nach Norden gut voran, und Michael zwang sich, langsamer zu fahren und sich umzusehen. Über den Straßengräben hingen gelb die Weidenkätzchen, die Kastanien hatten klebrige, rote Knospen, und auf den Buchen zeigte sich das erste zarte Grün. Langsam. Er hatte es nicht eilig. Die Geschäfte waren gutgegangen in London, und im nächsten Monat würde er unterschreiben; sobald die Anwälte die Verträge fertighatten, war das Land im Orange County verkauft und dafür hinter San Diego einige hundert Morgen angekauft, denn dort würde sich seiner Ansicht nach der Fortschritt als nächstes ausbreiten. Alles war perfekt. Wozu sich also beeilen? Ellie wurde noch nicht zu Hause erwartet und Felix auch nicht. Anna genoß sicher ihre heimliche Stunde mit Jennifer, und im Gegensatz zu Ellie hatte er nichts dagegen. Die Kinder mußten Disziplin lernen – warum nicht gleich mit etwas, woran sie Freude hatten?

Eigentlich sollte er eine Pause machen und etwas essen …

aber allein machte es keinen Spaß, und plötzlich sehnte er sich nach Ellie. Sie hätte dabeisein können, verdammt noch mal! Nein, sie war ja zu einer Versammlung aller Studioleiter oder etwas Ähnlichem gefahren, aber eigentlich hatte sie recht. Sicherheit, das mußte er sich selbst immer wieder sagen, war wie Geld, *war* Geld, und das kam nicht von selbst ins Haus. Vielleicht war es an der Zeit, sich nach einem Hauslehrer für Simon umzusehen – ach Unsinn! Dafür war es noch zu früh. Gott, war er müde, aber er hatte versprochen, auf dem Heimweg noch bei Großmama vorbeizuschauen.

Er fuhr gerade über eine alte Brücke, da spürte er es. Ein Gefühl wie eine Spinnwebe, die ihm über eine nackte Schulter strich. Irgendeine kleine Spannung, merkwürdig vertraut, die plötzlich nachließ und verschwunden war. Geschäftlich war es nicht, weiß Gott nicht. Vielleicht hatte er Hunger?

Er zuckte die Achseln und hielt bei einem Landgasthaus an, um etwas zu essen. Aber bevor es serviert werden konnte, war er schon wieder weg. Seine Räder verschlangen die Meilen, und ein seltsamer Zwang trieb ihn, schneller, schneller, bis er den ausgefahrenen Feldweg erreicht hatte, auf dem Simon ihm letzte Woche vom Rücksitz aus immer wieder zugerufen hatte, los, beeil dich, Daddy, beeil dich! Dieser Weg, dieser Holunderstrauch, und darunter die Kaninchenbauten, dann der Schwarzdornbusch – mein Gott, er stand in voller Blüte, und dabei war es keine Woche her, seit er ihn zum letztenmal gesehen hatte – und dahinter versteckt stand Großmutters Wohnwagen. Er war leer, die Tür stand offen, weit konnte sie also nicht sein. Drinnen war wie immer alles ärmlich, aber blitzsauber. Ihr Kräutersack hing nicht hinter der Tür, also war sie draußen und sammelte.

Vor der Tür konnte man die Kräuter fast wachsen hören. Unkraut wucherte aus dem Winterschlamm. Neues Gras wuchs auf dem Weg zum Bach, zwischen den Steinen, Mädesüß breitete einen milchigweißen Schleier über einen Baumstamm, und ein Zufluß vom Hügel hatte den sanft sprudelnden

Bach in ein kleines Wildwasser verwandelt. An einem kleinen Tümpel wuchs ein Büschel Brunnenkresse, das wollte er Großmama zeigen – als hätte sie es nicht schon längst gesehen! Er würde auch etwas davon Anna mitnehmen – sie liebte Kressebutter.

Vorsichtig stieg er das schlammige Ufer zum Bach hinunter und achtete sorgfältig auf die italienischen Schuhe und die neue Seidenkrawatte. Er hielt sich an einem Ast fest und wollte gerade den anderen Arm nach der Brunnenkresse ausstrecken, als ein brauner Fleck ihm auffiel – brauner Wollstoff im üppigen Grün neuer Farnsträucher.

Brauner Wollstoff.

Großmamas Rock.

Großmamas Rock lag ganz still da und wurde vom klaren Wasser umspült. Sein Saum war fast schwarz vom aufgesaugten Wasser, und ihre nackten Füße lagen erschreckend weiß und alt unter einem Farnbusch. Ihre alte Tonpfeife voll Tabak hielt sie in ihren knotigen Fingern, eine nasse Schachtel Streichhölzer lag daneben. Sie hatte sich zu einem Pfeifchen hingesetzt und zu lange gewartet; für dieses letzte kleine Vergnügen hatte ihre Zeit nicht mehr gereicht.

Sie lag auf dem Rücken im Schatten, und es dauerte lange, bis er sich dazu überwinden konnte, ihr ins Gesicht zu sehen. Er war wieder zehn Jahre alt, hatte ein paar Shilling in der Tasche und zwei Kaninchen über der Schulter – und er hatte Todesangst, denn dies war der Tod, und vielleicht standen ihre Augen offen wie bei Papa, das könnte er nicht aushalten, wenn sie die Augen offen hätte, dann würde er wieder weglaufen …

Sie waren friedlich geschlossen, als hätte der Tod sie nicht im geringsten überrascht. Ein kleiner grüner Käfer kroch mühsam über den knochigen Kamm ihres Kiefers. Er riß sich zusammen und beugte sich vor, um den Käfer aufzunehmen, da fiel ein Sonnenstrahl auf ihn und ließ ihn smaragdgrün aufblitzen.

Er schreckte zurück und hätte fast das Gleichgewicht verloren. Dieser Käfer.

Es war, als hätte Großmama ihn ausgelacht, ihn sanft und triumphierend verspottet, wie sie das getan hatte, als die *Kumpania* unbedingt nach Kalifornien mußte und er sagte: »... aber ich wünschte, du würdest nicht gehen ...« und sich dabei nicht sicher war, ob er es ernst meinte. Nun war sie trotzdem gegangen, und zu spät merkte er, wie ehrlich er es gemeint hatte. Ihre schnellen, klaren Augen, der walnußbraune Mund mit seinen verrückten Weisheiten, sie hatten ihren Dienst getan. Ihr Gesicht war nicht immer sauber gewesen, er hatte sich dafür geschämt und das Gefühl gehabt, er müsse sie verteidigen – als hätte Großmutter das je nötig gehabt! Früher einmal hatte sie ein breites Gesicht gehabt, jetzt erinnerte er sich. Breit und tränenüberströmt, als sie Papa die Tüte mit den braunen Eiern gab, die er dann gegen die Tür mit der aufgemalten Sonnenblume schlug.

Im Tod sah ihr Gesicht fleischlos aus, nur Haut, und das Gesicht einer Frau, die ihr Leben lang einem bitter kalten Wind die Stirn geboten und ihn besiegt hatte.

Nun begriff er, was diese spinnwebeähnliche Spannung zu bedeuten hatte, die gekommen und plötzlich verschwunden war: Im Augenblick des Todes hatte Großmutter den Faden losgelassen.

*

»Natürlich müssen sie es erfahren.« Felix war nervös wie alle anderen. Michael rannte wie ein wütender Stier durch das Haus und gab ihnen die Schuld. »Briefpapier vom Sozialamt mit einer Telefonnummer darauf – Herrgott noch mal, ist es denn zuviel verlangt, daß die Taschen ausgeleert werden, bevor die Anzüge in die Reinigung kommen?«

Lily Finns Auge wanderte in die Ecke. Selbst Anna flüsterte beschwichtigend. »Ist er vielleicht in deinem Aktenkoffer, Mischa?«

»Meinst du vielleicht, ich hätte nicht nachgeschaut?«

»Nur oben«, erinnerte ihn Ellie. »Laß mich mal sehen ...«

Sie fand den Zettel, was Michaels Laune nicht gerade hob. Es war schon schlimm genug, Großmama zu verlieren – wie um Himmels willen sollte er das Simon beibringen? – jetzt mußte er auch noch Dui anrufen und diesen verhaßten Kontakt erneuern. Zum letztenmal. Großmama war tot, der Faden durchtrennt. Sie hatten keine Macht mehr über ihn.

Es folgte das typisch komplizierte Ritual des Telefonierens. Typisch für die Roma, diese Vorsicht.

War Dui da?

Nein, aber jemand wußte, wo er zu finden war. Wer denn am Apparat sei? Sein Bruder? Schnell, ein Bleistift. Endlich meldete sich Dui und herrschte die Leute um ihn herum an, sie sollten doch ruhig sein, er müsse mit seinem Bruder, dem großen Geschäftsmann sprechen, der ihn aus seinem Herrenhaus in England anrief.

»So, Micah! Was kann ich für meinen Bruder tun?«

»Großmama ist gestorben.«

Eine lange Stille. »In ihrem Wagen?«

»Nein. Draußen.«

Hatte er einen Seufzer der Erleichterung gehört? Weil der Wagen nun nicht verbrannt werden mußte, um der Tradition zu genügen? Der Wagen, der auf Duis Namen eingetragen war? Ja, Erleichterung – aber was war jetzt los?

»Großmama? Meine alte Großmama tot? Nein ... nein ... nein ... nein ...«

»Ich dachte, wir begraben sie in Appleby ... Dui? Bist du noch da?«

Krach! Dui hatte das Telefon fallen gelassen.

Michael brüllte, pfiff, drückte klappernd die Gabel, aber wer sollte das noch hören bei dem Geschluchze und den Klageschreien, das aus der erbärmlichen Pracht einer Sozialwohnung in der Nähe von Sacramento zu ihm herüberklang? Gott, wie konnte er nur die überschwenglichen Trauerbekundungen der Zigeuner vergessen?

Endlich meldete sich eine ruhige Stimme, warm und heiser.

»Micah?«

»Ja ...«

»Dui kann jetzt nicht ans Telefon kommen. Du weiß ja, wie es ist ...« Eine Spur von Belustigung, fast Ironie klang mit, als wollte sie hinzufügen: »... welche Show sie abziehen müssen.« Es war, als zeigte die Sprecherin mit ihrem herablassenden Schweigen, ihrer freundschaftlichen Verachtung für die weinende Gruppe um sie herum ihr Einvernehmen mit Micah. »Ich nehme an, Dui wird dich morgen anrufen, um das weitere mit dir zu besprechen ... Es klingt mir ganz so, als wollte er rüberkommen.«

»Das nehme ich an ...« Er hatte nichts Derartiges angenommen, aber ...

»Es tut mir leid mit deiner Großmutter, Micah.«

»Ja.«

»Also dann ...«

»Halt! Wer ist denn da?«

Eine Pause, ein Seufzer.

»Farah«, sagte sie leise.

26

Ohne Rücksicht auf die Zeitverschiebung rief Dui Michael um vier Uhr früh an. R-Gespräch. Na gut, stellen Sie durch ... Dui hatte nachgedacht ... er hatte bisher noch keine Zeit gehabt anzurufen ... er hatte zu viel mit seinen Pflichten als Rom Baro zu tun gehabt, denn schließlich mußte er sich ja um alles kümmern ... ein Familiengrab drüben bei Matlock, am Derwent war das ... Mama und Großpapa lagen da, Papa auch ... ein schöner Platz, trocken, und hinter dem Friedhof ist ein großes Feld, wie geschaffen für das Fest nach dem Begräbnis, der Besitzer ist ein freundlicher Mann, er wird uns keine Schwierigkeiten machen ... viele Roma werden aus den Staaten kommen ... morgen reisen sie ab ... er würde sie alle versammeln ... Micah sei schließlich der große Wirtschaftsboß und viel zu beschäftigt mit Geldverdienen, um sich um solche Details zu kümmern ... Micah solle die Sache auf seiner Seite des Meeres erledigen, und den Rest würde Dui übernehmen ... keine Minute hätte er geschlafen seit dem Anruf gestern ...

Michael hielt seine Augen geschlossen und versuchte, ihm nicht zuzuhören.

Er wollte nicht, daß aus Großmutters Begräbnis ein Zirkus wurde.

Er wollte nicht, daß die Horden wieder über ihn herfielen.

Er wollte nicht wissen, wo sie Papa begraben hatten.

Er wollte alles hinter sich bringen.

Dui lief wie ein Uhrwerk ab, als seine Worte endlich in Michaels Bewußtsein drangen. »Dui, halt mal, langsam. Was soll das heißen, ich soll die Sache auf meiner Seite des Meeres erledigen?«

»Du sollst sie nur anrufen und es ihnen sagen.« Er rasselte Zahlen und Namen herunter, wichtige Roma-Familien in England, Schottland und Wales. Er war gerade in Frankreich und Spanien angelangt, als Michael ihn unterbrach. Entsetzt dachte er an die Transportkosten für diese Armee, die ohne Zweifel wieder er übernehmen sollte, der große Magnat mit dem unerschöpflichen Füllhorn. Er seufzte.

»Ich bin nicht Midas. Die Hälfte dieser Familien kannte Großmama nicht einmal.«

»Also, Micah! Jeder kannte sie, liebte sie und traf sie gern auf den Märkten, weißt du das nicht? Unsere Großmutter war bei allen sehr beliebt.«

Sie war eine stille Frau gewesen, protestierte Michael. Es wäre doch eher angebracht, ihr Begräbnis in aller Stille im Kreis der Familie zu feiern, oder?

Es folgte eine Pause, in der nur Duis schwerer Atem zu hören war, und dann erklärte er Michael geduldig wie einem Kind, was es mit der Geschichte der Familie auf sich hatte. »Auf die eine oder andere Art gehören die Leute alle zur Familie.

Bevor wir geboren waren, hatten wir Lees dabei, Ayers, Boswells, Herons, Locks, Greys, ach, ich habe ein schlechtes Namensgedächtnis – aber die guten alten Familien sind alle miteinander verschwägert. Du kennst dich mit unseren Leuten nicht aus, Micah, das ist dein Problem.«

Und ich will es auch gar nicht. »Hör zu, ich habe jetzt keine Zeit dafür ...«

Oh, diese Blasphemie! »Zeit? Zeit? Wie oft stirbt Großmama denn? Du kannst Gott danken, daß sie dich nicht hören kann, Micah, weil sie sich sonst so schämen würde, daß sie den Kopf nicht mehr aufrecht halten könnte – denn Ehre hatte sie, wenn sie auch sonst nichts hatte.«

Ehre – ein seltsames Wort aus Duis Mund. Geehrt in den Wagen. Irgendwie kam ihm das bekannt vor ... ein Dichterwort, von einem Waliser, glaubte Michael. Ehre. Er erinnerte sich an die Unterhaltungen an den Feuern nach einem Begräbnis, die Alten tranken, erst einer, dann noch einer zählte dankbar die Namen der Familien auf, die gekommen waren, der Stolz auf viele Trauergäste, die Schande, die eine kleine Feier bedeutete; ob das nun richtig oder falsch war, war hier nebensächlich, aber die Achtung, die ein Zigeuner genoß, ließ sich tatsächlich an der Anzahl derjenigen ablesen, die gekommen waren, ihm die letzte Ehre zu erweisen. Dui war eigentlich nicht typisch für einen Roma. Es gab tatsächlich noch Ehre in den Wagen, auch in seiner Familie, bevor Papa Schande über sie gebracht und Dui die Führung übernommen hatte. Dui, dessen schweren Atem und theatralische Seufzer er über das Meer und einen Kontinent deutlicher hörte als Ellies sanften Atem neben sich. Wie viele von der *Kumpania* wohl in diesem Augenblick für die Reise packten, fragte sich Michael. Großmama war nämlich wirklich beliebt gewesen, und die Roma trauerten tatsächlich um ihre Leute. Laut zwar, aber deshalb trotzdem ehrlich und aus vollem Herzen. Konnte er das gleiche sagen?

Ach, dieser Dui! Jetzt war er zum Schmeicheln und Betteln übergegangen. »Unsere Leute sind so stolz auf dich, sie war so stolz! Ihr Lieblingsenkel – schaut nur, was aus ihm geworden ist! Wie würde das denn jetzt aussehen, Micah, was würde die *Kalderash* denken? Du bist der dicke Industriekapitän, und wir knausern mit der *Pomana* der alten Dame? Setz dich ans Telefon, Micah.«

*

»Ich denke – aber Felix sagt immer, ich kann mit Zahlen nicht umgehen« – Anna machte eine Pause, um zuerst sich und dann Michael Zuckerstückchen in den Tee zu werfen. »Also, ich denke …«, wieder eine Pause, um die Zitronenscheiben zu verteilen. »Sicher, ich bin keine Expertin für …«

Ellie goß sich Milch in den Tee und verfolgte scheinbar interessiert die Veränderung seiner Farbe. Diese lächerliche Frau! Wie sie ihre albernen kleinen Dramen aufbaute! Und die Männer spielten natürlich auch noch mit und lauschten mit geneigten Köpfen begierig ihren Weisheiten!

Na schön. Sie, Ellie, hatte jedenfalls genug damit zu tun, den Zwillingen in kleinen Dosen Großmutters Tod beizubringen, damit sie leichter damit fertig wurden. Michael traute sie das einfach nicht zu, sicher würde er sich übermäßig zigeunerhaft benehmen, düster werden und ihnen angst machen … und Simon war ein eigenartiger, überempfindlicher kleiner Kerl, wenn es um Großmutter ging. Wenn doch nur diese endlosen Besprechungen über das Begräbnis ein Ende hätten! Sie war entschlossen, die Kinder nicht hingehen zu lassen. Zigeuner, Zigeuner … ihr waren diese Leute zutiefst zuwider, ihre Forderungen, ihr Einfluß, die Art, wie sie Michael behandelten und Druck auf ihn ausübten.

»Ich glaube«, sagte Anna spitz, nun endlich bereit, die Perle ihrer Weisheit fallen zu lassen, »es wäre einfacher, eine Concorde zu chartern und Großmama damit nach Kalifornien zu schicken. Wir könnten die Flugkabine mit schwarzen Tüchern verhängen. Das wäre leichter, als die Zigeuner hierherzuschaffen, sie zu verpflegen …«

»Anna, psst!« Felix wandte sich Michael zu. »Versuch' ihr zu verzeihen, Mischa. Ihre Witze sind manchmal wirklich nicht …«

»Ich mache keine Witze, ich bin wütend! Es ist doch einfach lächerlich, daß diese Leute Mischa ständig auf der Tasche liegen und ihm die Zeit stehlen!«

»Es wäre im Augenblick netter«, sagte Felix, »wenn du dir weniger Gedanken um seine Taschen oder seine Zeit als um sein Herz machen würdest!«

»Nun gut, wenn ihr meine Meinung nicht hören wollt …« Sie stand auf und blieb gerade lange genug in der Tür stehen, um zu sagen: »Heute wird Mischa seine Übungen aber nicht vergessen, oder? Nicht schon wieder!« Damit zog sie die Tür hinter sich zu.

Ellie holte tief Atem und stand ebenfalls auf. »Also wirklich, Michael, muß das denn sein, daß sie mit dir redet wie mit einem Kind?«

So blieb Michael allein mit Felix zurück. »Ich komme mir vor wie ein Knoten in einem Bindfaden«, sagte Michael. »Anna zieht an einem Ende und Ellie am anderen.«

Felix seufzte. »Soviel Zeit ist jetzt vergangen, und sie können sich immer noch nicht ausstehen … Ich glaube, du spürst mehrere Enden, oder? Diese Zigeunerfamilie zieht an dir und wir ebenfalls, das macht alles noch schwieriger für dich.«

»Ihr habt mir die Chance gegeben, an mir selbst zu ziehen, etwas aus mir zu machen.«

»Du hast schon immer etwas dargestellt, Mischa. Für uns warst du alles. Anna kann sehr scharf sein, und es fällt ihr schwer, ihr Herz sprechen zu lassen, aber eigentlich meint sie es nur gut. Wir wissen, wie es ist, Angehörige zu verlieren und zu spüren, wie die Dominosteine anfangen umzufallen.«

*

Strahlender Sonnenschein fiel in den Frühstücksraum, und eine Vase mit Narzissen zeigte den Frühling an. Jenny saß am

Fenster und sagte das Einmaleins auf. »Zweimal zwei ist vier, dreimal zwei ist sechs ...«

Ellie spürte ein fast unerträglich süßes Gefühl von Zärtlichkeit in sich aufsteigen und wartete ab, bis sie fertig war. Dieses vertrauensvolle, beängstigend brave Kind bekam zum erstenmal mit dem Tod zu tun. Jenny, würdest du bitte deine Spielsachen aufheben? Ja, Mammie. Jenny, wasch dir die Hände. Ja, Mammie. Jenny, lerne die Zahlen. Sie war noch nicht einmal in der Schule, aber trotzdem spürte sie schon diese innere Uhr, die von Pflichten und Gehorsam sprach und sie ermahnte, keine Zeit zu verschwenden, denn das Leben war kurz.

Wie sollte sie nur anfangen, wie das Thema Tod anschneiden? Wie hatte Ellie von Reiker es erfahren? Bettpfannen und verschmutzte Bettwäsche, nächtliche Schreie und hungrige Fluchten zu Peter Heinrich, denn irgendwo mußte es Arme geben, die sie hielten, sich nach ihr sehnten. Nein, für dieses Kind würde es nicht so werden. Soweit es in Ellies Macht stand, sollte das Leben für Jennifer so sonnig aussehen wie das Zimmer, in dem sie sich gerade das Einmaleins beibrachte.

Ellie drückte sie an sich, preßte ihre Lippen auf eine rosige junge Wange, fest und weich zugleich ... warm, süß duftend, elastisch ...

Rosenfarbige Lippen spitzten sich und gaben den Kuß sanft zurück. »Hast du mich rechnen hören, Mammie? Bis auf neun mal neun (das vergesse ich immer) habe ich alles aufgesagt. Ich finde Zahlen gar nicht dumm, Simon sagt, sie sind ganz blöd ...«

»Wo ist Simon?«

»Im Stall – warum habt ihr nicht mit uns gegessen, du und Daddy?«

»Wir haben über Großmama gesprochen. Du weißt doch, daß sie sehr alt war?«

»So wie Anna und Felix?«

»Oh, noch viel älter – und wenn Leute so alt werden ... Weißt du noch, wie sie immer kleine Schläfchen gemacht hat, weil sie müde war? Jetzt ist sie ganz besonders müde, und sie hat sich zu einem sehr langen Schläfchen hingelegt.«

»Wird das denn lange dauern?«

»Ja. Wir werden sie nicht wiedersehen, Liebling. Es tut mir leid.«

Jenny zog nachdenklich die Stirn über ihren unschuldigen blauen Augen in Falten, und Ellie befürchtete einen Augenblick, sie würde jetzt fragen, wohin Großmutter sich denn zu diesem langen Schläfchen gelegt hatte, aber es kam etwas ganz anderes.

»Haben sie sie ihre Pfeife mitnehmen lassen?«

»Natürlich haben sie das.« Offenbar war dieses Kind mit den angeborenen Konzepten ›lassen‹, ›dürfen‹ und ›erlauben‹ auf die Welt gekommen. Es schien auch nicht gewillt, diese Konzepte irgendwie zu hinterfragen oder ihre Gültigkeit auf die Probe zu stelen. Im Gegensatz zu ihrem Zwillingsbruder richtete Jennifer ihren Tageslauf vollständig nach Bestimmungen und Erlaubnissen aus. Ironischerweise war sie ein viel zufriedeneres Kind, wenn man von gelegentlichen Alpträumen absah. »Es war doch ihre eigene Pfeife.«

»Sie hat komisch gerochen ... wenn Großmama sie geraucht hat, hat sie auch komisch gerochen«, flüsterte Jenny ihrer Mutter durchdringend laut ins Ohr.

»Manche Leute haben den Geruch gern gehabt.«

»Ich mußte immer davon husten. Hü-hü-hü!« Sie hüstelte mit übertriebener Vornehmheit und hielt sich die Fingerspitzen an die Lippen. Ellie fragte sich, wo sie solche Dinge wohl aufgeschnappt hatte ...

In diesem Moment kam ihr Zwillingsbruder barfuß, mit verdreckten Händen und Knien, Stroh im Haar und feindseligem Blick herein.

»Simon! Wo warst du?«

»In meinem Zimmer.«

Ellie seufzte. »In deinem Zimmer gibt es keinen Dreck. Warum lügst du mich an?«

»*Du* lügst doch!« Er schob die Unterlippe vor. »Du hast Jenny gesagt, Großmama hätte sich zu einem Schläfchen hingelegt.«

»Ich weiß ...«

»Sie ist tot! Das weißt du ganz genau!« Seine Augen waren auffällig blank, und seine Unterlippe zitterte, aber als Ellie ihre Arme nach ihm ausstreckte, hielt er seine Handflächen flach wie ein Schild vor sich. »Simon ...« Er wich ihr schluchzend aus, rannte mit wild rudernden Armen zur Tür und riß im Vorbeilaufen Jenny heftig an ihrem ordentlichen Pferdeschwanz. »Das ist dafür, daß du mich verpetzt hast!«

»Hab' ich ja gar nicht ...«

»Doch! Du hast gesagt, ich wäre im Stall.«

»Weil Mammie mich gefragt hat«, heulte Jenny los. Er wollte zur Tür hinauslaufen, aber er hatte zu lange gewartet und rannte seinem Vater mitten in die Arme.

Michael tauschte über den Kopf des Jungen hinweg einen Blick mit Ellie, die nickte und leise sagte: »Außerdem hat er noch Jenny am Haar gezogen.«

Michael hielt Simon fest am Kragen gepackt und ging mit ihm zum Stall. »Jetzt sag mir, warum du Jenny am Haar gezogen hast.«

»Sie hat mich verpetzt – und außerdem hat sie gesagt, Großmama hätte gerochen.«

»Das hat sie auch. Wie eine Kräuterfrau von den Zigeunern und wie eine Großmama. Außerdem kann Jenny denken, was sie will.«

»Nein, das darf sie nicht – Jenny konnte sie nicht leiden.« Simon wandte sich ab und drückte seine Wange an den glänzenden Hals seines Waliser Ponys. »Wenn du ihr gesagt hättest, sie soll nicht sterben, dann hätte sie es auch nicht getan.«

»Sie war alt, mein Sohn, und müde.«

Darauf schwieg der Junge lange Zeit; Michael spürte, wie er hinter langen blonden Wimpern sorgfältig beobachtet wurde, als die nächste Frage kam. »Ist jetzt für die Familien alles vorbei?«

»Nein.« Michael war etwas unsicher, weil er nicht wußte, was Großmama dem Jungen gesagt hatte. »Wir sind doch die Familie, hier in *Greenlings*. Mammie und ich und du und Jenny, und Anna und Felix ...«

»Nicht wir, ich meine die richtigen Familien, die Zigeuner, von denen sie mir erzählt hat. Sie hat gesagt, wir hätten noch eine Familie über dem großen Wasser ...« Er stockte unsicher, und zum erstenmal wirkte er klein und unglücklich. »Ich weiß aber nicht, wo das ist«, sagte er schließlich mit zitternder Stimme.

»Das sind Zigeuner. Du bist kein Zigeuner. Du heißt Abramsky, wie ich.«

»Und die Familie über dem großen Wasser?«

»Ich habe einen Bruder in Kalifornien. Das ist über dem Wasser, über einem großen Wasser.« Kalifornien, wo Micah vor langer Zeit einen Onkel erfunden hatte, der einen Gürtel besaß und ihn damit ganz schlimm verprügelte, wenn er getrunken hatte – und dann hatte ihm ein freundlicher Mann, der ihm damals schon alt vorgekommen war, die Welt gezeigt, hatte sie ihm geschenkt und für ihn durcheinandergewirbelt. »Wir haben Geschäfte in Kalifornien. Wenn du einmal älter bist, nehme ich dich mit. Es ist wunderschön dort. Berge und Seen ...«

»Werde ich die Zigeuner wiedersehen?«

»... gibt es in Kalifornien, und Orangen und Zitronen wachsen an den Bäumen.«

Simon ließ sich nicht ablenken. »Was werden sie mit ihr machen, jetzt, wo sie tot ist?«

»Sie begraben.«

»Im Boden ...« Er dachte darüber nach und nickte. »Das wird ihr gefallen, die Blätter und das Gras über ihr. Sie hatte keine Angst vor Krabbeltieren wie Jenny und Mammie.«

»Nein.«

Ein kluges Kind, trotz seiner Wildheit. Großmutter hatte von der Erde gelebt, sie hatte in ihr nach Safranwurzeln gegraben, hatte von ihr Fingerhut und Huflattich gepflückt, Veilchenblätter und Geißblattbeeren. Gab es überhaupt irgendeine Pflanze, die sie nicht für die Salben und Puder und Kräutertees verwendet hatte, die sie verkaufte? Sicher, sie verkaufte auch Wäscheklammern an der Tür, aber die Haselstöcke dazu schnitt und trocknete sie selbst, und dann brauchte sie nur noch ein Messer und ihre harten braunen Hände, um sie in die richtige Form zu bringen. Großmama und die Natur hatten sich verstanden, daran bestand kein Zweifel.

Plötzlich fiel ihm ein Spruch ein, den er nur auf romani gehört hatte:

Möge die Erde leicht auf dir ruhen.

O Großmama.

»Wann?« fragte Simon. »Wann begraben sie sie in der Erde?«

»In ein paar Tagen ...«

»Darf ich hingehen? Ich möchte das sehen.«

Er zögerte lange. Er war mit Ellie übereingekommen, daß die Kinder noch zu jung waren, und daß sich das als ein traumatisches Erlebnis auswirken könnte – und warum sollten sie überhaupt Kontakt mit den Roma bekommen, auch wenn es nur für einen Tag war? Simon war jedoch nicht durch morbide Neugier zu seiner Bitte veranlaßt worden. Er wollte es wirklich sehen und Abschied nehmen. »Na gut. Du kannst hingehen.«

*

»O Michael, wie konntest du nur!« rief Ellie, als er es ihr erzählte. »Wir waren uns doch einig!«

»Ich weiß.«

»Also warum?«

»Ich dachte, diesen letzten Dienst könnten wir ihr erweisen. Wir sollten die Kinder mitnehmen. Simon hat sie geliebt ...«

»Es werden Massen von ihnen kommen, mit ihrem Roma-

Getue und Gerede, und Simon wird das alles aufnehmen. Alle werden sie da sein!«

»Sie werden erwarten, daß wir auch da sind.«

»Du meinst, Dui wird das erwarten.«

»Und weiter? Sie ist unsere Großmutter, die Urgroßmutter der Zwillinge. Haben dir vielleicht Außenstehende gesagt, wie du deine Großmutter begraben sollst?« Sein Mund wurde zu einem dünnen, harten Strich, und seine Stimme durchschnitt die Luft wie eine Peitschenschnur. Außenstehende.

Sie sah ihm nach, Tränen stiegen ihr in die Augen. Er ging, seine Schultern noch locker und arrogant trotz des Druckes, der auf ihm lastete. Oh, wie leicht, diesen kühlen Kern in ihm zu hassen, in den er niemanden einließ, nicht einmal sie. In so vielfacher Hinsicht waren sie inzwischen eins geworden und kannten die Bedürfnisse und Gedanken des anderen – aber was die Roma betraf, war er ihr gegenüber verschlossen wie eh und je.

Fünf Jahre, und in dieser Hinsicht verkörperte er für sie noch das gleiche Geheimnis wie an jenem Tag, als er an Großmutters großem Tor gestanden hatte. Aber Außenstehende! Wie konnte er das auch nur denken, wo er so hart für sie und die Kinder arbeitete und ihnen eine Sicherheit aufgebaut hatte, als hinge die ganze Welt von ihr ab! So viele Male hatte er ihr gesagt, wie sehr er die Zigeuner verabscheute mit ihrer Art, von der Hand in den Mund zu leben – und das mußte die Wahrheit sein, denn warum sollte er sich sonst so bemühen, das Gegenteil vorzuleben? Warum aber regte es ihn dann auf, das sie sie auch nicht sonderlich leiden konnte? Großmama war zwar in Ordnung gewesen, aber fremd und undurchschaubar; im Grunde hatte sie sich nur für Michael und Simon interessiert.

Hätte Michael sie gefragt, so hätte Ellie vielleicht zugegeben, daß sie (wie Jenny) ein bißchen Angst vor Großmama mit ihren Tränken und Salben und ihren harten, schwieligen Händen gehabt hatte.

Natürlich hatte er nie gefragt.

Und jetzt war er in der Garage und wartete im Auto auf sie. Er nahm ihr den Schlüssel aus der Hand, neigte ihren Kopf zurück und streichelte ihr mit seiner warmen braunen Hand über die Wange.

»Ich weiß nicht, was ich sagen soll. Eine Entschuldigung reicht nicht aus, aber trotzdem entschuldige ich mich. Ich weiß selbst nicht, warum ich das gesagt habe. Ich habe es nicht so gemeint, für mich warst du niemals eine Außenstehende.«

»Und wie kommst du dann darauf?«

»Ich weiß es nicht ... Ach Ellie, ich fühle mich seit Jahren so zerrissen – hoffentlich ist das alles bald vorbei und wir können wieder Abramskys sein.«

»Wir waren nie etwas anderes.«

»Ich weiß, aber manchmal fühle ich mich so zerrissen ... Kannst du mir verzeihen?«

Michael Abramsky bettelte. Was konnte sie da anderes tun als nicken, ihm ihre Lippen bieten, die sich unter seinen öffneten, und ihm helfen, als seine Finger mit den Knöpfen, Haken und Ösen nicht zurechtkamen?

Einer von ihnen verschloß die Garagentür, und dann waren sie in der warmen, nach Leder riechenden Dunkelheit des Wagens zusammen.

*

Ein schöner Tag, zu strahlend schön für ein Begräbnis. Die Abramskys nahmen alle teil. Beide Wagen waren mit Wachs auf Hochglanz poliert, und alle sechs Trauergäste – auch die Zwillinge – hatten sich mit größerer Sorgfalt als gewöhnlich angezogen, offenbar in dem Gefühl, daß es einen Standard aufrechtzuerhalten galt gegenüber ... was? Sie wußten es nicht.

In einem Auto saßen Anna und Felix. Felix trug seine ewig quietschenden Schuhe und seinen altmodischen Anzug, und sein Haar glänzte silbern in der Frühlingssonne. Anna sagte liebevoll, er sehe aus wie ein Engel. Sie selbst trug einen kleinen grauen Hut, etwas schief auf einer Frisur, die einem grauen Vogelnest glich, sowie ein lila Cape, das durchdringend nach Duftkissen und Kampferkugeln roch.

»Mischa sagt, der Sarg wird offen sein«, eröffnete ihr Felix warnend. »Zigeuner sehen sich gern die Leiche noch einmal an ... Wenn du das also nicht sehen willst ...«

Sie schniefte entrüstet. »Natürlich will ich das nicht sehen! Hältst du mich für so unzivilisiert, eine Leiche zu begaffen? Diese Leute haben barbarische Bräuche ... Wenn ich einmal sterbe, darfst du mich verbrennen und meine Asche unter das Kolophonium mischen.«

»Anna, mein Engel, achte auf deine Worte. Sie sind merkwürdig, Mischas Leute, und sie haben merkwürdige Bräuche. Also wir wollen sie nicht kränken.«

»Erstens sind wir Mischas Leute. Zweitens ist es nicht meine Schuld, wenn ihre Bräuche nicht die von zivilisierten Menschen sind.«

Anna ist wieder einmal besonders unleidlich heute, dachte Felix. Er freute sich darüber. Sie war sehr still in der letzten Zeit, und das machte ihm Sorgen.

Ellie in dem anderen Auto sah in ihrem streng geschnittenen schwarzen Kostüm und dem breitkrempigen Hut auf dem blonden Haar fast unscheinbar aus. Reines Schwarz nahm ihr die Farben, das wußte sie, aber als Michael ihr sagte, strenges Schwarz sei bei einem Zigeunerbegräbnis nicht nötig, da war es zum Umziehen schon zu spät. Sie wäre sich ohnehin respektlos vorgekommen, hätte sie etwas anderes getragen, da sie die konservativen Begräbnisse aus Großmutters Bekanntenkreis gewohnt war.

Michael hatte sie noch nie so schön gesehen, und sie wußte, hätte sie ihn das erste Mal so gesehen, wäre sie ihm noch hilfloser ausgeliefert als damals schon. Sein Blick war ernst, seine dunklen Augen drückten ein Gemisch von Gefühlen aus. Sein Hemd wirkte gegen den sehnigen, braunen Hals fast zu weiß. Er trug einen dunkelgrauen Anzug mit einer Krawatte, und wie gewöhnlich bewegte er sich mit jener katzenhaften Grazie, die sie noch bei keinem anderen Menschen gesehen hatte. Er schien tief in Gedanken versunken und sprach nicht viel.

Als er den Wagen geparkt hatte, zog Ellie schnell noch einmal ihre Lippen nach und drehte den Spiegel dabei so, daß sie die Zwillinge auf dem Rücksitz sehen konnte. Jennifer saß brav wie ein Püppchen da und wartete nur darauf, daß sie endlich wieder heimfuhren, weil sie dann ihre Tanzstunde bei Anna haben konnte. Eigentlich sollte es ja ein Geheimnis vor Ellie sein, aber die wußte schon seit Monaten davon und hätte wohl auch einen Riegel vorgeschoben, wenn sie sich für ein Verbot auch nur die geringsten Erfolgschancen ausgerechnet hätte – aber Michael war auf die Idee genauso versessen wie Anna, und so schaute Ellie klugerweise nicht hin und fügte sich in das Unvermeidliche. Außerdem mußte sie gegen ihren Willen zugeben, daß für ein braves, stilles Kind wie Jenny Ballett wahrscheinlich die beste Übung war.

Simon saß neben Jenny und sah wie sein Vater schweigend mit finsterem Gesicht starr geradeaus. Ellie erinnerte sich daran, daß die Zigeuner in ein paar Stunden für immer aus ihrem Leben verschwinden würden. Trotz aller gegensätzlicher Beteuerungen Michaels hatte sie das Gefühl, daß sie ihm fehlen würden ...

Er hatte unter Protest die Telefonate geführt, die Dui verlangt hatte, aber selbst er war von der Versammlung am Friedhof überrascht. Er hatte bestenfalls zwei Dutzend Trauergäste erwartet, aber auf der Treppe zur Kirche drängten sich mehr als fünfhundert Menschen. Dui als Rom Baro von Großmamas *Kumpania* spielte seine Hauptrolle sehr gut: Er kam die Treppe heruntergerannt, schloß Michael in seine Arme und flüsterte ihm trotz seiner Tränen aufgeregt zu, daß die Leute links alle aus Kanada waren ... stell dir das vor, von so weit her! Und von der Melrose-Sippe in Wales waren alle gekommen, ist das zu glauben? Von seiner eigenen kleinen Gefolgschaft aus Kalifornien war da, wer es eben geschafft hatte. Eine großartige *Pomana*, Micah, davon wird man sich noch jahrelang an den Feuern erzählen. Romanitchal, Lowara, Kalderash, alle waren sie zusammengekommen, um Großmama zu begraben, ach, wie schön war das, wie schön ...

Bei Michael regte sich gegen seinen Willen doch der Stolz, weil so viele Menschen von so weit her gekommen waren, um sich von dieser einfachen, braungebrannten Frau zu verabschieden, die nach einem Leben voller Arbeit als einziges Erbe eine Tasse und einen Unterteller hinterließ. Er fragte sich, ob die Leute dort das wohl wußten und ob es ihnen wichtig war. Beides, wenn er die Roma kannte. Früher einmal war sie reich gewesen. Es warf kein gutes Licht auf Dui als Rom Baro, daß bei ihrem Tod nichts mehr übrig war. Auf der anderen Seite konnte man lange suchen, bis man etwas fand, das ein gutes Licht auf Dui warf, aber auch das konnte ihm gleich sein, war der heutige Tag erst einmal vorbei.

Das Publikum war bunt gemischt, protzige Anzüge neben ungebügelten Stücken aus Altkleidersammlungen, und alle sprachen mit feierlich getragener, leiser Stimme, als hätten sie einen schmerzlichen Verlust erlitten. Als Zeichen der Zeit trugen viele Männer eine formelle Krawatte statt des Halstuchs. Schmuck war überall und lieferte mit seinem leisen Klimpern einen stetigen Hintergrund für die Gespräche.

Frauen jeden Alters, graziöse und weniger graziöse, waren beladen damit. Um einen dürren Hals hing eine Kette mit so schweren Goldmünzen, daß man sich nur darüber wundern konnte, wie die alten Knochen dieses Gewicht noch tragen konnten; für das wilde, schwarze Haar eines Zigeunerkindes hatte jemand weiße Silbermünzen zu einem Diadem verarbeitet – es war reizend, paßte aber kaum zu einem Begräbnis; eine junge Frau trug einen Kopfputz aus schwarzer Spitze stolz wie eine Mantilla. Viele Rottöne waren zu sehen, vom dunklen Rotbraun bis zum grellen Zinnoberrot, und jedesmal, wenn ein

Sonnenstrahl auf Ohren, Hälse oder braune Hände fiel, glänzte Gold auf – aber auch Tränen glänzten, und Michael war froh, daß er die Anrufe getätigt, daß er auf Dui gehört hatte und nicht auf seine eigene Unsicherheit, seinen Abscheu.

Während Michael die Trauergäste musterte, starrten sie mit einer seltsamen Mischung aus Neid und Mitleid in den Augen unverhohlen zurück. Das also war der junge Rebell mit der *Gajo*-Familie und der Firma und dem Geld. Und was nützte es ihm jetzt? Er hatte seine Großmama verloren, dieser arme Teufel, der für vier beengende Mauern und ein verschlossenes Tor die Familien verlassen hatte.

Er nahm Ellie am Arm, Jenny bei der Hand, sagte Simon, er solle direkt hinter ihnen hergehen, und dann gingen sie zusammen mit Anna und Felix in die Kirche.

Der Gottesdienst war würdig bis zu dem Moment, als sie aufgefordert wurden, die Leiche anzuschauen. Ein ohrenbetäubendes Geheul brach los, und als Dui mit seiner Frau und dem kleinen Tomo zu dem offenen Sarg kam, blieben sie zunächst wie erstarrt stehen, dann rauften sie sich das Haar, zerrten an ihren Kleidern, kratzten sich über die Haut und schluchzten auf, um ihre Trauer unter Beweis zu stellen. Michael sah sich erschreckt nach Jenny um; wie erwartet hatte sie ihr Gesicht im Schoß ihrer Mutter vergraben. Sie hatte Todesangst und würde ganz sicher jetzt wochenlang Alpträume bekommen. Ellie warf ihm einen wütenden Blick zu, der nur zu deutlich sagte: »Warum hast du nicht gesagt, was passieren würde? Warum mußten sie dem ausgesetzt werden?«

Das Schlimmste war noch nicht vorbei. Als er zurücktrat, um einen tröstenden Arm um Simon zu legen, war es schon zu spät. Er hatte sich durch die Menge geschlängelt, war den Mittelgang hochgerannt und stand nun auf Zehenspitzen neben dem Sarg und sah auf das eingefallene Gesicht auf dem Satinkissen herab.

Während er so dastand, zugleich trotzig und verletzlich, verwandelte ein Sonnenstrahl durch das bunte Glas des Kirchenfensters die Tränen auf seinen Wangen in Saphire, Smaragde und Rubine; Michael bekam eine plötzliche Ahnung: An diesen Augenblick würde sich der Junge ein ganzes Leben lang erinnern – was er gesehen hatte, wo er stand und wer ihm die Arme um die schmalen Schultern legte.

Simon stand zwischen Dui und Tomo, seine Tränen flossen wie ihre, und seine plötzlichen Schreie hallten noch durchdringender als ihre Klagerufe durch die stille Kirche.

Ellie zog Jenny in den Gang, sah noch einmal zu ihrem Sohn, der in seiner überspannten Trauer nicht wiederzuerkennen war, und dann sah sie Michael mit lodernden Augen an.

»Bist du jetzt zufrieden?«

»Ellie …«

»Ich fahre mit Jenny heim. Ich bin sicher, die Abs sind auch soweit. Wenn du genug hast von diesem … Schauspiel, kannst du deinen jungen Hamlet ja heimbringen – vorausgesetzt, du bekommst ihn von hier weg.« Sie deutete auf Simon, der noch immer in der mitfühlenden Umarmung seines Onkels Dui dastand und schluchzte.

27

Wie auf ein Stichwort erhob sich mit den Klagerufen der Trauergäste eine Brise; sie wehte leicht über den gegenüberliegenden Hügel und beugte auf der Wiese, auf der hundert oder mehr Wohnwagen abgestellt waren, kaum die Grashalme; im Flußtal blies sie ein paar weiße Schaumkronen auf die glatte blaue Fläche des Eden, holte sich an einer Kalksteinwand mehr Schwung und blies gestärkt den sanften Hang des Friedhofs hinauf, um sich an den Grabsteinreihen mehr Schärfe zu holen. Ohne Schwierigkeiten fand sie die Quelle der Wärme, die Versammlung von Zigeunern, die in ihrer geteilten Trauer schwankten und in gemeinsamem Gesang mit hypnotischer Monotonie die zahlreichen Tugenden der alten Frau aufzählten, der ergebenen Ehefrau, der Mutter eines Kindes, der Großmutter von dreien, der Urgroßmutter von vieren, der Kräuterfrau von Tausenden …

Hat sie nicht Gesundheit gebracht? Aijiiihhh … Aijiiihhh …

Hat sie nicht die Gesetze des Volkes gehalten? Aijiiihhh … Aijiiihhh …

Hat sie nicht ihre Tochter geliebt, die Kinder ihrer Tochter, deren Kinder? Aijiiihhh … Aijiiihhh …

Mitgefühl floß aus tausend Augen über Simon und Michael auf der einen Seite des Grabes, über Dui und Tomo auf der anderen. Das Geheul wurde lauter. Teilten nicht alle Anwesenden ihr Leid und ihren Verlust? Waren nicht die Familien hier versammelt, um Linderung für diesen Verlust zu bringen? Aijiiihhh, Aijiiihhh. Sie hatte den Feuern Ehre gebracht, all den Wanderern, die den Segen genossen, zu den Roma zu gehören, Aijiiihhh …

Michael schloß die Augen. Gott sei es gedankt, daß Ellie Jenny und die Abs von hier weggebracht hatte! Wenn die Schaustellung in der Kirche schon ausgereicht hatte, um sie in die Flucht zu schlagen, was hätten sie dann erst zu diesen primitiven Gesängen gesagt? Selbst ihm, der das Ritual kannte, war es peinlich.

Dem kleinen Simon dagegen offensichtlich nicht. Sein Blick klebte an seinem Onkel. Der Junge war wie mondsüchtig und sah aus, als wäre er trunken von Dui und dem jungen Tomo. Die Hysterie, in die die beiden sich hineingesteigert hatten, hatte sie nun fest im Griff. Sie breiteten ihre Arme zum Himmel aus, schlugen sich an die Brust und fragten immer wieder, warum, ach warum nur diese Königin unter den Frauen so brutal aus ihrer Mitte gerissen wurde – als wären sie die ganze Zeit hier bei ihr gewesen, dachte Michael, als sei Großmama ein junges Mädchen in der Blüte ihrer Jahre gewesen und ihr Tod eine völlig unerwartete Tragödie.

Im nächsten Augenblick hatten sie sich unter Schluchzen auf die Erde geworfen, rissen mit bloßen Händen große Stücke aus dem Rasen, sahen in das Grab und flehten sie an, sie solle doch aufstehen, sich erheben, sie nicht verlassen. Dui war kurz davor, sich hineinzuwerfen, aber vernünftigere Mitglieder der *Kumpania* hielten ihn zurück.

Dui hatte von Anfang an darauf bestanden, daß alle Sitten und Gebräuche der Familien eingehalten werden müßten. Er hatte dabei aber vergessen, daß jede *Kumpania* eigene Gebräuche hatte, die sich von den seinen unterschieden. Typischerweise versuchte er jetzt, alle zu befolgen. Vielleicht war ihm bewußt, daß er zu Großmamas Lebzeiten mehr hätte für sie tun können, und er wollte nun den Vorwurf der Vernachlässigung widerlegen? Vielleicht wollte er auch den Ruf seiner *Kumpania* in der Öffentlichkeit wiederherstellen, bevor sie zerfiel, wie sie das unter schwacher Führung zwangsläufig mußte, um sich woanders unter einem neuen Rom Baro neu zu formen? Oder war ihm das alte Gerücht zu Ohren gekommen, daß der Anführer einer geachteten Romanitchal-Familie regelmäßig unter seinen Protesten aus dem Grab gezogen werden mußte, wenn ein Verwandter starb?

Welcher Teufel Dui auch reiten mochte, er hatte jedenfalls nicht die Absicht, irgend etwas auszulassen, das Großmamas Begräbnis in den nächsten fünfzig Jahren unter den Roma zum Gesprächsstoff machen konnte. Er behauptete sogar (und wer hätte ihm widersprechen wollen?), daß seine Leute seit der Nachricht von Großmamas Tod nichts mehr gegessen hatten – drei Tage lang keinen Bissen, und auch keine scharfen Getränke, trotz der weiten Reise! Deshalb mußte natürlich jetzt ein titanisches Gelage folgen. Schon jetzt trug die Brise vom gegenüberliegenden Hügel das rhythmische Quietschen der Bratspieße, das Brutzeln und Knistern von Fett herüber, während zehn saftige junge Schweine langsam für das Festmahl heute abend braun wurden.

Zu seinem eigenen Ärger empfand Michael fast Mitleid mit

Dui, dessen eigene Wertvorstellungen so dürftig waren, daß er mit diesem Theater darüber hinwegtäuschen mußte.

*

Der erste Erdklumpen polterte auf den Sargdeckel. Fettes Erdreich und Kieselsteine verteilten sich, und erneut flossen reichliche Tränenströme und lösten in Michaels Gedanken ein beunruhigendes Echo aus. Wie er so dastand, in das Grab hinabsah und Erde und Steine auf das polierte Holz fallen hörte, wurde sein Bewußtsein von einer seltsamen Leichtigkeit ergriffen. Es war, als besuchte er sein eigenes Begräbnis und trauerte um sich selbst.

Aber das tue ich ja, dachte er erstaunt. Er begrub einen Jungen namens Micah, und ihn betrauerte er. In dieser prunkvollen Kiste, über die Großmama nur voller Verachtung gespottet hätte, lagen nicht nur ihre sterblichen Überreste. Wer außer ihr erinnerte sich noch an den kleinen Jungen, der er gewesen war, der zählen gelernt hatte, indem er glänzende Goldstücke auftürmte? Dui jedenfalls nicht, denn er sah in ihm eine Blutsverwandtschaft, die er ausnutzen konnte bis zum letzten Tropfen. Nein, der wahre Micah war verschwunden. Diese Erkenntnis hätte ihn eigentlich froh machen müssen – schließlich war er vor diesem Jungen lange genug weggelaufen, oder? Sollte er nun um Micah weinen wie die anderen um Großmama – oder in der Gewißheit leben, daß aus Michael Abramsky in jeder Beziehung mehr geworden war, als aus dem verdreckten kleinen Micah je hätte werden können?

Währenddessen erhob sich am Rand der Menge eine Unruhe. Rose, düster und abgehärmt wie immer, schien an diesem Tag der Trauer in ihrem Element. Sie drängte sich mit dem Kind mit den Silbermünzen im Haar durch die Menge – ein kleines Mädchen, das versuchte, sich von Rose loszureißen, sich umsah und sich dann an einem Rock aus granatrotem Samt festhielt; eine kleine braune Frauenhand schob sich aus den Falten und nahm die Kleine bei der Hand.

Wie Michael nun sah, gehörte diese Hand zu der Frau, die einen Fetzen aus schwarzer Spitze tragen konnte, als sei er eine Mantilla. Sie stand mit dem Rücken zu ihm. Nun beugte sie sich zu dem Kind herab (das kaum älter als drei Jahre sein konnte), flüsterte ihm etwas zu, redete beschwichtigend auf es ein, und dann lachte sie leise und melodiös über die Antwort des Kindes. Danach trat sie zurück, und das Mädchen stand allein. Die Kleine neigte ihren Kopf zurück und zeigte ein Gesicht wie eine Blume, ein perfektes Oval, dunkler und schöner als jede Silbermünze. Sie nahm ihr blumengeschmücktes Diadem ab, zog die größte und schönste Blume heraus und warf sie auf Großmamas Eichensarg hinunter in das tiefe Grab.

Eine charmante Geste, dachte Michael, bisher die erste, die nicht übertrieben war – aber großer Gott, was war nur an diesem Kindergesicht, das ihn so rührte und in die Vergangenheit zurückversetzte? Die Gesichtszüge waren ihm einzeln betrachtet völlig fremd, das Kinn weich, kein Ansatz von Rebellion, die Stirn schmaler – und doch wollte er die Haare daraus streichen, die Wangen aus dunklem Samt damit umranden, wie er das bei Jenny auch machte.

Dieses dunkle Kind war Hibiskus, Bougainvillea, Jasmin – woran erinnerten ihn nur dieser freche Schwung der Lippen, die kleinen weißen Kinderzähne? Es war das Kind eines Fremden, und doch war da etwas – die Augen vielleicht? Die Augenwinkel, die ganz fein nach oben gingen, hatte es von seiner Mutter geerbt.

Farah.

Seine Mutter Farah, die dem Kind nun zulächelte, ihm etwas ins Ohr flüsterte, so daß sich das Mädchen noch zwei Blumen aus ihrem Diadem zog und sie Tomo und Simon anbot. Tomo erkannte mit seinen acht Jahren den dramatischen Effekt und warf seine Blume der ersten nach. Die Trauergäste seufzten auf und wischten sich die Augen ab.

Simon stand nur da und ließ seinen Blick verständnislos von seiner Blume zu dem Mädchen und wieder zurück wandern. Er wurde vor Unsicherheit rot, und dann stopfte er sich die Blume verlegen in die Tasche. Irgend jemand lachte gutmütig, und damit war Großmutters Begräbnis vorbei.

Michael hätte schwören können, daß die nächsten Minuten nur in Zeitlupe vergingen. Die Menge löste sich langsam auf, und die Gäste schlenderten unter gedämpften Unterhaltungen den Hügel hinunter. Die Männer blieben am Fluß noch einmal stehen, um sich Zigaretten anzuzünden, ein wenig zu prahlen und sich über dieses und jenes zu unterhalten, während es die Frauen etwas eiliger hatten, zu den Wohnwagen zurückzukommen. Scharen von Kindern umschwärmten hungrig wie junge Tiere ihre Röcke, unter ihnen auch Tomo und das Mädchen mit den Silbermünzen. Sie hatten Simon mitgenommen, der mit seinem Platinschopf zwischen all den dunklen Locken so leicht auszumachen war wie ein Tropfen Quecksilber.

Nun waren nur noch Michael und Farah übrig. Sie standen sich auf beiden Seiten des Grabes gegenüber und sahen sich mit ihren dunklen Augen an. Sie waren nur durch die ein paar Fuß breite Grube und zwanzig Jahre getrennt, die sie sich nicht gesprochen oder gesehen hatten, wenn man den kurzen Blick von oben nicht rechnete, den Michael damals in der Ryder Street auf sie hatte werfen können.

Farah hatte mit der Reife nichts von ihrer Ausstrahlung eingebüßt. Sie machte einen zierlichen Eindruck, und ihre Keckheit war etwas gedämpft und glomm nur noch unter der Oberfläche. (Hatte nicht Großmutter einmal von ihr gesagt, sie sei zu frech?) Das Versprechen einer entschlossenen Senkrechtfalte am Kinn hatte sich erfüllt, aber ihr Gesamtbild war das eines auf Hochglanz polierten, teuren Qualitätsprodukts. Selbst die Kleider – der lange Rock, die dezente Jacke, die gestickte Spitze am Hals, an diesem Zigeunerbegräbnis unbestreitbar zigeunerhaft – besaßen einen stillen, gedämpften Glanz, der ihre frühere Aggressivität in Selbstsicherheit verwandelte.

Nun kam Farah mit einem Lächeln in den Augen auf ihn zu

und streckte eine Hand aus. Irgend etwas an ihren Schultern, an ihrer Kopfhaltung, an der Art wie sie sich beim Gehen kaum merklich zurücklehnte, verriet es ihm: Tänzerin. Zigeunermädchen besuchen jedoch keine Kurse; sie vermeiden jede Art von institutioneller Ausbildung.

Dann berührte ihn ihre Hand, und er hatte nur noch einen Gedanken: Waren ihre Hände immer so warm? Ja, antwortete seine Erinnerung. Ja!

»Micah!« Ihre Stimme war leise und heiser, fast schon schwül verlockend. »Ich war in der Kirche hinter dir – ich schätze, deine vornehme Frau fand den Haufen wohl ein bißchen schockierend, was?«

Eine Sekunde lang verschwand die Gestalt Farahs vor ihm, und er sah Ellie, wie sie voll unterdrückter Wut Michael und Simon zurückgelassen hatte, damit sie sich das Schauspiel ohne sie ansehen konnten. Er zuckte die Achseln. »Natürlich«, sagte er. »Sie ist eine *Gaja.*«

Ihr Lächeln wurde deutlicher. »*Ame Rom sam ...*«

Und wir sind Roma. Sie flirtete mit ihm.

»Ich nicht«, sagte er. »Ich habe dieses Leben vor langer Zeit aufgegeben.«

»Ich weiß.« Sie hakte sich bei ihm unter und lenkte ihn sanft bergab. »Wir sind all die Jahre auf dem laufenden geblieben. Dui redet dauernd von dir. Ständig heißt es, Micah dies, Micah das, Micah der Millionär ...»

»Das ist er nicht, weißt du ...«

»... unser Micah, der große Tänzer ...«

»Das ist er auch nicht – aber wie bist du ans Tanzen gekommen?«

»Woher weißt du das?«

»Wenn man selbst tanzt, bekommt man einen Blick dafür, stimmt's?«

Sie zuckte wieder die Achseln – unbestimmt leicht, irgendwie hoffnungslos und vital.

»Es war keine freiwillige Entscheidung. Mama hat mich

gezwungen, damit anzufangen. Du hast sie bestimmt in der Kirche gesehen; sie war mit all den Ketten um den Hals kaum zu übersehen. Das Vermögen, das ihr um den Hals klimpert, ist meine Jungfräulichkeit, Herrgott noch mal. Die *Gaje* haben schließlich nicht das Monopol auf ehrgeizige Mütter, die ein Kind in eine Karriere zwingen. Weißt du noch, wie dein Papa ständig von meinem Brautgeld gesprochen hat?«

»Kaum.« Ganz genau. Außerdem erinnerte er sich an ein kleines Mädchen, das ihm keine Ruhe damit gelassen hatte, bis auch er seinerseits Papa keine Ruhe ließ, und der fand die ganze Sache ungeheuer komisch.

»Das war nur, weil Mama von nichts anderem reden konnte. Sie wußte ganz genau, wo es langgeht, meine Mama.« Eine plötzliche Bit-terkeit ließ ihre Stimme schärfer und ihre Schritte schneller werden.

»Sie hatte den Blick in die Zukunft gerichtet«, sagte Farah weiter. »Sie hatte große Pläne. Wenn bei mir alles so gelaufen wäre, wie sie sich das vorgestellt hatte, hätte deine Familie mein Brautgeld in einer Million Jahren nicht zusammengebracht.« Ein Seufzer, fast der einer alten Frau. »Na ja, wie auch immer, diese Cousins fünften Grades, Gitanos, die in Vegas, New York, Monte Carlo, Paris, Rom oder was weiß ich wo Flamenco tanzen – Mama hat dafür gesorgt, daß der *Mann* mich entdeckte, als ich zwölf Jahre alt war. Sie waren ungefähr fünfunddreißig, und sie waren ganz oben. Die Frau trat noch auf, aber sie hatte Krebs – den bekommt eine Frau vom Flamenco, wenn sie sich nicht vorsieht, ganz ehrlich –, wahrscheinlich ist das Gestampfe schlecht für die Organe. Typisch für Mama, daß sie Bescheid wußte. Es dauerte nicht lange, und ich wohnte bei den Leuten, und die Frau gab mir Unterricht. Eigentlich war sie eine nette Frau. Er hat sie geschlagen. Als sie starb, war ich fünfzehn und inzwischen so weit, daß ich ihren Platz auf der Bühne und in Vittorios Bett einnehmen konnte. Große Hochzeit. Mama bekam ihre

Halsketten und reiste ab nach Kalifornien. Sie hat gut verdient an mir. Ausgebildete Tänzerin, jung, Jungfrau, schön – ich *bin* schön, Micah.«

Aber das wußte sie selbst, sie wollte ihn nur dazu bringen, es selbst zu sagen. Er hatte nicht die Absicht, aber den kurzen Blick auf ihren Körper konnte er nicht unterdrücken. Er konnte ihn sich in enganliegendem Taft vorstellen, hörte das Rascheln der Rüschen, einen schnellen Atemzug und das Klappern der Armreifen, wie sie mit hochgereckten Armen mit den Händen Filigranmuster in die Luft zeichnete, spürte, wie der Puls der Männer etwas schneller ging ... Hör auf damit, wollte er sagen, ich bin glücklich verheiratet, ich habe alles, was ich will. Du verschwendest deine Zeit. Statt dessen sagte er:

»Sie hat ihre Sache gut gemacht.«

»Weil ich gut bin. Die Worte geben einem immer den Wert, den man sich selbst gibt – aber das weißt du ja, Micah, oder?«

»Michael«, verbesserte er sie. Natürlich hatte sie recht. Sie waren aus dem gleichen Holz geschnitzt. »Und ...«

»Ich habe Jahre gebraucht, um aus der Falle rauszufinden, in die sie mich hineinmanövriert hatte. Ich bin fast jede Woche weggelaufen, aber mit den Roma ist das wie mit der Mafia. Wenn man einmal drinnen ist, ist man drinnen. Er hat dann immer Mama angerufen, und die hat mich aufgespürt und zurückgeschleppt. Dann wurde ich auf einmal schwanger. Jetzt brauchte ich nicht mehr wegzulaufen. Ich ging lieber vor Gericht! O Micah, du kannst dir nicht vorstellen, was das für ein Aufstand war! Mama hat mich gebeten, ich soll zurückgehen, auf Knien hat sie mich angefleht! Dann kam nämlich die große Überraschung: Mein Mann verwandelte sich auf einmal in ein nachtragendes Schwein – vor die *Kris* hat er sie geschleift und wollte sein Geld zurück! Meine Tochter Feya hast du ja gesehen, die mit den Blumen? Er hat sogar versucht, sie zurückzubekommen!«

»Offensichtlich ohne Erfolg.«

»Soll das ein Witz sein?« sagte sie. Sie war wirklich stolz auf die Frau, über die sie sich mit soviel Bitterkeit beklagt hatte. »Habe ich dir nicht gesagt, daß Mama schlauer war als die anderen?«

»Ja.« Das war wieder etwas, das er vergessen hatte – die Ambivalenz, die uneingeschränkte Bewunderung einer positiv bewerteten Zigeuner-Eigenschaft – in diesem Fall eiserne Entschlossenheit –, selbst wenn man selbst darunter zu leiden hatte.

»Ich bin ... überrascht, daß du hergekommen bist.«

»Ich habe dir doch gesagt, ich mochte deine Großmama. Ich habe ein Engagement in Paris, das morgen anfängt. Dann kommen zwei Wochen in Kopenhagen ...«

»Was ich meinte ... ich bin überrascht, daß du noch bei den Roma bist.«

Sie warf ihren Kopf zurück, und ihr schlanker Hals vibrierte, als sie lachte. »Ich kann zu ihnen gehen, ich kann aber auch wegbleiben. Ich bleibe manchmal wochenlang weg; kannst du dir einen besseren Babysitter vorstellen als Frauen aus einer *Kumpania?* Niemand traut sich, einem Zigeunerkind etwas zu tun. Nein, wenn ich arbeite, ist Feya dort sicher. Ich tue, was mir paßt. Ich habe zu viele Garderobenkinder gesehen. Sie sehen und hören zu viele Dinge – niemand weiß das besser als ich. Schließlich war ich selbst eines. Das wäre nichts für Feya.«

»Und wenn du nicht unterwegs bist?«

»Im Sommer arbeite ich nicht. Dann setzen wir uns in den Wohnwagen, Feya und ich, und fahren los. Ich bin Zigeunerin, wenn es mir gefällt. Zwischen meinen Engagements bleibe ich nicht still sitzen.«

»Aber für ein Haus bist du doch noch zu sehr Roma, oder?«

Sie blieb stehen und breitete ihre Arme aus, als wollte sie die ganze Welt umschließen und den Himmel, der nun dunkler wurde und die ersten Rottöne zeigte. Für einen Moment fielen die großen Städte, ihre Erfolge, die letzten zwanzig

Jahre von ihr ab, und sie waren wieder Kinder, die Bilder in den Staub malten.

»Häuser! Ich würde hinter den Mauern ersticken! Oh, Micah, wie hältst du das im Sommer nur aus?«

»Du hast es gerade selbst gesagt. Du tust, was dir paßt. Ich mache es genauso.«

Sie überquerten den Derwent, dessen dunkelblaues Wasser in der Abenddämmerung vorbeifloß. Eine weiße Kuh ging langsam an seinem Ufer entlang zurück zum Stall, um gemolken zu werden. Er erinnerte sich nun wieder, wie es war, und wie es weiter gegangen wäre, wenn sein Papa nicht ... wenn ihre Mama nicht ...

Als Kinder hatten sie sich frühmorgens bei irgendeinem Bauern in den Stall geschlichen, sich eine freundliche Kuh ausgesucht, ihren großen Leib festgehalten und ihre Milch in einen Eimer gespritzt.

Farah leckte sich über die Lippen, und auch er fühlte sich plötzlich durstig. Einen Sekundenbruchteil lang war Tagesanbruch, und sie lachte ihn mit ihren scharfen Babyzähnen durch einen Schnurrbart aus Milch an.

»Wir waren ein gutes Team, Micah«, sagte sie nun und warf ihm über die Schulter einen Blick zu, der ihr leichtes Schuldbewußtsein wegen alter und längst gebrochener Versprechen verriet – dann zuckte sie die Achseln ... kein Mensch ist schuld daran ...

Das kleine Mädchen in Weiß wartete bei der Brücke und wollte Farah gerade die Arme um die Knie legen, aber dann griff es mit der flinken, abschätzenden zweiten Natur der Zigeunerkinder nach Michaels Hand. »Oh, Sie reisen viel.« Die Kleine beherrschte die Litanei schon. »Ich sehe hier, Sie hatten große Probleme, aber ...«

»Hör auf damit, Feya! Das ist mein Cousin zweiten Grades Micah. Er ist ein Roma.« Und an Michael gerichtet: »Tut mir leid. Das kommt von deinen Hosen. Sie haben Bügelfalten. Sie hält dich für einen *Gajo*.«

»Das bin ich auch«, sagte er. »Das bin ich!«

»Schon gut, brüll mich nicht an! Ich habe es schon beim erstenmal verstanden.«

Auf dem Hügel vor ihnen brannten die Lagerfeuer. Dui führte beim großen Feuer Aufsicht über die Ferkel und wedelte mit einem Tranchiermesser in der Luft herum.

»Da, schau ihn dir an«, sagte Farah voller Verachtung. »Träume vom großen Ruhm, aber Barbecuesoße am Ärmel.«

Dui führte sich auf wie ein Alleinunterhalter; er winkte die Leute herbei, schnitt Fleisch ab und trank aus einer Flasche. Kam jemand vorbei, so bot er ihm mit seinen schmutzigen Händen große Stücke Schweinefleisch an. »Farah! Micah! Ihr kommt genau richtig! Das größte Fest, das die Familien je erlebt haben ...«

Farah bog sofort in die entgegengesetzte Richtung ab und zog Michael mit sich. »Der und seine Träume!« sagte sie. »Seine Tage als Rom Baro sind gezählt, aber das waren sie ja schon immer. Sie wollten alle, daß Großmutter die Führung übernimmt, aber sie wollte nicht. Es hat ihr den Mut genommen, als ... na ja, was mit deiner Mama und deinem Papa passiert ist und alles ... Mein Gott, das war die erste *Kris*, an die ich mich erinnere.«

»Wie steht es mit dir?« fragte er. »Wie sehen deine Träume vom Ruhm aus? Wenn der Flamenco so gefährlich ist, wie du sagst ...«

»Noch drei Jahre, dann höre ich auf. Dann habe ich vor, an Duis Stelle Rom Baro zu werden.«

»Du? Ist das nicht ein Widerspruch in sich?«

»Mein Gott, hast du aber viel vergessen, seit du *Gajo* geworden bist! Es gibt viele Frauen, die *Kumpanias* anführen. Sie nennen sich nicht Großer Boss oder Zigeunerkönig (so stellt sich Dui bei *Gaje* vor, wußtest du das?), aber sie haben mehr Macht, diese Frauen, als ...« Sie drehte sich zu Michael um, und die Flammen der Feuer tanzten in ihren Augen. »Du bist mir ja ein ganz Hinterlistiger, Micah! Dauernd läßt du mich erzählen, aber von dir sagst du kein Wort! Wie geht das Geschäft? Wie ist deine Ehe? Hat sie dich mit ihrer Vornehmheit schon zu Tode gelangweilt? Wie geht ...«

Er hob eine Hand hoch. »Alles ist wunderbar. Die Ehe, mein Haus, das Geschäft, Jenny und Simon – apropos ...«

Er nahm Farahs Hand in seine beiden Hände, und dort lag sie einen Augenblick wie ein kleines graues Tier; als sie sie wegzog, fühlte er, daß er etwas Warmes und Pulsierendes, zitternd vor Vitalität, verloren hatte. »Du hast es gut gemacht, Farah. Ich wüßte dich nur ungern ... unglücklich.«

Darauf folgte eine lange, sehr lange Pause – vielleicht hatte sie den Abschied nicht so schnell erwartet. »Ich? Unglücklich?« Nun sprach wieder die Tänzerin, hochfahrend, distanziert. »Ich bin nicht von gestern, niemand legt Farah herein. Ich weiß, was ich will.«

Sie würde darum kämpfen, bis sie umfiel ... und kämpfen konnte sie, diese Frau. »Du kannst von Glück sagen«, sagte er. »Nicht viele wissen, was sie wollen.«

»Wir schon«, flüsterte sie. »Wir wußten das schon immer, du und ich.«

*

»Ich mag Tomo, Daddy.« Simon drückte sich tief in den weichen Beifahrersitz. »Wenn er nicht in Amerika wohnen würde, könnte ich jeden Tag mit ihm spielen.«

»Mmm.« Er reichte ihm Papiertücher aus dem Handschuhfach. »Hier, mach dich sauber, bevor Mama dich sieht. Wo ist deine Uhr?«

»Sie hat Tomo gefallen. Ich habe sie ihm geschenkt.«

»Also ...« Vorsicht jetzt, Michael. »Hat Tomo dich darum gebeten?«

»Nein, natürlich nicht! Ich habe dir doch gesagt, ich mag ihn.«

»Hör zu, die Uhr ist unwichtig. Überleg jetzt nur, mein Sohn. Hat er darum gebeten?«

»Nein!«

»Auch keine Andeutung?«

»Nein!«

»Und Onkel Dui?«

»Nein, er hat nur zu Tante Rose gesagt, daß Tomo noch nie eine Uhr hatte, das ist alles.«

»Und du hast rein zufällig dabeigestanden?«

»Ja. Ist es denn so wichtig?«

»Es ... es ist nicht gut, eine Gewohnheit einreißen zu lassen. Es ist dann schwer, sie sich wieder abzugewöhnen.« Der Junge runzelte verständnislos die Stirn, und Michael wußte, daß er eigentlich mehr sagen müßte, aber er wußte nicht, wo oder wie er anfangen sollte – wie konnte man einem kleinen Kind sagen, daß bestimmte Verwandte zu Klötzen werden, die im Lauf der Jahre immer schwerer am Bein hängen? Warum sollte er Simon überhaupt damit belasten? Morgen waren die Roma wieder weg, und der Junge konnte wieder zu sich selbst finden. Dann würden sie eine Grundschule suchen, oder sie würden Mary Beth bitten herzukommen. Ellie könnte sie gleich anrufen ...

Halb und halb hatte er sie in der Eingangshalle erwartet, aber statt dessen wurde er von Anna empfangen, die ihm mit einem Finger vor dem Gesicht herumwedelte. »Ich habe auf dich gewartet, Mischa. Ich bin selten einer Meinung mit Gabriella, aber heute hat sie recht ... Jennifer ist ganz durcheinander, diese übertriebenen Bräuche schaden den Kindern. Sie kommen davon nur auf dumme Gedanken ...«

Ihre Stimme klang zu mild, und er wußte, da mußte noch etwas sein. »Ich habe als Kind viele Zigeunerbegräbnisse gesehen«, sagte er, »mir hat das nichts ausgemacht.«

»Du wurdest in diese Welt hineingeboren, aber sie nicht ...«

»Aber die Zwillinge sind *meine* Kinder, es ist meine Sache ...«

»*Ich* spreche jetzt, unterbrich mich nicht! Da ist noch etwas.« Aha, jetzt kam es. »Vor langer Zeit hat sich einmal ein Mädchen in das Haus in der Ryder Street gedrängt. Heute habe ich dieses Mädchen in der Kirche gesehen. Sie war schamlos und hatte die Augen überall. Sie hat dich heute beobachtet und auf eine Art angesehen ...«

»Das ist meine Cousine zweiten Grades, darf sie mich etwa nicht ansehen?«

»Ihr seid verwandt?« Einen Augenblick beschäftigte sie das, aber nachdem sie nun in voller Fahrt war, wollte sie sich nicht zurückziehen, ohne einen Schuß abgefeuert zu haben. »Dui und Rose sind auch Verwandte! Wenn diese Verwandte sich jetzt auch so an dich hängt wie sie ...«

Der Vergleich hätte ihn fast zum Lachen gebracht. »Farah sich an mich hängen? Anna, ich würde sagen, du und meine Cousine, ihr beide habt den ganzen Stolz der Welt für euch allein gepachtet.«

*

Ellie hatte das enge schwarze Kleid und die bedrückende Stimmung, in die es sie versetzte, nicht mehr ertragen können und sich ein Negligé angezogen, das Michael noch nicht gesehen hatte, ein helles Pfefferminzgrün mit schwebenden Seitenteilen, schick, aber doch dezent. Wäre sie in der Kirche doch nur zurückhaltender gewesen. Sie hätte behaupten können, sie und Jenny hätten Kopfweh, es war unnötig, ihre Verachtung so deutlich zu zeigen.

»Liebling, es tut mir leid«, sagte sie, als er in das Zimmer kam.

»Mir auch.«

Wie meinte er das? Tat es ihm leid, daß die Kinder dem Begräbnis ausgesetzt worden waren? Oder tat es ihm leid, daß sie sich dagegen gewehrt hatte? »Dieses Geheul! Ich habe so etwas noch nie ... dazu noch Dui .. es war ein bißchen zu viel ...«

»Ja.«

»Mmmm … nun, ich dachte – du hast kein Wort zu meinem Negligé gesagt, gefällt es dir nicht?«

Er ließ einen schnellen Blick über sie wandern; gewöhnlich interessierte er sich für ihre Kleidung, aber heute abend hätte sie schwören können, daß er sie nicht einmal bemerkt hatte.

Er lächelte. »Es sieht appetitlich aus … wie ein Pfefferminzlikör nach dem Essen.«

»So schlimm? Aber in der Kirche habe ich doch annehmbar ausgesehen, oder?«

»Selbstverständlich. Du hast – vornehm ausgesehen.«

Sie warf das Negligé auf das Bett und berührte das grüne Satin-oberteil ihres Nachthemds. »Komm«, flüsterte sie und ließ ihre Stimme einladend sanft werden. »Es ist eine Ewigkeit her, seit wir zum letztenmal allein waren … und es tut mir wirklich leid.«

»Ich weiß.« Er seufzte tief, und sie spürte die Wärme seines Atems an ihrem Hals. »Ich war ein gefühlloser Kerl, aber von heute an … ach, Ellie …« Er murmelte Entschuldigungen, sprach davon, wie sehr er alles bedauerte, und suchte Zuflucht in ihrem eleganten Fleisch; er sah ihr tief in die Augen, während er sie liebte. »Du hast viel mehr Geduld«, sagte er später, »als ich erwarten dürfte …«

Gewöhnlich unterhielten sie sich hinterher über kleine, intime Dinge oder sprachen die Ereignisse des Tages durch. Heute aber sagte er, er sei müde, es sei ein langer Tag gewesen; er küßte sie einfach nur in die Handfläche und schloß die Augen. Etwas später, als sie ihr Buch zuklappte und nach dem Lichtschalter griff, sah sie, daß er nicht schlief. Er lag völlig regungslos, sein Mund war fest zusammengedrückt, an seinem Hals klopfte der Puls.

Der Schlaf stellte sich wohl bei ihm ein, aber in verwirrenden Schüben und mit seltsamen, zusammenhanglosen Fetzen von Gerüchen, Geräuschen und Farben. Er schmeckte kühles Pfefferminz, und danach das scharfe Beißen von Paprika; er hörte Geheul, zurückhaltende Proteste und dahinter den harten Rhythmus eines Flamenco. Er konnte sich nicht erinnern, vor der heutigen Nacht jemals in Farbe geträumt zu haben, jetzt sah er Kleider auf dem Bett, fühlte etwas Grünes, Kühles an seiner Haut, das dann dunkler wurde und sich in schnell fließendes Blut verwandelte. Die Berührung von Fleisch, die Handfläche einer Frau, nun wieder kühl und beherrscht – aber dann wurde sie warm und schnell und sehr klein, und plötzlich fühlte er die verräterische Schwiele von Kastagnetten unter seinen Lippen.

Warum? fragte er sich im Halbschlaf.

Warum ist Ellies Hand immer so kühl?

Und Farahs so warm?

28

Simon träumte noch lange von dem Begräbnis. Er hatte keine Alpträume wie Jenny, aus denen sie als schreiendes Baby aufwachte. Alle Erwachsenen sprachen dann nur im Flüsterton mit ihr. O nein. Simons Träume in der Nacht waren wie seine Tagträume; er flüchtete sich in sie, noch lange nachdem der Kontakt mit den Roma abgebrochen schien.

Er wußte jedoch, daß das nicht stimmte. Einige Male hörte er Daddy am Telefon diese Sprache sprechen. Sie flogen nach Kalifornien, Daddy oft und Mammie manchmal, und dann gingen sie nach San Francisco oder in das Haus in Los Angeles – aber immer gab es irgendeinen Grund, warum die Zwillinge noch nicht mitkommen konnten. Jenny erholte sich gerade von den Masern, Simon war erkältet, und direkt danach schaffte er die Anfängerprüfung im Aufsatzschreiben nicht, und einen ganzen Monat lang kam jeden Tag ein Nachhilfelehrer, da konnten sie doch nun wirklich nicht mitfahren, oder? Jenny mußte für ihren albernen kleinen Auftritt in einer Ballettvorführung üben. Simon fiel vom Baum und brach sich ein Handgelenk, und manchmal waren sie einfach noch zu jung, um ins

Ausland zu fahren – obwohl sie schon in Paris und in New York gewesen waren, und letzte Weihnachten sogar in Tokio.

In Kalifornien noch nie.

Dann kam Miss Warren und ließ ihm ein Jahr lang keine Ruhe, bis er richtig schreiben und lesen konnte.

Eines Abends fand er in Papas Arbeitszimmer alte Telefonrechnungen, aber als er versuchte, eine Nummer in Kalifornien anzurufen, bestimmt die von Tomo, sie mußte es einfach sein, kam immer irgend etwas dazwischen. Immer wenn er gerade wählte, kamen Lily Finn oder Felix oder Mama herein. Einmal war es noch schlimmer – diese alte Schnüfflerin Anna, dieses faltige Knochengestell, betrat das Zimmer, als gerade das Telefon auf der anderen Seite der Welt zu klingeln begann. Anna lief rot an wie ein Puter, packte den Hörer und knallte ihn auf die Gabel. Sie brüllte ihn an, er sei ein Flegel, wie könne er es wagen, mitten in der Nacht ohne die Erlaubnis seines Vates zu telefonieren? Anna konnte ihn nicht leiden, das wußte er; weil er sich weigerte, an dieser albernen Stange zu stehen, in den Spiegel zu grinsen und sich einen Knoten ins Bein zu machen, deshalb.

Die wenigen Male, die er durchkam, war Tomo nicht zu Hause. Das ließ ihn darüber nachdenken, wo sie wirklich wohnten, wohin sie fuhren, wie sie aßen, und vor allem, wie es wäre, jeden Abend in einer anderen Stadt schlafen zu gehen und morgens beim Aufwachen etwas Neues zu sehen. Das würde ihm gefallen, dachte er. Das würde ihm sogar sehr gefallen.

Er wollte auch so sprechen lernen wie sie, aber Miss Warren sagte, das sei keine richtige Sprache, weil sie nicht aufgeschrieben war, und deshalb könnte er sie auch nicht lernen, oder? Das war natürlich gelogen, alle logen sie, und Miss Warren sagte auch nur das, was Daddy ihr befahl. Irgendwann käme er in ein Internat, dann würde er schon dahinterkommen und diese Sprache lernen.

Großmamas Begräbnis war inzwischen vier Jahre her, aber

in seiner Erinnerung brannte es noch heiß wie Kohle, der Gedanke an den Verlust, die Trauer und die Wärme. Onkel Dui hatte ihm einen Arm um die Schulter gelegt, hatte mit ihm von Mann zu Mann über die Reisen und die Märkte und die Pferde gesprochen – und dann hatte er ihm die knusprigsten Stücke Schweinefleisch ausgesucht, Stücke, die hier nicht einmal die Küche erreichten – viel zu fett, Simon, das ist nichts für dich! Ihm aber schmeckten sie. Und es gefiel ihm auch, wie Tomo in seinem cremefarbenen Anzug aus Kalifornien zwischen den schwer beladenen Tischen umherstolzierte. Dann und wann ließ er sich von alten Frauen liebkosen, und dann schüttelte er ihre Hand wieder ab und ging weiter. Es gefiel ihm, daß Tomo tun und lassen konnte, was er wollte. Niemand schrie Tomo an, weil er auf Bäume kletterte, sich schmutzig machte, weil er vor dem Fernseher saß oder bei den Erwachsenen vom Wein probierte. Drohte eine Frau Tomo mit der Faust, weil er Dreck in ihr Feuer gekickt hatte, machte er es einfach noch einmal. Simon hatte zwar kein Wort davon verstanden, sehnte sich deshalb aber nur um so mehr danach, den Strom von Beleidigungen noch einmal zu hören, die Tomo ihr entgegengeschleudert hatte. Außerdem hatte er alles gleich ins Englische übersetzt, damit Simon kein Wort davon entging. Es gefiel ihm, zur Abwechslung einmal wie ein Erwachsener behandelt zu werden. Eigentlich gefiel ihm an den Roma so ziemlich alles, was er noch von ihnen wußte, und er hatte nichts vergessen. Bei der nächsten Möglichkeit, die sich bot, wollte er wieder anrufen, wollte es immer und immer wieder versuchen. Irgendwann mußte sich ja jemand melden!

*

Jennifer liebte alle, sogar Lily Finn, und alle liebten Jennifer. Anna baute die Tanzstunden so sorgfältig auf, als sei ihre einzige Schülerin Anna Pavlova. Felix, der darauf zu achten hatte, daß sie für die Klavierstunde regelmäßig übte, tippte im Takt mit seinem Stock auf den Boden. Jeder Akkord wurde unter den Kleinmädchenhänden zum Konzert auf den vergilbten Tasten. Sogar der Briefträger wartete jeden Morgen auf ihr Lächeln, und wenn er es verpaßte, fühlte er sich ärmer. Ja, Jennifer war Papas kleiner Engel und Mamas allerliebster Schatz. Außerdem war sie Miss Warrens Musterschülerin.

»Die Beste, die ich je gehabt habe«, gab Mary Beth widerwillig zu. »Sie lernt richtig gern. Wenn sie nicht so liebenswert wäre, wäre sie eine unerträgliche Musterschülerin.« Das war vielleicht auch der Grund, warum sie insgeheim Simon den Vorzug gab.

»Mmmm ... Mary Beth, ich glaube, Michael macht sich ernste Sorgen um Simon – irgendwie wollen die Männer immer, daß die Buben den Verstand haben, und ...«

»Wenn sie Chauvinisten sind, was Michael ja ist«, sagte sie knapp. »Er braucht sich aber um Simons Verstand keine Gedanken zu machen – der Junge hat einen guten Verstand, sogar einen schnelleren als Jenny, wenn er sich nur ...«

»... Mühe geben würde, ich weiß. Es ist einfach nicht fair. Michael arbeitet und plant und verkauft, nur damit er den Zwillingen die Zukunft auf einem silbernen Tablett servieren kann – und Simon zeigt einfach gar kein Interesse.«

Die arme Ellie verstand ihren Sohn nicht besser als sein Vater. »Das kann man noch nicht sagen«, log Mary Beth. »Er ist noch jung.« *War er denn jemals ein Kind gewesen?*

»Ich weiß auch nicht, was wir noch tun sollen.« Ellie pickte einen Faden vom Sofa und wickelte ihn sich um den Finger. »Michael hätte einfach Pferde kaufen und den Rest dem Reitlehrer überlassen können, aber nein, er hat sogar selbst Reitstunden genommen, damit die beiden etwas gemeinsam machten, und Simon will es nicht einmal versuchen. Er weigert sich, Reitstunden zu nehmen, und mit wem reitet Michael jetzt? Wer braucht keine Bestätigung? Wer bringt die Preise von den Turnieren heim? Jenny! Und Simon reitet allein ohne Sattel los! Mit dem Schwimmen ist es genau das gleiche. Da haben wir einen wunderschönen Pool, aber er will lieber in der Dreckbrühe schwimmen, die sich Fluß nennt. Jetzt meint Michael, wenn wir ein Fernrohr kaufen, könnte Simon ein Interesse an Astronomie entwickeln ...«

»Vielleicht aber auch nicht!« sagte Mary Beth scharf. »Ihr macht sowieso schon zu viel. Es ist eben nicht jedem Kind angeboren, sich anzupassen. Wegen seines Selbstwertgefühls brauchst du dir keine Gedanken zu machen – im Augenblick meint Simon doch, die ganze Welt sei aus dem Schritt, nur er selbst nicht.«

Manchmal aber konnte er ungeheuer, fast unerträglich liebevoll sein, sogar Mary Beth gegenüber. Er kam dann angerannt und umarmte sie ohne ersichtlichen Grund derart heftig, daß sie um Gnade betteln mußte. Sie hatte es jedoch noch nie gesehen, daß er Michael mehr als den pflichtschuldigen Gutenachtkuß auf die Wange drückte – und selbst dazu brauchte er eine Aufforderung. Je mehr der Vater für ihn tat, desto mehr schien der Junge ihm zu mißtrauen ...

Nur in einem Punkt war Mary Beth der gleichen Meinung wie Ellie und Michael: Simon war nicht so fröhlich und verträglich wie seine Schwester. Seine Eltern mochten ihn vielleicht unterschätzen, Mary Beth nicht. Dem Jungen fiel immer ein Vorwand ein, unter dem er sich vor Schularbeiten oder Aufträgen im Haus drücken konnte, aber der Grund dafür war nicht Faulheit, sondern ein tiefsitzender Widerwille, sich irgendwelchen Anweisungen zu fügen. Wenn er den Beschluß faßte, das Grundstück sauberzumachen, so blieb kein Blatt und kein Zweig liegen – aber machte dann jemand den Fehler, ihn zu loben und zu sagen, er habe seine Sache gut gemacht, bekam er einen seiner Wutanfälle und verteilte das zusammengefegte Laub wieder im ganzen Garten. »Ich mache nicht ›meine Sache‹«, sagte er dann trotzig. »Ich mache, was ich will.«

An einem anderen Tag verweigerte er das Mittagessen (was nicht ungewöhnlich war, denn er aß nur dann, wenn er Hunger hatte), aber dann verwendete er eine ganze Stunde darauf, dem Lehrling des Gärtners sein klägliches Sandwich mit Fischpaste abzuschwatzen. Er versprühte seinen Charme, lächelte, redete ihm gut zu und gab so lange keine Ruhe, bis der junge Mann es herausrückte – und dann trug Simon es in die Küche und verfütterte es an Lily Finns schwarzweißen Terrier.

»Warum nur?« wollte Mary Beth wissen. »Er hat schwer gearbeitet, und das Sandwich war alles, was er bis zum Abendessen bekommt. Wenn du es doch gar nicht wolltest …«

»Du weißt doch, wie sehr ich Fischpaste hasse.«

»Warum hast du es ihm dann abgenommen?«

»Er hätte es mir ja nicht zu geben brauchen …« Er zuckte die Achseln, und Mary Beth dachte, daß diese Geste auch von seinem Vater hätte kommen können. »Der Hund hatte Hunger. Lily gibt ihm nicht genug zu fressen.«

Lauter Kleinigkeiten, die sich Monat um Monat aneinanderreihten, aber auf eine eigenartige Weise begannen sie, einen Sinn zu ergeben, ein Muster, das sie noch nicht durchschaute. Er log nicht viel, aber er setzte die Wahrheit so geschickt ein und verwob sie so kreativ mit seinen Erfindungen, daß es oft schwer war, die Nahtstellen zu finden. In einem Alter, in dem die meisten Kinder nichts für sich behalten konnten, hütete Simon Abramsky seine Geheimnisse wie Schätze – aber weil er noch jung war und vieles noch nicht wußte, konnte es nicht ausbleiben, daß manche Schätze auch ans Tageslicht kamen.

*

Wenn Michael nicht an so vielen Fronten zugleich gekämpft hätte, hätte er es vielleicht kommen sehen. Möglicherweise hatte er das sogar im Unterbewußtsein, denn als es endlich passierte – während Ellie ihm gegenüber am Frühstückstisch die Post öffnete –, war es für ihn nicht so sehr eine Überraschung, sondern versetzte ihn in Wut, die ihn Welle um Welle glühend heiß überflutete.

Gewöhnlich wurde er sich an solchen Morgen seines Glücks richtig bewußt, und er mußte sein zufriedenes Lächeln hinter der *Times* verstecken.

Ellie sah von Jahr zu Jahr schöner und gefestigter aus; sie war ein Erfolg als Ehefrau, als Mutter, als Führerin ihres eigenen Geschäfts und als Stütze für seines. Eine Frau, die ihn liebte. Neben ihr saßen seine prachtvollen Kinder, gesund, über alles geliebt, der lebendige Beweis dafür, daß Zuneigung mehr zählte als eine alte Familientradition. Wer hätte je gedacht, daß der Vater dieser Kinder früher einmal stehlen mußte, um am Leben zu bleiben?

Die Abs wurden nun auch älter, aber sie sahen einer gesicherten Zukunft entgegen; sie waren glücklich mit ihren Enkeln. Felix hatte zwar weiterhin Beschwerden mit seiner Hüfte, aber sie verschlimmerten sich nicht mehr so schnell, seit er einen Spezialisten in der Schweiz aufgesucht hatte und in dem neu eingebauten Innen-Schwimmbecken seine Übungen machen konnte. Anna war in bester Form, abgesehen von einem erhöhten Blutdruck, vor dem man sie gewarnt hatte und zu dessen Bekämpfung sie Medikamente nahm.

An Morgen wie diesem, wenn die Sonne und der Schnee jeden Winkel draußen ausfüllten, Bäume und Büsche und Zypressenhecken mit einem glitzernden Weiß überzogen waren und das helle Licht das polierte Parkett zum Glänzen und die riesigen roten Chrysanthemen in den Kupfervasen zum Leuchten brachte, an solchen Morgen machte es kaum noch etwas aus, daß Ellie und Anna sich einander wie höfliche Fremde begegneten, obwohl sie sich nun jeden Tag sahen, daß Dui mit seinen Fischzügen manchmal einen großen Fang machte – oder zumindest so groß, daß Michael einen oder zwei Monate lang von seinen Anrufen verschont blieb, daß Rose (aus reiner Bösartigkeit, könnte man fast denken) jede neue Krankheit sofort bekam, sobald sie entdeckt wurde. Farah ... ach, Farah, wie sollte er diese warmen braunen Hände vergessen, die die Schwielen ihrer Zunft trugen, ihren schnellen, abschätzenden Blick, ihr zugleich elegantes und hochmütiges Kinn – aber er hatte jeden Impuls, sie aufzusuchen, rigoros unterdrückt, war seiner Sehnsucht nicht gefolgt, ihre heisere Stimme sagen zu hören: »*Wir wissen, was wir wollen, wir haben es immer gewußt, Micah.*«

Micah, immer, Micah.

Aber *Michael* hatte es auch immer gewußt. Er wußte, daß er alles hatte, dieser junge Geschäftsmann mit der *Gaja*-Frau, alles, was er sich je ersehnt hatte, war hier unter dem wetterfesten Dach von *Greenlings* versammelt.

Alle waren sie an diesem Morgen da, sogar die Geister von *Abramo I* und *Abramo II*, die in Lithographien unsterblich gemacht worden waren und an der Wand hingen; in seinem Aktenkoffer lag *Abramo III*, im Styling dem Raumzeitalter angemessen, schon als Entwurf für eine Werbekampagne, und außerdem die Planung zu einem Immobilien-Projekt in Südkalifornien – diesmal war *Abramo* der Unternehmer.

Abramo hatte nun wie die Eiche von *Greenlings* einige starke Äste – aber wie bei ihr wurden sie allein vom Hauptstamm ernährt.

Von der Familie Abramsky.

Der Haushalt war um Mary Beth und einige weitere Helfer angewachsen; Lily Finn wohnte nun hier, und ihre Tochter Darlene (die leider von ihrer Mutter jenen unseligen Hang zum Singen geerbt hatte) kam vormittags, um das Frühstück vorbereiten zu helfen, die einzige Mahlzeit, an der unweigerlich alle zusammen teilnahmen.

Die Zwillinge blieben zu Hause. Es war keine Rede davon, Jenny zur Schule zu schicken – Ellie hätte es nicht ertragen können, sie gehen zu sehen, nicht einmal aus Annas liebevoller Obhut … später wäre es auch noch früh genug, redeten sie sich ein. Sie liebte doch das Tanzen so sehr, und Anna betete sie einfach an. Für Simon aber war es sicher an der Zeit, ihn von Mary Beths Schürzenbändeln abzuschneiden und ihn in eine richtige Jungenschule zu schicken, wo er wirkliche Disziplin lernen würde. Einige Male hatte sich Michael Unterlagen kommen lassen, aber die lagen zuerst auf seinem Schreibtisch, dann in einer Schublade, bis sie schließlich im Papierkorb endeten.

Gott sei Dank war der Junge noch klein und es war möglich, ihn noch zu Hause zu behalten. Michael war in seinem Alter ein kleiner alter Mann gewesen, der für eine alte Decke einen Tag arbeitete, der Eier stahl und sie verkaufte, der …

Heute schickte eine Schule eine Rückfrage, die ihm Ellie wortlos überreichte, um sich dann wieder ihrem eigenen Stapel zu widmen und die Privatpost von der zu trennen, die den ganzen Haushalt betraf. Für den Haushalt war mehr da, und so machte sie sich zuerst daran und brummelte dabei in sich hinein, der Unterhalt für *Greenlings* sei bestimmt teurer als der des Buckingham Palace.

»Dort möchte ich wohnen«, sagte Jenny; sie sah Anna zu, wie sie eine Apfelsine zerlegte, und machte jede ihrer Bewegungen nach. »Vielleicht würde mich Prinzessin Anne mit ihren Spielsachen spielen lassen, und …«

»Sieh doch, wie schön Jennifer die Orange schält, Mischa …«

»Du bist doof, Jenny«, sagte Simon zu seiner Schwester, als hätte Anna nichts gesagt. »Prinzessin Anne ist zu alt für Spielsachen.«

»Bitte Kinder …« Ellie machte sich nicht die Mühe, den Satz zu Ende zu sprechen; er gehörte wie alles andere zum morgendlichen Ritual. Simon sah das Obst nicht an, sondern häufte sich Schinken mit Eiern auf seinen Teller und würzte das Ganze reichlich mit Pfeffer. Felix schüttelte den Kopf, als er sah, wieviel Butter sich Anna auf ihren Toast schmierte. Anna achtete darauf, daß Mischa sein Obst aß (obwohl die Gefahr, daß er ein Nichtsnutz wurde, doch sicher endgültig gebannt war). Mischa sah auf die Uhr – nur noch eine knappe Stunde Zeit bis zur Konferenz in der Stadt, Felix war noch nicht angezogen, Ellie hatte die Post erst halb durchgesehen …

Dann schnappte sie ungläubig nach Luft.

»Ich … Michael … diese Rechnung … sie ist … ich glaube es einfach nicht!«

Er lächelte. Ellie, die Tüchtige, die sparsame Rechnerin, das

Erbe ihrer Großmutter – der er eigentlich dankbar sein müßte. Spare in der Zeit, so hast du in der Not.

Dann sah er im Augenwinkel, wie sich Simon steif aufrichtete, dann Mary Beth. Warum?

»Ein Anruf in ein Vorstadtviertel von Sacramento«, sagte Ellie mit fester Stimme. »Wir haben dort kein Büro ...«

Er zuckte die Achseln. »Das ist nur Dui mit seinen Spielchen. Er wird mit R-Gespräch angerufen haben, und vielleicht hat Lily aus Versehen den Anruf angenommen.«

»Und mit ihm gesprochen?« Mit einer leichten Bewegung warf Ellie die Rechnung hin. *»Vier Stunden lang?«*

Wenn man von einem so eleganten Wesen sagen konnte, es könne Feuer speien, dann schlugen seiner Frau jetzt die Flammen aus ihrer Patriziernase, das hätte er schwören können. »Das Fernamt macht auch mal Fehler ...«

Ellie faltete sorgfältig ihre Serviette zusammen. »Bisher noch nie. Es tut mir leid«, sagte sie und warf Mary Beth einen entschuldigenden Blick zu, »das mag jetzt kleinlich klingen – aber dieser eine Anruf kostet mehr, als der Gärtner *und sein Sohn* in einer ganzen Woche verdienen.«

»Also«, sagte Anna, sicher in ihrer eigenen Ecke. Sie sah es gar nicht ungern, wenn sich Ellie so ärgerte. »Wer kann so lange sprechen? Felix oder ich jedenfalls nicht, tut mir leid. Wir reisen nicht, und unsere Freunde haben wir nur in Europa ...«

»Anna!« Felix schnitt ihr das Wort ab und gab ihr über Signale, die die beiden im Verlauf von dreißig Jahren entwikkelt hatten, zu verstehen, daß dieser Streit nicht ihre Sache war.

»Mit wem?« fragte Michael, aber das war nur noch ein Reflex. Ihm war es schon klar. »Zeig mir mal die Nummer.«

Natürlich hatte er recht, Duis alter Freund, der Sozialarbeiter, aber er konnte nicht, wollte nicht glauben, daß ein Junge von Simons Alter so verschlagen und verschlossen sein konnte. Es paßte aber alles zusammen. War das nicht vor ungefähr einem Monat, daß er einen so glücklichen, ungewöhnlich fröhlichen, ja so kooperativen Eindruck gemacht hatte? Daß er wie im Traum herumgelaufen war, den ganzen Tag gepfiffen und ohne ersichtlichen Grund gelächelt hatte? Und die ganze Zeit hatte er hinter diesem Lächeln …

Und Micah, war der nicht verschlagen, wie er von Scheune zu Scheune schlich, von diesem Farmer stahl oder von jenem, und genau das tat, was Papa ihm befahl? Als dann kein Papa mehr dagewesen war, hatte er nur das weiter gemacht, was man ihm beigebracht hatte, oder was seine Erbanlagen ihm beibrachten, die Gaje zu schlagen, was auch kommen mochte.

Aber dieser andere Junge hatte keine andere Wahl gehabt. Simon hatte diese Wahl.

»Ich habe seit Monaten nicht mit Dui gesprochen«, sagte er fest. »Das bedeutet, daß es jemand anders war. Simon? Hast du deinen Onkel angerufen?«

»Nein.« Nicht eine Sekunde gezögert. Die blauen Augen schauten unschuldig. »Ich sehe aber nicht ein, warum …«

»Hör auf damit!« Michael wußte selbst nicht, wie wütend er war, bis er sah, wie seine Hand zitterte. »Ich will es einmal anders ausdrücken. Hast du diese Nummer angerufen?«

Er warf die Rechnung, auf der die belastende Nummer inzwischen rot umrandet war, vor ihn auf den Tisch. »Ja oder nein?«

Simon zuckte übellaunig die Achseln. »Jenny ruft ihre Freundinnen auch an, und Mammie und Mary Beth auch. Ich sehe deshalb nicht ein, warum ich nicht mit Tomo sprechen darf …«

»Ach, Simon!« Ellie konnte nicht mehr still bleiben. »Du kannst doch zählen, du kannst sogar addieren und multiplizieren! Dann kannst du dir doch auch den Unterschied ausrechnen, wie ungeheuer teuer das ist …«

»Es geht hier nicht um die Kosten«, sagte Michael.

»O doch, das tut es allerdings!« protestierte Ellie heftig.

»Simon, würdest du bitte im Arbeitszimmer auf mich warten?«

Der Junge seufzte schwer und schlurfte zur Tür hinaus. Michael wartete ab, bis er sie hinter sich zugeknallt hatte, bevor er zu Ellie sprach.

»Das übernehme ich selbst.«

»Wirst du ihn damit durchkommen lassen, daß er ...«

»Ich meine nur«, sagte Michael und versuchte, dabei seine Stimme ruhig zu halten, »daß die Kosten dieses Anrufs gar nichts sind im Vergleich mit ...«

»Vier Stunden und siebentausend Meilen sind gar nichts?«

Er war schon müde, bevor der Tag überhaupt begonnen hatte, und er stand auf und ging zur Tür. »Es geht nicht darum, wie lange er gesprochen hat, sondern mit wem!«

Simon hatte sich auf das Sofa gefläzt. Als Michael hereinkam, sah er mit finsterem Gesicht auf, machte aber keinerlei Anstalten, aufzustehen.

»Bitte steh auf. Ich möchte mit dir sprechen.«

»Ich kann dich von hier aus auch hören.«

Michael sah auf ihn herab, seinen ordentlich gekleideten, geliebten Sohn. Trotz seiner Wut merkte er, daß er hier einer Prüfung unterzogen wurde. Das Zucken an Simons Hals strafte seine zur Schau gestellte Lässigkeit und Gleichgültigkeit Lügen: Er war wachsam wie eine Katze. Diese bewußte Frechheit, wie diese geübte Weigerung, aufzustehen, waren nicht Simon. Er versuchte, ihn so zu reizen, daß er – daß er was tat? Nein, dazu wird er sich nicht treiben lassen, niemals!

»Ich habe es nie für richtig gehalten«, sagte er ruhig, »daß ein erwachsener Mann ein Kind schlägt. Ich habe dich bisher noch nie angerührt. Das bedeutet aber nicht, daß ich es nicht tun werde. Ich habe dich gebeten aufzustehen. Jetzt befehle ich es dir.«

Blaue Augen sahen auf und versuchten braunen Paroli zu bieten – aber die blauen sanken zuerst, und ganz langsam stand der Junge auf.

»Danke. Jetzt können wir reden. Warum hast du nicht gefragt, ob du Tomo anrufen darfst, statt alte Telefonrechnungen nach der Nummer zu durchwühlen ...«

»Wer sagt, ich hätte das gemacht? Sie lügen, sie lügen!«

»Anders ist es nicht möglich. Die Nummer deines Onkels ist nicht im Telefonbuch eingetragen.« *Sieh dich vor, mein Alter, wag dich mit deinen Lügen nicht in Gebiete vor, auf denen sie dich zu Fall bringen können! Ja, Papa.* »Und in dem Buch hier steht sie nicht mehr.«

»Nur weil du wußtest, daß ich anrufen wollte. Warum willst du nicht, daß ich anrufe?«

»Ich stelle hier die Fragen. Du hättest die Erlaubnis einholen sollen.«

»Hättest du sie mir denn gegeben?«

Michael merkte, daß er mit einem Gleichberechtigten diskutierte, nicht mit einem Kind. Er erkannte das Muster: Immer angreifen, bevor du angegriffen wirst, laß den Frager nicht zur Ruhe kommen, beantworte Fragen mit Fragen. Na schön, dann würde er es ihm eben direkt sagen.

»Ich will nicht, daß du mit den Zigeunern zu tun hast. Jemals. Überhaupt nicht. Ist das klar?«

»Warum? Du gehörst doch zu den Roma.«

Das R hart, gerollt, genau richtig aspiriert, liebevoll eingeübt. Tomo war nicht untätig gewesen. Du gehörst zu den Roma.

Michael fühlte sich verloren, ausmanövriert. »Es ist eine Lebensart, die ich nicht wollte. Ich bin auf den Straßen umhergereist. Das ist nicht abenteuerlich, sondern sehr hart, und man lebt von der Hand in den Mund. Es regnet und schneit da draußen, und es ist eine kalte Welt ohne Mauern, die den Wind fernhalten. Ich fand, meine Familie verdient etwas Besseres. Ich dachte sogar, sie wüßte das vielleicht zu schätzen.« Er konnte es kaum glauben. Er winselte und bettelte um ein Dankeschön, er fühlte sich hin und her gezogen zwischen dem Wunsch, einem achtjährigen Jungen ein wenig Vernunft einzuprügeln, und der Sehnsucht, ihn in die Arme zu nehmen, zu wiegen, ihm zu sagen, daß es nicht unbedingt nötig sei, daß jede Generation ihre eigenen Fehler mache, sondern daß man durchaus von Erfahrungen aus zweiter Hand profitieren kann – aber dann sah er das leichte Lächeln, das Simons Lippen umspielte. In dieser Stimmung und dieser Atmosphäre ...

»Ich mag die Roma«, sagte er. »Nur weil du das nicht tust ... weil du glaubst, du könntest dich von ihnen loskaufen ...«

Damit riß Michael der Geduldsfaden. Das waren nicht Simons Worte, die er da hörte. Das hatte Dui zu Tomo gesagt, und Tomo hatte es Simon in vier vollgepackten Stunden eingetrichtert. Auf seine, Michael Abramskys, Kosten. Ellie hatte recht, verdammt noch mal, die Kosten spielten eine Rolle. Das fügte der Verletzung, die weiß Gott schon groß genug war, die Beleidigung hinzu. Papas Gürtel fiel ihm wieder ein, sein betrunkenes Gemurmel, und die schreckliche Angst des kleinen Micah. Nun überkam den erwachsenen Mann eine Vorahnung, die keine Form, keinen Namen hatte, die aber seine Stimme um so ruhiger werden ließ.

»Es gibt jetzt nichts mehr zu sagen, Simon. Ich werde die Telefone abschließen. Wir werden uns eine Schule für dich aussuchen.«

»Ich will nicht in eine ...«

»Ich habe das schon viel zu lange hinausgeschoben.«

»Tomo geht nicht in die Schule. Er weiß eine Menge.«

»Da bin ich sicher. Wie alt ist er jetzt? Zwölf? Wenn du ihm einen Brief schreiben würdest, *könnte er ihn lesen*?«

Und nun richtete sich seine Wut gegen sich selbst. In seiner Verbitterung hatte er Simon einen weiteren Weg zu den Roma gezeigt. Wenn Tomo auch nicht lesen konnte, ein Sozialarbeiter konnte es. Die Zigeuner in den Staaten hatten viele davon, und sie pflegten sie wie preisgekrönte Artischocken. »Richtige Wunder sind die«, hatte Dui ihm erzählt. »Man muß sich nur ein bißchen dumm stellen, und schon denken sie, bei dir wäre eine Schraube locker! Sie beantragen dann für dich all diese Sozialleistungen, füllen dir die Formulare aus und alles! Das einzige, was man noch machen muß, ist, unten ein Kreuzchen drunter zu setzen, und dann kommen die Schecks pünktlich wie die Uhr. Analphabeten und unvermittelbar, da geht den Leuten doch das Herz auf! Du dachtest wohl nicht, daß ich so schlaue Wörter weiß, was? Bei ihnen lasse ich mir auf jeden Fall nicht anmerken, daß ich sie kenne!«

So stolz war Dui darauf – und warum auch nicht? Er hatte eine neue Variante des alten Spiels entdeckt.

Die *Gaje* schlagen.

*

Innerhalb einer Woche führte Michael all das aus, was er angekündigt hatte, und noch etwas dazu. Er rief bei Dui an, der sogar zu Hause war und aufnahmefähig.

»Was kann ich für meinen Bruder tun? Sag es nur, alles, was ...«

»Nur eines. Wenn mein Sohn anruft, leg auf.«

»Aber Micah! Mein eigener Neffe! Als er das letzte Mal angerufen hat, hat sich Tomo unheimlich gefreut.«

»Ich nicht. Ich habe gerade die Rechnung bekommen.«

Darauf folgte eine beleidigte Stille, nur unterbrochen von einem Hustenanfall, als Dui sich eine Zigarette anzündete. »Das ist immer das Problem, wenn jemand Geld hat«, sagte er, als er wieder sprechen konnte. »Zuviel ist nie genug. Wofür ist es denn da als zum Ausgeben, sag mir das? Und was nützt es, wenn Rose wieder unter dem Sauerstoffzelt liegt ...«

»Schon wieder?«

»Es ging ihr gut, bis sie zu einer *Pomana* im Osten gefahren ist – ist es vielleicht meine Schuld, daß sie sich eine gute *Pomana* nicht entgehen lassen wollte, auch wenn sie das ihr Leben kostet?«

»Wie weit nach Osten?«

»Nach Pittsburgh.«

»Im Januar? Mit einem Wohnwagen?«

»Na ja, die Heizung funktioniert auch nicht so besonders, von den Wänden läuft das Wasser herunter, aber einen besseren hat sie eben nicht.«

»Ich habe dir Geld geschickt, damit sie sich einen anständigen Wohnwagen kaufen kann, der nicht leckt.«

»Mein Gott, ich habe im Augenblick selbst genug Probleme. Da ist nämlich ...«

Michael interessierte sich nicht für Duis Litanei über seine endlosen Schwierigkeiten mit den Familien. Dann aber merkte er auf.

»... Farah ist noch nicht drei Wochen mit ihrem Flamenco-Gedudel fertig, und schon drängt sie sich in mein Territorium. Sie hat die Jungs von den Kalderashs dabei, die mit meinen Asphalt-Kochern zusammenarbeiten sollen. Verdammt noch mal, wir hatten das Geschäft mit den Einfahrten doch voll in der Hand. Na, der habe ich aber gesagt, wo's lang geht, darauf kannst du dich verlassen. Du weißt ja, was sie vorhat, alles will sie in ihre Hand bekommen ... Wenn ich natürlich ein bißchen Geld hätte, um mich gegen sie zu wehren, sähe es anders aus. Ich könnte dann ein bißchen damit um mich werfen, ein oder zwei Feste geben und den Familien etwas Gutes tun ...«

Als Michael aufgelegt hatte, legte er in dem leeren Büro seinen Kopf in die Arme und weinte. Er fragte nicht mehr: Wird das je ein Ende nehmen? Er wußte nun, daß es dieses Ende nicht gab, denn Dui würde ihn nie loslassen. Dann aber dachte er noch ein wenig nach und fing an zu lachen. Er sah seinen Bruder vor sich, wie er mit der Zigarette in der Hand auf irgendeinem heruntergekommenen Campingplatz bei Sacramento saß und sich den Bauch kratzte.

»Dui, mein Bruder, hab acht vor deiner faulen Haut. Farah kennt sich aus, und sie weiß genau, was sie will. Und niemand, absolut niemand, macht Farah Schwierigkeiten.«

29

Ellies Wagen sauste früh am Morgen unter bleiernem Himmel von Ortschaft zu Ortschaft, fuhr unter winterlichen Bäumen her, deren schwarze Zweige über die Straße ragten und einen Tunnel bildeten, vorbei an Kirchen, Gasthäusern und an Ligusterhecken, auf denen Rauhreif lag.

Simon hockte in seiner neuen Schuluniform aus rostroter Mütze und grauem Blazer auf dem Sitz neben ihr. Eine peinliche Verkleidung für seine Begriffe. Der Koffer, den loszulassen er sich geweigert hatte, stand zwischen ihnen auf dem Sitz. Ein Schutzschirm. Wußte er denn nicht, daß die Windschutzscheibe an diesem wolkenverhangenen Tag so gut wie ein Spiegel war und deutlich den aufgeregten Ausdruck seines Mundes zeigte, das Leuchten in seinen Augen und seine geschäftigen Finger, die immer wieder das gelbe Schild mit seiner Anschrift einrollten, bis sie hätte schreien können. Er freute sich auf die Zukunft; warum konnte sie das nicht?

»Du reißt noch die Schnur ab«, sagte sie scharf.

Er hörte auf und überprüfte alles. Ja, das Schild hing noch an der Schnur, die Windschutzscheibe gab Mary Beths energische Hand in Spiegelschrift wieder: Simon Abramsky, c/o Jungenschule Brimley.

Eigentlich dürfte es nicht sein, daß nur sie beide weiter und immer weiter von *Greenlings* wegfuhren. Mit Michael hätte sie ganz sicher nicht so sehr das Gefühl, sie würde ihren Sohn in die Verbannung fahren.

»Du verstehst das doch, Liebling, oder?« sagte sie nicht zum ersten Mal. »Wenn du bereit gewesen wärst, nur noch die eine Woche abzuwarten, bis Papa wieder nach Hause kommt ... Zu schade, daß er wegfahren mußte. Er hatte wirklich vor, dich selbst hinzufahren und dafür zu sorgen, daß du dich richtig eingewöhnst, um sich zu überzeugen, daß es dir wirklich gefällt ...«

»Das wird es.«

»Aber dieses Telegramm konnte er einfach nicht ignorieren.« Hörte man heraus, wie sehr sie sich darüber ärgerte? Was war denn wichtiger, eine Schwester, die krank war, vielleicht aber auch nicht (bei Rose konnte man das nie so genau wissen), oder ein Sohn, der zum ersten Mal das Elternhaus verläßt und die zusätzliche Unterstützung durch den Vater dringend braucht? Dieses Mal war es nicht einmal ein Anruf gewesen, der Michael weggeholt hatte, sondern wieder nur die altbekannte Erpressung, allerdings in einer neuen Variante: ROSE KRANK. SCHWEIZ ODER GREENLINGS? Keine Unterschrift – aber von wem sollte es sonst kommen als von Dui? Als Michael versuchte, bei dem Sozialarbeiter anzurufen, dem er so oft aus dem Weg gegangen war, wurde ihm mitgeteilt, das Telefon sei »außer Betrieb«.

Dann aber hätte man sich die Explosion anhören sollen, die auf Ellies – ihrer Meinung nach taktvoll vorgetragenen – Vorschlag folgte, vielleicht könnte jemand aus dem Büro in Kalifornien hinfahren und sich um die Sache kümmern ...

»*Wohin* soll er denn fahren?« hatte Michael sie angebrüllt. Michael hatte gebrüllt! »Glaubst du denn, die Roma haben Adressen wie normale Leute? Daß man einfach bei ihnen an die Tür klopfen kann, guten Tag, ist Michaels Bruder Dui zu Hause? Dui was? Ich weiß auch nicht, wie er diese Woche heißt, aber er hat eine Frau und zwei Kinder und eine kranke Schwester namens Rose. Meinst du, so geht das?«

»Es war doch nur eine Idee ...«

Er fuhr sich mit einer Hand durch sein schwarzes Haar, und einen Augenblick lang erinnerte er sie an einen preisgekrönten Stier, der in einem zu kleinen Stall gefangen ist. »Und was meinst du wohl, wieviel Respekt man mir bei der Vorstandssitzung noch entgegenbringen wird, wenn unser Mann Dui tatsächlich finden sollte? Dui? Das ist doch der Bruder vom Chef!«

Sie hatte versucht, ihm zu sagen, daß das keine Frage des Respekts war, daß *Abramo seine* Firma war, mit der Dui nichts zu tun hatte, und außerdem die Amerikaner keine Snobs seien. Er stürmte jedoch hinaus, weil er es einfach nicht übers Herz brachte zuzugeben, daß er sich schämte, ein Roma zu sein. Als wüßte sie das nicht längst. Und jetzt mußte dieser kleine Junge ohne seinen Vater ins Internat fahren, weil Rose wieder einmal gefunden und alles geregelt werden mußte.

»Ich schätze, er wird sie wieder in die Klinik schicken.«

»Was kann er denn anderes machen, wenn sie wirklich krank ist ...«

»In *Greenlings* könnte sie sowieso nicht wohnen.« Er war über die Ahnungslosigkeit seiner Mutter verblüfft und sprach mit absoluter Autorität. »Tante Rose ist eine echte Roma, nicht wie Papa ...«

Sie machte eine Pause und biß sich auf die Lippe. »Simon, Großmamas Begräbnis ist sehr lange her. Ich glaube eigentlich nicht, daß du dich wirklich noch an Tante Rose erinnern kannst.«

»Tomo hat mir *alles* über die Familie erzählt.«

Ach, warum davon sprechen? Warum redeten sie nicht über unsere Familie? »Nächsten Samstag fahren wir zum Flughafen, um Papa abzuholen, nur wir zwei und Jenny. Er hat nämlich gesagt, bis dann wäre er ganz sicher wieder da. Würde dir das Spaß machen? Du könntest zusehen, wie die Flugzeuge landen.«

Er zuckte die Achseln. »Ich denke schon.«

Das Hinweisschild für Brimley tauchte auf und dahinter eine Backsteinmauer, Jungen in kurzen Hosen, die zwischen Schneehaufen einem Fußball nachrannten. »Schau«, sagte sie, obwohl ihr die Tränen die Kehle zuschnürten, »fast sind wir da ... Denk immer daran, daß du nur unter der Woche hier bist und jedes Wochenende heimkommst, daß wir dich lieben, und daß du uns nur anzurufen brauchst, wenn es dir wirklich gar nicht gefällt. Wir kommen dann gleich und holen dich.«

»Mmmm ... bist du sicher, sie machen Wanderungen, wie Papa gesagt hat?«

»Klar.«

»Und daß wir zum Camping an den Fluß gehen ...«

»Später im Jahr, wenn es warm wird. Denk daran, du kannst mich anrufen, wenn du heim zu uns willst, ja?«

Warum sagte sie das ständig? Sie forderte ihn regelrecht auf, beim ersten Anflug von Heimweh sofort heimzulaufen. Weil ihr das am liebsten gewesen wäre, das war der Grund. Weil er noch so klein war. Es war wahr, was Felix gestern beim Mittagessen gesagt hatte. »Eine barbarische Einrichtung, diese Internate. Nur die englische Oberschicht schickt in so zartem Alter die Kinder weg. Vielleicht mögen sie sie nicht ...«

Aber ich, dachte sie in unvermittelter Panik, als sie durch das Tor fuhr, ich bin keine Engländerin, Michael gehört nicht zur Oberschicht, warum tun wir es dann? Weil Michael es will. Aber Simon ist doch auch mein Sohn! Warum weigere ich mich nicht und fahre ihn heim, gebe ihm heiße Schokolade und Plätzchen und halte ihn im Arm, bis er einschläft? Wenn Simon dann nicht der Gentleman wird, den sein Vater haben will, für den er arbeitet und Pläne schmiedet, wird er mir die Schuld dafür geben, das ist der Grund!

Außerdem, weil es geradezu schmerzhaft offensichtlich war, daß Simon dorthin *wollte.* Er hüpfte auf seinem Sitz auf und ab, streckte seinen blonden Kopf über den Koffer, zeigte hinaus, flehte Ellie an, nur ja nichts zu verpassen, ach, schau doch, Mammie! Schau dir die Schaukeln an, den See, sieh nur, sie haben sogar ein Zelt aufgebaut! Er wußte so gut wie nichts über diesen Ort, aber er wollte da sein. Irgendwo, solange es nur nicht *Greenlings* war.

Sie hatte kaum an der Treppe angehalten, als eine Kropftaube von einer Frau in einer gestärkten Schürze herausgerauscht kam, die gurrte, sie sei hier die Haushälterin und würde von jetzt an alles übernehmen. Sie holte Simon mit einem geübten Griff aus dem Auto, richtete sich an Ellie, schüttelte ihr die Hand und versicherte ihr, dem kleinen Mann würde es hier gutgehen, sehr gut ... Diese Abschiedsszenen hielt man am besten so kurz wie möglich ... wegen dem bißchen Heimweh brauche sie sich keine Gedanken zu machen ... das wäre immer so ... aber darüber kämen sie hinweg ...

Ellie mußte sie beinahe zu Boden stoßen, um die Autotür aufzubekommen und aussteigen zu können, während Simon gleichzeitig rief: »Keine Angst, Mama, ich bekomme kein Heimweh!« Er warf Ellie noch sein durchdringend süßes Lächeln zu, das ihr schier das Herz zerreißen wollte.

»Keinen Kuß für Mammie?«

Ohne sich um den ungeduldigen Seufzer der Haushälterin zu kümmern, breitete Ellie die Arme aus, und Simon rannte zurück, um sich küssen zu lassen. Tat er das gern? Sie wußte es nicht, bis er ihr plötzlich beide Arme fest um den Hals wand und sie mit seinem Kleinjungenduft aus Wollstoff und frischgewaschenem Haar und dem kaum wahrnehmbaren würzigen Geruch der Pfeffersoße seiner Frühstückswürstchen einhüllte.

»Es wird mir hier gefallen, Mammie, ganz bestimmt«, flüsterte Simon.

»Ich weiß.« Ich will aber, daß du uns auch vermißt, schrie ihr Herz, warum sagst du nicht, ihr werdet mir fehlen, das Haus wird mir fehlen ... »Ich komme am Freitag her und hole dich ab.«

Die Haushälterin hatte recht. So ging das nicht ... Und da rannte Simon auch schon die Treppe hinauf, winkte und lächelte ihr ein letztes Mal zu, und dann verschwand die kleine Gestalt mit dem großen Koffer durch die große, polierte Tür.

Sie wendete den Wagen und machte sich auf den hundert Meilen weiten Heimweg.

*

Greenlings döste in der Vormittagsruhe; Mary Beth war mit Jenny im Museum, Felix im Büro, Lily Finn machte Einkäufe in der Stadt, und Michael jagte in den heruntergekommenen Vorstädten von Sacramento Drachen, die sich Roma nannten.

Hätte ich ihn geheiratet, wenn ich das gewußt hätte, fragte

sie sich immer wieder, während sie Kaffee kochte. Sie versuchte sich einzureden, sie genieße das Aroma des Kaffees und die Pause vor dem Bettenmachen, während in Wirklichkeit die schreckliche Stille oben in dem leeren Zimmer mit der Karusselltapete und dem grünen Lehnsessel voller Teddybären in ihren Ohren dröhnte.

Hätte sie Michael geheiratet, wenn sie die Tiefe seines Hasses gegen die Roma und seine Angst vor ihrem Zugriff gekannt hätte? Daher rührte sein wütender Drang, zu bauen, sich zu verschanzen, Dämme gegen diese Flut zu bauen und seiner Vergangenheit dadurch zu entkommen, daß er seine (und seiner Familie) Gegenwart fest in *Greenlings* verwurzelte und sich selbst in das Stereotyp des Landedelmannes zwängte. Der Landbesitz war für ihn von fundamentaler Wichtigkeit. Sein eigenes Land. Früher hatte sie für alles, was Großmutter gehörte, dankbar zu sein: für das, was sie berührte und trug, für jeden Brotkrumen, den sie aß, für den Kamm, mit dem sie sich das Haar glättete, und für das Wasser, mit dem sie sich wusch. Auch sie wollte Besitz. War sie deshalb auch besessen? Sie dachte nicht. Wie war das bei Michael? Oder war es bei ihm nur ehrlicher Ehrgeiz und der Wunsch, seinen Kindern einmal das schöne und leichte Leben bieten zu können, das er nie gehabt hatte?

Was es auch war, hätte es etwas geändert, wenn sie davon vorher gewußt hätte? Wie lange konnte eine Frau widerstehen, wenn sie einen Mann, einen ganz bestimmten Mann begehrte?

Nur der Gedanke daran ließ das Verlangen wieder in ihr aufsteigen, und die Erinnerung an die Berührung seiner Hände brachte etwas in ihr zum Schmelzen. Oh, wie trügerisch war Eros, der einem den Sand der Liebe in die Augen streute, einen mit Sternschnuppen und rotierenden Planeten und Symphonien blendete – kein Wunder, daß man das Klicken der Sklavenfessel überhörte. Doch wenn der Sandsturm sich gelegt hat, bleibt dahinter die wahre Liebe, und es ist zu spät, an Flucht zu denken. Das Verlangen ist nach wie vor da, aber jetzt ist auch noch die Fürsorge dazugekommen. Der *eine* mußte glücklich sein, bevor der *andere* glücklich sein konnte, so schloß sich der Kreis. Ja, sie hätte ihn geheiratet, auch wenn er Attila der Hunnenkönig gewesen wäre. Doch inzwischen liebte sie ihn, weil er Michael war.

Jetzt war er aber nicht hier, und sie konnte sich nicht weiter davor drücken, die Treppe hinaufzugehen.

Simons Zimmer im Halbdunkel. Die grünen Samtvorhänge waren noch vorgezogen.

Im Gegensatz zu Jenny kam Ellie gern hierher, auch wenn sie immer größte Vorsicht walten ließ. Gestern allerdings hatte sie radikal alles hinausgeworfen, was irgendwie vergänglich war. Ständig war sie hier auf Leben gestoßen, unerwartetes Leben: Stichlinge in einem Marmeladenglas auf dem Fensterbrett, Kaulquappen in der Waschschüssel, in einer Schachtel eine Motte während einer ihrer mysteriösen Metamorphosen; höchst unwillkommen waren jedoch die Maus in der Bonbondose, der Käfer im Aspirinröhrchen oder diese riesige gelbe Kröte im Schuhkarton. All das war jetzt weg, nichts als dieses leere Zimmer erwartete sie – und ein nagendes Schuldgefühl, weil er noch zu jung war, sein Zuhause zu verlassen, viel zu jung …

Dieses Zimmer war seine Zuflucht vor Mary Beths Stunden, oder vor Michaels hartnäckigen Versuchen, ihn zu einem gemeinsamen Ausritt oder einem Spaziergang zu bewegen. Mehr als alle anderen war dies Simons Zimmer, und das könnte es nie wieder werden. Hier gab es keine Tiere mehr, willkommen oder nicht.

An der Tür blieb sie stehen, wie gebannt von grüngefärbten Geistern – ach Unsinn, ermahnte sie sich, sei doch nicht albern, an den Wochenenden ist er ja hier. Sie stieß mit einem Fuß an seine eilig abgeworfenen Hausschuhe; in einer Ecke des Bettes lag sein blauer Schlafanzug und rührte sie zu Tränen.

Heute abend würde er in einem schmalen Bett in einer Reihe anderer Betten in einem Schlafsaal liegen, neben ihm vielleicht größere Jungen, die bestimmt über ihn kicherten, wenn er in seiner ersten Nacht fern von Zuhause unter der Decke weinte. Sein Kopfkissen hatte noch die Höhlung von seinem Kopf. Einen Augenblick lang hielt sie den Schlafanzug an die Wange und sog den vertrauten Geruch in sich ein, doch dann knüllte sie ihn entschlossen zusammen und warf ihn hastig in den Wäschekorb für Lily Finn.

Dann erstarrte sie.

Zorn überflutete sie in einer heißen Welle.

Anna Abramsky saß mit dem Rücken zum Licht in dem grünen Lehnsessel.

Sie hatte sie beobachtet. Die ganze Zeit, während Ellie sich allein wähnte, hatte Anna sie beobachtet …

Wie konnte sie es wagen, hierherzukommen?

Obwohl beide Parteien freien Zugang zu jeder Hälfte des Hauses hatten, hatte es sich doch eingebürgert, daß keine uneingeladen den anderen Teil des Hauses betrat. Selbst die Kinder hielten sich an diese Regel.

»Du vermißt dein Baby schon, nicht wahr?«

Ellie hörte sie kaum. Sie fühlte sich entblößt, nackt … Das mußte man sich vorstellen, hier dabei erwischt zu werden, wie sie sein Kissen berührte und sich seinen Schlafanzug ans Gesicht drückte, und dabei war die ganze Zeit diese … diese *Kreatur* hier … Es war ihr sicher nichts von alledem entgangen, und später, wenn sie wieder an ihrer albernen Stange turnte, würde sie sich über sie lustig machen.

»Ich auch«, fuhr Anna fort. »Der Junge mag mich nicht, und Disziplin mag er auch nicht, aber ich werde Mischas Sohn trotzdem vermissen.« Es *klang* eigentlich nicht so, als fände sie das lustig. »Es ist schwer, ein Baby zu verlieren, sehr schwer.«

Sie wollte darauf voller Würde antworten, daß sie ihres nicht weggegeben hatte – aber hatte sie nicht genau das getan, wenn auch nur unter der Woche? Wieder war da dieser verräterische Kloß im Hals, so daß sie die Worte sowieso nicht herausgebracht hätte.

Der Kopf im Schatten nickte. »Heute morgen habe ich wieder an Sascha gedacht. Du denkst nur an dieses andere Kind, nicht wahr? An das Mädchen. Ich denke nicht an es, ich kannte es nicht – aber meinen Sascha werde ich nie vergessen. Er hatte einen sehr schlimmen Tod. Jahrelang hatte ich nur sein armes zerschmettertes Gesicht vor Augen ... aber dann kam Mischa und ist an seine Stelle getreten. Vielleicht gleicht das Leben die Waage doch aus, was? Und dir bleibt noch Jennifer.«

Sie erkannte undeutlich, daß Anna versuchte, sie zu trösten, und daß sie wie gewöhnlich theatralisch wurde. »Simon ist doch nur in der Schule, er kommt jeden Freitag heim.«

»Ja.« Anna sprach gnadenlos weiter. »Du hast Jenny, sie wird dir keine Probleme machen ... aber der arme Simon, so sehr hin und her gerissen. Wie Mischa – als er zu uns kam, war er nicht der Mischa, den du geheiratet hast, o nein, Gabriella! Erinnerst du dich noch an Tomo?«

Wer könnte den je vergessen? Ellie erinnerte sie auch nicht daran, daß sie Michael geheiratet hatte und nicht Mischa.

Anna stieß ihr kurzes, scharfes Gelächter aus. »Dieser Tomo ist im Vergleich zu dem kleinen Mischa ein Heiliger. Aber du siehst ja, was aus ihm geworden ist – von mir Disziplin, von Felix Liebe, und *voilá!* Jetzt ist er perfekt.«

Danach herrschte zwischen den beiden ein langes Schweigen, nur unterbrochen durch das rhythmische Tropfen der Eiszapfen, die unter der Sonne schmolzen.

Endlich rührte sich die Silhouette im Sessel, stand auf und wandte sich dem grünlichen Winterlicht zu. Ellie sah eine ungewohnte Linie, die sich zu dem geraden Mund herunterzog, eine Spur von getrockneten Tränen auf ihren Wangen.

»Als perfekt würde ich Michael nicht bezeichnen«, sagte Ellie und mußte unwillkürlich lachen.

»Das perfekte Kind ist noch nie geboren worden«, sagte Anna. »Aber Mischa war gut für mich.« Darauf folgte eine lange Pause, während der in dem grauen Kopf Saschas Mutter mit der von Mischa kämpfte. Ellies Mutter schien nicht vorhanden zu sein, aber war sie das überhaupt jemals gewesen? Dann aber kam das Zugeständnis, und für Annas Verhältnisse fiel es bemerkenswert großzügig aus: »Ich will es dir sagen, Gabriella. Du bist Mischa eine gute Frau. Du verstehst ihn. Die Mädchen vom Ballett haben ihn nicht verstanden, mir war nie klar, warum. Es gibt vieles, was Anna nicht weiß ...«

Jetzt wollte sie gehen. Der Zweck dieses verblüffenden Besuches, der Ellie noch völlig unverständlich war, schien erreicht, und Anna war zufrieden. Sie schwebte mit knochiger Grazie zur Tür, wo sie theatralisch an der Schwelle stehenblieb, sich umdrehte und nach einer angemessenen Abgangszeile suchte.

Bevor sie sie aussprechen konnte, knallte unten die Haustür. Lily Finns klotzähnliche Absätze klapperten durch die Eingangshalle. Einkaufstüten raschelten und wurden schwer abgestellt. Eine Stimme schnitt wie ein Laserstrahl durch die massiven Steinmauern und den dicken Axminster-Wandteppich.

It's a long way to Tipperary, it's a long way to go.

Annas schmale Hände flogen an ihre Ohren. »Nicht weit genug, nicht weit genug!« Sie rauschte den Gang entlang zu ihrem Studio, und bald nahmen die donnernden Akkorde von Beethovens Fünfter den Kampf mit Lily Finns gequältem Sopran auf.

Ellie riß die Vorhänge zurück und sammelte die schmutzige Wäsche auf.

*

Anna und Jenny verschwanden im Studio für das Abendtraining, Mary Beth war zu einer Verabredung weggefahren, so überraschte es Ellie nicht, als sich Felix mit einem Cocktail zu ihr setzte. Anna hatte natürlich über ihren Besuch vom Morgen berichtet, und jede Unterhaltung mit ihrer Tochter schien zwangsläufig eine Übersetzung durch Felix zu erfordern.

»Sie versucht es wirklich, Ellie«, sagte er. »Sie wußte, daß du heute traurig sein würdest, nachdem Simon weggefahren ist ...«

»Er ist in der Schule. Wir haben ihn nicht weggebracht.«

Dazu sagte er nichts. »Aber traurig bist du trotzdem. Machst du dir seinetwegen Gedanken?«

Sie nickte und überlegte zugleich, ob er schon schlief, oder ob er noch wach lag und in fremde Decken weinte, weil sie hundert Meilen weit weg waren.

Felix seufzte. »Ach, Kinder ... Wir erwarten so viel Glück von ihnen, und sie bringen uns so viele Schmerzen.«

»Schmerzen? Jenny war nie ein Problem, niemals.«

Er wedelte mit seinen weißen Händen, anerkannte Jennys Perfektion – mit Vorbehalt. »Das weiß man nie.«

Möglich. Das diensteifrige Lächeln eines kleinen Mädchens, der Wunsch zu gefallen, die freundlich und gern zum Kuß gebotene rosige Wange – waren das nicht alles Anzeichen einer Unterwürfigkeit, die sie später einmal zur klassischen Duckmäuserin machen könnten? Ellie stellte sie sich mit einem tyrannischen Lehrer und später mit einem herrischen Ehemann vor. Ja, das werde ich. Nur, wenn du es sagst. Ja, Liebling. Ich habe dir deine Hausschuhe angewärmt, mein Liebster. Nein, man wußte es nie.

Felix füllte ihr Glas und sprach leise weiter. »Simon ist anders, wie Mischa auch anders war. Aber freu dich an ihm! Du machst dir Sorgen und freust dich nicht an ihm, obwohl er ein guter Junge ist.« Er nippte bedächtig an seinem Drink. »Ich hoffe, Anna hat nichts gesagt, was dich gekränkt hat? Manchmal fehlt ihr das Taktgefühl.«

»Sie hat mir in Simons Zimmer aufgelauert und mir eine weitere Variation zu der nicht vorhandenen Bedeutung ihrer Tochter Gabriella vorgespielt. Dann kam noch eine Lobeshymne auf die Wunder von Mischa und schließlich ein Klagelied über die schreckliche Tragödie mit Sascha.« Sie schloß die Augen. Felix war Saschas Vater. Wem fehlte denn nun das Taktgefühl? »Es tut mir leid, Felix. Annas zahlreiche Verluste werden mit der Wiederholung ein bißchen alt und ... eingeübt.«

»Aber natürlich. Die Schwielen werden dicker und schützen eine Wunde, die verheilt ist. Was möchtest du von ihr hören?«

Ellie starrte in das Feuer. Diese Abramskys. Sicher, sie hatten ihr Michael gegeben, aber oft hatte sie sie leid, sogar Felix. Ja, was wollte sie von Anna hören? »Ein kleines Anzeichen von Reue wäre hilfreich.«

»Das wirst du nicht bekommen, meine Liebe. Du bist am Leben, und Sascha ist gestorben.«

»Sie hätte mich ja behalten können. Statt dessen haßt sie ...«

»Sie ist krank, sie hat Schmerzen.« Er tippte sich an die Schläfe. »Ein Fluß muß sich ein Bett suchen. Wenn dein Vater überlebt hätte, hätte sich ihr Haß auf ihn gerichtet. So mußtest du herhalten. Ich dachte früher einmal, sie bestünde nur aus Mut und Stolz – ich weiß, ich weiß, ich habe darüber schon öfter gesprochen, aber woher solltest du wissen ...«

Er stockte, und sein Blick schien sich hinter sie zu richten. »Jetzt besteht sie nur noch aus Angst, meine Anna, und sie fürchtet sich davor zu lieben. Angenommen, sie schenkt sie wieder, ihre Liebe, und eines Tages ist das Kind weg? Du kannst ihre Jahre nicht noch einmal leben, Ellie. Wie kannst du ein Urteil über ihren Schmerz fällen? Sie lebt jetzt nur noch in der kleinen Jenny und hat jeden Augenblick Todesangst vor der Möglichkeit, sie zu verlieren.«

»Wir haben keinen Krieg, Felix. Sie ist doch *fast ständig* mit Jenny zusammen!«

»Ein Privileg, das du ihr jeden Augenblick entziehen könntest.« Er nahm nachdenklich einen Schluck. »Jenny ist ihr Leben, und du kannst es ihr mit einem Wort nehmen. Wenn du morgen sagst, ›von jetzt an keine Ballettstunden mehr für Jenny‹, dann ist Anna erledigt. Wieder lebt sie von einem Tag zum anderen, und wieder bestrafen die von Reikers sie.«

»Bestrafen? Ich war eine von Reiker, aber ich bestrafe sie nicht – und ich glaube auch nicht, daß mein Vater getan hat, was sie behauptet.« Wenn sie doch nur einmal aufhören würden, über den alten Wunden zu brüten. »Ich habe ihn nicht gekannt, Felix, aber du. Du hast mir aber nie von ihm erzählt – von dem wirklichen Menschen, nicht von dem Ungeheuer in Annas Kopf.«

»Du hast mich noch nie danach gefragt«, sagte er sanft. »Er war noch nicht einmal ein Mann, er war ein Junge, ein unschuldiger Junge mit altmodischen Vorstellungen von Ehre – warum sonst hätte er Anna Geld angeboten, um sich von mir scheiden zu lassen und ihn zu heiraten, damit du legitim auf die Welt kommst? Er war der Eroberer – er brauchte nur ein Wort zu sagen, und ich wäre ein toter Mann gewesen. Er hatte einflußreiche Eltern, und er hätte nicht an die Front zu gehen brauchen. Sein Schuldbewußtsein hat ihn nach Rußland geschickt, und sein Schuldbewußtsein hat ihn das Leben gekostet.«

»Ein altmodischer Mann würde niemanden vergewaltigen.«

»Bist du da so sicher? Überleg doch nur. In einer Welt wie unserer, wo es nur enge Anzüge und Schweiß gab? Wir sind so schnell aufgewachsen, und dann kam der Krieg, und alles ging noch schneller. Er war empfindlich, hatte noch keine Schale, und da sah er Anna – sie war damals eine Sonne, Ellie, und er wurde von ihrem Glanz geblendet. Sie aber war noch voller Schmerzen wegen Sascha und leuchtete vor Zorn und Trauer; sie mußte unbedingt ihrerseits jemandem weh tun. Er trug die Uniform. Selbst ihre Verachtung war für ihn eine Herausforderung, eine Verlockung. Eines Abends trank er zuviel. Ein einziger Augenblick – und da! – unser aller Leben veränderte sich. Aber du darfst nicht glauben, daß du ein Produkt von Haß warst, wie Anna sich einbildet. Hans von Reiker hat seine Ballerina geliebt.«

Vielleicht.

Felix beugte sich über sie und hob ihre Hand an seine Lippen. »Oft habe ich mir gewünscht, du wärest mein Kind, aber leider bist du seines. Ich glaube, er wäre sehr stolz gewesen.«

Ach, dieser freundliche, gute Mann – zu gut für Anna. Wer würde ihren theatralischen Geschichten glauben – aber wer könnte an Felix zweifeln? Er log nie, auch dann nicht, wenn seine Wahrheiten tief in liebgewonnene Überzeugungen einschnitten.

30

Michael bog vom Highway 101 auf Highway 80 in Richtung Sacramento ein, um dort endlich die neuen Probleme beizulegen. Nachdem er die Bay Area hinter sich gelassen hatte, gab er Gas und schoß durch den Verkehr. Er war grimmig entschlossen, die *Kumpania* zu finden, Duis eingeschlafenem Verstand den Marsch zu blasen, Rose ein Ultimatum zu liefern, an das sie sich länger erinnern würde als bis zur nächsten *Pomana*, um dann vielleicht, aber nur vielleicht auch ein paar geschäftliche Dinge zu regeln. In Santa Clara wartete eine mögliche Beteiligung, und in Oregon stand ein Grundstück am Fluß zum Verkauf, das lukrativere Erschließungsmöglichkeiten bot als allein die Abholzung seines Baumbestandes.

Abramo III kam trotz eines begehrten Preises für Design, eines begeisterten Empfangs in Fachkreisen und einer Werbekampagne, die ausgereicht hätte, um Schneepflüge in der Sahara abzusetzen, weniger gut an, als er gehofft hatte. Er hatte für morgen in San Francisco eine Verkaufskonferenz einberufen, um seine Mannschaft auf Vordermann zu bringen, aber die Aussichten waren trotzdem nicht die besten. Ein ständiger Zustrom von Konkurrenten bedrohte auf dem High-tech-Markt alle bis auf die Giganten; er beglückwünschte sich dafür, daß er eine solche Möglichkeit vorausgesehen und nicht nur in die Fabrik im Silicon Valley investiert hatte, sondern außerdem noch in Immobilien in Kalifornien. Er hatte auch nicht die Absicht, noch lange an dieser Fabrik festzuhalten, wenn auch die Luftschloß-Wirtschaftsforscher prognostizierten, ihre Aktien könnten nur unaufhörlich steigen. Es war durchaus möglich, daß der Dreier das letzte Modell der Serie bliebe. *Abramo Investment* hatte in einem Jahr mehr Erfolg gehabt als *Abramo Electric* seit seiner Entstehung. »Ohne das bißchen Kapital aus den Läden«, erinnerte ihn Felix täglich, »hätten wir aber nichts mehr, das wir investieren könnten, oder?« Damit hatte er wohl nicht unrecht.

Der Lincoln glitt mühelos weiter, und er versuchte sich zu entspannen und die Fahrt zu genießen. In *Greenlings* hätte dieser Wagen protzig gewirkt, hier war er genau richtig. Er paßte zu diesem Land. Groß, neu, aufdringlich, reich, und ohne sich dafür zu entschuldigen. Er fuhr meilenweit an blühenden Obstgärten, an riesigen Feldern mit Reis, grünen Bohnen, Salat und Tomaten, an Nußbaumwäldern vorbei, eigentlich müßte das für Anna Abramsky das Paradies vorstellen, aber aus irgendeinem Grund brachte sie als einzige der Familie dem Land nur intensive Abneigung entgegen. Sie war nach langer Zeit endlich hingefahren, aber dann hatte sie gleich geschworen, sie würde das nie wieder tun. Sie verkündete ihre Meinung wie die Heilige Schrift und ließ sich davon nicht abbringen. »Das einzige Land auf der Welt, wo man Essen und Einkaufen für erstklassige Unterhaltung hält. Das Fernsehen ist dazu da, die Zeit totzuschlagen, Bücher kauft niemand, und die jungen Leute sind zu fett. *Sie haben ausgezeichnete Tänzer und bezahlen sie wie die Putzfrauen.*« Das war der endgültige Urteilsspruch. Für Anna war der Fall damit abgeschlossen. Törichte alte Schachtel, dachte Michael belustigt. Nichts als Knochen und Vorurteile, von Logik keine Spur. Wenn Dui und seine Brut doch nur halb so selbständig wären und nur ein Zehntel ihres Fleißes besitzen würden.

Dui, verdammt noch mal – mit seiner letzten Nummer hatte er alles in den Schatten gestellt – keine Adresse, keine

Telefonnummer, er mußte das Riesengebiet von Sacramento durchkämmen. Wo sollte er nur anfangen? Der Standort mußte auf jeden Fall billig sein und relativ nahe bei dem vorausgegangenen liegen, und von dem wußte er noch die Vorwahlnummer. Ungefähr in der Gegend würde er anfangen, und dann ging es nur noch darum, auf Anzeichen für Roma zu achten: relativ neue Autos, jedoch möglichst schon etwas mitgenommen – man sah es bei der Wohlfahrt nicht gern, wenn die Empfänger von Unterstützungen neue Autos kauften –; eine Art Campingplatz voller Luxuswohnwagen, innen makellos gepflegt, davor nicht eine Blume oder ein Grashalm, denn von Gartenarbeit hielten die Roma nicht viel; sie züchteten statt dessen Getriebe und alte Batterien, ein paar verbeulte Karosserien, Radkappen und rostige Lieferwagen.

In der Nähe der Einfahrt eines solchen Platzes lungerten in der Regel zwei Männer herum, träge wie der Sommersonntag. Mit zusammengekniffenen dunklen Augen schauten sie durch den Rauch ihrer Zigaretten, und wenn ein fremdes Auto vorbeifuhr, schoben sich in den Wohnwagen die Vorhänge zurück. In den Schatten drückten sich ein paar Hunde herum, hager und grau und immer zum Knurren bereit. Wie war das in der Bibel mit den Chancen eines reichen Mannes, in das Himmelreich zu kommen? Wie wenn man versuchen wollte, ein Kamel durch ein Nadelöhr zu bekommen, oder? So ähnlich war es auch hier. Ein fremder *Gajo* hätte ungefähr die gleichen Chancen, unbemerkt auf ein Zigeunergelände zu kommen.

Man befand sich schon auf dem Prüfstand, bevor man die Autotür öffnen konnte, und kurbelte man die Scheiben herunter, prasselten von überall die Fragen auf einen ein.

Zu wem wollen Sie?

Worum geht es?

Wer hat Ihnen gesagt, daß er hier sein könnte?

Eine Menge bildet sich, eigentlich nur Schaulustige, aber die dunkelhäutigen Gesichter scheinen immer näher zu kommen. Wer war das doch gleich, nach dem Sie suchen? Ach, der!

Und wie war ihr Name doch gleich wieder? Achselzucken, also so ein Pech, der Mann, den Sie suchen, ist nach Vancouver gefahren – oder war das San Diego oder Portland? – vor einigen Wochen schon. Der Sprecher dreht sich zu der Menge um. Ist das nicht so? Sie nicken und lächeln, aber sie drängen sich immer näher, bis man das Öl an ihren Kleidern und den Geruch von Knoblauch und Pfeffer auf ihren Körpern riechen kann.

Inzwischen haben sich alle Männer versammelt. Vielleicht wird man Michael erkennen, vielleicht aber auch nicht – *Kumpanias* sind flexibel, Menschen kommen und gehen aus vielen Gründen, die gewöhnlich irgend etwas mit dem Gesetz zu tun haben. Schließlich erinnert sich jemand an ihn, vielleicht von Großmamas üppiger *Pomana*. Ach ja! Michael der Großzügige! Die große Verwandlung: Arme breiten sich aus, auf verschlossenen braunen Gesichtern macht sich ein strahlend weißes Lächeln breit, irgendwie öffnen sich die verschlossenen Autotüren, und in einer Sekunde ist der Wagen voll von lachenden Zigeunern, die alle den Bruder ihres Rom Baro berühren und umarmen wollen. Draußen sammeln sich Pulks von Kindern, kleine Hände liebkosen Kühlerfigur und Scheinwerfer, dunkle Augen betrachten voller Neid die Ledersitze und das Telefon neben dem Fahrer. Irgend jemand geht los, um Dui aus einer Bar zu holen. Während sie auf ihn warten, taucht von irgendwoher eine Flasche auf, und Trinksprüche werden ausgebracht ...

Fast genau so lief es ab, bis zu dem Augenblick, in dem er erkannt und offiziell begrüßt wurde. Dann aber scharrte ein Mann mit seinen Füßen im Staub, und ein anderer schüttelte den Kopf.

Tut mir leid, Micah. Dui hatte Schwierigkeiten. Am besten sprichst du mit seiner Frau, sie wird es dir erzählen ...

Sie konnte es kaum erwarten.

Dui saß seit einem Monat im Gefängnis, gleich nach Micahs Anruf war er hineingekommen. Was hatte Micah doch gleich gewollt? Ach ja, weil Simon mit Tomo gesprochen hatte. Es würde noch einen Monat dauern, bis sie ihn wieder rausließen ... Alkohol am Steuer, und dieses Mal konnten sie die Kaution nicht stellen. Natürlich hatte Dui in *Greenlings* angerufen, er wollte nur hundert Dollar oder so, aber diese Lily Finn wollte ja nicht einmal den Anruf annehmen. Sie dürfte keine R-Gespräche mehr annehmen, hat sie gesagt, das sei ihr verboten worden.

Ihr Tonfall klagte Michael an, machte ihm den Prozeß und sprach ihn schuldig an Duis unangenehmer Lage – aber dann nahm sie sich doch wieder zusammen. Es war ihr ganz offensichtlich eingefallen, daß vielleicht noch nicht alles verloren war. »Na ja, jetzt, da du hier bist, könntest du ja mit dem Sozialarbeiter der Familie sprechen. Du weißt, was man da sagt, leg ein gutes Wort für Dui ein ...«

»Ich muß heute abend wieder weg, tut mir leid.«

Wieder ein Seufzer. »Na ja, dann koche ich trotzdem einen Tee. Der kostet ja Gott sei Dank nicht viel.«

Tomo war weg zur Arbeit – zu welcher Art Arbeit, sagte die Mutter nicht. Ihre Tochter war da; sie war jünger als Simon, aber sie sah älter aus, wie sie da am Spülstein stand und Kartoffeln schälte.

Während der Unterhaltung schnitt Duis Frau Papierblumen aus und legte sie in eine Schachtel. »Niemand will die Dinger haben, aber man kommt damit wenigstens ins Gespräch mit den Leuten. Wenn man schiebt, kommt man auch in die Häuser, und dann kann man vielleicht wahrsagen, wenn man ein Opfer findet. Einen Stand aufschlagen kann man ja nicht mehr, dann hat man sofort die Polizei am Hals. Sie wollen einfach nicht, daß man auf ehrliche Art seinen Lebensunterhalt verdient ...«

Zum Teufel damit, was kümmerte es ihn, wie die Geschäfte in der Wahrsagerei gingen, ob sie nun ehrlich waren oder nicht? Er wußte allerdings genau, daß das Brautgeld für eine Zigeunerin zum großen Teil danach festgesetzt wurde, wieviel Geschick sie bei der Manipulation des auserwählten Opfers zeigte.

»Wo ist Rose?« unterbrach er sie.

Sie runzelte die Stirn, drehte einen grünen Blumenstiel aus Draht brutal herum und rammte ihn in leuchtend orangefarbenes Papier. »In einer Klinik ein paar Blocks von hier, Great Western irgendwas, wer weiß – ich habe wirklich hier genug zu tun, für uns den Lebensunterhalt zusammenzukratzen.« Das nächste Kind wölbte bereits ihre Schürze; um sie hing der Geruch von selten gewaschenen Windeln und sterbenden Hoffnungen, die nur noch von vergifteten leeren Träumen genährt wurden.

»Wer hat mir denn dann das Telegramm geschickt?«

»Ich nicht. Woher soll ich denn das Geld dafür nehmen?« Duis Frau (die er als gutmütige Frau in Erinnerung hatte) warf ihm einen nun plötzlich haßerfüllten Blick zu. »Wenn es darin um Geld für Roses Krankenhausrechnung ging, muß es der neue Rom Baro geschickt haben.«

»Dann ist Dui also nicht mehr ...«

»Dui ist gar nichts mehr. Wer will schon einen Rom Baro, der alle paar Wochen wieder im Knast sitzt? Die Familien haben eine Versammlung einberufen und gesagt, zum Teufel damit, soll es doch jemand anderer versuchen, aber eines möchte ich doch wissen, wie soll ich meine Kleinen ernähren, wenn kein Mann da ist, der etwas heimbringt? Meine Familie hat sich um ihre Leute gekümmert, nicht wie ihr. Dui hat ja noch nicht einmal den Rubin seiner Großmama bekommen, der ihm eigentlich zugestanden hätte.«

Michael antwortete ihr nicht, und er bot ihr auch nicht seine Hilfe an. Außerdem war es sowieso die Aufgabe der Zigeunerfrau, das Essen für die Familie zu verdienen. Ein Roma kaufte sich eine Frau, und von da an ernährte sie ihn, und zwar für immer. Ein *Gajo* suchte sich eine aus, und dann arbeitete er für sie, bis er starb. Wenn Duis Frau so fest entschlossen war, eine Roma zu bleiben, mußte sie ihre Rolle auch spielen. Außerdem hatte sie Tomo; er war mit seinen zwölf Jahren doch sicher alt genug, um einen unehrlichen Dollar zu verdienen.

»Wo steht der Wagen des neuen Rom Baro?«

»Das große cremefarbene Modell in der Ecke, aber vor Mitternacht kommt von denen niemand.«

Ihr Lächeln zum Abschied verriet die Verbitterung der geborenen zänkischen Frau, und als er sich umdrehte, war er froher denn je, daß er nicht Dui war, nicht zu den Roma gehörte, und daß Ellie mit ihrer kühlen Eleganz ihn in *Greenlings* erwartete.

Mit der Dankbarkeit stellte sich jedoch auch Schuldbewußtsein ein. War Dui nicht auch Großmamas Enkel, Mamas Erstgeborener? Aber an Mama erinnerst du dich nicht, erinnerte er sich selbst. Du schuldest ihnen gar nichts. Bis auf Rose, selbst wenn Ellie nicht darauf bestand – was sie aber tat. »Die anderen gehen dich nichts an«, hatte sie ihm gesagt, »aber irgend jemand muß schließlich die Verantwortung für Rose übernehmen. Nie hat sie ein eigenes Haus ... Stell dir doch vor, wie das ist, aufzuwachsen, wenn niemand dich will!« Ellie glaubte nämlich, wegen ihrer eigenen Vergangenheit Rose sehr gut verstehen zu können, aber Ellie hatte Großmama nie gemocht und nie geglaubt, daß Großmama eine positive Eigenschaft bei Rose sicher gefunden hätte, wäre eine dagewesen.

Nein, er war wieder einmal die letzte Instanz. Er mußte Rose aufspüren, und dann konnte er morgen zu der Besprechung in San Francisco fahren.

Der Wagen des neuen Rom Baro war tatsächlich verriegelt und dunkel, aber er zeigte deutlich, wieviel Macht und Wohlstand der Anführer einer *Kumpania* besaß. Sein Stellplatz war dreimal so groß wie die anderen, und er war auf allen Seiten von einem transportablen Zaun umgeben. Innerhalb des Zaunes saß ein seidener Saluki bewegungslos vor einer niedlichen Hundehütte. Blumenbeete mit blauem Rittersporn und rotem Mohn wetteiferten in ordentlichen Zehnerreihen mit Shasta-Gänseblümchen und gelben Tulpen. Der Saluki war echt, die Blumen aber aus Plastik – in der Welt der Roma mußte alles transportabel sein.

Der Wohnwagen war der teuerste am Platz, und sein cremefarbener Lack war auf Hochglanz poliert; getönte Fensterscheiben und taubenblaue Samtvorhänge hielten die grelle Mittagssonne von Sacramento fern. Glänzende Aluminiumstufen führten zu einer Tür, deren Bronzegriff in Form einer Bienenwabe den Mittelpunkt einer aufgemalten Sonnenblume bildete. Ja, Duis Frau hatte recht gehabt. Es war niemand zu Hause.

*

Michael hatte Rose schon in einigen derartigen Etablissements aufgespürt und hätte das Great-Western-Erholungsheim beschreiben können, ohne hinzusehen. Manchmal kam er hin, bevor sie fliehen konnte, manchmal aber auch nicht. Hier hätte er sich keine Sorgen zu machen brauchen. Der Betrieb wurde wie ein Gefängnis geführt. Es gab drei Fluchtwege: einen langsamen, mühseligen Tod; eine Reise in ein staatlich anerkanntes Heim für Geisteskranke oder Mittellose; oder ein flüssiger Verwandter, der die Rechnung zahlte.

Der ausgetrocknete Putz fiel wie alte Hautfetzen auf das geborstene, verdreckte Trottoir. Die Eingangshalle stank nach kaltem Rauch und Urin, und von der Küche drang eine kräftige Mischung von Gerüchen – gekochter Kabeljau, Zwiebeln und saurer Kartoffelbrei, wie er nur in institutionalisierten Großküchen zu finden ist – den langen Gang bis zur Rezeption vor, wo eine Frau die Tür im Auge behielt und sich mit »Wahren Geschichten« die Zeit vertrieb.

Michael war die Prozedur vertraut, und er hatte es eilig.

Den Gang entlang zu EINLIEFERUNGEN.

Eine Frau mit einem Laserblick legte ihren *Enquirer* zur Seite, um Michaels Kleider, sein Auto und vielleicht sogar die Etiketten in seiner Kleidung zu begutachten. Sie war in den mittleren Lebensjahren, in der mittleren Gewichtsklasse, versuchte krampfhaft, zur Mittelschicht zu gehören, irgend etwas darzustellen, während sie die Namen von Roses nächsten Verwandten nachschaute. Wer konnte das anders sein als Michael Abramsky? Da gab es noch einen Mann, wie hieß er doch, Dui? Er hatte die Patientin vor Wochen eingeliefert – ein Notfall, natürlich – und bei seiner Ehre versprochen, er würde mit dem Sozialarbeiter wiederkommen, um den Papierkram zu erledigen. Sie hatten ihn seitdem nicht wiedergesehen. Leute gab es!

Ihre Stimme senkte sich vertraulich: Michael wußte doch wohl, daß diese Leute Zigeuner waren und nicht lesen und schreiben konnten? Ihre dünnen Lippen mit der dicken Schicht aus glänzendrotem Lippenstift verzogen sich verächtlich. Die Rechnungen häuften sich, und da blieb den Leuten nichts anderes übrig, als jemanden hinzuzuziehen, der im … im *Stamm*, ja, so hieß es doch, weiter oben war.

Er nickte, und die Muskeln an seinem Hals spannten sich unter einem Markenzeichen an, das selbst sie erkennen würde. Du verachtest die Roma, Lady? Du? Sie lernen nicht lesen, weil sie es nicht brauchen, weil sie dich und deine Sorten schneller lesen können als du die »Sex-Geheimnisse der Stars« auf Seite eins des *Enquirer*. Dir hat das Dach, unter dem du schläfst, nie gehört, vielleicht nicht einmal das Bett, in dem du liegst, und in zehn Jahren hast du es nie *ganz* geschafft, dein Auto abzuzahlen. Madrid, Rom oder Athen hast du nie gesehen, du hast nicht erlebt, wie die Sonne im Chinesischen Meer versinkt – aber trotzdem fühlst du dich den Roma überlegen. Am liebsten hätte er ihr die Faust in ihr albern lächelndes, mit Puder verkleistertes Gesicht geschmettert und sie angebrüllt, daß sie das nicht war, nicht im geringsten – aber da waren ja noch Dui und Tomo und Papa, sie war also vielleicht doch einigen überlegen.

Ach, was sollte er sich aufregen. Er würde sich nur sagen lassen, wie es Rose ging, ihre Rechnung bezahlen und dann verschwinden.

Der Arzt machte gerade Mittagspause, würde erst in einer Stunde wiederkommen. Michael sagte knapp, er wollte gern den Chefarzt sprechen; der könnte ihm vielleicht die Diagnose erklären, sich über Roses Heilungschancen äußern, und was in den Unterlagen nicht stimmte? Sie wurde unter ihrem Rouge etwas blaß, flüsterte in ein Telefon und führte ihn in ein kleines Zimmer, in dem eine alte Frau hinter einem großen, abgestoßenen Schreibtisch saß.

»Ich möchte den Chefarzt sprechen«, sagte er mit eisiger Geduld.

»Ich bin der Chefarzt.«

»Es geht um meine Schwester.« Er warf die Akte auf den Schreibtisch. »Wie steht es um sie?«

»Ah ja, Rose.« Sie zählte die Symptome an den Fingern ab. »Emphyseme, Unterernährung, Depressionen, kulturelle Mangelerscheinungen. Außerdem ist sie unheilbar, tödlich gelangweilt. Reicht das für den Anfang?«

»Ich versuche, ihr zu helfen.«

»Es gibt Zustände, in denen niemand helfen kann. Tut mir leid.« Sie rollte sich an ihm vorbei, und erst jetzt sah er, daß sie nicht gehen konnte. An der Tür blieb sie noch einmal stehen. »Wenn Sie sie hier heraushaben wollen, die Rechnungsstelle ist vor dem Ausgang rechts; wenn sie bleiben soll, gilt das gleiche – wir sind nicht die Wohlfahrt. Wenn Sie mit der ganzen Sache nichts mehr zu tun haben wollen, die Hintertür ist hinten, wo sonst? Das würde aber bedeuten, daß Rose durch die Vordertür hinauskommt. Ins County-Krankenhaus. Morgen. Was danach kommt ... tut mir leid.« Sie hob beide Hände, grinste und rollte hinaus.

Im Zimmer 202 war es heiß wie in einem Ofen, und Rose hockte wie eine ausgemergelte braune Henne auf dem Fensterbrett, das Fenster verriegelt und vergittert, draußen ein Drahtgeflecht, ähnlich gesichert. Beide waren verschlossen. Man ging hier kein Risiko ein.

Das Mobiliar des Zimmers bestand aus einem schmalen Bett und einem Tisch, aber der dichte Rauch von Roses Zigarette und das bedrohliche Rasseln ihres Atems füllte es bis zur Decke; eine müde Klimaanlage pumpte wiederaufbereitete Luft durch ein überladenes System.

»Na, wenn das nicht unser Micah ist, der das Familien-Gerippe wieder in seinen Schrank verstauen will! Zurück in die Schweiz?«

»Nein, mir reicht es.«

»Du holst mich besser aus diesem Laden heraus, bevor ich noch ganz durchdrehe.«

»Das hängt ganz von dir ab. Darfst du überhaupt rauchen?«

»Wen kratzt das schon? Zwei Monate bin ich jetzt in diesem verdammten Gefängnis ...«

»Dui ist in einem echten Gefängnis. Er kann dir dieses Mal nicht helfen. Er kann nicht einmal für seine eigenen Leute sorgen.«

»Seine eigenen Leute? Und was bin ich?«

Herrgott noch mal, wenn sie doch nur mit diesem Selbstmitleid aufhören und sich ein bißchen anstrengen würde. Vierundzwanzig Jahre alt und hilfloser als Jenny ...

»Zuerst einmal kommen die weg.« Er drückte ihre Zigarette in einem abgenutzten Unterteller aus, der als Aschenbecher diente. »Dann hörst du ganz genau zu, was ich dir zu sagen habe, weil ich nämlich dafür siebentausend Meilen weit gereist bin. Erstens: ich habe dir einen Wohnwagen besorgt. Noch einmal. Nichts Übertriebenes. Stabil, wetterfest – und der letzte, den du von mir bekommst. Er ist auf meinen Namen eingetragen, also kannst weder du noch sonst irgend jemand ihn verkaufen. Ein Wartungsvertrag ist dabei.«

Er machte eine Pause. Ob sie sich vielleicht bedanken wollte? Offensichtlich nicht. Sie starrte mürrisch auf ihre ausgedrückte Zigarette.

»Die Chefärztin hat mir erzählt, daß du unterernährt warst, als du hergebracht wurdest. Ich hatte Dui für die letzten sechs Jahre einen monatlichen Scheck für dein Essen geschickt, Rose. Das Geld geht in Zukunft direkt auf dein Konto. Ich habe es vor einer Stunde eröffnet. Die Bank weiß über dich Bescheid, und sie werden dir jede Woche das Geld für deine Lebensmittel auszahlen. Was du damit anfängst, ist deine Sache. Wenn es weg ist, ist es weg.«

»Ich gehe doch nicht auf so eine Scheißbank! Ich kann nicht einmal einen Namen schreiben!«

»Wenn du an das Geld willst, wirst du es lernen müssen. Du bist kein Dummkopf wie Dui. Du bist intelligent, aber faul. Du bist krankenversichert, aber trotzdem wartest du ab, bis du an der Schwelle des Todes stehst, bevor du einen Arzt aufsuchst. In Zukunft wirst du dir einen in der Nähe des Wagenparks suchen. Zweimal im Monat, und ich will keine Entschuldigungen hören. Der Mann wird mir seine Berichte schicken.«

»Ich will keinen Arzt, der mich herumkommandiert. Es gibt doch diese Klinik, wo man nichts zu bezahlen braucht ...«

»Du brauchst Pflege und keine Asozialenbetreuung. Es ist deine letzte Chance. Wenn du wieder Mist machst, bringe ich dich wieder hierher, oder ich nehme dich mit zu mir nach Hause, bringe dich bei Lily Finn unter ...«

»Bei der Sirene? *Keine Chance!* Mit der wohne ich nicht in einem Haus ...«

»Dann tu, was man dir sagt. Ich kümmere mich um die Rechnung, und du packst inzwischen deine Sachen zusammen. Sieh zu, daß du fertig bist, wenn ich zurückkomme ...«

»Ich habe keine ›Sachen‹.«

»Auch gut. Dann gehen wir heute vormittag einkaufen, du läßt dir die Haare machen, dann besorgen wir ein paar neue Kleider für dich ...«

»Du schämst dich wohl, dich mit mir sehen zu lassen, was?«

»Sei nicht albern.« Sie hatte natürlich recht. Er wollte sie nicht einmal in seinem Auto haben. Welcher Mann hatte schon Lust, mit einer kreischenden Vogelscheuche durch die Stadt zu gehen? Bei Großmama war es ihm gleich gewesen, sie war eine Zigeunerin, hatte auch so ausgesehen, und er liebte sie. Rose sah wie eine Stadtstreicherin aus, und sie roch auch so.

»Sei nicht albern«, sagte er noch einmal.

»Du klingst genauso wie *sie*.«

»Wie wer?«

Zum erstenmal lächelte Rose. Hinterlistig. Mit einem Anflug von Triumph.

»Der neue Rom Baro, von dem das Telegramm kommt. Sie hat gesagt, das würde dich ganz schnell herbringen.«

»*Sie?*«

Rose zeigte das erste Anzeichen von Jugend seit seiner Ankunft, sie kicherte mit der typischen Geste des schwindsüchtigen Kindes, dem man immer wieder eingeschärft hat, es solle die Hand vor den Mund halten und nicht auf Leute atmen. Aus dem Kichern wurde ein Räuspern und daraus ein bellender Husten, der sie einige Minuten lang am Sprechen hinderte. Als sich der Anfall wieder gelegt hatte, fragte Michael noch einmal:

»Sie?«

»Ganz richtig, lieber Micah! Sie! Überrascht?«

Er schüttelte den Kopf, schloß die Augen und wandte sich ab, denn in diesem Augenblick spürte er eine solche Erregung in sich aufsteigen, daß er befürchtete, sein heißes, dunkles Blut könnte die Wände seiner Adern sprengen und in dieses erbärmliche Zimmer schießen.

Unter den Schutzschichten einer *Gaje*-Erziehung, spürte er trotz seiner Sorgen um Simon, um Ellies unveränderte Verachtung für eine Mutter, die das nicht verdiente, um die Warnungen vor Annas Schwindelanfällen, trotz seines Bedauerns darüber, Jennys Vorführungen nicht sehen zu können, seiner Wut auf Rose und seiner Verachtung für Dui und seiner Sorgen um *Abramo III*'s dürftigen Erfolg auf dem Markt – trotz all der nagenden Unsicherheiten seines Lebens eine große Sicherheit. Aus einer tiefen und erregenden Ebene, die gerade unter der des Wissens lag, hatte er es gefühlt, daran teilgenommen und es lange herbeigesehnt, noch bevor er das Telegramm gelesen hatte und in das Flugzeug gestiegen war.

Und er war hergekommen, trotz aller Zweifel.

»Du könntest sie vielleicht in ihrem Nachtclub finden«,

sagte Rose in listigem Verschwörerton. Sie wußte es. »Sie nennt ihn das ›Filigrano‹.«

Sie würde da sein. Flamenco. Jene Grazie der erhobenen runden Arme, der wissenden Hände, die die Luft verdrehten und streichelten, die Vitalität, die Tradition, Hände, die das Fleisch heiß werden ließen und das Blut zum Kochen brachten. Erinnerungen, die ihn zum Leben erweckten, und eine geheimnisvolle Zukunft, vor der es kein Entrinnen mehr gab.

Ach Ellie, meine schöne, unschuldige Ellie, die ich liebe, die ich vor jedem Schlag schützen muß, selbst vor denen, die ich selbst austeile ...

*

Zigeunermusik erklang, ergoß sich auf den Bürgersteig, rief, lockte, ein zeitloser Strom aus Freude und Verzweiflung, eine Unterbrechung zahlloser Reisen, die kein Ende kannten.

Drinnen rauchten Feuer, und Mädchen glitten barfuß mit hochgehaltenen Tabletts und leise klirrenden Goldarmbändern zwischen den Tischen umher. Gitarren ließen ihre stolzen Akkorde hören, Münzen klimperten, Papiergeld raschelte und wechselte im Licht von roten und bernsteingelben Kerzen schnell und glatt den Besitzer. Männer mit dichten Schnurrbärten in Kummerbunden und Halstüchern lächelten und nickten und bedienten an der Bar; andere standen in der Nähe der Tür, sahen sich um und paßten auf. Rausschmeißer. Bereits betrunkene Touristen, denen das Geld locker in der Tasche saß, schlürften zufrieden ihre verwässerten Drinks, die mit verwirrender Geschwindigkeit serviert wurden, nüchterne Neuankömmlinge wie Michael, bei denen man damit auf Schwierigkeiten stoßen würde, mußten in der Dunkelheit lange warten, bis sie bedient wurden, während die Polizeistunde immer näher rückte.

Schließlich packte er eine vorbeieilende Kellnerin beim Handgelenk. »Gibt es hier eine Show?«

»Die letzte Vorführung fängt jeden Augenblick an.«

Er bestellte sich Wein und suchte einen Platz, um zu warten.

Ein Nachtclub. Warum hatte sie sich für etwas entschieden, das der Lebensart der Zigeuner so fremd war? Karosseriearbeiten, Einfahrten, Dachdeckerei für die Männer, für die Zigeunerinnen betteln und Wahrsagerei, ihr Handwerkszeug ein überzeugendes Mundwerk, ein Kartentisch, eine Glaskugel, ein Kartenspiel – alles leicht zu transportieren, falls die Polizei vorne klingeln sollte. Aber ein Nachtclub? Eine Zigeunerin mit geregelter Beschäftigung?

Ein Trommelwirbel.

Die Lichter im Lokal wurden dunkel.

Zuerst kam ein Jongleur in einer engen Hose und mit Rüschen an den Ärmeln. Er trug einen Ohrring und war etwas unsicher. Nach ihm tanzte eine Fächertänzerin, dann kam ein weiterer Jongleur mit einem weißen Stab, dann ein Messerwerfer, dann Kunstturner. Eine Vorführung besser als die vorausgegangene; die Turner, Zandars ungarische Flieger – die sich Debbie und Linda und Ken und Dwayne nannten und deren Akzent keine Spur von Budapest anzumerken war – erwiesen sich als ausgezeichnete Artisten, die ihre Zugabe mehr als verdient hatten. Danach wurden die Lichter kurz wieder hell, und jemand machte eine schwer verständliche Ansage: ... direkt aus ... Barcelona ... Madrid ...

La Rubi!

Da war sie!

Ihr Blick zuckte einmal zu ihm, und dann nicht mehr.

Ihr flammend rotes Seidenkleid lag bis zu den Knien eng an, und von da an wurde es weiter und reichte in seinen Rottönen von Karmesin bis Burgunder ... glänzende schwarze Schuhe mit silbernen Schnallen, die mit dem Rattern ihrer Schritte glänzten und das Licht von hundert Kerzen reflektierten. Ihr blauschwarzes Haar hatte sie zu dem klassischen Knoten hochgesteckt. Ihre Augen waren Höhlen der Verzweiflung, der Finsternis, und dann blitzten sie wieder im Kerzenlicht und ließen mühsam unterdrückten Zorn vermuten. Ihre Hände schwebten durch die Luft, drehten sich, und ihr schwankender Körper erinnerte einmal an einen Weidenstock, dann an eine Kobra. Und ein Körper war das! Perfekt für den Tanz.

Farah.

Farah lieferte ihnen eine beeindruckende Vorstellung – einen prachtvollen Schwindel für ein Publikum, das jubelnd von den Plätzen aufsprang, weil hier niemand genug wußte, um zu erkennen, daß sie alle betrogen wurden. Sie hatte ihnen die hauptsächlichen Bestandteile einer klassischen, verehrten Kunst geliefert: den hochgereckten, durchgedrückten Rücken, den Stolz und die Haltung und Leidenschaft des Flamenco in all seinen Variationen. Seine Grundstimmung hatte sie ihnen gezeigt, die unterirdischen Ströme, die nie zur Ruhe kommen, Vulkane, die glimmen und rauchen, Krater, die sich langsam rot färben. Sie kannte die Kunst, und das hatte sie ihnen gegeben. Was aber fehlte, waren die erschöpfenden Schritte der Farruca und das anhaltende, die Nieren zerschlagende Stampfen, das in Spanien ein Publikum zur Raserei und die Künstlerin ins Grab bringen konnte.

Bei Farah gab es keine Zugabe.

Das Publikum tobte, trommelte auf den Tischen und pfiff, aber als die Lichter wieder dunkler wurden, kam nicht sie auf die Bühne, sondern ein Zauberkünstler in Schwarz, dem weiße Tauben auf den Schultern saßen.

An Michaels Ellbogen flüsterte ein Kellner etwas und führte ihn in einen düsteren Alkoven, den eine flackernde, bernsteingelbe Kerze beleuchtete.

»Warten Sie hier.«

Dann war sie da in ihrem flammend roten Seidenkleid und brachte einen Duft von Geißblatt mit, der ihm fast unerträglich nahe kam, als sie sich über den Tisch lehnte, um die Kerze auszudrücken. Bevor sie erlosch, sah er, daß sie von ihrem Auftritt nicht einmal ins Schwitzen gekommen war.

»Micah.«

Ihre Stimme war heiser und herzlich, wurde aber bestimmt, als sie sich an den Kellner richtete, den sie mit einem herrischen Schnalzen ihrer Finger herbeigerufen hatte. »Eine Flasche aus meinem Zimmer, nicht diese Brühe von der Bar.« Sie lehnte sich zurück und betrachtete ihn im Halbdunkel. »Deine vornehme Frau hat dich also von der Leine gelassen.«

Als er nicht antwortete, lächelte sie, und ihre Zähne blitzten vor dem Hintergrund ihres dunklen Bühnen-Make-ups und ihrem noch dunkleren Haar sehr weiß. »Wie geht es Rose? Hast du sie rausgeholt?«

»Du hast mir ja keine andere Wahl gelassen. Neuer Wohnwagen, eingekleidet, neue Frisur – das dürfte für eine Weile reichen.«

Ihr Blick wanderte zur Tür, und dann richtete er sich wieder auf Michael. »Unser Micah, bei dem es immer leichte Beute zu holen gibt.«

Er ignorierte das; sie wußte es besser. »Wie ich höre, bist du jetzt Rom Baro.«

»Sicher – habe ich dir das nicht bei Großmutters Begräbnis angekündigt?«

»Dann mußt du dich auch um die Familien kümmern. Rose ist deine eigene *Vista*, deine erste Verantwortung. Sie ist versichert, und du hättest sie selbst herausholen oder mich anrufen können ...«

»Aber dann wärst du nicht hergekommen ... Was wäre außerdem gewesen, wenn deine Frau ans Telefon gegangen wäre? Ich dachte, das wäre dir bestimmt nicht recht.«

Ihre Finger strichen leicht und warm über seinen Handrükken, und er versuchte, die Hand wegzuziehen, aber die wollte sich nicht rühren. »Du hast jetzt also Duis Titel. Was wirst du damit anfangen?«

»Die Familien aus dem System herausbringen.« Sie zog ihre Hand zurück, goß Wein ein und nickte vor sich hin, als sie dann weitersprach.

Vor Jahren, als sie noch von den *Gaje* gelebt hatten, sie

benutzt hatten wie Milchkühe, um sich von ihnen zu ernähren, war es den Roma gutgegangen. Sie hatten den *Gajo* beobachtet, bis sie jeden Gedanken und jede seiner Bewegungen voraussagen konnten. Der *Gajo* wußte über die Zigeuner nichts außer seinem Mythos, den er selbst erfunden hatte. Der *Gajo* hatte Angst vor den Roma. Ein sicheres Gleichgewicht. Die Roma bewahrten sich so ihren scharfen Blick, und der *Gajo* blieb auf Distanz. Nun aber gab es Anführer wie Dui, die aus Bequemlichkeit vom System der *Gaje* lebten und nicht mehr von ihnen selbst – und was ein System gibt, das kann es auch wieder nehmen. Wohlfahrt, soziale Sicherheit, Unterstützung Bedürftiger – es war gleich, was auf dem Etikett stand, jetzt waren die Roma die Abhängigen, denn das System führte Buch. Wenn sie alle Namen und den Aufenthaltsort eines Roma wußten, hatten sie ihn am Wickel. In der *Kumpania* bezog eine Frau Unterhaltszahlungen unter fünf verschiedenen Namen in drei Counties. Sie hielt sich für brillant. Sie saß den ganzen Tag zu Hause vor dem Fernseher, wurde fett und vergaß, was sie gelernt hatte.

»Und das wäre?« fragte er. »Sie können doch nicht alle Flamenco tanzen, nicht einmal die Billigversion, die du ihnen heute abend vorgeführt hast.«

Sie nickte. »Dachte ich mir, daß du das merkst. Wenn dieser Club erst einmal richtig läuft und ich eine feste Stammkundschaft habe, höre ich ganz auf, damit die Frauen wieder das tun können, was sie wirklich können. Die Wahrsagerei ist hier mehr oder weniger verboten. Das hätte Dui eigentlich herausbekommen müssen, bevor er hierherkam. Man braucht eine Tarnung, wenn man damit Geld verdienen will. Hast du die Leute bemerkt, die nach hinten rausgehen? Sie haben einen ›Termin‹. Beratungen. Sie bekommen dabei ganz genau das zu hören, was sie hören wollen. Für die frustrierte Frau wartet ein großer, dunkelhaariger Fremder am Horizont, dem Armen steht eine unerwartete Erbschaft ins Haus, der Rachsüchtige erfährt, daß seinen Feinden schreckliches Unglück droht. Sie hören zu, saugen jedes Wort auf wie ein Schwamm, und sie zahlen ... Warum nicht? Sie können so mit mehr Zuversicht weitermachen ... Also bekommen sie etwas für ihr Geld, oder nicht?« Sie war sich ihrer Sache sehr sicher und saß hoch aufgerichtet da.

Warum schaute sie dann ständig zur Tür? »Nach wem hältst du Ausschau?« fragte er leichthin. »Nach Polizisten?« Er spürte seine eigene Anspannung nur zu deutlich. Vielleicht wartete sie auf ihren eigenen dunkelhaarigen Fremden.

Sie seufzte. »Nach meiner Mutter. Für dich bin ich eine erwachsene Frau und kenne mich aus in der Welt, stimmt's? Für die *Kumpania* bin ich Rom Baro. Für Feya bin ich Mama. Aber für meine Mutter bin ich vierzehn und noch Jungfrau. Sie wohnt im Wagen nebenan, kauft für mich ein, paßt auf Feya auf, behält meine Interessen im Augen, solche Dinge.« Plötzlich grinste sie, nun wieder ein freches, selbstsicheres Mädchen von fünf Jahren. »Heute morgen war es noch keine fünf Minuten her, seit du vom Lager weggefahren bist, da hat sie mich schon angerufen und mir erzählt, wozu du hergekommen bist, was du zu Duis Frau gesagt hast und sie zu dir, wann du die Stadt verlassen hast und wohin du gefahren bist. Meinst du, die CIA könnte es besser? Nach der Arbeit kommt sie und holt mich ab – weil Wolfsrudel die Straßen durchstreifen und nach dem leicht beschädigten, schönen kleinen Körper ihrer Tochter geifern.« Sie lachte. »So schlimm ist es auch nicht. Sie reist viel. Hochzeiten – morgen fährt sie nach Alberta – Begräbnisse, Feste; ich habe also meine Pausen. Meine Mutter ist in Ordnung.«

Er fragte nicht, warum sie sich das gefallen ließ. Sie war eine Zigeunerin. Die Familie war alles. Aber was hatte sie noch bei Großmutters Begräbnis gesagt? »Hast du mir nicht erzählt, du könntest mit den Familien leben oder nicht, ganz wie es dir paßt?«

»Die Zeiten ändern sich«, sagte sie ruhig. »Wie ich damals sagte, wer könnte auf Feya besser aufpassen als meine Mutter?

Außerdem kann ich es mir nicht mehr leisten, mich auf der Bühne zu Hackfleisch zu stampfen …«

Die Angst packte ihn am Kragen und beutelte ihn. »Es ist doch nicht …«

»Nein – aber eine Zeitlang hat es so ausgesehen. Meine Mutter hat die Anzeichen bemerkt, und sie kann doch nicht ganz so übel sein, denn sie hat mich noch rechtzeitig da herausgeholt.« Sie wischte sich über die Hände, als wollte sie damit eine Karriere und die Begegnung mit dem dunkelsten aller Fremden abstreifen. »Keine Kinder mehr, selbst wenn ich wieder heiraten wollte, was aber nicht der Fall ist. Die Ehe ist die Hölle.«

»Nicht mit dem richtigen Partner.«

»Und sie?« flüsterte sie. »Ist sie die richtige Partnerin?«

Er zögerte nur den Bruchteil einer Sekunde.

»Ja.«

Ihre Blicke trafen sich in dem düsteren Alkoven. Ihre Stimme hatte etwas von ihrer Festigkeit verloren, als sie sagte:

»Wenn ich dich also bei deinem nächsten Abstecher hierher fragen würde, ob du vielleicht deine Cousine zweiten Grades besuchen willst … Um ein bißchen bei ihr zu sein, wie früher, wie du mir versprochen hast, als wir noch klein waren …«

Michael kam es so vor, als würde die Luft zwischen ihnen zittern und wegschmelzen, nun waren nur noch dunkle Augen da und Hände, die ihn warm und vertraut berührten. Als sie weitersprach, spürte er ihren sanften Atem an seiner Wange, der ihm Wälder von Glockenblumen und Frühlingsmorgen ins Gedächtnis zurückrief, die Kirschenernte im Süden, bei der sie sich reife rote Früchte an die Ohren gehängt und ihm zugelacht hatte. »Siehst du meine neuen Ohrringe, die hat mir der Zigeunerkönig geschenkt?« Über den Zigeunerkönig lachten sie immer, weil sie wußten, daß es ihn nicht gab. Die *Gaje* waren da ganz anders, sie glaubten einem alles, was man ihnen erzählte. Farah und Micah aber waren besser als sie, sie waren Roma, sie waren *auserwählt*.

»Würdest du kommen, wenn ich dich darum bäte?« flüsterte sie.

31

Meine Liebe, wir müssen mal miteinander reden.« Sie lagen zusammen in dem großen Federbett und nahmen ihren Tee mit Rum. Felix hatte herausgefunden, daß es in der kurzen Zeitspanne, nachdem sie ihren Tee getrunken, ihre letzten Übungen gemacht und pflichtschuldigst ihr Abendgebet gesagt hatte, leichter war, mit ihr über schwierige Themen zu sprechen.

»Ich höre ...« Sie gähnte. Also war sie schon schläfrig, ihre Medizin zumindest hatte sie genommen, und er konnte das Thema ohne größere Bedenken ansprechen.

»Es geht um die kleine Jenny.«

»Ja?« Ihre Stimme war etwas schärfer geworden.

»Wir wissen beide, meine Liebe, daß sie bald wechseln muß ...«

»Nein! Sie ist noch viel zu klein, um schon *en pointe* zu arbeiten!«

»Du weißt, es ist nicht das. Sie ist schon zu lange bei einer Lehrerin. Das ist schlecht. Wie soll sie ihren eigenen Stil finden, solange sie nicht verschiedene ...«

Sie seufzte, fast konnte man es ein Stöhnen nennen. »Ich weiß, ich weiß, und ich denke ja auch ununterbrochen nach, aber ich gebe sie einfach furchtbar ungern an einen Fremden weiter, solange sie noch so jung ist. Zuerst dachte ich ja, diese Harriet hier in der Stadt käme in Frage, aber ihre Schülerinnen eignen sich bestenfalls für ein Provinztheater. Dann diese Malowa in Leeds. Sie soll eine sehr gute Technikerin sein – aber ich habe gehört, daß sie in Wirklichkeit Twitchett heißt! Jetzt frage ich dich, wie sie mit einem solchen Namen jemals gut sein kann.«

»Liebling, Namen sagen doch gar nichts ...«

»Ich habe also eine Entscheidung getroffen. Jenny ist noch zu jung für die Schule in Wells, aber dafür fahr' ich sie einmal in der Woche nach London zu der Romanovna – erinnerst du dich noch an Eugenia in Paris? Sie wird auf mich hören und mit den Armen nichts machen. Die Arme will ich nicht verändert haben, Jenny hat die besten ...«

Felix streichelte ihr sanft über die Wange. »Das hast du erreicht, mein Engel. Nur ruhig. Niemand wird an den Armen etwas ändern. Ich werde mit Ellie sprechen.«

»Warum nicht abwarten, bis Mischa wieder da ist? Ist er denn in seinem eigenen Haus gar nichts, hat er ...«

»Ruhig, Anna, ruhig. Denk daran, was der Arzt gesagt hat.«

Er drohte ihr mit dem Finger, dann zog er ihr die Decke über die Schultern und machte das Licht aus. Als er ein leises Schnarchen hörte, zog er sich einen Bademantel über, mischte zwei Whisky Sour und trug sie zu Ellie, die in der Bibliothek über einer Bilanz saß.

Sie fuhr den ganzen Tag von Studio zu Studio, führte hier den Haushalt, las den Kindern vor (nein, jetzt nur noch Jenny) – und trotzdem sah sie unendlich friedlich aus. Das Licht der Lampe ließ ihr Haar golden leuchten, sie sah mit sanfter Freundlichkeit in den Augen auf, und wieder fiel ihm die Ruhe auf, mit der sie umgeben war. Unmöglich, sich vorzustellen, sie könnte laut werden ... Vielleicht kam das daher, daß sie mit einer alten, ruhebedüftigen Invalidin aufgewachsen war, aber in jedem Fall war es eine angenehme Eigenschaft. Felix wollte das richtige Wort dafür nicht einfallen ... ja, das war es! Balsam! Sie war wie Balsam für die Seele ... Michael war ein glücklicher Mann.

»Anna ist einverstanden«, sagte er. »Natürlich mit Vorbehalten, aber sie hatte sich auch schon für die Romanowna entschieden. Sie spricht davon, daß sie Jenny selbst nach London bringen will – du kannst dir vorstellen, daß es ihr das Herz brechen würde, wenn sie bei den Stunden nicht zuschauen dürfte.«

Ellie legte ihren Stift und die Lesebrille ab, neigte ihren Kopf leicht zurück und lächelte, um ihn wissen zu lassen, daß sie ihn durchschaut hatte. »Sie wird furchtbar lästig sein ... Keine Lehrerin mit einem Quentchen Selbstachtung würde unter solchen Bedingungen mit Jenny arbeiten. Anna ganz sicher auch nicht.«

»Nein ... aber vielleicht läßt sich ein Weg finden ... sie ist so verletzlich.«

Ellie legte ihre Hand an seine Wange. Wie so oft hatte er das Gefühl, daß sie ihn wie eine Tochter berührte – nicht so sehr wegen Anna, sondern eher um ihm zu helfen.

»Ich hatte mir folgendes überlegt«, sagte sie bedächtig. »London ist weit weg, Anna kann nicht Autofahren, Jenny wird im Zug immer schlecht, und außerdem finde ich es schade, wenn sie einen ganzen Wochentag ihre Schulstunden versäumt. Wenn Mary Beth aber mitkäme, könnte sie ihr zwischen den Ballettstunden Unterricht geben. Möglicherweise beherrscht sich Anna etwas und reißt den Kurs nicht ganz und gar an sich, wenn Mary Beth zuschaut. Was hältst du davon?«

Dankbarkeit stieg in ihm auf. »Ich finde, Mischa hat ein Genie geheiratet.« Trotzdem konnte er der Versuchung nicht widerstehen, noch hinzuzufügen: »Mary Beth wird sich gut mit Anna verstehen. Sie hat sie schon immer gemocht.« Er sagte das in einem leicht vorwurfsvollen Ton. Es war für ihn nach wie vor sehr schmerzhaft, daß Ellie Anna nach wie vor keine Sympathie entgegenbrachte. Mittlerweile war aus Haß Verachtung geworden – aber schmerzte Hohn nicht ebensosehr wie Haß, oder gar noch mehr?

Sie hatten ihre Gläser geleert und saßen über dem Fahrplan, um sich über die Züge nach London zu informieren, als Pete Preston Mary Beth heimbrachte. Zum zweitenmal innerhalb eines Monats hatten sie zusammen ein Konzert besucht, beide Male war Michael nicht dagewesen, und Pete hatte auch für

Ellie eine Karte besorgt. Beide Male hatte sie unter fadenscheinigen Vorwänden seine Einladung abgelehnt und war zu Hause geblieben. Jedesmal hatte sich Petes langes, intelligentes Gesicht zutiefst enttäuscht verzogen.

Felix sah, daß er nickte, als Mary Beth etwas sagte, aber sein Blick wich nie von Ellie, wie sie Kissen aufschüttelte, Drinks einschenkte und ein Tablett mit kleinen, appetitlichen Sandwiches brachte, die als Imbiß nach einem Konzertbesuch genau richtig waren. Als sie sich mit dem Tablett zu ihm beugte, schien er sich zu verkrampfen, und seine großen, ungeschickten Hände wollten nicht still bleiben. Er ließ seine Serviette fallen und wurde rot bis zu den Wurzeln seines hellen Haares, als er sich bückte und sie unbeholfen wieder aufhob. Er war in sie verliebt, das war es! Der arme Pete Preston war in Ellie verliebt! Nicht in Mary Beth, wie sie mit vollster Billigung vermutet hatten, sondern in Ellie.

Sie unterhielten sich über den kommenden Sommer in Los Angeles. Mischa hatte ihnen versprochen, sie würden alle hinfahren, auch Mary Beth und die Kinder. Pete und Mischa würden in San Francisco wohnen, nahe genug, daß sie sich am Wochenende alle sehen könnten.

»Das Haus ist wirklich sehr angenehm und leicht sauberzuhalten, und der Strand ist herrlich. Wir werden alle braun wie die Neger«, sagte Ellie. Pete wandte seinen Blick ab, ohne Zweifel stellte er sie sich im Badeanzug vor. Ein dreißigjähriger Halbwüchsiger. »Sie müssen kommen und uns besuchen, Pete. Mary Beth wird dasein, und die Kinder, und Felix natürlich ...«

Zu freundlich, aber mußte sie Anna unbedingt immer auslassen?

»Ich glaube nicht, daß Anna mitkommt«, hörte er sich selbst sagen. »Also werde ich hierbleiben.« Dann aber verdarb er es wieder (wie er selbst wußte), indem er hinzufügte: »Andererseits liebe ich die Rennbahn von Hollywood Park!« Je älter und gebrechlicher er wurde, desto mehr freute ihn der

Anblick junger gesunder Körper in Bewegung. Was würde er jetzt im Alter für die animalische Kraft eines Nurejew oder eines Villella geben! Er ärgerte sich über sich selbst, daß ihm so etwas Albernes wie Hollywood Park eingefallen war.

Ellie machte es noch schlimmer, als sie mit einem Augenzwinkern antwortete: »Du darfst die Rennen nicht verpassen, Felix. Anna kann hierbleiben und auf Lily Finn aufpassen. Die beiden können sich zusammen einen wunderbaren, langen und abwechslungsreichen Sommer machen.«

Die anderen lachten. Ach Ellie, du läßt aber auch keine Chance aus ... Der einzige Fehler einer wirklich bemerkenswerten Frau. Als aber Pete Preston gehen wollte und seine Blicke verrieten, wie es in seinem Herzen aussah, brachte Felix ihn lieber hinaus. Das mußte man sich vorstellen, dieses unschuldige Genie in Ellie verliebt! Wie schade, wie unendlich schade ...

*

Mary Beth sagte später das gleiche, aber zu Ellie. Die wußte es sowieso, sie hatte das Gefühl ein Jahr lang wachsen sehen, aber sie konnte nichts dagegen tun, und ihrer Meinung nach war das Petes Sache. Sie selbst würde es nicht wagen, ihn darauf anzusprechen.

»*Wagen?* Mein Gott, Ellie, der arme Kerl lechzt doch nur danach, daß du etwas wagst, daß du *irgend etwas* zu ihm sagst, und wenn es nur ist, um ihn von seinen Qualen zu erlösen.«

Sie saßen in dem früheren Kinderzimmer, besprachen den Tag, der gerade zu Ende ging, und machten Pläne für den nächsten. Für Ellie war diese Zeit am Abend die ruhigste. Sie konnte Mary Beth absolut vertrauen, und Ellie kam der Gedanke, daß Mary Beth noch immer ihre einzige echte Freundin war. Sie hatte nach all den Jahren keine anderen Freunde als Felix und Michael, und Pete – aber damit war es sicher bald vorbei.

Sie fühlte sich bedrückt und unruhig, aber nicht wegen Pete Preston, der sicher nicht einmal als Halbwüchsiger jemals die

Hand eines Mädchens berührt hatte. Er war rührend und liebenswert, und es tat ihr leid, daß sich seine verspätet erwachte Leidenschaft ausgerechnet auf ihre Person richtete, aber es gab noch andere Probleme. Sie wandte sich an Mary Beth.

»Ich war den ganzen Tag nicht da, bist du wirklich sicher, daß er nicht angerufen hat?«

Mary Beth lachte. »Er? Wer sollte das wohl sein? Bei all den Männern in deinem Leben ... schon gut, wenn du Simon meinst, warum sollte er anrufen? Du hoffst, daß er sich nach Heim und Herd und seiner lieben Mammie sehnt, aber es ist durchaus möglich, daß er in diesem Internat in Brimley glücklich und zufrieden ist. Morgen bekommst du ihn ja für das Wochenende zurück. Süße, ich finde, du fängst ein wenig früh mit dem Leeren-Nest-Syndrom an ...«

»Ja, sicher mache ich mir Sorgen um ihn, aber eigentlich habe ich Michael gemeint. Er hat doch sonst immer angerufen ...«

»Meine Güte, ganze sechs Tage ist es her, seit er weg ist, und außerdem kommt er ebenfalls zum Wochenende zurück! Er ist doch ständig unterwegs, was ist denn diesmal anders? Warum sollte er denn anrufen?«

»Ach, ich weiß auch nicht. Gewöhnlich meldet er sich eben ...«

Das war nicht ganz richtig; manchmal rief er im Büro an und ließ von der Sekretärin etwas ausrichten, aber diesmal war nichts gewesen. Dabei hatte sie angenommen, daß er sich zumindest um Simon Gedanken machen würde, der doch seine erste Woche in der Schule verbrachte.

»Da ist noch etwas anderes«, sagte Mary Beth leise. »Unter all der Tarnung von heiterer Gelassenheit bist du in der letzten Zeit wegen irgend etwas niedergeschlagen. Du hast doch nicht etwa Streit mit Michael?«

Ellie seufzte. »Nein, da ist gar nichts. Wie du aber eben richtig sagtest, ist er ständig unterwegs. Von den letzten sechs Monaten hat er weniger als drei hier in *Greenlings* verbracht.«

»Willst du dem Mann Vorwürfe machen, weil er sich um seine Schwester kümmert?«

»Diesmal war es zufällig Rose. Nein, ich mache ihm keine Vorwürfe, aber es heißt immer und immer wieder nur Geschäfte, Geschäfte, Geschäfte. Seine ursprünglichen Pläne für die elektronische Abteilung hat er längst überzogen, und jetzt macht er in Immobilien. Ich dachte, ich hätte einen Mann geheiratet, der drei Dinge will: eine erfolgreiche Firma, ein Haus und Kinder – und mich!«

»Warum hast du dich selbst an die letzte Stelle gesetzt?«

»Weil ich allem Anschein nach dort bin.«

»Er betet dich an.«

»Das weiß ich.«

»Du könntest doch mit ihm kommen, er bittet dich weiß Gott oft genug darum.«

»Ja, aber auf der anderen Seite erwartet er auch von mir, daß ich hier bei den Kindern bin. Ich kann doch nicht an zwei Orten zugleich sein. Und was ist mit den Studios?«

»Was soll mit ihnen sein? Er prahlt doch dauernd, wie gut du sie führst.«

»Wenn ich mit ihm fahren würde, könnte ich sie gar nicht führen.«

»Du bist nicht unersetzlich. Mein Gott, die könnte ich ja führen! Ich bin nicht für alle Zeiten darauf festgelegt, Hauslehrerin zu sein. Jenny kann nächstes Jahr auch irgendwo in eine Schule gehen, und wenn sie nach Hause kommt, bin immer noch ich da.«

»Aber ich will die Studios nicht aufgeben. Ich habe dieses System doch aufgebaut. Jedes Jahr sagen mir die Bilanzen, daß ich etwas geschafft habe und nicht nur Besitz bin, wie ein Schmuckstück in einer Schachtel.«

Mary Beth lachte bitter. »Weißt du, daß viele Frauen nur zu gern dieses einzige Problem hätten? Ich zum Beispiel?«

»Ich weiß wohl, wie gut es mir geht, aber manchmal habe ich das Gefühl, daß mir die Kontrolle über alles aus den Händen gleitet. Schau dir doch Jenny an. Das letzte, was ich für sie wollte, war eine Karriere als Tänzerin – aber Anna läßt ihr ja keine Ruhe ...«

»Jenny liebt das Ballett, und ich bin fest davon überzeugt, daß sie einmal verdammt gut werden wird. Anna macht ihre Sache bei ihr hervorragend.«

»Sublimierung nennt man das, glaube ich«, sagte Ellie trokken.

»Ellie, du bist im allgemeinen nicht giftig, aber wenn es um Anna geht, wirst du es!«

»O nein, fang du nicht auch noch an! Ich habe mir heute schon von Felix genug anhören müssen. Das ist übrigens auch so etwas. Ich habe es satt, nett zu ihr zu sein, nur damit Felix sich nicht grämt, obwohl ich die Frau am liebsten nie wiedersehen würde. Dann ist da noch Simon ... ach, Mary Beth, ich finde es wirklich ganz schrecklich, ihn wegzuschicken, aber ihm scheint sein Elternhaus ja völlig gleich zu sein ...«

»Er zeigt seine Liebe nur nicht so offen wie Jenny, und du bist nie zufrieden. Du hast einen wunderbaren Mann, süße Kinder, eine Freundin, die gleichzeitig dein Faktotum ist und praktisch ihr Leben für dich geben würde (wohlgemerkt nur ›praktisch‹), und sogar einen liebeskranken Verehrer hast du – und zu alledem bist du noch abstoßend widerlich reich. Denk doch mal zwölf Jahre zurück, und dann sag mir, ob du nicht die glücklichste Frau unter der Sonne bist.«

Was konnte sie anderes tun als lachen? Natürlich hatte Mary Beth recht. Vor zwölf Jahren noch wurde ihr Leben von Großmutters Glocke beherrscht, von der geflüsterten Verachtung der Dorfbewohner und von dem Zustand ihres Bankkontos. »Mary Beth ist wieder Siegerin! Ich schätze, daraus kann ich nur den Schluß ziehen, daß du unersetzlich bist, selbst wenn ich es nicht bin.«

Sie fühlte sich wieder besser, als sie ins Bett ging, aber trotzdem blieb diese lästige Sorge, die ihr keine Ruhe lassen wollte, bis sie am Sonntag wieder alle vereint waren.

*

Simon schien seine erste Woche in der Schule nicht geschadet zu haben. Seit sie ihn gestern abgeholt hatte, hatte er von nichts anderem geredet als von seinen Mitschülern, über die er mit einer seltsamen Mischung von staunender Verehrung und Arroganz sprach. Der kleine Williams hatte ihm einen Sack voll Murmeln geschenkt; Bertie Phelps hatte es ihm erlaubt, seine goldene Krawattennadel mit einem Diamanten zu tragen – stell dir das vor, einen *echten* Diamanten auszuleihen! –, und James Porter hatte ihm versprochen, nächste Woche eine Schachtel Marzipan mit ihm zu teilen, die ihm seine Großmama von Fortnum's schicken wollte. »Zuerst hat er gesagt, er gibt mir ein Stück ab, aber nach einer Weile hat er gesagt, ich kriege die halbe Schachtel!«

Nun rannte er im Flughafen herum und sah sich die Abflüge an. »Schau dir doch das Flugzeug da an, es fliegt nach Moskau – wann kann ich auch mal dahin? Das da fliegt nach Pakistan, ich wünschte wirklich, ich könnte mitfliegen, oh, schau dir das an! Nach Hongkong, also da möchte ich *wirklich* hin!«

Gab es irgendeinen Ort auf der Welt, an den er nicht wollte, fragte sie sich. »Wir sind hergekommen, um die Flugzeuge landen zu sehen. Ich glaube, das von Daddy landet auf der Bahn dort ...« Alles vergeblich. Er sah gerade einer Boeing nach, die als kleiner Fleck in Richtung Türkei verschwand.

Jenny trug ein blaukariertes Kleid und marineblaue Strumpfhosen, und trotz der Brise lag jedes Haar genau da, wo es hingehörte. Sie verfolgte die Ankünfte. Das Flugzeug ihres Vaters war noch nicht dabei, und sie betrachtete die Passagiere, die aus allen Ecken der Welt eintrafen. Als vier Inderinnen mit Goldknöpfen im Ohr aus der Zollabfertigung herauskamen, konnte sie sich kaum fassen.

»Bitte schau dir an, wie sie gehen, Mammie«, flüsterte sie – Jenny war sehr höflich – »was für eine schöne Haltung.«

Diesen Monat war Haltung an der Reihe, im letzten Monat war es Charisma gewesen. Sie spielte noch mit Puppen und konnte nicht ohne ihren Teddy auf dem Kissen und ihre Schmusedecke unter der Wange einschlafen – aber wie diese Inderinnen ihren Kopf hielten, das fiel ihr auf! Wieder hatte Ellie das Gefühl, als wäre alles in Bewegung und entglitte ihr.

Trotzdem waren es bildhübsche Kinder, die sie da hatte, auch Simon mit seinen dichten blonden Locken und einem Klecks Senf auf der Wange. Fremde starrten die beiden unweigerlich an und sagten zu Ellie: »Wie hübsch, Zwillinge!«

Dann landete Michaels Flugzeug, Simons Wange wurde hastig abgewischt, sie puderte sich schnell noch die Nase und zog ihren Lippenstift nach ...

Da war es wieder, dieses heimliche Flattern tief in ihrem Innern, das sich immer einstellte, wenn er fortgewesen war – und als er aus der Menge auftauchte, ah ... Selbst aus der Entfernung war es nicht nötig, daß man sich den Hals verrenkte, um ihn zu finden. Es waren nicht nur sein Haar und sein Teint, sondern, wie Jenny diesen Monat gesagt hätte, seine Haltung. Andere schlurften die Treppe herunter und ließen sich wie Vieh durch die Zollabfertigung schleusen. Nicht Michael. Ohne auch nur eine Spur von Gedrängel oder Hast erreichte er den Ausgang als erster, nahm seine Kinder in die Arme und reichte ihnen die Mitbringsel.

Jenny benahm sich jetzt schon, als wäre sie auf einer Bühne. Als sie das gelbe T-Shirt mit der Aufschrift ›San Francisco Ballet Company‹ sah, weiteten sich ihre Augen wie einstudiert.

»O Daddy, das ist genau das, was ... vielen, vielen Dank ...«

Simon dagegen schaute fast mürrisch, als Michael ihm einen weichen Lederbeutel gab, der sich mit einer Schnur zuziehen ließ, und ihm erklärte, Indianerkrieger hätten die früher auf dem Kriegspfad gehabt.

»Als sie Rehe und so was aufgespürt haben, auch? Wenn sie nur mal so mit ihren Ponys ausgeritten sind?«

»Sicher. Ich wette, sie haben die nie aus den Augen gelassen.«

»Toll! Darin hebe ich meine Murmeln auf.«

Dann aber konzentrierte er sich auf Ellie, obwohl er die Kinder noch im Arm hielt.

Er schaute sie nur an, wie er das immer tat – aber mit was für einem Blick! Er begann bei ihren Augen, in die er lächelte, verweilte kurz bei ihrem Mund, ihrer Kehle, und dann wanderte er langsam an ihrem Körper herab. An ihren Brüsten, an ihrer Hüfte und an ihren Waden hielt er wieder an, und dabei wurde sein Lächeln immer breiter. Er hatte sie nicht einmal berührt, und doch spürte sie schon diese Wärme in sich.

»Warum bekomme ich von dir in der Öffentlichkeit nie mehr als einen Blick und eine kurze Berührung deiner Hände?« hatte sie ihn einmal gefragt. »Andere Leute nehmen sich in den Arm und küssen sich.«

»Die Abramskys aber nicht«, sagte er voller Stolz. »Felix liebt seine Frau wie kein anderer Mann, den ich kenne, aber er würde sie in der Öffentlichkeit genausowenig küssen oder ihr die Hand halten, wie er sich seine Zähne am Marktbrunnen putzen würde! Felix hält das für eine bedauerlichen Mangel an Würde.«

Wie typisch für Felix – und wahrscheinlich hatte er recht. Im Lauf der Jahre hatte sie es sich angewöhnt, diesen Augenblick des *Anschauens* zu genießen wie ein Horsd'œuvre, das ein herrliches Festmahl verspricht.

Heute war es ein bißchen anders als sonst; wie gewöhnlich, wenn er von den Roma kam, spürte sie kaum merkliche Unterschiede. Er brauchte nun Zeit, um sich an den Übergang zu einer anderen Gedankenwelt zu gewöhnen, um die kleinen Veränderungen in seiner Lautstärke und Sprechweise zu bewerkstelligen. Selbst seine Geschmacksnerven mußte er wieder umstellen.

Heute aber hatte er einen Ausdruck in den Augen, den sie dort bisher erst einmal gesehen hatte. Es war kurz vor ihrer Hochzeit gewesen, als er von Appleby heimkam, um sie in *Greenlings* vorzufinden. Dieses Mal war er nicht verdreckt und roch nicht nach Rauch, aber in seinen Augen standen die gleichen Schatten, jener gehetzte Ausdruck, den zu vertreiben ihr nicht leichtfallen würde.

Zu Hause nahm er sie kurz in die Arme und erklärte ihr, er habe sie vermißt … Sie aber schob ihn mit sanfter Gewalt weg, drehte das Radio leiser und machte höfliche Konversation. Gingen die Geschäfte gut? Es ging, der Verkauf sei zurückgegangen, aber das würde sich schon wieder geben. Rose? Wie üblich, nachdem sich jemand um sie gekümmert hatte … Dui war wegen Trunkenheit am Steuer im Gefängnis …

»Aber was macht jetzt seine Frau? Kommt sie denn klar? Zwei Kinder …«

»Fast drei – und sie wird eben klarkommen müssen. Der kleine Bruder Micah hat seine Unabhängigkeit erklärt. Wieder einmal.«

»Auch du meine Güte … Und wie ist Sacramento?«

»Heiß und riesig. Ganz anders als Los Angeles oder die Bay Area.«

»Warst du bei der *Kumpania?*«

»Mmm, dein Akzent ist fast perfekt. Wir werden doch noch eine Zigeunerin aus dir machen.« Seine Lippen suchten ihre Kehle, aber sie vernahm eine leichte Schärfe in seiner Stimme. »Den Familien geht es gut. Nun, da sie einen neuen Rom Baro haben, könnten sie vielleicht eines schönen Tages sogar wieder flüssig werden.«

»Dui hat also seinen Titel verloren?«

»Er hatte es verdient.«

»Glaubst du, der neue Mann wird ein besserer Rom Baro sein?«

»Schlechter kann wohl kaum jemand sein. Der neue

Mann ist eine Frau, meine Cousine zweiten Grades übrigens ... Habe ich dir schon erzählt, daß ich dort ein Grundstück gesehen habe, das zwar heruntergekommen ist, aber durchaus Möglichkeiten hat? Ich werde mir die Sache anschauen – und habe ich dir erzählt, daß Tomo arbeiten geht? Er ist Dachdekker, glaube ich.«

»Was?! Aber er ist doch noch ein Kind!«

»Er ist von den Roma. Dort werden die Leute schnell erwachsen.«

»Mir wäre es gar nicht recht, wenn Simon so früh arbeiten müßte.«

»Dazu wird es nicht kommen. Die Schule hat ihm anscheinend ganz gut gefallen, oder? Es hat doch keine Klagen gegeben?«

»Er ist sehr beliebt in Brimley ...«

»... sagte die Mutter spitz.«

Endlich lachte er wirklich und tat nicht mehr nur so. »Und wenn du Geduld hast, gibt es etwas für Simons spitze Mutter ...«

»Dafür ist es ein bißchen zu früh, oder?«

»Dafür ist es nie zu früh – aber das hatte ich eigentlich nicht gemeint, es sei denn, du bestehst darauf – aber vorher mußt du die Augen schließen.«

Sie spürte ein Gewicht und eine kühle seidenweiche Glätte an ihrem Hals, und eine bittere Woge von Schuldbewußtsein überschwemmte sie, machte sie ganz schwach. So hart arbeitete und plante er für sie, und doch lehnte sie *Abramo* innerlich ab, die Roma, Anna, sogar – und das war wirklich nicht recht von ihr – Felix lehnte sie manchmal ab, weil er ihn manchmal von ihr wegholte. »Aber Michael ... Perlen ... aber warum? Ich habe doch nicht Geburtstag ...«

»Ich war allein in Chinatown essen, aber ohne Ellie hat mir das keinen Spaß gemacht. Draußen waren noch ein paar Läden offen, und so ...« Seine Lippen folgten den Perlen und ließen an jeder Stelle, die sie berührten, Wärme zurück.

»Michael, ich wäre doch mit dir gekommen. Nächstes Mal mache ist es auch.«

»Mach keine voreiligen Versprechungen – es könnte sein, daß ich beim nächstenmal nur Verkaufsgespräche führen oder mir irgendwo ein halb zerfallenes Haus ansehen muß. Du hast doch auch zu tun. Die Kinder, die Studios, das Haus, und bald wirst du in meiner Abwesenheit die Finanzen von *Abramo* im Auge behalten müssen. Felix tut ja sein Bestes, aber er ist einfach überfordert. Er war eigentlich nie wirklich an Geld interessiert, und das zeigt sich jetzt langsam.«

»Kann denn nicht Pete Preston ...«

»Mein Gott, nein, er ist ein Genie. Solche Leute können nicht mit Geld umgehen. Er könnte ebensowenig wie Jenny eine Bilanz lesen – und sie wird es in ein paar Jahren mit verbunden Augen können. Die Sache mit dem Profit ist so einfach, daß eine Ameise sie verstehen könnte, und doch schaffen es die meisten Leute nicht, auch nicht Pete.«

Sie wußte nicht, was sie an seinen Worten verletzt hatte. Vielleicht war es die unausgesprochene Verachtung, aber sie war verletzt – und dann knöpfte er ihr das Kleid auf, schob die Träger herunter und löste den Verschluß. »Ach, wie du mir diesmal gefehlt hast, Ellie! Ich war so einsam ...«

Sie lachte leise und erwartungsvoll. »Trotz all der Verwandten?«

Er erstarrte, hielt den Atem an. Als sie ihm in die Augen schaute, mußte sie sich zwingen, nicht zurückzuweichen. Einen kurzen Moment lang war in seinem Blick eine so unvermittelte Feindseligkeit, daß man hätte denken können, sie sei sein Todfeind und nicht seine Ehefrau, die zu lieben er sich gerade anschickte. »Ist etwas, Liebling?« Was hatte sie denn nur gesagt? Irgend etwas über seine Verwandten ... Hatte er gedacht, sie wollte sich über sie lustig machen? O Gott, diese Widersprüche in ihm ...

»Natürlich nicht!« Damit schob er sie auf das Bett, zog sie aus, bis sie nichts mehr trug als die Perlen und den Mantel aus

Küssen, mit denen er sie bedeckte. Seine Hände und sein Mund waren sanft, geübt – aber während er sie küßte, standen seine Augen weit offen, war sein Blick immer noch feindselig. Ob er das wußte? fragte sie sich.

Er drang schnell in sie ein und gab dabei einen Laut von sich, der wie ein Schluchzen klang, und ihr Liebesspiel war bald zu Ende. Sie war danach zwar körperlich befriedigt, aber sie fühlte sich leer, allein, und das lange Beisammensein, das sie so sehr liebte, fehlte diesmal. Nun ja, er war müde, die lange Reise ...

Er gab ihr einen Gutenachtkuß, berührte kurz die Perlen und murmelte: »Würdest du in ihnen schlafen, nur heute nacht? Als ich dich zum erstenmal gesehen habe, habe ich gedacht, diese Frau verdient Perlen. Ich stelle mir gern vor, wie du mit ihnen aussiehst.«

32

Den Rest dieses Winters hatte Michael das Gefühl, nur die Zeit herumzubringen und auf irgendein Ereignis zu warten, das ihn vor einer ebenso unklaren wie unausweichlichen Zukunft retten könnte. Von Zeit zu Zeit nahm er die Karte des Maklers aus Sacramento zur Hand, aber dann zitterte er jedesmal wie ein ängstliches Kind, das zum erstenmal mit der Achterbahn fährt, und er konnte sich nie wirklich dazu durchringen, den Mann anzurufen.

Er entwickelte einen fast manischen Hang, sich hinter einem Berg von Sicherheit zu verschanzen; dahinter durfte ihn niemand sehen, berühren oder ihm sonstwie schaden.

Arbeitete er nicht für seine Familie, so war er bei ihr. Er ging mit Ellie ins Theater und zeigte sich mit ihr auf Industrieballen, und auch zu Hause hatten sie oft Gäste, er sorgte dann jedesmal dafür, daß sie im Mittelpunkt der Aufmerksamkeit stand.

An manchen Wochenenden ging er mit Simon angeln oder

durchstreifte auf der Jagd nach Rehen, die sie nie zu Gesicht bekamen, die Wälder. Er machte mit einer der vielen Murmeln, die Simon in seinem indianischen Lederbeutel mitschleppte, Zielübungen auf Büsche – aber als Simon ihn bat, er möchte ihm doch zeigen, wie man Forellen kitzelt, statt immer nur langweilig mit der Angel am Ufer zu stehen, lehnte er das ab. »Das ist verboten«, sagte er bestimmt. »Möchtest du vielleicht in Borstal enden?«

»Was ist das?«

»Da sperren sie böse Jungen ein.«

Manchmal gab er Mary Beth einen Tag frei und fuhr Jenny zu ihren Ballettstunden bei der Romanowna. Er freute sich dann mit Anna über dieses zerbrechlich aussehende Kind, das mit jedem neuen Tanzschritt, den es meisterte, an Selbstvertrauen zu gewinnen schien. Manchmal begleitete ihn Jenny auf die Fuchsjagd. Er war dann immer verlegen in seinem maßgeschneiderten Jagdrock, aber zugleich auch unerträglich stolz auf seine Tochter, die angeblich von allen Reitern aus ihrer Altersgruppe und Klasse den besten Sitz im County hatte. Anna war empört. »Was nützt es, wenn das Mädchen perfekte Arme für das Ballett hat, wenn es sich bei einem Sprung über einen Zaun den Hals bricht?« Selbst nachdem Michael Anna mitgenommen hatte und sie in Dekken eingewickelt vom Auto aus zusehen ließ, konnten sie die braven Ponies, die sich von den Reitern lammfromm durch das Tor führen ließen, nicht überzeugen. »Irgendwann«, warnte sie düster, »wird es an die Tür klopfen, und dann steht jemand mit der armen zerschmetterten Jenny in den Armen draußen ...«

»Anna, ich passe auf, ich verspreche es dir«, beteuerte ihr Jenny. Sie war selbst den Tränen nahe, denn sie fühlte sich hin und her gerissen zwischen dem Wunsch, Anna zu gefallen, und der Freude am Reitsport, in dem sie so sehr glänzte und bei dem sie Freunde fand, die sie zu Hause anriefen und zu ihren Geburtstagen einluden.

»Das ist der richtige Umgang«, sagte Michael. »Wenn sich doch Simon auch mit solchen Leuten anfreunden würde ...«

Ellie machte sich über ihn lustig und sagte, er sei ein noch größerer Snob als Felix, aber das machte ihm nichts. Er war fest entschlossen, zwischen seinen Kindern und den Roma den größtmöglichen Abstand zu schaffen; was ihm durch Fuchsjagden und Country Club mühelos zu gelingen schien. Wenn doch Simon nur ... jetzt war er fast drei Monate in der Schule, aber Anschluß hatte er noch nicht gefunden. Er brachte keine Freunde nach Hause, und niemand rief ihn an.

Statt dessen meldete sich der Direktor bei Michael. Es war ein paar Wochen vor den Ferien, und der Elternsprechtag stand bevor. Das hatte er doch richtig verstanden, daß die ganze Familie kommen wollte? Es wäre in diesem Fall schön, wenn Michael zu einem kurzen Gespräch in sein Büro kommen würde. Simon solle davon am besten nichts erfahren.

Es war ein unglaublich schöner Frühlingsnachmittag. Der Himmel war blaßblau, und auf dem zarten, frischen Grün des Cricketplatzes glänzten noch die Tropfen eines Regenschauers vom Vormittag. Kleine Jungen in weißen Anzügen liefen umher und erhielten von ihrem Sportlehrer laute Anweisungen, die Michael ebensowenig durchschaute wie ihre Spielregeln.

Später traf sich alles zu einer Gartenparty. Ellie trug ein Kleid aus cremefarbener Shantungseide und einen Strohhut mit breiten rosaroten Bändern; Anna stolzierte in einem Kleid, dessen rostroter Farbton nicht so recht zu den immer kräftiger werdenden roten Flecken auf ihren Wangen passen wollte, auf dem Rasen umher. Felix hatte sich einen neuen Anzug zugelegt, der aber auch nicht besser geschnitten war als alle anderen. Jenny wirkte mit ihrem langen Haar, das golden in der Sonne glänzte, wie Alice im Wunderland.

An jedem anderen Tag hätte sich Michael vor Stolz über seine Familie kaum fassen können, aber der Anruf des Direktors hatte ihm seit einer Woche keine Ruhe gelassen.

»Was kann er bloß von dir wollen?« flüsterte Ellie Michael

zu, als er für sie einen Platz unter dem Baldachin gefunden hatte und sich gerade auf den Weg zum Büro des Direktors machen wollte. Andere Eltern waren nicht dorthin bestellt, das hatte er schon festgestellt. Ellie zeigte sich optimistisch. »Vielleicht wollen sie, daß er gleich in eine höhere Klasse aufsteigt, weil er so intelligent für sein Alter ist. Mary Beth sagt, Simon hätte einen erstklassigen Verstand, wenn er sich nur anstrengt ...«

»Und du meinst, das hätte er? Sich angestrengt?«

»Ich sehe keinen Grund, warum nicht!« Sie war sofort in der Defensive.

»Ich würde es auch gern sehen, wenn er Erfolg hätte, das weißt du doch.«

»Du würdest es gern sehen. Ich erwarte es«, sagte Ellie bestimmt.

Er versuchte sich von ihrem Optimismus anstecken zu lassen, aber der Ausdruck im Gesicht des Direktors war nicht ermutigend. Plötzlich war Michael froh, daß Ellie nicht dabei war.

»Es gibt Augenblicke«, sagte der Direktor langsam, »da wäre ich lieber Hilfsarbeiter, als hier zu sitzen. Ich fürchte, dies ist ein solcher Augenblick.«

Michael biß die Zähne zusammen. »Arbeitet Simon nicht genug?«

»Eigentlich gar nicht. Als er zu uns kam, konnte er lesen und schreiben. Seitdem haben wir nicht den geringsten Fortschritt feststellen können ...«

»Vielleicht ist Ihr Kollegium nicht ganz so kompetent.« Warum verteidigte er Simon, obwohl er es gewußt hatte, ja, gewußt hatte er es. Er verteidigte ihn, damit er später Ellie mit gutem Gewissen beteuern konnte, er hätte sein Bestes getan. Wenn sie jetzt hier wäre, würde sie sich knapp und würdig geben – und sie würde Simon verteidigen. Er war zwar stolz auf ihre Loyalität, aber er hatte den dunklen Verdacht, daß sie hier fehl am Platz und die Schlacht schon verloren war.

»Es geht nicht nur um die Arbeitsmoral ...« Der Direktor legte seine Hände flach gegeneinander und blickte ringsumher, nur nicht Michael in die Augen. »Tatsache ist, Mr. Abramsky, daß Ihr Sohn ein unheilbarer Lügner ist.«

»Alle Kinder lügen!«

»Kinder erfinden Geschichten«, verbesserte ihn der Pädagoge voller Bedauern. »Um sich Schwierigkeiten vom Hals zu halten, um sich vor Aufgaben zu drücken, die ihnen keinen Spaß machen, oder aus Dutzenden von anderen Gründen, die aber alle ziemlich harmlos sind. Simon aber lügt aus Vergnügen daran, fürchte ich. Er will herausbekommen, wieviel die anderen Jungen ihm glauben. Sie sind jung und unschuldig.«

»Simon etwa nicht?« Michael versuchte, das Dröhnen in seinen Schläfen abzustellen. »Sie werfen ihm also seine Phantasie vor, oder?«

»Die Sache geht viel weiter. Es ist sogar zu einem Zwischenfall gekommen – eigentlich zu mehreren, aber dieser war nur der letzte in der Reihe. Sie wissen vielleicht, daß er einen Lederbeutel mit Murmeln hat? Also ... vor einigen Wochen hat er im Unterricht damit gespielt. Es war der typische Unfug, wie ihn kleine Jungen machen, aber er hat damit den Unterricht gestört – wie auch immer, auf jeden Fall wurde der Beutel bis zum Ende des Halbjahres konfisziert und in einem Schrank im Lehrerzimmer, wo solche Dinge aufbewahrt werden, weggeschlossen. Die Jungen dürfen ihn nicht anrühren.«

Ein harter Klumpen ballte sich in Michaels Magen zusammen. Er wußte genau, was jetzt kommen würde, und er hätte den Mann am Weitersprechen gehindert, hätte er es gekonnt.

»Am nächsten Tag war der Beutel nicht mehr da.«

Ganz richtig. Er baumelte in diesem Augenblick an einem Haken in der Garage in *Greenlings*. »Wollen Sie damit sagen, daß ein siebenjähriger Junge ein Schloß geknackt hat ...«

»Acht, er ist acht Jahre alt, und der Schrank war nicht verschlossen, weil wir unseren Jungen vertrauen. Simon sagt, er hat ihn sich wiedergeholt, weil ...«

»Weil er ihm gehört! Ich habe ihn aus Kalifornien für ihn mitgebracht ...«

»Aber das hier ist eine Schule. Wir haben Gesetze.«

»Das kann ich verstehen, aber Sie beschuldigen ihn, daß er sich sein Eigentum gestohlen hat!«

Der Direktor seufzte und warf einen Blick auf die Uhr. »Es hat noch mehr Zwischenfälle gegeben, die eigentlich ernsterer Natur waren, die er aber nicht zugegeben hat. Ich möchte Ihnen daher nicht ...«

»O doch, das werden Sie! Und zwar mit allen Einzelheiten. Das möchte ich jetzt gleich hören.«

Wieder einmal hatte Papa recht behalten. Schulen waren Fallen, Gesetze, die von Gesetzen eingegrenzt waren, und die wiederum von weiteren Gesetzen.

»Ich glaube kaum ...«

»Ich aber. Wenn er noch anderer Schandtaten verdächtigt wird, habe ich das Recht zu erfahren, welche das waren.«

Aber nicht den Wunsch, sie zu hören – und Ellie mit ihrer unendlichen Würde, ihrem Stolz ...

»Also gut. Bertie Phelps, ein ehrlicher, wenn auch etwas schwerfälliger Junge, sagt, er hätte Simon vor einigen Monaten eine Krawattennadel mit einem kleinen Diamanten darauf geliehen. Besonders wertvoll war er nicht, und ich bin auch der Meinung, daß man Kindern solche Dinge nicht mitgeben sollte, aber ...« Er breitete seine Hände aus, um seine resignierende Mißbilligung solcher Eltern zum Ausdruck zu bringen, die ihre Kinder so töricht verwöhnten. »Soweit ich das verstanden habe, sollte Simon die Nadel eine Woche lang tragen dürfen, und dann sollte er sie wieder zurückgeben. Das hat er dann aber verweigert. Jede Woche hat er eine andere Entschuldigung vorgebracht – einmal hatte er sie zu Hause vergessen, dann steckte sie an seiner anderen Krawatte ... bis er schließlich steif und fest behauptete, Phelps hätte sie ihm geschenkt. Für immer. Jetzt ist sie auf jeden Fall verschwunden.«

»Mein Gott, Simon hat doch ständig etwas anderes im

Kopf. Wahrscheinlich hat er sie weiterverliehen oder verloren, und jetzt traut er sich nicht, das zuzugeben.«

Der Direktor warf noch einmal einen Blick auf die Uhr und erhob sich, er war offensichtlich erleichtert, daß das Gespräch bald vorbei war. »Ich glaube, Sie werden feststellen, daß es nur sehr wenig gibt, was Simon sich nicht traut zuzugeben.«

»Ich werde natürlich mit ihm sprechen, aber –«

»Es tut mir leid ... aber unter den gegenwärtigen Umständen wird im nächsten Halbjahr kein Platz mehr an dieser Schule für ihn sein. Ob ich vielleicht eine Anstalt vorschlagen dürfte, die sich mehr nach militärischen Vorbildern ausrichtet? Mit einer etwas ... härteren Disziplin?«

Er ging zur Tür, als hätte er Gummilaufrollen unter den Füßen. Dort blieb er in dem hellen Sonnenschein stehen und hielt Michael, der noch immer nicht ganz verstanden hatte, die Tür auf. Draußen gingen Eltern vorbei, denen er ein belangloses Lächeln und ein Kopfnicken schenkte. *Gajo*-Eltern. Dann nahm er Michael mit einer geübten Geste am Arm und führte ihn die Treppe hinunter, als seien sie die besten Freunde. Jetzt, nachdem der unangenehme Teil vorbei war, konnte er ja wieder freundlich sein. Für den Fall, daß irgend jemand sie beobachtete, lächelte er Michael direkt ins Gesicht, während er weitersprach.

»Trotz allem, was passiert ist, muß ich zugeben, daß Simon ein interessantes Kind ist und eine bemerkenswerte Phantasie besitzt. Er ist sogar so weit gegangen, überall in der Schule herumzuerzählen, daß er ein Zigeuner ist! Und er hat es sogar geschafft, daß die Jungen ihm das geglaubt haben. Können Sie sich das vorstellen? Trotz seiner blauen Augen und dem hellen Haar und ...«

»Er ist zur Hälfte Zigeuner. Sie mit Ihrer hervorragenden Bildung wissen doch sicher, daß nicht alle Zigeuner dunkel sind.« Michael schüttelte den beleidigend-herablassenden Arm ab. »Ich bin dunkel – und ich bin Zigeuner.« Er sah sich auf dem Gelände um, das schön wie aus einem Bilderbuch vor ihm lag, die Jungen mit ihren rosigen Wangen, die gepflegten Sträucher, die dynamischen Lehrer. »All dies wurde mir nicht geboten. Mein Vater hat mir immer gesagt, ich könnte von Glück sagen, daß ich es vermißt habe, und ich habe ihm das nicht geglaubt. Ich sehe jetzt, daß er vielleicht recht hatte.«

»Aber mein Bester, ich wollte Ihnen nicht zu nahe treten ...«

... es wird kein Platz für ihn sein ... kein Platz für ihn ...?

Michael packte ihn am Ellbogen. Simon und Ellie waren in diesem Augenblick vergessen, und es war nichts mehr da als das donnernde Pochen in seiner Brust. »Was sagten Sie eben über einen Platz für ihn?«

»Erst ab nächstes Halbjahr natürlich ... bis zu den Ferien bleibt er besser hier ... um den Schein zu wahren.«

Ja, der Schein mußte gewahrt werden. Das Dröhnen in seinem Kopf hörte auf, es wurde ganz still. Einen Augenblick lang spürte er nicht einmal seinen Herzschlag. »Sie sagen also, daß er mit Wirkung vom nächsten Halbjahr an hinausgeworfen ist.«

»Ach, er ist doch noch so jung, dieses Wort sollten wir vermeiden, finde ich. Es klingt sowieso so archaisch ...«

Wie wäre es dann mit »verbannt«? Oder ist das noch archaischer? Trotzdem wurden auch heute noch Jungen von der Schule geworfen, und noch immer wurden erwachsene Männer aus der *Kumpania* verbannt.

Weggeschickt.

Ausgeschieden.

Von keinem Nutzen mehr.

Im biblischen Sinn vertrieben.

Du hast getan, was sich nicht rückgängig machen läßt ... Du bist aus der Kumpania *verbannt ... Von diesem Tag an gehörst du nicht mehr zum Volk. Da, wo das Feuer brennt ...*

Sein Vater verstoßen von den Roma.

Jetzt sein Sohn unerwünscht bei den *Gaje*.

Er sah sie vor sich, eine perfekte Familiengruppe, umringt

von anderen perfekten Familiengruppen. Da saßen sie artig versammelt, nippten an ihren kühlen Drinks und nahmen ab und zu einen Happen von ihrem Gurkensandwich, das kaum dicker war als eine Kreditkarte. Als Michael Simon mit seinen Schulkameraden verglich (trotz des Rauschens in seinen Ohren hielt er sich für einen objektiven Beobachter), erschien er ihm besser als die anderen Jungen von sieben bis zwölf, aufgeweckter, mit schärferem Blick, schneller, offener. Das verstohlene Duckmäusertum der anderen fehlte ihm, und von irgendwelchen erbärmlichen Ambitionen, die schon ins Auge gefaßt, aber noch nicht realisiert waren, war bei ihm keine Spur zu finden.

Bei Ellie stand ein rotgesichtiger Mann in einem Tweedanzug. Michael wußte, er hatte als Botenjunge eines Buchmachers angefangen. Inzwischen war er Leiter einer großen Gesellschaft von Wettbüros in London, für die Freizeit schaukelte vor Cowes eine Yacht vor Anker, und in seiner Wohnung in der Fifth Avenue wartete eine Superfrau auf ihn. Auf Ellies anderer Seite stand eine Richterin aus der Gegend. Wäre Papa noch am Leben, so hätte diese Frau höchstwahrscheinlich den Zigeuner Micah und seinen Vater wegen Landstreicherei verurteilt – hier auf dem Lande war der Stempel »Ohne festen Wohnsitz« ein Kainsmal, dem »Mörder« nicht viel nachstand. Jetzt stand die Frau da und unterhielt sich mit Michaels Frau, und ohne Zweifel betrachtete sie es als Privileg, das tun zu können. Ein lokaler Theaterkritiker hatte Anna und Felix an die Bar gedrängt und gab sein Urteil zum besten. Ein Sportlehrer flirtete leicht mit Mary Beth, und ein Anwalt im Ruhestand bewunderte das blaue Band in Jennifers Haar.

Nur Simon stand mit finsterem Gesicht da, die Hände in den Taschen vergraben.

Selbst wenn der Direktor ihn nicht hinausgeworfen hätte, hätte Michael ihn nun sowieso von der Schule genommen. Der Junge hatte hier keine Freunde. Drei Monate war er jetzt hier, er war in einem Alter, in dem Kinder Freundschaften so schnell schließen und wieder abbrechen, wie sie aus ihren Schuhen wachsen, und trotzdem hatte Michael seinen Simon noch nicht mit einem Mitschüler sprechen sehen.

Er sah verwundbar und hoffnungslos allein aus.

Als Michael ihn so beobachtete, wurde er von einer merkwürdigen Mischung aus Zärtlichkeit und Verärgerung überflutet. Seine Arbeit – all das Geld, das er verdient hatte, seine Beziehungen, seine Reisen, die richtigen Adressen, die richtigen Clubs – all das sollte sicherstellen, daß sich seinen Kindern die Türen öffneten und daß sie ungehindert überall eintreten konnten. Dieser Junge aber schien eisern entschlossen, alle Türen ebenso schnell zuzuschlagen, wie Michael sie ihm öffnen konnte.

In einer Hinsicht hatte Simon Glück. Verbannten die Roma jemanden, so meinten sie das ernst. Die Welt der *Gaje* war da großzügiger, im Lauf der Zeit geriet so etwas in Vergessenheit. Es würde noch mehr Türen für Simon geben, aber Herrgott noch mal, mit seinen acht Jahren hatte er es schon geschafft, aus einer der Enklaven der gesetzestreuen, ehrbaren *Gaje* vertrieben zu werden.

Zum erstenmal spürte Michael Mitleid mit seinem unruhigen Sohn. Er verspürte den Impuls, ihn zu halten und ihm zu sagen, daß das nichts ausmache, er brauche nicht in die Schule zu gehen, wenn er nicht wolle – aber wie konnte in dieser Welt ein Junge ohne die richtigen Schulen, die Verbindungen und Clubs zum Mann werden?

Du hast es doch auch geschafft! Aus Micah wurde Mischa, und aus dem wurde Michael. Ja, aber ich bin durch eine viel härtere Schule gegangen, als dieser Junge sie je erleben wird.

Nun sah Simon auf, und sein Blick wurde noch finsterer. »Wie lange dauert es noch bis zu den Sommerferien?« fragte er.

»Das weißt du doch. Zwei Monate. Warum?«

Er grub mit seinem Absatz Löcher in den makellosen Rasen. »Ich warte darauf, nach Kalifornien zu kommen.«

»Falls wir überhaupt hinfahren.«

Er meinte, seiner Stimme dabei einen bedrohlichen Tonfall verliehen zu haben, um so anzudeuten, daß Vergnügungen wie ein Sommer in Kalifornien zuerst mit gutem Betragen in der Schule verdient werden müssen – aber der Junge wußte natürlich noch nichts von seinem Rausschmiß. Ob es ihm etwas ausmachen würde?

Nein.

Aber seiner Mutter ... der würde es etwas ausmachen. O ja.

Sie kam in diesem Augenblick herüber und nahm Simon in ihre Arme. Michael spürte, wie ihn ein Gefühl von unendlicher Zärtlichkeit übermannte; wenn er es ihr doch nur verschweigen könnte. »Der Englischlehrer hat mir gesagt, sie sollten im nächsten Halbjahr eine dramatisierte Version von Hiawatha aufführen«, sagte sie. »Das wäre doch etwas für dich, oder? Es geht dabei um Indianer ...«»

»Ich glaube«, sagte Michael leise, »Pläne für das nächste Halbjahr verschieben wir erst einmal.«

»Warum? Was ...«

»Später. Wenn wir heimkommen ...«

*

Wie konnten sie es *wagen*? Es war ungerecht, unmenschlich – wenn Michael ihr das doch bloß erzählt hätte, bevor sie wieder zu Hause waren ...

Sie hatten Simon dagelassen, um den Schein zu wahren. Morgen früh würde sie sich aber gleich in das Auto setzen, die hundert Meilen fahren und ihn heimbringen. Felix hatte recht. Das System war tatsächlich barbarisch. Gerade wiederholte er es wieder; es war verblüffend, wie einig sich plötzlich alle waren – sogar Michael, obwohl der ihn doch hingeschickt hatte.

Aber du warst doch auch einverstanden, Ellie. Du hast ihn sogar selbst hingefahren und ihn dort gelassen, obwohl du wußtest, daß dies nicht der richtige Ort für ihn war.

Was ist aber richtig für ihn? Warum konnte er nicht so sein

wie Jenny? Jedermann liebte sie, und sie liebte jedermann, brauchte jedermann und zögerte auch nicht, das zu zeigen. Simon konnte es kaum ertragen, Zuneigung entgegengebracht zu bekommen, und er zeigte sie nur, wenn er etwas davon hatte. *Wie Michael*, fiel ihr unvermittelt ein, doch sie unterdrückte den Gedanken gleich wieder.

Was um Himmels willen brauchte der Junge? Was konnte in dieser perfekten Welt, die Michael ihnen aufgebaut hatte, diesen verstockten Jungen glücklich machen? Großmama hatte er geliebt, ja, aber danach kam eine große Lücke. Simon, mein Kleiner, rief ihr Herz, bin ich denn gar nichts, kannst du nicht einmal mich lieben? Dein Vater, dein Stiefgroßvater, deine Schwester – sie alle lieben mich. Ich weiß das, weil sie es mir zeigen und sagen! Warum nicht auch du?

»Ich war schon immer der festen Überzeugung«, verkündete Felix der Versammlung in dem Zimmer – Anna, Michael, Mary Beth, sie selbst, sogar Pete war da und nippte an einem Scotch mit Wasser, was noch nie vorgekommen war ... »... der festen Überzeugung, daß sie zu jung sind, um ihr Zuhause zu verlassen. Bei Jenny sieht das jeder ein – aber nur deshalb, weil sie ein Mädchen ist, und so *brav* dazu! Dabei ist es Simon, der die Zuwendung braucht, die Aufmerksamkeit. Er ist ein schwieriges Kind, und er braucht ... ach, wie soll ich das sagen ...«

»Den Samthandschuh«, warf Anna scharf ein, »in dem er dann einen Frosch oder einen Hamster zu Bett bringt. Du sagst, er gehört verwöhnt. Der Meinung bin ich nicht.«

»Still! Nein, Simon braucht ... jemanden, der ihn versteht, und das ist sehr schwer. Ich versuche ja, ihn zu verstehen, aber es gelingt mir nicht. Seit die beiden sprechen konnten, wußte ich immer, was Jenny in einem beliebigen Augenblick gerade dachte. Ganz anders bei Simon. Es tut mir leid, aber wenn er mein Kind wäre, wüßte ich nicht, was ich tun sollte.«

»Wenn er mein Sohn wäre«, sagte Anna und biß von einer rohen Gurke ab, »würde ich ihn ins Ballett stecken. Eine härtere Disziplin gibt es nicht.«

»Er findet, das ist etwas für Weichlinge«, sagte Michael.

»Das hast du auch einmal gedacht, aber du hast gelernt, etwas für deinen Körper zu tun, damit du stolz auf dich sein kannst. Wenn du mit dem Geldverdienen nicht so erfolgreich wärst, wärst du inzwischen Solotänzer.«

»Vielleicht. Und solange meine Knie oder meine Wirbelsäule oder meine Knöchel es ausgehalten hätten, hätte ich dann auch gerade so viel verdient, um meinen Lebensunterhalt davon bestreiten zu können. Warum soll er ein Risiko eingehen, wenn da eine gesunde Firma auf ihn wartet, die er übernehmen kann?«

Nun meldete sich auch Mary Beth zu Wort. »Hat sich von euch vielleicht schon jemand überlegt, daß Simon seine eigenen Vorstellungen von seiner Zukunft haben könnte? Wenn er viel, viel älter ist? Vielleicht wird er fromm und will Priester werden ...«

»Pah!« schnaubte Anna.

»... oder Maler, Zahnarzt, Dichter, Croupier, oder auch Landstreicher, wenn er das will! Es ist seine Zukunft, die ihr hier verplant, nicht eure!«

»Er ist unser Sohn«, sagte Michael mit trügerischer Ruhe.

Ach, Mary Beth, sie meinte es ja gut, aber ... Ellie rutschte unruhig auf ihrem Stuhl hin und her und organisierte bereits ihren Rückzug aus dem plötzlich spannungsgeladenen Zimmer. Der Schock war vorbei, sie alle hatten akzeptiert, was geschehen war, und ausgerechnet jetzt kam Mary Beth mit ihrem Pädagogengewäsch. Sie hatte selbst keine Kinder, und dann war es immer leicht zu erkennen, was für die Kinder von anderen Leuten am besten ist.

Ellie holte sich das Tablett und räumte Teller und Tassen zusammen. Sofort sprang Pete Preston auf und folgte ihr in die Küche, um zu helfen.

»Die Sache mit Simon hat dich wirklich mitgenommen, nicht?«

»Sie hat uns beide mitgenommen«, sagte sie zurückhaltend.

Er legte ihr die Hand sanft und voller Anteilnahme auf ihre Hände. »Aber nicht auf die gleiche Art. Michaels Stolz ist verletzt, weil sein Sohn von der Schule geworfen und sein Gesamtplan gestört worden ist. Du fühlst dich verletzt, weil du Angst hast, Simon könnte verletzt werden.«

Sie seufzte und zog ihre Hände weg. »Ich grüble dauernd darüber nach, wie er sich fühlen wird, wenn wir ihm sagen, daß er nicht zurück kann. Und warum.«

»Willst du meine Meinung wissen?«

Sie nickte.

»Überglücklich wird er sein. Ich bezweifle, daß er dort auch nur einen einzigen Tag glücklich war.«

»Ach, Pete … jetzt habe ich ein noch schlechteres Gewissen, weil ich ihn doch hingefahren habe …«

Der Scotch hatte ihn mutig gemacht, und er sagte: »Ich nehme an, Michael hat dir da wohl keine andere Wahl gelassen.« Er sah sie dabei völlig verzweifelt an und verriet mit seinem Blick alle seine Gefühle.

»Warum sagst du das?« fragte sie sofort scharf zurück.

»Er setzt voraus, daß alles nach seinem Kopf geht. Deshalb hat er sich ja so oft durchgesetzt – auch bei mir, obwohl es meistens zu meinem Nutzen ist. Ich sehe es nur nicht gern, daß du auch so manipuliert wirst. Glaub mir, ich kenne ihn wie meine Westentasche. Alles, was er tut, ist genau geplant. Du darfst das nicht falsch verstehen, Ellie. Ich bewundere ihn und bin ihm dankbar, manchmal wünschte ich, ich wäre wie er. Ich beschwere mich nicht, aber …«

»Wer beschwert sich nicht?«

Michael stand lächelnd in der Tür. In diesem Augenblick hallte Mary Beths Stimme herüber, hier sei etwas im Fernsehen, das Pete auf keinen Fall verpassen dürfe.

Zum erstenmal seit ihrer Ankunft aus Brimley war Ellie allein mit Michael. Er schloß die Tür.

»Ich bin überrascht«, sagte er. »Wer hätte das gedacht?! Pete Preston! Und ich hatte gedacht, er wäre hinter Mary Beth her.«

»Hast du gehört, was er über dich gesagt hat?«

»Zum Teil.«

»Und du ärgerst dich nicht darüber?«

Er zuckte die Achseln. »Warum denn? Er hat doch recht – wenn es ums Geschäft geht, benutzt man Leute dazu, daß getan wird, was getan werden muß. Wie soll man denn sonst etwas zustande bringen? Ich kann nur nicht verstehen, wie mir seine Gefühle dir gegenüber entgehen konnten. Wie lange geht das denn schon so, und warum habe ich nichts davon bemerkt?«

»Vielleicht, weil du kaum noch zu Hause bist?«

Er zog Ellie von hinten an sich und streichelte mit seinen Daumen ihre mit Shantungseide bedeckten Brüste, bis sich ihre Warzen aufrichteten und sie Schwierigkeiten hatte, nicht schneller zu atmen. Er ließ sich keinen Augenblick täuschen. Seine Hände glitten in die weiten, kurzen Ärmel ihres Kleides und legten sich wie weiche, dunkle Flügel über ihre Brüste.

Mochte seine Bewegung auch romantisch sein, seine Stimme war es nicht.

»Der arme Pete, diese naive Unschuld! Von allen Frauen auf der Welt verliebt er sich in die einzige aus seinem Bekanntenkreis, die auf jeden Fall und ohne den geringsten Zweifel weder erreichbar ist noch Interesse hat.«

Er hielt das für rührend, komisch! »Ich verstehe nicht, warum du das lustig findest – andere Männer hätten zumindest mit einem Anflug von Eifersucht reagiert, weil sie sich doch nicht ganz sicher sind, ob – na ja, du weißt schon.«

Seine Lippen folgten ihrem Haaransatz am Hals, während seine Fingerspitzen immer enger werdende Kreise um ihre Brustwarzen zogen, die daraufhin gehorsam hart wurden und sich nach seinem Mund sehnten. »Warum sollte ich denn eifersüchtig sein«, murmelte er. »Würdest du Pete denn begehren, wenn er dich so berühren würde?«

»Nein.«

»Aber mich begehrst du.«

»Wer sagt das ...« Ihr Körper sagte es, er lechzte nach ihm. Großer Gott, er machte genau das, was Pete ihm vorgeworfen hatte. Er manipulierte sie. Er benutzte ein körperliches Bedürfnis, um ein emotionelles zu verdecken. Und es funktionierte auch noch, verdammt noch mal!

Er lachte und zog sie an seine Hüften zurück, so daß sie seine in Aufstand geratene Männlichkeit durch ihr dünnes Seidenkleid spüren konnte, um ihr so zu sagen, daß sie mit ihrer Sehnsucht nicht allein stand.

Bevor sie hinaufgingen, machte er noch eine kleine Konzession. »Ich nehme mir morgen frei, und wir fahren früh los und holen Simon ab. Warum sollen wir ihn bis zu den Ferien dort lassen?«

*

Pete hatte recht gehabt. Als sie Simon sagten, daß sie ihn heimholen wollten, war er überglücklich. Er stopfte seine Sachen in Windeseile in seinen Koffer und hopste schon im Auto herum, als Michael noch oben war, um ein letztes Wort mit dem Direktor zu sprechen.

»Du bringst das ganze Auto zum Schaukeln, Liebling«, protestierte Ellie. »Wenn Daddy herauskommt, wird seine Laune sowieso nicht die beste sein.«

»Warum?«

»Wegen des Warums deiner verfrühten Abfahrt von hier. Sie ist nämlich nicht freiwillig, weißt du. Erstens hast du nicht gearbeitet, und zweitens ...«

»Zwei, vier, sechs, acht, zehn ... Und noch einmal, zwei, vier ...«

Er legte seine Murmeln in ordentlichen Zehnerreihen auf den weichen Plüsch des Autositzes. Er hatte kein Wort von dem gehört, was sie zu ihm sagte.

Michael kam mit finsterem Gesicht zurück, warf die Autotür zu und ließ die Kupplung mit einem Ruck kommen, der die zahlreichen Glaskugeln durcheinanderwarf.

»Ach, Pappie ...«

»Mit dir rede ich, wenn wir heimkommen. Bis dahin halte deinen Mund.«

Es war wieder ein unglaublich schöner Frühlingstag, aber für Ellie war es eine bedrückende Fahrt nach Hause. Hundertmal wollte sie etwas sagen: »Oh, langsam, da war ein wunderschöner Fasan in dem Weg dort ... Schau nur, Michael, sie haben diese herrliche alte Kneipe rosa gestrichen, wie furchtbar ... Simon, das darfst du nicht verpassen ...«

Zehn Meilen hinter Brimley gab sie es auf, unterdrückte jeden Impuls einer Äußerung und blieb ruhig sitzen, bis der Kies von *Greenlings* unter den Reifen knirschte. »Jetzt trinken wir alle eine schöne Tasse ...«

»Jetzt werde ich mich mit Simon unterhalten. In meiner Garderobe. Geh hinauf und warte auf mich.« Sein Tonfall war so scharf, daß Simon sofort gehorchte und die Treppe fast hinaufrannte.

»Sei nicht gar so streng mit ihm«, hauchte Ellie, der vor Michaels düsterem Blick angst und bange wurde.

Nun war es Michael, der ein Gesicht machte, als hätte er eine Ohrfeige bekommen: »Streng? War ich das denn je?«

Michael ging langsam die Treppe hinauf; vor der Tür des Studios blieb er kurz stehen und hörte drinnen *Coppélia* und Annas Stimme. »Weich landen, Jenny, weich, noch weicher ... Ich darf dich nicht hören, mein Engel ... Ah, so ist es gut, besser, viel besser jetzt! Ganz toll macht das mein Mädchen!«

Er schloß die Augen. Anna und Felix. Hatte er ihnen jemals solche Schwierigkeiten bereitet wie Simon ihnen? O ja, bestimmt noch schlimmere. Trotzdem hatten sie nicht aufgegeben, und dabei war er nicht einmal ihr Kind. Nicht ihr Fleisch und Blut. Die Worte, die der Direktor am Morgen zu ihm gesagt hatte, klangen ihm noch immer in den Ohren. »Sie haben nicht gleich zu Beginn gesagt, daß Sie Zigeuner sind. Ich hätte nämlich sonst ernste Vorbehalte gehabt, ob ich Simon überhaupt aufnehmen sollte.«

»Verstößt es gegen Ihre Gesetze, ein Zigeuner zu sein?« hatte Michael daraufhin gefragt.

»Wir leben in einer Demokratie, und ich führe eine Privatschule. Wir machen uns unsere Gesetze eben selbst. Es ist sinnlos, den Versuch zu unternehmen, zwei Kulturen miteinander zu verbinden, die unvereinbar sind.«

Soviel zur Demokratie.

Er öffnete leise die Tür seiner Garderobe und überlegte sich dabei, wie er mit seinem Sohn sprechen sollte – gleichsam als müsse er eine Strategie für einen wichtigen, aber schwierigen Kunden entwickeln. Er erwartete einen zerknirschten kleinen Buben, der auf der Kante des großen Ledersessels saß und aussah – durfte er das wirklich hoffen? –, als hätte er Angst und bereute alles. Deshalb formulierte er seinen ersten Satz entsprechend.

»Vielleicht war Brimley sowieso keine gute Schule ...«

Der Ledersessel war leer. Simon hatte sich vor dem großen Drehspiegel aufgebaut, trug Michaels beste Seidenkrawatte wie ein Halstuch, ließ eine Schokoladenzigarette aus dem Mundwinkel hängen und kniff die Augen zusammen, um sie vor dem imaginären Rauch zu schützen.

Die Zeit blieb stehen. Sie waren wieder in Appleby.

Bei seinem ersten Besuch bei Rose und Großmama war der dreijährige Tomo mit Michaels Tuch um den Hals herumstolziert und hatte dazu wie ein Engel gelächelt, als verleihe ihm dieser Fetzen um den Hals die Manneswürde. Jetzt Simon.

»Was glaubst du eigentlich, was du da machst?«

Er flüsterte die Frage nur, aber ein drohender Unterton in seiner Stimme mußte Simon gewarnt haben. Der Junge fuhr sich mit der Zunge über die Lippen.

»Ich spiele doch nur, als wäre ich ...«

»Was?«

»In dem Laden gab es diese Schokoladenzigaretten ...«

In diesem Moment traf Michaels dünne, flache Hand auf die Pfirsichwange seines Sohnes und wirbelte den blonden Kopf herum. Michael erstarrte. Er konnte selbst nicht glauben, daß er das getan hatte. Er erwartete, daß Ellie hereinstürzen und ihm Vorwürfe machen würde. Oder Felix. Gleich mußte Simon markerschütternd losschreien. Die Ohrfeige war hart gewesen.

Nichts.

Bis auf den roten Abdruck seiner Hand auf der Wange war Simon blaß geworden. Sein Kinn zitterte, blieb aber fest. Nur seine Augen bewegten sich und blitzten triumphierend.

»Du kannst von Glück sagen, daß ich keinen Gürtel trage«, sagte Michael leise. »Verschwinde aus dem Zimmer. Geh zu deiner Mutter.«

Als Simon mit steif aufgerichtetem Kopf und zusammengepreßten Lippen hinausgegangen war, schloß Michael hinter ihm die Tür, warf sich auf die Liege und hoffte, daß *Coppélia* sein Schluchzen übertönen würde.

33

Das Kind schluchzte und sah sie mit traurigem Blick an. Der Schaukelstuhl im Kinderzimmer quietschte erbärmlich. Wahrscheinlich kam das daher, weil er so lange nicht benutzt worden war. Sie hatte die Kinder nicht mehr geschaukelt, seit sie Babys gewesen waren, aber ihren Sohn schaukelte sie nun, drückte ihm ihre kühle Hand an seine brennende Wange und versuchte, nicht mehr als zehn Minuten in die Zukunft zu denken.

»Er hat es nicht so gemeint, Simon. Ganz bestimmt nicht, das weiß ich.«

»Doch, das hat er.«

Das Kind hatte recht. Natürlich hatte Michael es so gemeint – was immer das auch bedeuten mochte. Er hatte es schließlich getan, hatte in dem Gesicht seines Sohnes die feuerroten Spuren seiner Finger und in seinem Bewußtsein die unauslöschliche Erinnerung an Gewalt hinterlassen. Die Hand eines Mannes, schmal, braun, elegant, selbstbewußt, sensibel – und wie zärtlich hatte sie sie gestern nacht auf ihrem Körper gespürt –, und diese gleiche Hand brachte das fertig.

»Was hast du denn gemacht?«

Er schluckte und rieb sich die Augen. »Gar nichts! Ich habe seine Krawatte angezogen, das ist alles. Als er hereinkam, hatte ich gerade Süßigkeiten im Mund, Schokoladenzigaretten aus dem Laden bei der Schule. Du kennst sie doch, oder?«

Sie nickte. »Und das war alles, was du gemacht hast? Du warst ... nicht unverschämt?«

»Nein. Er hat mich nur gefragt, was ich da mache, und dann hat er mich geschlagen ...«

Geschlagen ... geschlagen ... geschlagen ...

Fast zehn Jahre lang eine gute – nein, eine perfekte Ehe. Ein Paradies. Selbst seine Fehler konnte sie lieben. Wenn er ihr manchmal wie ein Fremder vorgekommen war, hatte sie den Fremden auch geliebt – aber wie kann man einen Mann lieben, der ohne Grund ein Kind schlägt? Wie kann man es je wieder zulassen, daß er einen in Liebe berührte ... Es mußte einen Grund geben, anders war es nicht möglich ...

»Simon, du warst doch nicht ... frech? Das bist du nämlich manchmal.«

»Ach, du bist auf seiner Seite. Alle stehen sie immer auf seiner Seite!«

Er wand sich hin und her, um sich ihrem Griff zu entziehen, aber sie hielt ihn fest. »In einer Familie gibt es keine Seiten. Wir haben uns, und wir haben ein Haus.«

»Es ist ein ganz blödes Haus, so einsam und riesig ... Ich hasse es.«

Wie konnte er? »Schau doch«, sagte sie. »Wenn du dich doch nur umschauen würdest.«

Selbst von hier aus dem Fenster des Kinderzimmers an der

Rückfront des Hauses war nichts als Schönheit zu sehen. Im Gemüsegarten wuchs üppig Liebstöckel, Rosmarin, Thymian und Minze. Hinter seiner Backsteinmauer flatterte Lily Finns Wäsche an der Leine – heute waren es rote Kissenbezüge aus Samt, die sich wie exotische Windsäcke aufgebläht hatten. Dahinter spielten in einem Gatter die Waliser Ponys der Kinder und Michaels Hengst in dem mit Gänseblümchen übersäten Gras; ihre Seiten und Mähnen glänzten in der Sonne, und dann und wann wieherte ein Pferd übermütig.

Alles sprühte vor Leben und Hoffnung – wie die Fahrt nach Brimley heute morgen. Der Anlaß war zwar nicht der erfreulichste gewesen, aber trotzdem holten sie doch Simon heim, endlich holten sie ihn heim! Das war doch sicher ein Grund zum Feiern, oder?

Dann aber war aus der Dunkelheit ein Schlag gekommen, und alles war zu Staub zerfallen.

»Er hat es nicht so gemeint, Simon.« Warum wiederholte sie das ständig, als würde es dadurch zur Wahrheit? Außerdem hörte er sowieso nicht zu. Er betrachtete die Zeiger der Uhr, die sich langsam auf die Mittagszeit und das Essen zubewegten. Dann würde er Michael wiedersehen müssen.

Sie auch.

Was würde sie sagen? Was konnte sie sagen, wie sollte sie es der Familie beibringen, und Mary Beth und Lily Finn, die in der Küche kreischend sang und mit den Töpfen klapperte. Wie sollte sie die roten Flecken in Simons Gesicht erklären?

»Ich bringe dir dein Essen hoch.«

»Ich möchte lieber im Speisezimmer essen. Mit ihm.«

Mit ihm.

Mit seinem Vater, seinem Feind. Er wollte, daß alle erfuhren, daß sein Vater ihn geschlagen hatte.

Ach, Michael, alle werden sie sehen, diese Fingerspuren. Felix wird um dich trauern und Simon und dich mit seiner Freundlichkeit ersticken, mit Federn von staubigen alten Tauben, mit seiner Dankbarkeit und seinen Platitüden und seinen engelsgütigen Sprüchen. Dann wird sich Mary Beth beteiligen, meine liebe Freundin, meine älteste, meine *wahre* Freundin, bis an die Zähne bewaffnet mit den allerneuesten psychologischen Erkenntnissen; nur ein Blick in Simons Gesicht, und sie ist kampfbereit. Anna wird irgendeine Rechtfertigung für Michael finden, in ihrer weiten russischen Seele herumsuchen, bis sie das passende Dostojewski-Zitat gefunden hat, mit dem sie sich selbst überzeugen kann, daß Simon ein Verbrechen begangen hatte, denn sonst hätte er ja eine solche Strafe nicht verdient.

Lily Finn wird mit ihrer Handtasche an die Brust gepreßt in das Dorfgasthaus laufen, um dort ihre Geschichten zu erzählen und für ihre Gin-Tonics mit dem neuesten Klatsch über den Zigeuner, dem *Greenlings* gehörte, zu bezahlen. O ja, aus einem zornigen Vater, der einen störrischen Jungen schlägt, kann Lily eine ganze Menge herausholen. Solche Informationen sind hier in der Gegend so gut wie Bargeld.

Jenny würde ihren Bruder fragen: »Wer hat dir im Gesicht so weh getan, Simon?«

Simon würde in seiner Wut und seinem Selbstmitleid einen Verbündeten suchen und sagen: »Er! Papa! Wer denn sonst?«

Mußte sie erfahren, daß ihr Vater, der ihr Gott war und dem sie absolut vertraute, so etwas tat? Der alles konnte, alles so hinbekam, wie sie es wollte?

»Papa, ich habe mir am Finger weh getan! Gibst du mir einen Kuß darauf, daß es besser wird?«

Später, nach einigen harten Jahren des Trainings mit Anna hieß es dann: »Papa, schau dir mal mein *développé* an, ich glaube, es ist zu niedrig.«

Und gestern: »Papa, ich glaube, Jellyroll hat einen Stein im Huf. Würdest du mal nachschauen?«

Ellie zwang sich, an die Kinder überall in der Welt zu denken, in Trier und San Francisco, in Mailand und Los Angeles – und wahrscheinlich in Caracas und Paris und Istanbul und Bombay auch, überall, wo es Kinder, Eltern, Enttäuschungen und Reizbarkeit gab, es konnte bei ruhiger Überlegung keinen Zweifel daran geben, daß die meisten Kinder manchmal von ihren Eltern einen Klaps bekamen, oft nicht gerechtfertigt. Ihre Kinder aber waren bisher nie geschlagen worden.

Simon. Michael. Ich liebe euch beide. Was fangt ihr da an, und wie soll ich es ertragen? Ich weiß jetzt schon, daß ich nichts dagegen tun kann.

»Tut mir leid, Simon«, sagte sie scharf. »Du ißt heute hier oben zu Mittag. Wasch dich besser vorher, ja?«

Er nahm sie impulsiv in die Arme, was sie um so rührender fand, weil so etwas so selten geschah, preßte ihr hastig die Lippen auf die Wange und rannte weg.

*

Sie klopfte leicht an die Tür von Michaels Garderobe und versuchte dann, sie zu öffnen. Sie war verschlossen.

»Bitte, Michael.«

Sie hörte, wie er aufstand – er konnte doch wohl nicht geschlafen haben, oder? – und mit unsicheren Schritten an die Tür kam.

»Was willst du?«

»Ich möchte wissen, was vorgefallen ist.«

»Das weißt du doch. Ich habe ihn geschlagen.«

»Aber ich weiß nicht, warum. Er sagt, er hatte deine Krawatte an und hätte etwas Süßes gegessen.«

»Dann weißt du doch, warum.«

»Deshalb hast du ihn geschlagen?«

»Ja.«

»Aber ...«

»Er hatte sich verkleidet. Meine Krawatte um seinen Hals war ein Halstuch, und eine Schokoladenzigarette im Mundwinkel. Es war das gleiche gottverdammte Spiel, von dem er wie besessen ist, seit er Tomo kennengelernt hat.«

»Bist du sicher, daß nicht du der Besessene bist und aus einer Lappalie eine Riesensache machst?«

Er stellte sich bedrohlich vor sie und packte sie mit beiden Händen bei den Schultern. Gleich würde er sie schütteln!

»Halt dich aus Dingen raus, die du nicht verstehst. Er ist mein Sohn, und ich weiß, was ich tue.«

»Mein Sohn ist er auch.«

»Er wird kein Roma werden!«

»Wie sollte er denn? Er ist doch von Luxus umgeben – und brüll mich bitte nicht so an. Du leidest langsam an Verfolgungswahn, Michael.«

»Und du hast zuviel in Mary Beths *Psychologie heute* gelesen. Er bekommt eine Frist von einem halben Jahr, um sich mit Mary Beth hinzusetzen und etwas Anständiges zu lernen. Wenn das nicht klappt, kommt er auf eine Militärschule. Da fackeln sie nicht lange.«

»Er ist doch erst acht Jahre alt! Was willst du denn? Einen General?«

»Nein, ich will einen ganz normalen kleinen *Gajo*, der Fußball spielt und Fahrrad fährt und sich mit Jungen wie dem von den Pecks oder den Martinsons anfreundet. Normale Jungen.«

Sie erinnerte ihn nicht daran, daß die Väter des kleinen Peck und des kleinen Martinson *Gaje* waren, und sie schaffte es, ihre Beherrschung nicht zu verlieren. »Es ist fast Essenszeit. Möchtest du unten mit uns essen? Simon ißt im Unterrichtszimmer – ich wollte nicht, daß Jenny ihn nach seinem Gesicht fragt.«

Er drückte die Augen zu, fuhr sich mit beiden Händen durch die Haare und streckte dann seine Arme nach ihr aus. »Großer Gott, Ellie, sie wird in Zukunft Todesangst vor mir haben! Was habe ich getan? Was soll ich nur tun?«

»Du könntest ihm sagen, daß es dir leid tut.«

»Nein.« Er stöhnte. »Nicht Simon – er würde das nur ausnutzen.«

»Das kannst du doch nicht wissen!«

»Doch, das kann ich. In seinem Alter war ich genauso. Ich kenne ihn sehr gut.«

Und du kannst ihn nicht leiden, dachte sie – und war nicht

einmal sonderlich überrascht, als Michael den Gedanken laut aussprach.

»Ich liebe ihn«, sagte er. »Ich möchte erleben, daß er glücklich wird. Ich möchte ihm die ganze Welt schenken – aber ich kann ihn nicht leiden, so wie er ist.«

Sie ging steif die Treppe hinunter. Es war ihr klar, daß sie niemals würde vergessen können, was er gerade gesagt hatte, und vielleicht könnte sie es ihm auch niemals verzeihen.

*

Michael kam nicht zum Essen herunter, und es fragte auch niemand nach dem Grund. Anschließend fuhr Ellie in die Verwaltung der Studios und hoffte, daß sich Vater und Sohn bis zu ihrer Rückkehr wieder versöhnt haben würden. Sie wurde enttäuscht. Michael war mit Jenny ausgeritten, und Simon saß in seinem Zimmer und schrieb einen Brief. Er streckte seine Zungenspitze heraus und machte mühsam die Striche durch die Ts und die Punkte auf die Is.

Als sie von ihrem Ausritt zurückkamen, nahm Jenny ihre Mutter in die Arme, und Michael folgte ihrem Beispiel. Ellie aber ertappte sich dabei, daß sie ihm auswich. Sie mußte an seine Worte vom Morgen denken.

Ich kann ihn nicht leiden.

Wie war es möglich, daß ein Mann seinen Sohn nicht leiden konnte?

Als er später mit der deutlichen Bitte um Versöhnung in den Augen nach ihr griff, wandte sie sich von ihm ab. Er würde nicht sagen, daß es ihm leid tat, das wußte sie. Wie konnte er auch? Es hatte zwar weh getan, aber trotzdem war es die Wahrheit gewesen, was er gesagt hatte. Was würde geschehen, wenn er das eines Tages auch zu Simon sagte? Mit leiser Stimme kam die Antwort, die sie nicht unterdrücken konnte.

Nichts – weil Simon nämlich seinen Vater ebensowenig leiden kann wie er ihn.

»Wirst du mir das ewig vorhalten, daß ich ihn geschlagen

habe?« fragte Michael, während er seine Schuhbänder öffnete. »Die meisten Väter schlagen ihre Kinder, wenn sie es verdienen.«

»Aber er hatte es nicht verdient.«

»Wenn es nach dir ginge, hat er das nie.«

»Er ist noch so klein ...«

»Wenn sie groß sind, ist es zu spät.«

»Warum kannst du nicht einfach zugeben, daß du ein Mensch bist und daß dir die Nerven durchgegangen sind? Das tun doch andere auch.«

»Du nicht.«

Sie zuckte die Achseln. »Manche Leute schmeißen Sachen an die Wand. Ich neige eher dazu, zu heulen, das ist alles.«

»Ellie ... bitte!«

Sie zogen sich schweigend aus, aber dann schaltete sie auf ihrer Seite des Bettes das Licht aus, statt wie sonst noch zu lesen. Er tat das gleiche, und Dunkelheit senkte sich über das Zimmer; nur der Mond schien noch herein, und sein Licht war in dieser feindseligen Atmosphäre bedrückend.

Nachdem sie beide eine halbe Stunde lang versucht hatten, die tiefen Atemzüge des Schlafes vorzutäuschen und sich dabei an den äußersten Rand ihrer Matratze gedrängt hatten, um sich nicht zu berühren, stand er auf. Sie hörte, wie er nach seinen Kleidern tastete, dann ging die Studiotür auf, und sie hörte ganz leise die schluchzenden, wilden, klagenden Klänge der Slawischen Tänze in abgehackten Fetzen durch die dicken Mauern von *Greenlings* pulsieren.

Sie blieb noch lange wach und wartete darauf, daß die Musik wieder verstummte; sie stellte ihn sich vor, wie er tanzte, und sah die zornige Kraft seiner Sprünge vor sich.

Nach langer Zeit hörte sie in der Garderobe Geräusche, ein Schlüssel wurde vorsichtig in einem selten benutzten Schloß umgedreht, und schließlich rauschte die Dusche.

*

Die Erschöpfung zerrte an jedem Muskel. Er war seelisch und körperlich so erschöpft, als hätte er zwei Trainingsstunden mit Anna hinter sich – und dabei hatte er nicht mehr getan, als mit verschränkten Beinen auf dem Holzboden zu sitzen und nachzugrübeln, seine Hände anzustarren, noch mehr nachzugrübeln und sich von der Musik berieseln zu lassen.

Ein Kind hatte einen einzigen Schlag erhalten. Daß er den Jungen geschlagen hatte, machte nichts – im Gegensatz zu Ellie fand er nichts Schlimmes dabei, ein Kind erinnert zu haben, daß es allmählich erwachsen werden müsse. In seinem Herzen wußte er allerdings genau, daß er zu weit gegangen war. Wäre er in das Zimmer gekommen und hätte Simon in der Jacke seines Abendanzuges oder in seinen Reitstiefeln vorgefunden, hätte er gelacht und vielleicht selbst bei der Verkleidung mitgemacht.

Es ging also nicht um den Schlag, sondern um dessen Anlaß. Das tat ihm weh und ließ ihm keine Ruhe, schlug in seinem Gewissen viel auffälligere Wunden als die in Simons Gesicht.

Er dachte an das *Greenlings* zurück, das Hamish zurückgelassen hatte. Alles war von Unkraut überwuchert gewesen, und neben der großen Eiche hatte sich ein Dornenbusch mitten in der Einfahrt hochgedrängt. Er hatte die beste Aussicht aus Salon, Bibliothek und Wohnzimmer verstellt, so daß man nichts mehr von den elegant angelegten Wegen und dem Panorama dahinter sah. Er hatte ihn wie das andere Unkraut ausgraben lassen und nicht mehr daran gedacht. Monate später schlängelte sich ein neuer Sproß wie eine Peitschenschnur durch den neuen Kies. Wieder hatte er den Gärtner kommen lassen. »Und machen Sie es dieses Mal richtig«, hatte er ihm barsch gesagt und zugesehen, wie er zuerst ein Loch gegraben hatte, dann einen Krater und dann einen Abgrund. Dreimal mußte der Gärtner wiederkommen. Er brachte noch zwei andere Gärtner mit, die sich ernsthaft besprachen, sich am Kopf kratzten, Proben nahmen, sich nachdenklich auf ihre Spaten stützten und sich schließlich einen Plan zurechtlegten, wie sie den lästigen Dornbusch beseitigen könnten, ohne die große Eiche zu gefährden. Sie spritzten einen halben Liter Gift in den Schößling, dessen Wurzeln kein Ende zu haben schienen. Innerhalb von Tagen spielte sich eine magische Verwandlung ab. Neue Blätter wurden braun, Äste starben ab, aber erst vor zwei Jahren hatte die Pflanze allem Anschein nach ganz ihren Geist aufgegeben. Letzte Woche aber hatte er sich den Zeh an einem neuen Sproß gestoßen, der gleich neben dem Standort seines Vorgängers wuchs.

Mit den Roma war es ebenso.

Bald würde er dreißig werden, aber was hatte ihm all seine Mühe eingebracht? Er war kein Stück weitergekommen, seit er mit fünf Jahren mit heißen Wangen das Drama einer *Kris Romani* verfolgt hatte. Sicher, er hatte Geld und Besitztümer – aber trotzdem war er noch da, voller Schuldbewußtsein, das man immer und immer wieder ausnutzen konnte. Er fühlte sich schuldig, weil er ohne sie Erfolg gehabt hatte. Und weil er sie verlassen hatte.

Nun stand er vor diesem neuen Rätsel seines Sohnes, der von seinem Vorteil keine genauere Vorstellung hatte als ein Falke, ein Junge, der ebenso schwierig zu durchschauen wie festzuhalten war. Ein unruhiges, zappeliges Kind war er; in der einen Minute glaubte man, man hätte ihn, aber da war er schon wieder weg. Wie Quecksilber. Ein Junge, der genauso leicht auszunutzen war wie Micah, denn schließlich war er doch sein Sohn. Blut ruft nach gleichem Blut.

Wenn er Simons zierliche Schwester nur ansah, wußte er, daß er um Jenny herum Zäune bauen mußte, Mauern, die die rauhen Winde und die unfreundliche Welt von ihr fernhalten würden.

Felix und Anna wurden jetzt sehr schnell alt und gerieten damit in die gleiche Abhängigkeit wie die Kinder, diese würden aus ihrer Abhängigkeit herauswachsen, aber die Abs würden noch tiefer hineingeraten.

Wie sollte er, Mischa, all diese Verantwortung tragen?

Ellie sah zwar immer aus, als hätte sie den ganzen Tag nichts Anstrengenderes zu tun, als sich die Nägel zu lackieren, aber sie war das einzig wirklich unabhängige Mitglied der Familie. Sie hätte ohne den geringsten Zweifel auch allein Erfolg – und im Augenblick wollte sie von ihm nichts wissen.

Ein Laut entrang sich seiner Brust – er war zu müde, um sagen zu können, ob es ein Lachen oder ein Schluchzen war. Wo stand das geschrieben, daß Reichtum der Schlüssel zu Muße und Freiheit war? Vielleicht hatte er sich das nur eingebildet, weil er so müde war, so unendlich müde ... Er war heute nicht weniger Sklave als damals, als er in dem Wagen herumgeschlichen war und Kaffee für Papa gekocht hatte, damit er bei Laune blieb und ihn nicht mit dem Gürtel verprügelte ... Einen Schluck Kaffee könnte Micah jetzt auch vertragen, der würde ihn aufwecken ... Er mußte nachdenken, genau nachdenken ... Wie konnte jemand nachdenken, wenn er fast eingeschlafen war? Warum sollte er auch? Als er aus dem Fenster des Studios sah, meinte er, am Himmel über den Lärchen die ersten Spuren von Grau zu sehen, das erste, zaghafte Licht des Tages, wenn der Dunst vom Fluß jeden Baum, jedes Blatt weich machte. Das war für Großmama die beste Zeit, die guten Kräuter zu pflücken, bevor die verdammte Sonne sie austrocknete.

So deutlich, als wäre sie da – oder vielleicht träumte er sie –, sah er Farah auf der anderen Seite eines offenen Grabes vor sich stehen. »Mach's doch so wie ich, Micah«, hatte sie mit erhobenem Gesicht mit dem gleichen Stolz gesagt, mit dem sie ihren Flamenco getanzt hatte. »Ich kann zu ihnen gehen, ich kann es aber auch lassen.« Sie meinte das ehrlich. War ihr danach, so ging sie zu ihnen, aber dann richtig. Dui hatte sie das letzte Fetzchen Stolz genommen, das ihm noch geblieben war ... Und jetzt erschien auch Ellie in dem Bild und schob sich mit ihrem feinen Gesicht über Farahs kühne Züge. Sie sagte nichts – aber sie wich zurück, verweigerte seine Annäherung so klar, als hätte sie ihn mit ihren Händen weggestoßen, und verschwand in die Ferne.

Das erste Mal. Noch nie hatte ihn eine Frau zurückgewiesen. Sogar Ellie begehrte ihn, wann immer er sie wollte. Bis jetzt – als hätte das, was sich zwischen Michael und Simon abspielte, auch nur das Geringste mit ihnen zu tun. Nun, verdammt wollte er sein, wenn er bettelte! Es mußte ihr doch klar sein, daß er niemals ...

Vielleicht war er in Annas Studio ein wenig eingeschlafen. Er war sich nicht sicher, aber irgendwann roch er gebratenen Schinken und Kaffee. Er duschte, und irgend etwas in seinem Kopf sagte ihm, er solle jetzt nach seiner Jacke greifen und eine zerknitterte Visitenkarte herausholen.

Endlich war er mehr oder weniger wach; er ging in sein Büro und rief einen Grundstücksmakler in Sacramento an. Es ging um ein Grundstück, das er sich vor einigen Monaten angesehen hatte. Ob das wohl noch zu haben war?

Komisch, daß Michael ausgerechnet danach fragte. Es war vor zwei Monaten verkauft worden, aber der Käufer hatte seinen Zahlungsverpflichtungen nicht nachkommen können, und deshalb war es wieder an den Makler zurückgefallen. Die Leute waren heutzutage einfach nicht mehr flüssig genug. Der Preis war sogar etwas gefallen, würde wahrscheinlich nicht mehr niedriger werden. Ob Michael vielleicht ein verbindliches Angebot machen wollte? Noch nicht – na schön, aber dann konnte er ja rüberkommen und es sich noch einmal ansehen? Wo hatte er doch gleich wieder sein Verkaufsbüro? In der Bay Area?

Michael widersprach ihm nicht. Er sagte, er würde sich in zwei Tagen bei ihm melden, und dann legte er auf.

Simon erschien zum Frühstück wieder nicht. Jenny redete aufgeregt von ihrem Ausflug in den Zoo, den Mary Beth mit ihr vorhatte. Ellie hatte es eilig, in ihr Büro zu kommen, und gab Michael seine Post mit deutlicher Zurückhaltung. Felix und Anna waren selbst in eine Auseinandersetzung verwickelt.

Michael brachte seine Reise beiläufig zur Sprache. »Dieses Grundstück in Sacramento könnte eine gute Investition sein, Felix – du erinnerst dich doch noch daran? Zur Zeit stehen heruntergekommene alte Läden darauf, die zur Hälfte leerstehen, aber es ist mitten in einer Vorstadt und keine Meile von der Schnellstraße entfernt. Ich habe mit dem Makler gesprochen. Wenn wir den Preis noch etwas drücken könnten, würden wir ein gutes Geschäft machen, wenn wir es richtig erschließen.«

»Aber Mischa!« Felix hob seine Augenbrauen. »Wir fahren doch in zwei Wochen alle nach Kalifornien. Sogar meine Anna ist einverstanden – warum also nicht abwarten? Und warum noch ein Grundstück in Sacramento? Wir haben doch schon so viele, warum steckst du das Geld nicht in die Läden?«

»Weil Land nicht verschwinden kann, bankrott gehen, niederbrennen. Außerdem könnte es bis dahin verkauft sein ... In ein paar Tagen bin ich wieder da und helfe euch beim Packen.«

Ellie betrachtete sorgfältig ihren Toast. Sacramento. Da war doch die *Kumpania* im Augenblick. *Sie* also wieder!

»Vielleicht«, sagte sie ruhig, »könntest du Simon mitnehmen und ihn dort lassen, bis wir hinkommen – ich bin sicher, das würde ihm großen Spaß machen.«

Ironie paßte nicht zu ihr, aber sie traf damit ins Schwarze. »Er sitzt besser mit Mary Beth an einem Schreibtisch und lernt, wenn er nicht in diese Militärschule will, von der jeder glaubt, sie würde ihm wenigstens etwas Vernunft einprügeln.«

Ellie half ihm wortlos beim Packen, und wie üblich ging sie zum Tor hinunter, um ihm nachzuwinken – aber zum erstenmal seit ihrer Hochzeit war sie froh, daß er fortging.

Als das Tor hinter ihm zuschlug, lockerte sich ihre Spannung, die sie seit zwei Tagen im Würgegriff hielt. Es war wirklich albern von ihr, einem so unbedeutenden Zwischenfall, der in jeder Familie außer dieser fast alltäglich war, ein derartiges Gewicht beizumessen.

Bei der Eiche blieb sie stehen. Wie schön *Greenlings* doch am Morgen war! Ihr Haus. Ihr Heim. Jede Türschwelle, jeder Kamin, jeder Stein und jede beschlagene Tür so lieb, so warm und vertraut, wie sie es sich in jenen Tagen, als Großmutters

Haus sie mit seiner gnadenlosen Schwerkraft schier zu Boden drückte, ersehnt hatte.

Die Eleganz des Hauses hatte ihre Stimmung gehoben, und sie ging weiter. Sie sah den kleinen Schößling auf der Einfahrt nicht, bis sie mit einem Fuß dagegenstieß.

Aus Gewohnheit bückte sie sich herab, um ihn auszureißen. Das wird mir nicht gelingen, überlegte sie sich dann aber. Frechen Sprößlingen wie diesem hier kommt man mit bloßen Händen nicht bei, sie werden aber mit der Zeit der großen Eiche den Saft nehmen, wenn man nichts gegen sie unternimmt.

Morgen gebe ich dem Gärtner Bescheid. Er weiß sicher, was zu tun ist.

34

Wenigstens war er so diskret, zuerst zu dem Stellplatz von Roses Wagen zu gehen. Gott sei Dank, er war leer.

Die Nachbarin streckte ihren Kopf aus der Tür und verkündete, Rose sei seit zwei Wochen unterwegs. Seit sie diesen neuen Wagen hätte, sei sie ja gar nicht mehr zu halten, mit ihr solle er sich unterhalten, *sie* wüßte, wo Rose sei.

Als er das Tor des Gartenzauns öffnete, meinte er, der Spitzenvorhang hätte sich leicht bewegt, aber das war auch schon alles. Der Saluki blieb in seiner Hütte, auf deren Dach heute ein blauweißer Sonnenschirm stand. Der Hund knurrte in der fast greifbaren Nachmittagshitze nur kurz auf, aber nachdem er so seiner Pflicht Genüge getan hatte, machte er keinerlei Anstalten, aus dem Schatten zu kommen, um den Gast zu stellen. Michael drückte auf den Klingelknopf, der im Mittelpunkt der Sonnenblume versteckt war, und wartete in der drückenden Hitze, bis die Tür aufging. Das Brummen der Klingelanlage über seinem Kopf übertönte alle Geräusche von drinnen.

Die Tür öffnete sich zögernd ein Stückchen.

Ein Netz Geißblattduftes umfing ihn und zog ihn vorwärts.

Drinnen war es geheimnisvoll dunkel, und eine herrliche Kühle lockte ihn ins Innere. Aus dem Halbdunkel lächelte ihn ein Mädchen, etwas jünger als Jenny, mit dem zahnlückigen Grinsen einer Erstklässlerin an, nur, daß dieses Mädchen niemals eine Schule von innen sehen würde, wenn die Familien das vermeiden konnten. Michael erkannte die Kleine nicht gleich, aber dann sah er die leicht schräggestellten Augen.

»Du erinnerst dich wohl nicht mehr an mich, Feya?« sagte er – aber wie sollte sie auch? Sie war damals ein Baby mit Silbermünzen im Haar gewesen. »Ist deine Mutter zu Hause?«

Aus dem kühlen Inneren sagte jene träge, rauchige Stimme: »Laß Onkel Micah rein, und dann besuchst du eine Viertelstunde deine Großmama, *Chavi* – und laß die Tür offen, wenn du gehst.«

Es war fast vierzig Grad im Schatten, die Klimaanlage lief auf vollen Touren, aber die Tür mußte offenbleiben. Natürlich. Es schickte sich so. Eine Zigeunerfrau mochte viele Fehler haben, aber Promiskuität gehörte sicherlich nicht dazu, dafür war sie zu gut von der Tradition, von der Angst vor Klatsch und von einem Sittenkodex geschützt. Hinzu kam noch ihre angeborene Zurückhaltung in sexuellen Dingen, die sie allein bei ihrem Mann ablegte. Ein Zigeuner erzählte den *Gaje* vielleicht schlüpfrige Witze, aber einer Zigeunerin niemals.

Nach einem kurzen prüfenden Blick aus seinen feuchten, dunklen Augen glitt das Mädchen an ihm vorbei und rannte zu einem Wagen am anderen Ende des Platzes. Als Michael sich umschaute, entdeckte er zurückschnellende Vorhänge. Wurde er aus allen Fenstern auf dem Platz beobachtet?

»Micah …«

Von dem plötzlichen Halbdunkel etwas desorientiert trat er ein, sein Mund war trocken. Ihm war, als hätte ihn das Schicksal eingeholt.

Ein Mann wird sein Leben lang gehetzt, und er kann seinen Verfolgern ein ganzes Leben entkommen. Mischa hat eine unüberwindliche Entfernung zwischen sich und seine Jäger gebracht und ist dem Sieg nahe. In diesem Moment bleibt er stehen, dreht sich um und öffnet seinen Quälgeistern die Arme.

»Endlich bist du gekommen«, flüsterte sie.

»Du wußtest, daß ich nicht wegbleiben würde.«

Seine Augen gewöhnten sich jetzt an die Beleuchtung, und er konnte sie sehen. Ein spitzes, zierliches Gesicht, eine Wolke von schwarzem Haar, ein langer, brauner Hals. Sie saß an einem Kartentisch, auf dem eine Decke lag – ja, ein Stück Samt in dem Blau der Decke, in welcher Großmama ihre Schätze aufbewahrte. Auf dem satten Blau des Tuches standen Dutzende von Türmen aus Goldmünzen wie Wachsoldaten um eine Schale aus Kristallglas in ihrer Mitte – eine Schale, die groß genug war, daß man darin einem ganzen Regiment Bowle hätte servieren können. Sie war mit Goldreifen und Ketten gefüllt. Manche davon waren schlicht in der Form und dick wie ein Elektrokabel, andere waren reich ausgeschmückt und zu Seilen verflochten.

»Wie es aussieht, brauchst du das nicht«, sagte er und warf ein rotes Satinschächtelchen in die Schale. »Aber du hattest schon immer deine Forderungen, und ich dachte, an die erinnerst du dich vielleicht.«

Sie hob in triumphierender Eleganz ihren Kopf und lachte satt und kehlig. »Laß mich raten. Zwei Goldketten und vielleicht Ohrringe wie die von meiner ...«

»... Tante Kodi.«

Sie schüttelte den Kopf und schob die Schachtel ungeöffnet zur Seite. »Nicht im Lager. Hier bin ich die Anführerin, Feyas Mama, und irgend jemandes Tochter. Und du warst schon zu lange hinter diesen Wänden.«

»Siebentausend Meilen weit bin ich gekommen! Gerade fünf Minuten bin ich hier!«

»Geh. Alle lauern. Ich habe jetzt hier das Sagen, und so soll es auch bleiben. Deshalb brauche ich ihren Respekt. Was glaubst du wohl, wieviel Zeit mir noch bleiben würde, wenn sie dächten, ich hätte einen *Gajo* an der Leine – und dazu noch einen verheirateten *Gajo.*« Sie preßte die Lippen zusammen. »Du bist doch noch ...«

»Ja. Und so soll es auch bleiben.«

»Warum bist du dann hier?«

»Ich konnte nicht anders«, sagte er einfach. »Ich mußte zu dir, Farah.«

Ihr Lächeln war verstohlen und triumphierend – möglicherweise berechnend, während sie an ihrer Goldkette herumspielte, um so einen Moment Zeit zu gewinnen und mit ihren Gedanken zur Ruhe zu kommen.

»Ich habe mehr als zwanzig Jahre gewartet, Micah. Da wirst du noch einen oder zwei Tage auf mich warten können. Ich habe noch einiges zu regeln, Feya muß untergebracht werden. Und meine Mutter muß aus dem Weg sein. Sie beobachtet dich in diesem Augenblick mit der Stoppuhr in der Hand. Wie lange bist du hier?«

Was sollte er darauf sagen? Ich bin hergekommen, weil ich dich haben will, und ich reise ab, wenn ich dich gehabt habe? Wie lange er noch hier war? Ihre schwarzen Augen musterten ihn gnadenlos und nagelten ihn fest.

»Na?«

Er seufzte. »So lange du mich haben willst.«

Sie lehnte sich zurück. »In meinem Wohnwagen. Wir werden zwei Tage in der Sea Ranch bleiben. Kennst du sie?«

Er schüttelte den Kopf.

»Du fährst die Eins von Sausalito aus nach Norden. Du kommst an Stewarts Point vorbei, und dann kommt eine gelbe Scheune. Danach biegst du die erste Straße nach links ein. Es ist eine Piste, die dich an eine Stelle führt, an der die Bäume bis zum Meer wachsen. Es ist dort ruhig.«

Die Art, wie sie dieses »ruhig« hauchte, war zärtlicher als ein Kuß.

»Ich habe ein Apartment in der Bay Area«, schlug er vor.

»Ich weiß. Und ein Haus gleich vor Malibu. Ich habe sie

gesehen, aber das sind ihre Wohnungen. Ich will dich in meiner.«

Sie hatte das Sagen, ganz offensichtlich.

»Wann?« fragte er heiser.

»Ich rufe dich in deinem Apartment an.«

Als er gehen wollte, deutete sie auf die rote Satinschachtel. »Bring das zur Sea Ranch mit, ja?«

Zu keinem Zeitpunkt hatte sie ihn berührt oder auch nur die Schachtel, aber er spürte ihr heißes Gewicht in seiner Tasche wie glühende Kohlen, als er die Treppe hinunterrannte und wieder in Sacramentos sengend heißer Nachmittagssonne stand. Er hatte Gliederschmerzen, als hätte er Fieber, und als er zu seinem Wagen zurückging, zitterten ihm die Knie.

Unterwegs nach San Francisco, wo er auf ihren Anruf warten sollte, versuchte er, sie sich in ihrem eigenen Milieu vorzustellen, aber nach einiger Zeit wurde ihm klar, daß er nichts wahrgenommen hatte als die Frau selbst, das Samttuch, ein Dutzend Türmchen aus Gold und einen sanften Duft nach Geißblatt.

*

Sie ließ ihn warten, eine ganze Woche lang, in der Felix immer wieder anrief.

»Hast du dich wegen des Grundstücks in Sacramento schon entschieden, Mischa?«

Entschieden? Nicht einmal angesehen hatte er es sich. »Noch nicht. Es ist eine große Investition, und es könnte mit der Erschließung doch Probleme geben. Ich möchte da nichts übereilen und spreche vorher noch mit ein paar Leuten. Ich bin mir noch nicht ganz sicher.«

»Anna und Ellie sind ...«

»Gesund, oder? Und die Kinder?«

»Es geht ihnen gut, aber ich glaube, sie erwarten einen Anruf. Es dauert nur noch zwei Wochen, bis wir selbst nach Los Angeles fliegen, und wir wissen nicht einmal, ob du noch vorher zurückkommst oder uns dort abholen wirst. Du weißt doch, wie es ist ...«

Ich weiß, wie es ist, aber ich weiß auch, daß ich im Moment nicht mit ihnen sprechen kann, weil das, was in mir ist, auch in meiner Stimme wäre, und dann würde Ellie es merken, und vielleicht Anna auch. Er hatte es im Laufe der Jahre erfahren, daß Frauen tatsächlich eine Intuition besaßen, oder vielleicht waren sie einfach mißtrauischer. Männer waren einfacher zu belügen.

»Ich hatte bisher weder Gelegenheit noch Anlaß für einen Anruf bei euch. Wenn ich nicht rechtzeitig zurück bin, hole ich euch eben alle in Los Angeles ab. Du hast ja diese Nummer. Wenn irgend etwas passiert, wird man mich benachrichtigen. Wenn nicht ...«

Einen Moment sagte keiner von ihnen etwas. Zwischen ihnen rauschte die Transatlantikleitung.

»Wenn nicht«, half Felix ihm behutsam weiter.

»Wenn nicht, bin ich sehr beschäftigt, und diese Anrufe nach Übersee sind eine Verschwendung. Niemand ist sparsamer als Ellie ...«

»Ach Mischa, Mischa ...«

Konnte irgend jemand seinen Namen vorwurfsvoller aussprechen als Felix? Allein ihm gelang es, sich mit der Nennung seines Names einen ganzen Satz zu ersparen: Ich beschwere mich ja nicht, aber schau doch selbst, wie du uns hier im Stich läßt.

»Später, ich rufe später noch einmal an«, sagte er und legte auf. Die Leitung sollte für Farahs Anruf frei bleiben.

Dieser erfolgte früh am Montag kurz und anonym, aber mit einem Unterton von atemloser Erregung. »Ich fahre in einer halben Stunde ab. Wir treffen uns ungefähr um zwölf.«

Je weiter nördlich er kam, desto atemberaubender wurde die Aussicht. Die Farben wurden in ihrer Intensität so stark, daß es ihm die Kehle zuschnürte und den Wunsch in ihm aufkommen ließ, für immer hier zu wohnen, denn wer könnte es ertragen, dieses Paradies wieder zu verlassen? Das Meer, das links weit unter ihm lag, hatte ein tieferes Blau als Farahs Samttuch, und mit Veränderungen der Tiefe und der Sonneneinstrahlung verschob es sich zu Türkis, Kobalt- und Ultramarinblau. Grüne Pinien klammerten sich dicht an weiße und orangefarbene Klippen; führte die Straße zum Meer hinab, konnte man die weiße Gischt sehen, die an gelbe und graue Felsen schäumte. All das hatte es schon gegeben, bevor Micah und Farah und Gabriella von Reiker geboren worden waren, und es würde auch noch lange nach ihrem Tod dasein.

Der Gedanke verlieh seinem Unternehmen eine noch größere Dringlichkeit und ließ seinen Fuß fester auf das Gaspedal treten. So nahe am Meer blieb es kühl und frisch im Auto, aber trotzdem waren seine Hände naß. Von Zeit zu Zeit wischte er sie sich an einem Handtuch ab und fragte sich, was bloß mit ihm los war. Schließlich war er dreißig Jahre alt, Herrgott noch mal, und kein zwölfjähriger Junge, der zu seinem ersten Rendezvous fährt. Ein dutzendmal überprüfte er den Korb neben sich: Champagner und Kaviar auf Eis in einer Kältetasche, kleine korallenrote Rosen in einer antiken Porzellanschale, Nektarinen von herrlicher Farbe, und natürlich die rote Satinschachtel.

Der Wohnwagen stand allein und verschlossen unter einer Pinie am Strand. Als er die Zündung ausschaltete, hörte er sie nach ihm rufen.

»Micah! Micah!« rief sie laut, um das Donnern der Brandung zu übertönen. »Du bist doch tatsächlich in einem Jackett an den Strand gekommen!«

Sie rannte barfuß durch die Brandung und lachte ihm zu; sie freute sich über ihre Freiheit, und die Wellen bespritzten ihren Baumwollrock, während ihr Haar wie ein langer schwarzer Schal hinter ihr im Wind wehte.

In einer Sekunde hatte sie seine Jacke ausgezogen, sie in sein Auto geworfen, ihm Schuhe und Strümpfe heruntergerissen, seine Hand gepackt und war mit ihm in die Wellen gerannt. Die Luft war kalt, und das Wasser noch kälter – aber ihre Hand war warm, immer war sie warm. Als sie stehenblieb, um Luft zu schnappen, drückte er sie an seine Lippen, aber sie schüttelte ihn ab, zog ihn zu sich herab und führte seine Lippen zu ihrem Mund. Ihre Lippen öffneten sich, und er spürte kleine spitze Zähne und eine feste Zunge, die in seinen Mund vorzuckte wie die eines Kolibris, und dann leckte sie ihm Salz und Sand von den Lippen. »Oh, Micah, Micah!« Er fühlte kleine Bisse wie von einem Barracuda an seinem Hals, und dann rannte sie schon wieder, rannte und schluchzte und lachte – und sie brauchte ihm nicht einmal zu sagen, worüber.

Sie waren Kinder und kannten die Gedanken im Kopf des anderen. Sie lachte, und er lachte mit ihr, beide lachten sie über die kindliche Aufregung in reifen und erfahrenen Körpern. Sie schluchzte, und er schluchzte mit ihr, weil so viel Zeit vergangen war und so viele Gelegenheiten ungenutzt verstrichen waren. Sie rannte und sie blieb stehen, sie küßten und berührten sich; sie öffnete sein Hemd, das wie ein blaßblauer Schmetterling zwischen ihnen flatterte, bis es der Wind davontrug und es nicht mehr zu sehen war – und darüber lachten sie auch.

»Oh, diese wunderbare Seide, jetzt fliegt es wieder heim nach Italien.«

»Woher weißt du, wo es herkommt?«

»Ich kann doch Etiketten lesen, das tue ich immer – ich wette, du wußtest nicht, daß ich lesen kann, oder?«

»Ich weiß nichts von dir, gar nichts ...« Aber dann war sein Mund schon wieder auf dem ihren, und sie konnten nicht atmen.

»Hier, Farah, jetzt gleich!« rief Micah.

»Nein! Das erste Mal wird es in meinem Wagen sein, in meiner Wohnung, ich will dich in meiner Wohnung, Micah, oh, Micah ...«

Sie hauchte ihm die Worte in den Mund, schüttelte sich dabei, und sie leckte ihm über den Gaumen und über die Zähne, während sie durch den Sand stolperten und den Korb aus dem warmen Auto in den kühlen Wagen trugen. Er goß Champagner ein, während sie sich umarmt hielten, und er verschüttete ihn über ihr Kleid und seine Hose, die sie dann ausziehen mußten, und dann war da nichts mehr, gar nichts auf der ganzen Welt als Farah und Micah und warmes braunes Fleisch und harte Muskeln, die von jahrelangem Tanztraining durchtrainiert waren.

»Mein Gott …«

»Warte noch, warte.« Eifrig riß sie die Satinschachtel auf, befestigte sich die großen Goldreifen an den Ohren und hängte sich die beiden dicken Ketten um den Hals, um den sie baumelten und zwischen ihren kleinen, spitzen Brüsten glänzten.

»Mein Gott, Farah.«

»Warte!«

Sie suchte in einer Kiste herum und breitete das Tuch aus blauem Samt auf dem Teppich aus, bis alle ihre Schätze ihn umgaben, Ketten und Reifen und Münzen. Der Wagen war zu einer Ecke der Midashöhle geworden, und sie schoben ihre Finger in einen glänzenden Haufen nach dem anderen, hängten sich gegenseitig Goldketten um den Hals, bis sie ihn mit sich herabzog in einen See aus Gold.

Es kam ihm so vor, als könne er keine Sekunde mehr warten – aber dann erkannte er, daß er genauso lange warten konnte wie sie, daß ein Verlangen, das sich innerhalb von fünfundzwanzig Jahren aufgebaut hatte, nicht innerhalb von Augenblicken befriedigt werden konnte. Außerdem waren sie sowieso in einem Niemandsland, sie waren in ihre Kindheit zurückgekehrt, nur ihre Körper waren erwachsen. Ihre Träume waren die von Kindern, unschuldig und rein. Die Gesetze des Universums hatten ihre Gültigkeit verloren. Sie waren im Zauberland. In ihrem Land.

Sie beugte sich über ihn und deckte eifrig wie ein kleines Mädchen bei einer Teeparty ihren Tisch mit Ketten aus Gold. Die schönsten Anhänger und Reifen hob sie auf, um sie um den Mittelpunkt Micah herum zu arrangieren.

»Da«, flüsterte sie. »Jetzt bist du mein Gefangener. Ich habe dich in meiner Macht, und ich werde dich nie, nie mehr freilassen.«

Er griff in ihr langes Haar und zog sie gerade so nahe zu sich herab, daß er mit seiner Zunge ihre Lippen berühren konnte, ihre Augen, ihre Ohren, den langen, dünnen Hals und das Tal zwischen ihren Brüsten, nahe genug, um hören zu können, wie ihr kurz der Atem stockte, und um den feinen Geißblattduft zu riechen, der sie umgab. Da war jedoch noch ein Geruch, jener typische Geruch der Roma, eine Mischung von Paprika, Rosmarin und Dill. Dann legte er sie auf sich, ließ ihr ganzes Federgewicht auf sich ruhen und drückte sie an sich, bis sie an allen Berührungspunkten ein Körper waren, nicht zwei. So waren sie auch früher ein Körper gewesen, als sie sich mit drei Jahren unter einem Federbett zusammengekuschelt hatten, um sich zu wärmen, als sie sich bei der Obsternte hungrig die Erdbeeren und die Kirschen angesehen hatten. Dann hatten sie sich versteckt, wo der Vorarbeiter sie nicht finden konnte, und später hatten sie sich mit Loganbeeren vollgestopft, bis der eine Körper zwei tiefrote Zungen hatte, die sie den Kindern am Feuer voller Stolz vorzeigten.

Selbst, als er in sie drang und sie immer und immer wieder seinen Namen stöhnte, waren sie Kinder, die ein Spiel spielten, welches nie enden würde. Ihr Mund war überall, wie gierige kleine Fische, die kurz zubissen und saugten und nagten, bis ihm die Luft wegblieb. Sie lachte, und dann fingen die beiden wieder ganz von vorne an, und wieder und wieder, bis sie endlich nicht mehr warten konnten. Sie konnten sich einfach nicht mehr voneinander lösen, sondern mußten sich aufeinander stürzen, bis sie nichts mehr sahen und fühlten als die Augen des anderen, ein Schluchzen, fieberheiße Haut, bis sie die Stränge aus Gold nicht mehr spürten, die sich in ihre Haut drückten, sich in ihr Haar verwirrten und sie in ihrer Raserei mit einem goldenen Glanz überschütteten.

»Micah«, hauchte sie in seinen offenen Mund, als sie erschöpft ruhten. »Du bleibst bei mir. Heute fährst du nicht zurück.« Es war nicht als Frage vorgebracht. Farah hatte hier zu bestimmen.

»Ich bleibe ...«

Als er die Augen wieder öffnete, ging gerade die Sonne unter, aber er konnte sich jetzt umschauen, den Wagen sehen, wo er vorher nur Farah sah. Üppiger Wohlstand. Die Schranktüren hatten geschliffene Spiegel, die Vorhänge waren aus bernsteinfarbenen und rosenroten Brokatstoffen genäht, und der Teppichboden hatte die blaßgrüne Tönung eines guten Moselweins.

Ein Schlag ins Gesicht. Ausgerechnet an Ellie mußte der Teppich ihn erinnern, an Ellie, die er liebte und immer lieben würde. Aber dieser ... Durst nach Farah war der Durst nach den Roma. Würde er den auch immer spüren? Würde er Farah immer bei sich haben wollen? Als er sich vorsichtig bewegte, wachte sie auf, küßte seinen Bauch und streichelte ihn. »Oh, wenn ich doch nur gewußt hätte, daß es so sein kann. Ich habe vorher nur Vittorio gekannt.«

Er glaubte ihr. Er kannte die Roma. Eine schöne Frau, eine begabte Sängerin, aber trotzdem hatte sie bisher erst mit einem Mann geschlafen. Mit ihrem Mann, denn ihre Mutter hatte sie ihm mit Ketten aus Gold verkauft. Jungfräulichkeit und ewige Treue waren bei dem Geschäft vereinbart.

Sie streckte sich, wölbte ihren Rücken und drückte ihre Beine durch. Er bemerkte dabei den Glanz einer sehr dünnen Kette an ihrem Knöchel, kaum dicker als ein menschliches Haar. Er berührte sie leicht. Sie war ungleich viel dünner als ihre anderen Ketten und paßte zu ihrem zierlichen Körper, aber nicht zu ihrem sonstigen Geschmack. »Hat die großen Gefühlswert?«

Sie lachte kurz und hart. »Das ist die Sklavenkette von meinem ehemaligen Mann. Eine Erinnerung. Ich nehme sie nie ab, und ich vergesse sie auch nie.«

»Warst du seine Sklavin?«

Wieder dieses Lachen. »Ich hatte Todesangst vor ihm. Mit sechzehn habe ich vierundsiebzig Pfund gewogen. Er war gebaut wie ein Ringkämpfer. Seine Frau war vor ihrem Tod zwei Jahre lang krank, und dann hat er mich geheiratet. Leg es dir selbst zurecht. Er konnte nicht genug davon kriegen, und er war ein brutaler Liebhaber.«

»Mein Gott.« Er hielt ihr das Glas, als sie von dem roten Wein trank, den sie seinem Champagner vorzog.

»Ich habe viel gelernt bei Vittorio. Ich habe gelernt, meinen Weg selbst zu machen. Wenn er ein anständiger Mensch gewesen wäre und nur auf der Suche nach einem hübschen Gesicht, dann wäre ich jetzt noch nichts weiter als irgendeine Ehefrau, und nicht Rom Baro, die für andere Leute die Entscheidungen trifft und Geld verdient, das mir gehört, mir, nur mir.«

»Ist dir das denn so wichtig? Das Geld, meine ich?«

»Ja«, sagte sie, ohne einen Augenblick zu zögern. »Ich will soviel haben, wie ich kriegen kann, genau wie du – und sag jetzt bloß, das stimmt nicht.«

»Es stimmt.«

Sie sah durch den Burgunder in die untergehende Sonne. »Was ist aus Großmutters Rubin geworden?«

»Er gehört meiner Frau. Großmama hat ihn ihr geschenkt.«

Sie grinste ihn mit einem Schnurrbart aus Wein an. »Ich weiß. Ich wollte nur hören, was du sagen würdest.«

»Warum hast du dich La Rubi genannt?«

Sie zuckte die Achseln. »Wegen der *Kumpania,* warum sonst? Dem sprechen sie irgendwie Zauberkraft zu; schließlich war er das einzige, das Dui nicht verschwendet hat. Erinnerst du dich noch, wie Großmama ihn abends am Feuer herumgezeigt hat? Solch einen warmen Glanz hatte er, weißt du noch?«

»Nein, und du auch nicht. Er hat ihr persönlich gehört und nicht der *Kumpania.* Das weißt du auch ganz genau, weil ich es dir nämlich selbst erzählt habe, du habgieriges kleines Ding.«

Sie schmollte leicht. »Ich wollte diesen Rubin immer haben.«

»Ich kaufe dir einen.«

»Das wäre nicht das gleiche, und außerdem glaubt Dui sowieso, daß er Eigentum der *Kumpania* ist.«

»Dui hat nicht allzuviel Grütze im Kopf.«

Sie fuhr sich mit der Zunge über die Lippen, sie war immer noch die alte Farah mit ihrer Launenhaftigkeit, die blitzschnell von Spielerei zu tödlichem Ernst wechselte. »Na gut. Willst du mich jetzt noch einmal lieben, Micah?« Sie sagte das mit dem gleichen Tonfall, mit dem sie als Fünfjährige gesagt hatte: »Willst du mit mir Pilze sammeln, Micah?«

»Ich würde zuerst gerne schwimmen gehen.«

»Nein, jetzt gehen wir duschen – wenn es dunkel ist, gehen wir ins Meer – dann können wir uns dabei von den Wellen überspülen lassen.«

*

Sie blieben vier Tage lang an jenem Strand. Sie jagten sich, spielten und riefen sich auf romani laut Albernheiten zu, bis sie heiser waren, anders hätten sie aber die Brandung nicht übertönt; sie tranken zugleich aus demselben Glas und leckten sich die Tropfen von den Lippen; sie aßen die gleichen Früchte und tranken Nektarinensaft. Micah und die kleine Farah und der große blaue Pazifik vermischten sich zu einem starken Zaubermittel aus wahr gewordenen Träumen. Am Himmel kreischten die Möwen, dann und wann erklang der Jagdschrei eines Falken und vermischte sich mit dem Rufen der Eulen bei Nacht und mit ihren eigenen Stimmen zu einem Aufschrei der Ekstase.

Die Roma. Eine andere Welt.

Farah war es, die endlich sagte, nun müßten sie gehen, weil das Personal im *Filigrano* sie ausplündern würde, wenn sie nicht zurückkam.

»Wann werde ich dich wiedersehen?« fragte er.

»Wenn sich die Chance dazu bietet. Ich habe dir doch gesagt, wie meine Mutter ist. Ich rufe dich an.« Sie sah ihm in die Augen. »Willst du es noch einmal mit mir machen, bevor wir gehen?« fragte sie leise.

»Ich will es mit dir machen und nie damit aufhören.«

»Im Sand, wo es warm ist ...«

Behutsam war sie nun, und zärtlich, als müßten sie ewig daran zehren. Als es vorbei war, waren ihre Gesichter naß von Tränen, und es war unmöglich, zu sagen, wer sie vergossen hatte.

*

Er war entsetzt von dem Berg an Mitteilungen auf seinem Schreibtisch. Viele stammten von Pete Preston, andere von Felix, aber nicht eine von Ellie war dabei.

Er rief sie an. »Ich fliege morgen mit dem ersten Flugzeug. Hier bin ich soweit fertig.« Er hatte wegen des Grundstücks in San Francisco überhaupt nichts unternommen, und wahrscheinlich würde er es auch in Zukunft nicht tun. Er erkannte nun, was es für ihn gewesen war: ein Vorwand, ein Grund für ihn, herzukommen.

Ihre Stimme war kühl und normal, und es fehlte ihr jegliche Schärfe. »Das hätte jetzt nicht mehr viel Sinn«, sagte sie. »Wir fliegen doch in zehn Tagen alle ab. Anna übrigens auch – sie haben für Jenny in Los Angeles einen Lehrer gefunden, der angeblich Spitzenklasse sein soll, und da war es natürlich auf einmal etwas anderes ...«

»Anna will sich ihn ansehen, ich kann es mir denken ...«

»Du hast mir doch gesagt, wir hätten für den zweiten Juli die Betriebsfeier angesetzt. Bleibt es dabei?«

Hatte er das gesagt? Er konnte sich nicht erinnern, aber es mußte wohl so gewesen sein. Ellie irrte sich nie. »Ja. Kann ich schon vorher etwas erledigen?«

»Laß nur von deiner Sekretärin die Gästeliste schicken. Ich plane dann alles von hier aus, wenn ich die Angaben habe.«

»Geht es den Kindern gut?«

»Es geht ihnen gut.« Nun war eine kaum merkliche Veränderung in ihre Stimme getreten, die er zu identifizieren versuchte. Es war Vorsicht. »Simon hat gehört, wie du mit Felix über das Grundstück in Sacramento gesprochen hast. Er will hinfahren, und du solltest wissen, daß Felix ihm versprochen hat, ihn mitzunehmen. Versprochen hat er das.«

»Verdammt noch mal! Was hat er eigentlich im Kopf?«

»Seine Überlegung war vernünftig. Jenny wird mit ihren Ballettstunden sehr beschäftigt sein ... Wir können von einem kleinen Jungen nicht erwarten, daß er den ganzen Tag am Strand bleibt, selbst wenn ich ihn immer mitnehmen könnte, aber einige gesellschaftliche Pflichten werde ich doch haben.«

»Was wird Mary Beth tun, während du die Gastgeberin spielst?«

»Sie kommt mit, um Urlaub zu machen, weißt du das nicht mehr? Sie hat ein Recht darauf.«

»Mmmm – wenn wir vielleicht noch jemanden einstellen würden ...«

»Ich möchte nicht, daß Fremde meine Kinder beaufsichtigen, das weißt du doch, Michael.«

Erschöpfung und Unentschlossenheit schienen sich wie ein Staubfilm auf ihn zu senken. »Warten wir erst einmal ab ... sehen wir uns an, was passiert ... Ich muß sowieso oft in die Bay Area hinauf.« »Also, bis dann – ich sage dir noch, wann du uns in Los Angeles abholen kannst, unsere Plätze hast du ja wohl reserviert?«

Verdammt. Immer reservierte er ihre Plätze, noch nie hatte er das vergessen. »Natürlich habe ich das«, sagte er hastig. »Das Reisebüro hat mir nur noch nicht die Bestätigung geschickt, und jetzt muß ich noch einen Platz für Anna buchen. Ich wußte nicht genau, ob sie mitkommt. Ich melde mich, ja?«

Als er auflegte, rutschte ihm der naßgeschwitzte Hörer aus der Hand. Vielleicht war es Ellie nicht aufgefallen, ihm aber wohl, nur daß es da schon zu spät gewesen war. In all den

Jahren ihrer Ehe hatte er noch nie mit ihr telefoniert, ohne ihr zu sagen, daß er sie liebte und sie ihm fehlte. Und er hatte es immer ehrlich gemeint.

35

Ellie hatte die Sommer in ihrem Haus in Südkalifornien immer genossen. Sie freute sich auf die erholsamen Tage im Sand und in der Sonne, auf den Geruch von Sonnenöl, der die zerkratzten alten Bodenbretter getränkt hatte; manchmal fuhr sie nach Malibu oder nach Santa Monica, um die wichtigsten Dinge einzukaufen, aber meistens blieb sie zu Hause und erledigte ihre Einkäufe telefonisch – eine Angewohnheit, die die Amerikaner in dieser Gegend zu einer wahren Kunst entwikkelt hatten.

Im Gegensatz zu *Greenlings* hatte das Haus nichts Großartiges an sich. Es war nur ein alltägliches Farmhaus mit Fachwerk, mittelmäßig erhalten, aber für die Sommer am Strand war es bestens geeignet. Wie Michael ihnen, besonders Felix, schon wiederholt gesagt hatte, war es nicht *Que Vista* selbst, sondern sein Standort, der seinen Wert in den drei kurzen Jahren, seit sie es gekauft hatten, in astronomische Höhen hatte steigen lassen. Die Einkünfte aus den Vermietungen im Winter hatten den ursprünglichen Kaufpreis längst wieder eingebracht. Seine abgeschiedene Lage machte es zur Goldmine, und die Inflation machte es zur sichersten Investition, die er je gemacht hatte oder in Zukunft machen würde.

»In fünfzehn Jahren«, hatte er, als sie es kauften, gesagt, »wird es mindestens zwei Millionen wert sein.«

»In fünfzehn Jahren ist es zusammengestürzt«, gab Anna zurück.

»Das Land, auf dem es steht, aber nicht.«

»Es steht auf Sand, den das Meer eines Tages überfluten wird.«

Michaels Erwartungen wurden noch übertroffen. Es war jetzt schon mehr wert, als er damals vorausgesagt hatte, und regelmäßig kamen von reichen Arabern, die Beverly Hills aufgekauft hatten und ihre Adlernasen nun nach Norden richteten, Angebote ins Haus.

»Raffgierige Ausländer! Sie würden einen riesigen Luftschutzkeller bauen und das Haus purpurrot anstreichen«, warnte Anna.

Die anderen lächelten. Wie typisch für Anna, die überall der Inbegriff der Ausländerin war, auch in dem neuen Rußland, das sie verabscheute und das sie täglich betrauerte, daß sie so bereitwillig andere pauschal in einer Kategorie zusammenfaßte, zu der zu gehören sie vehement bestritt.

Ihre Einstellung belustigte alle außer Ellie, die ihre Gereiztheit hinter einer Fassade von Tüchtigkeit verbarg. Ach, diese oberflächliche, dumme Anna, die in ihrem Leben hundert Tragödien erlebt hatte und nur drei Leidenschaften – von denen keine Felix galt, was er und die anderen auch immer glaubten. Anna hegte tiefe Gefühle gegenüber Anna, Mischa und Jenny, und zwar ungefähr in dieser Reihenfolge. Es war doch ein Segen, daß Ellie nicht zu dieser exklusiven Gesellschaft gehörte, denn die Liebe dieser Frau konnte mit ihrer Last von Schuld und Verpflichtungen, die zwangsläufig auf ihr zu ruhen schienen, eine erdrückende Bürde sein. Allein Jenny hatte ihren Stachel nie gespürt. Noch nicht.

»Wir haben die Absicht, dieses Haus einige Jahre zu behalten«, sagte Ellie bestimmt. Sie beruhigte damit alle, Anna brachte sie zum Schweigen. »Wir mögen es gern.«

Das alte Farmhaus lag innerhalb des County Los Angeles und stand gedrungen, häßlich und bequem an jenem begehrten Standort nördlich von Malibu, aber südlich von Sequit Point – gleich an der Grenze zu Ventura County, behauptete Chita, die bei ihnen putzte und im Haus wohnte. Es war eingezäunt und mit rosafarbenem Eisenkraut überwuchert; es lag nicht zu weit von Los Angeles weg, aber weit genug, um den Reportern zu entkommen. Das machte es zum idealen Zufluchtsort für Schauspieler, Drehbuchautoren, Regisseure, Rockgruppen und überhaupt alle in der Branche, die ein Haus brauchten, um dort Familie und Haustiere für die Monate unterzubringen, während sie in Hollywood arbeiteten.

Es gab hier keine vornehmen Wandbehänge oder dicken Teppiche, die doch nur den Sand eingefangen hätten, sondern bunte Webteppiche, die Chita jeden Morgen über dem Geländer ausschüttelte und die bis Mittag wieder voller Sand waren.

Michael und Felix arbeiteten meistens im Büro in San Francisco und kamen am Wochenende herunter. Ellie blieb dann mit den Kindern und Mary Beth zurück, aber dieses Jahr fuhren Mary Beth und Anna morgens bei Tagesanbruch mit Jenny in ein Tanzstudio in Santa Monica, und Ellie war vormittags mit Simon allein. Sie machten lange Spaziergänge am Strand, plantschten in den Pfützen in den Felsen herum und ließen von Chitas Hund Stöckchen apportieren.

Die Zeit, die sie allein mit Simon war, brachte die beiden nur sehr wenig näher. Er war ein Einzelgänger, und er war mit ihr nicht glücklicher, als er es allein gewesen wäre, obwohl er den Hund immer mitnahm. Für Ellie war das nicht sehr schmeichelhaft, aber das war Simon ja nie gewesen. Sie versuchte, sich an nur eine Gelegenheit zu erinnern, bei der er sie oder Michael ohne Aufforderung geküßt hätte, aber nicht eine fiel ihr ein. Mary Beth gab ihm wieder täglich Stunden, aber auf die Dauer war das auch keine Lösung. Irgendwann würde er in die Schule gehen müssen – und aus kleinen Andeutungen, die er dann und wann fallenließ, wurde deutlich, wie unglücklich er in Brimley gewesen war, obwohl die Anstalt unter Privatschulen einen ausgezeichneten Ruf genoß.

»Ich habe die Zeit dort gehaßt«, sagte er einmal; nun, da die Sonne seine Haare ausgebleicht hatte, wirkten seine Wimpern noch dunkler. »Ich habe sie gehaßt, diese Schule und die Lehrer und diese beschissenen hochnäsigen Kinder!«

»Aber sie waren doch nett zu dir!« protestierte Ellie.

»Ich will nicht, daß sie nett sind, ich will ...«

»Ja? Was willst du?«

Da war er jedoch schon dem Hund in eine Sanddüne nachgerannt. Er kreischte ohne ersichtlichen Grund wie ein Derwisch und kam mit einer alten Colaflasche in der Hand und Sand in den Augen zurück. Er sagte ihr nie, was er wollte; das blieb ein Geheimnis, das Ellie nie erfuhr.

Michael.

Denk nicht darüber nach. Glaub nicht, was du heimlich von Michael denkst. Tu so, als wüßtest du nicht, was alle denken. Tu so, als würdest du ihre mitleidsvollen, besorgten Blicke nicht bemerken. Wenn irgend etwas nicht stimmt, geht es auch wieder vorüber, und wenn du nicht darüber nachdenkst, geht es vielleicht vorbei, bevor du erfährst, was es ist. Vor allem darfst du nichts sagen.

Sie hatte halbherzig den Vorschlag gemacht, daß er Rose herbringen sollte, damit sie die Luft und die Sonne genießen könnte. »Wir könnten ihr am Strand ein Zelt aufschlagen«, sagte sie. Rose könnte die Lösung des Rätsels bringen, und sie war sich nicht sicher, ob sie für diese Lösung schon bereit war.

Sie hätte sich keine Sorgen zu machen brauchen. Michael runzelte die Stirn und rieb ihr mit jenem sorgenvollen Ausdruck, den er in der letzten Zeit so oft aufgesetzt hatte, den Handrücken. »Rose will genausowenig bei uns sein, wie wir sie haben wollen – und ich möchte nicht, daß Simon ihr zu nahe kommt.«

»Hat er noch einmal nach Sacramento gefragt?«

»Jedesmal, wenn er uns sieht.«

»Und? Viel Zeit ist nicht mehr – in zwei Wochen müssen wir ihn zu diesem Betriebsfest mit in die Bay Area nehmen, und danach dauert es nur noch eine Woche, bis wir wieder nach *Greenlings* fahren.«

»Das weiß ich alles. Meinst du, ich kann keinen Kalender lesen? Wenn ich die Zeit habe, mir das Grundstück anzusehen, nehmen wir ihn mit. Bis dahin bin ich es leid, ständig davon zu hören.«

Es war seiner Stimme deutlich anzuhören. Zutritt verboten. Abwarten.

Und genau das machte sie. War das kluge Zurückhaltung? Oder steckte sie den Kopf in den Sand? Sie wußte es nicht, und vielleicht würde sie es nie herausbekommen, aber ihr Instinkt flüsterte ihr zu, daß sich hinter diesem warmen und freundlichen Sonnenschein eine gefährliche Falle verbarg – für Michael, für Simon, vielleicht auch für ihre Ehe – und sie mußte ihre Zunge hüten, ihre Gedanken unter Kontrolle halten und sehr genau aufpassen, wohin ihre Schritte sie führten.

Ihre Tage vergingen glatt, weil sie sie so organisierte, ebenso wie sie ihre Ausflüge an den Strand und ihre Besuche im Übungsraum organisierte. Wenn sie in einem Monat heimfuhr, würde sie braun, schlank, durchtrainiert und ausgeruht sein. Ob sie glücklich sein würde, das war eine andere Frage.

*

Dieses Jahr war es nicht anders als in den vergangenen. Michael holte sie am Flughafen ab, und in der ersten Woche, in der sie sich eingewöhnen mußten, war er ganz der perfekte Ehemann, Vater und Gastgeber – und doch bemerkte jedes Mitglied der Gruppe gewisse Nuancen, die bei seiner Abreise aus *Greenlings* vor einigen Wochen noch nicht dagewesen waren.

Zuerst hatte Pete Preston diese Veränderungen bemerkt. Er war eine Woche vorher in der Niederlassung in der Bay Area angekommen, und Michaels lange Abwesenheit vom Büro, seine fahrige Art, wenn er da war, und vor allem der Eindruck, als warte er ständig auf einen Anruf, konnten ihm kaum entgehen. Am schlimmsten aber war sein deutlicher Mangel an Interesse am Geschäftsbetrieb.

Auch Felix war einiges aufgefallen. War Mischa bedrückt? Hatte er Sorgen? Vielleicht schlief er nicht gut? Ging es um das Geschäft? Sein vorschnelles Versprechen, Simon mit nach Sacramento zu nehmen, konnte es doch wohl nicht sein, oder? Es war ein Fehler gewesen, das wußte er jetzt, aber irgend etwas brauchte der Junge ... Er seufzte. Mischa. Simon. Der Zustand seiner eigenen Hüfte hatte sich verschlechtert, aber bisher hatte er noch niemanden von dem Urteil des Arztes erzählt. Wie hatte der Arzt gesagt? »Keine Halbheiten mehr. Nächstes Jahr bekommen Sie ein Hüftgelenk aus Edelstahl, und dann können Sie wieder rennen wie ein kleiner Junge.« Wer wollte denn rennen wie ein kleiner Junge und das Leben noch einmal von vorne beginnen? Das war die Antwort, die er ihm gegeben hatte. Weiß Gott, wenn er sich Sorgen machen wollte, brauchte er sich nur Anna anzuschauen, die immer noch ihre Schwindelanfälle bekam und oft ihre Pillen vergaß ... starrsinnig war sie auch. Und Ellie ... so zurückhaltend, so vorsichtig. Sie war noch reservierter als sonst.

Auch Anna hatte die Veränderungen an Mischa bemerkt; ihre Schlüsse waren scharfsichtiger, bedrückender als die der anderen.

»Bist du krank?« fragte sie ihn geradeheraus, aber sie wußte, daß es das nicht war – außer in der Seele, wo noch so viel Obst nichts nützen konnte.

»Mir geht es gut – ich wünschte, die Leute würden aufhören, mich das zu fragen«, sagte er.

»Wie lange ist es her, seit du zuletzt trainiert hast?«

»Ein paar Wochen.«

»Also so was! Kein Wunder, daß du aussiehst wie eine streunende Katze! Du gehst an die Stange! Das räumt die Spinnweben aus dem Kopf, und man kann wieder nachdenken.«

»Morgen«, versprach er. Solche Versprechen hielt er ein. Aber es wird dir nicht helfen, klagte sie.

Er sah aus (und bei jedem Mann außer Mischa wäre sie sicher gewesen) wie ein Besessener. Nicht von der Liebe, denn das bringt die Lippen zum Lächeln und die Augen zum Glänzen – nein, von einem tiefen unstillbaren Bedürfnis, einem

Schmerz, für den es keine Heilung gab. Sie kannte das, denn sie hatte den gleichen Ausdruck in Hans von Reikers Gesicht gesehen. Es war Krankheit, eine Tragödie. Mischa war kein von Reiker, und er würde niemanden vergewaltigen, und wenn er töten würde, dann höchstens sich selbst.

Mit diesem Gedanken fiel ihr Blick auf Ellie, die sich in der Sonne einölte, sie verteilte das Öl auf den Schultern, dem Hals und auf den langen, eleganten Beinen. Anna zitterte vor Wut, und das Pochen in ihrem Kopf wurde so laut, daß sie ängstlich rennen und die Pillen holen mußte, die das Hämmern verstummen lassen würden, wie der Arzt versprochen hatte. Diese Ellie von Reiker! Merkte sie denn nicht, war sie so dumm, so unsensibel, so teutonisch, daß ihr Mann sich langsam von ihr entfernte und daß sie ihn verlieren könnte? Und daß sie ihn wegen ihrer Blindheit alle verlieren könnten?

Nein, nicht Mischa, das durfte nicht sein. Sie würde das in Ordnung bringen. Sie würde ihn zusammen mit sich und Jenny tanzen lassen, und dann würde sie es wissen. Das Gesicht kann lügen, selbst die Augen, aber der Körper eines Tänzers nicht. Wenn Freude da ist, zeigt sich das, ebenso zeigt sich Elend, Leidenschaft, Eifersucht, Hoffnungslosigkeit und Liebe. Wem nützte das, in der Sonne zu liegen und sich Öl in den Nabel zu gießen, wenn einem der Mann verlorenging? Solch eine perfekte Familie hatte Mischa aufgebaut! Sie durfte nicht in Bedrohung geraten, durfte nicht verletzt werden, und vor allem durfte die kleine Jenny nicht durch privaten Kummer abgelenkt werden. Dazu war sie zu gut, zu perfekt, zu ähnlich wie Anna selbst in ihrer Jugend.

Mary Beth, die sie alle mochte und niemanden von ihnen liebte – außer Ellie, vielleicht –, sah den größten Teil des Spiels und erkannte ohne einen Zweifel, daß sich eine andere Frau dahinter verbarg. Sie spürte, daß auch Ellie das wußte und daß sie sich diesem Wissen nicht stellen wollte.

Es war so offensichtlich. Jedes Wochenende kamen die

drei Männer her, um sich zu sonnen, sich zu amüsieren und zu entspannen. Und um bei der Familie zu sein.

Pete Preston ging abends mit ihr in den Bergen um die Decker Road spazieren, tagsüber schwamm er mit Ellie und lag mit ihr in der Sonne.

Felix hinkte im Panamahut und in knielangen Shorts unter Schmerzen mit den Kindern am Wasser entlang und sammelte Muscheln mit Jenny oder suchte Seeschnecken mit Simon, abends trank er auf der Veranda Sherry, und Anna las ihm dazu mit ihrer sonoren Stimme aus russischen Romanen vor.

Michael Abramsky, Gastgeber, Vater, Chef und Ehemann, ging zu Bett.

Unter irgendeinem Vorwand, Kopfweh, Erschöpfung, Magenschmerzen, Augenschmerzen zog er sich immer zurück. Manchmal machte er sich nicht einmal die Mühe, eine Entschuldigung dafür zu erfinden, daß er da auf seinem Bett herumlag. Mary Beth wußte, daß er nicht schlief. Sie konnte von ihrem Leseplatz auf der Veranda aus schräg in das große Schlafzimmer sehen. Wenn sie aufschaute, fiel ihr Blick auf den Spiegel am Toilettentisch, und in ihm sah sie Michael Abramsky braun und ernst und völlig bewegungslos, als würde er meditieren oder als wäre er tot. Und wenn sie als Erzieherin und Gast im Haus das wußte, dann wußte Michaels Frau es auch.

Einmal sprach sie Ellie darauf an.

»Machst du dir keine Sorgen um Michael?«

»Warum?«

»Weil er so still ist ...«

»Was hattest du erwartet? Er arbeitet die ganze Woche.«

»Du weißt doch, was ich meine.«

»Nein.« Ihre Stimme war ruhig, fast tonlos, und fast konnte man ihr eine Warnung an Mary Beth entnehmen, nicht zu weit zu gehen. »Vielleicht würdest du mir sagen, was du meinst.«

»Ach Ellie – hör mal, ich bin deine Freundin, ich kenne dich schon seit den Tagen der guten, alten Großmutter.«

»Und Michael ist mein Mann. Er hat Sorgen, das ist bei Geschäftsleuten manchmal so.«

»Und du hast nicht den Eindruck, daß er hier nur die Zeit totschlägt, bis er wieder zurückkann?«

Ellie schenkte ihr das gleiche kühle Lächeln, das sie dem Lieferanten schenkte, wenn er Fisch an die Hintertür brachte. »Du entwickelst wirklich eine üppige Phantasie, Mary Beth. Das muß von der Sonne kommen oder von diesen Romanen, die du liest. Vielleicht solltest du sie selbst schreiben, statt den Kindern das Alphabet beizubringen.«

Sie rauschte hinaus, jeder Zoll die Hausherrin. Eine Sekunde später kam sie mit einem Hauch von Tränen in den Augen und einer Entschuldigung auf den Lippen wieder herein.

»Es tut mir leid. Du hast das nicht verdient, es ist nur, daß, ich kann wirklich nicht darüber sprechen, Mary Beth. Wenn ich es könnte, wärst du diejenige, an die ich mich wenden würde.«

Mary Beth verstand. Ein Loyalitätskonflikt. Ellie befahl ihr Ehrenkodex, daß sie sich nicht über ihren Mann beschwerte, selbst bei ihrer besten Freundin nicht. Wenn man erst einmal mit diesem Gegifte von Frau zu Frau anfing, nahm es kein Ende mehr. Ellie würde das alles fest in sich verschließen – aber was mußte das für ein Tumult sein, der da unter der Oberfläche brodelte!

»Okay. Nur eine Idee, dann halte ich meinen Mund. Wenn sie heute abend heimkommen, mach ihm doch den Vorschlag, du wolltest mit ihm kommen. Wie findest du das? Für dich wäre es nur eine Woche zu früh, und da wäre es einfach wunderbar, wenn ihr beiden eine Woche für euch allein hättet, so als eine Art zweiter Flitterwochen.«

Ihre Freundin wurde tiefrot, tupfte sich das Gesicht mit einem feuchten Tuch ab und murmelte etwas von Sonnenstich in sich hinein. »So lange Felix und Anna auch in der Wohnung sind? Du hast wirklich eine solche Phantasie, wie ich gesagt habe. Trotzdem, ich will mal sehen.«

*

»Es könnte doch Spaß machen, Michael, und du weißt, wie sehr mir Chinatown gefällt. Außerdem ...«

»In einer Woche kommst du doch sowieso«, sagte er, verschwand im Bad und blieb länger als gewöhnlich dort.

Als er wieder herauskam, nahm sie all ihre Nervenstärke zusammen und redete weiter, als seien sie nicht unterbrochen worden. »Schon, aber ich muß das Betriebsfest organisieren, und wir werden nicht viel Zeit für uns haben – ich könnte ein bißchen zu Rose gehen und aufpassen, daß Simon keine ... unwillkommenen Kontakte knüpft, solange du nicht da bist. Er hat einen langweiligen Sommer hinter sich ...«

»Mein Gott, acht Wochen in Kalifornien sollen langweilig sein? In seinem Alter! Er sollte froh sein, daß er nicht den ganzen Tag seinen Buckel krumm machen und Tomaten pflükken muß!«

»Aber trotzdem ...«

»Hör zu, du kannst natürlich mitkommen, wenn du willst, aber Simon würde nur seine Zeit verschwenden. Es gibt da keine Kontakte, die er anknüpfen könnte, selbst wenn wir dazu kommen, uns das Grundstück in Sacramento anzusehen, was übrigens noch keineswegs sicher ist. Die gesamte *Kumpania* ist vor zwei Wochen von Sacramento weggefahren, und wo sie jetzt ist, weiß kein Mensch.«

»Haben sie es dir denn nicht gesagt?«

Er schüttelte den Kopf, und in seine Augen trat kurz ein Ausdruck von Niedergeschlagenheit, von tiefster Verzweiflung, der jedoch sofort wieder verschwand. Sie hätte ihn am liebsten so in die Arme genommen und getröstet, wie sie es mit Jenny oder Simon tat, wenn sie eine schwere Enttäuschung erlebt hatten.

»Sie kommen aber doch sicher wieder, oder?«

»Irgendwann. Im Sommer ziehen sie los, das hatte ich fast vergessen ... Erinnerst du dich noch an Appleby?«

»Ja.« Sie erinnerte sich genau an diesen ersten Juni hier, in dem Jahr, in dem sie geheiratet hatten. Sie hatte seinen Gesichtsausdruck noch genau vor Augen, als er mit Rauch im Haar und Verwirrung im Blick nach *Greenlings* gekommen war. Sie hörte draußen das Schluchzen der See, als die Ebbe kam, und sie zog ihn an sich.

Er kam jedes Wochenende zu ihr, aber Ellie hätte es nicht als Liebe bezeichnet, was sie da machten. Heute war es anders. Sie liebten sich, aber es war anders als sonst; Ellie war zärtlich und hingebungsvoll, und Michael war verzweifelt und gehetzt. Als es vorüber war, versenkte er sein Gesicht in ihrem Haar und flüsterte so leise, daß das Stöhnen des Meeres draußen beinahe seine Stimme übertönt hätte: »Was würde ich ohne dich tun, Ellie ... Ellie ... Was soll ich nur tun?«

»Was hast du denn?« flüsterte sie zurück und versteckte ihre Ängste hinter einer Flut von Küssen. Was er ohne sie tun würde? Ohne sie? War es möglich, daß er sich das überlegte? Nein, nein, nein, doch nicht Michael. Sie war die ganze Welt für ihn, und das wußte sie auch – bis auf die Kinder und die Roma. Würde er sich je von ihnen befreien können? Er litt, irgendwo tief in seinem Innern. Es ging viel tiefer, als ihre Freunde sich das vorstellten, das wußte sie. Eine andere Frau? Vielleicht, aber wenn das alles war ... Ellie war der festen Überzeugung, daß niemand mit der Eheschließung das alleinige Recht auf den Körper des Partners erwarb. Zuneigung und Liebe, ja, das waren absolute Werte – jeder mußte den anderen lieben und sein Glück mehr wollen als das eigene, mußte zu dem anderen stehen, welche Schläge das Leben auch austeilen mochte. Aber wie war es bei reinen körperlichen Handlungen? Sein Körper gehörte ihm, und ihrer gehörte ihr. Besaß man die Verfügungsgewalt über das eigene Fleisch nicht mehr, so war das die allergrößte Verarmung. In diesem Punkt hätte ihr sogar

Anna zugestimmt, wenn sie sich jemals dazu hätte überwinden können, mit ihr über so ein Thema zu sprechen.

Mary Beth kannte den Hintergrund nicht so wie sie. Sie hatte keine Vorstellung von der Kraft des Fadens, der ihn zugleich zu den *Gaje* und den Roma hinzog. Am Anfang hatte sie geglaubt, er sei gepanzert und unverwundbar, aber im Lauf der Jahre hatte sie erkannt, daß er nackt war, und zwar von Anfang an, und daß seine verzweifelten Anstrengungen, Reichtümer auf Reichtümer zu häufen, nicht mehr als der instinktive Versuch waren, den kleinen Micah zuzudecken. Je dicker der Pelz, desto wärmer im Winter.

Und trotzdem wußte sie, daß sie ihn liebte und darauf warten konnte, bis die Flut sich gewendet und die Wogen wieder in Bewegung gesetzt hatte.

Anna saß ausgehfertig mit Jenny beim Frühstück und gab ohne Umschweife, während sie ihren Kaffee trank, ihre Ansichten über Mischas Verhalten zum besten.

»Den ganzen Sommer hast du das Kind nicht tanzen sehen, Mischa! Der neue Lehrer hat Wunder gewirkt. Zuerst hatte ich ja gedacht, mein Gott, Al Watson, mit so einem Namen kann er nicht einmal Seilhüpfen lehren, aber dann habe ich gesehen, daß es in diesem Land doch noch ganz pfiffige Kerle gibt.«

»Anna, mein Täubchen, bitte reich mir den Toast ...«

Ohne Felix eines Blickes zu würdigen, schob sie ihm den Toaster, ein Brotmesser und Weißbrot zu. »Na ja, auf jeden Fall ist Al ausgezeichnet, ganz ausgezeichnet! Die kleine Jenny ist jetzt poliert wie ein Diamant ... an der Spitze müßte man vielleicht noch ein bißchen ... Zu schade, daß wir nicht bleiben können, aber Al glaubt, daß er Weihnachten selbst nach London kommen kann, und dann ... Nun gut, das braucht uns im Augenblick nicht zu interessieren. Heute wirst du es sehen, Mischa!«

»Anna, es ist Sonntag ...«

»Seit wann haben Tänzer eine Vierzigstundenwoche?«

»Anna.«

»Außerdem ist es höchste Zeit, daß du auch an die Stange kommst ...«

»An der habe ich letzte Woche jeden Tag gestanden. In der Nähe meines Büros ist ein Studio.«

»Gut! Du hast es auch nötig! Es dauert nicht mehr lange, dann strecken sich die Muskeln nicht mehr, und dann brechen sie wie altes Leder.«

»Anna, ich bin sehr müde.« Seine Stimme hatte eine Endgültigkeit, die einen Panzer zum Stehen gebracht hätte.

Nicht aber Anna.

»Und wer soll uns dann fahren?« Sie machte eine Pause und ließ Michael Zeit, sich am Tisch umzusehen und festzustellen, daß Mary Beth und Pete Preston nicht da waren, und daß sich Ellie hinter ihrer Zeitung versteckte und sich nicht anbot.

Schließlich blieben nur Felix und Simon zu Hause. Michael fuhr, Ellie saß neben ihm, und Anna und Jenny hörten sich auf dem Rücksitz Bänder von Als letzter Stunde an, eine Neuerung, für die Anna noch vor einem Jahr nur bitteren Spott übriggehabt hätte. Jennys Kurs kam immer zuerst, ein Kurs für fortgeschrittene Anfänger, unter denen Jenny fast, aber nicht ganz die kleinste war. Es war Jahre her, seit Ellie sie zusammen mit anderen hatte üben sehen, statt allein mit Anna in *Greenlings.*

Der Unterschied verschlug ihr den Atem.

Selbst bei ihrem beschränkten Wissen hatte sie nun genug Jahre in den Studios verbracht, um echte Begabung von Ehrgeiz unterscheiden zu können. In diesem Stadium waren die meisten Ehrgeizigen ausgeschieden, aber selbst jemand, der noch nie in seinem Leben Ballett gesehen hatte, hätte mit dem Finger auf Jenny zeigen und sagen können:

»Das ist Begabung.«

An der Stange war sie eine Novizin, demütig, beängstigend ernst, stets auf der Lauer nach den kleinsten Anweisungen des Meisters, und sie verdiente jedes Wort des Lobes, mit dem er sie überschüttete. Als sie aber dann frei tanzten, hielt Ellie den

Atem an. Das Kind war ein Luftgeist, ein Wolkenfetzen, ein Windhauch – aber dann drehte sie sich *en pointe*, und die Kraft ihrer Zehen war so präzise, daß man hätte denken können, sie müßte jetzt gleich ein Loch in die Bodenbretter bohren. Ihr Hals hatte die erforderliche Länge der geborenen Ballerina, und ihr Rücken schien irreführend zerbrechlich – und ihre Arme, sie waren einfach ein Wunder ...

Ellie wandte sich an Anna, die neben ihr stand und ihre Schülerin nicht eine Sekunde aus den Augen ließ. »Oh, ich danke dir, Anna, ich danke dir ... Ich kann es einfach nicht glauben ... Was du da erreicht hast, sie ist ...«

»Brillant. Die geborene Tänzerin. Sehr selten, und wenn man sie findet, ist es leicht, sie zu lehren, aber schwer, sie unter Kontrolle zu halten, sehr schwer Sie brauchen immer mehr, als der Lehrer geben kann.«

»Aber sie ist so ... Das muß sie von Michael haben, ich habe ihn einmal gesehen.«

Anna warf ihr einen verächtlichen Blick von der Seite zu. »Nein, nein, nein! Mischa tanzt von Herzen, er ist wie ein ungestümes Pferd. Bei Jenny kommt die Begabung aber aus der Tradition. Die hat sie von mir.«

Wie bescheiden von dir, dachte Ellie.

»Über dich, natürlich«, räumte Anna ein.

Michael sah ihnen mit ausdruckslosem Gesicht von der anderen Seite des Zimmers zu. Anna fragte sich, ob er überhaupt etwas wahrnahm, doch als die Stunde vorbei war, ging er zu Al, sprach kurz und leise mit ihm, gab ihm die Hand, küßte Jenny, und dann drehte er sich zu Anna um und nahm sie in die Arme. Er flüsterte ihr in seinem gebrochenen Russisch ins Ohr:

»Meine Mutter, ich danke dir.«

»Jetzt bist du an der Reihe«, sagte sie leise. »Jetzt wirst du arbeiten und dir die Schmerzen herausschwitzen, ja?« Sie hatte diese Worte ohne Hintergedanken gesagt, aber als er sich mit der Fortgeschrittenenklasse an die Stange stellte, war er tiefrot geworden.

An der Stange war er tüchtig, korrekt und konzentriert. Hölzern. Für ihn war das ein Training, sonst nichts. Mehr hatte sie auch nicht erwartet. Nun aber schloß Al die Übungen an der Stange ab und machte sich für den freien Tanz bereit. Er teilte den Kurs auf und begann den eigentlichen Unterricht.

Sie eilte zu ihm hin und flüsterte ihm zu, ob Al ihr wohl einen kleinen Gefallen tun könnte, da er doch in der nächsten Saison der kleinen Jenny Unterricht geben würde? Al nickte, drehte sich um und flüsterte seinerseits seiner Frau etwas zu, die die Platten auflegte. Der Kurs ging weiter, zunächst verlief noch alles routinemäßig, und den ersten Schritten war nichts Besonderes anzumerken.

»Und jetzt!«

Heute begannen die Tanzübungen zu Debussy, süß und lieblich, dann ging es weiter mit dem leidenschaftlichen (aber noch immer süßen) Chopin, bis ein klagender Ton kam, schwermütig, eindringlich, einschmeichelnd ...

Zigeunermusik.

Gitarren, Geigen und Lagerfeuer – in der Musik klang das Wirbeln der Röcke, dunkle Augen, endlose Reisen, Freude und Trauer so untrennbar ineinander verwoben, daß niemand wußte, wann das eine Gefühl endete und das andere begann.

Und ihr Mischa, oh, ihr Mischa ... nun tanzte er wieder mit seinem Herzen. Zuerst riß er die anderen Tänzer mit, dann aber drängte er sie beiseite, bis er den Tanzboden ganz für sich allein hatte. In seinen Augen stand die Qual, ein Körper, der weinte und lachte, der Qualen litt, furchtbare Qualen ...

Sie hatte es jedoch wissen müssen, und nun wußte sie es.

Sie kannte ihn, und sie liebte ihn. War er nicht ebenso ihr Sohn wie Sascha, oder mehr, als der es je gewesen war? Sie wußte, wann es noch Schweißperlen waren und wann Tränen – und zum Schluß waren es ihre eigenen Tränen, die sie in Als Büro flüchten ließen, wo sie die Tür verschloß und in sich hineinschluchzte, bis jemand an der Tür rüttelte. Dann erhob sie sich wieder, brachte ihr Gesicht in Ordnung und ging zu ihm zurück.

Sie hatte es wissen wollen.

Jetzt wußte sie es.

Und doch wünschte sie sich, sie wüßte es nicht, sie wünschte es sich mit allen Fasern ihres Herzens. Wenn es ihr doch nur gutginge, dann würde sie das schon irgendwie ... Herrgott, die Tyrannei des Alterns, wenn man sieht, was getan werden muß, aber zu schwach ist, es zu tun.

36

Der Sommer war vorüber, und doch stand er noch hier auf dem Flughafen von San Francisco und sah das Flugzeug mit seiner gesamten Familie starten. Wegen einer dringenden Angelegenheit im Büro im letzten Augenblick war sein Sitz neben Ellie leergeblieben.

Die Sache war nicht völlig aus der Luft gegriffen. Am Tag zuvor hatte der stellvertretende Direktor seiner Niederlassung in San Francisco plötzlich ohne Vorankündigung mitgeteilt, er hätte ein Angebot von der Konkurrenz angenommen. Der Direktor hatte dies dadurch verhindern wollen, daß er dem Mann ebensoviel wie die Konkurrenz geboten hatte. Michael hatte zwar sowieso vorgehabt, den Mann mit einem Bonus und einer höheren Kommissionsrate zu belohnen, aber er mußte dabei auch an sein übriges Personal denken, wie er Felix erklärte. Wenn die Leute in der Firma sahen, daß hier jemand mit so offensichtlicher Erpressung durchkam, würden sie es alle genauso machen, und was würde dann aus der Firma werden? Jedesmal, wenn der Umsatz stieg, würden sie ihm wieder die Pistole an die Brust setzen.

Sobald Michael Gelegenheit hätte, mit dem Mann zu reden, würde er ihn sicher wieder an seinen Schreibtisch zurückbringen, und dann würde er sich in das nächste Flugzeug nach England setzen. Bis Mitte September wäre er auf jeden Fall wieder zurück.

Michael hätte seine Abfahrt unter einem anderen Vorwand hinausgeschoben, wenn der Mann seine Kündigung nicht ausgesprochen hätte. Er brauchte einfach noch ein bißchen Zeit; er mußte sie unbedingt noch einmal treffen, wenn es auch nur die Klärung der Frage brachte, was er denn um Himmels willen falsch gemacht hatte.

Sie hatte gesagt, sie würde sich mit ihm in Verbindung setzen, aber sie hatte es nicht getan. Der Stellplatz in Sacramento war für den Sommer geräumt worden, und er konnte nirgends als im *Filigrano* nach ihr fragen. Der Club war zwar geöffnet, aber sie war nicht da. Außerdem hatte er bei Farah Angst, er könne die brüchige Verbindung aufs Spiel setzen, die sich zwischen ihnen gebildet hatte. Farah hatte den Taktstock in der Hand, und sie konnte die Musik jederzeit unterbrechen.

Er mußte sie noch einmal treffen, bevor er wegflog. Nur einmal, versprach er sich selbst. Selbst wenn sie ihm dann sagte, er solle verschwinden, zu seiner vornehmen Frau zurückgehen, sich wieder unter die *Gaje* mischen, mußte er sie noch einmal sehen, sie berühren, um sich zu versichern, daß sie wirklich dagewesen war und ihre Körper sich verbunden hatten.

Drei Monate. Wie konnte sie nur? Drei Monate, und kein Wort von ihr.

Letzte Woche hatte er sich in seiner Verzweiflung ein unauffälliges Auto gemietet und war verstohlen an dem Stellplatz vorbeigefahren. Er hatte die Wagen der *Kumpania*, darunter auch ihren, an den alten Plätzen stehen sehen. Sie war wieder da, aber Dui und Rose leider auch, und die wollte er auf keinen Fall treffen.

Das Telefon in ihrem Wohnwagen war nicht im Telefonverzeichnis eingetragen, und außerdem hatte er keine Ahnung, welchen Namen sie hier führte. Er rief im *Filigrano* an. Nein,

La Rubi hatte noch ungefähr eine Woche lang keine Auftritte geplant. Selbstverständlich war sie persönlich im Club anwesend. Ob er sie dann wohl sprechen könnte? Mitleidiges Schweigen. Wenn La Rubi jeden Anruf beantworten würde, den sie bekam … Der Hörer fiel auf die Gabel, und er hörte nur noch ein monotones Brummen.

Das Flugzeug zitterte ein letztes Mal wie ein festgebundener Hengst, röhrte auf und donnerte an ihm vorbei. Eine kleine Hand – war das Jenny? – winkte bis zum letzten Augenblick, und dann war es gestartet und schrumpfte am Himmel schnell zu einem Punkt zusammen.

Endlich.

Er war allein. Nun brauchte er nicht mehr so zu tun, als würde er die Zeitung lesen, er brauchte sich keinen Blödsinn mehr im Fernsehen anzuschauen, er brauchte nicht mehr zu pfeifen, wenn er aus der Dusche kam, er brauchte nicht mehr zu lächeln, und …

»Micah!«

Er fuhr herum, und da war sie und winkte ihm mit einem gelben Tuch zu. Sie schob sich durch die Menge. Die Morgensonne blitzte auf ihren großen Goldohrringen und brachte ihre kleinen weißen Zähne in dem dunklen, zierlichen, katzenhaften Gesicht zum Leuchten. Sie kam mit ihrer tiefausgeschnittenen Bluse im Bauernstil und einem schwingenden langen Rock mit wehenden Haaren schnell auf ihn zu.

»Warum – wo – du hast doch gesagt, du würdest anrufen!« Er streckte seine Hände aus, um ihre Schultern zu berühren, aber er erwischte nicht mehr als einen Hauch von Geißblatt, dann hatte sie sich schon seinem Zugriff entzogen.

»Hey, wir sind hier in der Öffentlichkeit, weißt du das nicht?«

»Aber warum hast du nicht angerufen? Ich habe gewartet, es war zum Verrücktwerden …«

Sie drehte sich um und ging zurück, und ihm blieb keine andere Wahl, als ihr nachzulaufen. Er hatte Mühe, mit ihr

Schritt zu halten, so schnell verließ sie das Flughafengebäude. »Also, zuerst sind wir nach Vancouver gefahren, aber das hatte ich dir ja gesagt, oder? Nein? Na ja, wie auch immer, auf jeden Fall mußten wir von Vancouver aus einen Abstecher nach Eugene machen. Onkel Vashtis Schwester ist gestorben, und wir waren auf ihrer *Pomana*. Als wir dann zurückgekommen sind, habe ich ein bißchen herumgefragt und herausbekommen, daß du deine Frau und deine Kinder noch bei dir hast. Da konnte ich natürlich nicht ...«

»Aber wenn du bei mir im Büro angerufen hättest, hätte ich mich für einen Nachmittag freimachen können.«

»Für *einen Nachmittag*?« Sie blieb einen Augenblick stehen und starrte ihn an, als hätte er den Verstand verloren. »Meinst du, ich bin ein Mädchen für einen Nachmittag? Und wenn der Nachmittag vorbei ist, trollst du dich wieder?«

»Aber was hattest du denn erwartet? Farah, ich habe eine Firma, um die ich mich kümmern muß, und meine Familie war hier. Was sollte ich denn sonst machen? Kannst du mir das vielleicht einmal sagen, Farah, Herrgott noch mal?! Du kannst doch nicht ...«

Sie warf den Kopf zurück und ging weiter. »Sag mir bloß nicht, was ich kann oder nicht kann. Ich kann machen, was ich will. Ich bin nicht verheiratet, *du* bist es doch. Ich habe dir gesagt, ich würde mich mit dir in Verbindung setzen.« Sie blieb wieder stehen und sah ihm zum erstenmal direkt in die Augen, ohne sich um die Menge zu kümmern, die sich teilen und um die beiden herumgehen mußte. »Also, jetzt habe ich mich mit dir in Verbindung gesetzt. Sag mir, was du willst.«

»Ich will ...«

Aber da war sie schon wieder mit schnellen Schritten weitergegangen und rannte auf die Fahrstühle zu. Sie gingen zusammen in einen hinein, und sie drückte sofort auf den Knopf, so daß die Tür wieder zuging, bevor ihnen jemand folgen konnte. Als der Fahrstuhl sich in Bewegung setzte, legte sie ihm die Arme um den Hals. »Was willst du, Micah?« flüsterte sie ihm zu, bedeckte ihn mit ihren Küssen und schob ihre Kolibrizunge unter die seine. »Sag mir, was du willst.«

»Großer Gott, du weißt, was ich will. Dich will ich, dich, dich, dich!«

Sie ließ ihren offenen Mund forschend über sein Gesicht gleiten. »Ich kann vor dem Wochenende nicht weg.«

»Verdammt, ich muß zurück nach England! Ich muß ...«

»... mich um meine Firma kümmern und an meine Familie denken, ja, ja, ich weiß, ich habe es schon beim erstenmal gehört. Wie gesagt, vor dem Wochenende kann ich nicht weg. Wir könnten nach Big Sur fahren ... oder in den Yosemite-Park ... oder nach Shasta – siehst du, ich lasse dir sogar freie Wahl.«

Der Fahrstuhl hielt an. Sie hielt mit einer kleinen braunen Hand die Tür zu und drückte auf den Knopf, um ihn weiterfahren zu lassen. Währenddessen fuhr sie ihm mit der anderen Hand über die Lippen und seinen Hals, und dann glitt sie zu seinem Seidenhemd herunter und machte einen Kopf auf, damit sie seine Brust mit ihrer Zungenspitze berühren konnte. »Also, sag es mir, Micah! Wohin fahren wir nächste Woche, na?«

*

»Hat er nicht angerufen?« fragte Anna Felix.

»Doch. Er hat im Büro angerufen, aber er hat weder mich noch Pete sprechen wollen, sondern nur von der Sekretärin ausrichten lassen, daß es ein wenig später werden würde. Wir sollten ihn in ein paar Tagen erwarten.«

»Er hat den Verstand verloren.«

Felix seufzte. »Er ... er behandelt Ellie schlecht. Ich weiß wirklich nicht, was mit ihm los ist.«

»Ich habe es dir doch gesagt. Er ist besessen. Du bist der einzige Mann in der Familie, Felix. Du mußt mit ihm sprechen, damit er wieder zur Vernunft kommt. Er hat ein schönes Haus, die Kinder, die Firma.«

»Er ist ein erwachsener Mann, und er ist alt genug, um seine Entscheidungen selbst zu treffen.«

»Erzähl mir doch nichts! Du weißt, was auf dem Spiel steht.«

»Mein Liebling, er ist kein Kind mehr. Ich wäre der letzte, der mit ihm sprechen würde. Sein Geschäft läuft ganz ausgezeichnet weiter, auch wenn er weg ist.«

»Aber wird seine Familie auch weiterbestehen? Simon läuft den ganzen Tag mit einem langen Gesicht herum, mein Engel Jenny wartet auf den Papa, um mit ihm zu spielen ...«

»Ellie ist eine vernünftige Frau. Sie wird wissen, wann der richtige Zeitpunkt gekommen ist, um mit Mischa zu sprechen.«

»Meinst du, ich mache mir ihretwegen Gedanken?« Ihre Faust donnerte auf den Eßtisch, und das Marmeladenglas sprang ein Stück in die Luft. »Wenn sie nur ein bißchen Vernunft hätte, hätte sie ihn nicht allein in San Francisco zurückgelassen! Ich mache mir wegen der Kinder Sorgen.«

»Mary Beth ist doch hier und kann helfen.«

»Aha! Meinst du vielleicht, sie wüßte nicht auch, was hier vor sich geht? Alle scheinen es zu wissen, außer seiner Frau, aber die *will* es ja nicht wissen.«

»Ruhig, mein Liebling, nur ruhig! Komm, ich bringe dir deine Pillen. Also so was, du hast sie ja gestern abend wieder nicht eingenommen! Wie kannst du nur so unartig sein, wo Jenny dich doch als Lehrerin dringend braucht!«

»Wie soll ich nachdenken, wie soll ich irgend etwas tun, wie soll ich sie für eine Bühnenkarriere vorbereiten, solange wir hier nichts als Sorgen haben? Sie braucht dafür einen Vater, Sicherheit, und morgen hat sie vielleicht kein Heim mehr.«

»Immer mußt du übertreiben. Denk doch einmal an etwas Schönes! Schau dir die Chrysanthemen an, wie gut die bronzefarbigen und die weißen zusammenpassen! Wirklich eine gute Idee von dem Gärtner, sie so zu mischen.«

»Wenn du ihn nicht anrufst, werde ich es tun.«

Felix erstarrte. »Bitte, Anna, misch dich in die Sache nicht ein. Warte ab. Na schön, irgend etwas geht hier vor sich, über das wir nichts wissen, aber Mischa wird nichts überstürzen. Eines Tages ... bitte versprich mir, daß du nichts unternimmst.« Zu seiner grenzenlosen Verblüffung versprach sie es ihm tatsächlich.

*

Michael hatte keinen Hut dabei und wünschte sich, er hätte seine Jacke im Auto zurückgelassen. Er war schweißüberströmt und hielt sich weiter an die Straße; er tat dabei sein Bestes, nicht wie ein Landstreicher auszusehen.

»Wenn deine Zeit so knapp ist, komme ich eben in deine Gegend.« Dieses Zugeständnis hatte sie ihm gemacht. »Nimm die Siebzehn in Richtung Santa Cruz, von da aus die Eins nach Norden bis zum Ortseingang von Bonny Doon. Dort stellst du dein Auto ab und gehst zu Fuß weiter in Richtung Half Moon Bay, die Richtungsschilder kannst du nicht übersehen. Ich hole dich ungefähr um elf Uhr ab, und ruf mich vor allem nicht an, ja?«

In deine Gegend! Er war hundert Meilen weit von ›seiner Gegend‹, seinem Büro entfernt, und es war eine ganze Woche her, seit sie ihn am Flughafen überrascht hatte. Er hatte in dieser Woche nicht viel geschlafen, sein Blut hatte wie im Fieber gekocht, ständig pochten seine Schläfen, erotische Träume ließen ihn auch nachts nicht zur Ruhe kommen, und wenn er aufwachte, war er erschöpfter als vor dem Einschlafen. Er nahm sogar jeden Tag Ballettstunden, um sich zu entspannen, aber das hatte keinerlei Erfolg. Solche Spannungen konnte er nur auf eine Art loswerden, und sie kannte sie ganz genau.

Sie spielte mit ihm wie eine Katze mit der Maus, und er wußte es, er wußte es ganz genau, aber es konnte jetzt nur noch Minuten dauern, bis er sie wiedersah, Gott im Himmel! Ihr Wagen würde neben ihm anhalten, und er würde neben ihr einsteigen und sie in den Arm nehmen, und dann würde er ihren Atem im Gesicht spüren und diese kleine warme Hand, die ihn berührte, aber wann nur, wann? Warum bestrafte sie ihn? Was hatte er getan, außer die Roma zu verlassen und Ellie zu heiraten? Farah hatte doch auch geheiratet – ah! aber ihre Ehe war die Hölle gewesen, seine aber der Himmel, vielleicht konnte sie ihm das nicht vergeben –, und was sagte er denn da, seine Ehe war der Himmel gewesen. Wieso gewesen? Als wäre sie schon zu Ende ... Wenn er nicht bald zurückflog, würde sie das wohl sein. Was sollte er bloß ohne Ellie anfangen, ohne ihren kühlen Trost, ohne ihre Ruhe. Er brauchte wieder Ordnung in seinem Leben, er brauchte Pläne, an die er sich halten konnte. Ihm fehlte die Sicherheit von früher. Er hatte sie verloren und wartete wie ein liebeskranker Jüngling auf die rauchige Stimme am Telefon, die ihn wieder irgendwohin schicken würde.

Sie kam sicher nicht und hatte es auch nie vorgehabt. Es war schon nach ein Uhr; er hatte nicht gefrühstückt und nichts zu Mittag gegessen, sondern nur zwei Stunden lang in irgendeinem heruntergekommenen Studio mit einer Dusche, in der er keinen Hund waschen würde, trainiert ... Wie tief mußte er denn noch sinken? Die Sonne machte ihm zu schaffen, die Straße flimmerte. Er stapfte durch den Staub am Straßenrand; da lag ein Opossum, so dünn wie ein Stück Pappe, das nicht schnell genug von der Straße heruntergekommen war; dort hatte sich ein kleines Tier ein Loch gegraben, um der Sonne zu entgehen. Links von ihm lag das Meer, wieder das Meer, wie beim letztenmal, oh, laß es sein wie beim letztenmal, nur noch einmal. Damals war er in seinem Auto gekommen und hatte ihr gekühlten Champagner, Kaviar und Rosen mitgebracht. Jetzt war es eine Goldkette, die eine Tonne wog – war das ein Tribut, eine Art Steuer? Vielleicht hätte er etwas anderes besorgen sollen, das Ding war einfach zu schwer, zu auffällig. Eine halbe Stunde war schon vergangen, und er hatte noch keine Tankstelle gesehen, von einem Restaurant ganz zu schweigen. Vor ihm lag nichts als die leere Straße; manchmal raste ein Auto mit mindestens 75 Meilen pro Stunde vorbei, ohne sich um das Schild mit der mahnenden 55 darauf zu kümmern. Vor ihm versprach eine Abzweigung einen Zugang zum Meer. Dort stand ein Auto geparkt, und sie saß tatsächlich darin, großer Gott! Sie biß gerade in einen in gelbes Papier eingewickelten Hamburger und saugte mit einem Strohhalm Cola aus einem Pappbecher.

»Willst du mal beißen?«

Er holte unsicher tief Luft. »Du hast gesagt elf Uhr!«

»Schaut ihn euch an, den perfekten *Gajo*! Nur nach der Uhr lebt der Mensch! Was soll ich bloß mit ihm anfangen?« Verdammt genau wußte sie, was sie mit ihm anfangen würde! Sie sprang aus dem Auto, warf ihm einen Picknickkorb zu, und dann reichte sie ihm noch Badetücher, Strohmatten, Orangen und eine Flasche Rotwein.

»Farah ...«

Und wieder rannten sie zum Meer hinunter an einen menschenleeren Strand. Sie fütterte ihn mit Hamburger und Küssen, und es dauerte keine fünf Minuten, bis sie beiden die Kleider heruntergerissen und sich die neue Goldkette um den Hals gehängt hatte. Sie baumelte zwischen ihren Brüsten, und sie zog seinen Kopf herab, damit er sie küßte. Dann zerrte sie ihn wieder in die Brandung, wo sie sich lachend in dem kühlen Wasser herumwälzten und sich liebten.

Danach ruhten sie wieder und unterhielten sich, sie schob ihm Orangenschnitze in den Mund und ließ tiefe Küsse darauf folgen, und schließlich sagte sie: »Ach, Micah, ich mache das wirklich gern mit dir, und ich habe es auch vermißt. Wirklich schade, daß du nicht mit uns nach Vancouver gekommen bist. Ein Dutzend *Kumpanias* waren da, und alle haben sich nach dir erkundigt. Unsere Leute, du weißt ja, wie sie sind, hatten eine kleine Versammlung, und dabei war auch die Rede von dir. Sie sagten, um deinen guten Willen zu beweisen, solltest du den Familien Großmutters Rubin schenken, oder vielleicht sollte man eher sagen, ihnen anvertrauen. Du würdest damit zum Ausdruck bringen, daß du einer von uns bist, aber ich habe ihnen gesagt: ›Das kommt gar nicht in Frage! Er gehört Micahs

Frau, und Schluß!‹« Sie lehnte sich über ihn, berührte ihn mit der Zungenspitze an Mundwinkel, Ohr und Schenkeln, als er stöhnte, lachte sie und versicherte ihm noch einmal: »Mein Gott, Micah, wenn doch nur dein Papa nicht das getan hätte, was er getan hat, wenn wir doch nur immer so hätten sein können ...«

*

Mary Beth gab keinen Tag Ruhe, solange er weg war, und sie überschritt die Grenze zwischen Angestellter und Freundin immer weiter. Sie schien sich selbst nicht bremsen zu können, weil Ellie wie ein Schemen ihre Tage verbrachte, so drückte Mary Beth es aus. Ellie hielt das für eine Übertreibung, aber sie brachte es nicht über das Herz, etwas gegen Mary Beths gutgemeinte Aufmunterungsversuche zu unternehmen.

»Ich verliere einfach die Geduld mit dir! Wenn du weißt, daß da etwas ist, wenn du ihn noch haben willst, ganz gleich, was passiert ist, warum fliegst du dann nicht rüber und kämpfst um ihn?«

»Weil er ein Mensch ist, kein Klumpen Fleisch. Ich bin doch keine Hündin und kämpfe in irgendeinem Hinterhof um ihn.«

»Aber du hast doch alle Karten in der Hand, die Kinder, das Haus.«

»Also was jetzt, spielen wir Karten, oder kämpfen wir in Hinterhöfen?«

»Deine gottverdammte Würde wird dich eines Tages noch deinen Mann kosten.«

»Das glaube ich nicht, und wenn es so ist ... Ich kann nur ich selbst sein. Wenn er soweit ist ... wenn er mich haben will, weiß er, wo er mich findet.«

»Zu Hause! Wo er sein sollte.«

»Ich glaube, wir wechseln jetzt besser das Thema. Du hast wieder Probleme mit Simon, sagst du?«

»Ja, er lernt einfach gar nichts. Jenny ist ihm zwei Jahre voraus, und ich kann das einfach nicht mehr verbergen – nicht, daß es ihm etwas ausmachen würde. Ich habe es auf jede Art versucht, ich habe mich bemüht, ihn zu interessieren, ich habe ihm alles genau erklärt, ich habe versucht, ihm wichtige Konzepte näherzubringen – verdammt noch mal, sogar zur Bestechung habe ich mich herabgelassen. Alles, was jetzt noch übrigbleibt, ist eine ordentliche Tracht Prügel von seinem Papa – aber der ist ja nicht da. Körperliche Bestrafung nennt man das, glaube ich!«

»Nein.«

»Er ist neun Jahre alt. Es wird immer später.«

»Dann werden wir ihn eben auf diese Militärschule schikken.«

»Wann?«

»Sobald Michael zurückkommt, werden wir eine aussuchen.«

Irgendwie schaffte sie es, den Quälgeist loszuwerden. Sie legte sich auf ihr Bett und versuchte, nicht die Tage zu zählen. Wie sollte sie das durchhalten? Sie war für jedermann nur noch ein Gegenstand des Mitleids. Bisher war es noch verhülltes Mitleid gewesen, aber die Hüllen fielen eine nach der anderen. Er würde heimkommen, oh, sie wußte, daß er heimkommen würde. War nicht *Greenlings* hier? War *Greenlings* nicht das Wichtigste in seinem Leben – und was sollte sie zu ihm sagen, wenn er heimkam? Es war unmöglich, weiter so zu tun, als wäre nichts. Diese Zeit war lange vorbei.

Sie sah sich im Schlafzimmer um und erinnerte sich wieder daran, wie sie es geplant hatten. Der Stuhl dort, diese Kommode hierhin, die Lampen dort und dort. Wie sehr hatten sie Spaß daran gehabt, Möbel auszusuchen, die ein ganzes Leben lang halten würden. Er selbst hatte das gesagt. Ein ganzes Leben lang sollten sie halten. Nehmen wir diese Bettabdekkung, sie paßt zu deinen Augen ... wenn wir einmal alt und grau sind, werden deine Augen noch immer blau sein, und das Bett wird auch noch dasein ...

Richtig.

Aber würden sie auch noch darin schlafen?

*

Sie waren schon fast zwei Wochen wieder zu Hause, als er endlich kam.

Er hatte den gleichen Ausdruck im Gesicht wie schon vorher. Ausgehöhlt. Gehetzt. Unglücklich. Vielleicht würde er in Zukunft immer mit diesem Ausdruck heimkommen. Wie sollte sie das aushalten?

Sie erkundigte sich nach der Reise, wirklich zu schade, daß er bei seiner Rückkehr aus der Sonne jetzt nichts als Regen erlebte.

Sie ging mit ihm hinauf, half ihm beim Auspacken, schüttelte seine Anzüge aus und sortierte seine Wäsche, die hier in den Schrank, diese Hemden hier für die Wäscherei.

Nein. O nein.

Sie schob sie mit zitternden Händen beiseite, das blaue Baumwollhemd und das cremefarbige Seidenhemd und das gelbe Leinenhemd, und versuchte, sich auf das zu konzentrieren, was er sagte.

Er hatte Geschenke für die Kinder mitgebracht: Ob Jenny wohl diese Puppe gefallen würde? Sie nickte benommen. Für sie hatte er auch ein Geschenk, wie immer, wenn er von einer Reise zurückkam ... Dieses Mal waren es Perlohrringe, die zu dem Perlencollier von der letzten Reise paßten. Er beugte sich zu ihr herab, um ihr die Schachtel auf den Schoß zu legen und ihr einen Kuß auf die Wange zu geben, aber sie sah auf ihre Hände herab, als wären es nicht ihre, sah ihnen zu, wie sie ihn wegschoben, weg, nur weg, ohne auf die Perlen zu achten, die auf den Teppich fielen.

»Michael ... es tut mir leid ... Ich dachte, ich würde es fertigbringen, so zu tun, als wäre nichts passiert, aber es ist, es ist ...«

Sie registrierte, daß er von ihr wegging, und daß es in dem Zimmer dunkler wurde, weil er am Fenster stand. Als sie den Kopf hob, sah er sie an, sein Gesicht lag im Schatten, und das gedämpfte Licht eines Regentages fiel auf ihn.

Auf seine Tränen.

Er gab keinen Laut von sich, nur an dem Glitzern auf seinen Wangen und seinen Bartstoppeln erkannte man, daß er weinte. Sie streckte eine Hand aus, und er nahm sie und drückte sie sich an sein glühendes Gesicht.

»Kühl, immer so kühl«, murmelte er.

»Es ist schon gut, Michael. Du brauchst mir nichts zu sagen. Ich weiß es.«

»Wieviel?«

»Ich dachte, es wäre etwas anderes, dem du nicht entkommen kannst, was mit den Roma zu tun hat.«

»Das hat es auch.«

»... daß du genauso zurückkommen würdest, wie du vorher warst.«

»Ich bin der gleiche, ich bin zurückgekommen«, sagte er kläglich.

Sie schüttelte den Kopf. »Diesmal trägst du ihre Witterung.« Sie stieß mit der Spitze ihres schwarzen Schuhs leicht an die Hemden, von denen ein feiner Duft nach Geißblatt aufstieg. »Ich kann sie riechen, Michael.«

»Mein Gott ...«

»Wenn es vorbei ist, können wir vielleicht wieder von vorne anfangen, aber bis es soweit ist, wäre es mir lieber, wenn wir ... wenn du in deinem Ankleidezimmer schliefest.«

Er schluckte schwer. »Du willst keine ... Ich dachte, du würdest eine Scheidung verlangen, wegen – ach, zum Teufel, ich weiß auch nicht, was.«

»Ich hatte das auch gedacht, aber ich habe zu viele Jahre in deiner Nähe gelebt und zu viele Anstrengungen in die Studios gesteckt. Ich könnte dir die Kinder wegnehmen, aber den Verlust würden sie zu schmerzlich spüren, und ich sehe nicht ein, warum ich sie für dein Verhalten bestrafen soll. Ich glaube, das ist etwas, wogegen du dich nicht wehren kannst.«

»Weißt du, daß ich dich liebe?«

»Ja. Wenn ich das nicht sicher wüßte, würde ich gehen.«

»Ich verdiene dich nicht.«

»Nein, das tust du tatsächlich nicht.« Ihre Knie zitterten, aber sie stand auf und berührte seine Hand und seine feuchte Wange. »Du räumst dann deine Sachen selber weg.«

»Ja.«

»Die Hemden. Bitte nimm die Hemden weg …«

*

In den nächsten Monaten suchten sie eine Schule für Simon. Er ging nicht einmal ungern weg, und an seinem letzten Abend zu Hause verkündete er, wenn er wiederkäme, wäre er Jenny so weit voraus, daß sie denken würde, sie wäre noch im Kindergarten. Er sagte außerdem, daß es an der Zeit wäre, daß er ein richtiges Taschengeld bekam. Michael sagte ihm, darum hätte er sich schon gekümmert, weil er doch jetzt ein großer Junge wäre und sein eigenes Geld brauchte. Es würde an die Schule geschickt, weil es im Schulgeld eingeschlossen sei, und der Direktor, Major Black, würde es ihm einmal in der Woche aushändigen.

Außerdem machte Michael im Verlauf der nächsten Monate zwei Reisen nach Kalifornien. Rein geschäftlich natürlich. Beim erstenmal fragte er Ellie, ob sie mitfahren wollte. Sie lehnte ab, und er drang nicht in sie.

Weiter trat Jenny in den nächsten Monaten bei einer kleinen Vorführung in Manchester auf, welche auch der Talentsucher der Companie besuchte. Es war damit nur noch eine Frage der Zeit oder vielmehr des Alters, bis sie zu einer Vorführung eingeladen würde. Dann würde sie natürlich die Aufforderung erhalten, die Schule zu besuchen, und das wiederum mußte zwangsläufig die Aufnahme in die Companie nach sich ziehen, die nach Meinung Annas die berühmteste der Welt war. Anna war überglücklich, wußte sich kaum zu fassen und konnte nur mit Mühe unterdrücken, laut zu singen. Zu schade, daß sie völlig unmusikalisch war, aber es war schon eine Leistung, eine solche Schülerin hervorgebracht zu haben! Wenn Jenny dreißig Jahre alt und *Ballerina Assoluta* war – etwas anderes kam gar nicht in Frage –, dann würden die Leute daran denken, daß dieses Wunder von Anna Abramsky ausgebildet worden war. War Jenny dann einmal alt und bildete ihrerseits eine Wundertänzerin aus, dann würden die Leute sagen: »Nun, sie ist von Jenny Abramsky ausgebildet worden, und die von Anna Abramsky. Was war da sonst zu erwarten?« Wie bei Rennpferden, dachte sie. Die Begabung wurde immer weitergegeben, von einer Generation zur anderen, und das könnte Jahrhunderte lang immer so weitergehen.

»Vielleicht nur noch zwei Jahre«, sagte Anna warnend zu Ellie, während sie im Salon saßen, ihren Cocktail tranken (der seit dem Besuch in den USA zu einem täglichen Ritual vor dem Essen geworden war) und auf Mischa warteten. Draußen regnete es wieder, aber drinnen brannte ein helles Feuer, und mit dem Duft von Kalbsbraten mit gefüllten Pilzen wehte Lily Finns nervenzerfetzender Gesang aus der Küche herein. »Ja, noch zwei Jahre, vielleicht drei, dann geht Jenny nach London, um dort zu wohnen und zu lernen ...«

»Nichts ist sicher, und zwei Jahre sind eine lange Zeit«, sagte Ellie.

Oh, sie konnte einen zum Wahnsinn treiben, diese Frau, diese Ellie! Warum konnte sie sich nicht freuen, diese Luftschlösser bewundern? Was konnte das schaden, wenn sie doch schon sichere Realität waren?

»Unsinn«, widersprach Anna barsch. »Zwei Jahre sind gar nichts.«

»Nur ruhig, mein Liebling«, beruhigte Felix sie. »Du bist stolz auf die kleine Jenny, und du hast auch das Recht, stolz zu sein und die Früchte deiner Arbeit zu sehen.«

»Ich sehe nur, daß du jeden Tag schlimmer hinkst – und wann wird dieses Weib da draußen, diese Finn endlich einmal den Mund halten? Wie lange willst du denn noch warten, bis du wieder zum Arzt gehst?« Sie sah aus wie ein Falke, der gerade auf seine Beute stürzt, sie tauchte ihre lange Nase fast in den Gin hinein, an dem sie mißtrauisch roch.

»Noch ein paar Monate.«

»Geh lieber gleich jetzt.«

Das Telefon unterbrach die mißtönende Melodie, und Anna stockte, um sich mit ihrem üblichen schrillen Sopran zu melden: »Haus Abramsky hier. Wen wollen Sie sprechen?«

Sie hörte zu, und der Raubvogelausdruck in ihrem Gesicht wurde zuerst von Zornesröte und dann von Empörung abgelöst. »Unterwegs vom Büro. Ja. Welche Botschaft? Sagen Sie mir die Botschaft, Lady, sagen Sie mir die Botschaft!«

Das Klicken am anderen Ende war deutlich zu hören, und dann das Besetztzeichen. Anna warf den Hörer auf die Gabel.

»Wer war das?« fragte Ellie kühl.

»Ein Spaßvogel. Soll ich etwa jeden Spaßvogel an der Stimme erkennen?«

Ellie stand auf, murmelte etwas von dem Braten in sich hinein, nach dem sie sehen müßte, als gäbe es keine Lily Finn.

»Wer war das?« fragte Felix.

»Sie. Aus Kalifornien. Die Zigeunerin.«

»Rose?«

»Rose! Rose ist doch belanglos! Nein, das war das Mädchen, das damals in der Ryder Street bei mir in die Küche gekommen ist! Diese Frau, die bei Großmamas Begräbnis da war! Ich habe es doch gesagt! Habe ich es dir nicht damals schon gesagt, daß sie nur Augen für Mischa hatte, für ihn ganz allein!«

»Welche Nachricht?«

»Nichts! Keine Nachricht! Sie hat nur gelacht und gesagt, sie würde später zurückrufen, vielen Dank!«

Ein Stück Kohle rührte sich im Kamin. Eis klimperte in Annas Drink. Felix setzte sich zurecht. »Wie lange war er dieses Mal zu Hause?«

»Vier Wochen. Etwas weniger.«

»So bald ...«

»Diesmal mußt du mit ihm sprechen, Felix! Du mußt es einfach ...«

Da war jedoch schon Michael mit gesenktem Blick und ausdruckslosem Gesicht in das Zimmer gekommen. Er machte einen Eindruck unendlicher Einsamkeit, wie er so dastand und sich seinen Drink mischte. Er hatte kaum den ersten Schluck genommen, als das Telefon wieder klingelte. Er hob hastig den Hörer von der Gabel, und als er die Stimme hörte, wandte er sich ab.

»Ja?« Ach, wie war er vorsichtig!

»Oh, wie schade ...«

»Ich verstehe.« Jetzt nickte er.

»Ja.« Wieder nickte er.

»Sie meinen, jetzt gleich?« Seine Stimme wird lauter; gerät er jetzt in Panik?

»Ich verstehe, ja. Ja, sicher.«

Dann schnell etwas auf romani, dann legte er auf, drehte sich um und richtete sich an Ellie, die gerade hereingekommen war und alles gehört hatte.

»Tut mir leid, Liebling. Ich muß heute abend noch weg. Wenn ich kann, fliege ich von Manchester aus, wenn nicht, werde ich nach Heathrow fahren müssen.«

Anna konnte eine gewisse Bewunderung für ihre Tochter nicht verhehlen. Sie zitterte nur kurz, aber das war alles. Dann nahm sie ihren Drink auf und reagierte gelassen. »O weh, doch nicht schon wieder Rose! Das arme Ding ...«

*

»Und so sind wir stolz, Ihnen La Rubi in ihrer Abschiedsvorstellung ansagen zu können.«

Sie wartete auf den Einsatz der Musik, sandte ihm ein strahlendes Lächeln zu und nahm die traditionelle Pose ein.

Heute war es still im Raum. Sie alle warteten. Seit Wochen hatten überall in Sacramento Plakate gehangen, und in den Zeitungen waren ganzseitige Anzeigen erschienen. Die gesamte *Kumpania* hatte sich eingefunden. Tut mir leid, voll besetzt, hatte der Portier zu Michael gesagt, aber nach einer kurzen Bemerkung auf romani und einem kleinen Geldgeschenk ließ er ihn trotzdem durch die Hintertür ein.

Er hatte sich hinten in der Dunkelheit einen kleinen Tisch erkämpft. Das Wissen, daß sie in diesem Gebäude in irgendeinem Zimmer diesen Körper bekleidete, den er später wieder entkleiden würde, um ihn dann mit seinem eigenen zu berühren, erfüllte ihn mit gespannter Erwartung.

Vor der Vorstellung hatte sie kurz mit ihm gesprochen.

»Du bist gekommen«, sagte sie und nahm seine Hand in beide Hände. «Ich wußte, daß du kommen würdest.«

»Du solltest mich nicht zu Hause anrufen ...«

Dann aber flackerte die Kerze, und ihre feuchten Lippen und die spitze Zunge, die sie darübergleiten ließ, glänzten sanft in ihrem Licht, und es hätte ihm nichts ausgemacht, wenn sie ihn jeden Tag und jede Nacht angerufen hätte.

»Das mußte ich. Im Büro warst du nicht mehr, und ich wußte, daß du dir meine letzte Vorführung ansehen wolltest. Heute tanze ich richtigen Flamenco, ein letztes Mal, bevor ich ganz aufhöre, und das willst du dir doch sicher nicht entgehen lassen, oder? Ich tanze nur für dich, und ich bin gut, Micah, wirklich gut. Ich wollte nicht damit aufhören, bevor du mich nicht mindestens einmal gesehen hast. Das wird ein Erlebnis werden, das du nie vergißt.«

»Farah!« Sein Mund war trocken, seine Hände feucht, und jetzt schon begehrte er sie. »Ich will dich, Gott, ich kann an nichts anderes denken, aber ich lebe auf der anderen Seite der Welt ...«

»Dann zieh doch um! Zieh hierher!«

»So einfach ist das nicht. Außerdem habe ich ein Haus und eine Wohnung hier, und du willst ja keinen Fuß hineinsetzen.«

»Das werde ich wohl, wenn sie nicht darin ist.«

»Das hast du früher aber nicht so gesagt. In deiner Wohnung wolltest du mich haben, hieß es doch.«

»In meinem Wagen kann ich dich jedenfalls nicht gebrauchen. Da ist Feya und meine …«

»Ich weiß, ich weiß! Also wo?«

»Vielleicht später diese Woche?«

»Nein! Heute nacht! Du hast mich den weiten Weg herkommen lassen, und da müßte schon mehr für mich herausspringen als eine Flamenco-Vorführung. Ich fahre nämlich morgen wieder zurück!«

»Ach, Micah«, flüsterte sie, nahm seine Hand und schob sie in ihre Bluse. Da war keine Unterwäsche mehr, nur glatte braune Brüste. »Das magst du doch, Micah, ich weiß das …«

»Ich meine das ernst, Farah. Du machst mir die Ehe kaputt, du bist wie eine Sucht!«

»Du hättest ja nicht herzukommen brauchen. Ich zwinge niemanden.«

»Ich habe für heute nacht ein Hotelzimmer gebucht.« Er nannte ihr den Namen. »Wenn du nicht dorthin kommst, bin ich morgen früh weg und komme nicht wieder.«

Abrupt wischte sie seine Hand von ihrer Brust. »Soll das eine Drohung sein?«

»Nein.« Er seufzte. »Ich kann einfach nicht mehr.«

»Warte, bis du meinen Flamenco gesehen hast.«

Sie trat ohne Kastagnetten auf und signalisierte damit, daß es sich hier um eine »reine« Vorführung handelte, in der sie sich streng an die Traditionen hielt. Ihr weißes Kleid war voller silberner und goldener Rüschen. Sie sah aus wie eine Braut. Und sie war eine Sensation.

Ein geschmeidiges, sinnliches, explosives Wunder, und sie steigerte sich zu einer solchen Raserei, daß man jeden Augenblick erwarten mußte, daß sie hinfiel, weil der menschliche Körper so schnelles *Zapeteado* unmöglich ertragen konnte. Die ganze Zeit hatte sie ihren Blick auf Micah gerichtet, klammerte sich mit ihren schwarzen Augen an ihm fest und ließ ihn nicht los – großer Gott, sie hatte Papas Augen.

Er schüttelte sich und versuchte, seinen Blick loszureißen.

Er sehnte sich nach ihr, und zugleich haßte er sie, aber sie hielt ihn fest, liebkoste ihn, küßte ihn, bewunderte ihn mit ihren Hüften, ihren Augen und ihren offenen Lippen. Es war eine glanzvolle Vorführung, klassisch und wild zugleich, und das Publikum war schon lange vor ihrem Ende aufgesprungen.

Sie kamen gleichzeitig im Hotel an. Sie verschloß die Tür, vollzog das Goldketten-Ritual und wollte gelobt werden.

»War ich gut, Micah? War das der beste Flamenco, den du je gesehen hast?«

»Allzu viele habe ich noch nicht gesehen, aber es war wundervoll. Das brauche ich dir aber nicht zu sagen.«

O doch, das sollte er. »Gefällt dir der *Filigrano*, wenn ich meine Arme so hebe und mich dann so drehe?«

O ja, jetzt war sie noch nackter, wie sie vor dem großen Spiegel tanzte und sich dabei mit Gold behängte. Dann drehte sie das Licht dunkler, so daß nur hier und dort ein Strahl auf sie fiel und Schweißperlen ebenso glänzen ließ wie ihre Goldketten. Sie war in ihr eigenes Spiegelbild verliebt und provozierte ihn bewußt, beobachtete ihn im Spiegel, während sie tanzte, schwankte, schmachtete und sich quälte – und wie zuvor auf der Bühne war es nur für ihn.

»Komm und tanz mit mir, Micah«, flüsterte sie. »Tanz mit mir im Spiegel ...«

Er stellte sich hinter sie, nahm ihre erhobenen Hände, wölbte seinen Körper so, daß er an den ihren paßte, und begann, sich langsam mit ihr zu bewegen und sich mit ihr anzuwärmen. Er wußte dabei wieder genau, daß er unter einem Bann stand, den sie so sorgfältig aufgebaut hatte wie einen Feldzug, aber das war ihm gleich, so gleich ...

»O Farah!«

Sie drehte sich um und preßte ihren geöffneten Mund an seinen. »Willst du es mit mir im Spiegel machen, Micah?«

Das Telefon klingelte, zerstörte den Augenblick, ihren Plan, ihr sorgfältig aufgebautes Szenario. Sie riß den Hörer von der Gabel. »Was gibt's?« Sie fauchte wie eine wütende Katze. »Was wollen Sie?«

Eine undeutlich höfliche Stimme meldete sich, vielleicht die Vermittlung des Hotels. Michael nahm Farah den Hörer aus der Hand.

»Mr. Abramsky? Einen Moment, ich habe einen Anruf aus Übersee für Sie.«

Michael spürte, wie ihm das Blut aus seinem Gesicht schoß. Das konnte nur *Greenlings* sein … aber wer wußte dort, wo er war, wer?

»Mischa, ach, dem Himmel sei Dank, Mischa.« Es war Felix, der siebentausend Meilen weit entfernt weinte und versuchte zu sprechen, der aber nur eine Mischung von Russisch und Englisch herausbrachte.

»Langsam, Felix, erzähle langsam.«

»So viele Hotels haben wir angerufen, aber nirgends hatten sie einen Mischa Abramsky. Es geht um meine Anna. Als ich sie heute früh wecken wollte, konnte sie nicht sprechen und gehen. Ihr Mund hängt an einer Seite herunter, und ein Krankenwagen mußte sie abholen.«

Ein Schlaganfall. »Wo ist Ellie?«

»Ich bin hier.«

»Gott sei Dank … Hör zu, laß schnell einen Arzt für Felix kommen.«

»Das habe ich bereits getan. Anna ist auf der Intensivstation, und Felix hat gerade ein Beruhigungsmittel bekommen. In einer halben Stunde schläft er.«

Natürlich. Die ruhige, tüchtige Ellie. »Ich nehme das nächste Flugzeug.«

»Ich denke, das solltest du«, sagte sie mit bitterer Stimme.

Er erzählte es Farah, während er hastig seinen Koffer packte und sich einen Platz in dem Flugzeug reservieren ließ. Sie war wie vor den Kopf geschlagen und beleidigt.

»Diese alte Russin? Für die läßt du mich hier allein? Sie ist ja nicht einmal dein Fleisch und Blut!«

Er schob sie aus dem Weg und ging hastig in die Eingangshalle hinunter. Erst am Empfang bemerkte er, daß er noch eine von Farahs dicken Goldketten um den Hals hatte. Er nahm sie ab, gab sie der Frau am Empfang und sagte: »Das gehört der Dame in meinem Zimmer. Sorgen Sie dafür, daß sie die Kette bekommt.«

37

Sie hatten sie in Zimmer 22 gelegt, einen ruhigen kleinen Raum mit Blick auf einen Parkplatz und eine Backsteinmauer. Wandschirme standen um ihr Bett herum; auf einem Wagen stand ein Tablett mit ihrem Essen, unberührt, hoch an der Wand flimmerte ein Fernsehgerät, ohne daß jemand darauf achtete, die roten und weißen Nelken, die Michael, während er auf seinen Flug von San Francisco wartete, telegraphisch hergeschickt hatte, standen draußen auf dem Gang, damit die Besucher sie betrachten konnten, ohne daß die Patientin von ihrem Anblick oder ihrem Geruch belästigt wurde.

Er trat ein, blieb lange reglos stehen und lauschte. Er hörte ein Geräusch, das weniger nach Schnarchen, als nach dem Keuchen eines seit langem nicht mehr benutzten Blasebalgs klang, schwer und mühsam, so daß er nach jedem Atemzug selbst die Luft anhielt und gespannt auf den nächsten wartete, ängstlich, daß er nicht kommen würde – ängstlich, den Schirm beiseite zu schieben und nachzuschauen, was dahinter lag. Endlich riß er seinen Mut zusammen und öffnete leise den Vorhang.

Er war erschöpft, hatte den Zeitunterschied noch nicht ganz bewältigt, fühlte sich von Schuldbewußtsein zerfressen, und als er auf sie herabsah, überkam ihn eine große Leere.

Sie schlief in dumpfer Betäubung. Ihr Gesicht war auf der linken Seite eingefallen, Ihr linkes Augenlid hing schwer herab, und aus dem offenstehenden Mund rann ein Speichelfaden. Oh, wie peinlich wäre ihr das, Anna, wenn sie sich so sähe.

Er nahm ein Zellstofftuch und wischte ihr behutsam den Speichel vom Kinn.

Dann sagte sie ein Wort, das er aus ihrem Mund noch nie gehört hatte: »Scheiße, verdammte!«

Sie hatte feste Grundsätze, die sie auch entschlossen vertrat, und in der Wahl ihrer Worte hatte sie immer Zurückhaltung gezeigt; vielleicht war ihr jahrelanger Umgang mit Kindern der Grund dafür.

Wieder versuchte sie zu sprechen. »Fou .. foutre ... se faire ... kava!« Einen Augenblick lang schien sie sich zu freuen. Sie hatte Worte gesagt. Französische und russische zwar, und ohne viel Sinn, aber Worte waren es trotzdem – aber dann liefen ihr die Augen vor Zornestränen über. Worte wie »Scheiße« waren nicht das, was sie gesucht hatte.

Er stellte sich an den Fuß des Bettes, daß sie ihn sehen konnte, ohne ihren Kopf umdrehen zu müssen. Sie schien von dieser Anstrengung überfordert. Sie hob mühsam ihre linke Hand und deutete unsicher und zitternd in die Richtung ihrer Füße. Michael bemerkte erst jetzt, daß sie blau vor Kälte waren. Er wickelte seine Jacke aus Wolle darum.

Anna stieß einen Laut aus, dann strich sie sich über das Kinn, dann deutete sie auf Michael.

Er nickte. »Ja, ich muß mich rasieren. Typisch, daß ausgerechnet du mir das sagst.«

Die eine Hälfte ihres Gesichts versuchte zu lachen, aber nur ein unheimliches Gurgeln kam heraus. Sogleich kam eine Schwester geschäftig herbeigerannt, rückte ihre Haube zurecht und betrachtete empört die Füße ihrer Patientin, die in eine graue Wolljacke eingewickelt waren. Sie schüttelte den Kopf, schob Michael zur Seite, nahm eine Decke und machte Anstalten, die Jacke von den Füßen wegzuziehen. Daraufhin erhob sich im Bett eine Unruhe, ein lautstarker, wenn auch unartikulierter Protest wurde angemeldet, ein grauer Kopf wurde heftig geschüttelt, und eine Schulter, die sich nicht recht bewegen wollte, zuckte spastisch.

»Lassen Sie die Jacke, wo sie ist!« sagte Michael.

»Oh, das wäre ganz unmöglich, Sir! Es ist gegen die Bestimmungen.«

»Die Bestimmungen sind doch ganz unwichtig!«

Er zwinkerte Anna zu, und die sah ihn mit einem Ausdruck von Freude an.

Die Schwester legte einen Finger an die Lippen, und er ging hinter ihr aus dem Zimmer. »Oh, sie hätten Ihre Jacke wirklich nicht hierlassen sollen, Sir! Wenn die Oberschwester zur Visite kommt, habe ich es auszubaden ...«

»Ich spreche mit der Oberschwester. Seit wann benutzt meine Mutter übrigens Wörter wie ›Scheiße‹?«

»Seitdem sie hergebracht worden ist, Sir. Das machen viele am Anfang. Irgendwie scheinen in solchen Augenblicken viele Leute ihre gute Kinderstube zu vergessen. Sie hören gar nicht auf, solche Worte zu sagen. Wir hatten einmal die Frau eines Pfarrers hier, meine Güte, die hätten Sie hören müssen!«

»Meine Mutter hatte blaue Füße. Vor Kälte. Mit wem kann ich wegen einer Privatschwester sprechen?«

»Das hat Ihre Frau bereits erledigt, Sir. Die Schwester fängt heute nachmittag an. Ein Neurologe ist auch noch bestellt, und ...«

»Bitte stellen Sie die Blumen so, daß sie sie sehen kann. Den Fernseher schalten Sie ab, sie kann Fernsehen nicht ausstehen. Meine Jacke lassen Sie, wo sie ist, und sorgen Sie bitte dafür, daß sie nicht frieren muß. Das ist doch wohl nicht zu viel verlangt, oder?«

*

Auf Ellie konnte man sich verlassen. Sie schaffte alles mit der Geschwindigkeit eines Taschenspielers und ohne große Aufregung. Wie sie wohl das nächste Problem bewältigen würde? Er hatte sie im Stich gelassen und sich ins Vergnügen gestürzt, ohne ihnen auch nur eine Adresse zu hinterlassen. Gott allein wußte, wie viele Hotels sie in Sacramento angerufen hatte, bevor sie auf seinen Namen gestoßen war – er konnte Gott danken, daß er sich unter seinem eigenen Namen eingetragen hatte, denn sonst würde er noch vor Farahs Altar betteln, würde sich in ihrem Fleisch vergraben und mit dieser besitzgierigen kleinen Katze die hypnotisierte Maus spielen.

Großer Gott, aber diese Wärme, die sie besitzen konnte, wenn es ihr paßte! Nur ein einziges Bild – kleine weiße Zähne, spitz zulaufendes Gesicht, Augen so schnell und so dunkel, daß sie die Vergangenheit und die Zukunft eines Mannes bereits gelesen hatte, als er noch nicht einmal ihre Anwesenheit bemerkte – und er fühlte bereits, wie sich zitternd etwas bei ihm rührte und wie ihm der Mund nach ihrem glatten Bauch und ihren weichen Schenkeln wäßrig wurde.

Die Eingangshalle von *Greenlings* war wunderschön mit dem tiefroten Teppich und den Vasen mit riesigen gelben Chrysanthemen. Ellie wartete auf ihn, und das Licht von den Wandscheinwerfern reflektierte sich in ihrem blonden Haar.

Die plötzliche Erleichterung hätte ihn fast schwach werden lassen. Beinahe hätte er ihr von seiner Liebe erzählt, von seiner Dankbarkeit, hätte sie um Verzeihung angefleht – aber sie war keine Farah, und ein Bittsteller wäre bei ihr nicht willkommen.

»Das Krankenhaus hat angerufen und mir gesagt, daß du da warst.« Sie bot ihm nicht ihre Wange zum Begrüßungskuß. »Spricht sie schon? Heute morgen hat sie es versucht.«

»Mehr als ›Scheiße‹ hat sie nicht herausgebracht.«

Sie seufzte. »Gestern und heute früh auch schon. Der arme Felix ist zutiefst schockiert ... erst der Schlaganfall, und jetzt solche Worte – ich glaube, es ist ihr nicht klar, daß sie vielleicht nie mehr richtig sprechen wird.«

»Wo ist er?«

»Er ist selbst bei seinem Arzt. Mary Beth hat ihn gerade in die Stadt gefahren. Er ist .. ärgerlich über dich.«

Also, jetzt ging es los. »Weil du nicht wußtest, wo du mich finden kannst?«

Sie schüttelte den Kopf. »Nein, es ist nur, daß ... er wird es dir selbst sagen. Ich war auch verärgert darüber. Als hättest du den letzten Rest von Anstand und normaler Lebensart aufgegeben. Was wäre denn gewesen, wenn Simon oder Jenny ernstlich krank geworden wären? Oder ich? Es hätte ja auch sein können, daß man dich für eine Entscheidung brauchte! Wir hätten dich dann nicht finden können, bloß weil du ...«

»Herumgespielt hast?«

»Gespielt? Spielerisch war ja wohl an der ganzen Sache von Anfang an nicht viel, oder?« Sie ging zum Spiegel, und er sah, daß sie die Fäuste ballte. »Ist dir denn nicht klar, wie erniedrigend es ist, ein Hotel nach dem anderen anzurufen und bescheiden zu fragen, ob der Mann vielleicht dort abgestiegen ist? Man weiß doch dann ganz genau, was die Leute von einem denken: eine mißtrauische Ehefrau, die ihren Mann bespitzelt und ihn zu ertappen versucht. Als wir dann endlich das richtige Hotel hatten, ging sie ans Telefon! Wenn es nicht sie gewesen wäre, hätte ich vielleicht ...«

»Was?«

Sie fuhr herum, und zum erstenmal in ihrer Ehe sah er in ihren Augen eine Wut aufblitzen, die den berüchtigten Ausbrüchen ihrer Mutter in nichts nachstand. Ellie, die unerschütterliche. Ellie, die Eifersucht immer als die primitivste aller Emotionen bezeichnet hatte, die zivilisierter Menschen nicht würdig sei. Menschen gehörten einander nicht, und eine sexuelle Verbindung sei eben eine sexuelle Verbindung, mehr aber auch nicht. »Dann hätte ich vielleicht so tun können, als würde es nicht passieren.«

»Das wird es auch nicht, nicht mehr.«

»Eine gewisse Skepsis wirst du mir doch wohl verzeihen, oder? Sie braucht doch nur morgen ihren kleinen Finger zu krümmen, und schon reist du ab ... Was weiß ich, um Rose zu suchen, um dir ein Grundstück anzusehen, um dich um irgendeine Belanglosigkeit im Büro zu kümmern, die sich ebensogut telefonisch erledigen ließe. Eine Entschuldigung wird dir dann schon einfallen, da bin ich sicher ...«

»Du hast selbst gesagt, du wärst bei einer harmlosen Affäre nie ...«

»Ach, hör doch auf, hier mit Worten zu spielen! Die Sache war nicht harmlos, und ich bin nicht eifersüchtig, weil eine andere Frau deinen kostbaren Körper berührt hat. Ich bin wütend, weil du mich erniedrigt hast, weil du mich gezwungen hast, überall auf der Welt anzurufen und zu fragen, ob sie vielleicht wüßten, wo mein Mann ist. Du hast mich zum Gegenstand von Mitleid gemacht. Diese Rolle habe ich schon einmal gespielt, Michael, in Großmutters Haus, in ihrem Dorf. Ich weigere mich, in Zukunft ...«

»Aber diese Leute sind doch alles Fremde.«

»Mary Beth, Felix und Pete Preston sind es nicht. Sogar Anna, die ihre liebste Tochter doch so sehr verabscheut, hatte Mitleid mit mir.«

»Aber ich habe dir doch gesagt, es wird nie wieder ...«

»Michael, kannst du mir in aller Ehrlichkeit sagen ...« Ihre Stimme hatte sich zu einem Flüstern gesenkt. Er versuchte, seinen Blick abzuwenden, und stellte fest, daß er das nicht konnte. »Wenn sie in diesem Augenblick anrufen würde, könntest du dich beherrschen?«

Micah, laß uns mit einem Hausboot auf den Shasta fahren, ganz in die Mitte, wo das Wasser dunkelblau ist, wie mein Samttuch, kein Mensch weiß, wie tief es da ist – willst du es da mit mir machen und nie, nie aufhören? Sei ein Roma, versenke dich in sie, wie du das mit Farah tust, denn nun hatte sich Großmamas Stimme ihrer angeschlossen und klang mit ihr zusammen über das Feuer einer alten Kris, und von diesem Feuer wußte auch niemand, wie heiß es brannte, nicht einmal Micah.

Würde er es schaffen, sich zu beherrschen? Es war leicht, hier bei Ellie ja zu sagen. Alles, wofür sie stand, war an ihren Augen abzulesen, ihre Standhaftigkeit, ihre Kinder, *Greenlings*, das Geschäft, das sie alle ernährte, und auch die Abramskys, denn ohne die hätte er sie nicht, hätte er gar nichts.

So, wie sie jetzt schaute, hätte Ellie Anna in ihrer Jugendzeit sein können, wie sie in den Kulissen auf das Zeichen des Dirigenten wartete und nicht sicher war, ob sie es erkennen würde, wenn es dann kam – aber jetzt war keine Zeit mehr.

Ehe Michael Ellie antworten konnte, kam Felix zurück. Mary Beth half ihm zur Haustür herein. Er schien in der einen Woche um zwanzig Jahre gealtert.

Mary Beth tauschte mit Ellie einen kurzen Blick und schüttelte kaum merklich den Kopf.

»Ihr wart lange weg«, sagte Ellie. »Hat der Arzt dich so lange aufgehalten, Felix?«

Er antwortete ihr, ohne den Blick von Michael zu lösen. »Ich war noch kurz in der Klinik, aber sie redet noch immer Unsinn und kann die eine Seite nicht bewegen.« Zu Ellie und Mary Beth gewandt fügte er hinzu: »Wenn ihr vielleicht die Freundlichkeit hättet, uns beide allein zu lassen. Ich möchte mich mit meinem Sohn besprechen. Im Arbeitszimmer, Mischa, wenn ich bitten darf.«

»Felix ...« Felix aber humpelte mit seinen Stöcken und war bereits halbwegs am Ziel. Was blieb Michael also anderes übrig, als ihm zu folgen und so zu tun, als wolle er ihn in den Lehnstuhl setzen. Felix schüttelte ihn ab; er weigerte sich, sich zu setzen, blieb lieber stehen und stützte sich auf seine Krükken.

»Felix ... Es tut mir so leid, aber woher sollte ich wissen, was passiert ist?«

»Was ist denn deiner Meinung nach passiert?«

»Anna hatte einen Schlaganfall.«

»Aber vorher bist du passiert! Du! Der Zigeuner, den sie in ihr Herz eingelassen hat! Du bist der Grund für den Schlaganfall meiner Anna, du bist schuld, daß sie sich nicht bewegen kann, daß sie spricht, als käme sie aus der Gosse. Du!«

»Ich war noch nicht einmal hier ...«

»Nein, du hast dich auf der anderen Seite der Welt an der Flamme deiner Zigeunerin gewärmt, du hast das getan, was

Männer mit solchen Frauen tun – und meine Anna hier ist verzweifelt, ist schon seit Monaten verzweifelt, gleich mit Beginn dieser Affäre.«

»Felix! Ich bin im Augenblick da drüben auch nicht gerade der strahlende Held – alle haben sie mich zur Zeit im Visier.« Er bettelte um Mitleid. Er wußte es selbst und schämte sich dafür – aber bei Felix trafen seine Bitten sowieso auf taube Ohren.

»Was meinst du wohl, woher der hohe Blutdruck kommt?«

»Sie war schon immer leicht erregbar.«

»Aber verzweifelt war sie nicht, nicht mehr seit ... Aber ich möchte jetzt nicht davon sprechen. War sie für dich nicht wie eine Mutter? Hat sie dich nicht versorgt und sich Gedanken um dich gemacht? Hat sie nicht für dich geplant und deine Zukunft aufgebaut? Und was machst du? Was? Meinst du vielleicht, es ist leicht, still zu bleiben, wenn der Sohn den dümmsten Fehler seines Lebens macht und alles aufs Spiel setzt, und das für eine solche ...«

Zum erstenmal im Leben fühlte sich Michael gegenüber diesem alten Mann hilflos. Er bemühte sich, zu sich selbst zurückzufinden und die Würde, die Felix ihm durch sein Beispiel vermittelt hatte, zu bewahren.

»Es mag dir vielleicht dumm und leichtsinnig vorkommen, daß ich meine Ehe aufs Spiel setze, aber das geht nur Ellie und mich an.« »Oh, nur zu! Setze deine Ehe aufs Spiel! Und was dann? Wenn diese Ellie, die du nicht verdienst, weggeht, dann ...«

»Willst du etwa behaupten, daß das Anna das Herz brechen würde? Daß die Vorstellung allein schon ausgereicht hat, um ihr einen Schlaganfall beizubringen? Sie *haßt* Ellie! Sie hat sie schon immer gehaßt. Anna wäre überglücklich, wenn Ellie gehen würde.«

»Ach, Mischa, Mischa, wie kann man nur so blind sein?! Du liebst meine Anna doch, wie kannst du es dann nicht sehen?« Seine Stimme sank in ein ängstliches, unsicheres Flüstern. »Wenn Ellie weggeht, nimmt sie die Kinder mit. Was würde wohl ohne die kleine Jenny aus meiner Anna werden, Mischa? Sag es mir!«

»Ich weiß immer noch nicht, worauf du …«

Felix aber ließ sich nicht ablenken. »Seit Saschas Tod sucht meine Frau jemanden, dem sie Mutterliebe entgegenbringen kann. Als du kamst, wurde alles besser, viel besser, aber durch Ellies Gegenwart wurde sie in eine schwere Krise gestürzt. Dann aber kam Jenny! Mischa, dieses Kind ist Annas ein und alles. Mich könnte sie verlieren und überleben. Sogar dich könnte sie verlieren. Aber Jenny nicht. Es gibt in diesem Leben viele Arten von Schulden. Hamish hatte Schulden bei uns, und wir haben sein Haus bekommen, seine Firma und sein Leben, aber wie steht es mit anderen Schulden? Wir nehmen Zuneigung gerne an, weil wir das müssen. Wir sind schwache Menschen, wir haben Bedürfnisse – aber jedesmal, wenn wir ihnen zu sehr nachgeben, schulden wir mehr, bis aus unseren Schulden ein Berg geworden ist! Wer ein Mann ist, ein anständiger Mann, der weiß, wann der Tag gekommen ist, diese Schulden zurückzuzahlen.«

Der alte Mann lehnte sich vor. Michael spürte den Verlust von Vertrauen, das er gedankenlos verraten hatte – weil bei Farah Gedanken nicht möglich waren, nur Empfindungen.

»Das ist es, was ich dir zum Vorwurf mache, Mischa. Es war an der Zeit, deine Schulden zurückzuzahlen, zu sehen, was du Anna antust, ihre Angst zu erkennen und deine Cousine, die auch deine Liebhaberin ist, aufzugeben und wieder unser Mischa zu werden. Du hast das nicht getan. Du hast weitergemacht, und jetzt ist Anna ein Krüppel.«

Felix, der mildeste, freundlichste Mann, den Michael je kennengelernt hatte, hatte sich den aufgestauten Zorn eines ganzen Lebens von der Seele geredet. Nun, da er ihn los war, griff er nach einem Stuhl. In seiner Erregung griff er daneben.

Michael kam zu spät. Felix stürzte und lag am Boden, hilflos wie eine auf den Rücken gekehrte Schildkröte, weil er seine Krücken nicht erreichen konnte. Wie schon oft zuvor hob Michael ihn auf, lehnte ihn an den Schreibtisch, holte die Krücken herbei und drückte sie fest in die gebrechlichen Hände. Dann richtete er ihn auf und achtete besonders darauf, daß in der Nähe kein Teppich war, über den er hätte stürzen können. Dann fragte er wie so oft zuvor:

»Geht es wieder? Kommst du jetzt allein zurecht, Felix?«

Ihre Gesichter waren keine zehn Zentimeter voneinander entfernt, als Felix blinzelte und versuchte, sich die Augen zu trocknen, aber er hatte keine Hand frei, nicht einmal, um seine Ehre zu retten. Michael nestelte ein Taschentuch hervor, schob Felix in einen Sessel, kniete sich vor ihn und legte seinen Kopf auf den Schoß des alten Mannes. Er fühlte, wie ihm alte, gichtige Finger durch die Haare fuhren und seine Wange streichelten. Es dauerte viele Minuten, bis Felix leise sagte:

»Und du, mein Sohn? Kannst du es schaffen?«

Er empfand den kratzenden Stoff von Felix' grauen Flanellhosen als unendlich beruhigend und nickte. »Ja.«

»Du mußt dich rasieren, Mischa – bald wird Anna sich beschweren.«

Mischa wollte ihm sagen, daß sie dies bereits getan hatte, aber wie Anna brachte er nicht die richtigen Worte heraus.

38

Nach den ersten Wochen der Genesung war unsicher, ob Anna ihre verlorenen Körperfunktionen wiedergewinnen würde, und wenn ja, welche. Als sie nach *Greenlings* zurückkam, war ihre rechte Seite nicht mehr nur eine schlaffe Masse von Knochen und Muskeln. Ihre Finger begannen sich zu bewegen – und ungeschickt, aber entschlossen an Knöpfen und Gürteln herumzunesteln. Ihr rechtes Bein hatte bisher keine Fortschritte gemacht, aber mit Hilfe einer Krücke und der starken Muskeln an ihrem linken Bein kam sie recht gut vorwärts.

»Stellt euch diesen Reichtum vor!« beschwerte sich Felix.

»Wir haben zusammen vier Beine und vier Krücken. Neben den Krücken aber funktioniert nur ein Bein. Schrecklich und erniedrigend ist es, alt zu sein!«

Anna sprach recht undeutlich; ein Gemisch von drei Sprachen, perfekt im Gehirn gespeichert, in ihrer Vermittlung aber durch ein schadhaftes Übertragungssystem behindert, komplizierte das Sprechen. Manche Konsonanten lagen auch nach wochenlangen vergeblichen Anstrengungen so weit außer Reichweite, daß selbst Anna es aufgab und der Schwester, die es nur gut meinte, für den Vorschlag, sie solle es doch lernen, mit der linken Hand Botschaften zu schreiben, mit ihrem Stock einen scharfen Schlag auf die Knöchel versetzte. »Kann ich längst«, schrieb sie auf ihr Krankenblatt.

»Warum machen Sie es dann nicht?« fragte die Frau.

An einem Wintermorgen versammelte sich die Familie am Fenster des Salons und beobachtete hinter vorgezogenen Vorhängen besorgt, wie Anna und Felix, nachdem sie eine Stunde gebraucht hatten, um sich mühselig anzuziehen – nun endlich paßten sie als Paar perfekt zusammen, wie Anna bemerkte –, ihren ersten kleinen Spaziergang nach dem Schlaganfall unternahmen. Auf den Gartenwegen war weicher Feinkies an die Stelle der Backsteine getreten, für Krücken angenehmer, und es war keine zwei Minuten her, seit der Gärtner die Wege von Schnee freigeschaufelt und mit Salzwasser getränkt hatte, um jeglicher Glättebildung vorzubeugen.

In diese Welt von schneebedeckten Büschen und Vogelspuren im Schnee auf dem Rasen, die aussahen, als hätte sie jemand mit einer dreizinkigen Gabel eingedrückt, wackelten Anna und Felix Abramsky ganz allein, wie sie das gewünscht hatten, denn schließlich mußten sie ihre Selbständigkeit wiederfinden.

Also spazierten sie mit Schals und Handschuhen in dicken Mänteln und Schneeschuhen nach draußen, stützten sich aufeinander, gingen sehr langsam und blieben dann und wann stehen, um die kühle Morgenluft einzuatmen. Einen Moment lang schien alles harmonisch abzulaufen, und man hätte sie für ein Norman-Rockwell-Gemälde halten können: ein Paar arbeitet sich mühsam, zugleich aber symbolisch in den Winter des Lebens vor – bis Annas Krücke abrutschte. Felix reagierte – wie Anna später feststellte – wie eine Henne mit ihrem Küken. Er packte sie an ihrem nutzlosen Arm und hätte sie beinahe in einen Schneehaufen gestoßen.

Alle waren von dem Bild gerührt, und sogar Lily Finn wäre fast in Tränen ausgebrochen – aber dann mußte sie wieder lachen, als Anna zwar ihr Gleichgewicht wiederfand, ihre Laune sich dadurch aber keinen Deut besserte, denn sie drückte Felix ihre Krücke gegen seinen kleinen Bauch und schubste ihn in eine Schneewehe unter der großen Eiche, wo sie ihn liegenließ, bis Michael und Ellie ihn aufhoben.

Diese Episode war wohl komisch, ihre Konsequenzen jedoch weniger. Es gab Konferenzen, und es wurde viel telefoniert, bis schließlich die Entscheidung fiel.

Wieder einmal waren die Dorfbewohner zutiefst erstaunt.

War das zu glauben, daß die Abramskys *Greenlings* verließen und nach Kalifornien fuhren? In die Vereinigten Staaten? Ja, doch! Gott sollte Lily Finn strafen, wenn sie log!

»Mindestens ein Jahr, vielleicht für immer.« Die Metzgersfrau ahmte Ellies nicht ganz akzentfreies Englisch perfekt nach. »Wer hätte das gedacht«, sagte die Postverwalterin bei einem süßen Sherry in der Bar im *Tip and Tater*. »So viel Arbeit haben sie in *Greenlings* gesteckt, all die Stallungen und Gewächshäuser, Gärtner für dies und Knechte für das – und jetzt geben sie das alles auf und überlassen es dieser verrückten alten Schachtel von Lily Finn – Sie nehmen mir das doch nicht übel, oder, Lily?«

Ellie hatte von diesem Dorfklatsch weder gehört, noch hatte sie dazu beigetragen, und sie sah deshalb keinerlei Veranlassung, davon zu sprechen, daß der Umzug aus verschiedenen Gründen stattfand. Nur einer davon war die erstklassige Therapiegruppe, die *Abramo* ausfindig gemacht hatte, nachdem

Pete Preston die richtige Frage in den Computer eingespeist hatte. Eine junge Skandinavierin namens Inga sollte Anna dort therapeutisch betreuen.

Der zweite Grund war, daß die Investment-Abteilung von *Abramo* blühte und in den USA dreimal soviel Umsatz wie in England brachte. Die Elektronik-Abteilung unter Führung von Pete Preston brauchte eine Niederlassung in Tokio, und dazu gehörte natürlich auch ein Apartment dort. Es schien sinnvoll, die Zentrale der Firma nach Kalifornien zu verlegen, weil sie von dort aus nach Westen oder nach Osten reisen konnten, ohne allzuviel Zeit zu verlieren.

Ein weiterer Grund für den Umzug war Jenny, denn sie brauchte nun unbedingt regelmäßig Ballettunterricht. Fast die ersten verständlichen Worte, die Anna nach ihrem Schlaganfall herausbrachte, waren »Al Watson«, und am nächsten Tag rang sie sich »Tante Monica« ab – eine Version von Santa Monica, über die sich Jenny gar nicht beruhigen konnte. Sie legte ihre Arme um Annas Hals und sagte, das sei der schönste und witzigste Name für eine Stadt, den sie je gehört hätte. Al Watson wurde prompt angerufen. Er hatte viele Einwände, erklärte sich aber bereit, einen Trainingsplan für Jenny auszuarbeiten.

»So kannst du mir bei der Arbeit mit Al zusehen«, erklärte Jenny Anna mit dem Ernst einer neunjährigen Weisen, »und ich sehe dir und Inga zu – und zu Hause beaufsichtigen wir uns gegenseitig bei den Übungen. Einverstanden?«

»H...h...ha!«

»J! J! J! Ja heißt das! Ja! Streng dich an, Anna! Du kannst es, ich weiß das genau.«

»Ja...j...j...ja!«

»Oh, wie – Mammie! Daddy! Felix! Kommt sofort her und hört euch Anna an! Bald ist sie wieder die gleiche mißmutige Sklaventreiberin wie früher.«

Anna lächelte ihnen schief zu und begann sofort zu weinen.

Vielleicht war es Glück, oder angeborene Klugheit, oder

vielleicht entwickelte Jenny selbst einen ganz speziellen Sinn für Humor, aber auf jeden Fall war sie die einzige, die mit diesen anscheinend unvermeidlichen Tränen umzugehen wußte.

»Ich möchte wirklich wissen«, sagte sie eines Tages zu Anna, als sie gerade dabei war, ihr die unablässig fließenden Tränen abzuwischen, »was passiert, wenn wir nach Tante Monica kommen und Inga dir beibringt, den rechten Arm zu heben.«

»Jenny!« sagte Ellie. »Das war aber gar nicht nett!«

Das war es vielleicht nicht, aber nun lachte Anna und weinte nicht mehr. Sie zog Jenny an sich und drückte ihr ihre zitternden Lippen auf die Wange.

Es erwies sich auch nicht als Problem, Simon nach Kalifornien mitzunehmen. Major Black von dem militärisch geführten Internat war nicht weniger froh als der Direktor von Brimley, Simon Abramsky gehen zu sehen. Michael meinte zu Mary Beth, er sei ganz sicher, daß die gelockerte Atmosphäre in amerikanischen Schulen ganz genau das Richtige für Simon sei. Mary Beth zog dazu nur eine sauber gezupfte Augenbraue hoch und sagte gar nichts.

Für Ellie aber war der wesentlichste, alles andere überschattende Grund privater Natur. Michael war seit Annas Schlaganfall nicht wieder in Kalifornien gewesen. Wurde seine Anwesenheit nötig, so fand er immer einen Grund, auszuweichen und den Besuch hinauszuschieben. Es erfolgten oft Anrufe aus Kalifornien in *Greenlings*, aber er weigerte sich beharrlich, sie anzunehmen. Im Büro drückte er sich sogar vor ganz normalen geschäftlichen Anrufen. Er verwies sie meistens an Pete, der sie ohne viel Widerspruch annahm, denn ohne Genaueres zu wissen, ahnte er doch viel und versuchte, sie so zu beschützen – aber sie wollte nicht beschützt werden.

Es war einfach, einem Anruf aus dem Weg zu gehen – aber wenn sie nach Kalifornien fuhren, betraten sie ihr Revier, und dort würde es nicht mehr so leicht sein, sich hinter geschäftlichen oder familiären Verpflichtungen zu verbergen. Irgendwie würde es der Frau, die nach Geißblatt roch, gelingen, eine Begegnung herbeizuführen, und wenn es soweit wäre, würde Ellie es wissen.

So oder so würde es in Kalifornien zu einer Lösung ihres Problems kommen. Das wünschte sie sich herbei, denn sie war es leid, allein zu schlafen und mit dem Wissen allein im Bett zu liegen, daß auch er auf der anderen Seite der Tür zum Ankleidezimmer schlaflos im Bett lag, und sie war es leid, ihn zu begehren und abzuweisen. Es war nicht so, daß er gefragt hätte. Wenn er ihr seinen Gutenachtkuß gab, legte er ihr beide Hände auf die Schultern, und es wäre nur eine leichte Körperneigung von ihr nötig gewesen, und sie hätte in seinen Armen gelegen. Aber sie vermied dies, solange die Dinge nicht hinreichend geklärt waren.

*

Que Vista empfing Ellie mit gebeugten Palmen, einer Pergola mit dunkelroten Kletterpflanzen und einem Strand, an den friedlich die Wellen plätscherten. Draußen vor der weißen Linie der Brandung klatschte ein verirrter Wal schwer mit seiner riesigen Schwanzflosse auf das Wasser, und ein zweiter rollte sich träge herum und wedelte ihnen auf seinem Weg nach Süden mit einer Flosse zu. Es war zwar erst Februar, aber hier gab es kein Eis, auf dem man hätte ausrutschen können, keine kalten Tage und noch kälteren Nächte, in denen sich die Alten und Gebrechlichen einfach nicht hinauswagen konnten – und zur allseitigen Erleichterung fehlte auch Lily Finns kreischender Gesang, während sie Staub wischte und bügelte.

Die breit gebaute, kräftige und beruhigend schweigsame Chita sah Anna nur einmal an, bekreuzigte sich und mußte dann von einer großen, blonden Frau, die ebenfalls zum Empfangskomitee gehörte, davon abgehalten werden, die Patientin hineinzutragen.

Die blonde Frau war Inga. Sie machte keine Anstalten,

Anna die Treppe zum Balkon hinaufzuhelfen, und selbst, als es so aussah, als würde sie gleich stolpern, winkte sie die anderen mit einer Geste ihrer großen Hand zurück, als sei sie eine Verkehrspolizistin. Sie ließ sich nicht erweichen, sondern blieb reglos stehen und sah Anna zu, die sich allein abmühte, die Treppe hinaufzukommen.

Michael brummelte in sich hinein, sie brauche Hilfe, Felix rang die Hände, und Jenny stampfte mit ihrem Fuß auf. Ellie verfolgte die Szene interessiert; ihr war es schon in *Greenlings* so vorgekommen, als sei Annas Frustration zum großen Teil auf zuviel Hilfe zurückzuführen. Seit Annas Schlaganfall hatte sich die Spannung zwischen den beiden gelockert, für die Dauer von Annas Behinderung waren die Kampfhandlungen eingestellt worden.

Anna erreichte die oberste Stufe, hielt sich mit einer Hand am Geländer fest, drehte sich um und richtete den Blick ihres einen geöffneten Auges auf diesen neuen Quälgeist.

»Sehen Sie!« sagte Felix zu Inga. »Jetzt ist alles verdorben. Sie kann Sie jetzt schon nicht leiden.«

»Trotzdem wird sie lernen, zu gehen und zu sprechen.«

Bis auf Ellie waren alle überrascht, daß es genau so kam. Es schien, als würde sich Anna zwingen, sprechen zu lernen, und wenn sie es nur dafür tat, Inga die Meinung sagen zu können. Wegen ihres beschränkten Vokabulars begann sie noch recht zurückhaltend. An einem Tag hieß es »Hie Hrau«, dann »Die Hrau«, und dann dauerte es nicht mehr lange, bis sie es auf »Die Frau« und dann auf »Diese Nazi-Frau« gesteigert hatte.

»Ich bin Schwedin«, sagte Inga und massierte ungerührt Annas dünn gewordenes Bein. »Drücken Sie Ihr Knie durch.«

»Das kann ich nicht«, sagte Anna vorsichtig und ehrlich. Sie warf dabei Ellie einen Blick zu, mit dem sie um Bestätigung bat. Inga hatte sich Ellie als Hilfe bei den Therapiestunden ausgesucht, weil die anderen sie »wie ein Baby behandeln«, wie sie Ellie in einer stillen Stunde anvertraute.

»Versuchen Sie es.«

»Ich kann nicht.«

Inga stand auf, band sich die Schürze ab und griff nach ihrer Handtasche. »Na bitte, wenn Sie ewig auf einem Bein herumhopsen wollen.«

Langsam und unter Schmerzen drückte Anna ihr Knie durch.

»Gut. Jetzt noch mal. Gut. Sehen Sie, ist das so schwer?«

»Ja.«

Als sie hinausgegangen war, deutete Anna auf die geschlossene Tür und sagte. »Die ist eine Nazi-Frau. Ich weiß es.«

»Sie hilft dir doch; du hast große Fortschritte gemacht.«

Sie nickte. »Ich weiß.« Außerdem war ihr die Therapie ungeheuer wichtig – wichtiger, als sie zugegeben hätte, selbst wenn ihre Zunge in der Lage gewesen wäre, so komplizierte Gedankengänge in Worte zu fassen. Hilflosigkeit. Die haßte sie noch mehr als damals Hans von Reiker. Dieser durchtrainierte Körper hatte sich gegen sie gewendet. Hatte sie vielleicht nicht alles für ihn getan? Hatte sie ihm nicht Süßigkeiten vorenthalten, Fette und alle Kohlehydrate bis auf die allernatürlichsten? Trotzdem hatte er sie im Stich gelassen. Ja, sie haßte diese herrische Schwedin, weil sie herrische Frauen noch nie hatte leiden können, aber wenn sie wüßte, wie sie ihre Beine und den Arm wieder normal gebrauchen könnte ...

Nach den ersten Wochen kehrte Inga in ihr Institut zurück, und Mary Beth wurde die Aufgabe übertragen, täglich nach Santa Monica zu fahren, Anna bei Inga abzuliefern, Jenny bei Al und Simon in der Grundschule von Malibu. Am Ende des Tages holte sie sie alle wieder ab. Mary Beth war gern wieder in der Heimat, aber in den Jahren ihres Exils waren ihre Verwandten entweder gestorben oder weggezogen, so daß sich Mary Beth selbst hier mehr wie eine Abramsky als wie eine Warren vorkam.

Michael führte das neue Büro in Los Angeles am Wilshire Boulevard und Felix fuhr beharrlich jeden Tag hin, obwohl es immer offensichtlicher wurde, daß es schon eine schwere Belastung für ihn war, nur in das Auto einzusteigen. »Im neuen Jahr lasse ich die Operation machen, Mischa.«

»Warum erst dann?«

»Weil ich für die Rekonvaleszenz vielleicht Zeit brauche, und die möchte ich in *Greenlings* verbringen – nein, versteh mich nicht falsch! Das ist wirklich ein schönes Haus, in das du uns hier gebracht hast, aber die glücklichste Zeit, die wir gemeinsam erlebt haben, war doch in *Greenlings.* Ich konnte damals noch einigermaßen gehen, weißt du noch? Und du hast deine Frau und deine Kinder heimgebracht, und wir waren alle glücklich.«

»Die harten Zeiten hat er wohl vergessen«, sagte Michael zu Ellie, als sie allein waren. »Als wir uns überlegt haben, wovon wir die Gehälter und die Hypothekenzinsen bezahlen sollten, als wir uns hier etwas leihen mußten, um dort Schulden zu bezahlen ... Als zwischen dir und Anna jeden Tag offener Krieg herrschte und Dui ständig auftauchte ...«

»Ich bin der gleichen Meinung wie Felix«, sagte sie leise. »Ich fand die frühe Zeit auch schön.«

Er wandte sich ab. Sie wußten beide, daß sie nicht von *Greenlings* oder Santa Monica oder Dui sprach, sondern von ihrer gemeinsamen frühen Zeit.

»Warum fährst du eigentlich nie in das Büro in San Francisco?« fragte sie ihn.

»Warum denn?« Er zuckte die Achseln. »Ich habe doch tüchtige Leute dort. Ich spreche täglich mit ihnen – und außerdem willst du ja nicht mitkommen.«

»Michael, es gefällt mir dort sehr, die Kais, die Läden, die Menschen – aber was mir nicht gefällt, ist die Tatsache, daß du mich nur als Aufpasserin dabeihaben willst, weil du dir selbst nicht zutraust, daß du nicht in Versuchung kommst.«

»Du weißt, daß es so nicht ist«, sagte er.

Sie wußten jedoch beide, daß es so war. Im Juni flog Ellie nach England, um wegen der Studios nach dem Rechten zu sehen, und Michael kam mit – nur, um *Greenlings* kurz zu besuchen. Die zurückgebliebene Nachtigall sorgte dafür, daß alles aufgeräumt und sauber blieb, und sie behielt auch den Gärtner und seinen Sohn im Auge, damit die Familie, wie sie großzügig verkündete, jederzeit zurückkommen könne.

»Sehr freundlich von Ihnen«, sagte Michael trocken.

»Es ist Juni«, erinnerte ihn Ellie. »Wie wär's mit einem Ausflug nach Appleby zum Markt?«

»Nein.«

Nein. Die *Kumpania* war vielleicht nicht da, aber die Erinnerungen an sie würden auf ihn warten.

*

Die Anrufe unter Michaels privater, uneingetragener Nummer begannen gegen Ende des Sommers. Der erste kam von Dui. Wann er eigentlich seinen Bruder zu sehen bekäme? Soweit er gehört habe, sei Micah schon monatelang in den Staaten, und dazu nur einen Katzensprung von Sacramento entfernt, oder? Nicht, daß er einen Grund für die Frage hätte, aber ob wohl die Geschäfte gutgingen?

»Ich habe da nämlich gewisse Probleme, verstehst du? Ein paar Bier zuviel getrunken, und da schlägt mich dieser Typ doch und ruft dazu noch die Polizei.«

»Erzähl das deiner Rom Baro. Soll die dich doch rausholen.«

»Was meinst du wohl, woher ich deine Nummer habe, Micah?«

Darauf folgte nur noch Duis schwerer Atem. Stand sie neben ihm? Er stellte sie sich vor, wie sie zuhörte: den Kopf leicht geneigt, und die spitze kleine Zunge zwischen den Lippen, die sie langsam leckte. Ob sie wohl mit ihren warmen, kleinen Händen an einer ihrer Goldketten spielte und ihren nächsten Schritt plante? Wenn sie diese Telefonnummer hatte, kannte sie die von zu Hause auch, selbst wenn sie nicht eingetragen war. Er legte auf, rief bei der Telefongesellschaft an, kündigte beide Nummern und ließ sich zwei neue Geheimnummern zuteilen. Und dann mußte er es ihnen allen sagen. Felix, Mary Beth, Anna, Jenny und auch Al Watson, Inga und Simons Schule mußte er informieren.

Und mit Ellie mußte er darüber sprechen. Er sagte es ihr, als sie nach Sonnenuntergang allein am Strand saßen und das Meer metallisch glatt wie ein Spiegel vor ihnen lag.

»Dui hat wieder angerufen«, sagte er. »Zu Hause auch?«

»Nein.«

»Ich habe trotzdem die Telefonnummern ändern lassen.«

»Ich glaube nicht, daß das etwas nützt«, sagte sie mit sanfter Stimme. »Wenn sie die Telefonnummer kennt, weiß sie auch, wo wir sind.«

»Sie? Wovon redest du? Dui hat mich angerufen.«

»Ja.«

Wie angespannt sie aussah, wie aufmerksam – wie ein bedrohtes Tier. Plötzlich verspürte sie das dringende Bedürfnis, etwas zu sagen, um die schwere Stille zu durchbrechen. »Michael, was ist es nur, das dir diese Frau antun kann und wovor du so sehr Angst hast ... Ich will mich nicht eifersüchtig geben und auf dich aufpassen wie ein zänkisches Weib, ich will nicht jedesmal, wenn du heimkommst, diese Unsicherheit spüren müssen, ob du ... Ich will so nicht weitermachen!«

»Was ist es nur?« wiederholte er ihre Frage tonlos. Er hob ein Stück Treibholz auf und schleuderte es heftig weit aufs Meer hinaus.

»Was ist sie, Michael?«

»Es klingt ... kindisch, wenn ich es dir sage, aber wir waren einander versprochen. Ellie, es ist wirklich so. Ich war fast fünf, und sie nicht mehr als vier, und wir haben schon von der Einrichtung gesprochen, und vom Brautgeld, und ...«

»Aber ihr wart doch kleine Kinder!«

Er schüttelte den Kopf. »Die Roma sind nie kleine Kinder. Bis sie sprechen können, sind sie Babys. Wenn sie sprechen können, sind es eben kleine Menschen, die es lernen, sich auf der Welt zurechtzufinden, zu manipulieren, aber auf jeden Fall wissen sie es dann schon! Sie gehören zu den Familien, sie wissen, daß sie anders sind. Sie leben von uns, und deshalb sind sie besser als wir. So sehen sie es.«

Besser als wir. Fühlte er sich jetzt endlich als *Gajo*? Vielleicht.

»Du hast mir aber immer noch nicht geantwortet. Was ist Besonderes an ihr?«

Er blickte aufs Meer hinaus; sein Gesicht wirkte im Mondlicht wie die Klinge einer Axt. »Sie ist eine kleine, dunkle Frau mit Schwielen an den Händen und auf der Seele, und sie wird es mir nie verzeihen, daß ich sie verlassen, daß ich sie und die *Kumpania* zurückgewiesen habe.«

*

Der nächste Anruf erfolgte ungefähr einen Monat später. Sie gingen alle ihren normalen Beschäftigungen nach, und Ellie war allein zu Hause.

Sie hatte eine helle, weibliche, vielleicht affektierte Stimme erwartet. Diese war dunkel, selbstsicher und fordernd.

»Geben Sie mir Micah.«

»Tut mir leid, mein Mann ist nicht zu Hause.«

»Wo ist er?«

»Wenn ich vielleicht etwas ausrichten kann? Er ist nicht zu Hause.«

»Ich habe es schon beim erstenmal gehört. Sie haben meine Frage nicht beantwortet.«

»Kann ich ihm sagen, wer angerufen hat?«

»Vergessen Sie das, Lady! Ich sage es ihm selbst!«

Damit ließ sie den Hörer auf die Gabel fallen.

Ellie versuchte, ihren Ärger hinunterzuschlucken, aber es wollte ihr nicht gelingen. Michael kam früher als gewöhnlich heim. Er sah wieder bedrückt, gehetzt und etwas schuldbewußt aus, ohne jedoch den Grund dafür zu kennen.

»Hat sie hier auch angerufen?« fragte er.

»Ganz richtig.«

»Du hast also endlich selbst mit ihr gesprochen.« Er drehte sich zum und sah auf die kleinen Wellen und die Surfer hinaus, die auf große Wellen warteten. »Wie war sie?«

»Meinst du ihre Moral oder ihre Manieren?«

»So schlimm also, oder?«

Sie zuckte die Achseln. »Ich bin natürlich nur Micahs Frau.«

»Glaubst du, sie ist eifersüchtig auf dich?« Er schüttelte den Kopf. »O nein. Wenn sie unhöflich war, dann nur, weil du eine *Gaja* bist und für sie keinerlei Rolle spielst.«

»Sehr schmeichelhaft.«

»Tut mir leid ...«

»Was wollte sie denn?«

»Dui ist im Gefängnis. In Hawaii, hältst du das für möglich? Ich nehme an, sie waren alle den Sommer über dort und sind wiedergekommen, und jetzt haben sie Dui auf ihre Kosten wieder rübergeschickt.«

»Was hat er getan?«

»Ich will es gar nicht wissen – aber wenn sie ihn ausgeliefert haben, geht es um mehr als Trunkenheit in der Öffentlichkeit.«

»Und was wollte sie?«

»Geld für einen Anwalt, Unterstützung für die Familie.«

»Und?«

»Ich habe nein gesagt.«

Vor einem Jahr hätte Ellie vielleicht noch protestiert; vor zehn Jahren ganz sicher. »Gut«, sagte sie jetzt. »Gut.«

Gut, sicherlich, aber trotzdem zitterten seine Hände, als er sich einen Scotch eingoß und in einem Zug herunterstürzte.

*

Inga sagte (in Abwesenheit von Anna), die Fortschritte ihrer Patientin seien einfach phänomenal. Sie sprach inzwischen langsam und vorsichtig, aber mit bestechender Klarheit. Wenn sie die Fassung verlor und wieder in ihr aufgeregtes Gewedel mit den Händen verfiel, blieben ihre Worte unverständlich. Ein

Großteil der Lähmung war durch die Übungen vertrieben, wegmassiert oder einfach mit Strömen von Schweiß verjagt worden. Ihren rechten Fuß zog sie noch ganz leicht nach, und ihren rechten Arm konnte sie nur langsamer als den linken heben, sie bekam ihn auch nicht so hoch. Trotzdem besuchte sie zweimal wöchentlich einen speziellen Tanzkurs für Behinderte, und Inga berichtete, daß sie die Rolle des Stars mit viel Selbstsicherheit spielte. Da die meisten anderen noch nie in ihrem Leben getanzt hatten, hatte sie einen Vorteil, was sie sicher auch wußte, und sie konnte sich sicher auch denken, warum sie so bewundert wurde, aber trotzdem tat das ihrem Selbstvertrauen gut, und so ...

Und so akzeptierte sie es, aber sie wünschte sich wirklich, die Familie würde nicht in den Ecken über sie flüstern. Sie hatte schon immer Ohren wie ein Luchs gehabt, und daran hatte auch ihre Erkrankung nichts geändert. Sicher, sie hatte sich gut erholt – natürlich war es Arbeit gewesen, die Schulter dazu zu bringen, daß sie sich bewegte, wenn sie den Befehl dazu erhielt. Hielten sie das schon für hart? Dann sollten sie doch einmal *grands jetés* mit Krämpfen im Rist versuchen, und das vor einem vollen Haus und dem Programmdirektor mit seinem Schreibbrett auf den Knien in der ersten Reihe, dann wüßten sie, was hart ist! Nein, das Schlimmste an der Krankheit war nicht die körperliche Behinderung; sie hatte den größten Teil ihres Lebens damit verbracht, ihren Körper zu meistern – es war diese verdammte Heulerei! Es war ihr zutiefst zuwider, vor Jennys Augen weinen zu müssen! Sie lieferte dem Kind damit ein schlechtes Beispiel, denn Tänzerinnen weinen nicht, und das Mädchen sollte Tänzerin werden, eine große Tänzerin sogar! Es war zwar sehr lästig, daß das Studio von Al im vierten Stock lag und daß es dort keinen Aufzug gab, aber bald würde sie die Treppen allein schaffen. Sie hatte es sich selbst versprochen. Sie würde sich Jennys Kurs ansehen. Am Tag nach Weihnachten würde sie diese vier Stockwerke schaffen, und wenn sie auf Knien die Treppe hochrutschen mußte. Das war Annas

Geburtstagsgeschenk für Anna, und kein Mensch würde sie davon abhalten, niemand! Schon gar nicht diese Inga mit ihrem großflächigen Gesicht, die gerade wieder mit Ellie in der Ecke tuschelte.

Ach, diese Ellie, wann würde sie wieder eine richtige Ehefrau für Mischa werden? Es war doch wirklich zu provinziell, daß sie von ihrem Groll nicht lassen wollte! Na und, dann hatte er eben mit einer anderen Frau etwas gehabt, was war das schon groß? Sie hatte die Kinder nicht verloren, und nur das spielte eine Rolle – von ihm war es wirklich albern, solche Risiken einzugehen, und wofür? Papa hatte oft einen russischen Spruch gesagt, den Mama gar nicht gern gehört hatte: Bei Nacht sind alle Katzen grau, im Bett sind alle Frauen schön. Die Ehe ist für gute und für schlechte Tage – und eine vernünftige Frau macht die Augen zu und wartet ab, bis das Schlimmste vorbei ist. Undenkbar, wenn Mischa die Kinder verloren hätte!

Als der Truthahn zum Erntedank verspeist war und am Pacific Coast Highway die ersten Christbäume erschienen, wurden Anna ihre Pläne immer wichtiger und ihre Übungen immer anstrengender. Vielleicht kam das von dem allgemeinen Klima unterdrückter Aufregung im Haus; Päckchen wurden geliefert und verschwanden sofort wieder, Schränke blieben verschlossen, Jenny machte mit Mary Beth zu viele geheimnisvolle Ausflüge nach Santa Monica. Ohne Zweifel gingen sie einkaufen, aber warum nahmen sie dann nie Simon mit? Dazu hätten sie ihn allerdings zuerst einmal finden müssen! Dieser Junge! In der letzten Zeit hatte er zweimal die Schule geschwänzt, um herumzustreunen, und es war schon jemand vom Jugendamt dagewesen. Es war wirklich eine Schande! Zwei Kinder, und davon eines ein Engel und das andere ein verstockter kleiner Rüpel! Der arme Mischa! Er trug die Enttäuschung allerdings mit Würde, ebenso wie das Mißtrauen seiner Frau. Dabei behandelte er sie immer so rücksichtsvoll ...

*

Ungefähr einen Tag vor Weihnachten kam Mischa früh nach Hause und brachte Theaterkarten für sie alle mit, selbst für Inga. Was dort gespielt wurde, sollte eine Überraschung für alle werden. Vorher sollten sie alle in einem neuen französischen Restaurant am Wilshire Boulevard essen gehen, in welches *Abramo* auch investiert hatte. Er war immer so ein schlauer Bursche.

Sie mochte das Essen im Restaurant nicht, die riesigen Portionen, die sie einem da hinstellten, aber er meinte es gut, und so zog sie sich schön an, wie man ihr das gesagt hatte, und ließ sich mitschleifen. Trotzdem war es lästig, wieder eine Autofahrt nach Los Angeles mitmachen zu müssen, denn sie konnte diese Stadt nicht leiden. Der Straßenverkehr dort war ein Alptraum, alle waren beschäftigt und hatten es immer eilig …

Das Huhn nach Kiewer Art, das ihr zu Ehren bestellt worden war, war nicht schlecht, das mußte sie zugeben, und die Melone war unübertrefflich. Jenny schien zum Essen zu aufgeregt und hatte kräftige rote Flecken auf den Wangen – Ellie hätte ihr natürlich Fieber messen sollen. Vielleicht wäre es am besten gewesen, wenn sie sie heimgefahren hätte, aber was konnte man von einer so unaufmerksamen Mutter erwarten?

Vor dem Theater herrschte ein Riesengedränge, aber irgendwie schafften sie es doch, noch rechtzeitig zu kommen, bevor der Vorhang hochging. Ein junger Platzanweiser half ihr mit ihrer Krücke durch die bereits dunklen Reihen – wenn nur diese furchtbare Krücke nicht wäre – und setzte sie zwischen Mischa und Felix, als gerade die Ouvertüre einsetzte. Programme raschelten, irgendwo zischte jemand, damit Ruhe einkehrte, und plötzlich roch es nach Kiefern.

Der Nußknacker – was sollte es so kurz vor Weihnachten auch sonst sein? Jenny und Mary Beth hatten sich fortgeschlichen, noch bevor sie sich hingesetzt hatten. Angeblich wollten sie ein Eis essen, aber dann kamen sie nicht wieder. Wahrscheinlich war die Kleine krank, wie sie das vorausgesagt hatte, es sei denn … Sie wollte nicht einmal daran denken … Nein,

nein, noch nicht, so etwas gab es nicht, das würde sie nicht machen, noch nicht, nicht einmal im Nußknacker.

Wie ihre vagen Hoffnungen auch ausgesehen haben mochten, sie verwirklichten sich nicht. Anna konnte sie nicht finden. Sie sah sich das Gesicht eines jeden Mädchens im Corps genau an. Jenny war nicht dabei. Sie achtete auf die Füße, aber keine besaßen Jennys exakte Technik. Sie betrachtete sich Hälse und Wirbelsäulen und vor allem Arme, aber Jennys Sicherheit, ihre Präsenz war nirgends zu entdecken ... Es war aber auch albern von ihr gewesen, so etwas zu erwarten ... Um so größer war ihre Enttäuschung, und jetzt schon stiegen ihr wieder die verhaßten Tränen hoch – nur gut, daß es so dunkel im Haus war.

Das Tempo wechselte, die Lichter im Haus flackerten kurz auf, und es folgte der »Blumentanz«, eine Pastellzeichnung voller Zierlichkeit und Lebensfreude, junges Leben, das nie wieder so zerbrechlich, so kostbar sein würde und mit einem Atemzug verschwinden konnte ... Und da, die gelbe Blume, die mit den schönsten Tanzschritten, war das ... Natürlich war es Jenny, wen hätten sie sonst aussuchen sollen? Niemand besaß ihre Haltung; sie hatte trotz ihrer zehn Jahre die Leichtigkeit der erfahrenen Tänzerin, und ihre Schritte saßen so präzise, daß man nach ihnen ein choreographisches Diagramm hätte anfertigen können. Sie breitete ihre Arme aus, zerbrechlich wie die Flügel eines Singvogels, aber mit Edelstahl in den Schultern. Sie drehte sich, und man merkte ihr die Freude an, wie sie körperlich wie ein Nebelfetzen die Bühne überquerte, das war Magie! Sie hob den Kopf, neigte leicht den Hals, sah direkt ins Publikum hinein, nein, Anna lächelte sie an, nur für sie tanzte Jenny, ihre Enkelin.

Anna Abramskys Blut, ihre Begabung, ihre Technik, alles war in dieses kleine Gefäß geflossen.

Noch nie war sie so stolz gewesen, und sie würde es auch nie wieder sein. Monate, Jahre von »Schöne Händchen, mein Liebling – den Rücken gerade halten – ja, schön, schön die *alongés* –

picken mußt du auf den Boden, deine Füße müssen wie kleine Nadelstiche kommen, und jetzt schneller, noch schneller« – Jahre der Folter für eine Stunde im Rampenlicht.

Sie warf einen Blick zu beiden Seiten. Mischa und Felix beobachteten sie, teilten ihren Stolz, und nun nahmen sie sie bei den Händen. Dreißig Jahre lang hatte sich diese Frau ihre Verbitterung über einen Krieg bewahrt, der ihr vieles genommen hatte, darunter auch ihre Karriere, die Freude, die es brachte, einem Publikum etwas zu geben und von ihm zu nehmen, ihren nagenden Groll, weil all die Schmerzen und Anstrengungen umsonst gewesen waren – aber all das spielte jetzt keine Rolle mehr. Ihre Fähigkeiten waren nicht verschwendet, sondern weitergegeben, und dazu noch an ihr eigenes Fleisch und Blut.

So gut war sie, nicht einen Fehler machte sie, nicht einen einzigen, und dann war ihre kleine Rolle vorbei. Jetzt kamen die Verbeugungen und ein hübscher Knicks, und diesen triumphalen Augenblick teilte sie mit Anna Abramsky.

Nun stieg Anna der Duft von Rosen in die Nase, und irgend jemand drückte ihr eine Blumenschachtel in die Hand, deutete auf die Bühne und forderte sie flüsternd auf, diesen langen, düster beleuchteten Gang entlangzugehen und sie zu überreichen. Ausgerechnet sie, Anna, die den Fuß nachzog und selbst bei Tageslicht unsicher war, sie sollte das Privileg genießen, dieser Blume ihres Herzens, ihrer kleinen Enkelin, die Rosen zu überreichen. Ganz am Rande ihres Bewußtseins wollte sich eine leise Stimme Gehör verschaffen, vielleicht war es der Geist ihres Großvaters, Hans von Reiker, aber darüber nachzudenken war jetzt keine Zeit.

Es war der am schwersten erkämpfte, perfekteste Auftritt in Anna Abramskys Leben. Sie weigerte sich, auch nur einen Blick auf den Boden zu werfen und hoffte zu Gott und der Vorsehung, daß niemand Programmhefte, Bonbonpapiere oder Zigarettenschachteln auf ihrem Weg liegengelassen hatte; als sie den Bühnenrand erreichte und die Blumenschachtel dem

Dirigenten reichte, damit der sie an Jenny weitergeben konnte, warf sie mit der Rechten Jenny einen Kuß zu, und wen kümmerte es schon, daß sie weinte, denn dieses Mal hatte es nichts mit Scham oder Schwäche zu tun.

Gott im Himmel, war sie stolz!

39

Ich glaube, es wird Zeit, Mischa.« Das neue Jahr ging bereits in die zweite Woche, aber Felix hatte sich seit der Weihnachtsfeier nicht mehr im Büro sehen lassen. Selbst auf dem bequemen Rücksitz war ihm die tägliche Fahrt nach Los Angeles zuviel geworden. »Ich muß Pläne machen.«

»Ich bin ganz deiner Meinung, das hättest du schon vor Jahren tun sollen. Inzwischen ist es aber eine Routineoperation, und hier gibt es erstklassige Kliniken und ausgezeichnete Ärzte. Warum willst du es auf dich nehmen, zur kältesten Zeit des Jahres den weiten Weg nach England zurückzulegen?«

»Ich habe es dir doch gesagt. Wenn für mich die Zeit kommt, wie ein Baby zu laufen, wie sie es immer nennen, möchte ich das in *Greenlings* tun.«

»Du vergißt, wie scharf der Wind um diese Jahreszeit pfeift, und daß die Gärtner alle Hände voll damit zu tun haben, die Zierpflanzen am Leben zu halten. Hier gibt es solche Probleme nicht. Schau selbst hinaus, wie schön die Sonne scheint.«

»Ich bin ein alter Mann. Tu mir den Gefallen, ja? Setz dich her, und ich erzähle es dir. *Que Vista* ist wie ein Himmel, aber ich möchte noch nicht dorthin, und ich habe nicht einmal besondere Lust, wie ein Baby zu rennen. Ich will nur noch ohne Schmerzen gehen können. Das hier ist ein schönes Haus, aber wir haben es mit Geld gekauft. *Greenlings* haben wir mit Träumen erworben, vielleicht sogar mit Liebe, denn Geld hatten wir damals nicht, weißt du das noch? Also ist für mich – und ich glaube, auch für dich – *Greenlings* unser Heim.«

»Schon, aber im Sommer könnten wir alle zusammen hinfahren.«

»Wir sind für ein Jahr hergekommen, erinnerst du dich? Dieses Jahr ist jetzt vorbei. Anna und ich reisen nächste oder übernächste Woche. Operieren lasse ich mich nächsten Monat, und dann gönne ich mir vielleicht noch vier Wochen im Haus, um mich zu erholen. Bis ich soweit bin, daß ich selbst auf dem Grundstück umherlaufen kann, kommen die ersten Tulpen heraus, und der japanische Kirschbaum bekommt Knospen ... Es wäre doch eine Schande, wenn ich mir das alles entgehen ließe.«

»Wenn du abreist, reisen wir alle ab.«

Als Michael mit Ellie darüber sprach, war sie der gleichen Meinung. Es kam gar nicht in Frage, daß Felix und Anna allein abreisten. Was war denn, wenn Anna noch einen ... Nicht, daß das passieren würde. »Aber möglich wäre es doch. Wenn sie unter Streß steht, weil Felix in Gefahr ist.« Schließlich wurde der Beschluß gefaßt, Jenny in Mary Beths Obhut zu lassen. Es gefiel den beiden hier so sehr, und außerdem würde die Tanzausbildung nicht unterbrochen werden – aber Simon würden sie mit nach Hause nehmen. »Hier macht er wirklich nicht viel«, sagte sie seufzend.

Sie wußten, daß sie Felix die Operation nicht allein durchstehen lassen konnten, aber gerade jetzt, wo alles danach aussah, als würde Farah bald aktiv werden, reiste Ellie nur äußerst ungern ab. Einen Vorwand dafür hatte ihre Rivalin ja – Dui war aus dem Verkehr gezogen, und seine Familie stellte für die *Kumpania* eine finanzielle Belastung dar. Ellie sehnte inzwischen die Konfrontation geradezu herbei und konnte kaum noch an etwas anderes denken. Sie wollte der ganzen Angelegenheit endlich ein Ende machen. Wenn die Zeit kam und Michael wieder zu der Frau ging, dann war alles vorbei. Sie würde sich scheiden lassen und mit den Kindern für immer nach *Que Vista* ziehen. Diese Entscheidung traf sie an dem Abend von Jennys erstem öffentlichem Auftritt als Tänzerin.

Nach der Vorführung hatten sie noch einige Freunde zu sich ins Haus eingeladen, darunter auch Pete Preston, der von Japan kommend nach London unterwegs war. Während die anderen auf der Veranda einen Drink nahmen, machte sie auf dem festen, feuchten Sand, den die Ebbe freigelegt hatte, einen Spaziergang. Pete ging ihr nach.

Als sie vom Haus aus nicht mehr zu sehen waren, holte er sie ein, nahm sie in die Arme und küßte sie. »Warum nicht?« Sein eindringliches Flüstern war vor dem Hintergrund des nie ruhenden Meeres kaum zu hören. Die Wellen rauschten über Muschelreste und Kiesel, die im Vollmond wie Würfel rollten und dann naß liegenblieben, bis die nächste Woge sie erfaßte. »Warum nicht? Das ist doch keine Ehe mehr, die ihr führt. Jeder Idiot würde das merken. Ihr benehmt euch, als wäret ihr Fremde. Höfliche Fremde.«

Noch einmal küßte er sie, und gegen ihren Willen spürte sie, wie sie auf den Kuß reagierte, wie sie seinen Mund auf ihrem Körper fühlen wollte, und seine Hände. Gefühle, die sie fast vergessen hatte, regten sich in ihr, und sie legte ihre Arme um ihn und führte seine Hände zu ihrer Taille, und dann höher, zu ihren Brüsten …

Sie schob ihn abrupt von sich weg. Ihr war ein anderer Peter eingefallen, den sie mißbraucht hatte, weil sie sich so wünschte, daß jemand sie begehre, und weil er zufällig an Ort und Stelle war. Es sollte aber mehr dabei sein als Verlangen, es müßte sich auch der Wunsch regen zu geben. Das war bei Pete nicht der Fall. Sie hatte ihn gern, eigentlich schon immer, aber in all den Jahren ihrer Bekanntschaft hatte sie nicht einen romantischen Gedanken auf ihn verschwendet. Sie begehrte ihn jetzt, weil sie hungrig war, und weil er diesen Hunger stillen konnte – aber das konnte im Augenblick vielleicht jeder. Doch was war morgen? Wie sollte sie ihm morgen ins Gesicht sehen? Was würde sie sagen? Tut mir leid, die Sache gestern abend, Pete, aber du warst eben zufällig da? Er hatte wirklich Besseres verdient.

»Nein, es tut mir leid.«

»Aber warum nur? Du wolltest es doch auch, Ellie, das weiß ich ganz genau! Bitte, Ellie, es wäre mir wichtiger als alles andere auf der Welt, wirklich alles.«

»Ich weiß. Das ist der Grund.«

Sie ging allein weiter, und Pete ging zu der Party zurück. Später verschwand er mit einer hübschen kleinen Rothaarigen, die sich an ihn klammerte und Ellie zuflüsterte: »Er ist einfach zu süß! Ich könnte ihm stundenlang zuhören, wenn er spricht. Dieser Akzent!«

Pete war von den Martinis, die er nacheinander hinuntergeschüttet hatte, etwas angeschlagen und hatte mit einem Schluckauf zu kämpfen, während er sie zu seinem Auto brachte. »Reden ist eigentlich nicht ganz das, was ich im Sinn hatte.«

»Ich auch nicht«, kicherte das Mädchen, und die beiden schossen die Einfahrt hinunter und wirbelten hinter sich eine Wolke mondbeschienenen Sandes auf.

*

Der Vormittag war heiß, das Wasser kühl, und es gab nichts zu tun als zu warten, zu warten und nochmals zu warten. Simon paddelte mit seinem Surfbrett hinaus und wartete an der Stelle, an der immer die großen Wellen kamen, auf eine besonders schöne. Es war zu windstill heute. Wahrscheinlich würde er den ganzen Tag hier warten müssen. Es gab nichts zu tun, als das Haus zu beobachten und ihnen zuzusehen, wie sie alles vorbereiteten.

Er konnte Chita erkennen, die Teppiche ausschüttelte. Nun trug Mama wieder eine Papiertüte zum Mülleimer, Papa half Felix, es sich im Liegestuhl bequem zu machen, und dann begann er, Bücher in Holzkisten zu verstauen, die am Nachmittag für die Verschiffung abgeholt werden sollten, Anna ging mit einem breitkrempigen dunkelroten Hut, der aussah wie ein Rotkohlblatt, barfuß im nassen Sand auf und ab, weil Inga ihr gesagt hatte, das würde den Rist stärken. Mary Beth und Jenny waren in Santa Monica, denn die blieben ja hier. Natürlich. Jenny bekam doch alles, was sie wollte.

Hinter dem Haus stiegen kahle Berge auf, und dahinter kamen noch mehr kahle Berge. Wenn man weit genug lief, kam man auf einsame Straßen, auf denen man eine Stunde oder länger gehen konnte, ohne ein Haus zu sehen. Wenn man noch weiter ging und von keinem Polizisten festgenommen wurde, konnte man bestimmt bis Sacramento laufen, da könnte er wetten, das ginge ganz leicht.

Wenn.

Ständig versprach es ihm Papa. Ja, ich nehme dich mit nach Sacramento; ich nehme dich mit zu einem ihrer Pferdemärkte, wenn wir die Zeit dazu haben, ja, irgendwann erzähle ich dir von den Roma, wenn ... Ja, ich zeige dir wilden Honig, wenn wir die richtigen Sträucher dafür finden.

Ein Jahr waren sie jetzt in Kalifornien, und er war nicht dazu gekommen, Tomo und Onkel Dui zu besuchen, nicht ein einziges Mal, und jetzt reisten sie ab, wieder zurück in dieses *Greenlings*. Er haßte das Haus, er haßte es. Sogar hier – und hier gefiel es ihm, weil er frei war und machen konnte, was er wollte – hatte er manchmal Alpträume über *Greenlings*. In diesen Träumen waren die Mauern noch höher als in Wirklichkeit, die Tore sahen aus wie Gefängnisgitter, und das Haus selbst war alt, finster, drückend. Er zitterte leicht und versuchte, nicht daran zu denken, daß er schon in drei Tagen wieder dort sein würde, und daß sie ihn dann wieder in eine Schule schicken würden. Die Schule haßte er auch; ständig mußte man irgendwelchen Kram lernen, von dem man gar nichts wissen wollte. Lernte man nicht, hielten sie einen für dumm. Kam denn niemand je auf die Idee, daß man es einfach nicht wissen wollte?

Jetzt bellte ihm Chitas Hund vom Rand des Wassers aus zu, um ihn aufzufordern, wieder an Land zu kommen. Der arme Poco, am Strand zu leben und vor dem Wasser Angst zu haben!

Vielleicht war es besser, wenn er jetzt zurückpaddelte und den Hund ausführte? Poco würde ihn vermissen, da konnte er wetten. Am Freitag würde der arme Kerl am Strand auf und ab laufen, aufs Meer hinausschauen und Simon mit seinem hellgrünen Surfbrett suchen. Simon rieb sich die Augen. Nein, natürlich weinte er nicht, ganz ehrlich nicht, das kam vom Salzwasser. Er würde noch ein bißchen abwarten, bis ihm das Salz nicht mehr gar so scharf in den Augen brannte. Er paddelte an Ort und Stelle und kam dabei weder weiter aufs Meer hinaus noch näher ans Ufer; er ruhte nur im Wasser, und seine Augen blickten ins Leere, und beinahe wäre er von der sanften Dünung und der Sonne eingeschlafen.

Es war inzwischen Mittag, und es war in dem Hitzeflimmern, das vom Land aufstieg, schwer, etwas zu erkennen. Das Eingangstor von *Que Vista* wurde geöffnet, und jemand fuhr herein. Vielleicht war das schon der Möbelwagen – nein, dazu war er nicht groß genug. Es war ein glänzend weißer Wohnwagen, der mit weitgeöffneten Fenstern die runde Einfahrt entlangrauschte, als wäre der Fahrer verrückt geworden. Dann blieb der Wagen stehen, und eine volle Minute konnte Simon nichts erkennen, bis sich die Staubwolke wieder gelegt hatte. Er sah angestrengt mit zusammengekniffenen Augen zum Land und wünschte sich, er hätte das Fernglas dabei, das Papa ihm zu Weihnachten geschenkt hatte – und er hätte es bestimmt auch mitgenommen, wenn es ihm nicht so gegen den Strich gegangen wäre, daß Papa sah, wie er irgendeines seiner Geschenke benutzte.

Eine Frau stieg aus. Sie sah klein aus, aber so wirkte aus dieser Entfernung wohl jeder; auf jeden Fall flog ihr roter Rock wie eine Flagge. Nun kamen Leute aus dem Haus. Er erkannte Papas blaues Hemd und Mamas hochgestecktes helles Haar, wie sie es immer trug, wenn sie zu tun hatte. Sie redeten miteinander – Simon kam es wie eine Ewigkeit vor –, und dann drehte sich die kleine Frau um und winkte zu dem Wohnwagen hinüber. Sofort kamen Leute heraus, zwei kleine Kinder, eine fette Frau, und dann ...

O Mann, er war es, er war es!

»Warte auf mich! Warte auf mich!«

Er brüllte sich die Kehle heiser und paddelte wie ein Wahnsinniger auf das Ufer zu.

*

Ellie sah sie zuerst. Es konnte keine Frage bestehen, wer sie war, und endlich war es keine Frage mehr, warum Michael so besessen gewesen war. Gewesen war? Oder war er es noch?

Eine hübsche Frau war sie nicht. Dafür war sie zu herausfordernd, und ihr Katzengesicht erinnerte eher an eine Wildkatze als an ein Kätzchen. Allein auf dem kurzen Stück Treppe aus dem Wohnwagen bewegte sie sich so, wie andere Frauen tanzten. Sie ließ ihren roten Rock schwingen und ihre weiße Bluse wippen, und ihre Arme und ihr Hals waren dick mit Goldketten behängt. Sie war barfuß, und sie machte einen erregenden, sinnlich-animalischen Eindruck. Es war unmöglich, sie anzusehen und nicht sofort an Sex zu denken, an Erotik, primitive, wilde, hemmungslose Erotik. Sie war anders.

Nun kam Michael dazu. Für einen beiläufigen Zuschauer sah er aus wie ein zurückhaltender und verwirrter Hausherr, aber für Ellie war er ein zorniger, verwirrter Mann, der mit einer Situation konfrontiert wurde, die er zugleich befürchtet und herbeigesehnt hatte.

Genau wie sie.

»Micah!« Die Frau rauschte an Ellie vorbei, lief auf Michael zu, nahm seine Hände und schaute zu ihm auf. »Micahhh!« Sie hauchte den Namen zärtlich, zog ihn in die Länge.

Wenn man die beiden ansah, wie sie so zusammenstanden, konnte nicht einmal für Chita, die vom Küchenfenster aus zusah, der geringste Zweifel daran bestehen, daß sie bestens miteinander bekannt waren, daß sie gegenseitig ihre Körper genau kannten und auch die Bedürfnisse, Reaktionen und geheimen Freuden wußten, und daß sie beide dieses Wissen in vollen Zügen ausgekostet hatten.

Es war unmöglich, Michael an seinem Gesicht anzusehen, ob er diesen Körper nach wie vor begehrte, aber irgendein Faden verband die beiden immer noch, das spürte sie, der gleiche Faden, den sie auch bei Michaels Gesprächen mit Dui, mit Großmama oder mit Rose gespürt hatte. *Kumpania*. Das war es also. Sie waren nicht Mitglieder irgendeines Clubs, und brüderlich waren sie schon gar nicht. Väterlich vielleicht, aber ewig auf jeden Fall.

Inzwischen hatte Michael seine Hände befreit und stellte die beiden Frauen einander vor. »Farah, dies ist meine Frau Gabriella. Ellie, das ist …« Farahs Blick zuckte, dann sah sie wieder Michael an.

»Willst du mich nicht hereinbitten, Micah?« fragte sie spöttisch.

»Ich glaube, du hast mir nicht zugehört. Ich habe dir meine Frau vorgestellt.«

»Ich bin deinetwegen hier!«

»Du bist hier in unserem Haus, Farah.« Sein Tonfall war beängstigend ruhig, und inzwischen war er ebenso selbstsicher geworden wie sie. »Und dies ist meine Frau!«

Farah hatte trotzdem nur Augen für Michael. Sie lachte ihm zu, hob ihr spitzes Kinn hoch und zeigte ihm ihren langen, schöngeschwungenen Hals, als wollte sie ihn zur Prüfung anbieten. In ihren Augen stand ein dunkler, harter Glanz. »Und, was erwartest du jetzt von mir? Soll ich ›Sehr erfreut, Sie kennenzulernen, Eure Hoheit‹ sagen?«

Ellie zwang sich, ruhig zu bleiben. Sie rief sich eine Szene aus der Vergangenheit ins Gedächtnis; eine alte Frau, die kalt eine der ortsansässigen Matronen abfertigte, die versucht hatte, ihren sozialen Aufstieg in der Gesellschaft von Trier auf Großmutters Schultern zu bewerkstelligen. Die Frau war schnell wieder gegangen, und Großmutter hatte sich Ellie zugewandt und gesagt: »Mit Manieren muß man die Leute auflaufen lassen, Gabriella. Das ist die einzige Waffe, die sie nie bekommen werden.« Vielleicht war das der Grund, warum Michael sie als Gabriella vorgestellt hatte, was er sonst nie tat. War das vielleicht eine unbewußte Erinnerung an ihre Herkunft? Sie nahm ihre Gedanken zusammen und schlüpfte in die Rolle der reservierten Gastgeberin.

»Angenehm«, sagte sie leise. »Tut mir leid, wenn wir Sie nicht ... Wir sind sehr beschäftigt, wie Sie sehen ...« Ihre einzige Waffe wurde verächtlich beiseite gewischt. Farah nahm Michael bei den Schultern, drehte ihn um, so daß er auf das Meer hinaussah, und redete einschmeichelnd auf ihn ein.

»Schau nur, die schöne Brandung, Micah. Wunderbar kühl ... Fällt dir dabei nichts ein?«

Er schüttelte ihre Hände ab wie lästige Strandkrabben, wandte sich wieder Ellie zu und legte ihr einen Arm um die Schultern. »Doch. Mir fällt dabei ein, wie verrückt ich war. Du kommst hierher, wo meine Kinder sind, meine Frau, ohne auch nur einen Gedanken auf ihre Gefühle zu verschwenden, ohne ...«

»Na und?« Farah zuckte mit den glatten braunen Schultern, und die Sonne blitzte auf ihren Goldketten. »Sie gehören nicht zur Familie, und sie sind mir völlig gleich.«

»Sie sind meine Familie.«

»Die *Kumpania* ist deine Familie, und du bist unser Micah!«

Ellie hörte sie, hörte, daß sie die verwundbare Stelle ihres Mannes getroffen hatte, und erkannte, daß die klägliche Waffe ihrer eigenen Worte wie ein Teelöffel gewesen waren, den jemand gegen eine Dampfwalze schleudert. Für den Fall, daß ihr das entgangen war, sagte Farah es noch einmal.

»Unsere *Kumpania* – das ist deine Familie!«

Er würde umfallen. Bei der Intensität seiner Erlebnisse mit dieser Frau und der Kraft ihrer Worte war es nicht anders möglich. Es war einfach zuviel für ihn, und sie konnte es ihm nicht einmal verübeln.

Er schüttelte jedoch den Kopf, legte seinen Arm fester um Ellies Schulter und machte mit seinem rechten Arm eine Geste, die soviel natürliche Würde besaß wie die, mit welcher Großmutter ihren Rubin überreicht hatte. Alle erfaßte er sie damit, Ellie, die er eng an sich gedrückt hielt, Felix in seinem Stuhl, Anna, die mit ihrem behutsamen neuen Gang am Wasser entlanglief, Simon, der verzweifelt auf das Ufer zupaddelte.

»Das ist meine Familie.«

Die Endgültigkeit dieser Aussage war selbst für Farah unverkennbar.

Sie wurde grünlich-blaß, und das Weiße ihrer Augen sah mit einem Mal trüb aus. Nun glänzte nur noch das Gold an ihrem Hals und ihren Handgelenken.

»In diesem Fall« – sie versuchte zu lächeln, und wieder sah Ellie das Fauchen einer Wildkatze – »hast du ein paar Familienmitglieder ausgelassen.«

Sie drehte sich zu dem Wohnwagen um, pfiff schrill, winkte, und dann sah sie genüßlich zu, wie zwei Kinder, ein vielleicht neunjähriges Mädchen und ein Baby, das kaum kriechen konnte, die Treppe heruntergerollt kamen und sich lachend im Sand wälzten. Hinter ihnen kam Duis Frau, die wieder hochschwanger war. In der Tür des Wohnwagens stand lässig Tomo; der Rauch stieg ihm aus den schmalen Nasenlöchern, und in seinen dünnen Fingern hielt er eine Dose Bier. Er war dreizehn oder allerhöchstens vierzehn.

Farah hatte inzwischen wieder Farbe bekommen und sich gefangen; sie lachte wieder und sagte: »Da! Jetzt hast du wirklich eine Familie, was?«

Michael richtete sich auf. »Was soll das? Warum sind sie hier? Wir reisen in zwei Tagen ab.«

Farah war sich ihrer Sache sehr sicher und wiegte sich in den Hüften. »Das haben wir auch gehört, daß ihr abreist. Ich dachte, eine letzte Chance gebe ich dir, aber du hast sie vertan – und da wäre noch dieses kleine Problem mit Dui, das nach wie vor ungelöst ist. Ich habe dich deshalb angerufen, weißt du noch?«

»Und ich habe es dir gesagt. Ich habe damit nichts zu tun.«

»Ja, ich weiß, daß du den Totschlag nicht begangen hast, du nicht, aber ...«

»Totschlag?«

Ihre Augen öffneten sich weit. »Habe ich dir das nicht gesagt? Ach, schade. Na ja, auf jeden Fall habe ich in Honolulu einen Anwalt besorgt, der an Leute wie uns gewöhnt ist und unsere Art kennt, aber bei uns in der *Kumpania* wird gearbeitet, und Duis kleiner Clan verdient nicht genug, um seinen Lebensunterhalt zu bestreiten, verstehst du? Ich weiß, du möchtest es nicht erleben, daß die Familie ohne ...«

»Was ist denn aus eurer staatlichen Unterstützung geworden? Hier etwas und dort etwas? Ich dachte, darin wäret ihr alle Experten.«

»Und ich dachte, ich hätte dir gesagt, daß es damit vorbei ist.«

»Seit wann?«

»Seit ich Rom Baro bin.« Sie rieb ihre Handflächen aneinander, und in der Stille hörte Ellie deutlich ein Schaben – die Schwielen, von denen Michael ihr erzählt hatte. Sie hatte sie auf den Daumen, aber jetzt war sie ganz sicher, daß die Schwielen auf der Seele dieser Frau weit größer waren. »Also dann.« Sie wirbelte noch einmal ihren roten Rock herum, winkte ihnen zu, ließ ein letztes Mal ihr Gold klimpern und stieg in den Wohnwagen. »Sie sind jetzt in deiner Verantwortung. Lebwohl!«

Als sie ganz oben auf der Treppe stand, blieb sie kurz stehen, drehte sich zu Michael um und strich sich mit ihren kleinen braunen Händen in einer provokativen Geste über ihre Brüste. Sie sagte sehr leise etwas auf romani zu ihm. Dann schwang sie ihr Haar herum wie einen schwarzen Schal, ließ den Motor an und fuhr in der flirrenden Mittagssonne davon.

»Was war das, was sie gesagt hat?« flüsterte Ellie.

»Ihre *Armaya*, ihren Fluch. ›Mögen die wilden Hunde ihr Blut vergießen, wenn sie je diesen Tag vergißt.‹ Das hat nichts zu bedeuten, reine Effekthascherei.«

Warum zitterte er dann, und warum wollte er ihre Hand nicht loslassen, während sie sich darüber unterhielten, was mit Duis Familie geschehen solle?

Tomo suchte jetzt schon im Kühlschrank herum, warf seiner Schwester und seiner Mutter Coladosen zu, nahm sich zwei Dosen Bier, fläzte sich in einen Liegestuhl und schnippte seinen Zigarettenstummel über das Geländer. Das Kleinkind ließ sein leeres Fläschchen in den Sand fallen, hob es wieder auf und begann, daran zu saugen, ohne sich von dem Sand beirren zu lassen. Das ältere Mädchen spielte mit nachdenklichem Gesicht mit Jennys Beinwärmern. Duis Frau watschelte die Treppe hinauf und versuchte ohne viel Erfolg mit ihren dicklichen Händen, ihren Bauch mitzutragen.

»Sie können nicht bleiben, nicht einmal eine Stunde lang«, sagte er zu Ellie.

»Oh, Michael ...«

»Nichts da, ›Oh, Michael‹ – sie verschwinden von hier.«

Er nahm sie bei einer Hand, zog sie in das kleine Arbeitszimmer, hob ihr Kinn und küßte sie lange und innig auf den Mund. Er hielt noch immer ihre Hand, als er zum Telefonhörer griff und seine Sekretärin anrief.

»Möbliert. Nichts Übertriebenes, aber anständig. Kein Loch, verstehen Sie? Mieten sie es für ... ach, für ein halbes Jahr. Ja, im voraus.«

Nun folgte eine Pause, in der die Sekretärin sich Notizen machte. Michael berührte währenddessen mit seinen Lippen die Wange seiner Frau.

»Also! In Downey, Burbank, in Lakewood, ganz gleich, nur nicht hier. Es muß aber sofort beziehbar sein. Schicken Sie gleich einen Wagen her, wenn Sie die Sache abgeschlossen haben – ich möchte die Leute innerhalb von zwei Stunden untergebracht sehen.«

»Mann!« sagte Ellie, als er aufgelegt hatte und ihr über das Haar streichelte. »Du erwartest aber einiges!«

Er nickte. »Das ist einer der Vorzüge von Geld. Ach, übrigens, Ellie?«

»Ja?«

Er hatte jedoch nichts zu sagen. Statt dessen küßte er sie, ließ seine Hände über ihren schlanken Körper gleiten, drückte sie an sich, seufzte, vergrub sein Gesicht an ihrem Hals, zog ihr die Nadeln aus dem Haar und küßte sie wieder. Ein Weilchen später schloß er die Tür ab und zog die Vorhänge vor.

»Und denk nur«, seufzte sie etwas später, »in zwei Tagen sind wir wieder zu Hause.«

»Wir sind jetzt schon zu Hause. Wir sind zusammen.«

Und das waren sie. Sie waren zwar weiterhin Reisende auf dem gleichen Meer von Leidenschaften, aber seine Gezeiten, seine Wogen und seine Wellentäler, seine plötzlich zornigen Aufwallungen und seine halb erforschten Höhlen schmeckten jetzt süßer und intensiver. Im einen Augenblick waren sie atemlos von dem wiedergefundenen Wunder, und im nächsten wurden sie hilflos auf wiederentdeckten Fluten pulsierender Wärme umhergeschleudert, Fluten, die sie bis nach Hause trugen.

*

Während sie alle auf den Wagen warteten, der herkommen würde, um Duis Familie in ihr Haus zu bringen, saß Simon stundenlang gebannt zu Füßen seines Vetters Tomo, der ihn lässig, freundlich und überglücklich begrüßt hatte, als hätte er nur für diesen Augenblick gelebt, zugleich aber so, als hätten sie sich gerade letzte Woche erst getrennt.

»Hallo, Kleiner! Wie geht's denn?« Er warf Simon eine Packung Zigaretten zu. »Willst du eine?«

»Nein«, log Simon. »Ich habe einen rauhen Hals. Erzähl mir wieder, was du mir am Telefon erzählt hast, als ich noch klein war, Tomo.«

»Was habe ich dir da erzählt, Kleiner?«

»Von den Märkten, euren Reisen … Du weißt ja, solche Sachen.«

»Ich arbeite jetzt, wußtest du das?«

»Mann, aber du bist doch erst vierzehn – als was arbeitest du denn?«

»Als Dachdecker, und manchmal schlachte ich Autos aus.«

»Toll!«

40

Die Operation selbst war erfolgreich verlaufen, und alles war perfekt, bis auf ein kleines Stück Knochen, das fehlte, und den Bombensplitter. Das war jetzt aber nicht mehr wichtig. Es war getan. Jetzt wollte Felix sich schonen, und schon bald würde er mit den Übungen beginnen können. Nur schade, daß der Patient darauf bestand, sich zu Hause zu erholen. Ein großes Krankenhaus sei besser, falls es Komplikationen gäbe.

Felix ließ sich jedoch nicht davon abbringen, nach Hause zu kommen, und Anna unterstützte ihn rückhaltlos. »Wir haben eine Schwester für ihn. Wir haben Gabriella, die aufpaßt. Ich bin auch noch da. Wir haben diese Finn, wenn sie nicht gerade Felix' Trommelfelle zum Platzen bringt.«

»Ich höre ihr gern zu«, sagte er mit schwacher, leicht weinerlicher Stimme. »Sie singt vielleicht ein bißchen laut, aber …«

Die Ärzte hatten es ihm untersagt, in dem großen weichen Ehebett zu schlafen. Statt dessen wurde ein Apparat namens Krankenliege hereingerollt, die auf den ersten Blick nur aus Hebeln und Verstrebungen und Seilzügen bestand und merkwürdige Geräusche von sich gab, wenn man die Bedienungsknöpfe berührte.

Anna jagte sie einen Schrecken ein, und auch Lily Finn näherte sich ihr nur mit größter Vorsicht, aber wenn es morgens Zeit für Felix' Übungen war, so hob ihn das Gerät am Anfang hoch, und zum Schluß ließ es ihn wieder blaß und erschöpft zurücksinken. Anna war nach dem Erfolg ihrer Therapie eine unfehlbare Prophetin geworden, und sie sagte den Angehörigen, den Schwestern und sogar den Ärzten ganz genau, was für Felix zu tun sei und was nicht.

»Endlich einmal«, sagte sie mit ihrer langsamen, neuen, bedächtigen Stimme, »passen wir zusammen. Zum erstenmal seit unserer Hochzeit sind wir wieder gleich.«

Nein, dachte Felix, sie hat ihre eigenen Knochen in ihrem Körper; er hatte dieses wundervolle neue Metall, das er als Fremdkörper fühlte, wenn sie auch noch so oft im Gang standen und bei jedem seiner qualvollen Schritte applaudierten, als sei er ein Baby.

»Nur einen Schritt, Felix, nur einen, du mußt es versuchen, Felix.«

Komm zu Anna ... komm zu Ellie ... komm zu Lily. Wie sie bewundernde Schreie ausstießen, wenn er stockend auf sie zuschlurfte! Und wie ihn jeder Schritt erschöpfte! Mit Mischa war es besser, denn der sprach mit ihm wie mit einem erwachsenen Mann, und wenn Felix ihm zuflüsterte: »Genug, Mischa, ich habe genug«, dann hob er ihn auf und trug ihn ins Bett.

Er dachte, er würde nach den geschäftigen Gängen eines großen Krankenhauses zu Hause Frieden finden, aber der war in *Greenlings* knapp. Er liebte ihre Stimmen, ihre Besuche, ihre Unterhaltungen über das Haus, über das Mittagessen, Lily Finns fröhliche Arien, über die Farbe, die sie dieses Jahr für die Pergola nehmen sollten, über die Ziegel, die vom Dach gefallen waren, zu schade, daß wieder ein Ast der großen Eiche abgesägt werden mußte, aber das Dach war natürlich wichtiger ...

All das liebte er, aber ihre Besorgnis bedrückte ihn. Warum mußten sie sich solche Sorgen um ihn machen? Sie glaubten, daß er davon nichts merkte und sich von ihren fröhlichen Stimmen und ihrem gekünstelten Lächeln täuschen ließ. Sie glaubten, er würde die Spannung nach dem Besuch des Arztes am Morgen nicht spüren, wenn ein Familienmitglied nach dem anderen eine Entschuldigung dafür fand, aufzustehen und zu dem Arzt zu gehen, der seinen Tee im Arbeitszimmer trank.

Dann klang ihr besorgtes Gemurmel die Treppe hoch, in das sich immer wieder die gemessene Baßstimme des Arztes mischte. Einmal glaubte er, er hätte einen Aufschrei vernommen, aber Simon war in der Schule, und Jenny in Kalifornien, warum also? Und wer! Er glaubte nicht, daß es Anna gewesen war, in jeder Ehe muß es einen Partner geben, der mehr liebt, und an seiner Rolle hatte es nie einen Zweifel gegeben. Ellie? Nein, und aus dem gleichen Grund – ihre Liebe zu Mischa überstieg sogar ihre Zuneigung zu den Kindern. Mischa? Wie sollte er das bei diesem Gewirr von Wünschen und Bedürfnissen sagen – ja, er liebte Felix, er liebte Anna, er liebte Ellie und seine Kinder, er liebte sein Haus – aber wenn Mischa sich nun für nur eine Möglichkeit entscheiden sollte? Felix hatte bei sich schon gedacht, er würde sich dann für die Firma entscheiden, für das Geld – weil das Geld ihn vor der Vergangenheit schützte.

*

»Ich glaube es nicht«, sagte Michael. »Sie sagten doch, die Operation sei erfolgreich gewesen.«

»Rein technisch sicher, so etwas ist heutzutage eine Routinesache, aber er war von Anfang an nicht besonders kräftig, und jede Operation bedeutet ein Risiko.«

»Aber er läuft doch – na ja, er macht Schritte.«

»Als er das erste Mal auf eigenen Beinen stand, hat er zwei Schritte geschafft, dann ist er der Schwester in die Arme gefallen. Das war vor mehr als einem Monat. Gestern hatte er seinen besten Tag bisher. Fünf Schritte. Dann ist er ohnmächtig geworden. Er hat Fieber, eine Infektion an der …«

»Aber dagegen kann man doch sicher mit Antibiotika …«

»Michael, die bekommt er doch schon seit der Woche *vor*

der Operation! Es tut mir wirklich leid, aber wir müssen noch einmal operieren. Die Röntgenaufnahme sieht – nun, ganz ehrlich gesagt, nicht allzu vielversprechend aus.«

»Dann laßt ihn doch in Ruhe! Kann er denn nicht in Frieden in seinem Rollstuhl sitzen?«

Der Arzt schüttelte den Kopf. Später würde es vielleicht dazu kommen, aber deshalb mußten sie trotzdem noch einmal operieren, um an den Infektionsherd heranzukommen. Einen Monat später, wenn er sich einigermaßen erholt hätte, könnte die Operation vielleicht wiederholt werden.

»Seien Sie aber besser nicht zu optimistisch, mein Bester. Es ist immer klug, wenn man auf alle Möglichkeiten vorbereitet ist ...«

»Nein!« rief Michael. Ihm war plötzlich aufgegangen, was der Mann ihm vermitteln wollte. Felix hatte noch einen langen, harten Kampf vor sich, aber die Kraft zum Kämpfen fehlte ihm. »Wann?«

»Bald.«

»Hat es noch eine Woche Zeit?«

Der Arzt zuckte die Achseln. »Warum nicht?«

Damit wußte er es definitiv. Tief in seinem Innern begann er, lautlos klagend zu schreien, und eine Stimme rief, nein, nein, das ist ungerecht! Gerade, wenn sie alles hatten, alles! Dem Arzt war es gleich, weil es sowieso nichts ausmachte. Von jetzt an würde er nur noch tun, was getan werden mußte. Er fing an, vor sich hin zu plappern, und konnte nicht damit aufhören. Von allen Seiten stürmten Bilder auf ihn ein: Felix im Zoo, wie er eine alberne Bemerkung über Elefanten und ihre Ohren machte; Felix mit Eis am Stiel in der Hand; Felix, wie er sich nicht nur Sorgen über Hamish Froggatts mögliche Verluste machte, sondern auch über ihre Gewinne.

»Wir haben da diesen Baum bei der Laube – Sie wußten doch, daß er die gesamte südliche Seite selbst gestaltet hat, oder? Na ja, auf jeden Fall steht da dieser Baum, ein japanischer Blütenkirschbaum. Vor zehn Jahren hat er ihn gepflanzt, wirklich ein schöner Baum, und er wartet elf Monate im Jahr auf seine Blüte. Er ist dann mit Tausenden kleiner Blüten übersät, man könnte sie für Papierblumen halten, aber er hält große Stücke darauf, und in Kalifornien hat er ständig davon gesprochen. Der Baum treibt zur Zeit Knospen, und wenn er erst einmal blüht, wird auch Felix kräftiger werden, das weiß ich. Das würde ihm mehr …«

»Zuversicht geben?« Der Arzt trank seine Tasse Tee leer und erhob sich, um zu gehen. »Na schön, also eine Woche – aber versprechen Sie sich nicht zuviel davon. Seine Krankheit hat nämlich nicht psychische Ursachen, verstehen Sie?«

Michael hatte zusammen mit dem Gärtner einen Schirm aufgestellt, um die kältesten Winde fernzuhalten, aber als die Knospen daraufhin noch immer nicht aufgehen wollten, stellten sie Reflektoren auf und stellten sie jede Stunde um, um das Sonnenlicht optimal auszunützen.

»Ihr verbrennt ihn noch«, warnte Anna, und einmal sah es auch ganz so aus. Einige der rosa Knospen verfärbten sich leicht, aber sie rückten rechtzeitig die Reflektoren zurück, und der Junge des Gärtners hielt den ganzen Tag daneben Wache. Dann, gegen Ende März, einige Wochen vor seiner normalen Blüte und zwei Tage vor dem vorgesehenen Operationstermin, kam der Junge frühmorgens zu Ellie gerannt, als sie noch im Morgenmantel war. Sie eilte strahlend ins Frühstückszimmer.

»Die Knospen gehen auf! Kommt und seht es auch an, Michael, Anna.«

Einige Knospen ganz oben waren über Nacht aufgegangen, und die ersten hauchdünnen Blütenblätter zeigten ihre gewellten Ränder. Michael brach eine Blüte ab und rannte zu Felix hinauf, um sie ihm zu zeigen. Der alte Mann wurde von Tag zu Tag blasser und schwächer, aß immer weniger, und das Fieber wollte und wollte nicht sinken.

»Da, schau dir das an, Felix! Nur noch einen Tag, und daraus wird ein richtiges Feuerwerk! Du wirst es nicht glauben, wieviele Blüten er dieses Jahr hat, jeder Zweig wird von ihrer Last heruntergedrückt! Morgen um diese Zeit ...«

Felix legte die Blüte auf sein Tablett. Er rieb langsam jedes Blütenblatt zwischen Daumen und Zeigefinger, und dann schüttelte er ebenso langsam den Kopf.

»Der arme Junge, der da draußen in der Kälte steht, um auf den Baum aufzupassen ... Wie hart ihr alle gearbeitet habt.« Er hob sich einige blasse zerdrückte Blütenblätter an den Mund und rieb sie an seinen Lippen.

»Nur noch einen Tag, Felix!«

Er schloß die Augen; seine Lider waren fast durchsichtig, die Venen waren als blaue Linien zu sehen, als wären sie Flüsse auf einer alten Landkarte.

»Mischa, meine Tage sind zu Ende.«

*

Felix starb am gleichen Abend, und über das Haus, das sich seit Wochen voller Entschlossenheit geschäftig und zuversichtlich gegeben hatte, senkte sich Stille.

Sie brauchten sich nicht mehr selbst etwas vorzumachen, und vor allem ihm nicht – dabei hatte er es die ganze Zeit gewußt.

»Simon wird zu dem Begräbnis von der Schule beurlaubt ...«

Ellies Tonfall verriet, daß sie ihre Sicherheit im Stich gelassen hatte. Sie stand allein mit Anna in dem Zimmer mit dem Federbett und der komplizierten Liege, aus der sie Felix gerade gehoben hatten, und keine der beiden Frauen wußte, wie sie mit ihrer Trauer fertigwerden sollte. Sie teilten einen Verlust, und keine konnte der anderen Trost spenden oder von ihr empfangen. Die Tore für Mitleid waren zu lange verschlossen geblieben, und nun waren sie zugerostet. Ellie versuchte, sich einzureden, daß Felix für Anna nie an erster Stelle gestanden hatte, aber im Grunde wußte sie es besser. Irgendwann einmal mußte er für sie die Nummer Eins gewesen sein, aber, wie sie selbst festgestellt hatte, nahm jedes Kind dem Vater etwas weg. Die Eltern blieben das gleiche Paar, sie liebten sich immer noch, dennoch, in dem Augenblick, in dem Kinder kamen, horchte ein nicht zu übersehender Teil der Frau auf etwas anderes: auf das Husten in der Nacht, auf das Weinen wegen eines Alptraums, den nur sie verjagen konnte, und das Ich der Mutter lag in ständigem Kampf mit dem Ich der Ehefrau.

Wenn sie gerade Michael weggetragen hätten, oh, wie sehr hätte sie sich dann nach einer Umarmung gesehnt, nach menschlicher Wärme, die ihr für das, was ihr genommen worden war, etwas zurückgab. Welche Gefühle bewegten wohl jetzt Anna, diese tapfere Frau, die gerade ihre eigene Schlacht gewonnen hatte, nur um die Niederlage ihres Mannes zu erleben? Hier, in diesem Zimmer, das früher den beiden gehört hatte, das schöne Erinnerungen enthielt, aber auch häßliche, stand das riesige Federbett, das sie nun mit ihrem knochigen Körper allein füllen sollte. Anna hatte weder die Fähigkeit zu verzeihen, noch die zu weinen, vor allem aber konnte sie nicht nachgeben.

Sie wich Ellies Blick aus und wanderte von vergilbten Bildern zu einem scheußlichen rosafarbigen Lampenschirm, streichelte über alte geschnitzte Dosen, Porzellanpuppen und sang dabei vor sich hin. War das Russisch oder Englisch? »Am Ende kommt es immer so ... alles endet so, Liebe und Haß, alles ... Diese Verschwendung, diese furchtbare Verschwendung.« Danach schwieg sie lange, und Ellie kam nie dahinter, was eigentlich verschwendet worden war. Schließlich blieb ihr nichts anderes übrig, als selbst etwas zu sagen. Die Stille war unerträglich geworden.

»Ich weiß nicht, ob wir Jenny von Mary Beth herbringen lassen sollen oder nicht. Nur für einen Tag ist es wirklich eine sehr weite Reise, aber auf der anderen Seite hat sie Felix so bewundert, so gern gehabt.«

Anna legte einen alten Pelz, mit dem sie gespielt hatte, zur Seite und drehte sich zu ihr um, das Winterlicht beleuchtete ihr Gesicht.

»Laß sie herkommen«, flüsterte Anna. »Laß sie meinetwegen herkommen.«

Anna Abramsky bat sie um etwas. War jetzt die Zeit gekommen, von früher zu reden? Sollte sie sie jetzt zu dem Eingeständnis zwingen, daß sie in ihrem unbeugsamen Gerechtigkeitssinn ihr eigenes Kind wie Dreck behandelt hatte?

Nein. Die Zeit dazu war lange vorbei, wenn es sie überhaupt jemals gegeben hatte.

»Willst du Mary Beth anrufen, oder soll ich es tun?« fragte sie.

Das Gesicht ihrer Mutter wurde weich, und die nackte Trauer wurde von Erleichterung abgelöst, und dann von Reue, von Dankbarkeit, von Stolz, und all das bildete zusammen das große Spektrum ihres Leids. »Gabriella ...«

»Ja?«

Eine Pause folgte, und Anna drehte sich zu einem Fenster, das ebenso schmal war wie sie selbst; draußen schmolzen die letzten Eiszapfen und tropften von dem Dach. »Ruf du an. Du kannst so etwas besser.« Sie seufzte, aber nicht auf ihre übliche theatralische Art. Der Seufzer war natürlich und kam aus einem gebrochenen Herzen. »Du kannst so viele Dinge gut. Wahrscheinlich habe ich dir das nie gesagt.«

Als wäre es ihr gerade im Moment eingefallen.

»Ach, Anna.« Ellie nahm sie in die Arme, bis der Strom von Tränen wieder versiegt war, Tränen, die sie um Felix weinte und nicht um sie, aber wen kümmerte das?

*

»Der Zigeuner in dir müßte stolz sein«, flüsterte Ellie Michael während des Trauergottesdienstes in der Dorfkirche zu, in der nicht ein Platz leer war.

Sicher, er war stolz, aber das hatte nichts mit Zigeunern zu tun. Wo hatte Felix all diese Menschen kennengelernt, die gekommen waren, um ihm das letzte Lebewohl zu sagen? Die Angehörigen und die Leute von *Abramo* waren da, aber das gesamte Hauspersonal auch – nicht nur der Gärtner mit seinem Sohn, sondern auch noch seine Frau und vier Töchter, und dieser hagere Mann weit hinten, der einen Kater hatte und dreinschaute wie ein geprügelter Hund, konnte nur Lily Finns Ehemann sein. Aber wer waren die anderen? Diese Frau mit den abgekauten Fingernägeln und den aufgesprungenen Knöcheln – sorgte sie nicht dafür, daß ihre Autos immer genug Benzin im Tank hatten? Der Mann in der Tweedjacke und den dicken Wollsocken war doch sicher der Fleischer, oder? Und dort, der Halbwüchsige in den roten Lederhosen, der weißen Seidenkrawatte und den leuchtend roten Pickeln konnte doch nur der Zeitungsjunge sein, der zu Annas Nichtsnutzen gehörte. Die Ärzte waren selbstverständlich auch gekommen, aber das war ja wohl das allermindeste, was sie tun konnten! Das schluchzende Mädchen in der Ecke, war das nicht eine von Felix' Operationsschwestern? Ja. Alle hatten sie sich die Zeit genommen und waren für Felix hergekommen, für den verachteten Ausländer in dem großen Haus. Die Leute aus dem Dorf waren gekommen, um Felix zu ehren, der an vielen Orten der Welt gelebt hatte, ohne sich einen einzigen Feind zu machen.

Konnte Michael das auch von sich sagen? Wären diese Leute auch für ihn gekommen?

Er kannte die Antwort. Er achtete nicht mehr auf den Gottesdienst, sondern betrachtete Anna, die traurig, aber gefaßt auf seiner Seite saß. Auf der anderen saß Ellie, und daneben Jenny, die mit den Tränen kämpfte. Simon machte ein mürrisches, abweisendes Gesicht. Er hatte Angst, sich auf Gefühle einzulassen, und er wartete ungeduldig darauf, daß die Angelegenheit endlich vorbei war.

Der Friedhof lag oben auf einem Hügel, und der Pfarrer pflegte Winterbegräbnisse immer ein wenig zu beschleunigen, was ihm nicht einer von den Trauergästen verübelte. Hier oben wehte ein beißender Wind, und obwohl der Winter fast vorüber war, blinkte an jedem Grabstein Eis. Der Weg war gefährlich glatt, und Mischa hielt Anna fest im Arm, denn sie hatte sich heute geweigert, ihre Krücke mitzunehmen.

Michael und Ellie nahmen Anna in die Mitte und machten sich auf den kurzen Heimweg. Anna hatte sich geweigert, in den Wagen zu steigen, der im Schrittempo neben ihnen herfuhr. Er blieb für alle Fälle trotzdem in ihrer Nähe.

»Wieso für alle Fälle?« wollte sie wissen.

»Du bist eine halsstarrige Frau, und es ist sehr kalt.«

»Ihr glaubt wohl, ich könnte hinfallen? Wie ein Baby weinen? Mich hysterisch aufführen wie die Leute beim Begräbnis deiner Großmutter? Niemals! Du vergißt, die Kinder sind dabei. Sie sehen zu, und sie müssen lernen, stark zu sein.« Sie atmete tief, und ihr Atem stand wie eine dünne weiße Feder vor ihr in der Luft. »Ich habe in der Kirche über vieles nachgedacht. Es ist besser, daß Felix vor mir gestorben ist, nicht? Ich bin stark, ich kann ohne Felix leben – aber könnte Felix ohne Anna leben?« Allein die Vorstellung brachte sie dazu, mit ihren Armen weit auszuholen. »Er wäre verloren gewesen, mein Felix, ohne mich wäre er verloren ...«

Ihre Stimme zitterte und verlor ihren entschlossenen Tonfall; schließlich flüsterte sie so leise, daß es nur noch Ellie und Michael hören konnten.

»Gabriella ... tu mir einen Gefallen, ja? Sag, dir ist zu kalt, und daß du im Auto fahren möchtest. Ich kann dann mit dir kommen, um dir Gesellschaft zu leisten, ja?«

»Ich habe gelogen, du weißt, daß ich gelogen habe«, flüsterte Anna, als sie mit Ellie in dem Wagen saß. »Ich habe gelogen, und das war böse. Ich bin diejenige, die ohne Felix verloren ist. Doch, so ist es! Er hat alles für mich getan! Meinen Tee hat er mir gebracht, er hat mich einschlafen lassen und er hat mich aufgeweckt, er hat mir meine Pillen gegeben und er hat mich gezwungen zu essen, wenn ich es vergessen habe. Jetzt wird Mischa, mein armer Sohn (ist das für mich nicht ein Glück, daß ich ihn habe?), an alles denken müssen, obwohl er doch schon so viel zu tun hat.«

Trotz Annas zweifellos echter Tränen glaubte Ellie in ihren blauen Augen so etwas wie Berechnung zu entdecken, und sie wußte, daß sie es viele Jahre bereuen würde, wenn sie jetzt zögerte.

Sie nahm Anna bei der Hand und sah ihr fest in die Augen. »Ja, es ist wirklich ein Glück für dich, Anna. Du hast mich, die Kinder, Mary Beth – und Michael, aber der arbeitet, und außerdem hat er eine Frau und Kinder. Wenn du eine ständige Hilfe brauchst, werden wir jemanden für dich finden, aber ich glaube, du wirst glücklicher sein, wenn du dich in die Familie einfügst. Es ist ja nicht so, daß du Gefahr läufst, zu abhängig zu werden.«

Anna warf ihr einen durchdringenden Blick zu und tupfte sich die Augenwinkel ab. »Natürlich hast du recht. Dazu bin ich viel zu stolz.«

*

Nach einem bescheidenen Essen – der leere Platz am Tisch war noch zu neu – ging die Familie auseinander. Michael lief unruhig durch das Haus, in dem Felix lieber hatte sterben wollen als in der Klinik. Draußen war der Boden noch gefroren, und das Grundstück war trostlos wie der Friedhof auf dem Hügel. Plötzlich setzte er sich in sein Auto und fuhr in die Stadt hinunter; dort war es wärmer, und der Frost schmolz zu einem schmutzigen Schneeregen. Der Wagen schien wie von selbst den Weg zur Ryder Street zu finden und an dem vertrauten Bordstein stehenzubleiben.

Inzwischen war hier im Erdgeschoß ein *Abramo*-Laden, und im ersten Stock ein Studio. Beides lief nicht allzugut, aber auch er hatte es von einem Jahr zum anderen hinausgeschoben, sie zu schließen – im Grunde wegen Felix. »Weißt du noch, Mischa, als du mit deinem schlimmen Arm und deinen furchtbaren Lügen zu uns gekommen bist?« Da er Felix war, erwähnte er nicht die Läuse und den Stallgeruch, den der verdreckte Junge in ihr sauberes Haus getragen hatte.

Er schaute zum Fenster herein, vorbei an Fernsehgeräten, Radios und Waschmaschinen, vorbei an der neu eingerichteten Elektronik-Abteilung, auf einen billigen Spitzenvorhang, der rosa gewesen war, oder? Er sah wieder einen Mann vor sich, der ihm damals schon alt vorgekommen war, und der am Klavier saß, spielte und dazu seinen Stock wie ein Metronom an seinem Stuhl schwingen ließ, und er hörte die harte Stimme einer Frau im Vordergrund.

Felix Abramsky hatte ihn sein erstes Bad in einer richtigen Wanne erleben lassen, hatte ihm als erster die Weltkugel gezeigt und hatte ihm das erste – vielleicht sogar das einzige – Kompliment gemacht, das ihm irgend etwas bedeutete. Es war damals im Frühling gewesen, als sich Michael im Besenschrank versteckt hatte, weil sie ihn jetzt sicher wegschicken würden, und wohin sollte er dann gehen? Wer auf der ganzen Welt wollte dieses hoffnungslose, diebische, hinterlistige Kind haben außer Felix Abramsky, für den kein Mensch hoffnungslos war?

Unten hatte Anna die Mädchen angekreischt, sie sollten ihr Kinn heben und sich präsentieren; bei ihm im Schrank hatte es nach Möbelpolitur und Karbolseife gerochen, und dann war die Tür aufgegangen und der Heidekrautgeruch von Felix' Pullover hereingeweht. Es knarrte hörbar, als er versuchte, sich mit seinem Bein und seiner Hüfte in den kleinen Schrank zu zwängen. Zuerst kam die vorsichtig und taktvoll formulierte Einladung. Dann:

»Du hast uns Freude gebracht.«

Er überquerte die Straße und sah zum Dach hinauf. Die Ziegel, die er in jenem ersten Winter eingesetzt hatte, waren noch da, aber inzwischen gab es neue Lücken. Und dort war der Lebensmittelladen, in den Felix ihn geschickt hatte, damit er das gestohlene Pfund Butter zurückbrachte. Da war das Fenster mit der rosafarbenen Lampe, und er dachte wieder an die gepflegten Freitagabende, und er sah Felix in seinem Vorkriegsanzug und seinen quietschenden Schuhen vor sich; er dachte daran zurück, wie Felix fest entschlossen gewesen war, seine Pflicht als Gentleman zu tun und einem frühreifen Lügner zu versichern, daß Freundschaft besser als Sex sei.

Er fuhr bei kaltem Mondlicht heim, und erst als er das Auto abgestellt und den Motor abgeschaltet hatte, hörte er den durchdringenden Lärm eines schweren Hammers, der auf Metall dröhnt.

Was zum Teufel ...

Er folgte dem Geräusch – nichts hätte leichter sein können, und da stand Simon in seinem Flanellbademantel und seinem Robin-Hood-Schlafanzug unter dem Kirschbaum und hämmerte auf einem Reflektor herum. Er war so auf jeden Schlag konzentriert, daß er Michael nicht bemerkte. Er machte kaum eine Pause, als sich von hinten die Arme seines Vaters um ihn legten, mit braunen Händen den Hammerstiel packten, mit ihm zusammen winzige Dellen in den Metallschirm hämmerten.

Sie schwitzten beide, als sie es aufgaben und den Reflektor zur Seite schleuderten. Simon ging zu dem Baum, trommelte mit den Fäusten daran, und dann schüttelte er ihn, schüttelte ihn immer wieder, bis ein paar helle Blütenblätter wie Konfetti auf ihn herabregneten. Erst dann erlaubte er es sich, zu weinen und sich von seinem Vater in die Arme nehmen zu lassen, was sonst nie geschah.

»Wie kommt das nur?« fragte er heftig. »Wie kommt es, daß alle weggehen?«

Michael, der am liebsten mit ihm geweint hätte, nahm ihn in seine Arme und wischte ihm Staub und Borke und Kirschblütenblätter von den Schultern.

»Ich weiß es nicht.« Er seufzte. »Hältst du das für möglich? All die Arbeit mit dem Baum, und seine Blüte ist schon fast vorüber.«

41

Es war ein idyllischer Sommernachmittag; das Spielfeld lag grün und golden in der Sonne. In den Hecken zwitscherten die Zaunkönige, um die rosenüberwucherte Laube summten die Bienen, und dann und wann war vom Spielfeld her ein scharfer Knall zu hören, wenn ernsthafte junge Männer in weißer Kricketkleidung mit ihrem Schläger den Ball trafen. Ihre Mannschaftskameraden spornten sie an.

»Na los, Mann, zeig es ihnen!«

»Oh, gut gespielt, gut gespielt!«

Nach einer Weile wurde ein neuer Spieler mit pflichtschuldigem Applaus bedacht, der aber deutlich weniger Begeisterung an den Tag legte als die anderen.

»Viel Glück, Abramsky!«

Sekunden später: »Na los, Mann, den erwischst du noch ... oh, nein, nein!«

Ein vereintes gequältes Stöhnen stieg auf.

»Verfehlt, er hat ihn absichtlich verfehlt! Mein Gott, was für ein Blindgänger!«

Simon ging mit finsterem Blick vom Spielfeld, ohne den Ruf »Aus!« des Schiedsrichters abzuwarten. Sie konnten alle zum Teufel gehen. Was kümmerte ihn dieses alberne Spiel? Die Leute hier führten sich auf, als sei das ungeheuer wichtig – und dabei ging es ihnen nicht einmal darum, wer gewann oder verlor, sondern wer das Spiel blind, ernsthaft und mit Einsatz spielte.

Der Sportlehrer wartete am Spielfeldrand mit einem Ausdruck besorgter Mißbilligung in seinem fleischigen, von frischer Luft geröteten Gesicht.

»Du hast es nicht einmal versucht.«

»Ich habe Ihnen doch gesagt, daß ich nicht mitspielen will. Das ist doch Zeitverschwendung!«

»Zeit? Du bist jetzt fast sechzehn, Kleiner, und es wird Zeit, daß du Verantwortungsgefühl entwickelst! Du läßt deine

Mannschaft im Stich, mich, deine Familie, das Team, die Schule … ein Dutzend Jungen betteln mich an, ich soll ihnen einen Platz im Team geben, und ich Idiot setze ausgerechnet dich ein.«

»Ich habe Sie nicht darum gebeten.«

»Komm, wach auf, Junge! Du bist doch ein schlauer Kerl, du triffst einen Ball genau, und laufen kannst du wie der Teufel. Du bist doch der geborene Sportler! Du könntest besser als unsere besten Spieler sein, wenn du dich nur ein bißchen anstrengen würdest.«

»Ich sage Ihnen doch ständig, ich will niemanden schlagen, ich will nicht besser sein als andere.«

»Aber wir haben unsere Anweisungen. Dein Vater will, daß wir dich auf Zack bringen, und ich kann es ihm weiß Gott nicht verübeln. Er hat ausdrücklich gesagt, wir sollten deine sportlichen Betätigungen fördern.«

»Das geht ihn gar nichts an.«

»Du weißt, daß das Unsinn ist. Er gibt dir doch alle Chancen. Er will, daß du auf das Leben vorbereitet wirst, damit du ihm ins Auge schauen und es meistern kannst, Mann!«

Simon bemühte sich, ein Lachen zu unterdrücken. Er mochte den Sportlehrer eigentlich ganz gern, aber er dachte in eingefahrenen Bahnen. Mannschaftssport bildet den Charakter, lautete seine Devise, und wenn man einen Ball mit einem Schläger treffen und wie der Teufel laufen konnte, so baute das angeblich Eigenschaften auf, die dem Team, der Klasse und der Schule nützten. Letzten Endes sollten sie vor allem *Abramo* nützen. Versuchte man es, so hatte man auch Erfolg, und auf Erfolg kam es vor allem an. Der Sportlehrer bestätigte nun diese Einschätzung.

»Meinst du vielleicht, ein erfolgreicher Mann wie dein Vater wäre stolz auf das gewesen, was du gerade auf dem Spielfeld geleistet hast?«

Nun konnte Simon es nicht mehr unterdrücken und lachte lauthals. Es brach in einer Aufwallung von Unglauben aus ihm heraus. »Mein Vater kann ja nicht mal einen Cricketschläger von einem Hockeyschläger unterscheiden!«

In Wahrheit war Simon keineswegs zum Lachen zumute. Er fühlte sich als ein Gefangener, dazu verdammt, von einer Schule zur nächsten weitergereicht zu werden, und wozu das alles? Damit er in den richtigen Kreisen willkommen wäre, damit er in die richtigen Clubs käme und ein richtiger Pfundskerl würde – was ein Zigeuner wie Papa nie werden konnte. Er wollte nichts als in Ruhe gelassen werden. Das hatte Papa nie begriffen, und die unleidliche alte Anna auch nicht. Mutter wußte es, sogar Mary Beth und Jenny, aber Papa hatte das letzte Wort, und das hieß immer wieder:

»Wenn du nichts lernen willst, was willst du dann?«

Er wußte es nicht, aber daß es das hier nicht war, das wußte er, in einer vornehmen Anstalt für Jungen, die es in den konventionellen Schulen irgendwie nicht geschafft hatten, weil sie rauhe Kanten und Ecken besaßen, die erst abgeschliffen werden mußten, bevor sie in die hübsch abgerundeten Plätze der Geschäftswelt hineinpaßten. Für seinen Vater wäre das Gotteslästerung und würde gegen alles verstoßen, woran er glaubte und wovon er überzeugt war. Wenn man bei seinem Vater überhaupt von einer Religion sprechen konnte, so war es die Sehnsucht, eine soziale Stellung zu haben. Alles, was in ihm auch nur entfernt an die Zigeuner erinnerte, mußte zerschlagen werden, zertreten, aus der Welt geschafft werden.

»Abramsky!«

Nun stand der Direktor vor Simon und sah aus der beeindruckenden Höhe von einem Meter fünfundneunzig auf ihn herab. Simon folgte ihm resigniert in sein Büro und hatte seine Hände bereits in seinen Hosentaschen schützend geballt, er erwartete den nur allzu bekannten Stock. Sechs vom Besten. So nannten sie es hier. Wenn der Direktor einen Ruf zu schützen hatte, so war Simon Abramsky doch sicherlich der von Gott geschenkte Gegenstand, um seine energische Entschlossenheit unter Beweis zu stellen.

»Wenn es eines gibt, was ich verachte«, sagte er jetzt, »so ist das ein Junge, der es nicht einmal versuchen will. Streck deine Hand aus.«

Wie gewöhnlich weigerte sich Simon, dem Blick des Direktors zu begegnen. Er konzentrierte sich ganz auf das erste bösartige Pfeifen des heransausenden Rohrstocks und wartete auf die Schwellung in seiner Handfläche und auf den stechenden Schmerz, der ihr unmittelbar folgen würde. Er begrüßte ihn fast, diesen Schmerz, denn er lieferte ihm wieder Stoff für Klagen in seinem nächsten Brief nach Hause – der auch wieder ein Beispiel für das straffe Regiment in dieser Schule war. Montag nach dem Schulgottesdienst mußte jeder Junge einen zweiseitigen Brief nach Hause schreiben. Genau zwei Seiten. Nicht eine, und nicht drei. Genau zwei. Zuerst einmal aber sechs vom Besten.

Nach den ersten drei Schlägen zählte Simon nicht mehr mit und schloß die Augen.

*

Bevor Mary Beth sich zu den Studios auf den Weg machte, sortierte sie die Morgenpost und verschloß ihr Gehör mit eiserner Entschlossenheit gegenüber Lily Finns Organ, das nichts an Kraft verloren hatte.

Wie immer begann sie mit der Post für Ellie und Michael. Die beiden waren diesen Monat in Tokio, um eine Reihe sorgfältig durchdachter Einladungen und Empfänge für den asiatischen Zweig von *Abramo* zu veranstalten. In die Tasche des Kuriers wurde auch ein Brief gesteckt, auf dem in Annas kantiger Schrift Mischa geschrieben stand; es war auch eine Nachricht von Jenny an Mammie und Papa dabei, die »mit hundert Küssen« versiegelt war. Beide Briefe waren hinter der Bühne des Londoner Theaters geschrieben, an dem Jenny inzwischen als Solotänzerin engagiert war. Für die nächste Saison sollte sie nach New York als Primaballerina für ein neues Ballett ausgeliehen werden, das ein neuer Stern am Choreographenhimmel speziell für sie ausgearbeitet hatte. Mary Beth hegte den Vereinigten Staaten gegenüber kaum noch heimatliche Gefühle; es war eigenartig, aber inzwischen war *Abramo* zu ihrer eigentlichen Heimat geworden. Jenny aber flog fast alle zwei Wochen in die Staaten, und sie hatte bereits den über den Ländergrenzen stehenden Akzent entwickelt, wie er internationalen Künstlern und multinationalen Geschäftsleuten eigen ist. Jenny mischte noch Fachausdrücke der Ballettwelt ein, die nur Fachleute wie sie oder Anna verstanden. Das sollte man sich vorstellen! Die Kleine war noch keine Sechzehn und kannte bereits die Künstlergarderoben in jeder Stadt, die kultiviert genug war, um sich eine Ballett-Truppe zu leisten. Natürlich begleitete sie Anna auf ihren Reisen; in Jennys Alter mußte das irgend jemand übernehmen, und Anna bewachte sie so gründlich wie ein Hund seinen Knochen.

In der Tasche des Tokiokuriers lag außerdem ein Bericht über die Vorfälle des gestrigen Tages im Haushalt. Er war eigentlich völlig nebensächlich, aber er beruhigte Ellie doch und zeigte ihr, daß auf dieser Seite des großen Wassers alles glatt ging und daß sie keine Schuldgefühle zu haben brauchte, weil sie Heim und Familie zurückgelassen hatte, um mit Michael im Orient umherzureisen.

Für Pete Preston, der diese Woche in Osaka war, tat sie eine Postkarte seiner Mutter hinein, die seinem kleinen Sohn eine selbstgestrickte blaue Babymütze und kleine Stiefelchen ankündigte. Für Petes japanische Frau war ein Rezept für Yorkshire-Pudding beigelegt.

In die Tasche nach London gingen Briefe von Ellie, die beiden Kindern jeden Tag schrieb, ein Stück fliederfarbene Seide, die Michael für Anna geschickt hatte, sowie eine scharfe Ermahnung, die Zahl der Arbeits- und Übungsstunden für Jenny in Grenzen zu halten. Es war eigentlich kaum der Mühe wert, sie mitzuschicken, da weder Jenny noch Anna sich auch nur im geringsten darum kümmern würden.

Für Simon war sein Taschengeld beigelegt, der Brief seiner

Mutter und ein Foto des Samurai-Schwerts, das Michael ihm zum Geburtstag versprochen hatte, wenn er gute Noten heimbrachte. Von Jenny bekam er einen Beutel Pfefferminzpralinen mit Schokoladenguß, weil er so gern Süßigkeiten mochte, und von Mary Beth selbst ein Buch über Heilkräuter für seine Sammlung.

Nachdem sie die Taschen gepackt und versiegelt hatte, schrieb sie Lily Finn ihren Gehaltsscheck. Im stillen schickte sie ein Dankesgebet zum Himmel, daß sie in einer Viertelstunde in den Studios endlich Ruhe finden würde, Lily Finns durchdringendes, mißtönendes Organ nicht mehr hören mußte, denn die Jahre hatten leider nur die Lautstärke, nicht aber die Qualität verbessert. Sie konnte sie gerade durch die offene Küchentür sehen, wie Lily mit ihren rauhen Händen ein Wischtuch auswrang und mit inbrünstiger Leidenschaft von der ro-ho-hoten Sonne von Capri sang, die im Meer untergeht.

Mit dem letzten heulenden Ton warf Mary Beth die Tür hinter sich zu und ging. Erst im letzten Augenblick wurde ihr bewußt, daß unter all den Briefen, die sie verschickt hatte, nicht ein Wort von Simon war. Eigentlich hätte sein Pflichtbrief aus der Schule schon gestern kommen sollen. Na schön, dann hatte er sich eben einen Tag verspätet. Vielleicht lag es ja an der Postzustellung. Die Schule war in einer verschlafenen Ecke im Norden des Landes, und sie war genau aus diesem Grund ausgesucht worden – sie war so abgelegen, daß dem Jungen einfach nichts anderes übrigblieb, als sich auf seinen Hosenboden zu setzen.

Als sie den Motor anwarf, meinte sie, sie hätte kurz das Telefon klingeln hören, aber dann lieferte Lily eine besonders inspirierte Version von *Alexander's Ragtime Band*, und die Melodie ging Mary Beth den ganzen Weg nach London nicht aus dem Sinn.

Plötzlich überflutete sie eine Woge von unerträglichem Heimweh. Zum erstenmal seit Jahren traten *Greenlings* und seine Bewohner ganz in den Hintergrund, und sie dachte an die

Sommer ihrer Kindheit in Martha's Vineyard, an den Herbst in Neuengland und an die Winter in der Fifth Avenue, wenn die Läden für Weihnachten hell erleuchtet waren.

Wenn Jenny in New York Erfolg hatte, würde sich Michael vielleicht dazu überreden lassen, eine Wohnung in der Stadt zu kaufen. Er hatte bereits davon gesprochen und gesagt, das könnte eine gute Investition werden. Es war angenehm, so von der Rückkehr in die Heimat zu träumen – aber wie kam sie darauf? Sie machten immer noch alle Urlaub in Kalifornien, und außerdem konnte sie sich selbst ein Haus an der East Coast kaufen, wenn sie das wollte. Niemand würde sie daran hindern, und sie konnte sogar für immer dorthin ziehen, wenn ihr der Sinn danach stand. Vielleicht ein kleines Haus am Cape, schließlich war sie nicht an die Abramskys gekettet. Dann jedoch stellte sie sich ein Leben ohne sie vor und erkannte sofort, daß ihr das unmöglich wäre. Sie waren inzwischen zu ihrer Familie geworden. Wen sollte sie auch sonst gern haben als ihre alte Schülerin Ellie von Reiker und die Familie, die sie um sich versammelt hatte? Und wer sollte sie gern haben und wie die geliebte Ersatztante behandeln, wenn nicht jene?

*

Inzwischen sang Lily im Haus unbeirrt weiter und hob ihre Stimme bewußt, um das Brummen des Staubsaugers und das hartnäckige Klingeln des Telefons im Haus zu übertönen. Sie genoß es ganz besonders, wenn sie das Haus für sich allein hatte: Sie konnte dann glauben, es gehöre ihr, und sie konnte vor allem mittags den Weinkeller ausprobieren. Niemand merkte etwas, wenn dann und wann eine Flasche fehlte. Während Lily die Platte eines Louis-Seize-Tisches mit Möbelpolitur behandelte, dachte sie wie schon oft zuvor über die Ungerechtigkeit des Lebens nach. Dieses wunderschöne Haus stand leer, und seine Besitzer waren über die ganze Weltkugel verteilt.

Nun, das war Pech für sie, aber Glück für Lily, und die war fest entschlossen, das Beste daraus zu machen. Nur noch zwei

Wochen, und sie würden sich alle hier zu der Geburtstagsfeier der Zwillinge treffen – und das sollte ein rauschendes Fest werden. Neben das Schwimmbecken sollte eine Markise gespannt werden, eine Bühne für die Rock-Band sollte es geben, Miss Jenny hatte darauf bestanden (aber keine Punk-Band, das hatte sich die junge Mrs. Abramsky ausgebeten), das kalte Buffet sollte aus London geliefert werden. Fast hundert Gäste wurden erwartet; Jennys Freunde waren bestimmt wieder dürre Mädchen und affektierte junge Männer aus ihrer Show – aber vornehme junge Herrschaften waren das, nicht dieses Gesindel aus den Wohnwagen, das sie immer wieder belästigt hatte, als die Zwillinge noch klein waren. Na ja, die Zeit war Gott sei Dank vorbei. Inzwischen war der einzige Zigeuner weit und breit Mr. Michael selbst, und der kam einem wirklich nicht wie ein Zigeuner vor.

Sie nahm sich ihren Gehaltsscheck vom Kaminsims, schlurfte in die Küche und legte die Beine hoch; bei ihrem ersten Schluck *Mouton Cadet* zog sie noch den Mund zusammen, aber schon beim zweiten Glas überlegte sie, daß sie sich daran wohl gewöhnen könnte. Beim dritten war sie schon ganz Weinkennerin und schlürfte langsam und genüßlich. Als das Telefon an der Küchenwand klingelte, blinzelte sie, unterdrückte einen kleinen Schluckauf und nahm geistesabwesend den Hörer ab.

*

Ellie schlief in der Nacht unruhig und wachte immer wieder auf, als hätte sie irgendeine kleine Aufgabe unerledigt gelassen. Einmal stand sie leise aus dem Bett auf, um Michael nicht zu wecken, und schob den Bambusvorhang vor dem Schlafzimmerfenster beiseite. Der Mond hing wie eine riesige Perle zwischen Wolkenfetzen am Himmel. Es war schön, dieses Japan, faszinierend, aber fremder, als es Kalifornien jemals gewesen war. *Greenlings* nahm sie in die sanfte Bequemlichkeit seiner Abgeschiedenheit auf, *Que Vista* begrüßte sie mit Pokalen voller Sonnenschein und riesigen Tellern voll Sonne und Meer, aber hier gab es nur Ordnung, wohlgenutzte Räume und gedämpfte Schritte im Gang. Die Ruhe hatte hier eine andere Farbe, ein anderes Gewicht, und die Morgendämmerung war grau und leicht wie Gazestoff, sanft wie das Lächeln der Verkäuferinnen auf der Ginza, und zierlich wie ihre Hände, mit denen sie geschickt elfenbeinfarbene Figuren in die Luft zeichneten. Es mußte schwierig sein, hier Freundschaften zu schließen und andere Frauen so gut kennenzulernen, wie etwa Mary Beth.

Unten auf der Straße bereitete eine schemenhafte Gestalt ihren Giozo-Stand für den morgendlichen Ansturm vor; an der Ecke machte Mr. Matsamura seinen Kuriositätenladen auf und staubte die billigen Bambusvasen nicht weniger sorgfältig ab als die teuren Emaille-Arbeiten im hinteren Teil des Ladens. In zwei Stunden würde die Ginza, die an Wochenenden für den Verkehr gesperrt wird, nur noch aus einem Strom von glänzenden schwarzen Köpfen bestehen. Wenn Pete schon in der Stadt war, würde er darunter sein und sich zu seinem Stamm-Nudellokal durchkämpfen, er war zu hager und schlaksig und wirkte hier so fehl am Platz wie eine junge Birke in einem Hain aus Bonsai-Bäumchen. Es war verblüffend, daß Pete, der Prototyp des Engländers, so begierig nicht nur eine orientalische Ehefrau gewählt, sondern dazu noch die Gebräuche, die Küche und jede Nuance ihrer Sprache angenommen hatte. Michael neckte ihn damit und nannte ihn einen modernen Blackthorne, aber zwischen Pete und dem heldenhaften Seemann aus Shogun gab es einen wichtigen Unterschied. Pete träumte nicht von der Rückkehr in die Heimat. Er hatte im Gegenteil Angst davor und besuchte England nur dann, wenn er unbedingt mußte; er hatte es jedesmal sehr eilig, wieder nach Japan zurückzukommen. Es blieb unausgesprochen, aber ihnen allen war klar, daß *Abramo* sich für den Fall, daß die Firma ihre Fertigung von Japan abziehen sollte, nach einem neuen leitenden Ingenieur würde umschauen müssen. Petes Prioritäten hatten sich verlagert.

Michael ging es nicht anders. Trotz seiner Liebe zu *Green-*

lings war er ständig unterwegs, flog von Land zu Land, schloß neue Geschäftsverbindungen ab und expandierte. Er sagte von sich, er sei ein Mann, dem die Familie über alles ging, und das war er auch, aber väterlich war er nicht. Er war stolz auf Jennys Erfolg und konnte sich über Simons Erfolglosigkeit nicht beruhigen, aber er hatte immer noch genausowenig Ahnung von dem, was in den Köpfen seiner Kinder vor sich ging, wie damals, als sie noch mit rosigen Gesichtern und unsicheren Beinen auf dem Rasen von *Greenlings* umhergestolpert waren. Die Versorgung der Kinder war Ellies Aufgabe, aber er hatte sie gern dabei, so oft das möglich war, und er bemerkte nichts von dem täglichen Balanceakt, der erforderlich war, um Stabilität in einer Familie zu bewahren, in der ein ständiges Kommen und Gehen herrschte.

Ein kurzer Blick auf die Uhr zeigte Ellie, daß es erst sechs war; sie legte sich wieder ins Bett und kuschelte sich von hinten an Michael. Sie freute sich, daß er seine alte Gewohnheit nicht abgelegt hatte und selbst im Schlaf kurz ihre Fingerspitzen an die Lippen führte, um sich dann ihre Hand unter das Kinn zu schieben. Er hatte sich jedoch im Lauf der Jahre auch verändert; er bemerkte selbst nichts davon, so unmerklich und subtil war dieser Prozeß vor sich gegangen. Die *Kumpania* wurde nie erwähnt, und sie vermutete, daß er nicht mehr an sie dachte. Auch Farah machte ihnen keine Sorgen mehr. Wie lange war das jetzt her? Fünf oder sechs Jahre, und nicht ein einziges Mal hatte sie Grund gehabt, zu zweifeln oder auch nur Verdacht zu schöpfen. Wenn es auf seinen Reisen andere Frauen gab, so waren das nebensächliche Affären, die nicht mehr bedeuteten als eine Geschäftsbesprechung. Die Roma waren aus ihrem Leben so gut wie verschwunden. Sicher, Rose würde immer eine Last bleiben, aber ihre Bedürfnisse wurden von Anwälten und Buchhaltern geregelt, von den gleichen anonymen Gestalten, die sich um Duis Forderungen kümmerten und sie meist rigoros ablehnten, ohne Michael damit zu belästigen.

Sogar Anna hatte nicht mehr die gleiche Macht wie früher –

vielleicht brauchte sie ihn nicht mehr so sehr, nachdem sie nun Jenny bemuttern konnte. Michael war so drahtig und lebte so spartanisch wie eh und je; er war ein geradezu zwanghafter Jogger, aber Tanz trainierte er nicht mehr, und Anna hatte aufgehört, ihn deswegen zu belästigen.

Ellie schlief noch, als der Kaffee kam. Bis sie gebadet und sich zum Frühstück angezogen hatte, war Michael bereits rasiert und geduscht von seinem morgendlichen Lauf zurück und packte dünne, knisternde Luftpostausgaben von Londoner und New Yorker Zeitungen aus. Beim Frühstück schickte er ihr geistesabwesend einen Kuß über den Kopf des Hausjungen hinweg, der gerade eine halbe Grapefruit so elegant servierte, als wäre sie der Kohinoor. Michael registrierte den mit polierten Zitronenblättern und einer roten Erdbeere dekorierten Frühstückstisch genau, bevor er seinen Teelöffel nahm.

»Pete hat recht«, sagte er. »Die Leute können etwas.«

»Vor allem haben sie einen exquisiten Geschmack.« Sie öffnete die Kuriertasche von *Abramo* und merkte sofort, daß etwas darin ihr fehlte. »Welchen Tag haben wir heute, Michael?« Montags schreibt er, dienstags geht er nach *Greenlings*, und heute ...

»Mittwoch.«

Verdammter Zeitunterschied! Nie wußte sie, in welche Richtung sich die Zeit verschob, und warum es noch einmal eine Verschiebung gab, wenn sie in den Staaten waren. Nun aber konnte sie der Unruhe, die sie wachgehalten hatte, einen Namen geben. »Irgend etwas ist mit Simon. Es ist kein Brief von ihm dabei.«

Die Mitteilung der letzten Woche war nicht gerade beruhigend gewesen, er hatte von Strafaktionen berichtet, die nach Michaels Meinung ganz sicher übertrieben waren. Wenn sie unartige Jungen noch schlugen, so konnte das nicht allzu schlimm sein, denn nach den Resultaten zu urteilen hatte Simon das nicht sehr beeindruckt.

»Wahrscheinlich hat er nicht geschrieben«, sagte Michael.

»Das muß er doch. Sie zwingen die Jungen dazu.«

»Die Post ist nicht unfehlbar.«

Ellie drehte die Kuriertasche auf den Kopf. Eine Büroklammer, zwei Knöpfe und ein Bleistift fielen heraus, aber kein Umschlag mit Simons großer, ungelenker Handschrift. »Ich glaube, ich rufe Mary Beth an«, sagte sie in wachsender Panik. »Nein, besser gleich die Schule.«

Das war nicht mehr nötig, der Hausjunge wies Michael unter Verbeugungen auf das rote Licht hin, das auf der Kommunikationskonsole blinkte; die Klingel des Telefons war für die Nacht abgeschaltet und noch nicht wieder eingeschaltet worden.

Sie sah, wie Michael den Hörer abnahm, nickte, einen Blick zu ihr in das Wohnzimmer warf und dann die Tür zwischen ihnen schloß.

Ihre Gedanken drehten sich vor Besorgnis im Kreis, vollzogen Wirbel und Spiralen. Jenny, Simon, Anna, Mary Beth ...

Nun stand Michael mit wachsbleichem Gesicht in der Tür. »Das war Mary Beth. Wie es aussieht, ist Simon von der Schule weggelaufen. Ich habe ausrichten lassen, daß der Direktor mich anrufen soll.«

Ihre erste Reaktion war Erleichterung. War das alles? Kinder liefen oft weg und kamen wieder zurück. Es war Sommer, er war nicht verletzt oder tot. »Meinst du, jemand könnte ihn ...«

»Entführt haben? Nein.«

»Nein.« Nüchtern und kühl sagte er das, als hätte er diese Möglichkeit schon geprüft und beiseite gelegt.

Entführung. Sie dachte oft daran und befürchtete sie mehr als alles andere. Der Name Abramsky erschien regelmäßig auf den Finanzseiten, in denen Michael als »Akquisitions-Ab« geführt wurde; sein Immobilienbesitz wurde ständig hemmungslos übertrieben aufgelistet. »Wenn ich so reich wäre, wie die Leute sagen, könnte ich mir den Mond um den Hals hängen«, hatte er einmal zu Ellie gesagt. Ihr selbst war sein unaufhörlicher Zwang, Land zu erschließen, aufzukaufen und aufzuteilen, manchmal etwas zu viel, und so hatte sie darauf erwidert: »Du doch nicht! Du würdest ihn in Grundstücke aufteilen und verkaufen.« Was jedoch flüssiges Geld betraf, waren sie so reich eigentlich nicht. Mindestens einmal im Monat bemerkte Michael, Geld auf der Bank sei untätiges Geld, das nur sinnlos herumlag; es müsse möglichst schnell in Backsteine und Mörtel verwandelt werden.

»Wenn wir aber schnell etwas in die Hand bekommen müßten«, flüsterte sie. »Du weißt ja, wenn ... bevor ...« Bevor sie ihm etwas antaten. Man las doch so furchtbare Dinge in der Zeitung, und er war noch so jung, das würde er nie aushalten, ein kleiner Junge war er doch noch.

Michael nickte. »Natürlich könnten wir das, aber das ist es nicht. Man hätte sich sonst direkt mit uns in Verbindung gesetzt. Nein, das ist nur wieder die übliche Rücksichtslosigkeit von Simon, die uns zwingt, sich wegen nichts und wieder nichts Sorgen zu machen.«

Sie wollte das ja gern glauben und versuchte es auch, aber es wollte ihr nicht gelingen. »Vielleicht war er in der Schule unglücklich und hat beschlossen, zu uns zu fliegen.« Zu ihr, zu seiner Mutter. Nicht zu Michael; ihn konnte er nicht leiden, und daran würde sich wahrscheinlich auch in Zukunft nichts ändern.

»Woher sollte er denn auch Geld für eine Flugkarte nach Japan bekommen?«

Sie seufzte. Die Zwillinge hatten weder Kreditkarten noch Konten; sie bekamen nur ihr knappes wöchentliches Taschengeld. Selbst Jennys dürftige Ersparnisse waren fest angelegt. Michael hatte darauf bestanden und gesagt, die Kinder sollten kein Geld bekommen, bevor sie nicht reif genug waren, damit umzugehen. Ellie hatte ihm zugestimmt, sie hatte ihm tatsächlich zugestimmt! Ach, wie dumm von ihr! Wenn Simon Geld gehabt hätte, genug Geld, dann hätte er sich in ein Flugzeug setzen können, dann wäre er jetzt hier, trotzig und verlegen zwar, aber am gleichen Tisch wie sie.

»Wir müssen die Polizei benachrichtigen.«

Michael preßte seine Lippen zusammen, seine Augen verengten sich und blitzten wütend. »Nein, keine Polizei. Mit denen wollen wir nichts zu tun haben.«

»Aber irgend etwas müssen wir doch unternehmen! Wir können nicht einfach ... Er ist dein eigener Sohn, so hart darfst du nicht zu ihm sein. Wenn du sie nicht anrufst, werde ich ...« Sie stockte, bevor sie etwas sagte, das sich dann nicht mehr zurücknehmen ließ, aber innerlich weinte sie, sie weinte und wollte ihren unglücklichen kleinen Jungen zurück ... Wer wußte, wo er war? Die Polizei würde ihn finden, jene zuverlässigen englischen Bobbys, die Michael so grenzenlos verachtete.

»Wir erledigen das selbst. Ich sage die Konferenz mit der Handelsgesellschaft, die wir für morgen geplant hatten, ab, und dann fliegen wir heim und suchen ihn. Er schleicht bestimmt irgendwo um das Haus eines Freundes herum.«

Welches Freundes? Soweit Ellie wußte, hatte Simon keine Freunde.

Wieder klingelte das Telefon. Ein lähmendes Gefühl breitete sich in ihrem Kopf aus und nahm ihr den Atem. Der Direktor. Michael riß den Hörer von der Gabel.

Ellie beobachtete ihn genau und sah, wie sich die Nervosität in seinem Gesicht in reine Wut verwandelte; seine Nasenflügel waren weiß und bebten, seine braunen Hände trommelten einen Wirbel auf dem Tisch. »Alles? Sind Sie sicher?«

Sie hörte eine Stimme aus weiter Entfernung mit Ja antworten, und dann legte Michael auf.

»Also, du brauchst dir keine Sorgen mehr zu machen.«

»Haben sie ihn gefunden?«

»Nein, aber entführt worden ist er nicht. Er hat seine Sachen gepackt, eine Menge Nahrungsmittel aus der Küche geholt, und dann hat er an Bargeld alles eingesteckt, was er in den Schränken der anderen Jungen finden konnte. Willst du immer noch, daß ich die Polizei anrufe, damit sie ihn verhaften kann? Wir können von Glück sagen, wenn die Schule es nicht tut.«

Sie versuchte, nachzudenken und einen Schuldigen zu finden. »Vielleicht hat ein anderer Junge das Geld genommen, weißt du, und er hat es nur so dargestellt, als ...«

»Und vielleicht ist Simon ein armer, mißverstandener Junge, der keine Ahnung hat, wieviel Schwierigkeiten er uns macht.«

»Aber Michael, wir müssen ihn finden!«

»Ich werde ihn finden. Und wenn ich ihn erwischt habe, wird es ihm leid tun.«

42

Am Anfang war er erleichtert; sie waren die einzigen Passagiere der ersten Klasse. Sie waren allein, hatten Platz und Zeit genug, um alle Entscheidungen in Ruhe durchzusprechen. Sie versuchten es, aber scheiterten dabei kläglich. Als sie in San Francisco auf ihren Anschlußflug warteten, waren sie sich nicht nähergekommen.

Sie wollte nur Simon wieder zu Hause haben. Er wollte einen verwandelten, umgeformten Sohn. Sie wollte, daß er so sein durfte, wie er war, er wollte etwas aus ihm machen.

»Wenn du öfter zu Hause wärst, statt nur hinter dem Geld herzujagen«, sagte sie vorwurfsvoll, »dann wäre es nie so weit gekommen.«

»Ich widme ihm genausoviel Zeit wie Jenny – eher mehr. Und sie macht uns beiden nur Freude.«

»Sie macht genau das, was man ihr sagt, und das willst du, was? Mary Beth sagt, ›Lerne!‹, und sie lernt. Anna sagt, ›Tanze!‹, und sie tanzt.«

»Sie hat ein Ziel vor Augen. Ist dagegen etwas einzuwenden?«

»Vielleicht hat Simon seines noch nicht gefunden.«

»Er sucht doch nicht einmal danach! Wenn er auf irgendeinem Gebiet Ehrgeiz zeigen würde, würde ich ihn voll und ganz unterstützen. Dafür arbeite ich schließlich! Damit er jede nur mögliche Chance bekommt, aber er zeigt einfach kein Interesse. Ich dachte früher einmal, er wollte die Firma übernehmen. Das ist aber nicht der Fall. Ich muß akzeptieren, daß er nicht in meine Fußstapfen treten will – aber irgend etwas muß es doch in seinem Leben geben, das er haben möchte. Es wäre mir gleich, was. Will er Installateur lernen? Dazu müßte er eine Lehre machen, bevor er sich selbständig macht. Koch? Ich kann ihm eine Lehre in Paris vermitteln, und später könnte er sich ein Restaurant einrichten, wo immer er will. Pilot? Ich würde ihm die Flugstunden bezahlen, ein Flugzeug kaufen ...«

»Kaufen, kaufen! Meinst du nicht, er braucht etwas anderes?«

»Was denn?«

»Na, zum Beispiel einen Vater, der mehr zu Hause ist.«

»Wie sollte ich die Firma von *Greenlings* aus führen?«

»Früher ging es doch auch.«

»Die Firma ist inzwischen ein bißchen gewachsen«, bemerkte er trocken.

»Weil du nur an eines denkst, und das ist ausbauen, immer weiter ausbauen!«

Eine Stewardeß machte sich verlegen an den Tabletts zu schaffen, und erst jetzt fiel den beiden ein, daß ihre Stimmen angespannt und eindringlich geworden waren, und daß sie beide laut gesprochen hatten. Ellie murmelte: »Wie wär's, wenn du zu Hause anrufen würdest? Vielleicht ist er jetzt dort.«

»Habe ich schon. In der Schule auch. Sie haben nichts gehört.«

Sie biß sich auf die Lippen, und er erkannte, daß sie sich nur mühsam beherrschte. »Aber es ist doch eine Schule für schwierige Jungen, Michael. Angenommen, ein anderer Junge hat das Geld genommen, und Simon ... na ja .. ist lieber weggerannt, als sich die Schuld dafür geben zu lassen.«

»Würde das Simon, den wir kennen und lieben, ähnlich sehen?« Gegen seinen Willen hatte sich ein sarkastischer Tonfall in seine Stimme eingeschlichen.

»Liebling, du mußt aufhören, irgendwo Sündenböcke zu suchen. Akzeptiere Simon so, wie er ist. Es mögen verschiedene Gründe gewesen sein, also er ist nun einmal in fünf verschiedenen Schulen aufgefordert worden, die Anstalt zu verlassen, wie es so schön heißt. ›Widersetzt sich der Lenkung, ungehorsam, faul, unverschämt.‹ Du glaubst doch wohl nicht im Ernst, daß sie ihn in diesem Internat wieder zurücknehmen werden?«

»Ich würde ihn niemals wieder dorthin bringen.«

»Sie wollen ihn auch gar nicht haben. Ich habe mir schon den Kopf darüber zerbrochen, wohin ich ihn jetzt schicken soll. Sein Ruf eilt ihm voraus. Das war so ziemlich die einzige Schule, die einigermaßen anerkannt ist und ihn nehmen wollte.«

Zwei dunkelrote Flecken flammten auf ihren Wangen auf. »Anerkannt von wem?«

»Von jedem, der es beurteilen kann.«

Sie rückte so weit wie möglich von ihm ab, und er sah, wie sich ihr Gesichtsausdruck veränderte und ihre Züge härter wurden. Sie brauchte unbedingt Mitgefühl und beruhigende Worte, aber von ihm kam nichts dergleichen. Wie denn auch? Früher oder später würde sie sich den Tatsachen stellen müssen.

»Komisch ist das schon«, sagte sie, »daß ein Mann, der nie eine Schule besucht hat, so gut darüber Bescheid weiß.«

»Ellie, wir haben so schon genug Probleme, ohne daß wir aufeinander einschlagen müssen. Wir sollten uns überlegen, welche Pläne er gehabt haben könnte, warum er das Geld genommen hat – eigentlich war es nicht mehr als Kleingeld. Wir müssen herausfinden, warum er das gestohlen hat.«

»Na, das ist doch mal ein Gebiet, auf dem du Experte bist.«

»Hör bitte auf damit. Ich habe gestohlen, um essen zu können.« Oft hatte er allerdings, wie er sich selbst eingestand, auch gestohlen, um die *Gaje* dafür zu bestrafen, daß sie *Gaje* waren, um ihnen vor Augen zu führen, daß sie keineswegs überlegen waren. Welche Entschuldigung konnte Simon wohl vorbringen?

Das Flugzeug nach London war voll besetzt, und für Trost oder Streit fehlte die Abgeschiedenheit. Ellie tat, als schliefe sie. Michael versteckte sich hinter einer Zeitung, dachte über Simon nach und versuchte, seine Schritte zu rekonstruieren. Nachdem Michael dem Gedächtnis des Direktors mit hartnäkkigen Fragen etwas auf die Sprünge geholfen hatte, gab der Mann zu, daß er Simon am Tag vor seiner Flucht bestraft hatte. Er war also vielleicht geflohen, weil er unglücklich war, oder? Hatte er das Geld nur genommen, um sich Nahrungsmittel zu kaufen und sich dann in ein Versteck zu verkriechen? Wenn das der Fall war, wie lange würde er das aushalten? Oder hatte er überhaupt so weit vorgeplant? Michael seufzte. Er war wirklich naiv, dieser Junge. England war ein kleines Land, und es war schwierig, sich darin versteckt zu halten. Der kleine Micah hatte sich ausgekannt, und doch hatte ihn schon die Begegnung mit einem gefährlichen Hund in die Öffentlichkeit gezerrt. Für einen Jungen wie Simon, der von der Zivilisation verwöhnt und an Bedienung durch Personal rund um die Uhr ebenso gewöhnt war wie an regelmäßige Mahlzeiten ... Drei Tage auf der Straße gab ihm Michael, und dann würde er mit Blasen an den Füßen angehumpelt kommen. Schaden würde ihm das nicht. Es war wegen des Gesindels, das er unterwegs treffen würde, daß Michael sich Sorgen machte und während des langen Flugs keinen Schlaf fand.

Neben ihm rührte sich Ellie, und die Tränen standen ihr in den Augen.

»Michael, es tut mir leid, ich habe das nicht so gemeint. Ich denke nur dauernd darüber nach, was passieren könnte ...«

»Ich auch.« Trotzdem hatte sie es so gemeint. Zum Teil zumindest.

»Wir benachrichtigen die Polizei. Sie weiß, was zu tun ist.«

»Nein. Überleg doch mal. Sie werden in der Schule herumfragen und die Bestohlenen überreden, Anzeige zu erstatten. Wenn Simon heimkommt, und das wird er, wartet eine Anzeige wegen Diebstahls auf ihn. Damit steht er in den Polizeiakten, und wenn er einmal auf dieser Bahn ist, kann er verdammt leicht ins Rutschen geraten.«

»Die Schule hat ihn bestraft, und die Leute dort sind schuld daran, daß er weggelaufen ist. Sie werden doch keine Anzeige gegen ihn erheben.«

»Vielleicht nicht. In diesem Fall wäre Simon nicht mehr als ein Name auf der Vermißtenliste der Polizei. Ganz weit unten. Für die Leute ist das ein Junge, der in zwei Wochen sechzehn wird und damit von Gesetzes wegen alt genug ist, um arbeiten zu gehen. Er ist nicht entführt worden, sondern freiwillig gegangen. Sie werden annehmen, daß er auf der Straße ist, und zwar mit allen Begleiterscheinungen, die dazugehören.«

»Michael!«

»Ich will damit nur sagen, daß sie sich bei der Suche nach ihm kein Bein ausreißen werden. Ob vielleicht ein Privatdetektiv ...« Alles, nur keine Polizei.

»Ein Privatdetektiv!« Ellie schüttelte ablehnend den Kopf, als ein Steward ihr einen Drink anbot. »Der wüßte doch gar nicht, wo er anfangen soll.«

Er starrte auf die ungelesene Zeitung in seinen Händen, und sein Blick fiel zufällig auf die Sportseite mit den Ergebnissen der Rennen vom Vortag. Tief im Unterbewußtsein begann sich eine seit langem aufgegebene Befürchtung zu regen. »Der Detektiv vielleicht nicht«, sagte er, »aber ich glaube, ich weiß es.«

*

Seiner Eingebung folgend begann Michael mit der Pferderennbahn.

»Programme, hier Ihr Veranstaltungsprogramm mit allen Rennen!«

»Geben Sie Ihre Wetten ab, nur noch fünf Minuten bis zum ersten Lauf!«

Hinter den Tribünen rannten Stalljungen umher, Tip-Verkäufer versuchten, todsichere Informationen über das erste Rennen zu verkaufen, professionelle Beobachter machten ihren Buchmachern Zeichen, am Start drängten sich bunt wie Regenbogen die Jockeys in den Farben ihrer Pferdebesitzer, und dazwischen glänzten die Flanken der gepflegten Rennpferde. Von den Ständen boten Verkäufer marktschreierisch ihre Waren an, vom kandierten Apfel bis zum Kebab, und verspätete Besucher wedelten mit Bündeln von Geldscheinen und versuchten in der letzten Sekunde noch, bei den überarbeiteten Mädchen in den Schaltern ihre Wetten unterzubringen. Der Lautsprecher rauschte kurz, und dann kam die Meldung:

»Start geglückt!«

Michael blieb bewegungslos stehen und ließ sich von der allgemeinen Aufregung auf dem Rennplatz anstecken. Er achtete weder auf die Pferde noch auf die Wettenden. Unter den Schreien des Publikums für das erste Rennen bahnte er sich einen Weg durch die Menge zu den Wohnwagen, die auf dem Feld hinter der Rennbahn zusammengestellt waren, und die auf jedem Rennplatz zu finden waren. Hier machten die Zigeuner und sonstiges fahrendes Volk Geschäfte. Hier verkauften sie Obst, aber auch billige Radios, Raubkassetten aus dem Orient oder Handtücher, die »wunderschön, Sir, einfach prächtig« waren, auch wenn sie deutlich in einer Ecke mit »2. Wahl« gekennzeichnet waren. Frauen lasen aus Händen und Kristallkugeln oder aus Tarotkarten.

Das Klassensystem, das sich aus der starren Gruppierung der Wohnwagen ablesen ließ, war hier unter dem fahrenden Volk nicht weniger wichtig als im ganzen Land. Die *Tinker*, die alten umherziehenden Kesselflicker waren zum Teil direkt aus den Hochmooren Irlands hergekommen; dann gab es eine zweite Gruppe, die Aussteiger, oder vielleicht eher Absteiger, die Nichtseßhaften, die einfach auf die Straße gingen und dort blieben. Die dritte Gruppe lagerte deutlich abseits von den anderen. Das waren die reinblütigen Roma, die allen anderen himmelweit überlegen waren, weil sie noch heute peinlich genau darauf achteten, daß sich ihr Volk nicht vermischte.

Michael verschwendete keine Zeit mit der Suche nach Farahs *Kumpania,* denn die war noch in Sacramento. Er hatte sie im Lauf der Jahre genau im Auge behalten. Niemand von ihnen war je zurück nach England gekommen, und inzwischen waren sie in Geschäfte verwickelt, die man gerade noch legal nennen konnte. Nach dem letzten Bericht hatten sie eine Gesellschaft gegründet und einen Wohnwagenpark gekauft. Die Aktionäre dieser Gesellschaft reisten umher, so oft und so weit sie wollten, aber der Park gehörte ihnen. Selbst Dui hatte sich nach seiner Entlassung zum einigermaßen flüssigen Pferdehändler gemausert. Wahrscheinlich war das eher auf Tomo zurückzuführen als auf Dui selbst – aber zumindest hatte Michael sie nicht mehr am Hals, und sie waren außer Simons Reichweite.

Trotzdem ging er vorsichtig auf die Roma zu und ließ sich genau anschauen, bevor er sich vorstellte. Auf romani. Er sah lächelnde Gesichter, sicher, aber auch Vorsicht, und wie zufällig schoben sich Grüppchen von Männern immer näher an ihn heran, um ihm Fragen zu stellen. Er gehörte offensichtlich nicht zu ihrer *Kumpania.* Nun gut. War er vielleicht mit jemandem hier verwandt?

Er schüttelte den Kopf. Seine Verwandten waren die Romanchitals, die vor elf Jahren nach Kalifornien gezogen waren.

Schön war es dort in Kalifornien; warum *war* er nicht auch dabei?

Nun, er hatte eine *Gaja* geheiratet, und sie wußten ja, wie so etwas ging, oder?

Sie wußten es. Leider taten das heutzutage viel zu viele Roma.

Michael spürte ihre kühle Mißbilligung, reagierte aber nicht darauf.

Wer denn Rom Baro seiner Gruppe war?

»Früher war das mein Bruder Dui, aber jetzt ...« Er hatte ein seltsames Gefühl im Hals.

»Aber jetzt?«

Man hätte denken können, sie verlangten von ihm seinen Ausweis, und in gewisser Weise taten sie das ja auch. Er holte tief Luft, hatte Angst, ihren Namen über die Lippen zu bringen.

»Farah.«

Ah ja! Wieder sah er lächelnde Gesichter, aber diesmal zeigten sie echte Freundlichkeit. Nun versammelten sich auch die Frauen um ihn und nickten. Sie alle kannten Farah. Eine heiße Nummer. Flamenco. Ein mächtiger Rom Baro, hatten sie gehört. Eine schöne Tochter hatte sie, ja, richtig, aber die wurde sehr streng gehalten, Micah wußte sicher, wie so etwas war, oder?

Klar wußte er das. Sie meinten damit, daß das Mädchen keusch war, nach der Art der Roma aufgezogen wurde und eine gehorsame Tochter war. Nun gut.

»Wie war der Name doch gleich wieder, sagtest du?«

»Micah.« Er gab seinen Namen nur widerwillig preis, denn er wußte, daß es keinen Monat mehr dauern würde, bis die Nachricht von seinem Besuch mit allen Einzelheiten nach Sacramento kam.

Damit war der formelle Teil abgeschlossen. Wären die Leute hier Ladenbesitzer gewesen, so hätten sie sich jetzt die Hände gerieben. So forderten sie ihn nur auf, Platz zu nehmen, boten ihm ein kleines Glas Wein an und kamen zur Sache.

Was konnten sie also für ihn tun?

»Ich suche meinen Jungen ... blond, blauäugig, fast sechzehn. Er war in einer Schule, in der es ihm nicht gefallen hat, versteht ihr?«

Selbstverständlich. In der Schule konnte es nur einem Idioten gefallen.

»Er ist also irgendwo allein unterwegs. Ohne Geld – na ja, fast ohne Geld.«

»Na und?« Sie sahen ihn verständnislos an. In dem Alter konnte der Junge ja wohl für sich selbst sorgen. »Er kommt schon heim, wenn er genug umhergezogen ist. Wir müssen doch alle dann und wann losziehen, das ist doch natürlich, oder?«

»Der Junge ist ein *Gajo*. Wir, unsere Leute, wir kennen uns da aus.« Wie eigenartig, wieder »unsere Leute« zu sagen, auch wenn er es nicht ehrlich meinte, nicht im geringsten ehrlich. Er fühlte sich so anders als diese Leute, als wären sie vom Mars. »Die Roma wissen, daß man vorsichtig sein muß, aber dieser Junge ist behütet aufgewachsen.«

Hinter hohen Mauern und Schildern mit der Aufschrift BETRETEN VERBOTEN, die ihm sein Vater sorgsam und mit Liebe aufgestellt hatte.

Der älteste unter den Männern runzelte mißbilligend die Stirn. »Ein Junge muß lernen. Wie kann er das, wenn er behütet aufwächst?«

»Ich wollte nur fragen, ob ihr vielleicht etwas gehört habt«, sagte Michael unterwürfig, aber an seinem Hals pochte eine Ader und zeigte seine Wut. Wie konnten sie es wagen, ihm Vorträge über Kindererziehung zu halten, ausgerechnet ihm. »Seine Großmama hat er sehr gern gemocht, aber sie ist gestorben. Es ist möglich, daß er versucht hat, irgendwelche Verwandten von ihr aufzuspüren ...«

Aus der Menge rief jemand: »Wer will das wissen?«

»Ich selbst«, sagte Michael leise. »Schließlich ist er mein Sohn.«

Ihre Augen schauten ebenso vorwurfsvoll wie die Ellies, aber sie beschuldigten ihn anderer Verbrechen. Ellie machte ihm Vorwürfe, weil er Simon nicht Zeit gelassen hatte. Die Roma warfen ihm nicht vor, daß er sich an die Tradition der

Oberschicht gehalten und seinen Sohn so früh in ein Internat gegeben hatte, sondern seine Versäumnisse als Erzieher. Er hätte ihm beibringen müssen, auch brutal, wenn das sein mußte, was da draußen auf den Straßen auf gutgläubige Dummköpfe wie die *Gaje* wartete. Vielleicht hatte er diesen Vorwurf wirklich verdient, obwohl er selbst das nicht glaubte.

Eine Frau trat vor und flüsterte dem Sprecher etwas zu, der daraufhin nickte. Sie wandte sich Michael zu.

»Wir sind vom Markt von Appleby aus hierhergekommen, aber einer der Männer der Heron ist von einem Pferd getreten worden. Er hat Wundbrand im Bein bekommen, und deshalb mußten wir warten, verstehst du … Wir haben dort von einem Jungen gehört, soll sich dort herumtreiben, blondes Haar und so.«

Michael holte tief Luft – zum erstenmal, seit sie ihn umringt hatten, wie ihm schien. »Danke«, sagte er auf romani, und er meinte es ernst. Sie hätten ihm ebensogut eine Drohung an den Kopf werfen und ihn wegjagen können.

Die Straße nach Appleby war so, wie er sie in Erinnerung hatte: hoch gelegen, öde, schmal und voll von den gefährlichen Drachen der neuen Zeit – unendlich lange Lastzüge, die nach Norden in Richtung Schottland donnerten oder von dort zurückkamen.

Seine Ahnung hatte sich also als richtig erwiesen. Simon war zu den Roma geflüchtet. Sie hatten ihn schon immer fasziniert. Michael hatte das schon seit Großmutters Begräbnis gewußt, und der Marathonanruf bei Tomo hatte dies nur bestätigt. Später, während der alljährlich durchgeführten Pilgerfahrt zu Großmamas Grab war immer dann ein sehnsüchtiger Ausdruck in Simons Augen getreten, wenn der Wagen der Familie an Gruppen von Wohnwagen, die am Straßenrand standen, vorbeirauschte. In jüngerer Zeit hatten immer wieder Kräuterbündel im Gartenhaus gehängt, die sorgfältig getrocknet und in Gläser verstaut wurden. Soweit Michael wußte, wurden die Behälter dann einfach weggeworfen.

Soweit Michael wußte. Es war eigenartig, wie wenig er wirklich von seinem Sohn wußte. Vielleicht hatte Ellie recht und sie sollten sich den Rest des Sommers freinehmen, um irgendwohin zu fahren, wie sie das früher auch getan hatten. *Que Vista* ... Nein, es ging nicht. Er hatte vergessen, daß Jenny in New York bleiben mußte. Er hatte wirklich eine vielbeschäftigte Familie, und alle hatten sie unterschiedliche Verpflichtungen. Alle außer Simon. So war es immer, außer Simon; sein Leben schien ohne erkennbares Ziel zu sein. Nun gut, warum nicht New York, er hatte es Mary Beth ja sowieso halb und halb versprochen. Ellie würde es genießen, mit Jenny zusammenzusein – und wenn sie schon einmal da waren, konnte es nicht schaden, sich ein wenig umzusehen, sich über den Immobilienmarkt zu informieren und Simon ein wenig einzulernen. Großer Gott, laß ihn bloß dort sein ...

Der Wagen verschlang die Meilen, und jede Riefe auf der Straße sang das Simon-Lied. Si-mon, Si-mon, Si-mon. Er konnte Ellie nicht mehr unter die Augen treten, solange er ihn nicht gefunden hatte. Gott, laß das nicht eine vergebliche Fahrt sein. Die Welt ist voll von blonden Jungen. War das wirklich Simon, der bei den Herons gesehen worden war? Und war er noch da? Vielleicht. Die Roma gaben sich Kindern anderer Leute gegenüber manchmal unglaublich tolerant, solange sie keine Probleme machten und ihnen im Lager zur Hand gingen.

Michael stellte sein Auto ab und ging zu Fuß weiter. Die Wolken zogen schnell, und über ihnen wölbte sich hoch und blau der Himmel, so wie er ihn erinnerte, und auch die grünlichen Schatten und die Stimme des Flusses waren ihm vertraut.

Ja, da war er, der Eden. An seinem gastlichen Ufer stand ein Wagen diskret hinter einem Schwarzdornbusch. Ein Mann mit einem bandagierten Bein saß auf seiner Treppe und rauchte eine Zigarette, und eine Frau hockte dumpf brütend vor einem offenen Feuer.

Hinter ihnen stritten sich zwei Hunde um einen Knochen. Daneben stand ein Junge bis zur Hüfte im Gestrüpp und pflückte Brombeeren; manche warf er in eine gelbe Schüssel, andere schnippte er sich geschickt und lässig in den Mund. Sein Haar war ungekämmt, ölverschmiert und voller Stroh; seine Lippen waren blau von dem Beerensaft, und sein Hemd war vorne mit Ketchup befleckt. Seine nackten Arme waren von Dornen zerkratzt, und während Michael ihm zusah, machte der Junge eine kurze Pause, betrachtete sich einen Blutstropfen, der hell wie ein Rubin in der Sonne leuchtete, leckte ihn ab und machte sich wieder an die Arbeit. Wie er so dastand und Obst pflückte, hätte er ebensogut der kleine Micah oder Dui oder Tomo sein können.

Er pflückte Obst.

Simon Abramsky, Erbe von *Greenlings* und *Abramo*, Gabriellas Sohn, Enkel der stolzen Anna und des vornehmen Hans. Und Enkel Papas.

Michael war zugleich schwach vor Erleichterung und halb blind vor Zorn; er zwang sich, still stehenzubleiben und nicht auf seine widerstreitenden Gefühle zu achten. Er wünschte sich einerseits den Jungen in die Arme zu nehmen, bis ihm die Luft wegblieb, andererseits wollte er ihn verprügeln, bis ihm Hören und Sehen verging. Am liebsten hätte er wohl beides getan.

»Tag, mein Sohn.«

Simon sah erschrocken auf. Ein Schleier senkte sich über sein Gesicht. Im einen Augenblick hatte es noch entspannt und natürlich ausgesehen, und im nächsten zeigte es nur noch Schuldbewußtsein, Trotz und Wut. Er schämte sich. Unter dem Dreck und den Brombeerflecken und der Sonnenröte wurde er blaß, und dann wurde er rot wie ein gesottener Krebs. Er schluckte, und sein Hals sah unter dem verdreckten Halstuch mitleiderregend verwundbar aus.

Wenn er in diesem Augenblick nur einen Anflug von Reue gezeigt hätte, hätte Michael ihn vielleicht geküßt, umarmt und ihm verziehen, aber nach einem kurzen Blick auf sein Publikum von zwei Zigeunern und zwei Hunden beschloß Simon, die Sache ganz ruhig anzugehen. Er grinste.

»Hey! Wie kommst du denn hierher? Ich dachte, ihr wärt alle in Japan.«

»Das waren wir auch. Eine kleine Sache hat uns gezwungen, früher heimzukommen.« Die Schärfe seiner Stimme ließ Simon den Kopf zurückreißen, die Augen weit aufgehen und eine Handvoll Brombeeren unbeachtet zu Boden fallen.

»In diese Schule gehe ich nicht zurück.«

»Wie kommst du auf die Idee, daß sie dich wiederhaben wollen?«

»Ich bleibe hier.«

»Bei wem denn?« fuhr Michael ihn an. »Die Leute hier brechen bald auf, weil sie zu ihrer *Kumpania* wollen.«

Zu spät ging es Michael auf, daß er das falsche Wort benutzt hatte, das magische Wort.

»Wir können doch zu unserer gehen?« Hinter dem frechen Tonfall und dem Trotz in seiner Stimme verbargen sich Wehmut und die Andeutung einer Bitte, die Michael jedoch ignorierte.

Lebenslang aufgestaute Frustrationen und innere Kämpfe, die ausgetragen und gewonnen worden waren, brodelten in Michael auf und ließen ihn in plötzlicher rasender Wut diesen intelligenten, rätselhaften Jungen am Kragen seines verdreckten und zerrissenen Hemdes packen und ihn schütteln. Jahrelang war Michael von Fabrik zu Fabrik gehastet, von Laden zu Laden, vom Immobilienmakler zur Baufirma gerannt, nur um auf jeden Fall sicherzustellen, daß dieser eingebildete, freche Kerl nie zu einem Micah würde, denn Micah durfte nie, nie wieder auferstehen. Jahrelang hatte er geschuftet, und was war passiert? Eine kleine Geschäftsreise, und der Kleine schlich sich sofort zu den Roma zurück und wollte etwas haben, das er sich nicht verdient hatte.

»Unsere?« brüllte er ihn an. »Wenn wir eine *Kumpania* haben, dann wohnt sie in *Greenlings* und heißt Abramsky. Sie hat dir alles gegeben, was du je haben wolltest, du fauler, undankbarer Klotz.«

Die beiden Hunde waren von der lauten Stimme etwas unruhig geworden und kamen knurrend näher; sie waren jedoch noch unsicher und warteten die Anweisung ihres Herrn ab.

»Du ... du darfst mich nicht anrühren«, sagte Simon zögernd. »Sie würden dich zerreißen.«

Michael ließ die Hände sinken. Er seufzte. »Ich bin mit solchen Hunden schon umgegangen, bevor ich sprechen konnte. Du bringst mich in eine peinliche Situation. Setz dich jetzt bitte augenblicklich in den Wagen. Ich bezahle nur diese Leute hier für deinen Unterhalt.«

Er richtete sich an das Paar, bedankte sich dafür, daß die beiden seinen Sohn versorgt hatten, und fragte sie auf romani, wieviel er ihnen schuldig sei. Als sie die Köpfe schüttelten, bedankte er sich noch einmal bei ihnen und folgte Simon.

Michael wartete ab, bis der Wagen richtig in Fahrt war und er mit der Zentralverriegelung alle Türen verschlossen hatte, bis er etwas sagte. Simon sah aus wie ein Gefangener und schien verzweifelt genug, um aus dem Auto zu springen.

»Weißt du überhaupt, was für Sorgen du deiner Mutter bereitet hast? Kannst du dir vorstellen, was für eine Angst wir gehabt haben? Du brauchst doch nur die Zeitungen zu lesen oder fernzusehen, dann weißt du, was mit weggelaufenen Kindern passiert.«

»Ich kann selbst auf mich aufpassen.«

Sag dazu nichts, erniedrige ihn nicht noch mehr. »Du kannst nur von Glück sagen, daß ich dich gefunden habe und nicht die Polizei. Die Schule hätte sie ohne weiteres benachrichtigen können.«

»Es war wegen dem Direktor. Er hätte mich nicht schlagen dürfen.«

»Habe ich dich vielleicht geschlagen? Oder Mary Beth? Deine Mutter vielleicht? Denkst du überhaupt dann und wann auch einmal an jemand anderen als an dich selbst?«

Keine Antwort. Simon saß zusammengesunken auf seinem Platz, zupfte sich Fäden aus seinem abgerissenen Hemd und versuchte zu pfeifen. Michael trat das Gaspedal durch, um zu verhindern, daß er seinem Sohn auf die verdreckte Hand schlug.

»Ich nehme an, daß du dich noch entschuldigen willst.«

Simon zuckte die Achseln und rang sich einen theatralischen Seufzer ab, der Jennys oder Annas würdig gewesen wäre. »Jenny mußte nie in die Schule, oder? O nein, die doch nicht! Sie wohnt ja in London, in ihrem eigenen Apartment mit allem Drum und Dran, sie kann jederzeit anrufen, wenn sie will, sie ißt in Restaurants, und jetzt fährt sie auch noch nach New York. Du brauchtest auch nie in die Schule, und nicht einmal Mama mußte dorthin gehen. Wie geht es also mir? Mich schiebt ihr in eine beschissene Schule ab, wo man dieses alberne Kricket spielt. Wenn man nicht mitspielen will, prügeln sie einen durch.«

»Du hast nur den Stock zu spüren bekommen, und das hattest du auch verdient. Allein schon für den Diebstahl verdienst du ...«

»Ich habe nichts gestohlen.«

»Nein, sicher nicht. Und lügen tust du auch nicht. Vielleicht möchtest du den Stock noch einmal schmecken. Von mir aus. Was hältst du davon? Deine Mutter grämt sich deinetwegen zu Tode, und du bringst nicht einmal eine Entschuldigung über die Lippen.«

Er riskierte einen kurzen Seitenblick auf Simon, aber der hatte sich abgewandt und starrte nur blind zum Fenster hinaus. Nach den hervortretenden Backenmuskeln zu urteilen, hatte er mit den Tränen zu kämpfen – aber er würde hier niemals weinen, denn damit gäbe er seinem Vater eine Waffe in die Hand, die er bis dahin noch nicht besaß. Er machte ein finsteres Gesicht, schluckte schwer und versuchte, lässig mit den Achseln zu zucken, aber das gelang ihm wegen seiner verspannten Schultern nicht so recht.

»Na gut, wenn wir heimkommen ... Ja, ich weiß, vielleicht habe ich euch wirklich ein bißchen Sorgen gemacht ...«

Vielleicht?

Eine Verstimmung zwischen ihm und Ellie, eine Narbe in ihrer Ehe, die bleiben würde, weil Worte ausgesprochen wurden, die niemand mehr zurücknehmen konnte. Nun mußte die Verstimmung überbrückt und die Narbe umgangen werden.

Die Geschäftstermine, die Michael in seinem Kalender für den nächsten Monat vorgemerkt hatte, wurden alle verschoben – natürlich mit dem größten Bedauern. Ein bis in alle Einzelheiten geplantes Diner für hundert Gäste im letzten Augenblick abgesagt, unendlich leid tut mir das. Die Japaner nahmen solche Affronts mit großer Empfindlichkeit auf, und wenn es nächstes Mal daran ging, Verträge zu unterschreiben, würden sie sich daran erinnern.

Dann der erschöpfende, überhastete Flug um die Welt – halten Sie das Flugzeug fest, holen Sie mir ein Taxi, besorgen Sie mir einen Wagen, der vollgetankt und fahrbereit in London am Flughafen steht, wenn ich ankomme, ein Dutzend Reisebüros, die zugleich ihre Computer an die Aufgabe setzten – und all das nur, damit Abramsky und Sohn in einer Brombeerhecke ein Krisengespräch führen konnten.

Weil Simon Abramsky nichts von Kricket hielt.

Nun mußten sie irgendwie wieder ein Versteck suchen, in das er sich verkriechen konnte, um abzuwarten, bis er reif genug war, um allein in die Welt hinauszugehen.

»Ja, vielleicht hast du uns ein wenig Sorgen bereitet, mein Sohn.«

43

Sie waren einfach nicht fair zu einem, nie waren sie das! Sie hörten ja nicht einmal zu!

Bei Tomo war das anders gewesen. Sogar Onkel Dui hatte ihm sein Ohr geschenkt, wenn er nicht gerade betrunken gewesen war. Felix hatte zugehört, und vor ihm Großmama. Jetzt war niemand mehr da.

Na gut. Wenn Jenny zwischen all ihren Massagecremes, ihren Übungen und ihrem verdammten Herumgehüpfe, ihrer Karriere und ihren schwulen Freunden die Zeit dazu fand, hörte sie auch ein bißchen zu. Sie und Mary Beth. Er glaubte, daß sie vielleicht sogar wußten, was los war, aber sie unternahmen nichts. Na ja, was sollten sie auch groß tun, sie oder sonst irgend jemand? Genausogut hätte man erwarten können, daß die kreischende Lily die Leitung der Familie übernahm.

Zugegeben, Mama war auch noch da. Ihretwegen hatte er ein schlechtes Gewissen, weil er der Anlaß zu ihrer frühzeitigen Rückkehr gewesen war, aber woher sollte er wissen, daß sie alle durchdrehen und gleich heimkommen würden? Sie würde ihm zuhören, und sie würde ihm das mit dem Geld glauben. Es war die Wahrheit, er hatte es nicht gestohlen. Papa mußte ihn für einen Volltrottel halten. In dem Augenblick, in dem irgend jemand von dieser Schule abhaute, sammelte der Rest der Schüler sämtliches verfügbare Bargeld ein. Was erwarteten sie eigentlich von einer Schule für schwierige Jungen? Abschiedsbriefe? Nur weil sie Oxford-Englisch sprachen, waren sie noch lange keine edlen Ritter!

Mama war okay, solange Papa nicht um sie war, aber bei ihr war es wie bei dem jungen Schäferhund gewesen, den sie zu Weihnachten bekommen hatten. Papa hatte damals gesagt, der Hund wäre für die ganze Familie – Penny hieß er, oder vielmehr sie, weil sie einen silberweißen Fleck unter dem Kinn hatte –, aber bis Papa mit seiner Ausbildung zu Ende war und ihr beigebracht hatte, sich auf Kommando hinzusetzen oder mitzulaufen oder stehenzubleiben, gehorchte Penny nur noch seiner Stimme. Wenn er dann nach San Diego oder sonst irgendwohin fuhr, wollte Penny nichts mehr fressen. Sie magerte ab und brütete nur noch dumpf vor sich hin, bis sie eines Tages den Briefträger biß. Danach kam ein Mann vom Tierheim und holte sie ab.

Papa verdarb einem alles. Wer war denn daran schuld, daß er in die Schule geschickt worden war? Mit Mary Beth war es doch ganz gut gegangen. Sie war zwar langweilig, aber erträglich gewesen. Was war außerdem gegen die Dorfschule zu sagen, wo jeder mit Sechzehn aufhörte? Aber nein, das war natürlich wieder einmal nicht gut genug für die Abramskys, die jeden Tag ein frisches Hemd anziehen und Latein und Griechisch lernen mußten.

Was Großmama dazu gesagt hätte, wußte er genau. Er wußte bei allem, was sie dazu gesagt hätte, aber in der letzten Zeit machte er sich manchmal Gedanken, weil er nicht mehr wußte, wie ihr Gesicht ausgesehen hatte, bis er auf den Hochzeitsbildern von Mama und Papa nachschaute – und die zählten eigentlich nicht, weil er damals noch nicht geboren war und weil Großmutter zu der Hochzeit etwas Besonderes angezogen hatte. Er hatte überall im Haus gesucht, selbst in den muffigen alten Kisten auf dem Dachboden, aber er hatte nicht ein einziges Bild von Großmama mit ihrer Pfeife und ihrem Kräutersack gefunden. Tomo hatte eines, da konnte er wetten. Tomo wußte alles, was es über die Roma zu wissen gab. Vielleicht wußte er auch, warum alles so ein großes Geheimnis war.

Das war alles, was er lernen wollte, aber wohin sollte er da gehen? Das Paar aus Appleby hatte ihm ein bißchen erzählt, nachdem er der Frau Großmutters Grabstein auf dem Friedhof gezeigt hatte, aber er wollte mehr wissen, wollte all die Geheimnisse erfahren, die Gesetze und die Zeremonien lernen, wollte wissen, was sie aßen und wie sie lebten, wenn sie unterwegs waren ... Papa wußte es, und er hätte Simon alles sagen können, was er wissen wollte, aber Papa versuchte, so zu tun, als wäre er nie ein Roma gewesen. Bei Simon war das ganz anders. Mehr als alles andere auf der Welt wollte er zu den Roma gehören, er wollte lieber das sein, was nach Großmamas Meinung aus ihm hätte werden sollen und was Papa geworden wäre, wäre er nicht von den Roma weggegangen. Großmamas Gesicht konnte er vielleicht vergessen, aber nicht ihre Worte:

Blutsverwandte wollen zusammen, *Chala,* Blutsverwandte kennen sich.

Im letzten Sommer hatte er einige von den Kräutern, die sie ihm gezeigt hatte, gesammelt. Er hatte sie getrocknet, in Gläser gesteckt und sie hinten in seinem Schrank versteckt. Manchmal, wenn so wie jetzt seine Tür geschlossen war und die anderen unten saßen, nahm er den Deckel von den Gläsern ab, steckte seine Nase tief in die duftenden Kräuter, zermahlte sie zwischen den Fingern zu Pulver und flüsterte ihre Namen.

»Simon? Bist du in deinem Zimmer?«

Das war Mama, die von unten nach ihm rief. Sie sprachen gerade über ihn, das wußte er. Wieder wurde wegen des Problemkindes der Familie eine Konferenz einberufen. Er stellte sich vor den Spiegel und preßte seine Lippen zusammen. Sie konnten sich besprechen, bis sie schwarz wurden. In diese Schule ging er nicht zurück.

»Simon!« Das war Papas Stimme. Es war also Verstärkung eingetroffen. Trara! Trara! Der einsame Reiter bringt Rettung! »Simon!«

»Ja.«

»Hast du deine Mutter nicht rufen hören?«

»Nöh.«

Darauf folgte leises Gemurmel, und dann meldete sich Mamas Stimme wieder. »Wir essen in einer halben Stunde – Lily hat zum Nachtisch eine Biskuitrolle gebacken.«

Er konnte sie sich vorstellen, wie sie mit leicht geneigtem Kopf unter dem Leuchter stand; das Licht verlieh ihrem Haar jene unvergleichliche Farbe, die ihn an Großmamas Honig erinnerte. Wenn er Mama anschaute, tat ihm manchmal etwas im Innern weh, als hätte er etwas ausgefressen, wüßte aber nicht genau, was. Sie rief nicht noch einmal nach ihm, aber er spürte, daß sie lauschte und wartete. Er machte seine Tür auf. »Ich komme gleich runter, ja, Mama?«

»Einverstanden.« Sie lächelte ihm zu, und er wünschte, sie würde heraufkommen, damit er sie in die Arme nehmen und sich von ihr schaukeln lassen könnte, wie sie das getan hatte, als er noch ganz klein gewesen war. Er war jedoch nicht mehr klein, und außerdem war Papa auch da und würde vielleicht auch kommen, von dem wollte er sich auf keinen Fall in den Arm nehmen lassen, weil er dann immer gegen die Tränen kämpfen mußte. Das war schon immer so gewesen, aber den Grund dafür hätte er nicht nennen können.

Der Unterhaltung im Salon fehlte ebenso wie der Person, um die sie sich drehte, das Ziel.

Jenny saß in einem muschelrosa Overall mit einem schockroten Gürtel auf der Armlehne von Annas Sessel und ließ elegant ein Bein herunterbaumeln; das sanfte Licht der Leselampe beleuchtete ihr Haar und ihren schöngeschwungenen Tänzerinnenhals. »Ich sehe da kein Problem«, sagte sie. »Wenn wir nach New York fahren, falls sie mich noch wollen, kann er doch mitkommen. Auf einer High-School dort würde es ihm bestimmt gefallen – und Anna kann für uns beide die Glucke spielen, nicht wahr, meine Liebste?« Niemand machte sie darauf aufmerksam, daß Jenny inzwischen die Glucke war, die für Anna sorgte.

Unwillkürlich verglich Michael seine Kinder. Simon, der noch immer beleidigt in seinem Zimmer hockte, schien immer mürrisch und von dunklen Wolken niedergedrückt; nur selten war in seinem noch jungen, ungeformten Gesicht mit den zu ausgewogenen, schönen Zügen ein Lächeln zu sehen. Jenny stand ständig unter Spannung wie eine straff gespannte Stahlsaite. Nach jahrelangem Ballett-Training und streng eingehaltener Diät war sie ein wenig kantig geworden, und ihre Gesichtszüge scharf. Ihre Augen und ihr Mund waren groß. Lächelte sie, so war ihr Mund zu groß für dieses kleine Gesicht, aber sie trug den Sonnenschein mit sich herum. Fremde bewunderten am Anfang immer Simons Schönheit, aber im Laufe des Abends oder Nachmittags richteten sich ihre Blicke immer häufiger auf Jenny, und sie bewunderten ihre lebhafte Art. Jedes Zimmer, das sie betrat, schien heller zu werden. Der

Unterschied war nicht immer so deutlich gewesen, und Michael versuchte, sich auf den Augenblick zurückzubesinnen, als er zum erstenmal deutlich geworden war. War das – ja, es war gewesen, als sie begann, eine gute Tänzerin zu werden, und nicht mehr nur eine Tänzerin. Wie ging er gleich wieder, jener kleine Sinnspruch von Felix? Damals war er ihm unendlich snobistisch vorgekommen. »Jeder Mensch sollte etwas sehr gut können, etwas, wozu das Gesindel nicht in der Lage ist.« Wann würde Simon das wohl finden, etwas, das ihm echtes Selbstvertrauen geben könnte, damit er nicht mehr in dieser mitleiderregenden, halbwüchsigen Rebellenhaltung verharren müßte?

»In eine amerikanische High-School?« fragte er nun mit deutlicher Skepsis. »Damit haben wir es doch schon vor ein paar Jahren in Santa Monica versucht, weißt du das nicht mehr?«

»Weggelaufen ist er von dort nicht«, sagte Jenny spitz. »Außerdem hat er damals keinen unglücklichen Eindruck gemacht.«

»Gelernt hat er aber auch nichts.« Anna sprach langsam und deutlich. Sollte sie vielleicht für einen Jungen leiden, der zu unreif für ein Gespräch mit der Familie war und allem Anschein nach kurz davor stand, straffällig zu werden? Niemals! Wichtig war vor allem, daß Jennys Karriere betreut wurde, daß sie mit den richtigen Leuten in Verbindung kam und daß ihr jemand die Haie vom Hals hielt – die es in ihrer Welt nur zu häufig gab. Das Mädchen war noch so jung! Irgend jemand mußte ihren Terminkalender im Auge behalten, mußte ihr sagen, welchen Kritikern sie freundlich begegnen und welche sie meiden sollte. Sie brauchte Rat, wie sie mit Verletzungen und mit Klatsch hinter den Kulissen umgehen sollte, welche Rollen gut für sie waren und welche nicht. Wer sollte das tun außer Anna – noch nie in ihrem ganzen Leben war sie so beschäftigt gewesen! Einen Jungen wie Simon konnte sie deshalb nicht gebrauchen. Wenn er mit nach New York kam, würde Mary Beth die Verantwortung für ihn übernehmen müssen, aber sie auf keinen Fall.

Mary Beth dachte da ähnlich. Es würde ihr ausgezeichnet passen, wenn Simon in eine Schule in New York City gehen würde. Es war überdeutlich, daß Anna ihm nichts von ihrer Zeit widmen könnte oder wollte. Dennoch hatte sie starke Bedenken. »Ein Junge wie Simon könnte in einer öffentlichen Schule in New York große Probleme bekommen«, sagte sie leise. Probleme bekommen, ach was! Die Probleme würden über ihn hereinstürzen. Er brauchte nur die Straße entlangzuspazieren. Ebensogut hätte er ein Schild mit der riesengroßen Aufschrift um den Hals tragen können: Reich. Unglücklich. Rebellisch. Mißverstanden. Dabei war er es nicht einmal. Sie, als Außenstehende, verstand ihn viel besser, als das seinen Eltern, seiner Schwester oder seiner Großmutter je möglich gewesen wäre. Sie hielten ihn für einen Versager und meinten, ihm fehle jeglicher Ehrgeiz. Sahen sie denn nicht, daß der Junge vor Ehrgeiz fast überkochte? Was er genau wollte, wußte sie nicht, aber daß er es besser schnell bekommen sollte, war ihr sonnenklar. Nein, ein Ortswechsel war nicht die Lösung. Sicher würde sich in New York eine Schule finden lassen, aber in seinem Alter würde ihn niemand mehr zum Lernen zwingen. Er würde sich selbst helfen müssen, und die große Gefahr in dieser Stadt waren die vielfachen und simpleren Möglichkeiten, sich über eine Durststrecke hinwegzuhelfen – und vor allem die tausend freundlichen Menschen, die nur zu gern bereit waren, ihn darüber zu informieren. Wenn ihn jemand mit der Nadel bekannt machte …

»Ich brauche euch wohl nicht zu sagen, welche Probleme die Leute dort mit den Drogen haben. Nach allem, was man so liest, brauchen die Schulkinder dort nur zu sagen, was sie kaufen wollen.« Sie brauchte nicht mehr zu sagen. Simon hatte sich bisher kaum durch besondere Willensstärke ausgezeichnet.

»Riskant.« Michael kaute nachdenklich auf der Unterlippe.

»So ziemlich das einzige, was wir noch nicht probiert haben, ist eine von diesen modernen Schulen, in denen es keine Bestimmungen gibt und wo sie die Schüler lernen lassen, wann und was sie wollen. Sie können das Tempo selbst bestimmen. Wenn wir nur wüßten, ob das Simon nicht vollkommen lähmen wird. Na ja, versuchen könnten wir es einmal.«

»Nein.«

Das kam von Ellie. Sie war bisher still geblieben und hatte mit einem Ohr nach oben gelauscht, während sie mit dem anderen die Unterhaltung verfolgte. Das konnte doch nur eine Gruppe von Schauspielern sein, die zum erstenmal ihren Text verlasen. Wenn die erste Probe vorüber war, würden sie alle wieder ihrer Wege gehen und keinen Gedanken mehr auf Simon verwenden. Er war ihnen gleich, einfach gleich – außer Jenny vielleicht, aber die war zu jung und zu sehr mit ihrer eigenen Karriere beschäftigt, um sich ein klares Bild machen zu können. Die anderen glaubten zwar, daß sie ihn liebten, aber in Wirklichkeit hatten sie ihre Zuneigung nur auf das Wunschbild gerichtet, das sie sich von ihm gemacht hatten. Niemand hatte ihn je gefragt, was er wollte, auch sie nicht. Trotzdem wußte sie es, erkannte es plötzlich mit größter Klarheit, und es war das Letzte, was sie sich für ihn gewünscht hätte. Mehr als alles andere aber wollte sie ihn glücklich sehen, und ohne einen Fürsprecher in der Familie würde er nie Zufriedenheit finden. Sein Vater war übermächtig. Er hatte bisher jede Entscheidung für die Kinder getroffen, und sie hatte sich ihm angeschlossen, weil sie sie für richtig gehalten hatte. Er wollte wirklich das Beste für sie, das, was seiner Auffassung nach das Beste war.

»Nein«, sagte sie noch einmal mit fester Stimme. Sie sahen sie alle befremdet an, besonders Michael, denn bisher hatte sie als die perfekte europäische Ehefrau persönliche Meinungen nur privat hinter geschlossener Tür geäußert.

»Wo wir nächstes Jahr auch sein werden«, sagte sie ruhig, »wird Simon auch sein, und zwar bei mir, wenn er das will. Er ist schon viel zu lange herumgeschoben worden wie ein Paket, das keiner haben will. Ich will ihn haben. Was die Schule betrifft, soll er selbst entscheiden. Stellt euch das vor, er ist fast sechzehn und hat noch keine einzige wichtige Entscheidung selbst getroffen! Immer haben andere für ihn entschieden!«

»Gerade zwei Tage ist es her, seit du die Meinung geäußert hast, mit sechzehn Jahren sei ein Mensch erst einen Schritt von der Wiege entfernt«, warf Michael ein.

Sie widersprach ihm nicht. So war es ihr zu diesem Zeitpunkt vorgekommen, aber während Michael auf der Suche nach Simon gewesen war, hatte sie Zeit zum Nachdenken gehabt, und diese Zeit hatte sie für eine genaue Prüfung der bisherigen Entwicklung genutzt. Ja, für sie war er noch ihr Baby, aber wann hatte sie oder sonst jemand hier ihm je die Möglichkeit eingeräumt, irgend etwas anderes zu sein?

Anna richtete sich in ihrem Sessel gerade auf. »Ich persönlich würde es nicht einmal Jenny gestatten, ihre Entscheidungen selbst zu fällen. Sie ist ein tüchtiges Mädchen, aber sie ist einfach zu jung.«

Mit einem Mal war Ellie auch für Anna gewappnet. »Du bist nicht ihre Mutter. Du hast nicht das Recht, ihr irgend etwas zu verweigern oder zu erlauben.« So weit hatte sie eigentlich nicht gehen wollen, aber ihre vorsichtige Zurückhaltung war zusammen mit Simon davongelaufen und hatte sich bisher noch nicht wieder eingefunden.

Michaels Gesicht verfinsterte sich weiter, und Anna schob ihre Lippen vor und trommelte mit den Fingernägeln auf ihrer Armlehne. »Ich wollte damit nur sagen, daß ein Kind beschützt werden muß, und wenn nicht von seinen Eltern, von wem sonst?« Sie warf ihre Arme in die Luft, um das dramatische Potential der Szene voll auszuschöpfen, und rief: »Sagt Anna, von wem sonst!«

Normalerweise hätte es Ellie damit gut sein lassen. Sie hätte bestimmt Michael in einer Situation nicht ärgern wollen, die sie inzwischen eigentlich nur noch belustigend fand, aber dieses Mal weigerte sie sich, zuzulassen, daß sich Anna im Scheinwerferlicht wärmte, und sprach aus, was sie dachte.

»Das kommt darauf an, auf welcher Schwelle das Kind ausgesetzt wird.«

Michael runzelte mißbilligend die Stirn, Mary Beth schnappte nach Luft, und beide warfen Anna besorgte Blicke zu. Jenny aber ließ ihren Blick nur ein paarmal zwischen ihrer Großmutter und ihrer Mutter hin und her wandern, dann tätschelte sie Anna die Hand. »Es ist Zeit, daß Anna meine Übungen beaufsichtigt«, sagte sie leise. »Kommst du, Anna?«

Wie Ellie erwartet hatte, hob sich Michael seine Fragen und seine Empörung bis zu dem Augenblick auf, in dem sich die Schlafzimmertür hinter ihnen schloß. »Er soll an dich angebunden bleiben? An Mamas Schürzenbändern hängen? Und du glaubst, das wird einen Mann aus ihm machen?«

»Nein«, sagte sie kühl. »Aber vielleicht wird so verhindert, daß er ganz abstürzt.«

»Und was soll das bedeuten?«

»Der Junge ist grenzenlos unglücklich, Michael.«

»Und daran bin natürlich ich schuld ...«

»Für Schuldzuweisungen ist es zu spät, und vielleicht ist es sogar für Simon zu spät. Weißt du überhaupt, wie viele unglückliche Kinder Selbstmord begehen?«

»Ach komm, so einzigartig ist er nicht. Die Welt ist voller verwöhnter Bälger, die nicht bekommen, was sie wollen.«

»Du weißt doch noch nicht einmal, was er will!«

»Du vielleicht?«

»Nicht wieder in die Schule. Außerdem ist er einzigartig! Er ist ein Nervenbündel und steht kurz vor einem Zusammenbruch.«

»Und dafür bin natürlich ich verantwortlich, oder?«

»Habe ich das gesagt? Du meinst es gut, Michael, aber von seinen Bedürfnissen hast du noch weniger Ahnung als von meinen. Du lebst doch nur in Konferenzsälen; wenn es eine Krise gibt, kommst du schnell heraus, aber dann kannst du es kaum erwarten, wieder hineinzukommen.«

Es konnte nicht wahr sein, daß Ellie solche Worte fand, und doch war es so. Sie war noch nicht fertig. »Als er klein war, hast du ihn wie einen unartigen Jungen behandelt. Jetzt hat er sich zum Familienproblem ausgewachsen, und so etwas verschlingt viel Zeit und wirkt sich störend auf die Geschäfte aus.«

»Jetzt aber mal langsam. Du hast gerade gesagt, ich hätte keine Ahnung von deinen Bedürfnissen. Du hast ein wunderschönes Haus, mehrere sogar. Es ist Jahre her, seit ich ... andere Interessen hatte. Du weißt, daß ich dich liebe, und daß es auf der ganzen Welt nichts gibt, was ich dir nicht schenken würde.«

»Nur deine Zeit nicht.«

Er fuhr sich aufgebracht mit seinen Fingern durch das Haar. »Als du noch jünger als Simon warst, hattest du ein großes Haus zu verwalten, eine Firma zu führen und eine Invalidin zu pflegen. Ausgerechnet du solltest doch am besten wissen, daß ein Vermögen wie unseres ständige Aufmerksamkeit erfordert ...«

»Und dank deiner Anstrengungen wird es täglich größer und wird deshalb in Zukunft immer mehr Aufmerksamkeit fordern. Habe ich recht?«

Was sollte er darauf erwidern? Sie saß auf der anderen Seite des Zimmers vor ihrem Toilettenspiegel und lieferte mit ihren rhythmischen Bewegungen beim Haarebürsten die Interpunktion zur Unterhaltung. In der trockenen Sommerluft schossen immer wieder kleine knisternde Funken von statischer Elektrizität aus ihrem honigfarbenen Haar, das an den Schläfen inzwischen einen leicht silbrigen Schimmer zeigte.

»Habe ich recht?« fragte sie noch einmal, aber eindringlicher.

Er holte tief Luft. »Es wird wohl so sein. Simon mag ja dein Baby sein, aber *Greenlings* und *Abramo* sind meine. Ich habe sie für uns gebaut.«

Er betrachtete nachdenklich ihre Schultern und bemerkte ihre starre Haltung. Er hatte gehofft, daß sie nun, nachdem sich die Spannung um Simons Verschwinden wieder gelöst hatte, ihre Differenzen beilegen könnten, sich versöhnen, all die Worte vergessen, die im Zorn gesagt worden waren, und wieder zurückkehren könnten zu dem Zustand, den sie in Tokio erreicht hatten. Er ging zögernd einen Schritt auf sie zu.

Er konnte gerade noch der Haarbürste ausweichen, die sie nach ihm schleuderte, und beide sahen zu, wie sie an das Bett prallte und auf dem Satinkissen liegenblieb.

Er ging wortlos zu ihr hin, stellte sich hinter sie und ließ seine Hände sanft über ihre glatten weißen Schultern gleiten. Es war, als hätte er einen Schalter berührt. Tränen traten ihr in die blauen Augen und liefen ungehindert über ihre Wangen.

»Oh, Michael«, flüsterte sie. »Was sollen wir bloß mit ihm an-fangen?«

44

Jenny Abramsky war der neue Publikumsliebling der Ballettwelt.

Die Werbung des Uraufführungstheaters und Annas Flüsterkampagne bei der Fachwelt hinter den Kulissen machten schon vorher so viel Wind, daß die ersten Vorstellungen bereits ausverkauft waren, bevor Jenny auch nur einen Fuß auf amerikanische Bühnenbretter gesetzt hatte. Das sachkundige Publikum von New York besorgte den Rest.

Ellie betrachtete das Schauspiel als Zuschauerin, und eigentlich war ihr der Wirbel fast unangenehm. Simons Weg war voller Fallgruben, von denen er viele selbst gegraben hatte – aber Jennys Weg war in Rosen gebettet, die ebenso taufrisch und vollkommen waren wie sie selbst. Gab es denn irgend etwas, das sie nicht hatte? Nach ihrer Werbung zu urteilen, nicht das geringste. Sie hatte alles, einfach alles: Jugend (während der Überquerung des Atlantiks waren ihr auf geheimnisvolle Art zwei Jahre verlorengegangen, und sie war plötzlich erst vierzehn), eine ausgezeichnete klassische Ausbildung sowie eine starke, zugleich aber lyrische Technik. Selbst Michaels Geschäftstüchtigkeit wurde so dargestellt, daß er damit auf seine Tochter ein günstiges Licht warf. Ihre Zukunft war so perfekt gesichert, wie das mit Geld und Disziplin nur möglich war. Wen konnte es also überraschen, wenn sie wie ein Komet in Gold und Rosa am Theaterhimmel von New York erschien?

Sie hatte die Beifallsstürme verdient.

Und doch mußte sich Ellie, die auf dem immer für sie reservierten Platz saß und Simon und Michael neben sich leicht zulächelte, als eine Woge von Applaus aufbrandete, fragen, was das Publikum wohl an ihrer dünnen und angespannten Tochter fand, die aus nichts zu bestehen schien als aus Knochen und eiserner Entschlossenheit. Hatte Hans von Reiker damals das gleiche in Anna gesehen? War es diese diamantharte Brillanz gewesen, die ihn damals angeblich um seinen Verstand gebracht hatte?

Anna. Ihre Mutter, ihre Feindin, ihre Rivalin auf allen Gebieten, auch wenn es um die Liebe ihrer Tochter ging. Auf der anderen Seite hatte diese gnadenlose, unfaßliche Frau einen ungeheuren Erfolg errungen. Sie hatte die ängstliche kleine Jenny genommen wie Lehm, und sie hatte sie zu einer Tänzerin mit einer glänzenden Zukunft geformt. Mehr noch, sie hatte dem fertigen Produkt die Lasur absoluter Selbstsicherheit aufgebrannt. Hätte Ellie das auch geschafft? Nein. Bei Simon hatte sie versagt – aber sie hatte auch gar nicht versucht, ihn zu etwas anderem zu formen als zu Simon, und es war ihm schon als kleinem Jungen gleich gewesen, ob er jemandem Freude machte oder ob er lästig war. Ellie erinnerte sich an eine Geburtstagsfeier, auf der die jungen Gäste endlich ihren Kuchen haben wollten und Felix seine blassen Hände rang, während Jenny Simon anflehte, die flackernden Kerzen doch um Gottes willen jetzt gleich auszublasen.

Simon, der gerade vier Jahre alt geworden war, sagte bestimmt: »Nein!«

»Aber sie warten doch alle«, wimmerte Jenny.

»Na und?«

Also mußten zwanzig Gäste abwarten, bis Simon sich entschloß, ihnen den Kuchen zu gönnen.

Allgemeines Programmgeraschel und Applaus lenkte Ellies Aufmerksamkeit wieder der Bühne zu, wo Jenny unschuldig im Strahl eines Punktscheinwerfers stand.

Wenn Ellie ihrer Jenny beim Tanzen zusah, konnte sie ihre eigenen Reaktionen nicht verstehen. Sicher, sie liebte ihre Tochter, aber nicht auf die gleiche Weise wie Simon, der ihr doch täglich Sorgen machte. Jenny konnte man bewundern, man konnte stolz auf sie sein – aber wenn Ellie sie tanzen sah, erinnerte sie das an ihren ersten Ballettbesuch in Deutschland und an einen jungen Arzt, der sie eingeladen hatte.

Jenny gehörte zu den seltenen und glücklichen Wesen, die auf dem von ihnen gewählten Gebiet Erfolg hatten.

Und wenn es Simon durch irgendein Wunder gelingen sollte, das zu bekommen, was er wollte, würde er auch glücklich werden? Ellie hoffte es mit aller Kraft. Seine Bedürfnisse waren nicht wie die Jennys, sie waren ganz anderer Art und gingen über das Lob eines unpersönlichen Publikums weit hinaus.

Abramos neuer Gebietsleiter Cal Ricci lehnte sich über Simon, um Ellie und Michael etwas zuzuflüstern. Er hatte von Ballett keine Ahnung, aber das Lob, mit dem er sie überschüttete, war so grenzenlos und üppig wie sein Land.

»Sie ist … wundervoll … eine Schönheit! Sie sind bestimmt stolz, auf die Kleine müssen Sie einfach stolz sein, oder?«

Die Kleine! »Sie ist sechzehn«, sagte Ellie spitz. Jenny war damit eigentlich alt genug für ein Rendezvous mit diesem überschwenglichen jungen Mann, der Michael so sehr beeindruckt hatte.

Wollte Ricci vielleicht dadurch, daß er Simon nicht erwähnte, durch die Blume sagen, daß sie sich Simons schämen sollten? Lag dieser Vorwurf in der Luft, oder bildete sie sich das nur ein? Schluß damit! Ricci war zu naiv und zu sehr von Jenny begeistert, um so etwas andeuten zu wollen. Hör auf damit, jedes Wort auf die Goldwaage zu legen. Freu dich an Jennys Triumph und an Simons erstaunlicher Zufriedenheit.

New York gefiel Simon.

Noch während sie sich selbst diesen Gedanken gestattete, hielt sie den Atem an. Doch, es war die Wahrheit, er schien hier glücklich zu sein. Vom ersten Tag an ging er lockerer, hatte die Hände in den Taschen und schlenderte in seinen Turnschuhen mit voll aufgedrehtem Walkman und schwingenden Schultern die Fifth Avenue entlang. Sogar das kleine Penthouse in der 34. Straße, das Michael gekauft hatte, mochte er. Die Nächte waren noch warm, und er konnte sich mit seinem Schlafsack in den Dachgarten legen, nicht in seine Wohnung, die ihm sein Vater als Abbild seiner eigenen Junggesellenwohnung eingerichtet hatte.

Wie konnte er nur? Das fragte sich Simon ernsthaft. Wie war Papa nur auf die Idee gekommen, daß ihm korkbraune Wände und dazu all der cremefarbene Kram gefallen würden? Decken, Teppiche, Vorhänge, Jalousien, Telefonapparat, alles war braun oder cremefarben; seine Badewanne war braun, seine Dusche, seine Kaffeekanne, die Tassen, sogar das Tablett und dazu futuristische Sofas, die mit braunem Kunstfell überzogen waren. Den krönenden Abschluß bildete eine braun getönte Spiegelwand, auf der cremefarbige Kraniche ihre Flügel ausbreiteten. Braun und creme, nichts wie braun und creme, soweit das Auge reichte. Ihm kamen sie vor wie Trauerfarben, die ihn auf allen Seiten bedrückten, und er war draußen, so oft ihm das möglich war. Ging das aus irgendeinem Grund nicht, sah er bis spät in die Nacht fern – auch wieder etwas, das Papa in *Greenlings* nie erlaubt hatte, wenn auch auf noch so vielen *Abramo*-Werbespots die Jugendlichen im Bett lagen, Kakao schlürften und sich einen Film nach dem anderen anschauten.

Jetzt aber hatte Mama ausdrücklich gesagt, er könnte sich ansehen, was er wollte, und Papa hatte kein Wort dazu gesagt. Auf die Bitte von Mama hin hatte er sogar Kopfhörer mitgebracht, so daß Simon fernsehen konnte, ohne daß jemand es merkte oder davon gestört wurde. Er hatte jetzt sogar seinen eigenen Zimmerschlüssel, und Mama hatte gesagt, er könne sein Zimmer zuschließen, wann immer ihm danach sei. Fast hätte man denken können, Mama und Papa hätten die Rollen getauscht. Papa gab zwar weiterhin die Befehle, nur daß er immer einen fragenden Seitenblick auf Mama richtete, wenn sie Simon betrafen. Viel befahl er Simon sowieso nicht mehr. Er beschwerte sich nicht einmal über die frischen Doughnuts, die Simon aus dem Restaurant im Erdgeschoß kommen ließ – wenn auch Anna ihn warnte, davon würde er Pickel bekommen. Aber er bekam keine Pickel.

Der Dachgarten war das allergrößte. Er fühlte sich dort oben so frei wie ein Vogel; hier gab es keine Türen, die man verschließen mußte, keine Wände, die ihn von allen Seiten bedrängten, hier gab es nur den unendlichen Nachthimmel, der die Farben der Neonreklamen unten auf den Straßen annahm. Hier oben pulsierte das Leben Tag und Nacht, Nacht und Tag. Hier schickte ihn keine grelle Schulglocke um zehn Uhr ins Bett und weckte ihn um sechs Uhr früh wieder auf.

Die Stadt gefiel ihm wirklich, besonders, weil er hier nicht in die Schule zu gehen brauchte. Mama hatte gesagt, er könnte vielleicht darüber nachdenken, nur nachdenken, denn bedrängen wollte sie ihn nicht.

Na bitte, wenn er nicht mehr zu tun brauchte, als darüber nachzudenken, kein Problem, aber er hatte nicht die Absicht, in seinem Leben noch ein Klassenzimmer von innen zu sehen.

Die große Bibliothek in der Innenstadt aber, das war eine ganz andere Sache. Hier standen Reihen um Reihen von Telefonbüchern aus jedem Staat der Union, und dazu noch andere Sachen, von denen er (oder Mama und Papa) niemals geträumt hätte. Er stellte zu seinem großen Ärger außerdem fest, daß er all das auch in London jederzeit hätte haben können. Es gab sogar eine Spezialzeitschrift für ethnische Minderheiten, die sauber gebunden in den Regalen stand und die Informationen über die Wanderungen der verschiedenen Zigeunersippen enthielt. Seine jahrelange Suche und seine Bemühungen, durch einen Zufallstreffer die richtige Telefonnummer in Sacramento aufzuspüren, waren reine Zeitverschwendung gewesen. In dieser Zeitschrift stand alles – Informationen über die verschiedenen *Kumpanias*, ihren ungefähren Standort und sogar, womit die verschiedenen Gruppen ihr Geld verdienten.

Von jetzt an würde es leicht sein. Er mußte nur weitersuchen.

*

Michael sah, daß es Simon in New York besser ging, und freute sich darüber. Er beglückwünschte Ellie sogar zu ihrem vernünftigen Entschluß, Simon nicht wieder eine Schule aufzuzwingen. »Ich hatte daran gedacht, ihn irgendwann einmal morgens mit in die Firma zu nehmen; er könnte sich einmal eine Konferenz oder etwas in der Richtung ansehen, aber stell dir nur vor« – er war schon halb aus der Tür, weil er zu einer Besprechung mit dem neuen Verkaufsleiter in der Stadt unterwegs war – »jetzt sitzt er den ganzen Tag in der Bibliothek herum! Bist du wirklich sicher, daß er tatsächlich dorthin geht?«

»Ganz sicher. Er ist auch da, wenn ich ihn abhole – und mit einer der Bibliothekarinnen hat er sich schon angefreundet.«

Michael grinste. »Aha! Wie alt ist sie?«

»Knapp sechzig.«

»Oh. Das kann es also nicht sein. Hat er gesagt, was er dort nachliest?«

»Wenn ich danach frage, könnte es von heute auf morgen damit vorbei sein. Du weißt doch, wie heimlichtuerisch er sein kann.«

»Wenn du vielleicht in aller Stille ein Wort mit der Bibliothekarin sprechen würdest?«

»Aber Michael! Simon hat ein Recht auf die gleiche Privatsphäre, die du auch Jenny zubilligst. Sie fragst du ja auch nicht, in welchem Studio sie heute übt, an welchen Schritten sie gearbeitet haben, und du würdest von Anna niemals erwarten, daß sie Jenny nachspioniert.«

Er seufzte. »Jenny ist nicht Simon.« Er bemerkte die plötzliche Zornesröte, die Ellie ins Gesicht stieg. »Schon gut, schon gut – also, ich muß jetzt weg.«

Er gestattete sich selbst nur einen kurzen Gedanken an dieses Geheimnis. Bis er das Büro erreicht hatte, lächelte er wieder, bezahlte den Taxifahrer und ging mit beschwingten Schritten auf das Büro zu. Die Vernunft riet ihm, die neue junge Führungskraft von *Abramo* genau im Auge zu behalten, aber eigentlich war es Bewunderung und echte Sympathie, die ihn dazu veranlaßte, fast täglich herzukommen, um sich mit diesem klugen, jungen Amerikaner zu besprechen, der sich vor weniger als zwei Jahren in dem Büro in Los Angeles gemeldet hatte, um sich als Verkäufer zu bewerben. Er brachte keine Empfehlungsschreiben mit und hatte keinerlei Berufserfahrung, aber sein Lächeln war so weit und offen wie Amerika selbst.

»Sie haben keinen Collegeabschluß?« hatte Michael gefragt. Alle jungen Amerikaner besuchten ein College. Fast hätte man das als ihr verfassungsmäßiges Recht bezeichnen können.

»Nein.« Sein Lächeln zeigte keine Spur von Verlegenheit. »Jura, Architektur, Musik, Ingenieurswesen, sicher, aber mit dem Verkaufen ist es wie mit dem Jonglieren oder mit der Arbeit mit Tieren oder mit dem Schreiben von Gedichten. Entweder kann man verkaufen, oder man kann es nicht – und wenn man es nicht kann, ändern daran auch fünf Doktortitel nichts.«

»Und Sie glauben, Sie können meine Computer verkaufen?«

»Ich weiß, daß ich das kann, aber freiwillig würde ich mir

dieses Gebiet nicht aussuchen. Der Markt ist zu überlaufen, seit die Japaner auch mitmachen. Ich schätze, daß in den nächsten zwei Jahren eine ganze Menge Firmen pleite gehen werden. *Abramos* neues Modell ist doch nur eine Neuauflage des Vorjahrsmodells, und bei den anderen Firmen ist es genauso. Inzwischen steht in praktisch jedem Haushalt einer, und es ist viel zu früh, ihn gegen ein neueres Modell in Zahlung zu geben. Die Büros sind längst alle damit ausgerüstet. Wie ich die Sache sehe, dauert es nicht mehr lange, bis *IBM* und *Xerox* und vielleicht noch einige andere die Sache unter sich selbst ausmachen werden. Die kleineren werden nicht mehr mithalten können. Die Marktchancen stehen im Augenblick nicht gut. Viel lieber würde ich etwas von Ihren Immobilien verkaufen, vielleicht eines Ihrer neuen Projekte ...«

Er lehnte sich über das Modell von Michaels neuestem Baby vor, einem kleinen, exklusiven Entwicklungsprojekt in einer ehemaligen Vorstadt. Zehn Jahre lang hatte er dieses Grundstück in unattraktiver Lage festgehalten, das damals von allen für besonders teuer gehalten worden war. Das war es tatsächlich gewesen, aber jetzt zahlte es sich aus. Die blauen Augen des jungen Mannes blitzten vor Begeisterung. »Ein neues Haus will doch jeder. Die Leute wechseln die Häuser, wie sie früher die Autos gewechselt haben. Alle zwei Jahre. Mit den Büros ist es ebenso. Allen geht es mehr und mehr ums Prestige. Jedes Jahr ein bißchen mehr Platz, größere Fenster, dickere Teppiche im Chefzimmer, größere Fahrstühle und die Rezeption, eine Kreuzung aus *Ritz, Carlton* und einem erstklassigen Bordell.«

Er sagte das, ohne rot zu werden, und das gefiel Michael. Das Letzte, was er gebraucht hätte, wäre eine zweiundzwanzigjährige Jungfrau als Vertreterin für *Abramo*. Auch mit seiner Beurteilung der Computerindustrie hatte der junge Mann recht. Es würde kein halbes Jahr mehr dauern, bis ein guter Teil der neuen Firmen bankrott war und ihre jungen Senkrechtstarter aus dem Management an den Arbeitsämtern Schlange standen, bevor sie wußten, wie ihnen geschah.

»Also gut«, sagte Michael darauf. »Ich mache Ihnen einen Vorschlag. Für den Anfang übernehmen Sie eine Filiale. Einen Monat Ausbildung, dann sechs Monate Probezeit in einer schlecht laufenden Filiale, und Ihr Verdienst hängt von Ihrem Umsatz ab. Ich muß Sie aber gleich warnen, die Leute in dieser Gegend kaufen lieber Drogen als Elektronikartikel. Die Filiale trägt sich kaum selbst, aber es wäre jetzt eine schlechte Zeit, sie abzustoßen. Wenn Sie dort gute Arbeit leisten, will ich sehen, daß ich ein Entwicklungsprogramm für Sie finden kann.« Er deutete auf das Modell mit den säuberlich aufgestellten Plastikhäusern, dem Polyester-Rasen und den Vorstadtstraßen. »Das hier nicht, das ist jetzt schon alles verkauft, aber bald tut sich wieder etwas.«

Sie gaben sich die Hand darauf, aber erst, nachdem der junge Calvin Ricci eines der Plastikhäuser hochgehoben, es grinsend betrachtet und wieder abgestellt hatte. »Ja, Sir, die würde ich auf jeden Fall an all die Idioten verkaufen, die sie haben wollen – aber verdammt will ich sein, sollte ich jemals selbst in so einem Ding wohnen.«

Einige Monate später war es ihm tatsächlich gelungen, den Umsatz in der Filiale, die er leitete, zu steigern, und Michael nahm ihn in seinen persönlichen Stab auf und unterstützte ihn bei der Koordination für das neueste Entwicklungsprojekt. Ricci war als Wachhund für abgebrühte Bauunternehmer ebenso geschickt wie als Verkäufer von kleinen Geräten. Michael nahm sich die Zeit, aufzupassen und Fragen zu stellen, als Calvin vierundzwanzig war, machte sich Michael die Mühe, ihn in seinem eigenen Revier aufzusuchen.

Calvin Ricci hatte seinen zusammengewürfelten Namen von einem italienischen Vater, der eine Reinigungsfirma in einer Kleinstadt betrieb, und von seiner Mutter, die sich ihre streng puritanischen Werte nicht nehmen ließ, denn sie stammte aus Neuengland. Das Haus der Familie, klein, traurig und sehr alt, stand allein am Ende einer Seitenstraße. Sein Dach war grün von Moos, sein Schornstein neigte sich leicht nach Osten, und man hatte den Eindruck, als sei es direkt aus dem Boden herausgewachsen. Als Michael Calvins Eltern vorgestellt wurde, dachte er von ihnen das gleiche. Der Vater war ein geduckter, abgehärmter Mann um die Sechzig, und seine dünne, grauhaarige Mutter mit ihrem säuerlichen, abweisenden Gesicht sah genauso alt aus wie ihr Mann, aber nach Calvins Auskunft war sie zehn Jahre jünger. Michael widmete ihnen nicht mehr als einen Blick. Bis auf die Tatsache, daß sie den kleinen Calvin gezeugt hatten, war an ihnen nichts Außergewöhnliches. Aber der Junge ... allein die Art, wie er mit seinen jungen Händen über die Maserung der eichenen Eingangstür strich, machte Michael froh, hierhergekommen zu sein.

Er ist genauso wie ich früher! Das war Michaels erster Gedanke, als er sah, wie ehrfürchtig Calvin die Tür berührte. Wie war es möglich, daß ein so junger Mann, der dazu in einem jungen Land aufgewachsen war, ein Mann von unbestreitbar kleinbürgerlicher Herkunft, unendlich weit entfernt von dem diebischen, hinterlistigen und ewig hungrigen Micah, bestimmte Dinge genauso wichtig nahm, andere dagegen für nebensächlich hielt?

Die Sechs-Zimmer-Häuser, die Calvin für *Abramsky Immobilien* verkaufte, hatten zwei versenkte Badewannen, ein Atrium, wo immer eines hinpaßte, eine offene Wendeltreppe (natürlich weiß gestrichen, etwas so Deprimierendes wie schwarzes Gußeisen kann man hier nicht gebrauchen, wir sprechen hier junge Familien an, klar? Klar!), ein riesiges Wohnzimmer über verschiedenen Ebenen, das auf einen quadratischen Rasen blickte, genau 350 Quadratmeter Wohnraum, die Wannen gehörten zur Standardausrüstung, während der Kunststeinkamin gesondert bezahlt werden mußte ... aber all das war nicht mehr als Ware. Für Michael und jetzt auch für Calvin waren diese Häuser nichts als teure Artikel, die man verkaufte und sofort wieder vergaß.

Trotzdem waren es Häuser.

Dieses windschiefe, heruntergekommene Häuschen also berührte Calvin.

»Es verfällt«, erzählte er Michael. »Als ich noch klein war, hat sich Dad an der Börse etwas zu weit vorgewagt. Seitdem ist für Reparaturarbeiten nichts mehr übrig … Solche alten Häuser zu renovieren, das ist teurer, als neue zu bauen.«

»Ich weiß.»

Michael dachte zurück. Das hatten sie damals auch von *Greenlings* gesagt, und sie hatten so recht gehabt – aber jeder einzelne Backstein war die Opfer wert, die sie alle dafür gebracht hatten. Alle? Nein, Felix und Anna nicht, denn sie hätten ohne ihn bis an ihr Lebensende in der Ryder Street gewohnt, und sie wären zufrieden damit gewesen. Relativ zufrieden. Für Ellie war *Greenlings* ein Opfer gewesen. Ohne diesen teuren Klotz am Bein könnten sie jetzt mehr investieren, könnten Aktien von Firmen kaufen, die sicherer als *Abramo* waren. Sie hätten dann nicht ihre Eier alle in einem einzigen Korb verwahrt, aber trotz alledem war *Greenlings* ihre Heimat. Heimat. Wie es dieses Haus in Neuengland für Calvin war.

»Sie möchten es wohl halten?«

»Was meinen Sie wohl, warum ich Ihre Häuser verkaufe? Das dürfen Sie mir nicht verübeln, Mr. Abramsky, für manche Leute sind die bestimmt ganz toll, aber … Geld? Ja, gut, es wird mir gelegen sein, damit ich das Mauerwerk restaurieren lassen kann, das Dach decken, neu streichen, Thermopenfenster …«

»Und dieses Haus gehört Ihnen?« fragte Michael leise.

»Nun …«

»Später einmal?«

»Es gehört meinen Eltern.«

»Und wenn Sie sterben, gehört es Ihnen?«

»Ich denke doch.«

»Und das wollen Sie auch?«

»Ja …«

»Ich verstehe.«

Michael seufzte schwer und dachte an *Greenlings* und an all seine Pläne. Wenn er nicht da war, hätte eigentlich Simon dort bleiben müssen, um darauf zu achten, daß der Keller nicht zu feucht wurde und die Trockenfäule sich nicht in den Mauern einnistete. An seiner Stelle blieb nur die untüchtige Lily Finn, und eine sehr tüchtige Hausmeisterfirma, die dafür bezahlt wurde, sich um ein Haus zu kümmern, das ihr völlig gleichgültig war.

Auch ohne Simon fragen zu müssen, wußte er, daß die Holzwürmer Hamishs alte Täfelung in einen riesigen Haufen Holzstaub verwandeln könnten, ohne daß Simon das bemerken würde, und ausmachen würde es ihm gar nichts.

Ach, Simon.

45

Ihr achtzehnter Sommer war für Jenny und Simon der letzte, den sie zusammen verbrachten, bevor ihre Lebenswege sie zu weit voneinander entfernten. Bisher hatten sie noch unter dem Dach der gleichen Familie gewohnt – in diesem Fall in dem Penthouse in New York, obwohl Simon öfter darauf als darunter wohnte.

An Weihnachten hatte Anna eine Reihe kleinerer Schlaganfälle erlitten, die zwar keinen größeren Schaden angerichtet hatten, aber zusammengenommen doch ihren Tribut forderten. Ihr Sehvermögen und ihr Gehör hatten nachgelassen, und ihr Hals hatte nicht mehr jene schwanengleiche Kurve, auf die Felix so stolz gewesen war. Sie verbrachte den Winter unter der freundlichen Beobachtung von Chita in *Que Vista,* und im Sommer ließ sie die markerschütternden Arien von Lily Finn in *Greenlings* über sich ergehen. Oft bemerkte sie zu Lily, ohne sich auch nur die Spur einer Zurückhaltung aufzuerlegen: »Jeden Abend danke ich in meinen Gebeten dem lieben Gott, daß er mir mein Gehör zuallererst nimmt.«

Lily strahlte, ließ sich nicht von ihrem Gesang abbringen

und hätte um nichts in der Welt zugegeben, daß sie diese scharfzüngige alte Frau vermißte, wenn Mr. Michael sie manchmal zu Premieren nach New York, London oder Los Angeles abholte – wenn Jenny in einer Hauptrolle angekündigt war. Für Anna gab es in der westlichen Welt keine andere Tänzerin, die sie wirklich interessierte.

Mary Beth, deren Traumhaus am Cape weiter denn je entfernt lag, begleitete Jenny nun auf ihren Reisen. Der neue Stern am Ballethimmel stieg immer höher, und Jenny flatterte von Küste zu Küste wie ein herrlicher, verwöhnter Schmetterling. Das Publikum sah nicht mehr als ihr Lächeln, sah den harten, weißen Glanz des geschliffenen Diamanten, der sie war, aber ihre Füße ohne Bandagen, die deformierten Gelenke und die blutenden Zehen ihrer Kunst bekam es nie zu sehen.

Calvin Ricci, mit dem sie inzwischen ein Jahr lang verlobt war, bekam alles zu sehen und betete jede Blase an. Er hätte Jenny zu allen Bedingungen genommen, und daß sie zu allem anderen noch Abramsky hieß, war ein so großer Glücksfall, daß einem das schon peinlich sein konnte.

Als Anna, die Calvin bewunderte, weil Michael dies tat, schrieb, dies sei eine Verbindung, die im Himmel geschlossen worden sei, bemerkte Mary Beth gegenüber Ellie dazu, wenn das der Fall sei, dann seien die einzelnen Vereinbarungen dazu im Konferenzsaal aufgesetzt worden.

Eine solch spitze Bemerkung war typisch für Mary Beth, und die zwei Cocktails, die sie vor dem Essen getrunken hatte, waren keine Entschuldigung. Die Zwillinge wurden langsam erwachsen, und es wurde Mary Beth immer deutlicher vor Augen geführt, daß damit ein großer Teil ihrer Aufgaben erledigt war. Jennys Hochzeit, die bereits in zwei Wochen stattfinden sollte, machte es für sie nur um so augenscheinlicher, wie öde ihr Leben ohne diese Familie sein würde. Sie betrachtete sie mehr oder weniger als ihre eigene, und das bedeutete, daß sie auch das gleiche Recht auf Lob oder Kritik hatte wie die ordnungsgemäßen Mitglieder.

»Die beiden lieben sich!« protestierte Ellie. »Du willst doch wohl nicht behaupten, daß Cal Jenny nur deshalb heiratet, weil sie Michaels Tochter ist.«

»Nein, im Gegenteil, sie heiratet ihn, weil das Michael in den Kram paßt. Wenn Michael ihr sagen würde, sie solle zehn Minuten lang den Atem anhalten, würde sie das versuchen, bis sie draufgeht. Simon will sich nicht in die richtige Form pressen lassen – und als die superschlaue Familie, die wir doch sind, müssen wir zugeben, daß bisher sein Stern im Osten noch nicht aufgegangen ist und daß daraus auch in Zukunft wohl nicht viel werden wird – und deshalb ist Jennys Mann der neue Thronfolger, ein Schwiegersohn, der ... Na ja, es bleibt sozusagen in der Familie.«

»Was bleibt in der Familie?«

»Ach, komm! Was macht Michael in seinen eigenen Augen besser als die Zigeuner? Überlegen? Was ist sein Bollwerk gegen sie? Seine Rüstung?« Mary Beth ging mit vor der Brust verschränkten Armen mit kurzen, fast zornigen Schritten auf dem weichen weißen Teppichboden hin und her. Weit unter ihnen flüsterte der Straßenverkehr. Man hätte denken können, daß die beiden ihre Diskussion auf einer Wolke austrugen.

Mary Beth wird um die Taille etwas füllig, bemerkte Ellie und strich sich unwillkürlich ihr Kleid aus Shantungseide über ihren nach wie vor schlanken Oberschenkeln glatt. Die Türkisringe aus Colorado betonten ihre schmalen, milchweißen Hände – während auf denen von Mary Beth die Adern hervortraten wie Stricke. Na ja, die Jüngste war sie sicher nicht mehr, oder? Ganz sicher war sie inzwischen Mitte Fünfzig. Wenn sie doch nur nicht in der letzten Zeit, was Michael betraf, so kampfeslustig geworden wäre. Im Augenblick ließ Jenny eine gezerrte Sehne ruhen, und Mary Beth hatte infolgedessen nichts zu tun, weil die Studios verpachtet worden waren. Sie war also zur Abwechslung einmal untätig, und vielleicht war das der Grund dafür, daß sie sich verpflichtet fühlte, hier als Familienangehörige zu sprechen, denn so machte sie ihrer Einschätzung nach ihr Anrecht auf diese Position deutlich, und außerdem rechtfertigte sie eine erzwungene Ruhepause, die sie sowieso verdient hatte.

Sie war jedoch noch nicht fertig und wetterte weiter:

»Wenn Michael all seine Besitztümer in der Reihenfolge ihrer Bedeutung für ihn auflisten würde, würde das Geschäft nicht oben auf der Liste stehen, Ellie, ich weiß, daß du so denkst. Es wäre auch nicht Simon oder Jenny, obwohl sie der Spitze schon um einiges näher ist – durch ihren Erfolg ist sie zu deiner Stufe aufgestiegen, und damit hat sie sie hinter sich gelassen. Aber nicht einmal du würdest die Liste anführen, Ellie. Nein. Tut mir leid. Du bist der Schmuck für den wahren Besitz, die große Mauer von *Greenlings.*«

»Das finde ich wirklich nicht schön, was du da sagst!«

»Sie hält die Roma fern.«

»Also, so ein zynischer Gedanke.«

»Wir sprechen hier von Michael, und der ist ein zynischer Mann.«

»Er ist ein Romantiker! Schau doch nur, was damals mit dieser Frau geschehen ist! Als ihm klar wurde, was er uns damit antat, mir, den Kindern, Anna ...«

»Und Michael selbst. Sie war dabei, ihn wieder zu ihnen zurückzuholen, nicht wahr? In ihre Welt. Das war doch der entscheidende Faktor!«

Ellie seufzte und versuchte, ihr nicht zuzuhören. Spielte es denn überhaupt eine Rolle, was Mary Beth dachte? Ellie und Michael liebten sich, und das war doch wohl das allerwichtigste, oder? Sicher, ihre Ehe hatte sich entwickelt, war durch die Angriffe der Roma und Annas anders geworden – aber sie hatte gehalten, und inzwischen hatten sie zusammen schon früh den ruhigen, gleichmäßigen Rhythmus in der Lebensmitte gefunden. Farah hatte ohne Zweifel den ersten Stoß geführt, dann war Felix' Tod hinzugekommen, und vielleicht hatte der ständig über ihnen lastende dunkle Schatten von Simons Zukunft auch einiges beigetragen. Sicher. Trotzdem waren sie und Michael ein glückliches Paar.

»Mary Beth, wir reden hier von Jenny. Sie geht eine gute Verbindung ein. Die beiden werden glücklich sein.« Ellie zweifelte nicht daran. Jenny liebte Cal, und wenn es jemanden zu lieben galt, so war es doch besser, seine Zuneigung einem guten Mann zu schenken, und das war Cal ohne jeden Zweifel. »Jenny liebt Cal.«

Rote Flecken erschienen auf Mary Beths Wangen. »Aber sicher. Ist er denn nicht genau wie ihr Vater? Dominierend und von brennendem Ehrgeiz besessen?«

Ellie wandte sich ab. Das war zuviel, selbst von einer Freundin. »Michaels Ehrgeiz hat dir viele Jahre lang eine gute Stellung gesichert. Normalerweise wärst du doch als Gouvernante von Familie zu Familie weitergereicht worden und hättest dich an immer wieder neue Kinder gewöhnen müssen. So aber hast du genauso gelebt wie wir, konntest den gleichen Lebensstil genießen, die gleichen Wohnungen ...«

»Ja, immer das Beste, das man für Geld bekommen kann. Ich weiß. Trotzdem sage ich es noch einmal. Jenny würde auch Idi Amin heiraten, wenn Michael der Verbindung seine Billigung geben würde.«

Es war einfach sinnlos. In dieser Stimmung ... selbst eine Freundschaft, die so alt wie ihre war, hatte ihre Grenzen. »Wenn du dich nicht vorsiehst, könntest du eine verbitterte, verkniffene alte Jungfer werden.«

Was sagte sie denn da? Wieso denn könnte? Sie war es doch längst.

*

Simon war nicht faul gewesen. Er hatte inzwischen den Führerschein gemacht, fuhr ein Cabrio, das Papa ihm zum Geburtstag geschenkt hatte, und außerdem war er stolzer Besitzer einer Straßenkarte, über der er gebrütet hatte, als wolle er dem Kartographen einen Fehler nachweisen. Seine Prüfung der Telefonbücher war abgeschlossen. Inzwischen stellte er Sozialarbeitern seine Fragen, und dann notierte er sich diesen oder jenen Versammlungsort, Daten von Festen oder von Feiertagen. Letzten Sommer in *Greenlings* hatte er ein Schloß geknackt und Papas Privatarchiv durchstöbert. Er hatte dort Großmamas Totenschein gefunden und festgestellt, daß sie tatsächlich einen Nachnamen hatte, oder vielmehr nicht einen, sondern sechs. Vier davon tauchten unter den *Kumpanias* in der Los-Angeles-Bay, im Sacramento-Delta, im Bereich der Bucht von San Francisco oder bis Portland, Oregon, immer wieder auf.

Nun habe ich es geschafft, dachte er.

Das war ein Irrtum. Zigeuner hatten Telefone, aber keine Rufnummern. Die Sozialarbeiter, die er anrief, erwiesen sich als Verbindungsglieder in einer langen Kette von Kontaktstellen. In den meisten Fällen waren die Besitzer der Namen, die er verlangte, »für den Sommer nach Frankreich verreist«, oder »irgendwo droben in Montreal«, oder sie waren in Vancouver, Guadalajara oder Miami. Oft waren sie auch einfach nur »unterwegs«, und niemand wußte, wohin und wann sie zurückkommen würden. Immer rannte er gegen eine Wand von Ausweichmanövern und Ausreden, die ihn zur Weißglut getrieben hätte, wenn seine Bewunderung nicht so groß gewesen wäre.

Also gut. Damit konnte er leben; er mußte die Hindernisse eben umgehen.

Jetzt, da er älter war, war es leichter, und noch leichter wurde es, als er für ein oder zwei Monate in einer Reparaturwerkstatt arbeitete – was natürlich Papa wieder dazu brachte, die Augenbrauen hochzuziehen und ihm durch die Blume eine eigene Reparaturwerkstatt zu versprechen, wenn ihm der Sinn danach stehen sollte – aber er sparte jeden Penny, den er in die Finger bekommen konnte, und natürlich auch die, die die Familie in Aschenbecher oder Unterteller warf, wenn Taschen oder Handtaschen ausgeräumt wurden. Seit seiner Ankunft hatte er seine Tage in berauschender Freiheit gestalten können. Mama und Papa hatten sich sämtliche Fragen sorgfältig verkniffen, und so hatte er in dem Kräuterbeutel unter dem Überwurf aus synthetischem braunem Fell auf seinem Bett eine beachtliche Menge raschelnder Geldscheine angesammelt.

Er machte seine Pläne, und er war glücklich dabei.

Er war nicht mehr nur damit beschäftigt, irgendwie die Zeit herumzubringen.

Nun, da Jennys Hochzeit kurz bevorstand, würde es noch einfacher werden. Alle waren beschäftigt und hatten alle Hände voll zu tun, und in dem Gewirr von Anproben, Planung der Gedecke und zahlloser Einkäufe achtete niemand auf Simon.

Er entschied sich für das Wochenende vor der Hochzeit, wenn die anderen, sogar Mary Beth, bei Cals Eltern die Vorbereitungen überwachten. Simon sagte, er habe keine Lust, mitzugehen, und es widersprach ihm niemand.

Sie fuhren Freitag gegen Abend zu Cals Eltern.

Simon fuhr eine halbe Stunde nach ihnen aus der Tiefgarage. Er hatte seinen kleinen silberblauen BMW vorher vollgetankt und die Zündung neu einstellen lassen, den Kofferraum hatte er mit Konservendosen vollgepackt, damit er später nicht in den Fernfahrerrestaurants zu essen brauchte, in denen Papa ihn aufspüren könnte. Eigentlich brauchte er sich aber darüber keine Gedanken zu machen, denn bis überhaupt jemand merkte, daß er verschwunden war, wäre er schon auf der anderen Seite des Landes.

Der Wagen verschlang die Meilen – auf langen Gefällstrekken geriet Simon manchmal in einen Geschwindigkeitsrausch, bergauf trat er das Gaspedal voll durch, um an Lastern vorbeizukommen, die ihm im Rückspiegel noch gutgelaunt zuwinkten. Wenn Müdigkeit die Straße vor seinen Augen tanzen ließ, fuhr er ab, fand einen Baum, unter dem er parkte, sich einschloß und eine oder höchstens zwei Stunden schlief. Er blieb dabei jedoch immer nahe der Schnellstraße, auf ihr donnerte der Verkehr an ihm vorbei und zog ihn wie einen Magnet zurück. Zum erstenmal in seinem Leben war er ohne bestimmtes Ziel unterwegs. Nur die endlose Küste zog ihn stetig nach

Westen. Der Wagen sauste wie ein blauer Blitz durch die endlosen gelben Flächen des herbstlichen Kansas, durch die aufragenden grünen Berge und die weiten Täler Colorados, durch kleine, fast zu reinliche Städtchen in Utah und durch die kochendheiße Hölle von Las Vegas, wo das Thermometer auch um Mitternacht noch tropische Temperaturen anzeigte.

Nachdem er die Mojavewüste hinter sich gebracht hatte, meinte er, er könne schon das Meer riechen, und fuhr schneller und immer schneller auf das Becken von Los Angeles zu. Er tat dies nicht, weil er sich erhoffte, dort zu finden, was er suchte, sondern weil er das Bedürfnis verspürte, beim Vorbeifahren *Que Vista* wiederzusehen, und sich die letzte Szene noch einmal ins Gedächtnis zurückrufen wollte, in der er die Frau mit dem roten Rock und Tomo mit einer Büchse Bier auf der Veranda gesehen hatte. Im Augenblick war das Haus an einen Rockstar mit Gefolgschaft vermietet, aber wer würde in der Dunkelheit schon merken, daß er dagewesen war?

Er verlor sich in dem unbekannten Gewirr von Schnellstraßen in und um Los Angeles und suchte sich eine Fahrspur, die ihn seiner Einschätzung nach sicher nach Westen und nach Santa Monica führen würde. Minuten später sah er sich von Straßenschildern mit Namen umringt, die er nie gesehen hatte und nur gerüchtweise kannte. Er fuhr von der Schnellstraße ab und sah sich nach einer Tankstelle um, in der er auftanken und sich auf der Karte seinen Weg suchen konnte.

Es war drei Uhr früh und drückend heiß; der Santana wehte bösartig durch die dunstige Glocke verschmutzter Luft, die über Los Angeles lastete, die Hälfte der Straßenlampen war entweder ausgebrannt oder ausgeschossen, und der kümmerliche Rest warf seinen trüben Schein auf Colonel-Sanders-Kisten mit Hähnchenresten, auf Kaugummipapier und verbeulte Bierdosen. In einer von Abfall fast versperrten Eingangstür sah er kurz einen Rock wehen, und dann lockte ein gekrümmter Finger. Mann, das war vielleicht eine Gegend, in die er da geraten war! Ein kurzer Blick auf die Tankuhr zeigte ihm, daß es höchste Zeit für Nachschub war, aber wo sollte er in den heruntergekommenen Seitenstraßen eines Slums von Los Angeles eine Tankstelle finden, die dazu um diese Zeit noch geöffnet hatte?

Zwei Blocks weiter fand er eine kleine Tankstelle mit einer Zapfsäule, die eine unbekannte Marke verkaufte. Als Simon mit seinen Rädern die Glocke auslöste, kam der Tankwart herausgeschlurft. Er wusch nicht die toten Wüstenkäfer von der Windschutzscheibe, aber er lächelte und ließ eine Hand über den Kühler des hübschen kleinen Cabrios gleiten. Er lächelte noch breiter, als ihm Simon einen Hundertdollarschein reichte, und als er wegschlurfte, schüttelte er den Kopf und murmelte etwas in sich hinein. Er brauchte lange, bis er das Geld gewechselt hatte, und als er den Rest Simon brachte, grüßte er ihn übertrieben militärisch, eine Geste, die merkwürdig fehl am Platze schien.

»Kommen Sie wieder, hören Sie?« Er lachte leise vor sich hin, als er sich wieder in seinem Verschlag einschloß.

Simon war vielleicht zwei Blocks sehr langsam weitergefahren, als mit einem dumpfen Schlag ein Schatten auf seine Kühlerhaube fiel. Er hatte keine andere Wahl, als anzuhalten, aber während er auf die Bremse trat, wünschte er sich, er hätte das Verdeck zugemacht und die Türen von innen verschlossen. Dieser Wunsch wurde noch inniger, als sich ein Kreis weiterer Schatten um seinen Wagen bildete. Ihr Lächeln zeigte weiße Zähne, irgend jemand sagte »Weißer Scheißer«, und Hände glitten besitzergreifend über die glänzende Karosserie des Autos. Stimmen aus braunem Samt murmelten irgend etwas in die Dunkelheit.

»Du bist doch nur ein kleiner Punk, wie kommt es, daß du so einen Schlitten fährst, weißer Scheißer?«

»O ja, wirklich schön ist der.«

»Wir haben für solche schönen Sachen kein Geld.«

»Wir haben auch keine Hundertdollarscheine zum Tanken.«

Bevor er es gemerkt hatte, griff eine Hand nach seiner Brieftasche in seinem Hemd, und in einer anderen glänzte ein Messer im Schein der Straßenlampen, grell blau. Simon spürte, wie ihm die Brieftasche aus dem Hemd gezogen wurde, und einen Sekundenbruchteil später fühlte er die Spitze des Messers an seiner Kehle und eine Hand, die ihn am Haar packte.

»Schaut euch an, was unser hübscher weißer Junge für schönes Haar hat. Was meint ihr dazu, wenn …«

Währenddessen verließ das Messer keine Sekunde seinen Hals.

Panik durchjagte Simon; er trat das Gaspedal voll durch, warf schwere Körper vom Kühler herunter und schleifte den mit dem Messer mehr als dreißig Meter weit mit. Die Brieftasche lag wie durch ein Wunder auf seinem Schoß; das Herz klopfte ihm bis zum Hals, und er hielt das Gaspedal weiter durchgetreten. Nicht einmal an roten Ampeln hielt er an, bis ein Polizeiwagen neben ihm erschien und ihn zum Anhalten aufforderte.

Großer Gott, ein Strafzettel! Jetzt wußte Papa ganz genau, wo … Der Wagen …

»Na, warum haben wir es denn so eilig, Kleiner?«

»Hab' ich doch gar nicht.«

»Führerschein?«

Seine Hand zitterte so sehr, daß er im stetigen Schein der Taschenlampe des Polizisten hektisch seine Brieftasche nach dem kostbaren Dokument durchwühlte und es kaum herausbekam.

Der Polizist nickte nach kurzer Prüfung. »Du bist wohl nicht aus der Gegend hier, oder?«

»Nein, Sir, ich habe die falsche Abfahrt genommen.«

»Wo soll's denn hingehen?«

Simon zögerte. »Nach Malibu.«

Jetzt war der Polizist an der Reihe, sich Simons silberblaues Spielzeug anzusehen. »Hätte ich mir denken können.«

»Ja, Sir.«

»Ist das da an deinem Hals Blut?«

»Ja.« Verflucht! Jetzt würde er gleich anfangen zu weinen, vor den Augen eines Polizisten würde er mit der verdammten Plärrerei beginnen.

»Bist du auf eine Gang gestoßen?«

»Ja.«

Der Polizist nickte. »Gibt es hier jede Menge. Hatten sie Schußwaffen?«

»W-was ...«

Der Polizist schnippte ungeduldig mit den Fingern. »Pistolen. Waffen.«

Simon schüttelte den Kopf. »Ein ... ein Messer, so ähnlich wie ein Schälmesser, mit dem unsere Köchin zu Hause die Kartoffeln schält.«

Der Polizist seufzte schwer und murmelte etwas von Prüfungen in sich hinein, vor denen ihn Gott bewahren möge. »Es waren also junge Leute, und es wird noch eine Weile dauern, bis sie so richtig dazugehören. Haben sie etwas erwischt?«

»Nein, ich habe das Gas durchgetreten.«

Plötzlich quäkte das Funkgerät in dem Polizeiwagen. Jemand sprach schnell und eindringlich und schien kurz vor einem hysterischen Anfall zu stehen. Der Polizist warf Simon seinen Führerschein auf den Schoß und rannte zu seinem Wagen.

Simon sah ihm nach, und zum erstenmal in seinem Leben war er froh darüber, daß er Simon Abramsky war und nicht ein Polizist sein mußte, der in einem heruntergekommenen Viertel von Los Angeles Streife fuhr. In der nächsten Sekunde legte sich seine Freude abrupt wieder, als ihm ein Tropfen warmes Blut auf die Hand fiel.

Sein Hals, sie hatten ihm in den Hals geschnitten.

Es war sicher nicht schlimm, oder der Polizist wäre bei ihm geblieben, aber ihm reichte es. Er mußte sich jetzt einen sicheren Platz suchen, anhalten, das Heftpflaster aus dem Kofferraum holen und dann *Que Vista* finden. Vielleicht hatte die Rockgruppe Chita wie vorgesehen dabehalten, und Chita mochte ihn …

Das komplizierte Netz von Schnellstraßen nahm ihn auf wie ein Bruder. Er fuhr bergauf und bergab, über Brücken und darunter her, er beschrieb große Achten und wechselte die Schnellstraße, kam von einer siebenspurigen auf eine dreispurige Piste, dann wieder zurück auf die siebenspurige, nächste Ausfahrt Carson, östlich Richtung Fountain Valley, die rechte Spur zu Paramount, und die linke nach … wohin nur … jetzt Downey, Pasadena, dann Culver City, Burbank, Glendale … Simon wußte nicht genau, wie es weiterging, aber er wollte die relative Sicherheit der Schnellstraßen nicht gegen das Dunkel austauschen, das auf den Straßen der Innenstadt herrschte. Verwirrt und erschöpft gab er schließlich den Versuch auf, sich mit den Namen zurechtzufinden, und konzentrierte sich allein auf die Himmelsrichtung; er nahm jede Ausfahrt, die ihn nach Westen zu führen versprach.

Endlich.

Es dämmerte noch nicht, als er durch eine bekannte Unterführung kam und den morgendlichen Strand von Santa Monica verlassen zu seiner Rechten liegen sah, oder vielmehr fast verlassen. Obwohl es noch früh war, gab es hier immer den einen oder anderen fanatischen Jogger mit einem weniger begeisterten Hund, der an Tümpeln und angeschwemmten toten Meerestieren roch. Es fiel Simon wieder ein, wie er einmal nach einem Sturm Hunderte von toten Tintenfischen gefunden hatte, und bei einer anderen Gelegenheit hatte Chitas Hund … wie hieß er doch gleich wieder? Er konnte sich nicht daran erinnern … Doch, jetzt wußte er es wieder! – Poco hieß er und war wasserscheu, und er bellte sich heiser, als er eines Tages den aufgeblähten Kadaver eines Seehunds fand, der in dicke Seegrassträhnen verstrickt war.

Die Läden in Santa Monica sahen wie immer etwas mitgenommen aus. Sie waren von der Sonne ausgebleicht, aber nicht gereift, wie Mary Beth immer zu sagen pflegte. Sie standen in Reihen wie ausgetrocknete Canyons, seltsame kleine Kuriositätenläden, die von kleinen Leuten aus New York geführt wurden.

Es war dunstig heute morgen, oder vielleicht war er auch nur schwach, das wußte er selbst nicht. Rechts von ihm wurden die Canyons jetzt tiefer; sie waren um diese Jahreszeit braun verbrannt, aber die Läden wurden immer vornehmer, je weiter er nach Norden fuhr. Bald hatte er die schmalen, teuren Strandhäuser der Stars erreicht, die ihre Alfas und Rolls-Royce auf der Straße vor ihrem Haus abgestellt hatten. Jeder mußte solche Statussymbole besitzen, auch wenn morgen eine Serie gekippt wurde und dann jemand kam, um die teuren Spielzeuge wieder abzuholen, denn so lange sie sie hatten, waren selbst ihre winzigen Garagen mehr wert als ein herrschaftliches Haus im Osten. Das sagte Papa.

Es dauerte nicht lange, bis die Häuser immer spärlicher wurden. Nun kam er an der verborgenen Einfahrt zu *Paradise Cove* vorbei, und dort war das Restaurant *Sandcastle*, wo sie oft an Sonntagen gefrühstückt hatten, um den Tauchern zuzusehen, wie sie ihre Anzüge anlegten und schwerfällig wie Seehunde außerhalb des Wassers zum Strand hinunterwatschelten. Er wußte, daß es jetzt nicht mehr weit war, jetzt mußte gleich Dume Point kommen, nur noch ein paar hundert Meter, dann würde er das Auto abstellen und vielleicht etwas essen. Seinen Hals würde er im Meer abwaschen – Salz reinigt alles, sagte Großmama immer –, und dann würde er das Heftpflaster suchen und nachschauen, wie es um *Que Vista* stand.

Mann, von Chitas Eiern nach Rancherart könnte er jetzt etwas vertragen, und sie würde sie ihm auch machen … aber noch während er sie verzehrte, würde sie Mama anrufen. Sie steckten doch alle unter einer Decke. Nein, er mußte sich durch die Dünen an die blinde Seite von *Que Vista* anschleichen, die nur ein Fenster hatte, das Fenster von Chitas Küche.

Selbst wenn sie hier war, war sie sicher noch nicht aufgestanden.

Er stellte den Wagen am Straßenrand ab und schloß ihn ab. Dann machte er sich durch die Dünen auf den Weg. Nach der sengenden Hitze, die die Santana-Winde gebracht hatten, waren nur noch kümmerliche Reste von Vegetation übrig, aber mit dem ersten Tropfen Tau würde sich das wieder ändern – wenn es nicht vorher ein Buschfeuer gab.

Mit zwei Flaschen Pepsi und einem Beutel Kartoffelchips in der Hand ging er barfuß durch den leuchtend weißen, unberührten Sand zum sauberen Meer hinunter. Dort tränkte er ein Stück Stoff in Salzwasser und ließ es über die Wunde an seinem Hals laufen. Sie war lang, aber nicht tief, wie er feststellte. Er schnitt sich ein Stück Heftpflaster zurecht und zog mit Hilfe eines Kaffeedosendeckels, den er als Spiegel benutzte, die Wundränder zusammen. Genau so hatte Großmama es ihm gezeigt – nur daß sie weder Heftpflaster noch Spiegel benutzt hatte. Sie hatte sich mit einer Wegerichkompresse beholfen, die sie mit Eisengras festgebunden hatte, und als Spiegel hatte ihr der nächste Tümpel gedient. Ihr hätte es hier gefallen, dachte er. Nur Natur, keine Menschen …

»Du bist aber früh auf den Beinen, was? Weißt du nicht, daß das hier ein Privatstrand ist?«

Als er aufschaute, sah er direkt in das Gesicht des größten, neuesten Superstars der westlichen Welt, eines Rocksängers, der in seinen Videos eher einer hübschen Frau als einem attraktiven Mann glich. Hier aber trug er Badehosen und war nicht geschminkt, und so war er unverkennbar männlich.

»Ach so … ich meine …«

»Was hast du vor?«

Hätte Simon jetzt gesagt, daß das Haus seinem Vater gehörte, und daß er nur kurz vorbeischauen wollte, hätte der Mann ihn hochgebeten, ihm etwas zu essen vorgesetzt und ihn zum Bleiben aufgefordert. Dann hätte er aber vielleicht Chita getroffen, und die hätte zu Hause angerufen.

»Ich gehe gleich«, sagte er. »Ich will mich nur etwas saubermachen.«

Der Star nahm sich eine Pepsi, machte sie auf und riß den Beutel Kartoffelchips auf. »Hey, Mann, ich bin am Verhungern. In dem Haus da oben ist eine Frau, aber die kennt nur ihre verdammten Rühreier.«

»Ja.« Simon lief das Wasser im Mund zusammen.

Der Star sprang auf, trank die Pepsi aus und schleuderte die Flasche in die Wellen. Dann stopfte er sich den Rest der Chips in den Mund und warf die leere Tüte hinterher. »Hey, Kleiner, ich wette, ich habe dir dein Frühstück abgenommen, was? Und dabei will ich mich gleich schlafen legen. Ich will dir was sagen, ziehen wir uns einen rein, und dann verziehst du dich wieder, ja?«

»Ja«, sagte Simon dünn. Er wußte nicht so recht, was der Star damit meinte.

Der Star baute einen Joint, nahm einen Zug und gab ihn an Simon weiter, der noch nie etwas geraucht hatte, und Marihuana schon gar nicht. »Du mußt das ganz tief runterziehen, so, siehst du?«

»Ja«, sagte Simon und versuchte es.

»So ist es richtig. Los, noch einen Zug, nur zu!«

Simon fühlte sich unter Druck gesetzt und gehorchte. Die beiden rauchten den Joint zu Ende, und dann deutete der Star auf die Straße. »Okay, das war's, weil der Star jetzt ein bißchen schlafen muß. Du gehst in die Richtung, Fremder! Ich dachte, ich hätte dir gesagt, daß das ein Privatstrand ist! Also, runter mit dir!«

Simon ging zu seinem Auto zurück, fuhr ein Stück nach Norden, bis ihn niemand mehr sehen konnte, dann stieg er aus dem Wagen und übergab sich.

Er rollte sich am Fuß eines Sandhügels ein und döste, bis er eingeschlafen war. Bilder zogen vor seinen Augen vorbei, in der Ferne donnerte die Brandung, und immer wieder rief er einen Namen, einen bestimmten Namen … Jedesmal, wenn er aufwachte, standen ihm Tränen in den Augen, und wieder rief er den Namen. Er wunderte sich selbst, weil er nicht nach Papa rief oder Jenny, nicht einmal Großmama oder Mama war es, sondern Tomo, Tomo, Tomo ...

Als er wieder aufwachte, ging es ihm viel besser. Er kaufte sich an einem Stand am Straßenrand frische Orangen, und dann fuhr er schnurstracks nach Norden. Das Gaspedal hatte er nun ganz durchgetreten, denn jetzt wollte er sich nicht mehr aufhalten, nicht mit einem Stop, um sich Big Sur anzusehen, nicht mit einer Besichtigung der Golden Gate Bridge, mit überhaupt nichts, nur nach Norden, und dann direkt gen Osten nach Sacramento.

Nachdem er dieses Ziel erreicht hatte, fuhr er umher und sah sich um. Er zweifelte keine Sekunde daran, daß er die richtige Stelle erkennen würde.

Fast stimmte das auch. In einer nicht mehr ganz erstklassigen Gegend machte er an einem Schnellimbiß halt und unterhielt sich mit dem jungen Mexikaner hinter der Theke, der sich bitter darüber beschwerte, daß jetzt Schwarze hier in das Viertel zogen. Dann würde es nicht mehr lange dauern, bis die Vietnamesen auch kamen. Die würden dann alles verderben, denn kaum waren sie hier, hatten sie schon Häuser, Autos ...

»Zigeuner gibt es hier bestimmt auch, was?«

Der junge Mann lächelte. »Ja, klar, nur drei oder vier Blocks von hier, bei dem Schrottplatz gibt es eine Menge, aber gegen die habe ich nichts. Die Leute bleiben, wo sie hingehören.«

Bei dem Schrottplatz gab es einige Reparaturwerkstätten, der Rest war einfach. Simon fuhr langsam daran vorbei, wirklich langsam. Er zeigte sein schönes Auto vor und beobachtete dabei die Gesichter; als er die hohen Backenknochen sah, die langen Nasen und die schmalen, argwöhnischen Münder, klopfte ihm das Herz schneller. Die eigentliche Bestätigung aber waren die Augen, die sanften schwarzen Augen, deren Blick man fast für träge halten konnte, bis man bemerkte, daß ihnen nichts, gar nichts entging.

Als er anhielt, umkreisten sie ihn, was er vorher gewußt hatte. Wie die Gang in Los Angeles fuhren sie mit ihren braunen Händen über seinen Wagen, aber diesmal hatte er keine Angst. Er fragte nach Tomo, und sie fragten zurück, Tomo was?

Er lächelte. »Mein Cousin Tomo. Romanchital. Sein Vater heißt Dui.«

Tomo würde in zwei Minuten herkommen, okay? Sie mußten ihn bloß aus einer anderen Werkstatt holen. Wie hieß er doch gleich wieder?

»Simon. Er kennt mich.«

Daraufhin zogen sie sich alle zurück. Vielleicht hatten sie sich von seinem Wagen abschrecken lassen, oder von Simons Farben – obwohl es unter ihnen auch viele mit hellem Haar und blauen Augen gab. Simon blieb allein, aber unbeobachtet blieb er nicht eine Sekunde.

Hinter ihm rührte sich plötzlich etwas, Stimmen riefen zuerst auf romani und dann auf englisch. »Hey, Tomo, Besuch für dich.«

Dann fiel Simon eine warme braune Hand auf die Schulter, und ein braunes Gesicht mit strahlend weißen Zähnen schob sich lächelnd zwischen ihn und das Lenkrad. Ein Geruch nach Tabak, Knoblauch und Schweiß, aber irgendwie auch nach Großmama wehte ihn an, und er sah ein schmutziges rotes Halstuch und ein zerrissenes kariertes Hemd. Tomo. Ein Mann.

»Simon! Wo warst du denn so lange? Wir hatten dich fast schon aufgegeben, Mann!«

In dieser Nacht öffneten ihm die *Kumpanias* ihre Arme. Simon hatte das Gefühl, schon lange darauf gewartet zu haben. Tomos Hand verließ nicht eine Minute seine Schulter, während er ihn von Gruppe zu Gruppe führte und ihn nicht als Simon, den Sohn von Michael Abramsky, dem Chef von *Abramo* vorstellte – nicht einmal als den Bruder der Primaballerina Jenny Abramsky.

Hier war er Simon aus den Familien, Tomos Cousin, Onkel Duis Neffe und Großmamas – an Großmama erinnerten sie sich doch alle, oder? – nun, Simon war Großmamas Liebling gewesen.

Irgendwann führte er ihn zu Onkel Dui in seinen Wohnwagen. Onkel Dui war fett geworden und hatte die blasse, teigige Haut der Nierenkranken; seine Frau war unerwartet dünn und hatte kaum etwas zu sagen, nachdem sie dafür gesorgt hatte, daß in Tomos Wagen, den er mit seinem jüngeren Bruder Amos teilte, ein Feldbett aufgeschlagen wurde.

Später führte Tomo ihm seine drei Schwestern vor, aber es war in dieser ersten Nacht so gut wie unmöglich, sie voneinander zu unterscheiden. Alle drei waren dunkel, kicherten ständig und waren schüchtern. Tante Rose kam auf eine Minute vorbei und blieb drei Stunden, trank viel Wein und rauchte eine Packung Zigaretten.

Draußen brannten viele kleine Kochfeuer und ein großes gemeinschaftliches Feuer, das Simon zu Ehren angesteckt worden war, wie sich herausstellte. Obwohl die Nacht mörderisch heiß war, servierten sie den üblichen scharfen Eintopf, der ihn wieder an Großmama erinnerte. Ähnlich ging es ihm, als einige der Frauen nach dem Essen ihre Pfeifen ansteckten und den Tabak mit Stopfern aus Hartholz herunterdrückten.

Nacheinander kamen noch andere Familien ans Feuer, bis bestimmt alle *Kumpanias* vertreten waren.

»Heute nacht schläfst du erst einmal hier«, flüsterte ihm

Tomo zu. »Und ich könnte mir gut vorstellen, daß du danach für immer bleiben willst, oder?«

»Ich weiß nicht, ich habe noch nicht darüber nachgedacht. Ich muß doch arbeiten.«

»Mit mir kannst du immer arbeiten. Karosseriearbeiten, Motorschäden, alles, was mit Autos zu tun hat, kann ich ... Und wenn dir das nicht liegt, kannst du meinem Vater zur Hand gehen. Hier in der Gegend gibt es Massen von *Gaje*, die sich Pferde kaufen, ohne daß sie irgendeine Ahnung davon haben. Sie ziehen dann ihren Kindern Reithosen und Samtjakken an, setzen ihnen eine Mütze auf den Kopf und drücken ihnen eine Peitsche in die Hand, und wenn sie sie dann auf ein Pferd gesetzt haben, meinen sie, jetzt seien sie vornehme Leute wie in England. Man kann darüber nur staunen, nicht wahr, Papa? Das wäre für dich doch leicht.«

Simon stieg ein dicker Kloß in die Kehle, so daß er kaum ein Wort herausbrachte. Er war gerade erst hergekommen, und schon nahmen sie ihn auf, als hätte er das beste Recht der Welt, hier zu leben, und jetzt forderten sie ihn auch noch auf, mit ihnen zu arbeiten. »Ich habe Pferde gern«, sagte er. »Ich wette, ich könnte sie verkaufen.«

»Klar kannst du das – fang, ein Bier! –, aber das hängt natürlich vom Rom Baro ab.« Tomos Stimme senkte sich leicht, und plötzlich hatte seine Selbstsicherheit etwas gelitten. Er warf seinem Vater einen Blick zu, aber der sah sich nur vorsichtig um und sagte nichts. »Das ist bei uns in der *Kumpania* Gesetz, verstehst du? Der Rom Baro muß seine Zustimmung geben, wenn jemand neu dazukommt, aber bei dir ist das natürlich gar kein Problem, eine reine Formsache. Schließlich gehörst du zur Familie und bist von unserem Blut.«

»Nicht ganz«, mischte sich Rose ein und hustete. »Er ist ein *Didicoit*. Und vergeßt nicht, daß er der Kleine von unserem Micah ist – und was der Rom Baro dazu zu sagen haben wird, wißt ihr ja wohl. Was damals geschehen ist, wird sie niemals vergessen.«

Didicoit. Ein Halbblut. Simon wollte sie nicht ansehen, weil er wie Großmama Tante Rose nie hatte leiden können, aber diesmal hatte sie recht, sie hatte leider recht.

Onkel Dui, dem der Wein inzwischen die Zunge gelockert hatte, meldete sich zu Wort. »Wenn mein Neffe, der Sohn meines Bruders, mit mir zusammen Pferde verkaufen will, dann kann er das. Ich werde ihm alles beibringen, was ich weiß. Es gibt im ganzen Delta keinen besseren, wenn es um kranke Pferde geht. Ich habe schon Pferde geheilt, die die besten Tierärzte im County aufgegeben hatten. Wenn ein Pferd so gut wie tot ist, rufen sie Dui, und ich bringe sie wieder auf die Beine.«

Seine Frau flüsterte ihm hinter vorgehaltener Hand etwas zu und er fuhr herum, aber hinter ihm war nichts als Schatten, vielleicht hatte sich in den Jacarandabäumen um den Wohnwagenpark ein Blatt gerührt, oder vielleicht war es auch nur ein Hund, der nach einem Stück Paprikafleisch von Tomo schnüffelte. Die Männer zündeten sich Zigaretten an und boten auch Simon eine an, der sie sich ansteckte, weil man das offensichtlich von ihm erwartete. Sämtliche Männer im Umkreis rauchten ununterbrochen, und wenn eine Zigarette aufgeraucht war, steckten sie sich daran eine neue an. Außerdem tranken alle Männer ohne Unterlaß Wein oder Bier.

Als das Essen weggeräumt und die Kinder im Bett waren, kamen immer mehr Frauen an das große Feuer, und die kleinen Feuer im Umkreis erloschen nacheinander wie sterbende Glühwürmchen. Simon merkte davon eigentlich nur am Rande etwas, aber gerade waren noch sechs oder sieben Frauen am Feuer gewesen, dann waren es schon zwanzig oder dreißig; sie trugen alle die normale Kleidung von Arbeiterfrauen, aber keiner von ihnen fehlten die Goldringe im Ohr und die Goldketten um den Hals.

Irgendwann gegen Mitternacht fühlte sich Simon von den zwei Dosen Bier, die er getrunken hatte, etwas schwummrig und lehnte eine dritte hartnäckig ab – er trank nie etwas, weil Großmama ihm zimmer gesagt hatte, Alkohol sei der Untergang der Zigeuner, und er glaubte ihr, wie er ihr alles glaubte; gerade hier zwischen ihren Leuten wollte er sie nicht enttäuschen, das war doch klar. Sie beobachtete ihn ganz sicher gerade. Er spürte einen Blick auf sich, hatte ihn schon seit dem ersten Bier gespürt, seit der ersten Zigarette. Irgend jemand verfolgte jede seiner Bewegungen, aber wenn er sich umsah, war niemand zu entdecken. Das mußte Großmama sein.

Sie hatte ihn hierhergeführt, und sie beobachtete ihn lächelnd.

Es dauerte nicht mehr lange, bis Onkel Dui in seinem Liegestuhl eingeschlafen war und seine Frau ihn die Treppe seines Wohnwagens hinauf ins Bett geführt hatte.

Ungefähr um diese Zeit erschien die Frau.

Sie war weder jung noch alt, ungefähr so alt wie Mama, und als sie in den Lichtkreis kam, spürte er, wie seine Kopfhaut kribbelte, als wollte sich jedes Haar einzeln aufstellen. Plötzlich kam es ihm so vor, als hätte er den Hals voll Sand, und er stürzte den letzten Schluck Bier in seiner Dose hinunter, aber das half ihm auch nicht.

Irgendwie kam ihm die Frau bekannt vor, und er überlegte krampfhaft, wo er sie schon gesehen hatte. Sie stand währenddessen reglos auf der anderen Seite des Feuers und betrachtete ihn, wie er mit der leeren Bierdose zwischen den Füßen und einer kalten Zigarette in der Hand dasaß.

Sie bewegte sich. Es war eine kleine, langsame Bewegung, kaum mehr als ein kurzer Hüftschwung und ein oder zwei Schritte, oder vielleicht hatte sie den Kopf gedreht, aber auf einmal wußte er, wo er sie gesehen hatte. Einen roten Rock hatte sie damals angehabt, und ihre Bewegungen waren wie ein Fluß gewesen; wie ein Fluß kümmerte sie sich um niemanden, sie war einfach da, und sie folgte barfuß ihrem Weg. Um einen Knöchel trug sie eine fadendünne Goldkette, um den Hals schwere Goldketten, und wenn sie mit ihren braunen Händen schnell wie ein Fisch eine Bewegung machte, flogen Funken von ihren Goldringen und Diamanten zum Feuer.

Er wußte, wer sie war. Selbst wenn sie stillstand, versprühte sie Funken.

Sie war die Frau, die irgendwann an einem Sommernachmittag aus dem Nichts in *Que Vista* aufgetaucht war, als Mama gerade für die Rückfahrt nach *Greenlings* packte und er draußen auf seinem Surfbrett auf eine Welle wartete. Er erinnerte sich dunkel, daß sie in einem cremefarbenen Wohnwagen gekommen war, aber das wußte er nicht mehr genau. Er erinnerte sich nicht mehr an ihr Gesicht, an ihr Haar oder ihre Figur, und noch nicht einmal das mit dem roten Rock wußte er sicher – aber eines würde er nie vergessen.

Selbst in der heißen Mittagssonne von *Que Vista* verstrahlte diese Frau ihr eigenes Licht, und das tat sie auch hier. Jetzt sprach sie mit ihm, und es war die gleiche Stimme.

Heiser.

Leise.

Wenn es Musik mit einer versteckten Drohung darin gab, dann war ihre Stimme Musik.

Alles verstummte, selbst die Hunde, und Simon kam es so vor, als hielte die *Kumpania* den Atem an.

»Du bist bestimmt Micahs Junge.«

»Ja, Simon.«

»Du hast dich nach uns erkundigt.«

»Ja ... um euch zu finden.«

»Wer hat dir das befohlen? Er?«

»Wer?«

»Micah.« Nun war es die Frau, die den Atem anhielt. Simon merkte das genau. Sie hatte nicht geblinzelt, nicht einmal. »Hat Micah dich hergeschickt?«

Simon schüttelte den Kopf, und fast hätte er gelacht. »Nie im Leben. Wenn er wüßte, daß ich hier bin, würde er mich umbringen.«

Nun atmete die Frau wieder. Er sah, wie sich ihre Brust hob und senkte, und wie ihre Goldketten wieder im Schein des Feuers blitzten.

»Dies ist meine *Kumpania*. Ich bin Rom Baro. Komm noch mal zu mir, bevor du dich hinlegst, ja?«

Simon wußte genau, daß das keine höfliche Einladung war, und ganz sicher wußte er es, als Tomo ihm zuflüsterte: »Sieh lieber zu, daß du möglichst schnell hinkommst.«

Es war halbdunkel in ihrem Wagen; eine kleine Tiffanylampe warf ihr gelbes Licht auf die gelbbraunen Teppiche, die Goldsamtkissen, auf die tiefroten Veloursvorhänge und die eierschalendünnen tiefblauen Täßchen und Teller mit Goldrand. In einem anderen Raum zischte ein Kessel, und auf allem lastete der Duft irgendeiner Kletterpflanze, die sie auch in *Greenlings* gehabt hatten ... Das Geißblatt vielleicht, das hinter dem Haus auf dem Klettergerüst wuchs.

Sie setzte sich so, daß sie die Lampe im Rücken hatte und ihr Gesicht im Schatten verborgen hielt, nur ihre Hände waren im Licht, ihre schnellen braunen Hände voller Edelmetalle und Edelsteine und gespannter Nervosität.

»Willst du bei den Familien bleiben? Bist du deshalb hier?«

»Ja. Wenn ich kann. Tomo und Onkel Dui haben gesagt, ich könnte mit ihnen arbeiten. Ich kenne mich mit Pferden aus ...«

»Mit irgend etwas mußt du dich auskennen. Wir sind eine arbeitende Sippe, die reichste westlich von New York, da gibt es auch ganz andere als uns. Mit dem Geld von der Wohlfahrt wollen wir nichts zu tun haben; wir brauchen keine Menschheitsverbesserer, die überall ihre Nase hineinstecken. Von denen hatten wir schon viel zu viele, die uns Fragen stellen und Bücher schreiben. Untersuchungen nennen sie das dann! Wenn dir irgend jemand Fragen stellt, schickst du ihn hierher, verstehst du? Du erzählst keinem Menschen etwas. Es geht niemanden etwas an, wie wir leben, was wir tun und wohin wir ziehen, verstehst du? Die *Gaje* erzählen Hinz und Kunz alles, aber das ist nicht unsere Art. Wenn es Probleme gibt, bleibt das in den Familien. Wenn es also etwas gibt, kommst du damit zu mir, und ich kümmere mich darum. Das ist meine Aufgabe. Den Polizisten erzählst du nie irgend etwas.«

»Ja, Ma'am.«

»Sag es.«

»Ich erzähle nie etwas den Polizisten.«

»Gut. Sieh zu, daß du das behältst. Weiß dein Vater nicht, daß du hier bist?«

»Nein.«

»Wirst du es ihm sagen?«

»Er würde versuchen, mich zurückzuholen, aber ...«

»Aber?«

»Ich habe mir das hier schon immer gewünscht. Nicht von Zimmern eingesperrt zu sein, von Mauern ... Ich will zu den Roma gehören wie meine Großmama.«

»Wir sind hier im Lager fast alle reinblütig.« Sie sagte das voller Stolz, als sei es etwas Besonderes. »Deine Mutter ist eine *Gaja*. Was würde sie dazu sagen, wenn du dich unserem Volk anschließt?«

Simon überlegte kurz. »Ich glaube, ich würde ihr fehlen, aber sie würde mich verstehen. Papa nicht.«

Geistesabwesend mischte Farah immer wieder ein Kartenspiel, und von ihren Ringen schossen ihm rote Lichtblitze in die Augen. »Micah geht es recht gut, was?«

»Ich denke schon ...«

Ihre Stimme wurde schärfer. »Ich meine geschäftlich. Weißt du das denn nicht?«

»Doch, sicher, klar geht es ihm gut, ihm geht es doch immer gut.«

»So gefällt es mir schon besser. Du mußt immer daran denken, die *Gaje* stehen auf der einen Seite, und die Roma auf der anderen. Das ist wie ein Krieg, aber so war es zwischen uns und ihnen schon immer. Wir müssen alles über sie erfahren, aber sie brauchen von uns gar nichts zu wissen.«

»Ja.« Das hatte Großmama mehr oder weniger genauso gesagt.

»Eines noch. Was diese *Kumpania* betrifft, ist dein Vater

ein *Gajo*. Er selbst will es so haben; du stehst also in der Mitte zwischen uns und mußt dich selbst entscheiden. Wir oder sie.«

Simon schluckte. »Ja.«

»Also gut dann.«

Sie stand auf und streckte die Arme über den Kopf, als wolle sie tanzen, aber dann klatschte sie nur leise in die Hände, und ihre Lippen verzogen sich zu einem leichten Lächeln, als freue sie sich an einem versteckten Triumph.

»Du trinkst noch eine Tasse Tee mit mir, bevor du ins Bett gehst. Inzwischen kannst du einen Rat von deinem neuen Rom Baro annehmen. Ja. Unsere Männer rauchen und trinken zuviel. Die Schlauen unter ihnen wissen das und haben aufgehört – aber dazu gehört dein Onkel Dui nicht. Hüte dich vor ihm, er ist grenzenlos faul.«

Simon wollte nicken; er konnte es selbst kaum fassen, wie sein Glück umgeschlagen war. Er hatte sie gefunden, sie mochten ihn, sie ließen ihn zu den Roma gehören, selbst ihr Rom Baro persönlich ...

Der Fluß seiner Gedanken stockte vollständig, als irgendwo eine Tür aufging. Ein Tablett mit einem Silberservice erschien, das von dem Licht der Tiffanylampe kurz in Gold verwandelt wurde, so daß es fast so golden und leuchtend aussah wie das Gesicht, das darüber im Halbdunkel schwebte; es war ein junges Gesicht, vielleicht noch jünger als seines, ein zartes Gesicht mit einem spitz zulaufenden Kinn, aufmerksam wie ein Kätzchen, ruhig wie eine Madonna. Ihre Augen waren zwei sanfte schwarze Lampen, die auf ihn herableuchteten, und das leichte Lächeln in ihren Mundwinkeln war genau das gleiche wie bei der Rom Baro.

Er spürte in seinem Innern, wie ihm etwas unendlich süß und angenehm die Brust zusammendrückte, und ihm schien, als könne er seinen Mund nicht daran hindern, ihr immer und immer wieder in die Augen zu lächeln.

»Feya«, sagte die Rom Baro. »Dies ist meine Tochter Feya.«

47

Welch anderen Kurs hätte Michael einschlagen können? Tat denn nicht jeder anständige Mann das Beste für seine Kinder, oder zumindest das, was er für das Beste hielt? Hatte er das für Simon etwa nicht getan? Könnte ihn irgendein Gericht der Vernachlässigung seines Sohnes schuldig sprechen, und weil er versucht hatte, ihn zu etwas zu erziehen – und als das nicht gelungen war, hatte er ihn dann nicht der Verantwortung seiner Frau überlassen, die ohne jeden Zweifel eine Lady war, um festzustellen, ob sie es besser machen könnte?

Eine kurze Zeit quälte sie die Angst um ihn. Es konnte nicht gutgehen, wenn ein Junge wie Simon mit seinem Kindergesicht, der so gefährlich ahnungslos war, was die dunklen Seiten der Welt betraf, ohne Bargeld mit einem Auto, das geradezu ›verwöhntes Kind reicher Leute‹ hinausschrie, allein, dreitausend Meilen weit fuhr. Er wußte natürlich, wohin Simon gefahren war; die Frage war nur, ob er auch dort ankommen würde, ohne sich vorher mit dem Abschaum der Großstädte zwischen Ost- und Westküste herumschlagen zu müssen.

Dann aber kam Duis Anruf, den der Buchhalter an der West Coast auf Michaels Befehl durchgestellt hatte. »Ich wollte doch nicht, daß mein Bruder sich Sorgen macht«, sagte er triumphierend in betrunkenem Wohlwollen. »Ich kümmere mich um den Jungen, als ob es mein eigener wäre ...«

Die Wut war in ihm aufgestiegen, und jetzt sah er vor rasendem Zorn kaum noch etwas. Trotzdem ließ sich Ellie nicht beirren und bettelte und rang die Hände. Dabei war es zur Hälfte ihre Schuld und zur anderen die von Mary Beth; er hätte von Anfang an nicht auf sie hören sollen.

»Bitte fahr nicht hin, Michael, das würde doch nichts ändern.«

»Natürlich wird es das nicht! Die einzige Möglichkeit, etwas zu ändern, liegt Jahre zurück, und zwar wäre das eine ordentliche Tracht Prügel gewesen, aber nein, ich verstehe den

Jungen ja nicht! Du aber, du und Mary Beth mit all den Psychologiebüchern und den Erkenntnissen, du hast ihn verstanden. Du hattest doch die Lösung für alles, nicht? In die Schule brauchte er nicht zu gehen, in New York war er bei dir, weil du ja etwas aus ihm machen wolltest, o ja, wahre Wunder wolltest du wirken!«

»Das habe ich nie behauptet. Ich sagte nur, daß er unglücklich ist, und daß die Schulen ihm nicht helfen, sondern ihn im Gegenteil nur noch depressiver machen. Und das stimmt auch!«

»Na, dann herzlichen Glückwunsch! Jetzt ist er glücklich, und du hast etwas aus ihm gemacht. Einen gottverdammten Zigeuner hast du aus meinem Sohn gemacht!«

»Wenn es das ist, was er sein will ...« Sie sprach leise und mit sanfter Stimme, und er wußte ganz genau, daß er ungerecht war, und daß Simon in seinem Herzen immer ein Zigeuner gewesen war. Diese Erkenntnis kam jedoch um Jahre zu spät. Was hätte sie denn auch tun können? Was hätten sie alle tun können? Sollte all seine Arbeit vergeblich gewesen sein? »Es hilft jetzt nichts mehr, Liebling, er ist weg, und er ist in Sicherheit. Wenn wir ihn jetzt gehen lassen, wird ein Teil von ihm bei uns bleiben. Er wird sich bei uns melden, und vielleicht kommt er sogar zurück, wenn er genug hat. Wenn wir seine Rückkehr aber jetzt erzwingen, hören wir nie wieder etwas von ihm ... Außerdem ist er rein juristisch in diesem Land alt genug und kann tun, was er will.«

Michael versuchte, den roten Schleier vor seinen Augen beiseite zu schieben, um nachdenken zu können. »Jenny feiert in drei Tagen Hochzeit. Wie sieht das denn aus, wenn er nicht mit dabei ist? Wir erwarten achthundert Gäste, jeder Klatschkolumnist in New York wird dasein, und unser ältester Sohn, unser einziger Sohn, läßt sich nicht blicken!«

»Das ist doch nur dein Stolz!«

»Natürlich ist es mein Stolz! Ich bin stolz auf Jenny, ich bin stolz auf Cal, und ich habe einfach keine Lust mehr, die Leute hinter meinem Rücken über den ›armen Simon‹ flüstern zu hören, weil der doch ›immer ausgelassen‹ wird, denn genau das werden sie sagen. Woher sollten sie auch wissen, daß er nur ausgelassen wird, weil er das selbst will und weil er die alberne Vorstellung im Kopf hat, die Roma hätten es leicht? Der Junge ist doch ein Traumtänzer! Er glaubt, jetzt hätte er sich für das perfekte Leben entschieden, jetzt gäbe es nichts mehr zu tun, und er brauchte nur noch in der Weltgeschichte herumzufahren. Herrgott, wenn er doch nur wüßte, wie es wirklich ist!«

»Jetzt bekommt er die Chance, das herauszufinden.«

Nein. »Er wird diese Chance nach der Hochzeit bekommen, wenn Cal und Jenny abgereist sind.« Jenny, die sich für ihre Flitterwochen die mondänsten Orte der Welt hätte aussuchen können, hatte den Entschluß gefaßt, ihr Leben als Ehefrau in *Greenlings* zu beginnen, wo auch er und Ellie ihre ... Oder vielleicht wollte sie auch nur bei Anna sein, die nun immer schwächer wurde. Wie auch immer, auf jeden Fall fand Jennys Entscheidung Michaels vollste Billigung. Hatte ihm Simon jemals Grund zum Lob gegeben? Nein. Er würde es deshalb einfach nicht zulassen, daß er seiner Schwester das Hochzeitsfest verdarb. Dieser verdammte Dui! Sein ganzes Leben hatte er von *Abramo* schmarotzt, und wenn er ihn nur einmal um etwas bat, nämlich Simon zurückzuschicken, wollte er nicht einmal zuhören – sie hatten sogar den Nerv, ihre Hunde auf Michaels Beauftragten zu hetzen, als er versuchte, vernünftig mit ihnen zu reden.

»Es wäre vielleicht besser gewesen, wenn du keinen Privatdetektiv hingeschickt hättest, Liebling.«

»Ganz richtig. Wenn man etwas vernünftig gemacht haben will, macht man es am besten selbst.«

*

Die Hinreise dauerte nur wenige Stunden, und nach der Landung wies er den Piloten der Chartermaschine an zu warten und meinte, daß für den Rückflug noch ein zusätzlicher Passagier zusteigen würde. Der Taxifahrer fand die Gegend, in der sich die *Kumpania* aufhielt, ohne Schwierigkeiten, und ebenso leicht war es, Duis Wohnwagen zu finden, denn der war der schäbigste auf dem Platz. Michael weigerte sich, einen Blick zu dem größten Wohnwagen hinüberzuwerfen, er war brandneu, cremefarben wie gewöhnlich, mit einem kleinen Zaun und Plastikblumen davor. Nur der Hund war nicht mehr der gleiche.

Duis Frau erschien und rang verängstigt die Hände. Als Michael sie zur Seite schob, um in den Wagen zu kommen, stieß sie einen kurzen Schrei aus.

»Und wo ist er?«

»Dui ist oben in der Gegend von Paso Robles und kauft Pferde.«

»Simon! Wo ist Simon?!«

Sie zuckte die Achseln. »Bei Dui, wo sonst? Ein Züchter, Limpy Lol, wie heißt er noch, hat bankrott gemacht, und Dui übernimmt etwas von seinen Beständen.«

Der Pilot kannte Paso Robles, und ein Taxifahrer wußte, wo Limpy zu finden war. Seine Ranch lag versteckt zwischen gelben Bergen, an deren Hängen hier und da vereinzelte dürre braune Kühe, dunkelgrüne Eichen und ihr schwarzer Schatten zu sehen waren; über all dem stand eine grelle, gnadenlose Sonne an einem tiefblauen Himmel, Rotschwanzfalken kreisten dort und beobachteten den Boden.

Auch Michael lauerte. Er war von hinten an die Ranch herangekommen, und nun stand er hinter der halboffenen Stalltür, die nur noch an einer Angel hing, und wartete auf seine Chance.

Sie waren zu dritt. Einer davon, ein drahtiger, kleingewachsener Mann mit einem verdreckten und zerrissenen karierten Hemd und einem leichten Schnupfen, war ohne Zweifel Limpy Lol. Dui stand mit seinem dichten Schnurrbart mit gespreizten Beinen daneben, um so trotz seines dicken, schweren Bauchs das Gleichgewicht zu halten, und handelte mit dem Mann. Er brachte in ständigem Wechsel Bitten und Forderungen vor, warf in der einen Minute theatralisch beide Arme in die Luft, in der nächsten preßte er sich flehentlich die Hände an sein Herz. Michael war zu weit entfernt, um ihn zu hören, aber er hätte den Text seines Bruders auswendig hersagen können.

Simon. Seine Jeans starrten vor Dreck, und sein Gesicht hatte bereits die aprikosenfarbene Bräunung der Hellblonden angenommen, seine blauen Augen – das gleiche Blau wie bei Ellie, Jenny und bei Anna – glänzten hinter ihrem Schutz aus dichten, goldgelben Wimpern noch blauer. Um den Hals trug er ein gelbes Halstuch, dem sein Schweiß die Farbe reifer Orangen verliehen hatte. Mit überraschend geschickten Händen führte er eine Gruppe von Pferden in einen behelfsmäßigen Pferch. Pferde – falls man sie so nennen wollte.

Sein Sohn fuhr mit seinen braunen Händen über stumpfes Fell und krumme Rücken, sah sich die glasigen Augen eines offensichtlich kranken Tieres an und enthüllte mit suchenden Fingern die zerstörten Zähne.

Einen Augenblick mußte sich Michael abwenden.

Wenn er an die Pferde von *Greenlings* dachte, an die erstklassigen Zuchttiere, bei deren Kauf er an Simon gedacht hatte, edle Tiere mit Patrizierköpfen, glänzenden Muskeln für den eleganten Sprung über hohe Mauern, neue Weidezäune oder klare Bäche ... Pferde mit der richtigen Klasse und dem notwendigen Temperament für stundenlangen, unermüdlichen Galopp auf dem riesigen Grund von *Greenlings*, Pferde, die er für Simon, für Simons Kinder gekauft hatte, Pferde, deren Nachwuchs für die Kinder der Kinder sein sollte ... wenn er an die Zukunft dachte, kochte ihm das Blut. Und da stand er, dieser Junge, und ließ seine Kräfte froh diesen alten, heruntergekommenen Kleppern zukommen, die in Michaels Augen für alles standen, wovor er dreißig Jahre lang weggelaufen war. Wie die Roma waren diese Kreaturen erledigt, einfach erledigt ...

Und Simon streichelte sie. Er schien glücklich, und sein Lächeln war zuversichtlich und stolz. Vor allem aber war es selbstsicher.

»Simon«, sagte Michael leise, so daß es die beiden Männer nicht hören konnten.

Der Junge sah auf, und dann wurde er zuerst tiefrot und dann totenblaß. Sein Rücken blieb jedoch gerade aufgerichtet, und seine Hand zitterte nicht, als er den gebeugten und staubigen Hals des nächsten Pferdes streichelte.

»Hallo, Papa.«

»Ist das alles? ›Hallo, Papa‹? Du schleichst dich wie üblich wieder einmal weg, ohne jemandem ein Wort zu sagen, diesmal fährst du ganz allein quer durch das ganze Land! Jennys Hochzeit steht vor der Tür, und du weißt nicht mehr zu sagen als ›Hallo, Papa‹?«

»Ich komme nicht mit zurück, auf keinen Fall! Ich verkaufe jetzt Pferde mit Onkel Dui.«

»Pferde? So nennst du die Kreaturen hier also. Du glaubst doch wohl nicht im Ernst, daß du mit solchen Klappergäulen deinen Lebensunterhalt verdienen kannst.«

Wieder wurde Simon rot. »Wieso Klappergäule? Ein bißchen liebevolle Pflege, ordentliches Futter, dann werden die schon wieder. Sie sind so brav, daß Kinder darauf reiten können.«

»Brav! Eher scheintot, würde ich sagen!«

»Irgendein *Gajo* wird viel Geld dafür hinblättern ...«

Jetzt schon hatte der Junge jenen Schimmer in den Augen, den er noch von Papa kannte. Dahinter stand nicht so sehr Profitgier als vielmehr das zwingende Bedürfnis, den Feind zu übertölpeln und ihm zu beweisen, daß die Roma besser, schlauer und schneller waren.

»Du bist doch selbst ein *Gajo*«, gab Michael zurück.

Sein Sohn verbesserte ihn. »Ein *Didicoit!* Halb und halb.«

Eine Sekunde lang konnte Michael nichts sehen, geblendet, nicht von der Sonne, sondern von Simons Bitterkeit und seiner eigenen rasenden Wut. Dieser Schnösel, dieser Enkel eines Säufers, der zum Totschläger geworden war, brachte es tatsächlich fertig, ihm, Michael, vorzuwerfen, daß er ihm eine

Mutter wie Ellie gegeben hatte! Sie war es doch gewesen, die dem Jungen seine besten Anlagen gegeben hatte! Sie liebte ihren Sohn, ja sie liebte sogar ihren Mann, obwohl er Zigeuner war. »Du kleiner Mistkerl, wenn du so stolz darauf bist, ein halber Zigeuner zu sein, dann will ich dir mal sagen, was es mit dieser wundervollen Hälfte auf sich hat, wenn du den Schock ertragen kannst. Mein Vater, dein Großvater, dein tolles Verbindungsglied zu den Roma ...«

»Ich weiß längst, was er getan hat. Großmama hat es mir erzählt, auch das mit der *Kris* und alles. Von deiner Mama hat sie mir auch erzählt und mir ein Bild von ihr gezeigt. Von ihr hast du mir nie etwas erzählt.«

»Weil ich mich kaum noch an sie erinnere, und was ich noch von ihr weiß, will ich vergessen. Als ich sie das letzte Mal sah, lag sie im Sarg, und davor habe ich sie nur mit eingeschlagenem Schädel auf dem Boden liegen sehen!«

Michael hatte zu schreien begonnen, und endlich drehte sich Dui um. Seine Augen weiteten sich, aber überrascht schien er nicht zu sein. »Ach, Micah! Endlich hast du es geschafft – Farah hat gesagt, du würdest ganz schnell kommen, weil zur Abwechslung einmal wir etwas haben, was du willst, stimmt's?«

»Ihr habt meinen Sohn«, flüsterte Michael. »Ihr versucht, mir meinen Sohn zu stehlen.«

Dui lachte, daß sein Bauch und seine herunterhängenden Backen mit den schwarzen Bartstoppeln wippten. Dann aber forderte er, nun plötzlich wieder ernst geworden, seinen Geschäftspartner Limpy Lol und dann seinen Neffen auf, sich genau anzusehen, wie sehr man ihm hier unrecht tat. »Mein Bruder, mein kleiner Bruder, wir wissen doch alle, daß du ein größerer *Gajo* bist als die *Gaje* selbst, aber dieses alte Ammenmärchen kannst doch nicht einmal du glauben, oder? Die Roma stehlen keine Kinder – davon haben wir weiß Gott selbst genug.«

Das stimmte allerdings.

Wie aber sah es mit Kindern aus, die eines Tages ein ungeheures Vermögen erben würden? Dui mochte zwar ein Dummkopf sein, aber es gab in der *Kumpania* Leute, die es nicht waren. Farah war dafür nur das beste Beispiel, diese Leute würden sich ausrechnen, welche Reichtümer der junge Simon den Familien eines Tages bringen könnte.

Dui deutete nun auf Simon. »Sag doch selbst, Micah, sieht er vielleicht aus, als würde er hier schlecht behandelt, mein Neffe? Als würde ihn hier niemand lieben?«

Simons Augen sahen Michael an, und die tiefe Zufriedenheit, die darin stand, hielt ihn ebenso zurück wie die Verzweiflung in der Stimme seines Sohnes.

»Bitte, Papa. Ich will nicht zurück. Ich gehöre zu den Roma, und mehr will ich mein ganzes Leben lang nicht sein, okay? Okay, Papa?«

Er streckte zögernd eine Hand aus, aber Michael sah sie nicht. Er stolperte davon, lief einen Abhang voller Präriehundlöcher und tief eingefahrener Spuren hinunter, fiel, stand wieder auf, und immer wieder mußte er sich die Nässe aus dem Gesicht wischen, von Schweiß oder vielleicht auch von Tränen. Am Fuße des Abhanges stieg er wieder in das Taxi und nickte dem Fahrer zu, er solle zu dem kleinen Flugplatz zurückfahren. Später saß er in dem Charterflugzeug und weinte, bis er New York erreicht und Ellie wieder gesehen hatte.

Was sollte er Jenny sagen, deren geliebter Bruder nun nicht zu ihrer Hochzeit kommen würde? Wie sollte er es Anna beibringen, die Simon sowieso nicht leiden konnte?

Und Ellie! Was um Himmels willen sollte er Ellie sagen?

Sie wußte es schon. Vielleicht hatte sie es bereits vor seiner Abreise gewußt. Als er in ihr gemeinsames Zimmer kam, öffnete sie ihre Arme, und zum erstenmal seit vielen Monaten kamen sie in einer stürmischen Begegnung zusammen, die über eine bloße leidenschaftliche Vereinigung weit hinausging. In ihr teilten sie ihren Kummer und ihren Verlust, und sie trösteten sich gegenseitig in der bitteren Erkenntnis, daß Kinder kein Privatbesitz sind, und daß noch kein Zaun und keine Mauer erfunden worden sind, die sie gegen ihren Willen festhalten können.

Danach war seine Stimme ruhig geworden.

»Ich bin mit ihm fertig. Es ist vorbei.«

Er hörte, wie sie tief in der Kehle unterdrückt schluchzte. »Oh, Michael ...«

»Ich will nichts mehr von ihm wissen, ich will nichts über ihn hören. Wenn du mit ihm in Verbindung bleiben willst, ist das deine Sache, aber bitte erzähle mir nichts von ihm. Wir können jetzt nichts mehr tun.«

Michael lag in der Dunkelheit und spürte Ellies Leib neben sich. Er nickte. Er stand zu seiner Entscheidung. Er hatte als fünfjähriger Junge eine Entscheidung getroffen, die sein ganzes Leben verändert hatte.

Nun hatte ein achtzehnjähriger junger Mann seine Entscheidung gefällt. Und auch er würde dazu stehen.

48

Trotz Michaels Befürchtungen – die Mary Beth für ein Anzeichen von Verfolgungswahn hielt – bemerkte keiner der Gäste, daß Simon bei der Hochzeit fehlte, und wie die meisten sorgfältig geplanten Familienfeste ging auch dieses reibungslos über die Bühne.

Die Braut strahlte vor Glück und Zuversicht, und alle beneideten sie um ihre eleganten Bewegungen; der Bräutigam betete sie offensichtlich an. Die beiden Elternpaare nickten sich während der Feierlichkeiten immer wieder freundlich zu und seufzten für sich insgeheim erleichtert darüber auf, daß sie sich bis zu der ersten Taufe nicht wiederzusehen brauchten.

Nach herrlichen Flitterwochen, in denen Cal ganz dem Bann von *Greenlings* verfiel, kehrten die beiden nach New York zurück. Hier konnte Cal genau verfolgen, wie *Abramo* nach reiflicher Überlegung Michaels an die Börse ging. Michael wollte zusammen mit Ellie, Jenny und Cal gerade so viele Aktien selbst halten, daß sie die Kontrollmajorität nicht verloren. Obwohl Ellie protestierte, wurden auf Simons Namen keine Aktien ausgestellt.

»Wenn er zurückkommt, kann er einen Teil von unseren bekommen«, sagte Michael. »Ich kann warten.«

Ganz sagte er damit nicht die Wahrheit. Sicher, er hatte Simon aufgegeben und den Roma gelassen, aber trotzdem sprang er jedesmal erregt auf, wenn die Türglocke schellte, wenn zu ungewöhnlichen Zeiten das Telefon klingelte, oder wenn ein Brief von irgendwo weither kam und mit kindlicher Schrift adressiert war – aber dabei vergaß er immer, daß Simon jetzt kein Kind mehr war. Er wußte, daß Ellie die Verbindung zu ihm nicht abreißen ließ, aber wie sie übereingekommen waren, gingen solche Kontakte heimlich vonstatten und es wurde nie darüber gesprochen. Als Michael jedoch an die unter so schweren Anstrengungen aufgebaute Firma dachte, die nun Fremden zugänglich gemacht werden sollte, überfiel ihn Trauer. Es kam ihm vor, als hätte er für seinen Thronfolger, der schon beim Richtfest gestorben war, einen Tempel gebaut. Nun würde ein großer Teil seines Lebenswerks in die Hände anonymer Aktionäre gelangen, die Anna, Felix oder Simon nie kennengelernt hatten.

Michael verfolgte die unendlichen Formalitäten, die diesen Prozeß begleiteten, und ihm war wie einem Wanderer in der Wüste, der die Sonne am Himmel hochsteigen sieht und ein Kleidungsstück nach dem anderen wegwirft. Wenn die neue Firmenleitung sich nicht ganz und gar idiotisch anstellte, die Kommunisten in Amerika nicht die Macht übernahmen oder wenn es nicht zu einer nuklearen Katastrophe kam, waren nach Regelung aller Einzelheiten jedes Mitglied seiner Familie und ihre Nachkommen auf lange Sicht finanziell gesichert. Sicherheit für alle, außer Simon, aber der hatte seine Wahl getroffen.

Michaels Einkünfte aus *Abramo* sollten die der anderen

nicht übersteigen, und außerdem hatte er sich entschlossen, für die Erhaltung von *Greenlings* selbst zu sorgen. Das verlangte sein Stolz, oder vielleicht war es auch nur seine Dummheit, aber auf jeden Fall würden die ungeheuren Ausgaben dafür sicherstellen, daß er das am wenigsten wohlhabende Mitglied der Familie sein würde.

Er fühlte sich erleichtert. Es war für ihn ein großer Schritt, *Abramo* aufzugeben, und er vollzog ihn nur widerwillig, aber seit Simon nicht mehr da war, machten ihm Entscheidungen, die er früher für lebenswichtig gehalten hatte, keine Freude mehr.

Alles, was er getan hatte, war für Simon gewesen, für die Sicherung seiner Zukunft, aber die hatten ihm die Roma jetzt aus der Hand genommen.

Die Roma. Sie hatten ihm alles geneidet, was er gehabt hatte, und nun hatten sie das Beste bekommen. Seinen Sohn. Jenny gehörte jetzt Cal. Anna würde nicht mehr lange sein, wenn die Ärzte recht hatten.

Anna wußte das so gut wie alle anderen. Außer Michael schienen sie es auch alle zu akzeptieren. Kam das Thema zur Sprache, verließ er das Zimmer. Er wußte genau, daß ein Teil von ihm noch immer zitternd im Besenschrank in der Ryder Street darauf wartete, daß das Beil fallen, der Sommer kommen würde, und dann würden Anna und Felix den kleinen Jungen wieder fortschicken. Jetzt aber war es umgekehrt; Felix war gegangen, und bald würde ihm Anna folgen. Das Gefühl war trotzdem das gleiche. Angst vor der Zukunft. Angst, verlassen zu werden. Eine Lücke würde gerissen werden, die nie mehr ausgefüllt werden könnte. Damit blieben ihm nur *Greenlings* und Ellie.

Ellie hatte schon immer in eine andere Kategorie gehört; bei ihr waren Liebe und Leidenschaft miteinander vermischt, und deshalb konnte man in ihrem Fall nicht von Besitz sprechen. Nun, da ihm *Abramo* bald nicht mehr gehören würde, begann der geschäftliche Alltag langsam, seine Faszination für ihn zu verlieren, wie er Ellie anvertraute. Es würde nicht mehr lange dauern, bis es ihm auch nicht anders ging als all den alten Bürohengsten, die anfingen, Golf zu spielen, nur um ihrem Schreibtisch zu entkommen. Es war zu leicht geworden. Der alte Schwung war hin.

Die Pachterträge aus den Studios wurden gesondert behandelt. Bis auf ein Aktienpaket für Mary Beth, das ihre Unabhängigkeit sichern sollte, wurde alles auf Anna überschrieben, die es bereits testamentarisch an Jenny vermacht hatte.

Nachdem die juristischen Formalitäten abgewickelt waren, kehrte Michael mit Ellie nach *Greenlings* zurück, um den Tag des Abschieds abzuwarten – den Tag, an dem die Aktien an der Börse zum Verkauf freigegeben wurden. Die neue Zentralverwaltung in Los Angeles, ein Turm aus schwarzem Glas und Chrom, in dem Michael um nichts in der Welt hätte wohnen wollen, der aber als Investitionsobjekt gute Renditen versprach, sollte mit einem riesigen Aktionärsball eröffnet werden.

*

Ellie ließ gerade die letzte Anprobe ihres Ballkleids für dieses Ereignis über sich ergehen, als Jenny aus ihrer Garderobe in New York anrief und ihre Freude dreitausend Meilen weit über das Meer sprudeln ließ.

Sie war schwanger.

»Noch sieben Monate, und ich werde Mutter! Stell dir das vor, Mami, ein Baby! Vielleicht bekommt es rotes Haar wie Cal. Er ist so froh, daß er kaum gerade gucken kann, aber die Ballettleute hier werden gar nicht glücklich darüber sein, Mami, das kann ich dir sagen – aber Anna hat gesagt, das wäre immer so, weil es sich für sie einfach nicht gehört, daß Ballerinas Kinder – ach, du meine Güte, stell mich besser zu ihr durch. Das wird sie mir nie verzeihen, daß ich es ihr nicht zuerst gesagt habe!«

Ellie lächelte und sagte nichts dazu; sie freute sich für

Jenny, denn nun würde ihr auch dann noch etwas bleiben, wenn sie nicht mehr tanzen konnte. Ellie hatte nun viele Jahre die Welt der Bühnen erlebt, und für sie gehörten inzwischen alternde Künstler, für die die Bühne ihr ganzes Leben war, zu den traurigsten Anblicken, die man sich vorstellen konnte. Solchen Menschen wurde mit dem Alter auf einen Schlag alles genommen, die Kunst, die Bewunderung, der Beifall – alles, was man bis dahin für Liebe gehalten hatte, verblaßte schließlich zu Berühmtheit und dann schließlich zu einer kurzen Erwähnung ganz unten auf der letzten Seite, in der der Name falsch geschrieben stand.

Da war es doch besser, für die Kinder zu leben, auch wenn das wie mit Simon Schmerzen brachte. Seinen Vater hatte er jedoch viel tiefer verletzt. Sie hatte Michaels große Erwartungen nie geteilt, und deshalb hatte die Enttäuschung ihr weniger Schmerzen bereitet, aber ein nagendes Gefühl hinterlassen. Sie wußte, daß ihr Sohn sie liebte. Er schrieb ihr dann und wann schwer leserliche, kurze Briefe, und sehr selten rief er an – aber immer dann, wenn Michael ganz sicher nicht zu Hause war.

Ohne das Wissen ihres Mannes hatte sie sich einmal mit Simon getroffen. Er hatte angerufen, als Michael bei Pete in Japan war, er wußte, daß die Zeit für Chitas alljährlichen Besuch bei ihren Angehörigen in Guadalajara gekommen war. Ellie war überrascht, als er ihr als Treffpunkt *Que Vista* vorschlug, überrascht und überglücklich – obwohl sie ihr Bestes versuchte, nicht zu viele Hoffnungen in sich aufkommen zu lassen. Sie wußte, daß er bei den Roma glücklich war und es ihm nie in den Sinn kommen würde, auch nur entfernt an eine Rückkehr zu denken. Trotzdem, er wollte sich mit ihr treffen, und für den Augenblick reichte ihr das schon. Für einen Verhungernden ist eine Brotkrume ein Festmahl.

*

Er kam lautlos und zu Fuß, während sie ihm sein Lieblingsessen – Krabbensalat – bereitete. Die Arbeit hatte ihn sehnig werden lassen, er war hagerer geworden, aber nicht mager. Vor allem aber war er älter, viel älter. Und unruhig war er auch.

Am liebsten hätte sie ihn in die Arme genommen und ihm gesagt, es sei doch alles nicht so wichtig, aber er berührte nur kurz ihre Hand und zog sich sofort wieder an das verwitterte Geländer des Vorbaus von *Que Vista* zurück, an dem er sich festklammerte, als wäre es ein Rettungsboot.

Es war schon dunkel, und das Meer lag still wie eine Zinnschüssel vor ihnen, in der der Mond schaukelte. Irgendwo am Horizont lag eine Yacht vor Anker, und ab und zu wehten Musikfetzen von ihnen herüber.

»Du hast mir gefehlt«, sagte sie sanft.

»Ja. Du mir auch.«

»Aber jetzt bist du ja hier.«

Nimm mich bei der Hand, wollte sie ihm zurufen, nimm deine Mutter bei der Hand, sie hat Angst, dich zu berühren. Die Entfremdung zwischen uns beiden ist inzwischen so groß geworden, daß sie Angst hat, du könntest sie wegschieben und wieder weglaufen.

»Ja.« Er sah auf das Meer hinaus. »Wirklich schön hier, nicht?«

»Dir hat es hier immer am besten gefallen.«

»Es ist offen hier. Das ist es, was Papa nie gesehen hat. Ich habe *Greenlings* gehaßt – jedesmal, wenn ich heimkam, war mir, als würde ich durch ein Gefängnistor gehen – und die Schulen waren am schlimmsten ... Es war wie ein Transport von einem Gefängnis zum anderen. Irgendwie wollte ich von den Sachen, die Papa für mich wollte, nie etwas wissen. Immer mußte man mitmachen, dabei sein, in den Club eintreten, und das wollte ich nicht. Die Leute waren so dumm. Dad hat immer gedacht, ich wäre es, der dumm ist, aber ...«

»Nein, er fand nur, daß du dich nicht anstrengst.«

»Nein, so war es nicht. Sie haben mir nur nie etwas vorgeschlagen, wofür ich mich gern angestrengt hätte.«

Sie aßen draußen von Papptellern und blieben sitzen, ohne

noch etwas zu sagen, bis der Mond sie an den Strand zu ziehen schien, zu dem nassen, silbernen Sand, der morgen früh ganz anders aussehen würde. Der Rumpf der Yacht zeichnete sich schwarz gegen das Wasser ab, ein Bild, das fast unwirklich schön wirkte.

»Hier gefällt es mir am allerbesten«, sagte sie. »Das erinnert mich daran ... Das Meer ist immer hier, und es wird ewig und ewig hier bleiben.«

»Aber wir nicht.«

Sie zuckte die Achseln. »Großmama, Felix, Anna geht es jetzt auch nicht mehr gut ...«

»Hör mal, es tut mir leid, ich weiß, sie ist deine Mutter und alles, ich weiß, aber ich konnte sie nie leiden, und das kann ich auch jetzt nicht.«

Ellie lachte leise. Sie hatte ihm nie die ganze Geschichte erzählt – und das hatte sie auch jetzt nicht vor –, nur, daß sie von ihren Großeltern väterlicherseits in Deutschland aufgezogen worden war. Oft war sie schon versucht gewesen, ihm die Wahrheit zu sagen, aber in der Vergangenheit dieser Familie gab es schon zu viele dunkle Punkte. »Ich will es dir ehrlich sagen, Simon. Ich bewundere meine Mutter, manchmal sogar sehr, aber leiden konnte ich sie auch nicht besonders.«

Er wandte sich ihr zu, und sein Gesicht wurde von Mondlicht überflutet. »Bei dir ist das aber nicht so. Es war mir immer irgendwie peinlich, wenn du mir einen Kuß gegeben hast, während andere Leute dabeiwaren, aber eigentlich bist du in Ordnung. Richtig voll in Ordnung.«

»Ich habe das gemerkt. Buben sind eben so.«

»Aber nur wenn jemand dabei war. Eigentlich hat es mir doch gefallen.«

»Ja.« Auch sie wußte, daß er ihr zu sagen versuchte, daß er sie gern hatte und liebte, aber zu verlegen war, um die Worte über die Lippen zu bringen.

Sie gingen schweigend weiter. Bei den Felsen kehrten sie um, und als eine Welle ihre Knöchel überspülte, nahm Simon ihre Hand. Auch als sie sich verlaufen hatte, ließ er sie nicht los, sondern ließ sich von ihr führen, wie er das als kleiner Junge getan hatte. Sie dachte bei sich, daß seine Hand inzwischen größer geworden war, eine Männerhand, aber daß er sie noch immer auf seine charakteristische Art nicht ruhig halten konnte, weil eine innere Unruhe ihn trieb. O ja, er war noch ihr Simon ... und es war ein wunderbares Gefühl, seine Hand zu halten.

Er war jetzt gelöster und erzählte ihr viele Dinge von seinem jetzigen Leben. Zuerst war sein Onkel an der Reihe, den er zugleich verachtete und mochte.

»Er kann einfach nicht genug bekommen. Er wird sich noch umbringen mit seiner Sauferei und den ewigen Zigaretten, aber er ist locker, verstehst du? Wenn ich um ein Pferd handele, oder wenn ich eines verkaufen will, erwartet er keine Wunder von mir, verstehst du? Wenn ich einen Profit mache, freut er sich, wenn ich einen großen Profit mache, freut er sich noch mehr. Tomo ist da ganz anders. Er ist mein Freund. Wir sind immer zusammen.«

Eine Frage brannte ihr auf der Zunge, aber sie traute sich nicht, sie zu stellen. Schließlich beantwortete er sie ihr selbst.

»Tomo ist verrückt nach Frauen ... natürlich nur *Gajas* ... Die Mädchen von den Roma machen so was nicht ... na ja, du weißt ja. Die Jungen an den Feuern reden nicht so viel darüber wie die in den Schulen, selbst die jüngsten! Wenn abends im Schlafsaal das Licht ausging, haben sie über nichts anderes geredet als über Rugby und Sex, und wieviele Mädchen sie schon ... du weißt schon ... Das war natürlich alles gelogen; überhaupt keine Mädchen kannten sie, und selbst wenn, die waren doch fast alle viel zu jung dafür.«

»Auf dem Gebiet lügen viele Jungen.«

»*Gaje* vielleicht. Sie sind beschissene Lügner, weil sie zu dumm zum Lügen sind. Bei etwas zu lügen, das jeder durchschaut ... Ich lüge auch, aber ich kann es gut, und ich lüge, um ein Geschäft abzuschließen ... und auch nur dann, wenn ich sicher bin, daß sie es nie herausbekommen werden.«

Sollte sie ihm jetzt einen Vortrag über die Tugend der Wahrhaftigkeit halten? Es wäre sinnlos. Die Roma lebten vom Lügen und schätzten einen geschickten Lügner hoch ein.

»Habe ich dir schon gesagt, daß Jennys Ehe sehr glücklich ist und daß sie ein Kind erwartet?« Es war ein ungeschickter Übergang, aber sie mußte es wissen. Vielleicht gab es etwas, das er – oder die beiden – brauchten. »Wie steht es mit dir? Gibt es ein Mädchen, auf das du ernste Absichten hast?«

Der Wind drehte sich und wehte leise Musik her.

»Vielleicht.« Plötzlich wandte er sich ab und ließ ihre Hand los, als hätte er schon zu viel gesagt. »Hat er dir gesagt, du sollst mich das fragen?«

»Nein, natürlich nicht, er weiß gar nicht, daß wir uns treffen.«

»Es geht ihn auch nichts an! Er sollte besser nicht erwarten, daß ich zu ihm zurückgekrochen komme, wenn ich heiraten will.«

Sie seufzte. »Du bist ungerecht, weißt du. Er wollte für dich doch nur das, was er für das Beste hielt.«

»Und für die Firma, nicht wahr? Er wollte doch unbedingt, daß ich einsteige. Felix wußte, daß mir das nicht gefallen würde, und Großmama wußte es auch. Sie wußte eigentlich so ziemlich alles.«

»Aber sie hat deinen Vater sehr geliebt«, sagte Ellie leise.

»Und deshalb soll ich ihn auch lieben, ja?«

»Nein, aber ich wünschte, du würdest es tun. Er liebt dich auf seine Art.«

»O nein. Ich gehöre zu den Roma, und er haßt uns. Er schämt sich unserer auch, weil er zu fein für uns ist mit seinen Seidenanzügen und eleganten Schuhen. Sie wissen das, in der *Kumpania* wissen es alle, sie sprechen an den Feuern darüber. Es kränkt sie. Zigeuner haben auch Gefühle.«

»Wie dein Vater.«

Er lachte kurz und hart. »Seine gelten nur in seinem Haus und seiner Firma.«

Und beides haßte Simon. Ihren Besitzer haßte er noch mehr.

Viel zu schnell sahen sie wieder die Lichter von *Que Vista* vor sich. »Hör zu«, sagte er plötzlich und schob ihr einen Zettel in die Tasche. »Wenn es sein muß, kannst du hier etwas ausrichten lassen.«

Er wollte also schon gehen. »Du könntest hier übernachten, hier auf dem Vorbau schlafen, wie früher.«

Einen kurzen Augenblick sah sie in seinen Augen einen wehmütigen, schmerzlichen Ausdruck, aber vielleicht hatte sie sich bei der Beleuchtung auch geirrt.

»Nein, ich muß los. Ich habe morgen in Sacramento geschäftlich zu tun.«

Geschäftlich. Wahrscheinlich wollte er wieder ein abgehalftertes Pferd kaufen. Wie jung du doch bist, dachte sie, wie unerfahren. Noch kein Panzer, keine harte Schale, aber wieviel Leid hast du uns gebracht ...

Plötzlich, als hätte er sich überlegt, daß es jetzt oder nie hieß, lehnte er sich vor, legte seine Arme um sie und drückte sie so fest an sich, daß sie an ihm den Geruch von Meerwasser und Pferden spürte. Er berührte sie kurz mit seiner warmen jungen Wange, und das war alles. »Bis dann, Mama!« sagte er heiser. Dann ging er mit schweren Schritten zurück zu dem verbeulten Wrack seines ehemals hübschen kleinen Wagens.

Als seine Rücklichter um die Kurve verschwanden, klang eine letzte Melodie von der Yacht herüber.

Ja, dachte Ellie noch einmal. Es ist wirklich besser, für die Kinder zu leben, auch wenn das manchmal Schmerzen bringt. Sie freute sich darüber, daß Jenny schwanger war, sie freute sich sehr.

49

Die Versammlung war vorbei, und die Familien der *Kumpania* zerstreuten sich wieder. Routineangelegenheiten waren routinemäßig erledigt worden. Der Sohn eines der Mitglieder lag verletzt in Ohio, und da die Eltern kein Geld hatten, war nun entschieden worden, ob man ihnen die Flugkarte für die Rückreise bezahlen sollte. Der Rom Baro war gleich einverstanden gewesen, die anderen daraufhin auch, und nachdem ein Hut herumgegangen und jeder seinen Beitrag geleistet hatte, wurden Gebete angestimmt, um den Heilungsprozeß des Sohnes zu beschleunigen. Nun war das alles getan, und die Männer schlenderten zu ihren Wagen zurück, um sich auf die Treppe zu setzen, zu rauchen und zu trinken und sich dabei noch einmal über Argumente und Gegenargumente zu unterhalten.

Farah blieb beim Feuer der *Kumpania* und winkte Simon zu sich her, wie sie das in der letzten Zeit immer häufiger tat.

»Wenn doch nur alles so einfach wäre«, seufzte sie. Sie seufzte inzwischen recht häufig. Im ersterbenden Licht des Feuers waren ihre Augen wie zwei schwarze Löcher, die nichts widerspiegelten. Sie rieb sich den Rücken und lehnte sich an einen Telegrafenmast.

»Es ist wirklich toll, wie sie alle zusammenlegen, um einander zu helfen«, sagte Simon; er meinte jedes Wort davon ehrlich.

»Ja, aber manchmal reicht es nicht, den Hut herumgehen zu lassen. Nächste Woche wird es Probleme geben. Bilbo hat um Duis Mädchen angehalten, aber dieser verdammte Dui will auch noch Brautgeld – zweitausend Dollar verlangt er, obwohl das Mädchen keine fünf Cent wert ist! Er will die alten Gebräuche wahren, sagt er. Gott ist mein Zeuge, daß ich auf meine Art die Traditionen pflege, aber allein daß der Mann so dumm ist, sie zu wollen, ist schon ein Wunder. Sie kann nicht verkaufen, und wahrsagen kann sie auch nicht – und was nützt einem eine

Frau, die sich nicht mit Kartenlesen einen Dollar oder zwei verdienen kann, sag mir das? Außerdem heißt es, sie ist schon benutzt.«

Das letzte Wort flüsterte Farah; die Jungfräulichkeit eines unverheirateten Mädchens wurde fraglos vorausgesetzt, und bereits das Thema war tabuisiert. Sie stocherte im Feuer herum, daß Funken flogen, und dann legte sie trotz der heißen Nacht Holz nach.

»Ich habe einmal für Duis Tochter Arbeit besorgt, sie sollte einen Tag das Haus einer alten Schachtel putzen, die sie in die Klapsmühle abgeschoben hatten. Die Angehörigen wollten das Haus sauber haben, bevor sie Inventur machten. So eine Chance bekommt man im Leben nicht mehr, meinst du nicht auch? Man sollte doch meinen, daß sie in ihrer Schürze irgendeine Kleinigkeit mitbringt, vielleicht eine Uhr oder zwei, ein paar Ringe, Gold, Silber oder sonstigen Schmuck. Aber nein, doch Duis Goldschatz nicht! Sie bringt gerade ihren dürftigen Arbeitslohn mit und eine Dose Gesichtscreme gegen Falten! Gut hat sie gerochen! Ja, ja, es ist kein Zuckerlecken, Rom Baro zu sein, glaub mir das.«

Er spürte ihren Blick wie Messer auf seiner Haut, aber er wartete darauf, daß Feya erscheinen würde. Vielleicht würde sie ihm zulächeln oder ein Wort mit ihm sprechen, aber Farah hielt sie unter Verschluß. Die jungen Leute arbeiteten oft in Gruppen und versuchten, erfolgreichen Wettern das Geld aus der Tasche zu ziehen, wenn sie von der Rennbahn weggingen, oder sie fielen über einen teuren Laden mit nur einer Bedienung her, den sie sich vorher ausgesucht hatten. Bis die Polizei kam, waren sie längst mit vollgestopften Taschen über alle Berge. Bei solchen Gelegenheiten war er mit Feya zusammen, aber sonst nie.

Trotzdem wußte Farah, wie er fühlte, das merkte er.

Er war nun schon lange bei der *Kumpania*, aber nur einmal war er mit Feya allein gewesen. Bei der Hochzeit eines Verwandten war plötzlich der Moment unerwartet gekommen, wie durch Zauberei war eine Kerze abgebrannt, und bis die nächste gefunden wurde, war es dunkel in dem Zimmer.

Feya hatte ganz nahe bei ihm gestanden, sie hatte ihn leicht berührt, und er hatte sie an sich gezogen, seine Lippen kurz auf ihre nackte Schulter gedrückt, und sie dann auf den Mund geküßt. Er hatte die Gardenie in ihrem Haar, die Creme aus Honig und Rosenwasser an ihrem Hals gerochen und auf ihren Lippen eine seltsame Mischung von Milch und Wein geschmeckt.

Danach hatte er sie immer nur kurz gesehen; sie schlug dann die Augen nieder, wurde rot, und manchmal schenkte sie ihm ein strahlendes Lächeln – aber die elastische Seide ihres Mundes hatte seitdem jeden Tag Wärme in seine Gedanken gebracht.

Wie die anderen jungen Zigeuner führte er *Gajas* aus, aber mit den Mädchen der Roma hatte er noch Schwierigkeiten, weil er sich nicht richtig auskannte. Oberflächliche Affären kamen nicht in Frage, und selbst ernste Absichten wurden nur langsam erkannt, in all ihren Konsequenzen sorgfältig geprüft, und erst wenn sich alle Beteiligten handelseinig waren, wurde endlich eine Entscheidung gefällt. Da Tugend nach wie vor den höchsten Marktwert garantierte, paßten die Mütter auf wie früher die Anstandsdamen, und dazu war Farah keine gewöhnliche Zigeunerfrau, sondern eine Tigerin. In der letzten Zeit hatte sie Simon oft angesprochen, ausgehorcht und Andeutungen gemacht – oder, wie jetzt, Angelegenheiten der *Kumpania* mit ihm durchgesprochen. Warum?

»Schau sie dir doch an«, sagte sie gerade verächtlich und wies mit ihrer kleinen braunen Hand auf die Wohnwagen mit den Feuern und den Grüppchen von Zigeunern, die darum saßen. »Immer müssen sie geführt werden, wie die Schafe. Gott allein weiß, wer die Führung übernimmt, wenn ich einmal nicht mehr da bin. Ich sehe niemanden, der das Zeug zum Rom Baro hätte. Was meinst du dazu?«

Ein Rom Baro wurde nicht gewählt, das wußte er. Jeder

konnte aufstehen und sagen »Ich bin Rom Baro«, aber wenn er die Führungsqualitäten nicht besaß, die seinem Anspruch Gewicht verliehen hätten, lachten die anderen nur, machten, was sie wollten und bekamen Streit miteinander. Nach allem, was er gehört hatte, konnten sie dabei manchmal in ernste Schwierigkeiten geraten.

»Mein Gott, woher soll ich das wissen? Vielleicht Tomo?« Der Vorschlag entsprang in erster Linie seiner Loyalität, weil er von Tomo, der oft darüber sprach, wußte, daß er gern Farahs Nachfolger werden wollte. Sie waren nach wie vor Freunde und teilten einen Wohnwagen, aber in der letzten Zeit hatte sich die Stimmung etwas verändert; feindselig war Tomo nicht, nicht einmal kühl, aber gleichgültig, ja, das war er, gleichgültig.

Farah grinste. »Tomo. Der Apfel fällt nicht weit vom Stamm, was? Ich glaube eigentlich nicht, weil er später bestimmt auch einmal fett und faul wird wie Dui. Ein Anführer muß auch führen und den *Gaje* dann und wann eine Lektion erteilen, um ihnen zu zeigen, daß wir nach wie vor besser sind als sie. Dazu gehört ein Mann mit Mut.« Sie ließ ihr mitternachtschwarzes Haar fliegen und sah ihn kurz von der Seite an. »Sicher, es kann auch eine Frau sein, aber gewöhnlich haben Männer mehr ... Kraft, wenn du weißt, was ich damit meine. Es gibt Naturbegabungen wie Micah; Großmama hat immer gesagt, dein Vater wäre der beste von allen. Na ja, vielleicht heiratet Feya einmal einen tüchtigen Mann. Es gibt ja weiß Gott genug junge Männer, die mich darum gebeten haben, Bedingungen zu nennen. Tomo zum Beispiel ...«

Sie ließ den Namen in der Luft hängen.

Tomo zum Beispiel.

»Auf der anderen Seite«, sagte sie und erhob sich dabei langsam, »wird es schon ein reicher Mann sein müssen, wenn er Feyas Brautgeld zahlen will. Was meinst du?«

*

Der *Abramo*-Turm aus schwarzem Glas und Chrom mochte

vielleicht schlicht sein, aber die Dekorationen für den Abend waren es nicht. Die beherrschenden Farben waren Rosa und Weiß, und die große Eingangshalle war ein Blumenmeer.

An der Treppe standen große Silbereimer mit rosa und weißen Nelken, Wände und Säulen waren mit Tausenden von Rosen geschmückt.

Aus dem Orient waren rosafarbene Lilien eingeflogen worden, die jedoch einen so betäubenden Duft verströmten, daß im weiteren Verlauf des Abends, als die Gäste zu tanzen begannen, die breiten Türen des Balkons hoch über der Wilshire Avenue geöffnet werden mußten.

An kleinen Tischen saßen sorgsam ausgewählte Paare und nippten an rosa Champagner, der ihnen vom Kellner mit weißen Handschuhen serviert wurde. Die elegante Mrs. Michael Abramsky in einem burgunderroten Samtkleid und ihre schöne Tochter, die berühmte Tänzerin, in einem blütenrosa Kleid wandelten zwischen ihnen durch, lächelten den Gästen zu, schüttelten ihnen die Hand und murmelten Artigkeiten vor sich hin.

Bewundernswerte Gastgeber sind sie alle, dachte Michael. Auch wenn er sie selbst ausgebildet hätte, hätten sie ihre Sache nicht besser machen können. Das sagte er auch zu Calvin, der neben ihm stand.

»Ja, jede Firma sollte soviel Glück haben ... obwohl ich mich jetzt frage, ob es überhaupt nötig gewesen wäre, die Sache voll durchzuziehen. Nach der letzten Meldung von der Börse werden wir bis morgen früh mehr Interessenten haben, als wir brauchen können.«

»Wir werden sehen.«

Nachdem sie einige Kisten Champagner geleert hatten, waren die Gäste lebhafter geworden; sie tanzten auf der Terrasse, manchmal war lautes Lachen zu hören, und auf den Treppen standen Gruppen, die in angeregte Unterhaltungen vertieft waren.

Dies waren Leute, die alles besaßen, was sie verkraften

konnten. Nun waren sie auf der Ausschau nach Kultur, und allgemein war das Gefühl weit verbreitet, daß die Abramskys ihnen da weiterhelfen könnten. Ellie dachte bei sich nur, wie sie wohl reagieren würden, wenn sie ihnen Lily Finn für eine Woche ausleihen oder sie mit Lottes Rezept für bleischwere Kartoffelknödel beglücken würde.

Für Essen interessierte sich jedoch hier niemand – nirgends war ein dicker Bauch oder ein Doppelkinn zu sehen; der Buffettisch, der mit den Köstlichkeiten der Nouvelle Cuisine lockte, wurde nur selten aufgesucht. Die Gäste waren nicht hergekommen, um sich satt zu essen. Dieses soziale Ereignis würde morgen an prominenter Stelle in den Klatschkolumnen besprochen werden, und viele hatten sich zwar nicht unbedingt danach gesehnt, eingeladen zu werden, aber niemand konnte es sich leisten, nicht dabeigewesen zu sein.

Außerdem wollten alle diese rätselhafte Familie kennenlernen.

Die älteren Abramskys blieben an der Westküste meistens unter sich, und man hatte es weithin aufgegeben, an sie heranzukommen, aber das strahlende junge Paar war diese Saison für Einladungen begehrt wie kein anderes. Sie war trotz ihrer Jugend bereits von dem magischen Ruhm der Stars umgeben, und dazu noch in der ernsten Kunst und nicht nur in der Unterhaltungsbranche. Von ihrem Mann sagte man nur, daß Michael Abramsky die Zügel an niemand anderen weitergegeben hätte. Nicht einmal an seinen Sohn ... obwohl man von dem nie viel hörte, oder? Irgendwie hatte man den Eindruck, daß er immer gerade nicht kommen konnte, weil er in der Schule unabkömmlich war. Eigentlich verblüffend, wie viele erfolgreiche Männer ewige Schüler zu Söhnen hatten.

Eine Gruppe von sechs jüngeren Tänzerinnen führte in rüschenbesetzten Nell-Gwynn-Kleidern einen Tanz vor; die Mädchen hatten kleine Körbe in der Hand, die allerdings nicht mit Orangen gefüllt waren, sondern mit Geschenken für die weiblichen Gäste, kleine Cartier-Broschen, die in winzigen Diamanten das *Abramo*-Zeichen trugen.

Die Damen öffneten unter »Oohhh!« und »Aahhh!« die rosa und weiß gestreiften Schmuckkästchen, Ellie lächelte ihnen zu und sagte leise zu Michael: »Lächerlich protzig!« Eine Sekunde später bekam sie von Mary Beth mit dem gleichen verbindlichen Lächeln das gleiche zu hören.

Michael lachte. »Habt ihr die Vorauswerbung schon für aufwendig gehalten? Wartet nur ab, wie es morgen weitergeht!« sagte er leise.

In diesem Augenblick erschien Cal und flüsterte ihm zu: »Was haben denn die Kellner? Ach, du meine Güte, es sieht so aus, als hätten wir es mit einer Invasion zu tun – laß nur – ich sehe zu, ob ich etwas ...«

Inzwischen ließ sich nicht mehr verheimlichen, daß irgend etwas geschehen war. Michael war der erste, der erkannte, was sich hier abspielte.

An der Eingangstür kam es zu einem kurzen Getümmel, und dann drängte sich lachend und überschwenglich eine Gruppe von jungen Leuten mit ungekämmten Haaren herein. Sie riefen sich über die Tische Scherzworte zu, nahmen sich von den Tabletts Gläser mit Champagner, leerten sie mit einem Zug, warfen sie sich über die Schulter und lachten, als sie das Kristallglas zersplittern sahen.

Die jungen Männer mit den Halstüchern sahen sich den Buffettisch an und holten sich mit der bloßen Hand bündelweise von den hauchdünnen Lachs- und Schinkenscheiben, wickelten feine Pilzchen darin ein, nahmen sich ganze Räder besten Käses und stopften sich die Taschen mit Delikatessen voll.

Einige mischten sich unter die Gäste, bewunderten Krawatten und betasteten Anzüge von Yves St. Laurent, Schuhe von Gucci oder die Schlangenledertaschen der Frauen – die zum größten Teil wie erstarrt sitzen blieben, als dunkle Finger ihre Diamantohrringe oder Perlenketten berührten. Ob diese Neuankömmlinge vielleicht zum Unterhaltungsprogramm des Abends gehörten?

In ihrer Unsicherheit ließen es viele Frauen widerstandslos zu, daß irgendein Mädchen ihre gepflegten Hände an sich riß, in atemberaubender Geschwindigkeit die Zukunft las und dann in barschem Ton seine Bezahlung dafür forderte. Wie die Schafe nahmen die Frauen gehorsam ihre Handtaschen und bezahlten, obwohl die Honorare unglaublich hoch waren.

Mutigere Gäste erhoben sich von ihren Plätzen und versuchten, den Neuankömmlingen zu entkommen, diese ließen sich jedoch nicht beirren, sondern bettelten wild gestikulierend weiter, bis sie schließlich zu unverhüllten Einschüchterungsversuchen übergingen.

Michael war wie alle anderen wie vom Donner gerührt und sah tatenlos zu.

Die Roma. Sie waren im Pulk angetreten und hatten deutlich die Absicht, eine Szene zu provozieren. Wohl überlegt, denn es war sonst nicht ihre Art, nur Jugendliche zu schicken und Massenverhaftungen zu riskieren. Unter normalen Umständen hielten sie sich an nichtsahnende Opfer. Sie suchten sich in kleinen Grüppchen von zwei oder drei Leuten ein Opfer aus und ließen ihm so lange keine Ruhe, bis es entweder etwas gekauft oder ihnen etwas gegeben hatte. Wie sie sich hier benahmen, war nicht typisch für sie, nicht im geringsten. Das Risiko war für die spärliche Beute, die es hier zu holen gab, viel zu hoch. Michael griff sich den nächstbesten jungen Mann, einen dunkelhaarigen unrasierten Halbwüchsigen.

»Raus hier! Augenblicklich, und zwar alle!«

»Wer sagt das?«

»Ich. Dies ist mein Haus und meine Party. Ich bin der Hausherr.«

Der junge Mann lächelte; irgend etwas an ihm kam Michael bekannt vor, aber es fiel ihm im Augenblick nicht ein, wer es war.

»Und wenn wir nicht gehen?« Er fragte es auf romani, und

jetzt konnte kein Zweifel mehr daran bestehen, wer das war. Tomo.

»Dann lasse ich die Polizei holen.«

Tomo schlenderte lässig zu den anderen, um Bericht zu erstatten, und dann bildete sich eine Gruppe um einen zweiten jungen Mann, der Michael den Rücken zugewandt hatte. Er trug eine schwarze Lederjacke mit einer dazu passenden Mütze; an seinem Arm hing ein Mädchen und sah bewundernd zu ihm auf. Auch sie kam ihm bekannt vor.

»Soll ich die Polizei rufen, Michael?« fragte Cal. Ihm gefiel die unerwartete Wendung nicht, die die Party genommen hatte, aber noch mehr Sorgen machte ihm die Tatsache, daß diese Leute Zigeuner waren. Er kannte die Familiengeschichte. Michael wollte gerade nein sagen, um den Jugendlichen die Möglichkeit zu lassen, ohne große Probleme wieder zu verschwinden, als der junge Mann mit der Lederjacke den Schöpflöffel aus Kristallglas aus der Bowlenschüssel nahm und ihr damit einen harten Schlag versetzte, so daß die Schüssel zersplitterte und die Kristallscherben in allen Regenbogenfarben schillernd durch die Luft flogen.

»Ja, ruf die Polizei. Schnell.«

In dieser Gegend und bei einer solchen Party kam der Polizeiwagen fast schneller, als Cal den Hörer auflegen konnte. Das brachte die Zigeuner zum Verstummen; sie drehten sich wie ein Mann alle Michael zu.

»Was wollen Sie von uns? Was haben wir getan?« fragte der junge Mann in der Lederjacke den Polizisten.

»Unbefugtes Eindringen, Vandalismus ...«

Michael hörte, wie Ellie hinter ihm nach Luft schnappte. Der Mann mit der Lederjacke hatte inzwischen seine Mütze abgenommen. Das lange, ungepflegte Haar darunter war blond.

Simon. Er starrte seinem Vater trotzig ins Gesicht.

Neben ihm schaute ein bezaubernd schönes Mädchen mit einem spitz zulaufenden Gesicht voller Bewunderung zu ihm hoch. Ein Mädchen mit Silbermünzen im Haar. Farahs Tochter, Feya.

Jetzt wußte er, was Simon zu den Roma zog. Es war nicht nur die Erinnerung an Großmama oder die Verachtung für seinen Vater, sondern ein Mädchen, der stärkste Magnet der Welt. Wenn sie als Verführerin nur halb so gut wie ihre Mutter war …

»Soll ich sie verhaften?« fragte der Polizist.

»Nein. Zu verhaften brauchen Sie niemanden, aber schaffen Sie sie mir aus den Augen!«

Nun sah ihm Simon direkt ins Gesicht und lachte. »Was? Keine Anzeige? Obwohl wir uns auf Privatbesitz befinden?«

*

Am nächsten Tag stellte Michael die Anstifterin. Er wußte, wer die Sache eingefädelt hatte, aber den Grund kannte er nicht. Er fuhr die ganze Nacht hindurch, und am nächsten Morgen hämmerte er um sechs Uhr früh an die Tür des cremefarbenen Wohnwagens.

Er erschrak, als sie die Tür öffnete. Ihr Gesicht war hager, ihre schwarzen Augen lagen tief in den Höhlen und blickten ihn haßerfüllt an.

»Komm rein.«

»Ich dachte, Frauen dürfen keine Männer in ihren Wagen einladen.«

»Ich spreche nicht als Frau zu dir. Ich bin Rom Baro. Falls du das vergessen haben solltest, das ist Romani und heißt Großer Mann. So behandelt man mich auch.«

»Du weißt, warum ich hier bin.«

Kurz trat ein bösartiges Lächeln in ihre Züge. »Ja. Wie ging sie denn, deine kleine Soiree, Micah? Du hättest wohl nicht gedacht, daß die ungebildeten Roma solche Wörter kennen, was?«

»Das wußte ich. Für dumm habe ich dich nie gehalten, und für ungebildet auch nicht.«

»Nur für wegwerfbar.« Der Haß, der in ihren Augen aufblitzte, ließ ihn einen Schritt zurücktreten.

»Du wußtest doch, daß ich verheiratet bin.«

»Mit einer *Gaja*! Das hat doch nichts zu bedeuten.«

»Kommen wir auf gestern abend zurück. Warum?«

Sie zuckte die Achseln. »Dein Junge sollte sehen, wie es ist, wenn man den Anführer spielt.« Da stand sie in ihrem luxuriösen Wohnwagen und lachte ihn aus. Sie spielte sogar mit den Goldketten um ihren Hals und weckte in ihm damit Erinnerungen an die Brandung und die Küsse und den Rausch, der damals kein Ende zu haben schien.

»Warum, Farah?« beharrte er.

»Frag doch Simon. Die Sache mit deiner Party stand in der Zeitung, und da dachte er, daß das für unsere Leute eine wertvolle Lektion sein könnte. Er wollte ihnen damit vor Augen führen, daß wir noch immer ein wenig Macht über die *Gaje* haben, auch wenn es nur die ist, ihre snobistischen kleinen Spielchen zu stören.«

»Gar nichts habt ihr unterbrochen, ihr habt nur eine nette Party für nette Leute gestört. Ich weiß, daß die Idee nicht von ihm war, und deshalb frage ich dich noch einmal: Warum hast du sie geschickt? Ich finde, du bist mir eine Antwort schuldig.«

»Gar nichts bin ich dir schuldig, Micah, außer Sorgen und so viel Kummer, wie ich dir bringen kann, das bin ich dir schuldig.«

»Du hast meinen Sohn. Reicht das noch nicht?«

Sie lachte, und sie lachte noch immer, als er die Tür hinter sich geschlossen hatte und davongefahren war.

*

Nachdem die jungen Zigeuner in einem Restaurant, das die ganze Nacht geöffnet hatte, etwas gegessen und getrunken hatten, fuhren sie mit einem Lieferwagen und vier Autos zurück nach Sacramento. Simon fuhr noch immer das kleine silberblaue Kabrio, in dem nur Platz für zwei war, also für ihn selbst und Feya. Er verfehlte in der Dunkelheit absichtlich die Ausfahrt zur Schnellstraße, aber den Weg zur Paradise Cove fand er ohne Probleme.

»Möchtest du einen Spaziergang machen, Feya?«

Sie sah ihn mit großen Augen ängstlich an, aber die Versuchung war zu groß. Er roch ihr süß duftendes Haar an seiner Wange, und er fühlte ihr kleine, warme Hand in seiner.

»Na gut«, hauchte sie. »Aber nur eine Minute, Simon, nur eine Minute.«

»Klar.«

Sie gingen Hand in Hand am Strand entlang; rechts von ihnen erhoben sich riesige Sandsteinklippen, und links sprudelte das silberne Wasser und ließ im Rhythmus seines Herzschlags Wellen ans Ufer donnern.

»Feya!«

Er wandte sich ihr zu, aber sie war ihm schon einen Schritt voraus. Ihr Mund öffnete sich unter seinen Lippen, sie stöhnte und fuhr ihm mit der Zunge über die Lippen und das Kinn.

»Simon, Simon, ich will dich so sehr, Simon, großer Gott, laß mich nicht – laß mich nicht – nicht, meine Mutter bringt mich um, sie bringt uns beide um, aahh, faß mich an, berühre mich, ich will deinen Mund spüren, Simon.« Sie zog sein Gesicht an ihren Hals und an ihre nackte Brust. »Ja, ja, noch mal, Simon, noch mal. O Simon, nächtelang habe ich an dich gedacht, bis es hell wurde, nur an dich, und ich hatte ein Gefühl, als würde ich verbrennen, und die ganze Zeit liegt sie im anderen Bett und beobachtet mich, belauert mich ununterbrochen und läßt mich nie aus den Augen. Sie ist immer da, und sie weiß es, sie weiß, daß ich es will, daß ich dich will, Simon, daß ich es mit dir machen will – mein Gott, Simon.«

»Wir könnten weglaufen ...«

»Du weißt doch, daß ich das nicht kann. Das ist nicht unsere Art ...«

»Dann laß mich, bitte laß mich ... Feya, ich halte das nicht mehr aus ...«

»Nein, nein, nein, nein, du hast es mir versprochen, bring mich nicht dazu, daß ich dich lasse, küß mich nur da, ja, o ja, küß mich da, ja! ja! nicht aufhören, du darfst nie aufhören, nie … aufhören … nie, nie aufhören!«

Sie zitterte, verstummte, seufzte tief, schob ihn zurück und knöpfte sich die Bluse zu.

»Hör zu, Feya, ich halte das nicht mehr aus, ich sage es dir, ich …«

»O doch! Du hältst es aus, Simon. Du kannst warten, und wenn wir verheiratet sind, darfst du immer, hörst du, immer.« Sie besiegelte ihr Versprechen mit einem Kuß, und dann nahm sie ihn bei der Hand und zerrte ihn zum Wagen zurück, weil Farah in Sacramento wartete. »Sie schaut auf die Uhr, Simon, sie schaut auf die Uhr, damit keiner von uns zu lange fort bleibt. Wir dürfen nicht das letzte Auto sein, das ankommt. Du mußt jetzt fahren wie der Teufel.«

50

Aus Monaten wurden Jahre, und jetzt wagte er nicht mehr zu warten. Jeden Tag fragte Feya: »Hast du sie gefragt? Hast du sie endlich gefragt, Simon?« Ihr Mund war leicht geöffnet, und ihre Zunge stand wie verlockend zwischen ihren blütenweißen kleinen Zähnen.

»Noch nicht«, mußte er immer sagen, und in ihm zog sich dann alles zusammen.

Er hatte sie noch nicht gefragt, weil er noch mehr Geld zusammensparen wollte. Farahs erste Andeutung über das Brautgeld war deutlich genug gewesen, und so arbeitete er Monat um Monat wie ein Tier. Er handelte nicht nur zusammen mit Dui Pferde, sondern asphaltierte zusammen mit Tomo Einfahrten oder deckte Dächer – und sein Freund schien ebenso versessen darauf wie er selbst zu sein, Geld anzuhäufen. Den Grund dafür konnte er sich vorstellen. Auch jetzt glaubte Simon nicht, daß er genug gespart hatte, aber da er Tomos heißen Atem im Genick spürte, wagte er einfach nicht mehr, länger zu warten.

Er führte mit Farah ein Gespräch unter vier Augen; der Ablauf war ebenso streng formalisiert wie der Balztanz der Pfauen.

»Ganz richtig ist es so nicht«, stellte sie fest. »Von Rechts wegen müßte eigentlich dein Vater für dich sprechen, aber ...« Sie holte aus ihrem Schrank zwei Gläser, die elegant genug für die Tafel eines Fürsten gewesen wären, und eine dazu passende Karaffe, die mit einer bernsteingelben Flüssigkeit gefüllt war. »Nicht einmal die Königin von England bekommt noch solchen Scotch. Trink also vorsichtig. Wenn er weg ist, ist er weg.«

»Danke, Farah.«

Sie goß ihm mit ihren kleinen, braunen und geschickten Händen ein und lieferte ihm dabei das höfliche Vorgeplänkel. »Vielleicht habe ich vergessen, dir das zu sagen, aber es gefällt mir gut, wie du dich entwickelst, Simon. Du wirst uns noch Ehre machen. Es war ein ausgezeichneter Anfang, als du deinem Papa seine kleine Party gesprengt hast, und als du letztes Jahr zu der *Pomana* die jungen Leute durch Oregon geführt und unterwegs ein paar Läden ausgeräumt hast, damit unser Nachwuchs im Training bleibt und daran erinnert wird, was seine Bestimmung ist, war das richtig schlau von dir. Die Dachdeckerei und all das mag ja auf seine Art ganz gut sein, aber abhängig sollte man davon nicht werden – es ist fast so schlimm wie die Wohlfahrt, wenn man von den *Gaje* Lohn bekommt, was? Unternehmungsgeist ist etwas, was ich sehr gern sehe, und du hast eine ganze Menge davon. Ein Mann sollte weiter greifen, als er zupacken kann.«

Er hatte auf sein Stichwort gewartet, und vielleicht sollte es das sein. »Ich bin nicht sicher, ich, äh, ich greife nach Feya ...«

Ihre Lippen zuckten, und sie nippte an ihrem Scotch. »Ich habe dein Interesse bemerkt, aber es gibt wie gesagt mehrere Kandidaten. Mädchen wie Feya gibt es heutzutage nicht mehr oft. Manche von unseren Mädchen sind so billig und großzügig wie die *Gajas*! Trotzdem, es könnte für dich ja alles gut werden, oder? Vielleicht wirst du sogar einmal Rom Baro.«

Eine Woge von Freude stieg in ihm hoch. Farah lobte nie, niemals. Sie mußte für ihn sein. »So weit hatte ich noch nicht gedacht. Ich hätte nicht geglaubt, daß ich dessen ... na ja, würdig wäre.«

Er kam sich albern und melodramatisch vor, als er das sagte, aber er meinte es ernst. Wenn Großmama das wüßte, wäre sie stolz auf ihn – vielleicht wußte sie es ja, vielleicht hatte sie aus ihrem trostlosen Grab auf der anderen Seite des Meeres gehört, was Farah gesagt hatte. Sie würde dann lachen und sich überlegen, daß sie nun bald ruhig schlafen konnte, weil ihre geliebte *Kumpania* jetzt in den Händen von Micahs Sohn war.

»Hey, langsam, langsam!« Farah lachte in sich hinein und goß sich noch etwas Whisky ein. Ihm nicht. »So weit sind wir noch lange nicht, Simon. Es gibt da noch andere Dinge, über die du nachdenken solltest ...«

»Feya wäre einverstanden.« Er lehnte sich vor; er wollte die Sache nun hinter sich bringen und ein Datum festlegen.

»Das mag sein, aber das hat nicht sie allein zu entscheiden. Vorher muß noch etwas geklärt werden.« Sie kam nun zur Sache; ihre Stimme war härter geworden, und es wurde Simon klar, daß sie die Situation genoß. »Wir haben noch nicht über das Brautgeld gesprochen.«

»Ich habe mehr als anderthalb Jahre gearbeitet und gespart, fast jeden Cent meines Verdienstes habe ich aufgehoben!«

Wieder lachte sie.

Zum erstenmal verspürte er ein ungutes Gefühl und begann sich zu fragen, ob dies wirklich das kultivierte, formalisierte Menuett bleiben würde, als das es ihm noch vor einigen Minuten erschienen war.

»Ich will dir sagen, wie ich es mache, Simon. Wir sprechen nicht über Geld, weil wir keine Wilden sind, hab' ich recht? Ich habe aber in meiner Tasche einen Zettel, auf dem eine Zahl steht.« Sie fuhr sich mit der Zunge über die Lippen, beugte sich vor, und mit einem Mal schienen zwei Flämmchen in ihren Augen zu tanzen. »Willst du, Simon, Sohn von Micah, Enkel von Großmama, lesen, was auf diesem Zettel steht?«

In dem Wohnwagen rührte sich nichts. Draußen auf der Straße dröhnte der Verkehr, aber hier drinnen bewegte sich nur das Licht, das sich in Farahs Goldketten widerspiegelte.

An seinem Adamsapfel würde er bestimmt gleich erstikken. Niemals würde er ihn hinunterschlucken können.

»Ja«, flüsterte er mit papiertrockenen Lippen.

Der Zettel raschelte, als sie ihn mit ihrer kleinen braunen Hand auf den Tisch legte, und er raschelte wieder, als er ihn aufnahm und auseinanderfaltete.

Nein. Er hatte sich verlesen.

Er schaute auf, sah Farahs Lächeln und wußte, daß er sich nicht verlesen hatte. Da stand sie, die einzelne Zahl und die unendlich vielen Nullen dahinter. Er spürte, wie sein Gesicht jede Farbe verlor.

»Aber Feya liebt mich und will mich heiraten! Dieser ... dieser Zettel ist doch nur eine Formsache, nichts weiter, ein archaisches ...«

Farah lehnte sich in gespielter Überraschung zurück. »Aber das ist unsere Tradition, unsere Lebensart. Du sagst doch immer, du willst zu den Roma gehören, einer von uns werden.«

»Aber ...«

»Was du da siehst, ist der Preis meiner jungfräulichen Tochter, einer reinblütigen Braut von den Roma – und zugleich erkaufst du dir damit das Recht, dein ganzes Leben an unseren Feuern zu sitzen.«

»Farah, ich könnte mein ganzes Leben arbeiten, zwei Leben lang, drei, und trotzdem würde ich niemals soviel Geld zusammenbekommen. Das weißt du genau!«

»Du hast aber mehr Glück als die meisten. Manchmal ist es gar nicht so schlecht, einen reichen Vater zu haben, was?«

»Sie wird mich trotzdem heiraten, mit oder ohne dein Blutgeld!«

Sie lächelte. »Du weißt, daß sie das nicht tun wird.« Endgültig. Sie kannte ihre Tochter, konnte sich auf sie verlassen. Er zwang sich, ruhig zu sprechen und nicht die Beherrschung zu verlieren.

»Sag mal, Farah, wäre der Preis für Tomo oder irgend jemanden sonst genauso hoch gewesen? Müßten andere auch Jahre warten?«

Sie erhob sich sehr langsam, stellte die Gläser in das Spülbecken, räumte die Karaffe weg und wandte sich ihm zu.

»Du bist nicht irgend jemand«, sagte sie leise. »Du bist Micahs Sohn.«

Er war schon halb aus der Tür, als sie ihn zurückrief und ihm den Zettel in die Hand drückte.

»Du vergißt das Preisschild. Wenn du deine Mami schön bittest, fragt sie vielleicht deinen Papi, ob er dir eine Feya kauft. Wie ich sagte, du hast doch Unternehmungsgeist. Ich habe vollstes Vertrauen in dich, Simon.«

51

Viel Zeit war vergangen seit jenem Abend in *Que Vista*, an dem Simon mit seiner Mutter zur Musik von der Yacht eines Fremden spazierengegangen war und ihre Hand gehalten hatte, eine lange Zeit der Einsamkeit.

Seit er in dieser Nacht in Los Angeles endgültig zum Abtrünnigen geworden war, eine Tatsache, die sich nicht wegdiskutieren ließ, war es noch schlimmer geworden. Er war ihr Anführer gewesen, und er war seinem Vater in den Rücken gefallen, und das in aller Öffentlichkeit, vor den Angehörigen, den Freunden und der Presse sowie vor einigen geschäftlichen Gegnern, um der Sache noch zusätzlich Würze zu verleihen.

Nun stand wieder ein Weihnachtsfest ohne ihn vor der Tür.

Jenny und Cal hatten sich angesagt. Jenny hatte gerade ihr zweites Kind bekommen und wünschte sich für irgendwann noch ein drittes, obwohl sie nicht wußte, ob sie dann jemals zum Ballett zurückkehren könnte.

Anna lebte allen Prognosen zum Trotz weiter, aber es ging ihr so schlecht, daß sie kaum noch am Leben in ihrer Umgebung teilnehmen konnte. Oft sagte sie Ellie, daß das Leben für sie zu einer unerträglichen Last geworden sei. Sie war inzwischen bettlägerig.

Wenn Cal mit Jenny und den Babys zu Besuch kam, raffte sie sich mit einer großen Anstrengung auf, aber bei jedem Besuch fiel ihr die Vorstellung schwerer, und von dem, was früher einmal ihre Leidenschaft gewesen war, waren nur noch klägliche Überreste geblieben.

»In der Technik sind sie heute sehr schlampig geworden; zu meiner Zeit wäre so etwas nie durchgegangen, niemals. Was für eine Giselle ich war, Jenny, vielleicht sogar noch besser als du, mein Engel. Nein, vergiß, daß ich das gesagt habe, möge mich Gott mit Stummheit strafen, wenn ich solche Lügen erzähle, aber ich bin eben nur noch eine törichte alte Frau, die zuviel redet. Mein Felix hat auch immer gesagt, ich rede zuviel.«

Sie unterhielt sich oft mit Jenny und Felix, obwohl sie nicht da waren. Aber sie sprach auch mit Michael, der oft zu Hause war.

»Ach, Mischa, wie stolz du meinen Felix gemacht hast! Kannst du dir seine Gefühle vorstellen, als unser Sohn uns in dieses schöne Haus brachte ... Und dann noch in das andere Haus, das auch sehr schön ist, aber das warme Meer ...«

Mischa. Unser Sohn. Anna brachte in ihren endlosen Erzählungen Sasha nicht mehr zur Sprache. Ellie vermutete, daß die Erinnerung an ihn so abgekapselt war wie Felix' alte Kriegsverletzung, die ihm so große Schmerzen bereitet und ihn zum Schluß das Leben gekostet hatte. Nein, Anna sprach über Jenny und Felix, und sie sprach mit ihnen. Mit Mischa redete sie über alte Schüler, die so schlecht gewesen waren, daß sie nicht einmal die Mühe lohnten, sie zu vergessen. Mit Ellie sprach sie täglich, aber nie über Hans. Und nie über Simon.

Wenn Ellies Gedanken nicht gewesen wären, die ein dutzendmal am Tag zu ihm zurückkehrten, hätte Simon ebensogut tot sein können. Es gab jetzt keine kurzen Briefe mehr, keine Anrufe, auch dann nicht, wenn Michael nicht da war. Nur Stille. Vielleicht wußte er, daß Michael *Greenlings* inzwischen kaum noch verließ und daß alle nur noch auf Annas Tod warteten, auch Anna selbst.

Trotzdem war zuviel Zeit vergangen. Sie wollte ihn wiedersehen.

An einem kalten Dezembernachmittag rief Anna sie nach oben.

Die Krankenschwester war über die Feiertage heim nach Dundee gefahren. Michael war in London und machte Einkäufe für seine Enkel, und Lily Finn war bei ihrer Tochter, half ihr, noch ein Kind zur Welt zu bringen. »Denkt doch nur«, hatte Anna gesagt, als sie das hörte. »Der erste Laut, den das Kind zu hören bekommt, ist diese Stimme! Das arme Wurm!«

Heute aber hatte sich Anna aus dem Bett erhoben; sie stand auf unsicheren Beinen an dem großen weichen Lager, in dem sie ihren Felix geliebt und beweint hatte, und klammerte sich an dem Bettgestell fest.

»Um Gottes willen, Anna, warum bist du denn aufgestanden?«

»Fang du nicht auch noch so an, Gabriella. Du bist nicht meine Krankenschwester. Ich möchte dich heute um einen Gefallen bitten. Habe ich das schon jemals vorher getan?«

Was wollte sie denn jetzt wieder, Herrgott? Verlang jetzt bloß nicht von mir, ich soll Mutter zu dir sagen, und ...

»Ich möchte mich in mein Studio setzen. Du wirst mir dorthin helfen.«

»Du vergißt ...«

»Ich vergesse gar nichts!«

»Du vergißt, daß das jetzt das Zimmer der Schwester ist. Wir mußten sie so nahe bei dir unterbringen, damit sie dich nachts hört. Es ist ihr möbliertes Zimmer. Sie bewahrt dort ihre Kleider auf, ihre Geräte, ihre Bücher, ihre persönlichen Dinge ...«

»Ja, ihren persönlichen Fernsehapparat, den sie Tag und Nacht laufen läßt. Wie soll sie mich da noch hören? Ich weiß genau, daß mein Studio jetzt ihr Zimmer ist. Mich hat niemand um Erlaubnis gefragt, aber es ist ihr Zimmer. Jetzt möchte ich mich aber hinsetzen, meine Stange berühren, in meine Spiegel schauen ...« Sie sah in die Ferne. »Vielleicht sehe ich Jenny darin, oder vielleicht auch eine junge Anna. Wer weiß, was ich darin sehen werde.«

Also hatte Ellie ihr in ihren Bademantel geholfen und hatte sie in einen Sessel vor den großen Spiegel gesetzt, ohne den kein Tänzer auskommt, in den sie aber nun trotz allem nicht schaute. Vielleicht war das nicht mehr nötig.

»Jetzt bring mir Tee.«

Als Ellie ihn hereinbrachte, hatte sich in dem Zimmer etwas verändert. Anna hatte sich anscheinend nicht gerührt, aber ihr Bademantel saß schief, die Decke auf dem Sessel war zerwühlt und das Haar hing in dünnen Strähnen in ihr Gesicht, in dem ein fast triumphierendes Lächeln stand.

Eine Hand lag zur Faust geballt auf ihrem Schoß.

»Jetzt trinken wir Tee. Setz dich.«

Anna sprach, Ellie hörte zu. Sie wartete ab. Ihr wurde viel erzählt von Stolz und vom Alter, von Krankheit und ihrer fehlenden Würde.

»Das kommt alles auf mich zu. Stell dir das vor! Manche Leute haben Glück, jetzt leben sie noch, im nächsten Moment sind sie tot, und ich soll all diese kindischen, erniedrigenden Dinge ertragen ...«

Nun öffnete sie ihre Hand. Darin lag eine Flasche mit Schlaftabletten. Die Schwester gab ihr jeden Abend eine. Nach

Annas Meinung litt diese Frau an Größenwahn, den sie dem Einfluß der Serie *Denver Clan* verdankte.

Nun ließ Anna die Flasche langsam aus ihrer Hand und unter das Bett der Schwester rollen.

»So. Mit dem Arzt habe ich schon gesprochen, aber der kann ja nicht offen mit einem reden, weil er diesen Eid der Scheinheiligkeit geschworen hat, der Ärmste. Er ist trotzdem ein kleiner Heuchler und hat meine Frage genau verstanden. Er hat mir gesagt, eine Pille läßt mich die Nacht durchschlafen, bei zweien schlafe ich rund um die Uhr, und wenn ich vier oder fünf nehme, wache ich sehr, sehr lange nicht auf. Ich bin alt, und die Alten irren sich oft.«

»Anna!« Ellie sprang auf, und ihre Tasse klapperte auf dem Unterteller. »Nein, du hast doch nicht etwa ... Sag, daß das nicht wahr ist.«

Annas Lächeln war hinterlistig und triumphierend geworden.

»Doch, das habe ich.«

Ellie rannte zum Telefon. Großer Gott, sie mußte sofort in die Klinik, der Magen mußte ihr ausgepumpt werden ...

»Laß das! Du hast mir versprochen, mir einen Gefallen zu tun, nur einen einzigen! Ich spreche zu dir als deine Mutter. Geh also jetzt. Erlaube mir Mutter, in Würde zu sterben. Du bist zu blaß, weil du immer nur im Haus hockst. Nimm deinen Mantel und mach einen Spaziergang. Vielleicht wirst du dabei ein bißchen Weisheit finden.«

Als deine Mutter! Endlich hatte sie ihre Beziehung anerkannt – aber nur, damit sie sich in Frieden umbringen konnte.

»Dieser Streit zwischen Mischa und dem Jungen, Gabriella, er schmerzt Mischa, er schmerzt ihn sehr.«

»Der Junge hat einen Namen! Simon heißt er. Und ihn schmerzt das auch sehr!«

»Dann ruf ihn doch an und sag ihm, er soll herkommen.«

»Du kennst doch Michael. Er hat ihm Hausverbot erteilt,

er würde doch nur wütend werden. Er ist fertig mit ihm, mindestens ein dutzendmal hat er das gesagt.«

»Pah! Männer! Was wissen die schon? Sag ihm, es ist meinetwegen, sag ihm, daß ich ihn sehen wollte. Einen besseren Vorwand wirst du nicht finden. Mir verweigert Mischa nichts.«

Wieder brüstete sie sich also hämisch, aber Ellie registrierte es kaum. Zum erstenmal seit vielen Jahren trafen sich ihre Blicke in verschwörerischer Absicht, und es glühte ein Funke einer streng geheimen Übereinkunft in den Augen beider Frauen.

Anna seufzte. »Gabriella, ich bin müde, und bald werde ich sterben. Manchmal kommen Frauen in einer solchen Situation auf törichte Ideen.« Sie lachte verächtlich. »Sie fragt also nach Simon, diese törichte alte Frau. Wer weiß, ob das wahr ist? Wen kümmert es? Die alte Frau bestimmt nicht, weil ihre Sorgen lange vor seiner Ankunft vorbei sein werden, aber die Mutter sieht den Jungen wieder, und das macht sie glücklich, oder? Ich frage dich noch einmal – weißt du einen besseren Vorwand, deinen Sohn heimzurufen? Damit er dich nach dem Tod deiner geliebten Mutter tröstet.«

Du hinterhältiges Weibsstück, du gibst wohl nie auf, nicht einmal jetzt!

Es kam natürlich nicht in Frage, daß sie anrief. Wie konnte sie? Das wäre Michael gegenüber nicht gerecht gewesen, den Simon zutiefst verletzt hatte. Aber wie war es mit ihr? Es war zuviel, einfach zuviel. Diese Frau bot ihr nun ein Geschenk an, das ebenso bizarr und unwahrscheinlich war wie sie selbst.

»Ich weiß nicht«, murmelte sie. »Ich kann nur …«

Anna seufzte. »Ellie, du hast unter einem schrecklichen Nachteil zu leiden. Im Gegensatz zu Mischa und mir hast du ein Gewissen. Felix auch. So etwas ist sehr lästig und zeitverschwendend. Jetzt bring mich ins Bett, gib deinem Gewissen Urlaub und geh – aber zuerst setz dich ans Telefon.«

Wie im Traum half Ellie Anna über den Gang, schüttelte

ihr die dicken Daunenkissen auf und strich ihr das Federbett glatt.

Bevor sie ging, riskierte sie eine einzige kurze Berührung der faltigen Wange, die trotz der Hitze in dem Zimmer bereits unnatürlich kalt war. Anna hatte ihren Frieden gefunden und sagte nichts dagegen. Vielleicht war sie schon halb bewußtlos – oder vielleicht war ihr jetzt, in ihrer letzten Stunde, die Berührung einer menschlichen Hand willkommen. Als Ellie jedoch nach der Türklinke griff, öffneten sich Annas blaue Augen weit.

»Ruf ihn an!« sagte sie deutlich und schloß die Augen.

*

Ellie gab einer unbekannten Stimme eine Nachricht und machte sich auf ihren Spaziergang. Sie zwang sich, nicht zu dem Haus zurückzublicken, in dem gerade eine Frau dem selbstgewählten Tod entgegendämmerte.

So viel Mut und so viel Feigheit waren bei ihr in einer Person vereint. Sie war mutig genug, einem einsamen Tod zu begegnen, aber zu feige, ein mühseliges Leben mit Babynahrung, Windeln und Atemschläuchen hinzunehmen. Wer konnte es ihr verdenken? Diejenigen, die sie beneidete, die anderen, die lebten und im nächsten Moment tot waren, die Glücklichen? Wie Hans? Eigenartig, daß sie seit Jahren nicht mehr an ihren Vater und sein schönes Bild gedacht hatte ... wo war es eigentlich? Irgendwo in dem großen Haus mußte es stehen. Ob es vielleicht hinter einem Schrank vermoderte? Trotzdem hatte sie ihn früher immer verteidigt und sich geweigert, den Anschuldigungen gegen ihn zu glauben. Inzwischen wußte sie es besser.

Wer lebte und einen anderen Menschen liebte, ob das nun eine Geliebte, die Eltern oder der Mann oder der Sohn waren, der war zu allem fähig, auch zu dem törichten Stolz, in dem Selbstmord eher akzeptiert wurde als Mitleid. Auch Ellie selbst trug Schuld, denn sie hatte bei dieser Todsünde mitgeholfen.

Sie hatte widerspruchslos ihren Mantel angezogen und war hinausgegangen, um die Frau sterben zu lassen. Wenn sie jünger gewesen wäre und noch Ideale gehabt hätte, hätte sie sich mit dem Gedanken trösten können, daß diese Beihilfe ein letzter Akt der Zuneigung war.

Das war vielleicht sogar die Wahrheit – aber wäre sie ohne die Chance, daß Simon eventuell heimkommen könnte, auch so mitfühlend gewesen? Sie zweifelte daran.

Und ein Gewissen ... besaß sie das wirklich? Wo und was war es?

52

Wie die Zeitungen pflichtschuldigst meldeten, starb Anna Abramsky friedlich im Schlaf.

Michael kam mit Weihnachtsgeschenken für seine Enkel beladen aus London zurück. Zwei Stunden war es her, daß Annas Seele ihren Körper verlassen hatte, aber Ellie brauchte es ihm nicht zu sagen. Er wußte in dem Augenblick, in dem er das Haus betrat, daß Anna nicht mehr da war, obwohl alles aussah wie immer.

Überall standen Vasen mit riesigen roten und goldfarbenen Chrysanthemen aus dem Treibhaus, Lampen beleuchteten dezent die Winkel der Zimmer, und in der Eingangshalle vermischte sich der Geruch nach Kaffee und Essen aus der Küche mit dem feinen Duft von Möbelpolitur und dem Harzgeruch von Kiefernzweigen.

Dennoch fiel ihm sofort eine ungewohnte Leere auf, und besonders über der Treppe lag die Luft zu sanft, zu weich, als wäre ihr eine vertraute Schärfe entzogen.

Wie benommen ging er von Zimmer zu Zimmer, er fragte sich, wie es jetzt weitergehen sollte ... Zuerst einmal sollte die Krankenschwester ihren Gerätepark und ihre Mittelchen zusammenpacken und aus Annas Studio holen, aber die Frau war in Leith oder in Dundee ... Das mußte man sich einmal anschauen, was sie über Annas Fotos aus Paris gehängt hatte, über all die Piotrs und Olgas und Tamaras. Ein riesig großes Poster von Elvis Presley, mit Perlen und Glitzer verziert im Sarg aufgebahrt! Er sah sich nach Lily Finn um, damit sie es abnahm, aber auch die war nicht zu finden.

»Wenn ich nicht angehalten hätte, um die Schneeketten aufzuziehen, aber ... Ellie, bist du wirklich sicher, daß sie friedlich und ohne Schmerzen gestorben ist?«

»Ja, ich bin sicher. Sie war bereit zu sterben, Michael.«

Eine Überraschung bedeutete es eigentlich nicht für ihn. Nein. Er hatte es seit Wochen, seit Monaten erwartet. Es hatte Augenblicke gegeben, in denen er die ständig auf ihnen allen lastende Erwartung der Angst so leid gewesen war, daß er diesen Augenblick herbeigewünscht hatte und gleich Schuldgefühle wegen dieses Wunsches bekam. Trotzdem, es sollte endlich ein Ende haben, damit er zu den Lebenden zurückkehren konnte. Für ihn aber bedeutete Anna das Leben. Ohne sie und Felix hätte es nur Micah gegeben, und keinen Michael Abramsky.

Was wäre dann aus ihm geworden? Ein Betrüger wahrscheinlich, denn seine Hauptbegabung schien in seiner Überzeugungsfähigkeit zu liegen. Wenn die Roma ihn zuerst gefunden hätten, wäre er jetzt mit Farah verheiratet und würde als fetter Rom Baro mit irgendeiner unbedeutenden kleinen *Kumpania* zur Polizeistation watscheln, um diesen oder jenen Gesetzesbrecher herauszuholen oder um in Familienstreitereien den Schiedsrichter zu spielen: wer angefangen hatte, wer den Schaden bezahlen sollte, den Arzt oder vielleicht sogar den Leichenbestatter.

Statt dessen hatte es für ihn Glinka gegeben, Tolstoi, Prokofiew, Dostojewskij zu Sherry am Freitag, und dazu Mandelplätzchen, weil man nicht den Nichtsnutzen gleichen wollte, nur das nicht! Die unendlichen Reichtümer der Welt hatten sie ihm eröffnet, obwohl sie sich selbst für arm gehalten hatten, weil sie kein Geld hatten. Arm! Sie hatten ihren Reichtum an ihn, seine Frau und seine Kinder und dann sogar an seine Enkelkinder weitergegeben.

Er nahm Ellie die Tasse Kaffee aus der Hand, die sie ihm reichte, und sah sie an, als hätte er in seinem Leben noch keine Kaffeetasse gesehen.

»Jenny hast du sicher schon angerufen.«

»Sie kommen morgen früh mit Mary Beth zusammen her.« Ihre Stimme klang angespannt und nervös. »Und, Michael ...«

»Ja?«

»Simon habe ich auch angerufen, und außerdem habe ich ihm das Geld für die Flugkarte telegrafisch überwiesen.«

Einen Moment lang glaubte er ehrlich, er hätte sie falsch verstanden. »Was hast du? Nach allem, was ich gesagt habe?«

»Ich habe angerufen und ausrichten lassen, er solle kommen.«

Irgendeine Erklärung mußte es dafür geben. »Hat Anna ihn sehen wollen?«

Ellies Augen waren trocken, und sie begegnete seinem Blick kalt. »Nein, ich.«

»Welches Recht hattest du dazu?«

»Jedes Recht. Ich brauche ihn.«

Er überlegte kurz. »Entschuldigung, das war gedankenlos von mir. Schließlich war Anna deine Mutter. Wahrscheinlich brauchst du jetzt Simon oder sonst irgend jemanden zum Trost.« Er wußte genau, daß er ihr im Augenblick keinen anbieten konnte, weil er ihn selbst bitter nötig hatte. Ohne es wirklich zu registrieren, hörte er, wie sie mit ihren Fingern einen Trommelwirbel auf die Tischplatte schlug.

»Die Welt dreht sich nicht allein um Anna, Michael. Ich brauche Simon, weil er mein Sohn ist und ich ihn liebe.«

Nun stieg Zorn in ihm auf, und ein Vulkanausbruch bahnte sich an, der sich seit Jahren aufgestaut hatte. Vorsicht jetzt, er durfte nicht laut werden. »Trotz allem, was er uns angetan hat?«

»Dir vielleicht.« Ihre Schultern bewegten sich unter der türkisfarbenen Seidenbluse, und zuerst dachte er, sie würde weinen, bis er erkannte, daß es ein Achselzucken gewesen war, als sei das, was sie gesagt hatte, nicht wichtiger als die Frage, ob er ein oder zwei Stückchen Zucker in den Kaffee wollte. »Ihr beiden könnt euch nicht leiden, ich weiß. Bei Anna und mir war das ähnlich – wir beiden haben nur dann Höflichkeiten ausgetauscht, wenn es uns gerade gepaßt hat. Niemand von uns hat sich seine Verwandtschaft ausgesucht, aber zumindest können wir versuchen, alle gleich zu behandeln. Du hast immer gesagt, dies Haus hier wäre unser Heim. Du hast es für mich und die Kinder gebaut.«

»Ganz richtig. Nun ja, zumindest für Cal und Jenny, aber für Simon erst, wenn er wieder zur Vernunft kommt.«

»Aha, zur Vernunft kommt. Mary Beth hatte völlig recht, das Haus hier ist dir wichtiger als alles andere. Es steht nur denen zur Verfügung, die deinen Vorstellungen entsprechen. Das ist hier kein Heim für eine Familie, es ist eine Privatresidenz. Ein attraktiver Besitz, eine Festung gegen die Zigeuner. Hast du dir vielleicht schon einmal überlegt, ob du einen Burggraben darum ziehen läßt?«

»Ellie, Anna ist gerade gestorben! Ist das wirklich der richtige Augenblick für Mary Beths halb ausgegorenen Scheißdreck aus *Psychologie heute*? Muß ich mir denn das endlos anhören?«

»Nein. Wenn du dir die Augen verbinden willst, ist das deine Sache, aber es braucht nicht meine oder Simons Sache zu werden. Wenn du vor den Roma weglaufen willst, nur zu, lauf, aber warum sollen wir mit dir laufen? Simon hat das nicht nötig. Er ist hier auch zu Hause.«

»Er wollte aber nie hier leben.«

»Weil er nur zu deinen Bedingungen hier zu Hause sein durfte.«

Er schüttelte verwirrt den Kopf; dieser unerwartete Schlag hatte weh getan. »Hör zu«, sagte er. Er wußte, daß sich das, was er sagen würde, dünn und erbärmlich anhören mußte, aber das war ihm inzwischen gleich. »Du weißt doch, wieviel Anna mir bedeutet hat. Sie ist gestorben. In all den Jahren unserer Ehe warst du immer für mich da, was auch geschehen ist. Jetzt aber brauche ich dich, und plötzlich bist du, die immer auf meiner Seite war, meine Feindin geworden. Seit ich zur Tür hereingekommen bin, hast du mir nicht mehr angeboten als Kaffee, aber von Mitgefühl und Liebe habe ich nichts gemerkt. Wie kommt das? Was habe ich getan, daß sich plötzlich alles geändert hat?«

»Nichts. Es geht nicht allein um dich, es geht um uns ...«

Entweder faselte sie Unsinn daher, oder er verlor den Verstand.

»Ich weiß nicht, warum du dir ausgerechnet diesen Zeitpunkt ausgesucht hast, wenn ... Ich weiß einfach nicht, was du willst!«

»Du sagtest, ich wäre immer auf deiner Seite gewesen. Vielleicht ist es an der Zeit, daß du dir klarmachst, daß ich auch eine Seite habe, und daß es nicht immer die gleiche wie deine ist. Vielleicht habe ich doch etwas von Anna gelernt. Ihr Tod hat mich etwas gelehrt, was Großmutters Tod nicht vermochte, und der von Felix auch nicht: Das Leben besteht aus einem endlosen Austausch von Gefälligkeiten – tust du das für mich, dann tue ich jenes für dich –, aber du hast immer weniger getan als ich, Michael. Außerdem ist da noch etwas. Das Leben ist verdammt kurz, selbst wenn man so lange lebt wie Anna. Platz gibt es darin, sicher, aber gibt es auch genug Zeit? Für Haß? Mußt du die Roma denn hassen? Und ich auch, nur weil ich dich liebe? Muß Simon sie auch hassen? Muß man so denken und fühlen wie du, wenn man sich deine Liebe erhalten will?«

Sie ließ ihn in dem halbdunklen Zimmer zurück. Er fühlte sich zerschlagen, als hätte er gerade zehn Runden gegen einen Boxer gekämpft. Er war ihr nach dieser kurzen Auseinandersetzung nicht näher gekommen. Er fühlte sich unendlich müde, aber noch immer pochte irgendwo in ihm eine Energie, die er entladen mußte.

Das Poster. Das mußte als erstes von der Wand herunter. Da, jetzt konnte sie ruhen. Ob er wohl ihr Studio saubermachen sollte, damit er ihr ins Gesicht sehen konnte, bevor man sie wegbrachte? Wann würde das sein? Ellie hatte doch etwas gesagt, oder vielleicht auch nicht ... Aber da sie alles organisierte, restlos alles, und zwar schon immer, das Einatmen und Ausatmen, die Bezahlung von Rechnungen, Arztbesuche, Termine für Klavierstimmer und Fensterputzer, für Aushilfssekretärinnen und Putzfrauen, für Klempner und Delikatessenlieferungen, und wenn es im letzten Augenblick noch etwas zu erledigen gab, erledigte sie das auch noch ... Nein, sie erledigte es in der vorletzten Minute, damit sich die Welt glatt in ihren Angeln drehen konnte. Er war sicher, daß sie die Telefonnummer des Begräbnisunternehmers schon herausgesucht hatte.

*

Er arbeitete zwei Stunden lang in dem Studio und dem Schlafzimmer, das Anna und Felix seit dem Tag ihres Auszuges aus der Ryder Street geteilt hatten. Er sah nicht zu Annas Bett hinüber, weil er sie nicht hätte anschauen können, bis alles so war, wie sie es gewollt hätte.

Das da und das da hebst du auf, Mischa, für Jennys Babys.

Das da und das da kann weg, das ist hinüber.

Ellie schaute einmal zur Tür herein und sagte, das hätte doch alles Zeit, aber er schüttelte nur wortlos den Kopf, und sie schlich sich auf Zehenspitzen davon.

Um den großen Toilettentisch, den die beiden aus der Ryder Street hergebracht hatten, aufzuräumen, brauchte er am längsten. Seine Schubladen waren mit Gerümpel vollgestopft, das sich im Lauf ihres langen Lebens angesammelt hatte, mit all den Sachen, die man ewig aufhebt, weil man sie ja irgendwann brauchen könnte, und für die dieser Augenblick erst kommt, wenn man sie weggeworfen hat. Bei einigen Gegenständen aus großzügigeren Zeiten war es unverständlich, warum sie aufgehoben worden waren: ein mit Bändchen geschmücktes Fischbeinkorsett mit Spitzen und verblaßten Rosenknospen, Felix' lange Flanellunterhosen, die an den Knien dünngescheuert waren, ein langer, in Baumwolltuch eingeschlagener räudiger Pelzmantel, der durchdringend nach Kampfer roch, ein Elfenbeinfächer mit einem zerbrochenen Griff, tote Ballettschuhe, die auf den Spitzen in Paris, Lyon, Madrid und London getanzt hatten … Schublade um Schublade war mit dem Alltagsmüll der beiden Russen gefüllt, der Tänzerin, von der noch nie jemand gehört hatte, und des Kleinstadt-Elektrikers, der sein Fach nicht einmal sonderlich gut beherrschte, Weißrussen, die Rußland nie gesehen hatten und die auch nicht die Chance bekommen hatten, ihren Sohn, ihren wirklichen Sohn, zum Mann heranwachsen zu sehen.

Als er fertig war, lagen zwei Stapel auf dem Boden. Auf den Sachen, die zum Abtransport vorgesehen waren, lag ein Bündel längst grau gewordener Beinwärmer, die auch weggeworfen werden sollten, Anna hatte es ausdrücklich befohlen. Diese Wollschläuche waren niemals schön gewesen, auch dann nicht, als sie noch ganz neu waren. Sie dienten allein der Isolierung und waren Beschützer der Muskeln, sie hielten sie warm und geschmeidig, damit sie tanzen und immer weiter tanzen konnten.

Sie lagen wie ein graues Schlangennest auf Annas neuem fliederfarbenem Teppichboden und riefen Michael seine erste Nacht in der Ryder Street ins Gedächtnis zurück, als er sie auf einem Wäschetrockner oben an der Treppe hatte hängen sehen. Sie hatten so scharf nach Schafwolle gerochen, daß er, der Zigeunerjunge, in seinem Fieberwahn geglaubt hatte, er sei noch auf dem Hochmoor … Er hatte kurz überlegt, ob er sie als Versicherung gegen die Kälte kommender Winter stehlen sollte, und er hätte es auch getan, wenn sie trocken und er gesund gewesen wäre. Nun hob er einen auf, hielt ihn ans Licht und sah, daß er überall geflickt war. Sogar die gestopften Stellen waren noch einmal gestopft, und die Innenseite der Knie hatte Anna mit ihren scharfen Knochen fast durchgerieben.

Ein Mädchen fiel ihm ein, eine Tanzschülerin, die sie viele Jahre später hochgehoben und kichernd gesagt hatte: »Mein Gott, kauft sie sich denn nie neue?«

Damals hatte er mit den anderen gelacht, aber nun vergrub er sein Gesicht in den grauen Wollschläuchen und weinte.

*

Farah richtete es Simon selbst aus. Die Botschaften wurden ihr normalerweise sowieso überbracht, sie mußte alles im Auge behalten, aber sie überließ es dann demjenigen, der den Anruf angenommen hatte, ihn weiterzutragen. Dieses Mal aber ließ sie Simon in ihren Wohnwagen kommen, als er mit dem Dachdeckerlastwagen zurückkam. Er war müde und ohne Hoffnung, denn er rechnete sich inzwischen keine Chance mehr aus, jemals das Geld zusammenzubekommen, das er brauchte, um Feyas Brautgeld zu bezahlen.

»Simon! Deine vornehme Mama hat angerufen; sie will dich schnellstens in England haben. Das Flugticket liegt am Flughafen, und es würde mich nicht wundern, wenn du auf der anderen Seite mit einer Limousine abgeholt werden würdest. Muß schön sein, so stinkreiche Eltern zu haben.«

»Was … es ist ihr doch nichts passiert, oder?«

Warum nur hatte er nicht angerufen? Eigentlich hatte er es sich immer wieder vorgenommen, aber nach der Sache damals in Los Angeles hatte er sich nicht mehr getraut. Papa war damals so furchtbar wütend gewesen – was sollte er denn machen, wenn Papa ans Telefon ging? Außerdem kosteten Anrufe nach England eine Menge Geld, und er mußte sparen, sparen …

»Die alte Russin ist dabei, den Löffel abzulegen, wenn ich das richtig verstanden habe.«

»Ich bin Anna völlig unwichtig. Sie würde mich nie dort haben wollen.«

»Deine Mutter aber um so mehr, so, wie sie sich angestellt hat.«

»Ich weiß nicht. Ich finde es irgendwie nicht richtig, wegen Anna hinzufahren, obwohl ich sie nicht leiden kann.« Wegen Mama wollte er hinfahren, wegen Jenny, sogar wegen Lily und wegen der Pferde im Stall; alle vermißte er sie, alle.

Wie aber sollte er Papa unter die Augen treten?

Farah lächelte und beobachtete sein Gesicht, als könne sie jeden Gedanken lesen, der ihm durch den Kopf ging. »Dein Vater hat die Alte sehr gern, nicht wahr?«

»Ich glaube schon. Sie hat ihn gerettet oder irgendwas in der Art.«

Farah lachte leise. »Ja, vor einem Schicksal, das schlimmer als der Tod gewesen wäre. Vor einem Leben bei den Zigeunern.«

»Nein, er war damals nicht bei der *Kumpania*.« Sie wußte das doch ganz genau! Warum tat sie dann so, als wäre Papa weggelaufen und hätte sie alle im Stich gelassen? Und was sollte die Bemerkung mit den stinkreichen Eltern? Die Familie fuhr wie alle anderen mit dem Zug.

»Trotzdem, Micah geht es zur Zeit bestimmt nicht gut. Das könnte ein guter Zeitpunkt für ein Versöhnungsangebot deinerseits sein. Es ist nicht gut, Streit in der Familie zu haben.«

»Klar.« Eine Aussöhnung mit Papa! Daran war nicht zu denken!

Sie lehnte sich vor. »Du hast ihn doch noch, oder?«

»Was soll ich haben?«

»Du weißt doch, den Zettel mit dem Brautgeld darauf.«

Er lachte bitter. Die Zahl war ihm in seine Gedanken und sein Herz gebrannt. »Farah, ich habe dir schon einmal gesagt, soviel Geld werde ich nie zusammenbekommen. Was soll es also noch?«

Sie zuckte die Achseln und wandte sich ab. »Woher soll ich das wissen? Ich bin nicht derjenige, der zu reichen Eltern fährt, oder?«

*

Anna Abramskys Begräbnis war ganz anders als das von Felix. Im Gegensatz zu ihrem Mann war sie im Dorf nicht beliebt gewesen, und sie hatte sich nie die Mühe gemacht, Michaels Geschäftsfreunde höflich zu behandeln. Sie haßte Heuchelei in jeder Form und war nur zu den Menschen freundlich gewesen, die sie liebte oder zumindest gern mochte, und deshalb war die Schar der Trauergäste auf dem Friedhof auf dem Hügel sehr klein.

Simon erreichte den Friedhof, als der Begräbnisgottesdienst gerade anfing, und hatte daher noch mit niemandem gesprochen. Er wurde tiefrot und nickte Ellie und Jenny zu, aber Michael weigerte sich beharrlich, ihn anzusehen. Er konzentrierte sich auf ein Loch im Boden, in das Anna Abramsky neben ihren Felix gelegt werden sollte.

Als der Gottesdienst vorbei war und die ersten Erdklumpen auf die Kiste polterten, bedeutete ihnen Michael mit einem Kopfnicken, sie sollten mit ihm zurück ins Haus kommen. Als das letzte Auto weggefahren war, stand er noch immer schweigend bei dem Grab, bis die Totengräber die Erde wieder hineingefüllt und festgestampft hatten und er den neu aufkommenden Nordwind durch jedes Knopfloch seines Wintermantels und durch jeden Stich in der Naht seiner Handschuhe spürte.

Wie sollte er ohne Anna und Felix leben? Er fühlte sich jetzt so, wie er sich damals, als er zu ihnen gekommen war, gefühlt hatte: verletzt, arm und allein.

53

Michael eilte zum Haus zurück, aber dann konnte er es kaum erwarten, seinen Mauern wieder zu entkommen. Er wollte sich lieber die Hände am Kaltwasserhahn im Stall waschen, wo er dem allgegenwärtigen Blumenduft entkommen konnte, der ihn zu sehr an den Tod erinnerte.

Trauer lag über allen Räumen. Jenny litt unter Annas Verlust so schwer, daß man nicht einmal den Namen erwähnen durfte. Cal hielt sie ständig in den Armen. Anna war ihre Großmutter gewesen, fast ihr zweite Mutter, ihre Ratgeberin, ihre Lehrmeisterin, ihre Inspiration und ihr Publikum, auf dessen Applaus sie sich immer hatte verlassen können. Mary Beth ging aus unerfindlichen Gründen auf Zehenspitzen, als hätte sie Angst, sie könnte Anna dort oben auf ihrem Hügel aufwekken. Ellie war in der Küche Lily bei der Vorbereitung des Essens zur Hand, sie warf ihm Blicke zu, die abwechselnd zärtlich, entschlossen, mitfühlend und zielbewußt waren. Lily Finn sang heute aus Ehrfurcht vor der Toten nicht, sondern summte nun ›Näher mein Gott zu Dir‹ vor sich hin und half sich mit zahlreichen Proben aus der Karaffe mit Martini über ihre Trauer hinweg.

Michael konnte die Frauen und den bedrückten jungen Ehemann nicht ertragen und stapfte durch den frischgefallenen Schnee in den sauberen Geruch des Pferdestalls, um sich in dem eiskalten Wasser mit Karbolseife die Hände zu waschen. Als er sie an harten, kratzigen Handtüchern abtrocknete, erschienen vier große Köpfe über den Türen der Boxen, und vier Augenpaare musterten ihn neugierig, sie schnaubten ihm ihren warmen Atem zu, der in Schwaden zu den Dachbalken hochstieg.

Sein Jagdpferd wieherte leise und hob seine Lippen, und Michael holte ihm aus dem Faß bei der Tür seinen gewohnten Apfel. Er seufzte und rieb dem Pferd die Nase. Seit er neben seinem eigenen auch die Pferde der Zwillinge bewegen mußte, wurden die armen Tiere nie genug geritten, aber wer hätte es außer ihm und dem Stallknecht geschafft, diese kräftigen, muskulösen Pferde so zu reiten, daß sie in Kondition blieben?

Nestor, das Waliser Pony, sorgte mehr oder weniger für sich selbst. Sie besaßen es seit dem vierten Lebensjahr der Zwillinge, und die drei hatten glückliche Zeiten miteinander verbracht. Nestor war noch gut in Form, aber seine Tage als Reittier waren vorbei, auch wenn sie einen Reiter gefunden hätten, der leicht genug für ihn war. Bis Jennys Kinder groß genug für ihn waren, würde es Nestor nicht mehr geben.

Nicht einmal hier wurde Michael das Gefühl los, daß sich alle Dinge seinem Griff entzogen. Jenny und Cal hatten jetzt für immer ihre Zelte in den Staaten aufgeschlagen; Jenny war inzwischen amerikanischer als Mary Beth – und die war inzwischen Kinderschwester, Pflegerin, und bald würde sie auch für diese Generation die Erzieherin werden. Zwischendurch machte sie immer wieder kurze Ausflüge in die Holzhütte am Cape, die sie sich nun endlich gekauft hatte. Pete Preston war inzwischen so sehr Asiate geworden, daß man direkt erschrak, wenn er Englisch sprach. Simon hatte sich weiter als alle anderen von ihm entfernt.

Bald würde nur noch Ellie in dem großen, leeren *Greenlings* bleiben. Er setzte sich auf den Kapitänsstuhl des Stallknechts, der in der Ecke stand. Wie lange war es her, seit er zum letztenmal gesessen hatte?

Wie er so allein dasaß und nur den Geruch der Pferde spürte, fühlte er sich plötzlich isoliert, von etwas getrennt, was Micah-Mischa-Michael immer besessen hatte. Was ihm fehlte, war ein Ziel.

Sein ganzes Leben hatte er Pläne gemacht, sich um dieses oder jenes bemüht, und jede Anstrengung hatte ihm einen weiteren Stein für die große Mauer von Sicherheit gebracht …

Jetzt war sie gebaut, aber was zum Teufel sollte er damit anfangen? Um was sollte er sich jetzt bemühen?

Durch die beschlagenen Scheiben sah er, daß es draußen

dunkel wurde. Bald würden sie ihn aus dem Haus zum Essen rufen, aber er wollte nicht hingehen. Er hatte Hunger, aber trotzdem wollte er nicht hingehen, wollte die Trauer, die Festigkeit und die Hilflosigkeit der andern nicht erleben.

Rechts öffnete sich quietschend die Stalltür. Simon kam heimlich und geduckt herein, sah nicht nach rechts oder nach links, sondern ging direkt zu den Pferden, als triebe ihn Hunger dorthin. Er strich mit einer Hand über den blanken Rücken von Michaels Jagdpferd, und dann machte er die Box von Nestor auf und wieherte ihm zu, wie er das bei Nestor immer getan hatte. Dann legte er seine Arme um den Hals des Ponys und drückte sein Gesicht in seine zottige schwarze Mähne. Michael sah ihm zu, und er konnte selbst das dicke Pferdehaar spüren, das sich vertraut an seine Wangen schmiegte.

Nun aber bewegten sich Simons Schultern, und er drückte seinen Kopf fester an Nestors geduldigen Hals.

Er weinte.

Dieser unartige Junge, dessen Großmutter gerade gestorben war, konnte um einen alten Klepper weinen.

Tief in der Brust fühlte Michael einen bohrenden Schmerz. Er glaubte plötzlich, Teil all dessen zu sein, was ihn umgab. Teil der Wassertropfen, die von den Eiszapfen am Giebel fielen, Teil des geduldigen Nestor, der bereits das herannahende Ende fühlte, und Teil von Simon, der in Ungewißheit heimgekehrt war. Von seinem Vater konnte er nichts anderes erwarten als Feindseligkeit, von seiner Mutter Liebe – der arme Kerl wurde von zwei Seiten auseinandergezogen.

Aber wo war das Mädchen, Farahs Tochter mit den Silbermünzen im Haar? Warum war sie nicht bei ihm?

»Ich glaube, wir sind allein«, sagte er leise aus dem Halbdunkel und schaltete das Licht ein. Simon fuhr herum. Er sagte kein Wort. »Du bist also noch nicht verheiratet?

»Nein, bin ich nicht.« Er holte sich einen Striegel und begann dem Pferd die Mähne zu bürsten, bis Michael dachte, er würde nichts mehr sagen. Nach einer Weile aber platzte er heraus: »Es ist wegen des Brautgeldes, dieser verdammte, archaische Brauch …«

Du wirst Farah heiraten, sagte Papa. Wenn die Zeit kommt, und wenn wir ihr Brautgeld bezahlen können.

Farah hatte Simon also an der Nase herumgeführt. Er hatte sein Zuhause verlassen, hatte alles mit einem einzigen Wurf riskiert, um das einfache Leben der Roma zu teilen, einer von ihnen zu werden, eines ihrer Mädchen zu heiraten, Roma zu werden. Jetzt wußte er keinen Ausweg mehr, wußte nicht, was er mit dem Rest seines Lebens anfangen sollte.

Michael seufzte. Nach so vielen Jahrhunderten hatte sich nichts geändert an diesem verfluchten Brautgeldritual. Ob sich wohl je etwas ändern würde bei ihnen?

»Und natürlich verlangt Farah einen ungeheuren Preis, was?«

»Woher weißt du das?«

»Sagen wir mal, eine begründete Vermutung. Wieviel?«

Simon wurde selbst blaß, als er die Zahl flüsterte. »Es ist … Mein Gott, ich verstehe das einfach nicht! Wie schaffen es die anderen denn, zu heiraten?«

»Du gehörst nicht zu den anderen.«

»Das hat sie auch gesagt, oder fast das gleiche, aber warum denn nicht? Ich verstehe das nicht. Kommt das denn nur daher, daß du reich bist und sie denkt, von dir bekommt sie es schon?«

Michael zögerte lange, aber er hatte die Heimlichtuerei satt, und er wollte sich nicht vor diesem Jungen verstecken, der an Munition brauchte, was er bekommen konnte, wenn er gegen eine geübte Söldnerin wie Farah bestehen wollte.

»Dahinter steckt nicht nur Habgier, Simon. Vielleicht gar nicht. Setz dich besser hin. Wie es aussieht, hast du deine Wahl getroffen, und da wirst du noch sehr lange mit Leuten wie Farah zu tun haben. Sicher, sie verlangt von dir tausendmal soviel wie üblich, aber das überrascht mich nicht.«

Zum erstenmal erzählte er Simon von seiner frühen Kindheit, nicht nur von seiner Zeit mit Papa, sondern auch von der

Zeit davor, als er Farah mehr oder weniger versprochen worden war, wenn sie das Brautgeld zusammenbekommen würden. Er schonte sich selbst nicht und erzählte auch von den späteren Ereignissen, nachdem sie sich bei Großmamas Begräbnis getroffen hatten, berichtete, wie die alte Beziehung wieder aufgenommen worden war ...

»Aber du warst doch damals mit Mama verheiratet!«

Trotzdem. Er erzählte seinem Sohn, daß er bei Farah gewesen war, als Anna ihren ersten Schlaganfall erlitten hatte, und daß Felix und Ellie über die Transatlantikleitung ganz Sacramento nach ihm hatten absuchen müssen. »Wie auch immer, damit war die Sache zu Ende. Ich habe sie zu Ende gebracht, aber das hat sie mir nie verziehen, und sie wird es auch in Zukunft nicht tun. Verstehst du? An mich direkt kommt sie nicht heran, aber sie wird mich auf dem Umweg über dich bestrafen, so lange sie damit durchkommt.«

Simon sagte lange nichts; er starrte seine Fingernägel an, dann Michael, Nestors Decke, die Wände, die unruhigen Augen von Jennys Pferd, und schließlich wieder Michael. »Du?« sagte er schließlich ungläubig, zugleich aber voller Empörung und vielleicht sogar Staunen. »Mit Farah? Das kann ich nicht glauben! Du hattest Mama, und trotzdem hast du all das getan?«

»Ja. In deinem Alter ist so etwas vielleicht schwer verständlich, aber so ein Fieber bekommt jeder Mann einmal in seinem Leben.«

»Na gut, was passiert ist, ist passiert, aber ich bin doch ein freier Mann! Wir brauchten doch nur ein Wochenende nach Las Vegas zu fahren, und dann brauchte ich das Geld nicht zu bezahlen. Feya will mich heiraten.«

»Aber nicht ohne Farahs Zustimmung, hab' ich recht?«

»Woher weißt du das?«

»Farah hat sie erzogen.«

*

Ellie hatte auf diesen Augenblick gewartet, hatte den Moment herbeigesehnt, an dem sie ihn allein sprechen konnte, um sich davon zu überzeugen, daß es ihm gutging, er zufrieden war und ihm nichts fehlte. Es ging ihm offensichtlich gut; er war hager geworden, aber es ging ihm gut, und es fehlte ihm auch nichts. Ganz zufrieden schien er nicht zu sein, und sie hatte sogar den Eindruck, daß er ein bißchen geweint hatte, aber daran würde er sicher nicht sterben. Sie freute sich daher darauf, ihn wiederzusehen.

Nach zehn Minuten Unterhaltung unter vier Augen in dem kleinen Salon hätte sie ihn am liebsten angeschrien. Zuerst hatte er gesagt, er müßte ganz bald wieder weg, heute abend noch. Sie schluckte ihre Enttäuschung darüber hinunter und rang sich sogar ein Lächeln ab, und dann stellte sie ihm die gleiche Frage wie Michael. Sie erhielt die gleiche Antwort darauf. Im Gegensatz zu Michael aber war sie von der Brautgeldforderung schockiert, nicht etwa deshalb, weil Farah sie ausgesprochen hatte, sondern weil derartige Sitten ihren Vorstellungen vom modernen Leben radikal widersprachen.

»Dieses Mädchen, diese Feya ...«

»Sie ist schön, Mama!«

»Da bin ich sicher, ich erinnere mich noch aus der Zeit in Los Angeles an sie, aber darum geht es hier nicht. Worum es geht ist, daß ihre Mutter dir die Pistole an die Schläfe setzt, aber dieses Mädchen, das dich angeblich liebt, macht gar nichts?«

»Schau, Zigeuner werden anders erzogen; sie tun, was die Eltern von ihnen verlangen.« Er wurde rot und lächelte verlegen. »Anders als bei uns, was?«

»Und was geschieht nach der Hochzeit? Wenn es dir gelingt, dieses alberne Brautgeld irgendwie zu umgehen, und ihre Mutter sagt ihr eines Tages, sie soll dir Gift in den Kaffee schütten, sich von dir scheiden lassen oder dir deine Kinder vorenthalten?«

»Das siehst du ganz falsch; es ist einfach eine andere Lebensart. Im Augenblick gehört Feya ihrer Mutter, aber wenn wir verheiratet sind, gehört sie mir. Gerade ihre Traditionen sind es doch, die diese Leute zu etwas Besonderem machen, verstehst du?«

»Nein, das verstehe ich nicht. Wenn eine Person eine andere kauft, dann ist das nichts Besonderes, dann ist das verachtenswert. Wenn du diesen ... Einkauf getätigt hast, was hast du dann? Eine Ehefrau? Eine Geliebte? Eine Haushälterin? Einen Fußabtreter? Eine Geldverdienerin? Du scheinst das nicht zu verstehen. Du kaufst Privatbesitz! Deinen Besitz! Genau das, was du Papa immer vorwirfst – aber er handelt zumindest nur mit Land oder mit Gemäuer, während du einen Menschen einkaufst.«

Er wandte sich von ihr ab, sie wußte, daß sie ihn ungerecht behandelt hatte. Er war verliebt und konnte nichts dagegen tun, und er würde sich mit allem einverstanden erklären, was sie von ihm verlangten, solange er es finanziell einigermaßen verkraften konnte. Hätte sie sich anders verhalten können, als Michael damals bei Großmutters Nachlaßversteigerung aufgetaucht war? Nein. Wer jung und verliebt war, der hatte nie eine andere Wahl.

»Ich wollte dich nicht anschreien«, sagte sie. »Ich bin wirklich so froh, daß du gekommen bist, auch wenn du nicht länger bleiben kannst. Ich verspreche dir, beim nächstenmal bin ich freundlicher zu dir, ja? Komm aber bitte wieder, du hast mir so sehr gefehlt; und wenn du nicht schreibst oder nichts von dir hören läßt, sehe ich Zugunglücke oder zusammengestürzte Häuser im Fernsehen, und wenn es in Kalifornien ist, bin ich ganz sicher, daß du darin warst.«

»Ja, mir geht es ähnlich, und ich habe wohl einfach ... Mein Gott, ich wußte es, daß ich bei Papa alles falsch machen würde! Ich hatte Angst, aber heute kam er mir irgendwie anders vor, so, als wüßte er, was ich meine. Er hat mir auch keine Vorwürfe gemacht.«

Sie sah, daß er jetzt gleich wieder anfangen würde zu weinen, und sie fühlte mit ihm. Das wäre für ihn einfach zuviel, zuerst vor seinem Vater, dann auch noch vor ihr, und das ausgerechnet dann, wenn er sich so sehr bemühte, ein Mann zu sein, eine Frau zu gewinnen. Nein, kaufen! Diese verdammten Zigeuner!

»Aber Mary Beth und Jenny sagst du doch noch guten Tag, oder? Und schau bei mir zumindest noch einmal herein, bevor du gehst, ja? Du willst doch wohl in dieser Kälte nicht zum Bahnhof laufen, wo es so einfach wäre, dich zum Flughafen zu fahren.«

»Ich habe dir doch gesagt, daß ich allein ans Ziel kommen will.«

»Schau trotzdem herein. Ich habe noch etwas für dich.«

*

Michael forschte in dem dunklen Stall nach Antworten, konnte aber keine finden. Er suchte Ellie in ihrem kleinen Zimmer auf. »Sag mir bitte, was ich mit ihm anfangen soll, Ellie. Ich kann nicht mehr klar denken. Ich habe wirklich immer geglaubt, ich hätte mein Bestes getan, und doch habe ich es niemandem recht gemacht.«

»Doch, mir. Ich war ... nervös an Annas Todestag, und eigentlich ging es gar nicht um dich oder sie; du warst eben einfach zur Stelle.«

Er nahm sie in die Arme und legte sein Kinn auf ihr duftendes Haar. »Sag mir, was ich tun soll ...«

»Eigentlich glaube ich, daß du es ganz richtig gemacht hast. Er hat auf Umwegen gesagt, daß du freundlich zu ihm warst. Keine Vorwürfe hast du ihm gemacht, so hat er es ausgedrückt.«

»Ja ... das arme Schwein, er hat mir so furchtbar leid getan. Er ist einer Meisterin der Manipulation in die Hände gefallen.«

»Wenn das Mädchen genauso ist ...«

»Bis jetzt macht sie nicht mehr als das, was man ihr befiehlt. Vielleicht ist sie wirklich in ihn verliebt; aussehen tut es zumindest danach. Wer weiß, vielleicht wird sie ihm ja einmal eine gute und treue Frau sein. Wenn ich aber an den erdrückenden Preis denke, mit dem sie dieses gemeine Weibsbild ausgezeichnet hat, könnte ich …«

»Wieviel?«

»Frag lieber nicht.«

»Könnten wir es bezahlen?«

Er seufzte. »Natürlich, aber darum geht es hier nicht.« Ellie verstand ihn nicht, oder vielleicht verstand sie ihn nur zu gut. Farah wußte ganz genau, was sie tat. Sie hatte ihn in eine Ecke gedrängt und zwang ihn nun, sich zu entscheiden.

Und du, Micah, wofür entscheidest du dich?

Sollte er Simon das Geld geben, damit er Feya kaufte und so für immer an die Roma verlorenging?

Oder sollte er es ihm verweigern und so die Verachtung seines Sohnes auf sich ziehen?

Farah verlangte genau die Summe, die Simon hätte erben sollen, nicht mehr. Sie hatte den Betrag so genau errechnet, als hätte sie sein Testament eingesehen. Schon mit vier Jahren hatte Farah mit Zahlen umgehen können. Schickte man sie mit einem Penny los, um eine Kerze zu kaufen, dann brachte sie den Verkäufer so durcheinander, daß sie mit der Kerze heimkam, dem Penny, einem freundlichen Lächeln des Verkäufers und vielleicht sogar noch einem Stück Schinken.

»Ellie«, sagte er noch einmal. »Hilf mir. Sag mir, was ich tun soll.« Wieder eine Neuerung. Bisher hatte immer Michael die finanziellen Entscheidungen getroffen, aber hier ging es um mehr als um Geld. »Ich muß ständig an Felix und Anna denken … Sie hätte gesagt ›Ausgeschlossen!‹, und er hätte gesagt, ›Gib es ihm, wenn es ihn glücklich macht‹.«

»Im Prinzip«, sagte Ellie langsam, »bin ich dagegen, aber ich bin für Simon. Ich möchte ihn glücklich sehen.«

Dann flüsterte sie ihm sehr leise etwas zu.

»Das hast du wirklich vor?«

Sie nickte. »Ja. Es ist richtig so, damit sie ihre Entscheidung selbst fällen können.«

Michael zog eine Schublade auf, holte einen Füllhalter heraus setzte sich an das Licht und stellte in Ellies kleinem Privatzimmer einen sehr großen Scheck aus. Er schrieb die Summe mit Bedauern, aber zugleich mit dem Gefühl, daß er hier etwas zurückzahlte, was Papa an sich genommen hatte.

Damit waren alle Geister zur Ruhe gebracht.

Großpapa. Großmama, Farah. Rose. Micah.

Als Simon in der Tür erschien, trat er verlegen von einem Fuß auf den anderen. Er wollte unbedingt weg, wußte aber nicht, wie er das bewerkstelligen sollte. Michael ging zu ihm, und dann schob er seinem Sohn den zusammengefalteten Scheck in die Tasche. Er legte ihm beide Hände auf die Schultern, küßte ihm beide Wangen, und dann nahm er ihn in die Arme und drückte ihn in einer kurzen, innigen Umarmung an sich.

»Bleib gesund, und viel Glück. Unsere Liebe geht mit dir.«

Simon wurde tiefrot. »Mein Gott, Papa ... Danke. Es tut mir wirklich leid, daß es so viel ist aber du weißt ja, wie sie sind.«

Wie sie sind. Sie. Nicht wir. Noch nicht. Simon fühlte sich bei den Roma also noch immer als Fremder; vielleicht konnte er also wider Erwarten doch noch hoffen. »Es ist nur Geld, mein Sohn. Es gehört dir, nicht Farah oder Feya. Tu damit das, was du willst.«

Wie gern hätte er ihn vor den Roma gewarnt, die einem in die Augen lächelten, während sie einem in die Tasche griffen.

Ellie reichte Simon ihr Geschenk. »Eigentlich gehört dir das sowieso. Großmama hat ihn mir geschenkt, und sie hätte es bestimmt gern gesehen, daß du ihn bekommst.

Michael sah ihr zu und machte keine Anstalten, sie davon abzuhalten. Mehr als zwanzig gemeinsame Jahre verbanden ihn mit seiner Frau, von denen jedes einzelne mehr wert war als dieser kleine rote Stein, der tief aus der Erde ans Licht gekommen war. Trotzdem war in ihm etwas, das diesen Rubin haben wollte, weil er das letzte war, was ihn noch mit den Roma verband.

»Ich weiß nicht, was ich sagen soll«, stotterte Simon.

»Einfach, daß du ab und zu einmal heimkommst, wie wär's denn damit? Mit …« Es war Michael jedoch klar, daß Feya niemals kommen würde. Ihre Mutter würde das nicht zulassen.

Noch einmal lehnte er ihr Angebot ab, sich zum Flughafen fahren zu lassen. Er würde per Anhalter fahren, sagte er. Also gingen sie zusammen mit ihm den langen Einfahrtsweg hinunter zu dem großen Tor. Er sah zu, wie es aufgezogen wurde, und nachdem er hindurchgegangen war, warf er noch einen Blick zurück, aber nicht zu Michael und Ellie, sondern zu dem kleinen beleuchteten Schild mit der Aufschrift PRIVATBESITZ – ZUTRITT VERBOTEN.

Ihm kam es vor, als sei das Tor absichtlich offengelassen worden. Sie sahen ihm nach, bis er den Lichtkegel der Straßenlaterne hinter sich gelassen hatte; erst dann streckte Ellie ihren Arm aus und schloß das große Tor von *Greenlings*. Michael legte von hinten seine Arme um sie, um sie zu wärmen.

»Nein«, flüsterte er ihr zu. »Wir lassen es offen.«

»Vielleicht kommt er zurück«, sagte sie.

Er drehte sich um und ließ sich von dem goldenen Licht der hohen Fenster ins Haus locken. Vielleicht hatte sie recht.

Eine Romanze aus der Zeit, als es die Mauer noch gab

Als Band mit der Bestellnummer 11 711 erschien:

Es beginnt mit einem Urlaubsflirt am Schwarzen Meer. Doch als die siebzehnjährige Birgit aus Westberlin und der achtzehnjährige Alexander aus dem Ostteil der Stadt nach Hause fahren, können sie nicht begreifen, daß es mit ihrer Liebe vorbei sein soll . . .

BASTEI LÜBBE